UN BONHEUR
TROP FRAGILE

Penny Vincenzi

UN BONHEUR
TROP FRAGILE

FRANCE LOISIRS

Titre original : *Almost a Crime*
publié par Orion, an imprint of Orion Books Ltd, Londres.

Traduit de l'anglais
par Michèle et Jérôme Pernoud

Édition du Club France Loisirs,
avec l'autorisation des Éditions Belfond

France Loisirs,
123, boulevard de Grenelle, Paris.
www.franceloisirs.com

© Penny Vincenzi 1999. Tous droits réservés.
© Belfond 2001 pour la traduction française.

ISBN : 2-7441-5271-4

Pour ma famille. Presque une dynastie...
Avec tout mon amour.

1

La première fois qu'un magazine à la mode demanda à Octavia Fleming si elle serait d'accord pour figurer avec son mari dans un article sur les « mariages de pouvoir », celle-ci éclata de rire. Ni Tom ni elle n'étaient des gens de pouvoir, répondit-elle. Ils n'étaient que deux travailleurs plutôt débordés – et d'ailleurs, qu'est-ce que c'était qu'un mariage de pouvoir ? Un mariage dans lequel les deux époux trouvaient un soutien aussi bien professionnel que personnel, expliqua la journaliste. « Et c'est aussi, d'après nous, l'une des principales icônes sociologiques des années quatre-vingt-dix. » À quoi Octavia répliqua que ni Tom ni elle n'avaient le sentiment d'être des icônes sociologiques.

— Vous travaillez dans le caritatif, insista la journaliste, votre mari dans les affaires publiques ; j'imagine que vos chemins doivent souvent se croiser, non ? Vous avez sûrement l'occasion de vous aider par vos contacts, ou simplement en discutant des dossiers ensemble, parce que vous devez avoir affaire au même genre de situations... L'une des personnes que nous avons interviewées définit ces couples-là comme étant supérieurs à la somme des deux parties qui les composent.

— Vous voulez dire le contraire de diviser pour régner, en quelque sorte ?

— Oui... Ce serait une bonne définition, aussi.

Octavia dit qu'elle y repenserait et qu'elle en parlerait à Tom. À son étonnement, celui-ci accepta, à condition qu'on lui soumît le texte de l'article ; et il ajouta même que son cabinet de conseil pourrait tirer profit de cette publicité. Ce qui, jugea Octavia, apportait de l'eau au moulin de la journaliste.

L'article parut trois mois plus tard : il évoquait cinq couples comme le leur et s'intitulait « Rassembler pour régner ». Quelques photographies plutôt réussies l'accompagnaient – Octavia très en beauté, brune et capiteuse, Tom d'une élégance irréprochable, mince et distingué, tous les deux parfaitement glamour, bien sûr. Tout cela, ajouté au nouveau concept qui faisait fureur – le mariage de pouvoir –, avait donné un sérieux bonus à leurs images de marque.

D'autres articles suivirent : dans des magazines sur papier glacé, ou dans les pages féminines des quotidiens nationaux et de leurs suppléments du dimanche. Tom et Octavia s'habituèrent bientôt à être reconnus dans les endroits mondains. Les gens s'interrompaient dans les restaurants chics, leur fourchette de cresson à mi-chemin de leur bouche, pour se les montrer du doigt ; à leur arrivée dans une réception, on se dépêchait de venir les saluer, pour faire semblant d'être de leurs intimes. Ils recevaient des invitations à des cocktails de lancement de toutes sortes de produits, on leur présentait une foule de gens dont ils n'avaient jamais entendu parler ; ils faisaient désormais partie du cercle très fermé de ceux dont la présence est nécessaire pour donner de l'éclat à une soirée mondaine. À dire vrai, ils n'y prêtaient guère attention (même quand une soi-disant amie d'Octavia lui déclarait d'un ton acerbe qu'il fallait désormais payer, ou presque, pour l'avoir à dîner), mais nul doute que leurs vies professionnelles à tous deux en retiraient un grand bénéfice.

Quant au bénéfice qu'en retirait leur vie conjugale, Octavia en était moins sûre...

2

Juin 1997

— Octavia? Tom a appelé, il demande si vous pourriez trouver un moment pour prendre un verre avec lui ce soir. À six heures, au bar américain du Savoy. Il dit qu'il y en aura pour une petite heure, pas plus, parce que, ensuite, il a un dîner. J'ai répondu qu'à mon avis ce ne serait pas possible, mais je voulais vous demander si...

Octavia songeait parfois que Sarah Jane Carstairs, sa secrétaire terriblement efficace, n'avait pas le poste qu'elle méritait : elle serait bien plus efficace encore en Mme Tom Fleming. Jamais elle ne prendrait deux rendez-vous en même temps, jamais elle ne gaspillerait ses forces ni ne se dispersait dans toutes les directions à la fois comme le faisait Octavia. Si Sarah Jane pensait qu'elle ne pourrait pas être au Savoy à six heures, c'était qu'effectivement elle ne pourrait pas y être.

— Vous avez raison, je ne pense pas que ce sera possible. J'ai rendez-vous avec un éventuel sponsor pour Cultiver... Il vient à quatre heures et demie, n'est-ce pas?

Sarah Jane eut un sourire satisfait.

— Je rappelle Tom. Et maintenant, vous devriez vous préparer pour aller déjeuner. Le taxi vient d'appeler, il sera là dans cinq minutes.

— D'accord. Je déjeune où?

— Chez Daphné.

— Parfait. Vous avez mes notes?

Sarah Jane s'éclipsa, pour réapparaître quelques instants plus tard avec un épais dossier débordant de documents.

— Je vous ai tout mis. La moitié de ce qui est là-dedans remonte au déluge, mais la quantité impressionne toujours

Mme Piper. Oh! et Tom vient de rappeler, il demande si vous pourriez vous arranger pour six heures et demie. Il dit qu'il aimerait beaucoup.

— C'est possible?

— Je pense. Je vais lui dire oui. J'allais oublier, il demande aussi quel jour Gideon a son gala de sports. Je vous ai déjà posé la question de sa part, mais il a dû oublier de le noter.

— Le 10 juillet.

— Parfait. Je vais le lui faxer, cette fois.

Toute leur vie, songea Octavia, était à l'image de cette conversation : Tom et elle communiquaient par l'intermédiaire de leurs secrétaires, tâchaient de se fixer des rendez-vous pour parler des sujets les plus ordinaires. Il faut absolument que nous parlions des vacances, se disaient-ils le matin, ou bien des cours particuliers à faire donner à Gideon; tous les deux étaient bien d'accord sur le fait qu'il le fallait absolument, mais aussi qu'ils n'auraient pas le temps ce jour-là – Tom avait un dîner qui se prolongerait tard, Octavia, une réunion, et ainsi de suite jusqu'à la fin de la semaine... Peut-être ce week-end? Mais ils recevaient des amis américains, et cela risquait d'être un peu difficile; le dimanche matin, oui : ils essaieraient de parler le dimanche matin.

Au moment où Octavia sortait de son bureau, tâchant de se concentrer avant ce qui promettait d'être un déjeuner difficile, un « merde! » sonore retentit dans le bureau voisin.

— Qu'est-ce que tu as encore fait? demanda-t-elle en passant la tête par la porte.

— J'ai effacé un compte rendu tout entier! Putain que je déteste ces saletés de machines!

Melanie Faulks, l'associée d'Octavia, avait la phobie des ordinateurs et de la technique en général; elle jurait bruyamment chaque fois qu'elle effaçait ses messages téléphoniques, supprimait des informations cruciales en retravaillant des rapports, ou bien encore enregistrait des fichiers sous des noms que personne ne retrouvait ensuite.

— Mel, Lucy l'a sûrement sauvegardé...

— Je ne sais pas si elle l'a fait! Et j'en ai absolument besoin pour mon déjeuner! Oh! bon Dieu...

— Avec qui déjeunes-tu?

— Une nana de l'*Express*... Lucy! Où êtes-vous? Vite, par pitié...

Tandis qu'Octavia poussait la porte du palier, elle entendit Lucy, la secrétaire toujours merveilleusement calme de Melanie, la rassurer:

— Bien sûr que je l'ai sauvegardé... Je l'ai même déjà imprimé, regardez...

Octavia et Melanie dirigeaient un cabinet de conseil, Capital C, qui s'adressait aux associations caritatives et se proposait de les faire passer « en lettres capitales », en ce qui concernait tant leur image de marque que les fonds qu'elles recueillaient. Ce n'était pas un gros cabinet par la taille (il n'y avait qu'une équipe réduite, cadres et employés, autour des deux jeunes femmes), mais c'était l'un des dix meilleurs du pays; son chiffre d'affaires avait dépassé les deux millions de livres au cours des trois dernières années, et il atteindrait, semble-t-il, les deux millions et demi avant le nouveau millénaire.

Capital C était né cinq ans plus tôt, Octavia (qui, une fois son diplôme de droit en poche, avait tenté de s'établir à son compte, mais avait vite trouvé l'activité libérale fastidieuse et stressante à la fois) travaillait alors dans une société de consultants. Elle y avait notamment comme clients une association humanitaire et une chaîne de pharmacies; cinq ans plus tard, cette dernière s'était hissée au troisième rang national, et le devait pour beaucoup aux conseils avisés d'Octavia.

Elle avait rencontré Melanie Faulks à l'occasion d'un déjeuner, et Melanie – qui faisait alors partie d'une grande association caritative – l'avait appelée quelques heures plus tard ; elle était en train de monter sa propre société, lui avait-elle dit, et pourquoi n'en discuteraient-elles pas ensemble ? Ç'avait été le coup de foudre, racontait souvent Octavia : deux rendez-vous plus tard, elles étaient fiancées, et mariées trois mois après.

Octavia apportait un carnet d'adresses déjà fort impressionnant, et qu'elle ne cessait de nourrir. (« Son travail a lieu pour l'essentiel dans les toilettes pour dames, entre deux raccords de maquillage », avait un jour persiflé l'une de ses concurrentes.) Elle avait une excellente image de marque, et maniait à merveille le curieux mélange de cynisme et de compassion qui caractérise le *charity business*. « Car c'est bien un *business,* même si beaucoup de gens détestent cette idée », répétait-elle souvent ; et elle-même exerçait, pour une bonne part, une activité de courtier, tâchant de persuader des entreprises et des particuliers de sponsoriser ses clients.

Melanie et elle avaient choisi leurs bureaux avec beaucoup de soin, au bout d'Old Brompton Road, du côté de South Kensington ; ils ne devaient être ni trop luxueux (mauvais pour l'image de marque) ni situés dans un quartier trop cher (pour la même raison, bien que le cabinet eût facilement pu supporter un loyer plus élevé), avec un design élégant mais professionnel, pour éviter de donner l'impression de femmes qui jouaient à travailler chez elles. Octavia et Melanie avaient chacune son (petit) bureau, le reste étant constitué d'un vaste espace ouvert délimité par des meubles, des panneaux de verre fumé, avec – seule concession à la féminité – une profusion de fleurs et de plantes vertes. Il y avait des stores vénitiens blancs aux fenêtres, des faux parquets clairs au sol et les meubles étaient fonctionnels, noir et blanc.

Le caritatif était un secteur rude et très concurrentiel ; Octavia l'aimait, parce qu'il lui ressemblait.

Margaret Piper était déjà assise à table quand elle arriva ; elle sirotait un jus de tomate et feuilletait un gros agenda.

— Nous avions dit treize heures, n'est-ce pas ?

— En effet, répliqua Octavia, qui consulta sa montre sans cesser de sourire. Donc, nous sommes toutes les deux en avance... Ça tombe parfaitement bien, s'empressa-t-elle d'enchaîner, parce que nous avons beaucoup de choses à voir ensemble. Je prendrai de l'eau minérale, dit-elle au sommelier qui s'était approché. Si nous déjeunions tout de suite, Margaret ? Après, nous pourrons nous concentrer sur le travail...

— Bonne idée.

Octavia commanda une salade verte et une sole cuite à la vapeur, entendit d'une oreille envieuse Margaret Piper demander de la mozzarelle poêlée et un carré d'agneau, puis elle sortit le dossier de sa serviette.

— J'ai préparé une note sur les progrès accomplis depuis le début de l'année... commença-t-elle, mais Margaret Piper la coupa.

— Il n'y en a pas eu tant que cela, madame Fleming, vous ne croyez pas ? Notre image de marque n'a guère évolué, et nous sommes très déçus que vous ne nous ayez pas trouvé de sponsor.

— Je vous comprends, mais cela prend du temps... Vous essayez de vous faire une place sur un marché déjà très encombré.

— Très encombré peut-être, mais cela n'empêche que certaines associations font beaucoup parler d'elles, beaucoup plus que nous. Chaque fois que j'ouvre un journal, j'ai l'impression de lire quelque chose sur les infirmières Macmillan, la fondation Barnardo ou Action Aid...

— C'est vrai, madame Piper, mais vous en avez choisi trois qui jouent vraiment dans la cour des grands. Elles ont des revenus de plus de vingt-cinq millions de livres, elles sont très bien implantées et tout le monde connaît leur nom.

— Raison de plus pour faire parler de Cultiver, dit Margaret Piper.

— Oui, mais ce n'est pas aussi simple que cela...

— Bien sûr que ça ne l'est pas, sinon nous n'aurions pas fait appel à vous. Oh! et il y a cette autre association encore, comment s'appelle-t-elle... oui, Network. Elle aussi, on en parle beaucoup. Comment expliquez-vous cela?

— Eh bien... (Attention, Octavia, n'aie pas l'air de te justifier, ça n'arrangera rien. D'autant que Network est aussi client de Capital C...) Network, c'est sans doute dû au fait que son créneau est très rapidement visible, ainsi que je vous l'ai expliqué dès notre première rencontre. C'est une œuvre de soutien aux parents qui ont perdu un enfant, donc elle attire tout de suite la sympathie, parce que tout le monde peut s'imaginer dans cette situation ou connaît quelqu'un qui s'y trouve. Vous le savez, tout ce qui touche aux enfants, particulièrement les enfants malades et les tout-petits, sensibilise beaucoup le public. Cultiver est une association remarquable : inciter les populations du tiers-monde à se prendre en charge est une œuvre capitale, mais vous restez en dehors du champ de l'expérience quotidienne des gens. Donc, vous ne pouvez susciter un appel ni bénéficier d'une notoriété aussi rapides que, par exemple, Network. En plus, il y a déjà tant de grandes associations dans votre domaine, comme Oxfam, le Comité d'Oxford contre la famine, ou encore Action Aid... Ce sera plus long, mais nous y arriverons, croyez-moi.

— Bien, fit Margaret Piper, tout en se beurrant un deuxième petit pain d'un geste énergique. Vous êtes une spécialiste et je suppose que vous savez ce que vous dites (son expression prouvait assez qu'elle-même en doutait). Mais notre directeur financier m'a dit que, faute de résultats tangibles, nous ne pourrons pas vous renouveler notre budget l'année prochaine.

— C'est normal, et vous aurez ces résultats, affirma Octavia, non sans adresser intérieurement une prière au Tout-Puissant. Je crois sérieusement que je vais bientôt vous trouver un sponsor, et nous avons bon espoir d'obtenir un grand article dans le *Guardian* le mois prochain. Ils préparent un supplément sur les œuvres caritatives travaillant à l'étranger et...

— J'aurais souhaité quelque chose de plus exclusif.

— Je comprends, mais ce sera tout de même très bien, vous verrez. Madame Piper, dit-elle en faisant signe au serveur, vous êtes sûre que vous ne voulez rien boire pendant que nous attendons nos plats ?

— Peut-être un petit gin tonic, alors.

Excellente idée... Octavia s'en souvenait, l'effet de l'alcool avait adouci son humeur lors de leur dernier déjeuner.

— Maintenant, si vous me laissez vous commenter quelques instants ces chiffres, vous constaterez que la situation s'est améliorée depuis l'année dernière. Par ailleurs, je vous avoue que je m'interroge toujours sur le choix du nom de votre association...

Tom était déjà attablé au bar américain du Savoy quand Octavia s'y précipita, en retard de près de quinze minutes. Pourtant, il ne regardait pas alternativement sa montre et l'entrée, comme elle-même l'aurait fait ; non, il était à l'une des tables d'angle, très prisées – il était *évidemment* à l'une des tables d'angle –, et lisait le *Financial Times*, apparemment tout à fait détendu. Seule une poignée de gens, dont Octavia, savaient qu'en réalité Tom n'était *jamais* détendu, mais qu'il avait le don de feindre la décontraction. Une grande part de son charme venait de ce qu'il savait mettre les gens à l'aise, les faire se sentir bien en sa compagnie.

Il était déjà en smoking – il en possédait deux, dont un qu'il gardait toujours au bureau. Tom adorait les vêtements et dépensait beaucoup d'argent pour s'habiller. Ses costumes étaient tous sur mesure, ses chaussures cousues main. Ses chemises venaient de chez Thomas Pink, ou d'autres boutiques dans le même genre de Jermyn Street, ou bien encore de chez Brooks Brothers, son fournisseur attitré chaque fois qu'il se rendait aux États-Unis. Ses tenues sport, il les achetait chez Ralph Lauren. Tom disait souvent que, dans une autre vie, il aimerait être journaliste de mode. Octavia était tout le contraire ; elle passait des heures à essayer dans les magasins, incapable de se décider, pour souvent revenir le lendemain rendre ou changer l'article en question. Elle songeait même à faire appel à une conseillère vestimentaire, qui ferait ses achats à sa place : outre les affres de l'indécision qui lui seraient épargnées, elle y gagnerait beaucoup de temps, et le temps était une denrée précieuse...

Tom se leva pour l'embrasser.

— Bonsoir, chérie. C'est très gentil d'être venue, je sais que c'était difficile...

— Tu sais bien que je ferais n'importe quoi pour toi...

— Tu as l'air fatigué. Journée difficile ?

— Terrible.

— Si tu buvais quelque chose, pour une fois ?

— Non, juste de l'eau minérale, avec beaucoup de glace.

Octavia buvait rarement, détestant tout ce qui pouvait embrouiller ses pensées et lui faire perdre son self-control.

— Qu'est-ce qu'il y a eu de si difficile aujourd'hui ?

— Oh ! la routine. Une cliente mécontente au déjeuner, un éventuel sponsor qui finalement n'a rien donné cet après-midi. Où vas-tu ce soir, Tom ? J'ai oublié.

— J'ai un dîner en ville.

— Avec ?

— Un couple d'entrepreneurs. Je pensais que je n'aurais

pas le temps de t'en parler maintenant, mais comme mon client est en retard, je peux donc te mettre au courant.

— Je suis tout ouïe. Qui est-ce?

— Michael Carlton, un promoteur immobilier.

— Oh! oui, je vois... L'opéra, l'automne dernier...

— Oui, c'est lui. Il veut obtenir un permis de construire sur un site sensible, à la campagne. Certaines personnes du coin ne veulent pas de son opération, et elles sont assez virulentes. Nous avons fait tout ce que nous pouvions, les yeux doux au service d'urbanisme et aux conseillers municipaux, organisé d'interminables réunions avec les opposants, et ça avait l'air de marcher; mais aujourd'hui il est paru un très mauvais papier dans la feuille de chou locale, et j'ai bien peur que les quotidiens nationaux ne prennent le relais d'ici peu.

— Je suis désolée pour toi et ton Carlton, mais qu'est-ce que je peux y faire?

— Je vais te le dire... Oh! zut, le voilà. Michael! Bonsoir... Asseyez-vous, je vous en prie. Vous vous rappelez mon épouse, Octavia?

— Bien sûr. Ravi de vous revoir, chère amie, dit-il, et il serra énergiquement la main d'Octavia.

Elle se souvenait fort bien de lui : il était massif, non seulement large de carrure, mais aussi très grand, près de deux mètres; il avait une abondante crinière de cheveux blancs, des yeux verts à l'éclat intense, et il ne manquait pas d'élégance avec son costume gris trois pièces et sa chaîne de montre en or, à l'ancienne, qui débordait sur son large ventre. Elle avait même apprécié son côté direct et gouailleur. À l'opéra (l'y emmener avait été l'une des rares erreurs de jugement de Tom), il lui avait confié dans un aparté plutôt bruyant, au moment où les lumières s'éteignaient, qu'à son avis ça ne valait pas le Crazy Horse en fait de spectacle culturel. Puis il avait lutté contre le sommeil pendant toute la représentation, dodelinant sans arrêt de la tête.

— Je suis ravie de vous revoir moi aussi, monsieur Carlton. Comment va votre femme ?

Betty Carlton était joviale, rondelette, mal attifée et pleine de bonne volonté.

— Oh ! elle fait aller. Un peu vaseuse en ce moment. Le nid est vide, tous les enfants sont envolés... Pour moi un grand Martini vodka, s'il vous plaît, dit-il au serveur, avec des cacahuètes.

Il enfourna dans sa grande paume le reste de fruits secs qui se trouvaient déjà sur la table et les avala d'un coup.

— Ces petites choses sont terribles, soupira-t-il, des milliers de calories chacune. Mais, bah ! tant pis.

— Ne prononcez pas le mot de calorie devant Octavia, dit Tom. C'est une obsession chez elle. Elle est quasi anorexique.

— Quelle absurdité ! s'exclama Michael. Avec la silhouette de rêve que vous avez...

Octavia – qui à cet instant aurait vendu père et mère pour une simple cacahuète – se força à sourire et s'abstint de faire remarquer à Michael (comme à tous ceux qui lui servaient ce genre de réflexion stupide) que peut-être il y avait un rapport entre son obsession des calories et sa silhouette de rêve, comme il disait.

— J'ai demandé à ma femme de nous rejoindre ce soir, commença Tom, parce que ce que vous proposez recoupe bien son champ d'action.

— Vraiment ? commenta Octavia. Et que proposez-vous donc, monsieur Carlton ?

— Michael est prêt à construire, en plus des habituels équipements offerts par le promoteur, genre piscine ou jardin public, un foyer municipal, avec salle de réunion, club de sports, etc. Et il veut aussi y inclure toutes les installations nécessaires pour les handicapés.

Ce devait être un site vraiment très sensible, se dit Octavia.

— Où est-ce situé?

— À la limite de l'Avon et du Somerset. Pas très loin de notre cottage, en fait. J'ai parlé à Michael de ton travail, en particulier de ce que tu fais pour Foothold...

Foothold était l'une des œuvres caritatives que Capital C conseillait; elle finançait la recherche sur l'arthrite juvénile, des équipements pour les enfants malades et aussi, peut-être le plus important, des fondations pour accueillir les familles le week-end.

— Ah oui?

— Et nous avons pensé que tu avais peut-être une section locale, là-bas, qui serait intéressée par une nouvelle fondation...

— Je vois.

— Cela pourrait nous aider, nous aussi. Si une partie des gens du coin étaient de notre côté, cela montrerait aux autres que l'opération n'est pas entièrement mauvaise. Et elle ne l'est pas, je t'assure.

— Non, je... j'imagine que non.

Octavia se sentit agacée, soudain : Foothold lui était particulièrement chère, elle y avait travaillé dur et l'avait vue passer du stade de petite œuvre de charité à celui d'association de premier plan brassant cinq millions de livres par an, et bénéficiant d'une très forte image. Elle ne tenait pas à ce qu'on se serve d'elle pour se faire de la publicité.

— Je peux creuser la question, lâcha-t-elle poliment. Les gens ont toujours besoin de nouveaux équipements.

— Bien sûr! dit Michael Carlton d'un ton enjoué. C'est pour cela que je veux les aider!

Oui, songea Octavia, et vous voulez aussi saccager une forêt

21

ou une prairie de plus, bétonner un peu de campagne supplémentaire... Elle était très sensible aux questions d'environnement et détestait voir Tom se mettre du côté des prédateurs ; ils avaient d'interminables discussions tous les deux à ce sujet. Cependant, il fallait laisser à Carlton le bénéfice du doute.

— C'est vraiment très généreux de votre part, dit-elle, en s'efforçant de garder un ton neutre. De penser aux handicapés. Je... je peux en parler à Foothold, oui.

— Et peut-être, chérie, voir ce que tu pourrais faire pour améliorer notre image locale ? suggéra Tom.

— Peut-être, oui...

À propos d'image locale, Tom, intervint Michael, qu'est-ce que vous comptez faire pour arrêter toutes ces foutaises qui sont en train de remonter jusqu'aux quotidiens nationaux ? Nous ne pouvons pas nous permettre ce genre de problème, à ce stade du projet. J'espère que vous allez contrôler la situation.

— Nous faisons tout ce que nous pouvons, rassurez-vous. J'ai eu deux appels aujourd'hui, un de l'*Express,* l'autre du *Mirror.* Je la joue très profil bas, pour que tout cela apparaisse finalement comme un non-événement.

— Vous ne leur avez pas parlé du foyer municipal ? Je pensais que cela pourrait...

— Michael, faites-moi confiance. Cela aurait risqué de produire l'effet inverse de ce que nous recherchons. Les journalistes sont des gens très cyniques, vous savez, toujours prêts à soupçonner le pire... Avec eux, il vaut souvent bien mieux noyer le poisson.

— Si vous le dites, répondit Michael avec sa bonhomie habituelle.

Il avait bu son Martini et eu le temps d'en commander un deuxième ; quant au bol de cacahuètes, il était à nouveau presque vide.

— Racontez-moi un peu, Octavia..., reprit-il. Avec quelles autres associations travaillez-vous?

— Oh! plusieurs, fit-elle, évasive.

— Elle est une vraie star dans ce monde-là, dit Tom. N'est-ce pas, chérie?

— Disons plutôt une starlette...

— Ma femme à moi est une militante de base, dit Carlton. Elle passe sa vie à secouer son tronc métallique à la porte des supermarchés, à organiser des déjeuners de femmes, etc.

— Sans les gens de terrain comme elle, aucune œuvre caritative ne verrait le jour.

— Dites-moi, vous organisez aussi ces grands galas, avec la famille royale et tout le tintouin?

— Ça m'arrive...

— J'imagine que les gens se battent pour y venir, non? Serrer des mains, faire des discours, etc.

— Ce n'est pas toujours aussi facile, hélas!

— Allons, pas de fausse modestie... Je parie que vous êtes capable de doubler la mise de départ. Pour peu que vous mettiez quelqu'un comme lady Di dans le coup...

— Ah! avec elle, c'est sûr, mais elle est presque impossible à obtenir.

— Elle, c'est le Saint-Graal, n'est-ce pas? intervint Tom. Le jackpot... Mais sans aller jusqu'à elle, si vous réussissez à accoler à votre œuvre un nom vraiment charismatique, les vannes s'ouvrent et l'argent coule à flots. Au fait, comment s'est passée ta réunion de cet après-midi avec ton éventuel sponsor? Il en est sorti quelque chose?

Octavia lui jeta un regard en coin; il savait bien que non, puisqu'elle le lui avait appris dix minutes plus tôt... Alors pourquoi? Puis elle comprit.

— Octavia est à la recherche d'un sponsor pour une de ses associations, dit Tom à Michael.

— Vraiment? Laquelle?

— Une œuvre humanitaire en faveur du tiers-monde, dit-elle rapidement, certaine que le sujet n'intéresserait pas Carlton. Elle s'appelle Cultiver et c'est le genre « Aide-toi, le ciel t'aidera ». Nous fournissons les outils, les semences, les pompes, le savoir-faire, et ensuite ils cultivent la terre et subviennent eux-mêmes à leurs besoins.

— Excellente démarche, approuva énergiquement Michael Carlton à sa grande surprise. C'est même la seule qui soit viable sur le long terme. Mon fils travaille dans un de ces pays – il est religieux – et il dit que l'Éthiopie commence seulement aujourd'hui à se remettre de ce qu'il appelle l'effet Geldof.

— Qu'est-ce que c'est? demanda Tom.

— Tout le pays a été inondé d'aliments gratuits, après son fameux concert, mais résultat, les agriculteurs n'ont plus vendu leurs produits, car qui aurait payé pour des aliments quand il y en avait de gratuits? Et ils ont fini par être réduits à la misère eux aussi.

— Oui, dit Octavia. C'était un exemple dramatique d'initiative mal conçue et mal pensée.

— Contre-productive. Tandis que votre Cultiver fait exactement le contraire.

— Oui. Exactement.

— Et quel genre de sponsor recherchez-vous?

— Quelqu'un qui mettrait quelques milliers de livres dans les caisses au cours de l'année à venir.

— Et quel profit en retirerait-il?

— Une très forte image de marque. Son nom et son logo sur tout le matériel promotionnel, tracts, prospectus, communiqués de presse, etc. Un maximum de visibilité à l'occasion des galas de collecte de fonds, et ainsi de suite.

— Et vous ne parvenez pas à en dénicher un?

— Trouver un sponsor est très difficile. Les produits, ça va : les firmes sont toujours prêtes à offrir une voiture ou un séjour de vacances pour une vente aux enchères de bienfaisance. Mais le sponsoring signifie dépenser de l'argent, du *vrai* argent.

— Oui, je vois. Dites-moi combien vous recherchez, je vous dirai ensuite combien je suis en mesure de trouver.

— Eh bien, je..., hésita-t-elle.

— Vous ne me faites pas confiance ?

— Bien sûr que si, Michael.

— Je cherche de la publicité, de la bonne publicité, et je peux difficilement injecter de l'argent dans votre autre association, celle dont nous parlions tout à l'heure, vous êtes d'accord ? Ce serait un peu gros. En plus, j'aime l'idée que cela recouvre... cultiver. L'idée, mais pas le nom, je vous le dis au passage – très mauvais nom, Cultiver. Ils devraient absolument en changer. Bref, voilà mon offre.

Octavia le fixa, l'esprit soudain au diapason. Margaret Piper lui avait fait clairement comprendre que, faute de sponsor, elle se passerait des services de Capital C avant la fin de l'année ; ce qui voulait dire non seulement perdre de l'argent, mais aussi perdre la face. C'était toujours mauvais de perdre un budget, et elle ne voyait personne d'autre à solliciter dans l'immédiat. Par ailleurs, si elle acceptait l'offre de Carlton, elle se retrouverait dans une position délicate vis-à-vis de la section locale de Foothold – en admettant qu'il y en eût une ; elle serait presque obligée de l'impliquer dans la propagande de Carlton, et ce serait une grave entorse à la déontologie. Cela méritait une sérieuse réflexion.

— C'est une offre très généreuse, Michael, fit Tom.

— Pas de grands mots, dit jovialement Carlton. J'y trouve mon intérêt, c'est tout. Concrètement, Octavia, voyons... si nous disions cinquante mille livres, ça vous irait ? Ou bien pré-férez-vous cent mille ?

Elle réfléchit rapidement, ne voulant pas paraître prise de court.

— Cinquante mille, c'est à peu près ce que nous recher-chons. Le budget plancher, disons.

— J'en propose soixante-quinze. Ça vous va ?

— Très bien, mais je dois en discuter avec mon associée, bien sûr. Peut-être que nous pourrions nous rencontrer tous les trois ?

Tom consulta sa montre et se leva.

— Il faut que je vous laisse, malheureusement. Je dois être à Mansion House dans dix minutes, mon chauffeur m'attend dehors. Chérie, je ne pense pas rentrer tard, je serai à la mai-son vers onze heures et demie.

— Parfait. Je serai sans doute encore debout, j'ai un tas de paperasses en retard. Par contre, demain, j'ai un petit déjeu-ner très tôt.

Elle tendit la joue et il se pencha pour l'embrasser.

— Bonne soirée, Tom.

Quand elle se retourna vers Carlton, il s'était renfoncé dans son fauteuil et la fixait, l'œil amusé.

— Ah ! les plaisirs de – comment appelle-t-on déjà ce que Tom et vous partagez ensemble ?... Oui, un « mariage de pou-voir ». Betty a gardé l'article.

— Il ne faut pas croire tout ce qu'on lit dans les journaux, monsieur Carlton.

— Michael, je vous en prie. Un autre verre ?

— Non, merci. Je dois rentrer à la maison voir mes enfants.

— Des jumeaux et un bébé, c'est bien cela ?

— Vous avez une bonne mémoire.

— Si je me souviens bien, votre bébé venait de naître au

moment où l'article a paru, et il vous empêchait de dormir la nuit. Les nôtres ont déjà tous quitté la maison. Ils me manquent. Pas autant qu'à Betty, bien sûr, mais ils me manquent. Il faut profiter d'eux au maximum pendant qu'ils sont petits.

— Oui. J'essaie.

— Vous passez à côté de beaucoup de choses, à travailler tout le temps comme vous le faites. Tout se termine si vite, vous verrez.

Une pointe d'irritation la gagna, mais elle veilla à ne rien laisser paraître.

— Monsieur Carlton, pardon, Michael, je...

— Je vous dis ça parce que je vous aime bien, c'est tout, s'empressa-t-il d'ajouter. Je dois y aller moi aussi. Tenez-moi au courant pour le sponsoring, mon offre est sérieuse.

— Je vous rappellerai, et merci encore, en tout cas.

Tandis qu'ils se levaient tous les deux, Octavia se sentit dominée non seulement par la taille de Michael, mais aussi par la force de sa personnalité; sans doute valait-il mieux ne pas l'avoir pour ennemi, songea-t-elle. Il lui sourit, d'un sourire chaleureux et presque paternel.

— J'ai beaucoup apprécié notre conversation, lui dit-il. Je peux vous appeler un taxi?

— Non, le portier va le faire, merci. Au revoir, Michael.

Il lui sourit de nouveau, tandis qu'il faisait disparaître la fine main dans son énorme paume.

— Au revoir. Laissez tomber au moins les petits déjeuners d'affaires...

Les jumeaux regardaient la télévision en pyjama dans la salle de jeux quand elle arriva chez elle, à Phillimore Gardens, et ils l'accueillirent distraitement. Minty dormait dans son lit de bébé, au milieu d'un amas de jouets; elle s'était débarrassée de sa couverture et son petit derrière pointait en l'air, tandis que ses boucles humides et sombres roulaient sur sa nuque. Octavia la contempla – elle était douce et rose –, puis essaya de l'imaginer plus tard, bruyante et querelleuse comme les jumeaux ; elle crut réentendre la voix de Carlton lui dire : « Il faut profiter d'eux au maximum pendant qu'ils sont petits... »

Caroline, la nurse, était dans la cuisine quand Octavia y descendit, et elle l'accueillit plutôt fraîchement.

— Ah ! Madame Fleming. Que s'est-il passé ?

— Pourquoi ?

— Je pensais que vous deviez rentrer à sept heures au plus tard. Du moins, c'est ce que vous aviez dit.

— Oh ! mon Dieu, s'exclama-t-elle, se rappelant soudain avoir promis sa soirée à la jeune fille. Je suis désolée, Caroline. Vous deviez sortir, n'est-ce pas ? Mais il n'est que...

— Huit heures. Trop tard pour sortir, j'en ai peur. Nous devions aller au cinéma.

— C'est vraiment stupide de ma part. Mon mari a eu besoin de moi pour voir un de ses clients et, c'est affreux, je... je vous ai oubliée. Vous êtes sûre qu'il est trop tard ?

— Oui. J'avais rendez-vous avec mon ami à sept heures.

— Vous auriez dû m'appeler, sur mon portable...

— J'ai essayé.

— Oui, et bien sûr, elle avait éteint son appareil au Savoy... Elle lança un regard navré à Caroline.

— Écoutez, vous pourrez avoir... Pas ce week-end, nous aurons sans doute des amis qui viennent des États-Unis, mais peut-être le suivant...

— Le suivant serait parfait, madame Fleming. C'était déjà d'accord entre nous, d'ailleurs. Vous l'avez peut-être oublié ?

Sa voix était polie, mais son visage fermé.

— Non, bien sûr que je n'avais pas oublié.

En principe, Caroline avait trois week-ends libres par mois, mais ces derniers temps c'était devenu plutôt l'inverse. Elle avait une bonne nature sous ses dehors bourrus et adorait les trois enfants, Minty en particulier, mais les continuelles entorses faites à son contrat l'exaspéraient manifestement. Sans esquisser un sourire, elle se tourna vers la porte ; Octavia pressentit le danger (depuis huit ans qu'elle était mère, elle avait déjà perdu quatre nounous) et dit :

— Bien sûr, vous aurez ce week-end... et pourquoi ne prendriez-vous pas votre lundi en plus ?

— Oh ! Ce serait formidable, madame Fleming. Si vous pouvez vous arranger...

— Mais oui, je le peux. Nous vous le devons, et mille excuses encore pour ce soir.

— Merci, madame Fleming. Je vais monter maintenant, je suis fatiguée. Au fait, votre père a appelé. Pas de message, mais il rappellera.

Il rappellera sûrement, songea Octavia, mais elle le laisserait se débrouiller avec le répondeur.

— Entendu, Caroline. Merci.

La jeune fille tourna les talons et Octavia la suivit des yeux tandis qu'elle montait les escaliers ; elle admira ses jambes, se dit qu'elle était décidément fort jolie – grande, de superbes cheveux, une allure sportive – et se demanda une fois de plus pourquoi elle avait choisi d'être nurse. Son père était un avocat prospère, elle était allée dans une bonne école, elle avait son baccalauréat : elle aurait pu choisir n'importe quelle carrière, et pourtant elle avait choisi de s'occuper des enfants des autres. Très étrange, vraiment.

Les jumeaux, lassés de leur cassette vidéo, s'étaient lancés dans leur occupation favorite : se disputer.

Les gens qui critiquaient Octavia – en général parce qu'ils l'enviaient, à cause de ses succès professionnels et de la vie brillante qu'elle menait – répétaient souvent que c'était à prévoir, et en même temps fort irritant, qu'elle ait eu du premier coup une famille complète (et qui plus est, un garçon et une fille!) plutôt qu'un unique enfant. Octavia fut d'abord surprise par cette idée, puis amusée de reconnaître qu'elle avait un fond de vérité.

Le premier enfant que porte une femme d'affaires a la saveur de la nouveauté, et tout son entourage s'y intéresse – ne serait-ce qu'à cause du défi qu'il représente, vis-à-vis du mode de vie et des méthodes de travail de sa mère. Le second est d'abord accueilli comme un complément nécessaire au premier; pour la mère, il est plus facile de s'y adapter au plan privé, mais plus difficile au plan professionnel. Ses absences du bureau sont moins bien tolérées, sa moindre disponibilité à l'égard de ses clients et collègues plus vivement ressentie. Toutes les amies d'Octavia qui travaillaient avaient pris moins de congé pour leur deuxième bébé, la plupart étaient revenues au bureau avant la fin du deuxième mois : pâles, maigres, perfectionnistes jusqu'à en être maniaques. Tandis que pour Octavia, l'apprentissage du métier de mère avait été progressif et régulier (sinon toujours facile). Jusqu'à l'arrivée de Minty, bien sûr, et qu'il faille tout recommencer...

Mais aujourd'hui, alors qu'elle grimpait l'escalier sur des jambes soudain bien lourdes, elle trouvait épuisant d'avoir des jumeaux. Elle les entendait se disputer sur le choix du film qu'ils allaient regarder maintenant, ou de ce qu'ils pourraient faire d'autre à la place; se chamailler semblait être, pour eux, une occupation aussi nécessaire que manger ou respirer. Elle avait espéré que, quand ils seraient chacun dans son école (sur la voie qui devait mener Poppy vers le lycée de filles de St. Paul, tandis que Gideon cheminait vers celui de Winchester), ils se retrouveraient dans de meilleures dispositions à la fin de la journée; mais pas du tout. Cela ne signifiait pas qu'ils ne s'aimaient pas, mais qu'ils débordaient d'énergie et que cette énergie voulait pousser tout désaccord dans ses derniers retranchements. Les armistices, les compromis étaient pour eux hors de question.

Même quand ils dormaient, ils continuaient à s'agiter, à remuer dans leurs lits, à parler et à piquer des fous rires. Ils avaient l'un et l'autre des cheveux sombres et sauvages, des yeux d'un bleu profond, des regards attentifs et fureteurs. À presque neuf ans, ils se ressemblaient beaucoup, sans doute bien plus qu'ils ne se ressembleraient plus tard, quand l'adolescence accentuerait leur différence.

Octavia prit une profonde inspiration et entra dans la salle de jeux.

— Rebonjour. La journée a été bonne ?

— Nulle, dit Gideon.

— Géniale ! fit Poppy.

— Un seul à la fois, s'il vous plaît ! Pourquoi « nulle », Gideon ?

— J'ai été collé.

— Qu'est-ce que tu as fait ?

— J'ai parlé. En latin.

— Ça alors...

— En plus, je ne suis pas dans l'équipe de football. Ils ont pris ce taré de Johnson à la place. Il est...

— ... bien meilleur que toi, c'est ça ? suggéra mielleusement Poppy.

— Ta gueule ! Ben non, il est pas meilleur que moi ! C'est parce qu'il a triché, qu'il s'est entraîné en cachette, et en plus c'est un sale fayot...

— On ne peut pas dire que c'est de la triche de s'entraîner en cachette, dit Poppy, qui était une puriste de la langue. Tout le monde a le droit de s'entraîner.

— Si, c'en est !

— Non, pourquoi ça en serait?

— Écoute, intervint Octavia, ils n'auraient pas pris Johnson dans l'équipe s'il n'avait pas été assez bon pour en faire partie. Je comprends que tu sois déçu, mais il y aura d'autres occasions...

— C'est facile pour toi de dire ça. Tu t'en fiches pas mal des matchs, tu n'as jamais eu envie de faire partie d'une équipe de football, toi...

C'était un argument indiscutable et Octavia resta un instant sans voix, avant de rétorquer :

— C'est vrai, mais je sais ce que c'est que vouloir faire partie d'une équipe en général. Comme avec une société, par exemple, si j'ai envie de travailler avec elle, mais que je ne peux pas. C'est exactement la même chose.

— Pff, le travail, tu ne penses qu'à ça... Comment est-ce que tu peux comparer ton boulot et jouer dans l'équipe de football de l'école?

— Je dis et je répète que c'est la même chose, déclara Octavia d'une voix ferme. À Poppy maintenant. Qu'est-ce qui s'est passé de si « génial » pour toi aujourd'hui?

— Plein de choses. J'ai été première en français et j'ai été invitée à la fête de Camilla Bartlett.

— Vraiment, ma chérie? C'est super.

— C'est plus que super. Son père va louer un avion pour nous emmener en France, on sera douze. Tiens, j'ai une invitation, regarde...

— Sans blague, murmura Octavia, ils vont faire ça... Elle parcourut la lettre des yeux.

« Nous t'attendons... le 19 juin... Le Touquet... une journée en France au bord de la mer... Apporte ton maillot de bain, et quelque chose de plus habillé pour le déjeuner... Demande à ta mère de m'appeler... Lauren Bartlett. »

— Où sont passés les bons vieux thés dansants d'autrefois ? murmura-t-elle.

— Ça peut danser pas mal dans l'avion, dit Gideon. Les petits avions, ils font souvent whoooop, dit-il en mimant le mouvement de la main. Tu seras sans doute malade, s'il fait ça.

— Oh ! tais-toi, Gideon ! Pourquoi est-ce que tu veux toujours tout gâcher ?

— Je ne veux pas tout gâcher, juste dire la vérité...

— Bien sûr que tu veux tout gâcher, si tu dis que je serai malade, alors que moi je sais très bien que ça sera génial...

— Tu n'en sais rien.

— Si, je le sais !

— Oh ! les jumeaux, arrêtez un peu, dit Octavia avec lassitude. Écoutez-moi, si on faisait un jeu avant que vous alliez au lit ?

— Quel jeu ? Un Monopoly ?

— Non, on n'a pas le temps. Tu sais bien qu'un Monopoly, ça dure des heures.

— Alors quoi ? demanda Poppy d'un ton moqueur. Un Scrabble ? Une bataille ?

— Quelque chose comme ça, oui...

— La barbe, dirent-ils à l'unisson. Non merci.

Au moins, ils avaient cessé de se disputer. Ils regardèrent ensemble le début des *Cent Un Dalmatiens*, puis allèrent au lit. Au moment où Octavia s'engageait dans l'escalier, elles les entendit se disputer, depuis leurs chambres respectives, pour savoir s'il fallait laisser allumé ou bien éteindre la lumière du palier.

Octavia regagna sa propre chambre et se changea, pour mettre un caleçon et un sweat-shirt, puis elle ressortit et suivit à pas lents le couloir jusqu'à son bureau. C'était là qu'elle passait ses (rares) soirées solitaires, à travailler, écrire des lettres, téléphoner ; c'était là qu'elle se sentait le plus tranquille, le plus détendue.

Mme Donaldson avait empilé le courrier du jour sur son bureau. Elle posa l'invitation de Poppy sur le dessus et s'assit, les yeux dans le vague, repassant dans sa mémoire les événements de la journée ; le déjeuner avec Margaret Piper, l'incident avec Caroline, la discussion avec Michael Carlton, qui avait pris un tour curieusement personnel.

Il n'avait pas tout à fait tort à propos des enfants : ils grandissaient si vite, on laissait passer tant de moments précieux sans s'en rendre compte... Elle n'avait vu les premiers pas d'aucun des jumeaux, ni entendu la première phrase complète prononcée par Poppy (même si cette phrase, telle que la nurse la lui avait rapportée, resterait à jamais gravée dans sa mémoire : « Maman est au travail »). Par ailleurs, aurait-elle pu passer toutes ces heures de toutes ces années à la maison avec eux ? La réponse était peut-être choquante, mais non, elle n'aurait pas pu. L'impatiente, l'ambitieuse Octavia serait vite devenue morose, déprimée, et donc forcément mauvaise mère. Il valait mieux être vivante, enjouée, pleine d'entrain quand elle les retrouvait le soir. Sauf que... c'était l'argument que ressortaient immanquablement toutes les mères qui travaillaient, et qu'il n'était pas si vrai que cela. Elle n'était pas toujours enjouée ni pleine d'entrain quand elle les retrouvait le soir, elle était plutôt épuisée – quand elle ne rentrait pas tout simplement trop tard pour les voir.

Elle s'était toujours promis que plus tard, quand son métier le lui permettrait, elle travaillerait moins, qu'elle ferait des semaines de quatre, voire de trois jours, qu'elle passerait plus de temps à la maison avec ses enfants. Mais les clients étaient comme des enfants, ils voulaient eux aussi l'avoir à leur disposition. La majeure partie de leurs deux vies, celle de Tom comme la sienne, appartenait aux clients ; il n'y avait pas de moment sacré, pas de sanctuaire pour s'en protéger. Dans ses périodes les plus noires, elle songeait que si en se réveillant elle en trouvait un étendu entre eux deux dans le lit, elle n'en serait pas véritablement surprise.

3

Octavia était parfois tentée d'inventer de toutes pièces une histoire sur la façon dont Tom et elles s'étaient rencontrés ; car dans la réalité ç'avait été si banal, une non-histoire... Les autres paraissaient tous avoir eu des rencontres arrangées exprès, ou bien avoir fait connaissance dans des endroits extraordinaires, comme des avions ou des salles d'opération. Lauren et Drew Bartlett, ce couple de voisins qui emmenaient Poppy en France pour l'anniversaire de leur fille, s'étaient rencontrés chez l'avocat à qui ils avaient confié leurs divorces respectifs. Louise, la meilleure amie d'Octavia, avait vu un billet doux atterrir sur la table devant elle au cours d'une réception. Melanie Faulks avait rencontré son ex-mari au cours d'une fête de bienfaisance, alors qu'ils faisaient du saut à l'élastique...

Octavia et Tom, eux, avaient banalement fait connaissance devant le buffet d'un lunch. Elle l'avait remarqué à son arrivée dans la pièce, trouvé terriblement chic (chemise Oxford bleue, pantalon de serge, superbes derbys marron au pied – elle regardait toujours les chaussures chez les gens) et scandaleusement séduisant, et avait songé qu'avec une telle allure il devait être puant de prétention. Mais un peu plus tard, quand on les avait présentés (« Octavia, voici Tom Fleming, il est dans la politique »), il lui avait serré la main et souri presque timidement, ses merveilleux yeux gris foncé posés sur elle; puis ils avaient engagé la conversation, elle s'était aperçue que non seulement il était dépourvu de toute vanité, mais qu'il semblait même manquer de confiance en lui. Oh! rien qu'un peu, et peut-être en jouait-il pour se donner du charme – mais il était en tout cas bien plus sympathique qu'elle ne l'avait cru au premier abord. Il avait aussi le don de mettre les gens à l'aise; en sa compagnie, elle devait s'en rendre compte par la suite, les plus taciturnes se mettaient à parler, les plus coincés à plaisanter, les anxieux avaient l'air de se détendre.

Octavia lui dit qu'elle n'avait jamais rencontré de politicien avant lui, et il lui répondit qu'elle devrait attendre encore pour en rencontrer un, car il n'était rien de tout cela, grâce à Dieu :

— Non, j'exerce un de ces nouveaux métiers qui viennent d'apparaître sur le marché : consultant en affaires publiques. Cela veut dire que nous fricotons un peu avec la politique – nous essayons d'influencer les politiciens et les fonctionnaires pour servir les intérêts de nos clients, et ce genre de choses. C'est beaucoup plus amusant que d'être vraiment *dans* la politique, d'après moi. Et vous, que faites-vous dans la vie ?

— Avocate conseil, spécialisée en droit des sociétés.

— Ce doit être passionnant, dit-il en souriant. Je vais vous chercher une assiette et vous m'en parlerez tranquillement en mangeant.

— Seulement à condition que vous me parliez des affaires publiques.

Par la suite, elle songea combien il avait été prophétique que leur toute première conversation eût été *déjà* professionnelle. Et combien elle les avait passionnés l'un et l'autre. Il lui avait demandé si elle accepterait de dîner avec lui, avait noté son numéro de téléphone. Flattée, mais certaine qu'elle n'entendrait plus jamais parler de lui, elle avait été fort surprise de trouver trois jours plus tard un message sur son répondeur, plein de charme et de modestie. « Octavia, j'espère que vous vous souvenez de moi, Tom Fleming... Je me demandais si vous seriez libre un soir de la semaine prochaine. Rappelez-moi. »

Ils avaient dîné ensemble et beaucoup aimé ce dîner, puis recommencé et recommencé encore ; un mois après leur première rencontre, ils faisaient l'amour. Octavia avait été séduite autant par l'intérêt que lui témoignait Tom que par la douceur de ses premières avances. Elle-même ne possédait presque aucune expérience sexuelle : à vingt-quatre ans, elle n'avait eu que trois amants (sans compter une brève aventure d'une nuit, après un bal de fin d'année à Cambridge). Elle commençait même à craindre d'être frigide, tant ces questions-là l'intéressaient peu, au fond ; quand elle lisait des articles dans *Cosmopolitan* sur les pulsions sexuelles des jeunes femmes, elle se demandait pourquoi elle-même semblait n'en avoir aucune (ou de si faibles), et d'où venait le problème. Ce jour-là, couchée dans les bras de Tom après une expérience qui n'avait pas été bouleversante, peut-être, mais heureuse et sereine, elle lui dit :

— Un type avec qui je suis sortie m'a affirmé que j'étais réfrigérante. Tu le penses aussi ?

— Pas du tout, non. Je pense même tout le contraire. Je pense que tu es très séduisante, extrêmement sexy et pas du tout frigide. Mais il est vrai que je suis fort épris de toi et donc fatalement partial.

Même dans les moments les plus intimes, il soignait son langage.

Tom était brillant ; il était allé à Oxford, au sortir d'une bonne école secondaire, et avait décroché une mention « très bien » en histoire. Cela aurait dû lui libérer l'esprit, et cependant il gardait un absurde sentiment d'infériorité pour n'être pas allé dans une prestigieuse *public school* comme Eton ou Harrow. Pour cette raison, confia-t-il à Octavia, il aurait quelque chose à prouver jusqu'à la fin de ses jours. Cet aveu la toucha autant qu'il la surprit, car, enfin, en était-il pas plutôt bien sorti pour finir ? Mais il sourit et répondit que celui qui ne s'était pas fait courtoisement remettre à sa place par un ancien d'Eton dès son premier dîner à l'université – « Quelle école avez-vous dit ? Oh !... Non, je ne pense pas la connaître » – ne pouvait pas comprendre...

— Je sais que c'est stupide, mais je suis stupide. Je ne peux pas supporter d'être au second rang,

Ses origines étaient modestes : son père vendait des assurances et sa mère avait sacrifié sa vie à son époux.

— Je passais bien après. Je ne crois pas qu'ils aient jamais désiré ma naissance, et bien sûr ils n'ont pas eu d'autre enfant.

Ils étaient tous deux cardiaques et ils étaient décédés à moins d'un an d'intervalle :

— Ce n'est pas d'un très bon pronostic pour moi, j'en ai peur.

Les antécédents d'Octavia (fille unique et adorée d'un homme très riche, passée par Wycombe Abbey et par Cambridge) commencèrent par inquiéter Tom. La première fois qu'elle lui fit rencontrer son père, il était si nerveux qu'il en tremblait tandis qu'il boutonnait sa veste. Personne ne l'aurait deviné, bien sûr ; au contraire, en bavardant dans la pénombre de l'immense salon de Hampstead, sur un ton respectueux, mais avec une aisance apparente, il était la confiance en soi incarnée. Pourtant, il ne se détendit qu'en entendant Octavia lui rapporter le verdict de Felix Miller à son propos : « Intéressant. Fort intelligent. »

Hélas ! à mesure que leur relation prenait de l'importance, les rapports de Tom avec Felix Miller se dégradèrent. Octavia, qui avait déjà vécu cela auparavant, en était très inquiète.

Elle n'était pas seulement une enfant unique : sa mère était morte alors qu'elle avait deux ans, en donnant naissance à un frère, mort lui aussi au bout de trois terribles journées d'agonie. Elle et son père, depuis lors, avaient été tout l'un pour l'autre ; elle l'adorait et le voyait comme la source unique de toute sagesse et de tout bien. Felix avait supporté les premiers petits amis de sa fille, ou plutôt les avait éliminés comme quantités négligeables.

— C'est un gosse, chérie, disait-il. Gentil, et bien sûr que tu dois aller à cette fête avec lui, tu t'y amuseras. Mais il est loin d'être assez intelligent pour toi.

Ou encore :

— Oui, je suppose qu'il est bien. Mais je n'aime pas beaucoup ses manières, si tu veux tout savoir, je pense que tu mérites mieux que ça.

À quoi elle répondait aussitôt que, s'il n'approuvait pas son ami, elle n'irait pas avec lui au cinéma ni nulle part ailleurs – mais il riait alors et lui disait :

— Ma chérie, ça n'a *aucune* importance. De toute façon, tu ne vas pas l'épouser, n'est-ce pas ? Amuse-toi et c'est tout. Tu es jeune, tu en as le droit.

Elle s'amusait, mais le jugement de son père restait incrusté dans son esprit, et bien souvent la première sortie avec l'ami en question était aussi la dernière. Elle tenait compte de l'avis de son père en toutes choses.

Mais Tom avait lutté contre Felix Miller, contre sa jalousie implacable et manipulatrice ; et s'il n'avait pu se concilier ses bonnes grâces, il était du moins parvenu à une paix armée avec lui. Cela ne s'était pas fait sans mal ; après la brève éclaircie du début, quand Felix Miller avait compris que ce petit ami-là ne disparaîtrait pas comme les autres, il y avait eu une période terrible. Chaque fois que Tom allait chez Octavia, l'atmosphère devenait vite irrespirable, son père agressif et bourru, Tom poli mais glacial. Dès qu'il avait franchi la porte, Felix passait en revue tous ses faits et gestes pour les démolir.

— Chérie, tu es assez grande pour juger par toi-même, bien sûr, mais penses-tu vraiment qu'un homme qui t'interrompt *sept* fois pendant le déjeuner – j'ai compté – respecte vraiment ce que tu dis ?... Oui, chérie, je suis sûr qu'il est spirituel, mais es-tu certaine qu'il a le sens de l'humour ? Ce sont deux choses différentes, tu sais, et un mariage ne peut pas marcher si l'un des deux époux n'a pas le sens de l'humour.

Bien sûr, même si elle s'en défendait, elle ne pouvait s'empêcher de guetter désormais les fois où Tom l'interrompait, les occasions où il manquait de sens de l'humour.

Tom marqua un point décisif le jour où, la discussion s'étant envenimée plus que jamais, Felix lui demanda d'un ton acerbe s'il saurait faire son chemin dans le monde, s'il saurait subvenir aux besoins d'Octavia. Perdant son sang-froid, il lui répondit que son attitude était inacceptable et partit au milieu du dîner. Comme tous les tyrans dans l'âme, Felix Miller respectait et même craignait ceux qui lui tenaient tête. Le lendemain matin, Tom était réapparu avec une série de relevés bancaires, la liste de ses clients et deux éditoriaux du *Financial Times*, retraçant les rapides succès engrangés depuis trois ans par la société pour laquelle il travaillait.

— Je tiens à ce que vous le sachiez, notre conversation m'est restée en travers de l'estomac, avait-il dit en regardant Felix Miller dans le blanc des yeux. Je déteste me mettre en avant (ce n'était pas tout à fait vrai, songea Octavia quand Felix lui rapporta cette conversation, mais elle garda prudemment cette réflexion pour elle), mais si vous refusez de me croire je serai forcé de vous présenter d'autres gens qui vous confirmeront que je dis la vérité.

Miller ne s'excusa jamais, mais il cessa dès lors de lutter contre ce mariage. Deux soirs avant la cérémonie, il tint à sa fille des propos orageux (elle n'en parla pas à Tom et se jura qu'elle ne lui en parlerait jamais) : tirant ses dernières cartouches, il lui demanda si elle savait ce qu'elle faisait, et quand elle eut répondu que oui, elle le savait fort bien, il lui affirma qu'elle se trompait.

— Dans six mois, lui dit-il en se servant un brandy et en dardant sur elle un regard brûlant à travers le salon, tu t'en voudras à mort. Mais inutile de revenir te réfugier ici quand ça arrivera.

Octavia l'observa quelques instants en silence, puis monta droit dans sa chambre, ferma la porte et s'étendit sur son lit en contemplant l'obscurité au-dehors – effrayée que son père eût encore tant de pouvoir sur elle, malgré la force de son amour pour Tom.

Plus tard cette nuit-là, quand Felix vint frapper à sa porte, elle lui demanda de partir ; et quand il lui ordonna d'ouvrir, pour la première fois de sa vie elle lui désobéit. Il revint bientôt glisser une lettre sous sa porte, disant qu'il n'avait pas eu l'intention de lui faire de la peine et qu'il était lui-même bouleversé, qu'il l'aimait et ne voulait que son bonheur. Elle ne lui ouvrit toujours pas, mais au matin, ayant pris conscience de l'effort qu'un tel geste avait dû représenter pour lui, elle l'embrassa et dit qu'elle espérait qu'ils étaient toujours amis.

— Amis ! Octavia, mon amour, tu es tout pour moi... Tu le sais, bien sûr.

Le mariage fut somptueux ; Octavia fut conduite à l'autel par un Felix Miller rayonnant d'amour et de fierté – même si beaucoup remarquèrent que son expression était nettement moins radieuse tandis qu'il quittait l'église, marchant désormais derrière le jeune couple. Et il fit un discours fort sentimental (mais guère personnel), affirmant qu'il adorait Octavia et ne désirait rien d'autre que son bonheur. Le discours de

Tom fut plus alerte, moins sirupeux, puis il y eut un moment embarrassant quand le garçon d'honneur déclara qu'Octavia quittait le centre de la vie d'un homme pour occuper désormais le centre de la vie d'un autre homme; mais dans l'ensemble, conclut Tom avec un soupir de soulagement alors qu'ils roulaient vers l'aéroport, d'où ils s'envoleraient vers la villa de Felix à la Barbade, ç'aurait pu se passer bien plus mal.

Leurs soucis étaient pourtant loin d'être terminés. Felix Miller entendait prendre en main la vie professionnelle de son gendre, en lui faisant rencontrer de nouveaux clients, en le conseillant sur ses choix et ses décisions; c'était une source d'exaspération permanente, pour Tom comme pour Octavia, et de conflits sans fin entre eux trois. La jeune femme était particulièrement mal à l'aise, déchirée entre son amour pour son père et sa loyauté envers Tom, son désir de le voir faire ses preuves.

Avec le temps, le problème ne s'était pas résolu. Felix, choqué par le rejet de ses offres d'assistance, n'y voyait que le signe d'un orgueil absurde; il se vengeait en se mêlant sans cesse de la vie personnelle et familiale de sa fille, et même de ses affaires professionnelles – car elle non plus n'avait pas voulu accepter d'argent de lui, obtenant de sa banque les fonds qu'elle avait mis dans Capital C. C'était une situation difficile à vivre, et qui ne semblait guère sur le point de s'arranger...

— Octavia, il faut absolument que je te parle. (C'était la voix de Felix.) Rappelle-moi quand tu rentreras, s'il te plaît.

Elle sursauta : elle était si absorbée dans ses pensées, concernant Carlton et les problèmes que son offre soulevait, qu'elle n'avait même pas entendu le téléphone sonner. Puis elle soupira et attendit quelques secondes, espérant qu'elle pourrait ignorer l'injonction de son père, mais lui obéir était une seconde nature chez elle. Aussi appuya-t-elle sur la touche de mémoire qui composait son numéro, et il décrocha presque aussitôt.

— Felix Miller, j'écoute.

— Bonsoir, papa. Désolée, j'étais occupée.

— Depuis quand es-tu rentrée?

Une fois de plus, cette inquisition l'agaça.

— Pas très longtemps, pourquoi?

— J'ai laissé un message à la nurse pour que tu me rappelles. Elle ne te l'a pas dit?

— Si, papa, elle me l'a dit, mais j'avais plusieurs choses à faire. Je ne suis là que depuis une heure. Je voulais voir mes enfants, boire une tasse de thé...

— Tu vas bien? Tu as une drôle de voix, je trouve.

— Je vais bien, oui. Juste un peu fatiguée.

— Tu travailles trop, c'est absurde. Ce n'est pas tellement ton propre travail, mais toutes ces choses en plus que tu fais avec Tom. Il t'en demande beaucoup trop.

— Papa, toutes les femmes feraient la même chose.

— Oui, mais toutes les femmes ne travaillent pas toutes les heures de la journée!

— C'est mon choix, ma façon de vivre. J'ai besoin de travailler, je ne peux pas m'en empêcher. D'ailleurs, je me demande de qui je tiens ça...

— Peut-être, mais... Et que dirais-tu d'un peu de vacances? De passer un peu de temps avec les enfants? Ça te ferait du bien. Ou alors seule, au contraire, et même sans Tom. Tu pourrais venir quelque temps avec moi à la Barbade...

La villa de Felix était une ravissante petite maison donnant juste sur la plage.

— Papa, franchement... Tu n'es pas très subtil.

— Je ne prétends pas l'être. Ça te ferait du bien, c'est tout.

— Honnêtement, je ne peux pas. J'ai beaucoup trop de travail.

— Je ne suis peut-être pas très subtil, mais toi tu n'as pas beaucoup de bon sens. Comment peux-tu faire du bon travail si tu es épuisée? Enfin, nous en reparlerons. De toute façon je ne te téléphonais pas pour cela. Il faut que Tom me rappelle d'urgence, j'ai peut-être quelque chose pour lui.

— Qu'est-ce que c'est? demanda-t-elle, feignant l'intérêt – sinon il lui reprocherait de ne tenir aucun compte de ses efforts pour aider Tom.

— Oh! une de mes relations fait face à une grosse OPA d'un groupe qui veut absorber sa société. Il a besoin de conseils, il se demande s'il ne pourrait pas faire intervenir les gens de la Commission antitrust. Cadogan, c'est son nom. Je suis sûr qu'il te plairait. Je lui ai suggéré d'en parler avec Tom.

— Papa, pourquoi est-ce que tu n'appelles pas Tom toi-même, si c'est urgent?

— Tu sais très bien pourquoi. Il est si susceptible, il va encore me dire que je me mêle de ses affaires.

— Ne sois pas bête, voyons...

— Je ne suis pas bête, tu sais parfaitement que c'est vrai.

— Dans ce cas, quelle différence cela fait si je lui en parle, moi?

— Comme ça, il est libre de refuser tout de suite, sans s'embarrasser de précautions. Mais demande-lui quand même de m'appeler, tu veux bien? Ça peut être vraiment une grosse affaire.

Bon dieu, songea Octavia, il avait le don de rendre tortueuse et compliquée la chose la plus simple. Il n'y avait aucune raison pour qu'il ne dise pas à son ami d'appeler Tom directement – sinon qu'il aurait laissé passer l'occasion de répéter à Octavia, une fois de plus, que Tom lui en voulait d'essayer de l'aider, et que Felix à son tour lui en voulait de lui en vouloir...

— Je suis sûre que Tom sera ravi de faire quelque chose, si

44

c'est dans ses cordes. Je lui demanderai de te rappeler, mais je ne suis pas sûre de le voir ce soir.

— Où est-il ?

— Oh ! Il dîne dans la City.

Elle soupira ; en général, elle appréciait ses rares soirées de solitude, qui lui permettaient de rattraper une foule de tâches en retard, mais ce soir elle aurait voulu que Tom soit là, pour lui parler de l'affaire qui la préoccupait.

— Chérie, ça n'a pas l'air d'aller, dit la voix de Felix. Que se passe-t-il ?

Tout à coup, elle eut envie de lui parler de Michael Carlton, de connaître ses réactions et son avis sur le sujet.

— Tu as un instant ?

— Bien sûr...

Elle lui expliqua tout : l'absence de sponsor pour Cultiver, le projet immobilier, l'offre de Carlton, son éventuel engagement dans Foothold...

— L'histoire du sponsoring ne me paraît guère poser problème, commenta-t-il quand elle eut terminé. Ça résout d'un seul coup tes difficultés avec ta cliente, non ?

Octavia ne fut guère surprise de sa réaction ; l'une des qualités qu'elle appréciait le plus chez lui, c'était son pragmatisme absolu.

— Oui, papa, mais il me met aussi dans sa poche... Après ça, est-ce que je ne serai pas forcée de soutenir son programme immobilier, même si c'est un projet exécrable ?

— Non, il ne faut pas. Dis-lui clairement que tu ne le soutiendras pas, tu verras bien comment il réagira. Quant à l'autre association, laisse-les se faire leur opinion par eux-mêmes. Ils vont sans doute détester son projet, s'il doit voir le jour devant chez eux, mais peut-être que non. En tout cas, tu n'as pas à t'impliquer à titre personnel dans cette affaire. Et Tom, qu'est-ce qu'il en pense ?

— Je ne sais pas. Il est allé directement à son dîner.

— Pas très correct de sa part, me semble-t-il. Il ne devrait pas t'exposer à ce genre de pression morale. Il se repose beaucoup trop sur toi et sur ta bonne nature. Et ce Carlton, il est comment? Du genre truand ou pas? Il me semble que son nom me dit quelque chose.

— Oui, il est connu dans sa branche. Sûrement très dur en affaires, mais pas un truand, je ne crois pas.

— Tu ne peux pas devenir un grand promoteur immobilier si tu es un enfant de chœur. Bien, je vais peut-être te laisser, chérie, parce que j'ai un dossier à finir.

— Et tu me reproches de travailler trop... Quel âge as-tu, papa?

— Je suis un très jeune homme de cinquante-neuf ans, répondit-il, et le sourire s'entendait dans sa voix. Est-ce que je te vois ce week-end?

— Je ne suis pas sûre, dit-elle après un temps d'hésitation. Nous aurons des Américains à la maison et il faudra les sortir.

— Dommage. J'ai des billets pour un ballet, ça t'aurait sûrement plu. Encore que tu as dû déjà le voir. *Manon...* Une superbe production, à ce qu'on m'a dit.

— Nous l'avons vu, oui, et c'est effectivement une superbe production. Nous l'avons vu avec Sylvie Guillem.

— J'y emmène Marianne de toute façon, et peut-être que ses filles pourront venir.

— Je l'espère...

Marianne était la maîtresse de son père depuis de nombreuses années : Octavia et elle entretenaient des rapports amicaux et vigilants à la fois.

— Est-ce que... elle est là en ce moment?

— Non, je suis seul.

Octavia crut entendre – ou l'avait-elle rêvé? – quelqu'un soupirer derrière lui. Il y eut un silence, puis :

— Bonne nuit, papa. Je demanderai à Tom de t'appeler.

— Pourquoi as-tu dit ça? demanda Marianne Muirhead, en relevant la tête de son magazine et en fusillant Felix de son regard vert.

— Dit quoi? demanda Felix.

— Que tu étais seul. Oh! mais peu importe, comme si je ne connaissais pas la réponse. Felix, je tiens à te le dire, tu es un vrai cauchemar. C'est un miracle que la pauvre Octavia ne soit pas plus névrosée encore, avec toi comme père.

— Elle n'est pas névrosée!

— Bien sûr qu'elle l'est.

— Très nerveuse, mais pas névrosée. Et c'est la vie qu'elle mène qui la rend ainsi, pas moi.

— Pas d'accord. Elle était manifestement perturbée ce soir, et la dernière chose dont elle avait besoin, c'était de tes petites phrases insidieuses à propos de son mari. Ou bien de t'entendre dire que tu étais seul à la maison, alors qu'elle venait de refuser ton invitation pour le ballet. Avec les mots « solitaire » et « délaissé » lourdement sous-entendus dans ta phrase.

— Écoute, je ne me mêle pas de la façon dont tu élèves tes enfants, dit Felix avec irritation en se versant un grand whisky, alors sois gentille, laisse-moi me comporter comme je le veux avec ma fille.

Marianne ne répondit pas, se replongea dans son magazine. Felix monta le volume de la chaîne stéréo et le concerto pour violon de Max Bruch remplit la pièce.

— Felix, moins fort, s'il te plaît. C'était parfait comme c'était avant.

— Je croyais que tu aimais? Tu dis toujours que c'est un des disques que tu emmènerais sur une île déserte!

— C'est vrai, mais pas quand il m'empêche de réfléchir.

— Mais tu es en train de lire *Vogue*! Ça ne demande pas beaucoup de réflexion!

Marianne referma son magazine et se leva :

— Je devrais peut-être rentrer à la maison ce soir, après tout. Je suis assez fatiguée.

— Oh! ne dis pas de bêtises, je t'en prie. À quoi joues-tu maintenant?

— À rien, Felix, ce n'est pas mon genre. Je suis fatiguée, et je ne trouve pas ton humeur très reposante.

Marianne disait vrai, jouer n'était pas son genre. C'était une femme très franche de caractère, d'une intelligence froide et déterminée. À trente-neuf ans, blonde au teint clair, mince et toujours ultra-chic, elle était superbe. *Vogue* avait dit une fois de Marianne Muirhead qu'elle ne suivait pas la mode, qu'elle en donnait plutôt une version personnelle, différente des autres. Jamais trop moderne, jamais trop classique, elle s'était créé son style personnel au fil des années, qu'elle adaptait aux circonstances; une longue silhouette mince, une touche d'une couleur primaire, soigneusement dosée, qu'elle ajoutait au noir, toujours des hauts talons, presque toujours des chapeaux, des jupes s'arrêtant juste au-dessus du genou, et en permanence une bonne trentaine de T-shirts blancs à sa disposition, dans tous les tissus et tous les styles possibles. Elle paraissait aussi à l'aise sur un terrain de golf (son habitat naturel, affirmait-elle) que dans la salle à manger du Caprice à l'heure du déjeuner, ou sur la piste de danse d'un bal de charité. La légère trace de sévérité décelable dans ses manières et dans son apparence s'évanouissait aussitôt qu'elle se mettait à rire, de son rire sonore, exubérant.

Elle n'avait que dix-huit ans, en 1975, quand elle épousa Alec Muirhead, un avocat américain résidant à Londres. Son père à elle, diplomate, avait été en poste à Washington pendant la plus grande partie de sa vie, elle-même était à moitié américaine, et son unique frère s'était installé outre-Atlantique ; aussi s'engagea-t-elle le cœur léger dans une vie que la plupart des femmes anglaises auraient jugée difficile. Mais elle découvrit après la naissance de leur troisième enfant, en 1982, qu'Alec la trompait depuis des années. Comme il passait au moins la moitié de son temps à New York et que les sentiments de Marianne pour lui s'étaient entre-temps bien refroidis, elle n'en fut guère affectée. Elle accepta le divorce, dans des conditions fort généreuses et avec l'entière garde des enfants pour elle. Elle surprit son entourage en prenant la situation avec indulgence et bonne humeur, en accordant un large droit de visite à son ex-mari et en insistant pour qu'ils passent Noël, Thanksgiving et au moins une partie des vacances ensemble. Alec, désormais installé à plein temps à New York, ne s'était jamais remarié, mais avait eu une kyrielle de maîtresses, de plus en plus jeunes ; les enfants Muirhead avaient grandi avec un modèle conjugal qui n'était certes pas conventionnel, mais harmonieux et serein. Marianne vivait à Londres avec les deux plus jeunes, deux filles ; l'aîné, Marc, faisait des études classiques à Harvard et se destinait au droit comme son père.

Marianne rencontra Felix Miller lors d'un gala de bienfaisance à la Royal Opera House. Cinq ans après son divorce, elle était prête sinon pour l'amour, du moins pour une nouvelle relation ; et Felix était le premier homme à posséder le même magnétisme que son ex-mari – et aussi, il faut le dire, la même propension à être désagréable.

Pendant sept ans, elle fut très heureuse avec lui ; aujourd'hui, malgré son caractère fort difficile (d'où les rapports si compliqués qu'il avait avec sa fille), elle continuait à l'aimer et à beaucoup apprécier sa compagnie, notamment au lit.

Marianne était une de ces femmes qui cachaient une nature

passionnée sous des dehors impassibles. Parfois, quand elle regardait Felix, son épaisse chevelure argentée, son regard noir insondable, sa large silhouette qu'on devinait pleine d'énergie contenue, elle sentait un élan de pur désir la pousser vers lui. Il leur arrivait de quitter ensemble précipitamment des réceptions ou des salles de restaurant, et même de faire sauvagement l'amour sur une plage déserte ou dans un bosquet isolé. Leurs enfants, s'ils l'avaient appris, en auraient été terriblement choqués.

Ils passaient deux ou trois nuits par semaine ensemble à Londres – toujours dans sa maison à lui, jamais chez elle – ainsi que des vacances dans la villa de Felix à la Barbade, ou dans celle de Marianne au Portugal. Elle ne travaillait pas, mais ses journées étaient fort remplies (en plus du golf) par son engagement dans des opérations de relations publiques et de collecte de fonds, pour des œuvres caritatives et de mécénat artistique, ainsi que par l'éducation de ses deux filles : à quinze et dix-huit ans, Romilly et Zoé avaient encore grand besoin d'elle.

Elles vivaient toutes les trois dans un grand appartement en triplex, du côté nord d'Eaton Square : meublé avec infiniment de goût, décoré dans un style aussi lumineux que le style vestimentaire de Marianne était sombre, c'était un vrai foyer. L'étage supérieur était réservé aux deux filles, avec une chambre, un salon et une salle de bains chacune – ce qui leur donnait une illusion, au moins, d'indépendance et de liberté.

Elles n'avaient pas vraiment d'affection pour Felix Miller, mais de l'amitié, et elles acceptaient de bonne grâce la place qu'il occupait dans la vie de leur mère. Felix, lui, aimait bien Romilly mais trouvait Zoé (dont l'intelligence, la beauté et la sensualité ressemblaient beaucoup à celles de sa mère) difficile à supporter. Quant à l'attitude de Marianne à leur égard, tolérante, indulgente, presque détachée, aurait-on pu croire, il ne l'approuvait ni ne la comprenait.

Il la suivait maintenant du regard, traversant la pièce pour venir l'embrasser, et il lui dit :

— Tu ne veux pas rester, tu es sûre ?

— Sûre. Je suis fatiguée et j'ai une compétition importante demain.

— Ah ! je vois. Alors je n'insiste même pas, ce serait peine perdue.

La quantité de temps et d'énergie qu'elle consacrait au golf l'exaspérait – particulièrement quand il avait un grief contre elle. Il ne comprenait pas qu'une femme si intelligente et si cultivée pût se passionner pour une telle activité.

— Tu pourrais facilement diriger une société, lui avait-il dit plus d'une fois.

À quoi elle avait répondu en riant qu'elle n'en avait aucune envie, qu'elle voyait la vie comme un ensemble d'expériences à essayer, à apprécier, plutôt que comme une tâche à laquelle on devait s'atteler – et pourquoi diable travaillerait-elle, alors qu'elle avait la chance de ne pas y être obligée ? Ses filles avaient besoin d'elle à la maison, elle-même adorait y passer du temps, et elle voulait également être disponible pour Marc lorsqu'il passait à Londres. Felix, qui avait consacré sa vie à rechercher la réussite, tentait de la comprendre, mais en vain, et il s'étonnait toujours que leurs deux caractères puissent s'accorder.

Mais peut-être en vérité ne s'accordaient-ils pas, songeait-il à présent, tandis qu'il écoutait la voiture de Marianne descendre Well Walk. Peut-être même devaient-ils envisager de se séparer ; et il sut aussitôt qu'il ne le pourrait pas, que ce qu'il ressentait pour Marianne était plus proche de l'amour que ce qu'il avait jamais ressenti pour n'importe quelle autre femme. Excepté pour Octavia, bien sûr.

À onze heures et demie, Tom n'était toujours pas rentré ; Octavia décida d'aller se coucher dans la chambre d'amis, avec l'espoir qu'il ne la réveillerait pas quand il arriverait. Elle éteignit la lumière et essaya de s'endormir, mais l'insomnie (qui la guettait tous les soirs) était particulièrement menaçante cette nuit-là. Elle fut tentée de prendre un somnifère, mais elle devait se lever tôt et être en forme : au réveil, le cachet lui embrouillerait l'esprit. Les idées confuses, ou bien le corps fatigué – c'était toujours le même dilemme, décider quel était le moindre des deux maux. Elle demeura quelque temps ainsi, allongée sur le dos, scrutant l'obscurité, faisant un des exercices de relaxation que lui avait conseillés son professeur de yoga – ils ne servaient à rien, mais au moins c'était une occupation...

Elle venait de rallumer la lumière pour lire quand elle entendit le bruit d'un moteur de taxi dans la rue, puis Tom qui entrait et montait l'escalier en silence. Elle savait ce qui allait se passer ensuite : il ne la trouverait pas dans leur chambre et viendrait la chercher ici. Il ne se formalisait pas qu'elle déserte leur chambre, compatissait à ses insomnies, mais ne supportait pas de se coucher sans lui avoir dit bonsoir. Octavia, elle, trouvait touchant autant qu'irritant d'être arrachée de son précieux sommeil (quand elle avait réussi à y sombrer) pour s'entendre souhaiter une bonne nuit...

Elle lui sourit tandis qu'il entrait, s'asseyait sur le lit et l'embrassait.

— Désolé d'être en retard. Bob Macintosh était à ce dîner, et je me suis laissé embringuer dans une interminable conversation avec lui.

— À quel sujet ?

Bob Macintosh était l'un des clients les plus anciens et les plus importants de Tom ; il possédait une chaîne de supermarchés, petite mais fort prospère, dans les Midlands et le nord de l'Angleterre. Il était direct et volubile, plutôt corpulent, les cheveux grisonnants, les yeux sombres et brillants. Octavia avait beaucoup d'affection pour lui.

— Oh! Il n'est pas très heureux.

— Vraiment? Comment va Maureen?

— C'est à cause d'elle, justement. Elle a une aventure, une de plus.

Maureen était une flamboyante rousse, de dix ans plus jeune que son mari, bruyante, drôle et complètement extravertie. Elle aimait Bob, et plus encore l'argent de Bob, mais ça ne l'empêchait pas de le tromper régulièrement.

— Pauvre vieux Bob. Je ne comprends pas comment il peut supporter ça.

— Pour les raisons habituelles. Il ne peut pas vivre avec elle, mais il ne peut pas non plus vivre sans elle. En plus, la situation est un peu compliquée cette fois-ci. Elle couche avec un politicien.

— Un politicien! Bon sang, Tom, qui ça?

— C'est justement là que tout se complique. Le type est un sous-secrétaire d'État assez en vue, et le nouveau gouvernement « Monsieur Propre » Blair ne veut pas être éclaboussé par une affaire comme du temps des tories. Pas encore, en tout cas. Ils veulent l'étouffer, mais la presse est sur le coup, et pour cela ils ont besoin que Bob coopère.

— Qu'il coopère comment?

— Leur idée, c'est de diffuser aux journaux des photos de famille, du genre parties de campagne... Tout le monde est heureux et nous n'avons rien à cacher.

— Des photos des *deux* familles?

— Oui. Et c'est là que Bob n'est pas sûr d'être d'accord, en ce qui le concerne. Il dit que l'idée seule lui donne la nausée.

— Je réagirais comme lui, dit Octavia, et toi aussi sans

doute. Je l'espère, en tout cas, ajouta-t-elle en se penchant pour l'embrasser,

— Oui, bien sûr, dit-il rapidement.

— Mais qu'est-ce que tu as à voir là-dedans ? À part le fait qu'il est ton ami, et aussi ton client, bien sûr.

— Il voulait savoir ce que j'en pensais, soupira Tom.

— Et ?

— Je lui ai dit que le plus important dans l'histoire, c'était ce qu'il ressentait envers Maureen. S'il pouvait lui pardonner encore une fois ou non.

— Qu'est-ce qu'il a répondu ?

— Qu'il pouvait lui pardonner, oui, qu'il voulait qu'elle revienne. Il a dit qu'il l'aimait toujours, l'imbécile, mais à certaines conditions. Qui n'incluent sûrement pas qu'il ait à tout arranger dans l'intérêt de son amant.

— Il devrait faire en sorte de renverser la situation à son avantage.

— Qu'est-ce que tu veux dire ?

— Qu'il devrait obtenir quelque chose en retour, s'il accepte de jouer au ballon pour la photo de famille. Quelque chose en plus de Maureen, je veux dire. Je présume qu'elle veut rester avec lui de toute façon.

— Évidemment qu'elle le veut. Face à l'idée de perdre Bob, l'argent, leur énorme maison et tout le reste, elle trouve soudain que c'est le seul véritable homme de sa vie...

— Tu ne l'aimes pas, n'est-ce pas ?

— Non. Je ne peux pas supporter ce genre de grippe-sou, de femme entretenue.

— Tu aimes bien Lauren Bartlett pourtant, lança-t-elle soudain.

— Pas du tout. Je ne peux pas la supporter, au contraire.

— On ne dirait pas, à te voir avec elle. Je me souviens de quelques danses plutôt rapprochées, l'autre soir.

— Oh! Octavia, ne commence pas, dit-il d'un air las.

— Je ne commence rien du tout. Je faisais juste une remarque...

Elle s'arrêta, sentant qu'elle s'engageait sur une mauvaise pente. Octavia était affreusement jalouse, douloureusement jalouse ; elle ne pouvait pas supporter que Tom flirte avec une autre femme, elle n'avait jamais appris à le prendre à la légère. Et Tom flirtait souvent – cela faisait partie de son charme, c'était aussi naturel pour lui que de respirer.

— De toute façon, c'est le conseil que je donnerais à Bob, enchaîna-t-elle rapidement, pressée de faire machine arrière. S'il veut vraiment que Maureen revienne, bien sûr. Il a toutes les cartes en main, il suffit de bien voir lesquelles il doit jouer. Mais ne me demande pas lesquelles ni comment, ajouta-t-elle en reposant sa tête sur l'oreiller, je suis bien trop fatiguée pour penser. Je me sens juste terriblement triste pour ce pauvre Bob.

Tom la contempla avec attention pendant une seconde ou deux, puis se pencha pour l'embrasser.

— Tu es une femme intelligente, lui dit-il, et je t'aime. Tu avais du mal à t'endormir ?

Elle acquiesça.

— Tu aimerais que je t'aide à te détendre ? Je jure que je repartirai dans notre chambre après.

Ses yeux gris foncé étaient fixés sur elle, très intensément, et elle lui rendit le même regard.

— Je pense que j'aimerais beaucoup ça, oui.

Contre toute logique et tout sens commun – il était tard, elle avait une réunion très tôt le lendemain, elle serait épuisée –, elle avait envie de lui. D'un seul coup, elle sentit son corps vibrer, se tendre tout entier vers le désir. Elle s'enfonça plus profondément dans le lit et leva les deux bras vers lui, comme l'aurait fait un enfant ; sans la quitter des yeux, il retira ses vêtements, vint s'allonger près d'elle et commença à l'embrasser. Tous les deux étaient étrangement impatients, et se sentaient presque coupables de l'être. Octavia tendit la main vers l'interrupteur pour éteindre la lumière.

— Non, lui dit Tom. Je veux pouvoir te regarder.

Il aimait l'observer, la caresser, embrasser ses petits seins, son ventre plat, ses cuisses fines et fermes; il aimait qu'elle le regarde, pour en savoir plus sur lui et sur son plaisir, ce qui le provoquait. Au début, elle avait eu du mal, à cause de son caractère anxieux et de son manque d'assurance; elle préférait l'obscurité. Il l'avait taquinée à ce propos et lui avait dit qu'elle était coincée, que c'était son père qui la traumatisait; Octavia l'avait très mal pris, avec crises de colère et de larmes, et lui en avait voulu. Il lui avait fallu beaucoup de temps pour réussir à se détendre au lit : au fond d'elle-même, elle savait que Tom avait raison et que l'image de son père pesait sur sa vie sexuelle. Même au plus intime de leurs rapports, quand elle sentait Tom en elle et que ses propres sensations s'en trouvaient décuplées, violence et plaisir mélangés, elle savait qu'une part d'elle-même se retenait encore, craignant de se perdre ou d'enfreindre un interdit.

Mais il lui avait appris à avoir davantage confiance, en elle-même comme en lui, il lui avait appris à prendre du plaisir pendant l'amour. Depuis, au sein d'une relation souvent tendue, exigeante et sous pression, ce qui se passait entre eux au lit était non seulement agréable, mais important : c'était une redécouverte l'un de l'autre à tous les niveaux, un moment qu'ils attendaient toujours avec impatience et qu'ils savouraient pleinement.

Quand tout fut fini, ils restèrent enlacés, souriants, mais encore haletants, surpris par l'urgence qui les avait précipités l'un vers l'autre.

— Je vais y aller, finit-il par dire, tandis qu'elle se laissait gagner par le sommeil.

— Non, murmura-t-elle. Non, reste avec moi... Ne t'en va pas.

La dernière chose qu'elle entendit, ce fut sa voix qui lui disait qu'il l'aimait ; la dernière chose à laquelle elle pensa, ce fut au besoin qu'elle avait de lui.

Le lendemain matin, elle ne s'attendait pas à le revoir avant de partir ; elle se glissa discrètement hors du lit, prit une douche, s'habilla et rassembla ses notes pour la réunion, pensant qu'il continuait à dormir profondément. Mais il fit son apparition, parfaitement réveillé, dans la chambre de Minty alors qu'elle lui disait au revoir, puis il suivit Octavia en bas.

— On se voit ce soir, lui dit-il. C'est encore au Savoy, j'en ai peur.

— Je sais. Les Draper, des journaux régionaux, c'est bien cela ?

— Oui. Comment ça s'est passé avec Carlton après mon départ ?

— Oh ! très bien, mais le terrain est un peu miné, Tom.

— Je sais, je m'en rends compte. Mais ça marche pour le sponsoring, quand même ?

— Oui... enfin, on verra. Au revoir. Oh ! au fait, ajouta-t-elle au moment de quitter la pièce, mon père veut que tu l'appelles. Il a un client possible ou je ne sais quoi pour toi.

— Seigneur..., dit Tom.

Le petit déjeuner d'Octavia avait lieu au Connaught ; elle était en avance et pourtant Melanie se trouvait déjà sur place, s'abreuvant de jus d'orange et de café, le verre dans une main et la tasse dans l'autre. Comme chaque fois qu'elle la voyait hors du cadre familier du bureau, Octavia fut frappée par la beauté singulière de Melanie : grande, avec son mètre quatre-vingts ou presque (« En général, c'est moi qui baisse les yeux vers les hommes », plaisantait-elle), un corps souple et ferme à la fois, des jambes interminables. Ses cheveux bruns, aux reflets cuivrés, tombaient sur ses épaules en une lourde vague ; ses yeux, que masquait à demi sa longue frange, étaient d'un bleu profond. Son nez était plutôt grand, mais bien proportionné au reste de son visage, sa bouche était large et généreuse. Le plus frappant chez elle, c'était sa voix basse et grave, avec un accent du sud de Londres qu'avaient estompé des années de fréquentation de la grande bourgeoisie et de l'aristocratie auxquelles appartenaient ses clients. Elle s'habillait très années soixante-dix, avec un léger look ethnique – des longues jupes, des chemises à broderies compliquées, une ribambelle de bracelets en argent sur ses solides poignets bruns ; face à l'élégance classique d'Octavia, on aurait dit un grand oiseau exotique. Tom Fleming, qui d'habitude appréciait des femmes plutôt conventionnelles, était étonnamment attiré par Melanie, et affirmait qu'il la trouvait terriblement sexy.

Octavia se glissa sur la banquette à côté d'elle et fit un signe plein de gratitude au serveur quand celui-ci s'approcha avec un pot de café.

— Tu n'as pas l'air en forme, dit Melanie, en la détaillant d'un œil critique. Tu n'es pas encore enceinte, n'est-ce pas ? Octavia, je t'en prie, dis-moi que tu ne l'es pas.

— Non, je ne suis pas enceinte, répondit Octavia, sur la défensive.

— Parfait. Rien que les problèmes domestiques habituels, donc ?

— Si l'on veut.

— J'espère que le divinement beau M. Fleming ne fait pas partie des problèmes domestiques ?

— Pas que je sache, non. Honnêtement, Mells, je vais bien, juste un peu fatiguée.

— Très bien... Alors laisse-moi te mettre au courant vite fait, avant que notre cliente n'arrive. Elle tient absolument à avoir son bal pour Noël, et il faut en reparler avec elle. Cela ne vaut rien sans un superparrainage, et nous n'en avons pas.

— Rien à attendre du côté de Kensington Palace? Elle tenait absolument à ce que nous tentions le coup. Elle disait qu'elle était sûre que Diana répondrait.

— Ils pensent *tous* que Diana répondra. J'ai bien passé un coup de fil au palais, mais je n'ai pas réussi à aller plus loin que le secrétaire. Cela dit, nous ne pouvons pas lui répondre seulement : « Pas de bal. » Il faut lui proposer autre chose à la place, quelque chose qui puisse l'accrocher. Tu as une idée?

— J'ai rencontré Neil Balcon l'autre soir, dit Octavia.

— Oh! lui... oui. Et alors?

— Il vient juste de faire un de ces galas de bienfaisance du dimanche soir, et ils ont récolté quarante mille livres pour les sourds. Il m'a dit que ça valait toujours la peine de lui en parler, qu'il adorait faire ce genre de choses, pourvu que la cause lui plaise.

— C'est vrai? Et il est comment, lui? Tu te débrouilles toujours pour rencontrer les gens les plus glamour, Octavia.

— C'était à une de ces sauteries de collecte de fonds pour le Parti travailliste, dit Octavia. Tom y est invité parfois. Balcon est très sympathique, extrêmement beau en plus, alors on peut toujours essayer.

— Ça m'a l'air d'une bonne idée. Ah! la voilà. Venez vous asseoir, Kate. Du café?

En arrivant au bureau, Octavia trouva un message de Lauren Bartlett. Elle demanda un verre d'eau minérale à Sarah

Jane, prit deux Nurofen contre son mal de tête qui ne cessait d'empirer, puis composa le numéro.

— Lauren Bartlett.

Rien qu'entendre sa voix fit grincer les dents d'Octavia : mondaine, stridente, agressive.

— Bonjour Lauren. Octavia Fleming au téléphone.

— Oh! Octavia, oui.

— Vous m'avez appelée, je crois. Si c'est au sujet de la fête, Poppy adorerait y aller, merci. C'est une idée géniale.

— Bien, je vais la cocher sur la liste. Elle a un passeport personnel, j'espère? L'an dernier, ça a été un vrai cauchemar parce que certains enfants n'en avaient pas. J'ai oublié de le mentionner sur l'invitation.

— Oui, elle en a un.

— Bien. N'ayez aucun souci pour la sécurité. Le pilote a beaucoup d'expérience; quand il se pose on ne s'en aperçoit même pas.

— Je n'étais pas inquiète, dit Octavia en se demandant si elle n'aurait pas dû l'être.

— Bravo. Certains parents l'étaient, c'est pour cela que je vous en ai parlé. Mais je vous appelais pour une autre raison. Comme vous le savez, je siège au comité de collecte de fonds de Génération montante.

Octavia aurait difficilement pu l'ignorer, en effet. Génération montante jouissait d'une très forte image – au point qu'une rumeur insistante avait circulé selon laquelle la princesse Diana allait en devenir la marraine. Capital C leur avait fait des offres de service deux ans plus tôt, mais n'avait pas obtenu leur clientèle; dommage, car c'eût été une référence de premier ordre. Génération montante dirigeait un hôpital privé pour enfants atteints du sida et deux foyers pour enfants maltraités. (« Très à la mode, très Diana », avait observé Melanie d'un air acide après leur première rencontre.) Le patronage de Diana ne s'était pas encore concrétisé, mais l'œuvre faisait beaucoup parler d'elle.

— Nous projetons une journée de collecte de fonds en septembre, sur le circuit de Brands Hatch. Nous avons pensé à demander de l'aide à des professionnels, et c'est votre nom qui est sorti d'abord. De plus, nous savons que vous êtes horriblement chères, donc il vaudrait peut-être mieux que nous nous débrouillions sans vous. Je me demandais si vous seriez prêtes à le faire à moitié prix, compte tenu de ce que vous et moi sommes amies, et tout le reste.

— C'est peu probable, autant vous le dire tout de suite, répondit froidement Octavia. Les affaires sont les affaires, vous savez. Mais nous pouvons toujours en discuter. Votre journée m'a l'air d'une excellente idée, et je suis sûre qu'elle sera très productive. Nous avons fait quelque chose du même genre à Brooklands il y a environ un an, et nous y avons réuni plus de cent mille livres pour Foothold, l'une de nos clientes, pour les enfants souffrant d'arthrite. J'ai réussi à y faire venir un grand laboratoire pharmaceutique, avec beaucoup d'argent et de sponsoring à la clé.

— Oh! vraiment?

Une brève lueur d'intérêt perça sous la voix mondaine.

— Oui. Donc, si vous pensez que ça vaut la peine d'en parler...

— Mais vous ne le feriez pas pour rien? En souvenir du bon vieux temps?

— Lauren, je ne pourrais pas. Je suis désolée.

— Bien. Nous allons y réfléchir. Je dois quand même vous dire que ça paraît un peu... bizarre pour une société de faire de l'argent avec des associations caritatives.

Octavia s'était déjà vu servir si souvent cet argument dans le passé qu'elle y répondit calmement – la même réponse que d'habitude.

61

— Lauren, vous le savez aussi bien que moi, les comptes d'une association caritative doivent être équilibrés. En gérer une, c'est beaucoup de dépenses et de frais. Nous nous arrangeons pour les rendre plus rentables sur le long terme.

— Oui, je connais l'argument, dit Lauren du bout des lèvres. Bien, nous vous rappellerons peut-être. Je dois y aller maintenant, Octavia. Au Harbour Club. Au revoir.

— Garce! dit Octavia tout haut en raccrochant.

Tom Fleming oublia de téléphoner à son beau-père, jusqu'à une conversation fort compliquée qu'il eut pendant le déjeuner. À vrai dire, la plupart de ses repas s'accompagnaient de conversations fort compliquées, car il n'en prenait guère, pendant la semaine, qui ne fussent pas des déjeuners d'affaires. Sa journée professionnelle commençait avec le petit déjeuner, pris dans un hôtel ou dans une salle de conférences, se poursuivait au cours du déjeuner, presque toujours au Connaught, au Savoy ou au Ritz, et se prolongeait encore pendant le dîner (souvent après un détour par le théâtre ou l'opéra), dans quelque bistrot à la mode comme Bibendum, Quaglino's ou le Mirabelle. Il n'était jamais détendu, toujours l'esprit en éveil; on déposait devant lui des assiettes de mets coûteux et sophistiqués, pour les retirer souvent à moitié avalés, ou même à peine entamés; des verres de merveilleux bordeaux, de champagne idéalement frappé lui étaient versés, mais restaient intacts ou presque – tandis qu'avec ses collègues, ses invités ou ses hôtes ils s'épiaient et se traquaient les uns les autres dans leur lutte incessante pour gagner de l'influence.

Tom dirigeait un cabinet-conseil en affaires publiques, connu dans le monde politico-économique comme faisant du lobbying. Les gens qu'il rencontrait dans des réceptions lui demandaient en quoi cela consistait au juste, et il s'étonnait toujours de la difficulté qu'il avait à leur répondre.

— Ce n'est pas vraiment de la politique, et c'est beaucoup plus amusant, disait-il. En fait, ça consiste à persuader les gens, et rien d'autre. Persuader nos clients de ce qu'ils doivent faire, et comment ils doivent le faire, dans la mesure où ça a un rapport avec la politique. Et persuader les autres que mes clients ont raison.

Après quoi il arborait son sourire le plus charmeur et refusait d'en dire plus.

— Sinon je vais devenir ennuyeux et Octavia sera furieuse.

Le dossier de présentation de Fleming Cotterill (épais, luxueux, sur papier glacé) allait un peu plus loin ; la compagnie s'y décrivait comme « cherchant à faire passer le message de ses clients auprès des gens, aussi bien ceux de Westminster ou de Whitehall que monsieur Tout-le-Monde ».

Fleming Cotterill avait sept ans d'existence, une excellente image de marque et beaucoup de succès. Tom et son codirecteur Aubrey Cotterill avaient quitté ensemble un autre gros cabinet pour fonder le leur ; ils en étaient les deux principaux dirigeants, les deux principaux actionnaires, et avaient à présent trois autres directeurs à leurs côtés. Les premiers temps avaient été, selon les termes de Tom, « bons pour les crampes d'estomac : nous avions fait d'énormes emprunts et pris d'énormes hypothèques tous les deux. Il *fallait* que ça marche ».

Pendant les tout premiers mois, il sembla que ça n'allait pas marcher ; ils avaient quelques clients, bien trop peu pour couvrir leurs frais généraux (un bureau petit mais luxueux à Westminster, d'énormes frais de réception, et les taux d'intérêt élevés du début des années quatre-vingt-dix). Tom et Aubrey étaient endettés jusqu'au cou, et disaient aujourd'hui qu'ils ne savaient pas quelles journées étaient les pires alors – quand le téléphone ne sonnait pas, ou au contraire quand il sonnait et qu'une voix leur disait poliment que leur dossier et leurs propositions étaient remarquables, mais qu'hélas on avait décidé de faire affaire ailleurs pour cette fois...

Puis, en l'espace de trois jours, ils obtinrent deux budgets clés : une station de radio à la recherche de fréquences supplémentaires et une petite chaîne d'épiceries, toutes deux clientes classiques en matière de lobbying et d'affaires publiques. Les deux associés prouvèrent aussitôt leurs compétences : la station de radio se fit une énorme publicité en résistant à une prise de contrôle – ils lui avaient conseillé à la fois d'exploiter l'argument des inévitables licenciements si cela se produisait et d'engager un nouvel animateur très controversé. Quant à la chaîne d'épiceries, ils l'avaient convaincue de se faire l'avocat du diable, en prenant position contre le lobby du travail du dimanche. Elle perdit cette bataille-là, mais gagna sa guerre personnelle, car elle vit son image renforcée comme étant l'une de ces bonnes firmes qui se souciaient du repos dominical.

Après cela, Fleming Cotterill acquit vite une renommée flatteuse ; ils obtinrent quantité de nouveaux contrats et lancèrent une campagne, relayée par un groupe de députés issus de différents partis, pour améliorer l'étiquetage des produits alimentaires. Plus important peut-être, aucun de leurs clients originels ne les avait abandonnés – rien n'aurait pu mieux plaider en leur faveur.

Ce jour-là, Tom déjeunait avec Bob Macintosh, et leur conversation avait trait pour moitié à des problèmes personnels. Le reste de leurs propos portait sur l'interminable feuilleton des nouvelles réglementations de Bruxelles concernant l'industrie alimentaire.

— Ils sont en train de nous rendre fous, Tom, disait Bob, et les coûts grimpent en flèche. Je voudrais vraiment me battre, au moins sur certains points, mais comment faire entendre une petite voix comme la mienne ?

— Il faut que tu mettes dans le coup des gens importants, que tu formes une coalition. C'est difficile au début, parce qu'ils n'ont pas de mal à absorber ce genre d'opposition, mais si tu réussis à faire des vagues...

— Ça, c'est ton domaine. Qu'est-ce que tu nous suggères ?

— L'idéal serait qu'un consensus émerge pour qu'ils se penchent sur le problème au niveau gouvernemental. Ou même qu'on crée un comité parlementaire sur le sujet. Mais c'est plus facile à dire qu'à faire, surtout en ce moment. Ils ont beaucoup de travail à abattre au cours de ces premiers mois et, quoi qu'en dise Blair, il est foncièrement proeuropéen – donc personne ne va considérer ce problème-là comme une priorité. Nous pouvons faire un peu de lobbying, bien sûr, je peux tâcher d'organiser une réunion entre toi et les ministres concernés, mais même cela ne sera pas facile. Pourtant, je suis d'accord avec toi : ces réglementations sont un cauchemar. Et le pire, c'est qu'avec notre fichu caractère british nous aurons à cœur de les appliquer. Prends l'Italie ou l'Espagne, ils en ignorent la moitié. Bien plus malin de leur part.

La partie personnelle de la conversation fut plus longue et plus complexe ; elle concernait les difficultés conjugales de Bob Macintosh et sa répugnance à accepter, comme le lui demandaient les chargés de communication du Parti travailliste, d'être photographié en train de jouer à la famille heureuse avec sa femme adultère.

— Je ne vois vraiment pas pourquoi je ferais ça, dit-il en avalant son verre de bordeaux, et il fit merci de la tête quand Tom le lui remplit de nouveau. Je suis prêt à reprendre Maureen, parce que je l'aime et qu'elle est désolée de ce qui est arrivé, je le sais. (Cela, Tom en doutait beaucoup, mais il s'abstint de le lui dire.) Mais de là à faire le mariole pour que le scandale n'éclabousse pas ce merveilleux nouveau gouvernement, comme le petit imbécile me l'a demandé au téléphone... Pourquoi est-ce que je le ferais? En ce qui me concerne, ce foutu gouvernement peut bien se noyer dans son caca, je m'en fiche. C'est si moche, ce qu'ils me demandent, surtout vis-à-vis des enfants... Ils ne sont pas idiots, ils comprennent bien pourquoi la presse veut tout d'un coup nous prendre en photo. Pas notre fils, il est trop jeune, mais les filles ont une idée assez claire de la situation, et je n'aime pas le message que nous allons leur envoyer.

— Du genre? dit Tom.

— Du genre tout va bien tant qu'on ne vous attrape pas, et ensuite tout va encore bien si vous continuez à mentir.

— J'imagine qu'on demande à l'autre lascar de se livrer au même petit jeu de son côté?

— Oui, et il est prêt à faire les pieds au mur, tu penses... Il est installé depuis un mois seulement dans son grandiose nouveau boulot, et il n'a aucune envie de le perdre. Sa femme est d'accord, elle aussi aime bien sa nouvelle vie. Et leurs enfants sont plus jeunes que les nôtres.

— Je n'arrive pas à croire qu'ils aient pu te demander une chose pareille. Je pensais qu'ils emploieraient un autre genre de méthodes, désormais. Bien sûr que tu ne dois pas le faire si tu n'en as pas envie.

— Je n'en ai vraiment pas envie, non, dit Bob, et sa mâchoire se crispa.

— La seule question qu'on pourrait se poser, c'est si tu ne pourrais pas tourner la situation à ton avantage.

— Ah ouais? Et comment?

— Écoute, il n'y a rien de sûr, mais Octavia a parlé de quelque chose, elle...

Il se rappela alors Felix et le coup de téléphone qu'il avait oublié de donner, avec les inévitables commentaires que cela entraînerait (sans doute n'avait-il jamais eu l'intention d'appeler, et de toute façon aurait-il pu s'atteler au projet en question s'il était aussi occupé ?), il songea au ressentiment d'Octavia quand son père lui en parlerait : impossible de se concentrer dans ces conditions-là. Il devait appeler Felix immédiatement.

— Bob, tu peux m'excuser un instant ? Il faut que j'appelle ma secrétaire, elle doit me donner deux ou trois informations dont j'ai besoin avant d'aller à la Chambre.

La phrase faisait toujours son effet – comme s'il allait prendre véritablement la parole aux Communes, au lieu de traîner pendant une heure dans le hall ou dans le vestibule, en attendant que son interlocuteur arrive.

— Bien sûr. Tu prendras un autre café ?

— Volontiers.

Tom descendit en courant le vaste escalier menant vers les toilettes des hommes, sortit son portable et tapa le numéro direct de Miller. La secrétaire lui répondit qu'elle était désolée, mais qu'il avait quitté le bureau pour la journée et qu'on ne pouvait le joindre avant ce soir, quand il serait à Édimbourg. Elle ne pouvait communiquer le numéro à M. Fleming, car il s'agissait d'une résidence privée et elle avait reçu des instructions catégoriques à ce sujet. Dans ce cas, pouvait-elle demander à M. Miller qu'il rappelle M. Fleming de là-bas ? « Soyez gentille de lui présenter mes amitiés et de lui dire que je n'ai pas pu l'appeler plus tôt, parce que j'ai été en réunion sans interruption depuis ce matin huit heures et demie. »

De retour à table, il se rassit et but son second café. Macintosh feuilletait des papiers.

— Tu me rappelles, alors, pour ces histoires de réglementation ? Dès que tu peux ?

— Au début de la semaine prochaine. D'ici là, j'aurai eu une conversation avec un de mes vieux copains à Whitehall. Mais toi, attends, pas de précipitation.

67

— Tu es sûr ? J'ai rencontré quelqu'un à un dîner la semaine dernière, un type assez haut placé au gouvernement, qui m'a dit que si j'avais besoin d'un coup de main je n'avais qu'à décrocher le téléphone. On devrait peut-être essayer de court-circuiter la grosse machine administrative avant qu'elle nous roule dessus...

— Bob, je t'en prie, ne fais pas ça, laisse-moi m'en occuper. La moitié du temps, ces types que tu rencontres dans des dîners font des promesses en l'air et les oublient quand tu les rappelles, ou bien ils n'ont pas assez d'influence. Et finalement ça n'a servi qu'à te mettre à dos des gens de Whitehall, qui de toute façon ont le dernier mot.

— D'accord, marmonna Macintosh, sans conviction. Et pour cette fichue séance de photos, alors ? Tu penses que je devrais la faire ou pas ?

— Non. Pas si tu n'en as pas envie. À moins que...

Tom s'interrompit, il avait plutôt froid tout à coup, comme chaque fois qu'une inspiration lui venait.

— À moins que nous n'ayons une idée vraiment géniale, qui satisferait tout le monde.

— Moi y compris ?

— Oh ! oui, Bob, toi y compris, toi surtout. Tu veux bien me passer l'eau ? Maintenant, écoute-moi...

— Fleming !

La porte du bureau d'Octavia s'était entrouverte et la tête de Melanie apparut dans l'embrasure.

— Si ce n'est pas trop te demander, tu pourrais venir ? Nous avions une réunion prévue et elle aurait dû commencer il y a déjà dix minutes.

— Désolée. J'étais au téléphone pour une affaire compliquée...

Octavia ne savait jamais si c'était dû à la personnalité de

Melanie ou à des scrupules excessifs de sa part, résultat d'une éducation trop rigide, mais elle avait toujours peur d'indisposer son associée.

— Ça n'est pas grave, la rassura Melanie, tandis qu'elle la ramenait dans son propre bureau.

Elle s'assit en face d'Octavia, enfonça un large peigne en écaille dans sa chevelure rebelle, puis s'enquit :

— Tu as du nouveau pour Cultiver ? Un sponsor ? Margaret Piper m'a écrit une lettre pour me dire qu'elle était très mécontente.

— Sale vieille chèvre... C'est ma cliente, qu'est-ce qui lui prend de se plaindre à toi ? Je passe plus de temps à m'occuper d'elle que de mes autres clients. Je l'ai regardée se remplir la panse hier pendant plus de deux heures, et elle ne m'a même pas remerciée pour le déjeuner.

— Elle doit considérer que c'est moi la patronne, ici. Calme-toi, Octavia. Je ne te fais évidemment pas de reproche et je sais combien c'est difficile de trouver des sponsors en ce moment, surtout pour une association comme la leur. Mais je ne veux pas la perdre et c'est ce qui va se passer si nous ne faisons pas attention.

Plus par fierté qu'autre chose, Octavia dit alors qu'elle pensait vraiment, cette fois-ci, avoir trouvé un sponsor pour Cultiver. Stupide et dangereuse fierté, comme elle devrait s'en rendre compte par la suite.

Marianne Muirhead avait passé une excellente journée. Elle avait remporté sa partie de golf, sur un terrain qu'elle affectionnait beaucoup, le Royal Surrey à Richmond. C'était le premier terrain à avoir été dessiné spécialement pour les femmes ; il était très réussi sur le plan paysager, planté d'arbres magnifiques, et il jouxtait l'Old Deer Park, dans cette ravissante enclave située entre la Tamise et Kew Gardens.

Sur le chemin du retour, elle avait fait une halte à Sloane Street, où elle s'était acheté un superbe tailleur-pantalon de crêpe noir de chez Prada, ultra-chic, des bottines aux talons vertigineux pour compléter sa nouvelle tenue, ainsi qu'un exquis sac à main brodé de perles de chez Valentino. Enfin, arrivée chez elle, elle avait trouvé sur son répondeur une invitation à dîner impromptue d'une de ses meilleures amies, une avocate. Elle la rappela aussitôt pour accepter et se mettre d'accord sur le restaurant – ce fut Mon Plaisir, dans Monmouth Street, « si joli et en plus les meilleures frites de Londres »; puis elle redescendit voir Romilly, qui l'appelait depuis le hall, et qu'elle trouva les joues toutes roses d'excitation : on l'avait choisie pour jouer du saxophone solo dans l'orchestre de son école.

— Merveilleux, chérie! lui dit-elle. Je te félicite. Quel morceau vas-tu travailler?

— « Summertime », de *Porgy and Bess*. C'est un morceau difficile, mais...

— Mais tu y arriveras parfaitement. Je suis très heureuse pour toi, et très fière aussi.

Romilly l'embrassa; elle était très grande pour son âge, autant que sa sœur Zoé, et continuait à grandir. Très mince aussi, presque maigre, et elle portait un appareil dentaire; mais on devinait qu'elle serait bientôt ravissante, avec ses longs cheveux blonds qui lui coulaient dans le dos, sa peau claire et parfaite, ainsi que les grands yeux verts et la bouche épanouie qu'elle tenait de sa mère. Elle était timide et sérieuse de caractère, obéissante, fort appliquée dans son travail.

Zoé – qui n'était rien de tout cela – supportait mal les qualités de sa sœur et la taquinait sans cesse à ce sujet, pas toujours très amicalement; en outre, elle se servait d'elle, sans le moindre remords, comme d'une esclave, d'un banquier (Romilly avait toujours de l'argent sur son compte, tandis que celui de Zoé était déjà entièrement dépensé bien avant qu'elle ne touche son mois) et d'un alibi pour couvrir ses sorties. Ce qui ne l'empêchait pas d'adorer sa sœur et de la surprotéger, davantage même que Marianne – surveillant ses fréquentations, critiquant toute tenue qui ne lui paraissait pas assez décente, s'inquiétant de ce qu'elle appelait la naïveté et la crédulité de Romilly.

— Je t'assure, Rom, tu finiras dans un bordel si tu continues comme ça. Si un de ces sales pervers t'abordait dans la rue et t'invitait chez lui pour prendre une tasse de thé, je suis sûre que tu le suivrais.

Cette attitude protectrice irritait Romilly, mais amusait Marianne, plutôt libérale de tempérament. Pourtant, ce jour-là, c'était bien Zoé qui lui occupait l'esprit, et il fallait qu'elle parle d'elle à Alec. Zoé voulait prendre une année sabbatique après son bac, et partir travailler dans un chantier de jeunes bénévoles au Zimbabwe. Ce projet inquiétait Marianne ; à ses yeux, il tenait moins aux idées généreuses et à la conscience politique de sa fille qu'à ses sentiments pour un garçon qu'elle avait récemment rencontré et qui partait pour Harare. Marianne n'avait rien contre ce garçon, fort gentil et bien plus réfléchi que Zoé ; mais, elle le sentait, il était bien mieux préparé que sa fille à affronter les difficultés de ce projet. Aussi risquait-il fort de perdre, là-bas, les illusions qu'il avait sur elle – et des conséquences désastreuses pouvaient s'ensuivre.

Il n'était pas question, bien sûr, de faire part de ces interrogations à Zoé ; le seul espoir de Marianne était de la distraire de son projet en lui en proposant un autre, plus alléchant et surtout mieux approprié à son tempérament, pour son année sabbatique. Alec avait proposé d'en parler à sa sœur qui vivait à Sydney, où elle dirigeait une société de relations publiques dans le secteur de la mode ; peut-être trouverait-elle un poste à Zoé. Celle-ci rêvait depuis toujours d'aller en Australie et, une fois à Sydney, elle trouverait bien un voyage de jeunes auquel se joindre pour faire le tour du pays. Mais Marianne n'avait plus eu de nouvelles d'Alec à ce sujet, et Zoé la pressait de signer les papiers pour le projet au Zimbabwe et de verser un large acompte sur les frais de séjour.

Elle devait rentrer tard ce soir-là, aussi Marianne monta-t-elle dans sa chambre, décrocha le téléphone et appela son ex-mari à son bureau de Washington. La secrétaire lui répondit qu'il était en rendez-vous et qu'il la rappellerait. Moins d'une heure plus tard, la voix d'Alec Muirhead – rauque, traînante, comment avait-elle pu en tomber amoureuse jadis ? – résonnait dans le récepteur :

— Bonjour, ma chère. Comment va ?

— Bien, Alec. La journée a été radieuse et j'ai gagné une partie de golf. Oh! J'ai aussi acheté un ensemble très cher. Qu'est-ce qu'une femme demande de plus ?

— Rien, j'en suis sûr. Et les filles ?

— Elles vont bien. J'appelle au sujet de...

— Zoé, oui. Désolé de ne pas t'avoir rappelée plus tôt. J'en ai parlé à ma sœur, elle est ravie et elle dit que Zoé peut vraiment lui rendre service, que ce ne sera pas juste histoire de lui faire plier des tee-shirts.

— Formidable. Il vaudrait peut-être mieux que l'invitation vienne de Bella, tu ne crois pas ? Sinon elle nous soupçonnera d'avoir tout arrangé, et elle aura nettement moins envie d'y aller.

— Tu as raison, je vais dire à Bella de l'appeler. Et Romilly ?

— Elle est ravie, elle a été choisie pour jouer en soliste dans l'orchestre de son école.

— Bravo. Embrasse-la et félicite-la pour moi.

— Je le ferai. Au revoir, Alec.

Sandy Trelawny, à la différence de Marianne Muirhead, avait passé une mauvaise journée. Une commande sur laquelle il comptait lui était passée sous le nez, sa vieille Volvo avait donné d'inquiétants signes de fatigue tout le long de la route qui le ramenait de Birmingham (avec vraisemblablement un coûteux passage à la clé chez le garagiste), et il avait reçu une lettre déprimante de son banquier, lui annonçant que son compte avait plongé en dessous de la limite autorisée. Il avait une migraine lancinante, et il était impatient de retrouver Louise et Dickon, sa femme et son fils de quatre ans. Ils avaient été absents plusieurs jours, en visite chez les parents de Louise.

Quand il pénétra dans la maison, humant l'air d'une narine pleine d'espoir à la recherche d'un de ces encourageants fumets d'avant-dîner, il ne sentit rien et dut se rendre à l'évidence : cette maudite journée continuait décidément à aller de travers. Louise n'était pas à l'étage, en train de donner son bain à Dickon ou de lui faire la lecture, comme elle le faisait dans ses meilleurs jours, quand elle était de bonne humeur. Elle n'était pas non plus dans la cuisine, s'attardant à mitonner le repas, comme elle le faisait dans ses jours moyens. Non, Sandy la trouva assise devant la télévision, en train de regarder *Voisins*. Les jours de *Voisins* étaient les pires de tous. Il n'y en avait pas eu beaucoup ces derniers temps, mais c'en était un.

Sandy rassembla ses forces, prit une grande inspiration et adopta un ton jovial.

— Bonsoir chérie ! Je suis très heureux que vous soyez rentrés. Comment va ta mère ? Vous m'avez manqué...

Louise se tourna vers lui : elle était pâle, les yeux gonflés de larmes. Sandy fut choqué, presque alarmé : elle n'avait pas fait cette tête-là depuis longtemps.

— Chérie, qu'est-ce qu'il y a ?

— C'est maman, dit-elle, la voix cassée, tremblante – une voix que toute sa musique habituelle avait fuie. Elle a un cancer, Sandy. Elle va sans doute... oh! elle va mourir.

Sandy la fixa, les yeux agrandis d'horreur; une vague de panique le gagna, non seulement à l'idée de perdre Anna Madison, si charmante et si jeune encore, la sage, la forte Anna Madison, mais aussi à l'idée du nouveau coup qui allait frapper Louise. Et de tout ce à quoi il devrait faire face lui-même. En serait-il capable?

— Tu en as parlé à Octavia? fut tout ce qu'il trouva à lui dire.

4

— Tu es ravissante, dit Tom, et je te dois un immense merci.

— Pourquoi?

— Tu as résolu le problème du pauvre Bob. Au sujet de la séance de photos, tu te souviens?

— Bien sûr... Qu'est-ce que j'avais dit?

— Qu'il devrait s'en servir comme d'un élément de négociation.

— Avec Maureen?

— Non, chérie, pas avec Maureen. Pour quelque chose de bien plus important. Tu sais, il... Ah! Jim, et vous, chère Susan... Venez vous asseoir. Comment allez-vous tous les deux? C'est merveilleux de vous revoir. Vous vous souvenez de ma femme, Octavia, n'est-ce pas?

— Oui, bien sûr, dit Jim Draper en serrant vigoureusement la main de la jeune femme. Je suis ravi que vous soyez ici. Susan espérait beaucoup que vous viendriez. Elle voudrait vous parler de votre travail dans le caritatif – n'est-ce pas, chérie ? Elle se demandait si vous pourriez l'aider, en fait.

Octavia sentit son cœur chavirer dans sa poitrine ; cette soirée promettait d'être encore plus longue qu'elle ne l'avait craint.

Les Draper possédaient une chaîne de journaux locaux, et ils étaient en train d'acheter une station de radio. Ils étaient ambitieux, avaient réussi et ne cessaient de se congratuler l'un l'autre ; c'était vite pénible pour l'entourage. Susan Draper, leur apprit fièrement Jim d'entrée de jeu, avait la main haute sur le contenu rédactionnel de tous leurs journaux.

— Elle a été rédactrice en chef de l'*Eastern Morning News*, un poste très important. Elle allait sûrement passer à Fleet Street, dans les quotidiens nationaux, quand elle a eu la malchance de me rencontrer.

— Elle a perdu Fleet Street, mais elle vous a gagné, commenta Tom.

— Oui, mais l'abandon de sa carrière lui avait coûté, aussi c'est merveilleux qu'elle ait pu s'y remettre. Vous avez de la chance, Octavia, ce genre de mésaventure ne vous est jamais arrivé, je suppose. Mais, si je comprends bien, vous et votre mari travaillez étroitement ensemble ? Un peu comme nous, en fait...

— Pas exactement, dit prudemment Octavia – mais nos chemins se croisent parfois, c'est vrai.

— Et en quoi consiste précisément votre travail ? demanda Susan Draper.

— Oh ! c'est un peu compliqué...

— Non, racontez-moi, je vous en prie... Ça pourrait faire un bon article.

— Excellente idée, mon amour, dit Jim Draper, qui la couvait d'un œil rayonnant. Susan ferait l'interview elle-même, comme elle le fait toujours quand c'est un projet vraiment important... Et j'imagine qu'un peu de publicité vous aiderait dans vos affaires, pas vrai, Octavia ? Qu'est-ce que vous en pensez ?

— Ce serait... une idée très intéressante, répondit-elle en tâchant de paraître enthousiaste.

La soirée fut interminable ; les Draper ne laissèrent pas une miette de leurs menus, réclamèrent le plateau de fromages comme le chariot de fruits et burent énormément. La note allait être salée, songeait Octavia, tout en souriant aimablement à Jim Draper par-dessus son verre d'eau glacée et ses framboises fraîches. Il était en train de lui dire quelle chance elle avait de ne pas prendre de poids.

— Moi, je dois faire attention tout le temps. Pas vrai, mon amour ? dit-il en croquant dans un petit pain, qu'il avait tartiné à la fois de beurre et de brie.

— C'est vrai, mon amour. Octavia, vous devez aller à des quantités de galas de bienfaisance, j'imagine. Vous avez déjà rencontré la princesse Diana ?

— Non, jamais, D'autres grands noms, bien sûr...

— Comme qui ?

— La duchesse de Gloucester est une de nos préférées. La princesse Anne est formidable elle aussi, et...

— Ce que j'aimerais vraiment, dit Susan Draper en se penchant en avant et en soufflant un nuage de fumée au visage d'Octavia – Seigneur, il faut absolument que j'arrête ça une bonne fois, commenta-t-elle –, ce que j'aimerais vraiment, ce serait écrire un article sur une grande fête de bienfaisance. Je me demande tout à coup... vous ne pourriez pas vous arranger pour que j'assiste à l'une de ces fêtes ? Et que je rencontre l'une de ces dames ?

— Franchement, ce ne serait pas facile. (Il y avait une

limite à tout, même aux faveurs et aux compromissions.) Une clause non écrite garantit aux personnalités, particulièrement aux membres de la famille royale, que leur intimité sera respectée pendant ces réceptions. Sans quoi ils refuseraient d'y participer.

— Oui, je le comprends tout à fait, mais je vous assure que je serais extrêmement discrète... Est-ce que vous pouvez au moins y réfléchir? Pour moi?

— J'y réfléchirai, mais...

— Susan, n'insiste pas, dit alors Jim Draper de façon inattendue. Tu ne dois pas forcer la main d'Octavia si elle n'en a pas envie. Elle et Tom se sont déjà montrés très coopératifs pour ce projet d'article, et tout ce que vous nous avez raconté sur les ventes aux enchères de bienfaisance, chère Octavia, était fascinant. C'étaient vraiment des informations de première main, merci encore. Quant à nous, Tom, dit-il en se tournant vers son hôte, j'ai regardé en détail la documentation que vous m'avez donnée sur votre société, et je dois dire qu'elle m'a beaucoup impressionné. J'apprécie également votre associé, et aussi le responsable avec lequel vous m'avez dit que nous serions en contact – tous des gens charmants. Cela dit, vos tarifs sont élevés, c'est indiscutable... mais nous avons besoin d'être bien conseillés, la législation est très complexe, et, je vous le dis tout net, j'aimerais beaucoup que nous travaillions ensemble. Peut-être d'ici... mettons trois ou six mois. Vous voyez, je joue franc jeu! Il me reste juste deux ou trois points à régler avec mon conseil d'administration, c'est-à-dire ma belle-mère et mon chat – je plaisante. Oh! finalement oui, je reprendrai un autre cognac, si vous insistez vraiment...

— Chérie, tu as été magnifique, soupira Tom quand il revint s'asseoir, après les avoir raccompagnés à la porte du restaurant. C'est vraiment toi qui as fait pencher la balance. Comment pourrais-je te remercier ?

— En me tirant d'affaire avec cette histoire d'interview.

— Tu peux compter sur moi, c'est promis.

— Et aussi en m'expliquant quelle solution j'ai trouvée pour le problème de Bob. Je n'ai pas cessé d'y penser toute la soirée.

— Écoute...

Octavia écouta ; quand il eut finit, elle le regarda et sourit.

— J'ai pensé à ça, moi ? C'est génial.

— *Nous* y avons pensé, et nous sommes géniaux. Une brillante équipe. Pourquoi ne prendrais-tu pas un verre, juste pour une fois ?

— Entendu. Une coupe de champagne me paraît tout indiquée. Et j'ai oublié de te le dire, j'ai décidé d'accepter l'offre de sponsoring de Michael Carlton. À condition que nous arrivions à la mettre sur pied, et que je n'aie pas trop à me compromettre vis-à-vis de mes clients. Ça me tracasse un peu quand même.

— Ne t'en fais pas, tout ira bien.

— Je l'espère. Mais je dois te dire aussi que son programme immobilier m'inquiète un peu.

— Pourquoi ?

— Tu sais combien je déteste qu'on saccage la campagne.

— Octavia, ce ne sont que quelques maisons ! Il faut bien que les gens vivent quelque part !

— Oui, mais pas dans des cubes en briques, qu'on a construits après avoir abattu une forêt ! Je hais cette idée, et aussi l'idée d'en être responsable, même pour une petite part.

— Peut-être que tu ne le seras pas.

— Tu veux dire... qu'il n'aura peut-être pas le permis de construire ?

— Eh bien... C'est possible, oui.

— Je te parie qu'il l'aura. Ils l'ont toujours.

— Alors, ce budget? On va l'avoir ou pas? demanda Aubrey Cotterill.

Tom et lui étaient assis dans la salle de conférences; ils venaient de prendre leur petit déjeuner avec deux hauts fonctionnaires, pour discuter ensemble des chances, sérieuses ou non, de voir introduire une modulation dans les taux d'imposition des véhicules. Ils envisageaient de lancer une campagne d'opinion sur le sujet, en fédérant les efforts de plusieurs de leurs clients qui trouveraient un intérêt à cette mesure; c'était le côté amusant du lobbying, comme disait Tom.

— Oui, je suis confiant. J'ai dîné avec les Draper hier soir et ils se sont plus ou moins engagés. Jim m'a dit qu'il ne lui restait plus qu'à convaincre son conseil d'administration, lequel se réduit à sa femme et lui, j'ai l'impression.

— Bien. Quand je pense à tout ce qu'on a dépensé pour décrocher ce contrat... Est-ce qu'Octavia était là?

— Oui. Elle a été grandiose. C'est elle qui a fait pencher la balance.

— Formidable. Tu as de la chance de l'avoir.

— Je sais, murmura Tom.

Il le contempla du coin de l'œil. Aubrey avait été boursier à Winchester, où il avait décroché une mention très bien à sa licence d'études classiques; il avait divorcé, après un mariage bref et malheureux, il était replet, presque chauve et le visage poupin, mais il avait beaucoup de charme et un étonnant succès auprès des femmes. Octavia avait une grande affection pour lui.

— Nous avons vraiment besoin de ce budget, Tom, dit-il tout à coup, comme s'il se déchargeait d'un poids. Nous naviguons très près du vent une fois de plus, vraiment très près.

Nous avons engrangé beaucoup de budgets, je le sais, plus que nous ne pouvons en assumer, même, mais ils nous coûtent tous des sommes énormes.

— Ils nous ont toujours coûté des sommes énormes. C'est un business qui revient cher. Ils finissent par nous en rapporter beaucoup aussi.

— Je sais, mais les salaires ont monté en flèche ces derniers temps, ainsi que les charges de cet immeuble, sans parler de nos frais. Puis il y a le redressement et les intérêts de retard de nos amis du fisc, qui ont frappé fort ces six derniers mois.

Dix-huit mois plus tôt, ils avaient embauché un nouveau comptable, jeune homme intrépide qui leur avait affirmé pouvoir faire baisser leur imposition : il leur avait suggéré de déclarer comme achat de nouveau matériel une partie de leur énorme budget de frais de réception : « La part qui n'est pas déductible, ce qui est une honte, quand on pense à ce que vous faites pour l'économie du pays. C'est tout à fait plausible, vous avez de toute façon dépensé une fortune pour votre nouvel équipement informatique, j'ai juste gonflé un peu le montant. C'est à vous de décider, bien sûr, mais voilà ce que je suggère. Pensez à ce que vous versez déjà à ces escrocs du fisc ! »

Ils avaient un urgent besoin d'équilibrer leurs comptes (comme d'habitude), on leur donnait un moyen de le faire : ils avaient accepté de fermer pudiquement les yeux sur la manœuvre. Mais ils avaient eu un contrôle fiscal l'année suivante et s'étaient fait pincer. Les sommes en jeu n'étaient pas assez importantes pour leur valoir des pénalités sérieuses, et ils avaient viré le jeune comptable ; ils avaient néanmoins dû payer de lourds arriérés d'impôts et des intérêts de retard, qui avaient fait souffrir leur trésorerie.

— Je me demande si nous n'allons pas être obligés d'augmenter encore une fois nos tarifs, dit Aubrey.

— Nous ne pouvons pas le faire sur les nouveaux contrats qui viennent de rentrer, et beaucoup sont dans ce cas-là. Nous avons décroché trois... non, quatre nouveaux budgets cette année. Ils sont tous à quinze mille livres par mois, sauf Carlton, que j'ai mis à vingt mille. Quant aux clients en cours, nous les avons augmentés en septembre et ils l'ont encaissé sans broncher, mais nous ne pouvons pas recommencer aussi vite.

— Le malheur, c'est qu'il le faut absolument – ou alors décrocher deux ou trois contrats de plus, mais sans les accompagner d'aucune charge supplémentaire, en faisant avec les ressources et les gens que nous avons déjà... Sans quoi (il haussa les épaules), sans quoi nous risquons d'avoir des soucis à court terme. À long terme, l'avenir est radieux, mais c'est ce fichu vieil argent frais qui pose problème, comme d'habitude...

— Alors ?

— Alors nous avons besoin d'urgence des Draper, ou d'un autre contrat. Ou bien de diminuer nos frais.

— Je vois mal comment nous pourrions les diminuer encore. Nous sommes déjà limite sur le personnel, tout le monde travaille huit jours par semaine. Tiens, ça me fait penser que mon beau-père a, paraît-il, un client en vue pour nous. S'il daigne me rappeler, je te tiendrai au courant.

— Tu as une minute ?

Melanie Faulks regardait Octavia par-dessus ses lunettes en demi-lune. Elle était sans doute la seule femme à Londres à qui des demi-lunes allaient bien, songea Octavia ; elles lui donnaient un charme un peu farfelu, excentrique.

— Bien sûr...

— C'est à propos de ce génial sponsor que tu as trouvé pour Cultiver...

— Ah! oui, j'y pensais. Un point m'inquiète un peu...

Sa ligne directe sonna brusquement et l'interrompit.

— Tu m'excuses un instant?

Seules trois personnes avaient ce numéro : Tom, Caroline, la nurse, et son père. Elle ne pouvait ignorer aucune des trois. C'était Tom.

— Salut. Désolé de te déranger, mais je viens d'avoir Michael Carlton au téléphone. Il dit qu'il n'a pas eu de nouvelles pour sa proposition de sponsoring, ni au sujet de tes amis dans le Somerset...

— Tu tombes bien, j'allais justement en parler avec Melanie.

— Oh! parfait. Écoute, je ne veux pas avoir l'air de te harceler avec ça, mais...

— Je m'en occupe, Tom. C'est compliqué, pour des tas de raisons, mais je vais faire de mon mieux. Excuse-moi, Melanie, dit-elle en raccrochant.

— Je t'en prie. Mais j'espère vraiment que ce sponsoring ne va pas échouer, et j'aimerais qu'on puisse l'annoncer dès que possible à Margaret Piper. Elle m'a encore rappelée tout à l'heure. Tu disais que tu étais inquiète?

— Non, je ne pense pas que ça échoue, mais il faut que je rappelle le type en question, le sponsor éventuel. Je t'ai dit, n'est-ce pas, que c'était un client de Tom?

— Non, je ne crois pas que tu me l'aies dit, répondit lentement Melanie. Que tu l'avais rencontré par l'intermédiaire de Tom, oui, mais pas que c'était un de ses clients. Bah! je suppose que ça n'est pas un problème... Il ne faut pas que c'en soit un, c'est trop important pour nous. Pourquoi étais-tu inquiète?

— Oh! pour pas grand-chose. Ça peut attendre, je t'assure.

Le moment n'était pas encore venu de lui parler des projets

immobiliers de Carlton ; d'abord et avant tout, il fallait se renseigner sur les sections locales de Foothold.

— Donc, c'est génial, comme je le disais.

— Espérons qu'il ne changera pas d'avis. Je vais organiser un rendez-vous, d'accord ?

— Oh ! oui, le plus tôt possible. Et tu me donnes tous les détails. La somme qu'il est prêt à mettre, quand, ce qu'il attend en retour – la routine. Veut-il que nous fassions une réunion ici ? Il préférerait, j'imagine.

— Oui, bien sûr, répondit Octavia, tout en songeant qu'elle n'était guère pressée de mettre sur pied cette réunion, pour l'entendre parler de son programme immobilier, de son foyer municipal...

— Parfait. Je te laisse t'en occuper...

Michael Carlton était absent quand Octavia téléphona ; il ne serait pas de retour avant cinq heures, d'après sa secrétaire. Elle lui laissa son numéro et commença à feuilleter le dossier de Foothold, en croisant mentalement les doigts. Je vous en prie, mon Dieu, faites qu'ils n'aient pas d'antenne à... quelle ville était-ce, déjà ? Ah ! oui, Felthamstone.

Il y en avait une, et même une importante. Octavia se sentit assez mal, soudain.

Après le déjeuner, l'attaché de presse qui avait lancé l'idée de la séance de photos rappela Bob Macintosh. Avait-il pris sa décision ? Et si oui, à quel moment pouvait-on prévoir cette séance ?

— Cette idée plaît beaucoup au secrétaire d'État et à toute sa famille, lui affirma-t-il.

Bob dit qu'il n'y était lui-même pas hostile, mais qu'il se posait beaucoup de questions ; il préférait en tout cas que son interlocuteur débatte de la question avec ses conseillers, de chez Fleming Cotterill, plutôt qu'avec lui. L'attaché de presse répondit que cela compliquerait inutilement les choses et qu'il valait bien mieux les arranger directement, entre eux deux. Bob Macintosh rétorqua qu'en ce cas il n'y avait rien à arranger du tout. Il informa aussi l'homme qu'un journaliste venait de le contacter, apparemment très impatient de recueillir sa version de l'histoire.

Cinq minutes plus tard, il appelait chez Fleming Cotterill.

— Il a dit qu'il te téléphonerait, Tom. J'espère que ça va marcher.

Tom dit qu'il était confiant, et s'attendit à entendre le téléphone sonner de nouveau.

Le téléphone sonna en effet, mais ce ne fut pas l'appel escompté : c'était Felix, un Felix apparemment fort irrité que son gendre ne l'ait pas rappelé plus vite la veille. Tom fit mine de ne rien remarquer et la conversation s'engagea, marquée de la même froide courtoisie que d'habitude.

— Bonjour, Felix. Merci de me rappeler. Désolé pour hier, j'ai été terriblement occupé.

— Oui, oui. Dommage quand même. C'est sans doute trop tard maintenant.

Ça ne l'était pas, bien sûr, mais il marquait un point : la négligence de Tom n'avait pas été seulement une impolitesse, mais aussi une faute professionnelle.

— Eh bien, dit celui-ci, en s'efforçant de prendre un ton léger, au cas où ce serait encore rattrapable, nous pourrions peut-être nous rencontrer quelque part avec votre homme ?

— Il faut que je lui en reparle, Tom. Peut-être n'aura-t-il pas envie de donner suite. De vous à moi, en admettant qu'il le fasse... vous seriez en mesure d'honorer ce contrat ? Vous avez les épaules assez solides ?

— Oui, Felix, soupira Tom de sa voix la plus calme, elles le sont.

— Parce que si cela représente une charge de travail trop lourde pour vous, s'obstina l'autre, il vaudrait mieux ne pas vous engager. Vous comprenez, si vraiment vous êtes trop occupés pour trouver le temps de rappeler vos interlocuteurs...

— Cela ne prouve rien sur nos capacités de travail, je vous assure. Je n'ai *personnellement* pas eu le temps de vous appeler hier matin, et je n'aurais pu confier ce soin à un assistant, vous êtes d'accord là-dessus? J'étais embarqué dans une réunion longue et compliquée avec un autre client, et...

— Bien, je n'insiste pas. Je vais tâcher d'organiser un rendez-vous avec l'homme en question. Il s'appelle Cadogan, Nico Cadogan. Les hôtels Cadogan, je suppose que vous connaissez?

— Oui, bien sûr. Excellente compagnie, même si elle traverse une mauvaise passe...

— Vous avez entendu les rumeurs? Au sujet d'une OPA sur eux?

— Non, mais...

— Non? Je vous aurais cru plus au courant que cela. De toute manière, ce n'est pas un secret, ou ça ne le restera pas très longtemps. Western Provincial louche sur eux.

— Ça ferait un mariage intéressant.

— Naturellement, Cadogan voudrait l'empêcher.

— Naturellement, répéta Tom. Mais ce n'est pas toujours facile d'empêcher les mariages, si j'en crois mon expérience.

Felix grimaça, furieux de s'être laissé entraîner dans cette métaphore conjugale. Tom n'arrivait pas souvent à marquer des points sur lui, mais, quand il y parvenait, il exploitait le filon.

— Ce serait à vous de l'empêcher, dit-il sèchement. J'ai fait le forcing pour vous, Tom, à partir de maintenant l'affaire est entre vos mains. Oh ! puisque je vous ai au téléphone, est-ce qu'Octavia va bien ?

— Oui, je pense... Pourquoi ?

— Elle paraissait très fatiguée, l'autre soir. Elle en fait trop... Vous devriez l'obliger à se reposer plus, essayer en tout cas.

— Felix...

— Elle n'est pas aussi forte qu'elle en a l'air. Elle ne l'a jamais été.

— Felix, vous savez que je n'aime pas aborder ces sujets avec vous, mais je pense qu'Octavia *est* forte physiquement. Et si elle est fatiguée...

— Bien sûr qu'elle l'est. Vous l'avez sûrement remarqué, voyons...

— Pas spécialement, non. C'est vrai qu'elle en fait trop, mais c'est bien parce qu'elle le veut.

— Vous croyez ? Moi, je pense plutôt qu'elle vous consacre un temps fou, tous ces dîners, ces réceptions...

— Non ! voyons, elle...

Il s'interrompit brusquement puis reprit, en se maîtrisant :

— Je comprends votre point de vue, Felix. Je... je vais tâcher de lui parler, m'assurer qu'elle va bien.

Il ne devrait pas avoir besoin qu'on lui demande de parler à sa femme, songea Felix.

— Bien. Je vais dire à Cadogan de vous appeler. Et s'il ne vous trouve pas, j'espère que vous le rappellerez rapidement cette fois, n'est-ce pas ?

— Évidemment que je le ferai, Felix, assura Tom d'une voix courtoise et sans émotion. Et merci d'avoir pensé à nous.

Felix resta assis à contempler le téléphone après que Tom eut raccroché. La chaleur de son ton, la sincérité de ses excuses avaient paru réelles ; il voulait manifestement ce budget, et s'il l'obtenait il saurait y faire face. Felix ne doutait pas des compétences professionnelles de Tom ; d'ailleurs, s'il en avait douté, en aucun cas il ne l'aurait recommandé. Il reconnaissait aussi son intelligence, une intelligence de premier ordre. C'était même l'un des problèmes, comme Marianne le lui avait courageusement lancé à la figure un jour, de ses relations avec son gendre ; si Tom avait été moins intelligent, moins brillant, moins cultivé, Felix aurait pu le mépriser – alors qu'en l'occurrence il était forcé de l'admirer secrètement, et cela le gênait beaucoup. Son estime pour lui, combinée à une féroce jalousie et une antipathie instinctive envers le mari de sa fille : cela faisait un mélange détonant. Il avait un jour admis devant Marianne que son aversion envers Tom ne possédait pas de fondement rationnel. Mais il lui avait aussi dit que si jamais Tom faisait du tort à Octavia, lui faisait *vraiment* du tort, il serait capable de le tuer sans le moindre scrupule. Il avait fait cette dramatique déclaration après avoir bu une bouteille et demie de bordeaux, mais Marianne avait senti qu'il disait vrai.

La journée tirait à sa fin quand Tom appela Bob Macintosh.

— Il y a des progrès, je crois, lui dit-il. J'ai eu une conversation intéressante avec ton ami du gouvernement. Il comptait visiblement beaucoup sur le fait que tu coopères avec eux. Je lui ai dit que tu n'étais pas si enthousiaste que cela, mais qu'il y avait un autre sujet dont il fallait que nous parlions ensemble. Il n'était pas très réceptif au début, alors je lui ai dit que j'avais déjà entendu des bruits courir sur le Toshigate, par mes contacts dans les milieux d'affaires.

— Le Toshigate ?

— Oui. Tosh, comme dans Macintosh, Gate comme dans Watergate.

— Oh! je vois. Excellent, Tom.

— N'est-ce pas? Le fait est qu'une heure plus tard j'ai reçu un autre appel, et je crois pouvoir dire que certaines de nos initiatives, en direction des réglementations européennes dans l'industrie alimentaire, vont maintenant bénéficier d'une oreille sympathique. Il y a même une bonne chance pour que cela fasse l'objet d'une question à la Chambre, surtout s'ils pensent que le sujet soulèvera un large écho dans le public. Dans ces conditions, l'idée d'une petite séance de photos peut au moins être envisagée, non?

Bob Macintosh hocha la tête.

— Oui. Dans ces conditions, oui.

Octavia rentra chez elle à neuf heures, après une réunion assez fastidieuse avec les délégués régionaux d'un de leurs nouveaux clients, une œuvre du type « Parrainez un enfant » qui cherchait à renforcer son image de marque. Ils voulaient tous renforcer leur image de marque, et ils voulaient tous que ça ne leur coûte rien... Elle avait fini par les convaincre d'organiser une série de déjeuners « maigres ». « Les gens paient pour venir manger du pain et du fromage, et boire de l'eau; ça fait rentrer beaucoup d'argent, et ça fait un très bon travail de relations publiques sur le terrain. C'est bien dans l'esprit de votre association, très digne et sérieux, et en même temps ça donne à toutes ces dames une bonne occasion de s'habiller et de papoter... »

Tom n'était pas là, il dînait dehors; quant aux enfants, ils dormaient. Elle avait eu faim, une demi-heure plus tôt, mais ça lui avait passé et c'était très bien ainsi; ça lui faisait un quota de calories disponibles, se plaisait-elle à penser. Elle se prépara une grande tasse de thé à la menthe et alla écouter le répondeur.

Il n'y avait qu'un seul message, laissé à dix heures du matin. « Salut, Taupe. C'est juste moi. Rappelle-moi quand tu auras une minute. Je ne fais rien de spécial, comme d'habitude. Il y a des lustres qu'on ne s'est pas vraiment parlé. Et j'ai quelque chose à te dire. »

Louise. Octavia avait beaucoup pensé à elle ces derniers temps ; elle lui manquait. Elles se voyaient bien trop rarement, séparées par leurs modes de vie, mais restaient proches grâce au téléphone, capables de reprendre une conversation là où elles l'avaient laissée même après des semaines de silence.

Elle composa le numéro de Louise à Cheltenham ; le téléphone sonna plusieurs fois puis ce fut la voix de Louise, essoufflée, mélodieuse et légèrement rauque, comme toujours.

— Allô ?

— Louise ? C'est moi, Octavia.

— Oh ! Octavia, comme c'est merveilleux. Écoute, est-ce que je peux te rappeler dans dix minutes ? Non, disons plutôt une demi-heure. J'étais en train de mettre Dickon au lit, il n'est pas très bien, et il y a aussi dans la maison un homme gravement sous-alimenté qui réclame son repas. Je le nourris et je te rappelle. Ou peut-être que tu sors ?

— Non, je ne sors pas.

— À dix heures au plus tard. Salut, Taupe.

Ce surnom ridicule était un raccourci de Vieille Taupe, dont Louise affublait jadis Octavia chaque fois qu'elle se refermait sur elle-même ou qu'elle manquait d'humour – c'est-à-dire très souvent, songea-t-elle en reposant le télé-phone. Oh ! avec quelle précision revoyait-elle Louise, telle qu'elle était à l'époque de leur jeunesse – Louise, qui avait été

89

l'élément le plus important de sa vie pendant tant d'années... Octavia l'avait remarquée dès le premier jour ou presque à Wycombe Abbey : elle l'avait vue poursuivre deux filles à la fin du match de hockey sur gazon, les rattraper en riant, puis leur passer les bras autour des épaules, et toutes les trois s'étaient éloignées en parlant avec animation – grande, svelte, ses longs cheveux dorés sur ses épaules... Octavia avait alors entendu quelqu'un dire derrière elle : « Louise Madison devient un peu plus jolie chaque trimestre » ; et elle s'était demandé, solitaire et timorée comme elle l'était, quel extraordinaire et inaccessible destin ce devait être que de vivre dans la peau de Louise Madison.

Pendant toute la moitié du premier trimestre, elle l'avait contemplée de loin, fascinée ; elles étaient dans des classes différentes et dans des maisons différentes, aussi leurs chemins se croisaient-ils rarement, bien qu'elles fussent de la même année. Louise lui souriait parfois et lui disait même « salut », à quoi Octavia répondait par un signe de tête et par un « salut » maladroit, mais c'était tout. Louise était très populaire, brillait dans tous les sports et s'installait confortablement au fond de la classe pour tout ce qui était scolaire ; Octavia était une élève modèle, brillait dans toutes les matières, mais était incapable d'attraper un ballon même si on le lui posait dans les mains. Louise était dans l'établissement depuis un an déjà, mais elle avait redoublé à cause de ses piètres performances ; Octavia restait inquiète et perturbée deux mois après la rentrée – enfant unique et surprotégée, paraissant moins que son âge bien qu'intellectuellement précoce, elle traînait sa réussite scolaire comme un boulet.

Une étrange amitié était née entre elles, un soir après le dîner. Elles s'étaient retrouvées devant un lavabo, au sortir des toilettes où elles s'étaient enfermées pour pleurer en silence – Octavia parce que personne ne l'aimait et que toute sa tablée était partie sans elle en ricanant, Louise parce que la directrice l'avait convoquée pour la menacer des pires horreurs si ses notes ne s'amélioraient pas. Elles s'étaient dévisagées en reniflant, gênées, avaient fini par se sourire à travers leurs larmes.

— Comment ça va ? avait demandé Louise.

— Pas très bien, avait répondu Octavia, trop malheureuse pour pouvoir faire bonne figure. Et toi ?

— Pas bien du tout. Si on en parlait un peu, qu'est-ce que tu en penses ?

Elle avait tiré du distributeur mural un grand morceau de serviette en papier, en avait tendu la moitié à Octavia, et toutes deux s'étaient mouchées de concert. À dater de ce jour, elles étaient devenues inséparables. Elles avaient mélangé leur sang, en s'aidant de leurs compas, à grand renfort de gloussements et de « aïe ! », et s'étaient juré une amitié éternelle.

Le rapprochement était étrange entre cette fille mal dans sa peau, que personne n'aimait, et cette autre si vive et charmeuse, que tout le monde adorait ; pour une raison inconnue, cela marcha pourtant entre elles. Octavia fit entrer les verbes latins et les règles de mathématiques dans la tête de Louise, Louise fit admettre Octavia dans sa bande de commères et de ricaneuses ; elles se mirent à dépendre l'une de l'autre, à compter l'une sur l'autre, à se respecter, à s'aimer. Elles passèrent leurs vacances ensemble, soit dans le vaste et ravissant manoir des parents de Louise dans le Gloucestershire, soit dans l'hôtel particulier victorien, luxueux mais sévère, de Felix Miller à Hampstead. Chez les Madison, Octavia découvrit ce qu'était une vie de famille insouciante, heureuse et bruyante ; chez Felix Miller, Louise fit l'expérience de la discipline et du farouche esprit de possession qui régissaient la vie de son amie. Ces différences mêmes les rapprochèrent l'une de l'autre et leur apprirent la tolérance.

Quand elles quittèrent Wycombe Abbey – Louise pour

faire une école de secrétariat, sans écouter les plus sévères pronostics sur sa vie qu'elle allait gâcher, Octavia pour étudier le droit à Cambridge –, elles se perdirent quelque temps de vue. Puis Octavia revint terminer son droit à Londres et vit un matin une photo de Louise dans le *Daily Mail* : elle était toujours aussi ravissante et n'avait guère changé, sauf ses cheveux d'or qui avaient éclairci et dont l'échafaudage défiait les lois de l'équilibre, et ses immenses yeux bruns que le crayon du maquilleur avait fait doubler de volume. D'après le *Mail*, elle promettait d'être le mannequin le plus volcanique depuis Twiggy.

Octavia l'avait contactée par l'intermédiaire de son agence, et elles étaient redevenues proches, comme avant. Louise emmenait Octavia faire du shopping (« Tu t'es vue dans une glace ? Comment veux-tu trouver un travail, habillée comme ça ? »), Octavia traînait Louise au théâtre et dans des galeries d'art (« Il n'est pas *indispensable* de n'avoir rien dans le crâne pour être top model, non ? »). Octavia se rendait aux fêtes que Louise donnait dans son clair et grand studio près de Primrose Hill et y rencontrait ses amis, mannequins, photographes, couturiers, designers, tous vêtus de façon impossible et commérant à n'en plus finir. Louise était invitée aux dîners qu'organisait Octavia dans le somptueux studio que son père lui avait offert dans Old Brompton Road, occasions de discussions longues et passionnées entre collègues juristes et anciens camarades de Cambridge.

Louise avait alors toute une kyrielle de flirts, Octavia *un* amoureux ; les deux amies échangeaient des détails terriblement intimes sur leur vie sexuelle, se soutenaient dans les moments difficiles – peur d'être enceintes, chagrins d'amour, problèmes de carrière. Louise se fit renvoyer de son agence pour être arrivée en retard une fois de trop à une séance de photos ; Octavia découvrit, juste au moment où elle abordait sa première grande affaire, qu'elle détestait le droit et ne pouvait continuer plus longtemps dans cette voie-là. Ensuite Louise alla vivre cinq ans aux États-Unis et Octavia rencontra Tom, puis se fiança avec lui.

Louise approuva chaudement le choix de son amie. Le lendemain de la fête de fiançailles que Felix avait tenu à donner pour sa fille, et pour laquelle elle avait fait un saut en avion jusqu'à Londres, elle dîna avec Octavia et lui dit :

— Il est beaucoup trop beau et trop séduisant, bien sûr, mais tu sauras faire face, n'est-ce pas ?

Octavia répondit que oui, elle saurait sûrement, mais qu'est-ce que Louise avait voulu dire au juste ? Celle-ci répondit qu'elle n'avait rien voulu dire du tout, sinon que les hommes suprêmement beaux et séduisants vous donnaient parfois du fil à retordre, Octavia devait le savoir. Si Louise sous-entendait par là que Tom était du genre coureur, elle se trompait, rétorqua Octavia ; au contraire, ils en avaient parlé ensemble et il accordait lui aussi beaucoup d'importance à la fidélité. Ou peut-être Louise ne la jugeait-elle pas à la hauteur de Tom, pas aussi belle et séduisante que lui ? Dans ce cas, elle ferait mieux d'être plus explicite.

Non, elle n'avait rien voulu dire de tel, se hâta de corriger Louise, désolée de la tournure qu'avait prise la conversation ; c'était sans doute l'effet du champagne, et Octavia avait dû oublier que son amie était capable de parler à tort et à travers, champagne ou non. Pour finir, Octavia lui avait pardonné, bien sûr, mais cela n'en avait pas moins jeté une ombre sur toute la soirée.

Louise était revenue en Angleterre pour le mariage, où elle avait été première demoiselle d'honneur. Tom l'en avait remerciée dans son discours, et avait ajouté qu'il s'attendait à moitié qu'elle les accompagne dans leur voyage de noces, tant elle semblait tenir une grande part dans la vie de son épouse; à quoi Louise avait répondu que, si c'était une invitation, elle serait ravie de l'accepter. Pour finir, Octavia et Tom avaient été à la Barbade sans elle, et quand ils étaient revenus à Londres elle en était déjà repartie.

De nouveau, les deux amies se perdirent quelque temps de vue; puis le téléphone sonna un matin dans le bureau d'Octavia et une voix familière lui dit :

— Taupe? Je vais me marier. Il s'appelle Sandy Trelawny, il est divin et c'est tout à fait un type pour moi. Viens le voir et dis-moi que tu l'approuves – ou sinon tais-toi.

Octavia ne l'approuva pas et ne se tut pas : elle jugea qu'il était de son devoir d'être franche avec son amie.

— Il... il est merveilleux, c'est certain, dit-elle avec précaution, mais je ne suis pas sûre que ce soit quelqu'un pour toi.

— Je t'assure que si, rétorqua Louise d'un air sérieux. Tout le monde dit que non, même maman, juste parce qu'il est militaire et pas photographe de mode ou je ne sais quoi dans le genre. Mais il est justement tout ce que je recherche, si sûr, si solide, si... anglais.

— Mais vous vivez de façon complètement différente, Louise... Vous avez si peu de choses en commun, et...

— Peut-être, mais j'en ai tellement assez de la vie que je mène, Taupe... C'est une vie si artificielle, si ridicule, et tout le monde vous traite comme de la merde au bout du compte... Sandy, lui, est à l'ancienne mode, tu comprends, romantique... Il est... oui, il ressemble à papa. D'ailleurs papa est la seule personne qui ait l'air d'approuver ce mariage. De toute façon, inutile de faire toutes ces histoires, parce que je *sais* que nous allons être parfaitement heureux ensemble.

Flottant sur un nuage de bonheur, elle s'était mariée en robe de soie sauvage dans leur petite église de village du Gloucestershire ; à la sortie, les camarades officiers de Sandy formaient une garde d'honneur. Hélas ! le nuage creva bientôt en une succession d'orages, qui eux-mêmes laissèrent place à une grise et morne atmosphère, installée pour longtemps au-dessus de leur couple, Louise s'en rendait cruellement compte.

Octavia avait son idée sur cet échec, qui la désolait fort. En dépit (ou peut-être à cause ?) de ses cinq années passées dans l'univers frénétique et superficiel de la mode, Louise était extrêmement romantique. Elle rêvait de regards aimantés soudain l'un par l'autre au milieu de la foule, de longues promenades sur une plage déserte, de baisers passionnés sur fond de ciel orageux. Même le sexe, pour elle, demandait ce genre de contexte ; réduit au seul plaisir, il ne valait plus grand-chose à ses yeux. Sandy, quand elle le rencontra, incarnait pour elle la classe, la galanterie, la tradition – tout le contraire de ce qu'elle trouvait dans le cynique univers de la mode. Aucun adjectif n'aurait su mieux le définir qu'« élégant » ; il se tenait merveilleusement bien en société, montait superbement à cheval, jouait au polo dans l'équipe de son régiment, avait été plusieurs fois cité pour son courage et son esprit d'initiative pendant les terribles mois qu'il avait passés en Bosnie. Mais c'était un vrai soldat, mal à l'aise avec les femmes, protecteur, mais avec une pointe de condescendance. Louise fut séduite par l'attitude protectrice, et ne découvrit la condescendance que trop tard.

Il l'avait invitée dans les meilleurs restaurants, sans jamais la laisser payer, il l'avait couverte de fleurs et de compliments, et à aucun moment ne laissait échapper la moindre allusion au fait qu'ils pourraient coucher ensemble. Pour Louise, c'était extrêmement romantique ; parmi ses relations habituelles, faire l'amour n'était rien d'autre qu'un agréable passe-temps, du même ordre que boire ou manger. Quand ils finirent par le faire, c'était dans un petit hôtel de campagne où Sandy avait réservé une chambre ; le lit était à baldaquin, il y avait des roses blanches sur la coiffeuse et du champagne frappé près du lit. Louise était si émue par le décorum qu'elle parvint à se dissimuler le fait que l'étreinte en elle-même fût plutôt banale. Quand ce fut fini, Sandy leur servit ce qui restait de champagne et lui déclara que c'était la première fois qu'il aimait comme il l'aimait, elle ; cela éclipsa tout le reste.

Un an après leur mariage, Sandy avait quitté l'armée et s'était lancé dans le commerce du vin, en s'associant avec un de ses amis, ex-officier comme lui. Louise en avait été soulagée, la condition d'épouse de militaire lui étant très vite devenue insupportable ; de plus, elle était enceinte et s'en réjouissait beaucoup. Un petit garçon naquit, Dickon, suivi deux ans et demi plus tard d'une petite fille, Juliet ; Louise se jeta corps et âme dans son métier de mère et d'épouse.

Octavia la vit fort peu durant cette période. Leurs époux ne sympathisaient guère ; Sandy, ancien d'Eton et patricien dans l'âme, n'avait rien pour plaire à Tom. Quant à Tom, sa quête effrénée de la fortune et du succès choquait beaucoup Sandy. Après quelques tentatives pour dîner et sortir ensemble, Octavia comme Louise jugèrent préférable de ne pas insister.

Puis un jour, neuf mois après la naissance de Juliet, le téléphone sonna chez Octavia. C'était Louise, la voix paniquée, méconnaissable :

— Octavia ? Oh ! Octavia, Juliet est morte... Viens, je t'en supplie !

C'était la mort subite du nourrisson. Elle était allée la chercher pour son repas du matin et l'avait trouvée...

— Froide, blanche, immobile, oh ! tellement immobile !

Octavia accourut aussitôt. Louise était désormais d'un

calme effrayant; elle accomplit sans broncher toutes les formalités exigées par la loi, visite de la police, déclaration de décès, le corps qu'on emmenait à l'hôpital pour l'autopsier, puis l'organisation des obsèques... La mère de Louise, Anna Madison, s'affairait dans la maison, efficace et discrète, tandis que Sandy marchait de long en large, livide; Octavia se sentit inutile jusqu'à ce qu'elle se trouve un rôle : s'occuper du pauvre Dickon, qui semblait aussi terrifié que désemparé. Elle passa la majeure partie de la journée avec lui et ne le ramena que le soir, une fois que le pire était passé, pour proposer à Louise de le prendre quelques jours chez elle.

— Très bonne idée, répondit celle-ci d'une voix froide et morne. Il aime beaucoup les jumeaux.

Le petit garçon resta deux jours chez les Fleming; ses nuits furent remplies de cauchemars, et Octavia dut téléphoner à ses parents pour qu'il se calme en entendant leurs voix. Quand elle le ramena chez lui, elle trouva Louise toujours étrangement calme et détachée.

— Louise... tu es sûre que tu vas tenir le coup?

— Moi? Oh! oui. C'est Sandy qui ne va pas. Il pleurait l'autre nuit et je lui ai dit qu'il devait être plus courageux, pour Dickon et pour moi.

Son apparent sang-froid mettait Octavia mal à l'aise, mais comment savoir ce que cachait la réaction des gens dans une pareille situation? Plus tard, quand elle fit part de ses impressions à Anna Madison, celle-ci lui répondit :

— Elle est encore en état de choc, et je me demande à quel moment elle va craquer. Elle tient le coup grâce à toutes ces choses dont il faut s'occuper, le cercueil à choisir, les fleurs...

Octavia la prit dans ses bras; elle adorait Anna.

— Heureusement qu'elle a une mère comme vous, lui dit-elle en l'embrassant.

Louise semblait toujours sous le choc au moment des obsèques. Elle regarda Sandy porter le petit cercueil dans l'église d'un œil inexpressif, chanta un cantique, écouta d'une oreille polie l'émouvante allocution que prononça le prêtre. Même devant la tombe, elle resta maîtresse d'elle-même, s'agenouilla et jeta un petit mot ainsi qu'une fleur sur le cercueil, puis tourna les talons et rentra chez elle avec les autres. Dans toute l'assistance, Octavia et Tom étaient les deux seules personnes extérieures à la famille.

— Je viendrai te rendre visite bientôt, dit-elle à Octavia au moment où celle-ci prenait congé.

Octavia tenta de la serrer dans ses bras, mais elle ne se laissa pas faire, rigide, sur la défensive. La dernière image qu'ils emportèrent fut celle de Louise agitant une main pour leur dire au revoir et tenant Dickon dans l'autre, avec Sandy debout derrière elle.

— Terriblement courageuse, commenta Tom.

— Oui. Trop, même, répondit Octavia.

Les nerfs de Louise craquèrent cette nuit-là : elle pleura trois jours durant et finit par se calmer grâce à de fortes doses de sédatifs. Une fois que la crise fut passée, alors commença le lent et pénible processus qui devait la ramener à la vie normale.

— Je me fais beaucoup de souci pour eux tous, confia Anna à Octavia, un soir où celle-ci avait téléphoné pour prendre des nouvelles. C'est épouvantable pour Louise, bien sûr, elle est si fragile sur le plan émotionnel, et le pauvre petit Dickon est très perturbé. Mais Sandy souffre terriblement lui aussi, et je ne suis pas sûre que Louise s'en rende bien compte.

Octavia leur rendit souvent visite durant cette période ; sur le moment, l'attitude de Louise était étrange, distante et presque hostile, mais elle la remerciait chaque fois avec effusion d'être venue, et lui disait qu'elle se sentait toujours mieux ensuite. Sandy semblait lui en être plus reconnaissant encore; il avait changé, paraissait plus vieux qu'avant, moins assuré, moins confiant.

— Oh! ce n'est pas moi qui compte, dit-il un soir à Octavia, alors qu'elle s'inquiétait de son état au moment de prendre congé. C'est à la pauvre Louise qu'il faut penser...

— C'était votre fille aussi...

Oui, avait-il répondu, mais c'était différent pour les hommes, lui ne l'avait pas portée. Il le disait d'un ton mécanique, comme s'il s'était répété la phrase pour bien s'en convaincre.

Puis vint une période où, pendant près d'un an et demi, leurs rapports se distendirent beaucoup; Louise se retirait de plus en plus en elle-même et ne voulait voir personne – même au téléphone il devenait difficile de parler avec elle, de longs blancs émaillaient la conversation. Octavia eut plusieurs discussions alarmées à ce sujet avec Anna (qui avait elle aussi l'impression d'être exclue de la vie de sa fille), et quelques-unes avec Sandy, mais il était si visiblement impuissant et désemparé qu'elle n'insistait pas.

— Elle va aller mieux, répétait-il, se forçant à l'optimisme. Ce n'est qu'une question de temps.

Peu à peu, à sa propre confusion, Octavia abandonna la partie. En outre, elle était de nouveau enceinte, et sentait combien la situation pouvait être douloureuse pour Louise. Puis elle dut lutter pour concilier l'arrivée du bébé avec sa vie professionnelle, et ce fut une bonne raison – une bonne excuse? – de plus pour ne pas persévérer dans ses efforts. Elle avait écrit à Louise, bien sûr, pour lui annoncer la naissance de Minty, et avait été blessée de ne recevoir qu'une brève carte en retour, même si au fond d'elle-même elle comprenait pourquoi.

Mais à l'approche de Noël, elle avait senti que la situation ne pouvait plus durer. Elle était solide, menait une vie heureuse, aussi comment pouvait-elle ne pas apporter du réconfort à son amie, tenter au moins ? Elle lui écrivit une longue lettre, pour lui dire combien elle lui manquait, et les inviter tous les deux à l'un de ces réveillons que Louise aimait tant.

Celle-ci avait aussitôt appelé, la voix enjouée, pour dire qu'elle était ravie et qu'elle courait s'acheter une robe neuve. Quand elle était arrivée, elle resplendissait :

— Je vais tout à fait bien maintenant, avait-elle dit à Octavia en l'embrassant, et je suis désolée d'avoir été un peu… compliquée ces derniers temps. Où est ce cher Tom ? Je veux lui donner un *énorme* baiser de Noël. Et aussi faire la connaissance de la petite Minty, et j'ai un cadeau pour elle. Ne me regarde pas comme ça, ma chérie, je t'en prie. Je t'assure que je vais tout à fait bien et que c'est vrai.

Octavia sentit un grand soulagement l'envahir, pas seulement en pensant à Louise, mais aussi, plus égoïstement, à cause de la culpabilité qu'elle avait éprouvée.

Après Noël, les Trelawny vinrent passer une journée chez les Fleming, dans le Somerset. Comme d'habitude, le courant passa mal entre les deux hommes. Octavia proposa une promenade après le déjeuner, espérant que Tom et Sandy refuseraient, mais ils sautèrent au contraire sur l'offre ; aussi se retrouva-t-elle bavardant de sujets futiles avec Sandy, en lieu et place de la longue et bienfaisante conversation qu'elle espérait avoir avec Louise, tandis que Louise marchait devant avec Tom. Plus tard, après le départ du couple, Octavia lui demanda de quoi ils avaient parlé tous les deux.

— De rien de spécial. Elle a juste jacassé, comme d'habitude.

— Et le bébé?

— Rien, au contraire. Quand à un moment je lui ai dit que j'étais désolé, elle m'a répondu qu'elle détestait parler de ça.

— Elle devrait, pourtant. Ça lui ferait du bien.

— Voyons, Octavia, tout le monde est différent! Il n'y a pas de règle absolue.

Il semblait de mauvaise humeur, mais la présence de Sandy lui faisait toujours cet effet-là. Octavia n'avait pas insisté.

Depuis, elles s'étaient revues quelquefois, s'étaient souvent parlé au téléphone; Louise semblait aller mieux, pour autant qu'Octavia pouvait en juger. Elle était plus maigre qu'avant, plus remuante aussi, mais assez enjouée, et semblait avoir retrouvé son équilibre. Pourtant, elle refusait toujours de parler de la mort de Juliet.

— Je sais, c'est censé être une thérapie, disait-elle, mais moi, ça ne me fait que du mal...

Quant à l'idée d'avoir un autre enfant, elle ne voulait pas en entendre parler.

— Les gens me répètent toujours cela, comme si Juliet pouvait être remplacée. Mais je ne veux pas, non. Elle est partie et c'est fini, voilà tout.

Octavia conservait bien quelques traces d'inquiétude au sujet de son amie; mais quand elle en parlait à Anna Madison, celle-ci se montrait tout aussi optimiste que sa fille, et fière de la façon dont elle avait surmonté l'épreuve.

— Tu as été une amie merveilleuse pour Louise, ajoutait-elle. Merci.

— Taupe? C'est moi. Désolée de ne pas avoir rappelé plus tôt.

— Dickon va mieux?

— Quoi? Oh! oui, ça va. Un peu trop de Mr. Freeze, je pense. Il les adore.

— Et Sandy?

— Il va bien. Il faut nourrir la bête, c'est ce que maman dit toujours.

Sa voix parut se briser et il y eut un silence, qu'Octavia rompit en demandant :

— Louise, il y a un problème?

— Oui, répondit-elle après un nouveau silence. Oui, c'est même pour cela que je t'appelle, de mauvaises nouvelles. Maman, justement. Elle est malade, vraiment malade.

— Oh! non, Louise... Qu'est-ce que...

— Le grand C, j'en ai peur.

Sa voix s'était raffermie et semblait même empreinte d'une dureté nouvelle.

— Oh! mon Dieu... Je suis désolée, tellement désolée, Louise...

La ravissante Anna, malade, souffrant, c'était horrible à concevoir.

— Mais quel... Je veux dire où est-ce que... ?

— Le sein, dit brutalement Louise, aussi il y a peut-être de l'espoir. Papa me l'a appris hier soir. Elle était allée se faire faire un check-up, du moins je croyais que c'était un check-up, mais en fait c'était une biopsie. Oh! c'est tellement injuste, elle n'a que cinquante-sept ans...

— C'est affreux, horrible, mais ils font des choses formidables maintenant, tous ces nouveaux traitements...

— Tous ces terribles, ces abominables traitements... En tout cas, nous en saurons plus ce week-end.

— Louise, tu aurais dû me téléphoner plus tôt, au bureau!

— Je ne voulais pas te le dire là-bas, à un moment où tu risquais d'être pressée.

— Oh! je suis si bouleversée... Louise, je t'en prie, dis-lui combien je l'aime, et aussi à ton père...

Elle se sentit complètement désemparée une fois qu'elle eut raccroché, incapable de rien faire de ce qu'elle avait prévu; elle s'assit dans le divan pour regarder un mauvais film et attendre le retour de Tom, qui avait promis de ne pas rentrer tard. Il serait très peiné lui aussi, il adorait Anna.

Il le fut en effet, davantage même qu'Octavia ne s'y était attendue. Il pâlit et se laissa lourdement tomber dans le canapé.

— Mon Dieu, c'est horrible, épouvantable! Pauvre femme... C'en est à quel stade?

— Ils ne sont pas encore fixés, je crois, ils doivent faire d'autres examens. Ils en sauront plus ce week-end.

— C'est Louise qui t'a appelée?

— Oui. Ce soir, il y a quelques instants.

— Comment est-elle?

— Comme tu peux l'imaginer. Elle prend sur elle, mais je préfère ne pas penser à ce qui arriverait si... Elle l'aime tant.

— Je sais.

Ils gardèrent quelques instants le silence, plongés dans leurs pensées, puis Tom lui dit:

— Tu devrais aller te coucher, maintenant. Tu veux que je t'apporte un peu de lait chaud?

Il devait en avoir gros sur le cœur, parce qu'en temps normal son côté « accro au lait chaud », comme il disait, l'exaspérait plutôt. C'était une survivance de l'enfance d'Octavia, quand elle se sentait malade et que son père lui en apportait un bol au lit, sucré au miel. « Amour et lait chaud, ça guérit tout », disait-il, puis il s'asseyait à côté d'elle et la berçait jusqu'à ce qu'elle s'endorme.

— Monte te coucher, je te l'apporte, lui dit Tom. On va faire comme si j'étais ton père.

— Ne dis pas de bêtises, pouffa-t-elle, plutôt surprise; ses relations avec son père étaient rarement un sujet de plaisanterie entre elle et Tom.

5

Nico Cadogan avait appelé Tom et lui avait proposé qu'ils se rencontrent même sans la présence de Felix, qui n'était pas à Londres :

— Cela retarderait les choses d'au moins quarante-huit heures, et je suis sûr que nous sommes capables de nous parler directement tous les deux.

Tom était d'accord et proposa à Nico qu'ils se retrouvent au bar du Ritz. Il était fort émoustillé par la perspective d'obtenir ce contrat : les Cadogan étaient une chaîne d'hôtels de catégorie moyenne avec quelques joyaux, particulièrement les très chers et très luxueux Cadogan Royaux d'Édimbourg, de Bath et de Londres. Western Provincial, qui avait fait l'offre d'achat, était également une chaîne, mais qui possédait surtout des motels. George Egerton, le propriétaire de Western, avait depuis longtemps des vues sur les Cadogan; il était aussi riche qu'arriviste (c'est-à-dire immensément), et rêvait d'accrocher quelques cinq étoiles à sa couronne.

La première impression de Tom fut qu'il aurait du mal à travailler avec Cadogan. Celui-ci était grand, brun, étonnamment jeune (Tom lui donnait à peu près quarante-cinq ans), avec un accent snob et des manières affectées.

— Je sais déjà tout de votre cabinet-conseil par votre beau-père, dit-il à Tom, en l'interrompant alors que celui-ci commençait à tracer les grandes lignes de ce que Fleming Cotterill pouvait faire pour lui. Vous êtes manifestement des gens sérieux, et j'ai confiance dans ceux que Felix Miller me recommande. Ce dont j'ai besoin, c'est d'une action rapide, et d'être sûr que vous pouvez la mener.

— À quel stade en sont les choses ?

— Egerton m'a informé qu'il allait lancer une OPA, c'est tout ce que je sais pour l'instant. Je m'y attendais, car nous sommes une affaire très tentante, et les deux derniers résultats financiers n'ont pas été excellents. Les actionnaires examineront attentivement n'importe quelle offre qui se présentera.

— Pourquoi les résultats financiers n'ont-ils pas été bons ?

— En grande partie à cause d'un investissement très lourd. Mettre sur orbite les Cadogan Royaux a coûté très cher. Ils ont été suréquipés au départ en matière de personnel, et j'ai dépensé une fortune pour installer un système informatique qui remette un peu d'ordre là-dedans.

— De sorte que maintenant vous allez pouvoir faire des économies ?

— Oui, sans aucun doute. Mais ça prend du temps pour renverser la situation, et pendant ce temps-là nous ne dégageons pas beaucoup de profit. Donc, Egerton pense que ça va être facile pour lui.

— Et pourquoi cela ne le serait-il pas ? Désolé de jouer les avocats du diable, mais, présentée comme ça, l'affaire n'a pas l'air facile.

— Primo, j'ai engagé un nouveau directeur général. Un jeune type brillant, qui veut tout révolutionner dans la maison, et je vais le faire valoir auprès des actionnaires. Secundo, je me demande si nous ne pourrions pas porter l'affaire devant la Commission antitrust. Les hôtels milieu de gamme d'Egerton et les miens sont en concurrence directe, et vous imaginez les conséquences de cette situation sur les prix. Mais j'ai besoin de conseils sur la façon de leur présenter la chose. Qu'en pensez-vous ? Vous pouvez m'aider ou non ?

— Cela demande mûre réflexion.

Tom prit sa voix la plus naturelle et son sourire le plus encourageant.

— Aller voir la Commission antitrust ne servirait pas à grand-chose, et de toute façon ils ne pourraient même pas intervenir à ce stade de l'affaire. Il faut qu'ils soient saisis par le Service de la concurrence et des prix. En plus, rien ne garantit que ça marchera. Si nous devons nous engager à vos côtés, nous avons besoin avant tout de bien connaître votre société, son histoire, ses actifs, ses perspectives. Alors je vous dirai s'il y a une possibilité d'introduire une action ou non.

— Oui, je comprends très bien cela. Je mettrai à votre disposition toute la documentation et les collaborateurs dont vous aurez besoin.

— J'en aurai besoin, et vite. Je pense que nous n'avons pas une minute à perdre.

— Je le pense aussi, et c'est justement pour cela que je voudrais vous engager, pour court-circuiter tout le processus... Vous pouvez le faire ?

— Franchement, je n'en sais rien, pas avant d'avoir toute l'information nécessaire. Et court-circuiter le processus n'est pas vraiment ce que nous recherchons ; tâchons plutôt d'avancer le plus rapidement et le plus efficacement possible à l'intérieur. On ne peut pas ignorer la législation, ni même la contourner.

— Miller affirmait que vous seriez capable de tout arranger et de faire fuir les prédateurs, dit Cadogan en vidant d'un trait le fond de son verre (un double whisky, remarqua Tom).

— Il ne comprend pas mon travail, pas plus que je ne comprends le sien, d'ailleurs. Et je ne sais pas faire des miracles.

Cadogan le fixa dans les yeux et hocha la tête.

— Bravo. J'aime votre honnêteté et, pour tout dire, je ne sais pas faire de miracles moi non plus. Mais peut-être qu'à nous deux nous pourrons au moins faire l'impossible..., ajouta-t-il en souriant. Vous pouvez venir quand ?

— Lundi matin, dit Tom. Le premier rendez-vous de la journée. Je vous l'ai dit, il n'y a pas une minute à perdre.

— Excellent ! Je me disais bien que Miller n'avait pas pu se tromper. Comme beau-père, il est comment, à propos ?

— Oh ! parfait, dit Tom.

— Si nous devons travailler ensemble, dit Cadogan en souriant, il ne faut pas me mentir... Je suis très discret, vous savez.

Tom devait souvent se rappeler ces mots-là dans les mois qui suivirent.

— Regarde, dit-il à Octavia le dimanche soir, en lui tendant le *Mail on Sunday*. Grâce à toi.

Une photo de Bob Macintosh s'étalait en pleine page : il était installé dans le canapé du salon, entourant sa femme Maureen d'un bras et sa fille aînée de l'autre. Les cadets étaient assis au sol devant eux, avec le labrador jaune.

« La femme du millionnaire, le secrétaire d'État, et les mensonges qui ont fait que Maureen Macintosh a vu rouge », clamait le gros titre, tandis qu'une longue interview de Maureen suivait, avec comme chapeau : « Pourquoi mon mariage a tant de valeur pour moi... »

— Trois millions de livres, commenta Octavia, voilà la

valeur qu'il a. C'est à vomir. Que veux-tu dire par « grâce à moi » ?

— C'est le résultat de ta brillante idée. Le marché, tu te souviens ?

— Oh ! Oui... Qu'est-ce qu'il a eu en échange, alors ?

— Quelques conversations approfondies, au plus haut niveau, sur ces fichues réglementations européennes.

— Moi, j'ai suggéré ça ?

— Disons que j'ai peaufiné les détails, mais l'idée générale vient bien de toi. Quelle équipe on forme, hein ? Même la grande presse montre notre tableau de chasse.

Il était assis sur le divan, ses longues jambes étendues devant lui, en jeans, un pull en cachemire sur les épaules ; il avait davantage l'air d'un modèle pour catalogue de prêt-à-porter de luxe que d'un Machiavel de cabinets ministériels.

Octavia soupira. Elle avait mal à la tête, mais elle avait promis d'emmener les jumeaux à l'aire de jeux de Holland Park quand les Américains seraient partis – et ils l'étaient.

— Ça s'est très bien passé avec les Bryant, lui dit Tom. Ils sont repartis avec une très bonne impression.

— Tant mieux si ça n'a pas été pour rien, parce que avec tout le travail que ça a représenté...

— Chérie ! Un travail pas si terrible, quand même... Théâtre, dîner chez Langan's, shopping avec Mme Bryant, brunch au Connaught...

— Oui, et aussi tout apprendre par madame des problèmes relationnels de la famille Bryant, puis écouter monsieur raconter minute par minute la naissance de Bryant and Co...

— C'est vrai, tu as été admirable, Octavia. La prochaine fois que j'irai les voir à New York, tu auras le droit de venir, promis.

— Très amusant.

— Au fait, j'ai demandé à ce nouveau client possible, Nico Cadogan, celui que ton père m'a envoyé, de venir avec nous à Ascot mardi. Il va te plaire, c'est sûr. Sympathique, de l'allure, du charme...

— Hmm... Je ne sais pas si je vais pouvoir attendre jusque-là...

— Et Carlton ? Son sponsoring ? Ça en est où ?

— Une réunion est prévue pour vendredi, encore en pointillés. Et avant que tu me poses la question, non, je n'en ai pas encore parlé aux gens de Foothold, mais je vais le faire. Maintenant, Tom, si tu veux vraiment me prouver ta gratitude pour ce week-end, emmène les jumeaux à Holland Park à ma place. Ou au moins viens avec nous.

— Chérie, je ne peux pas, j'ai un speech à écrire pour un dîner lundi. Mais dimanche prochain je sors avec eux toute la journée, promis. Ça te va ? À propos, j'espérais rentrer après ce dîner de lundi, mais je ne crois pas que je pourrai, il faudra que je dorme à l'hôtel et que je revienne le lendemain matin. Et je devrai passer deux heures à mon bureau avant d'aller à Ascot, donc je pense que je te retrouverai là-bas, dans la tribune.

— D'accord. Où a lieu ce dîner ?

— À Bath. C'est...

Le téléphone sonna : Felix Miller.

— Bonjour, Octavia. J'appelais juste pour voir comment tu allais.

— Très bien, papa. Ça te dirait de venir avec tes petits-enfants et moi à l'aire de jeux de Holland Park ?

— Tom n'y va pas avec toi ?

— Non, il... il travaille, dit-elle entre ses dents, tout en jetant un regard oblique à Tom qui avait fermé les yeux et posé le *Sunday Times* sur son visage.

— Je vois. Dommage qu'il n'ait pas plus de temps à consacrer à sa famille. Ça me dit, oui, je serai content de t'avoir un peu pour moi.

— Tu devras me partager avec les jumeaux.

— Ça m'ira très bien.

— Alors, là-bas dans une heure?

Elle raccrocha, soupira. Pourquoi diable lui avait-elle proposé cela? Ç'aurait été tellement plus simple d'emmener seule les deux jumeaux... Cela se passait toujours mal avec leur grand-père : il leur posait deux ou trois questions puis se désintéressait d'eux et ne parlait plus qu'à Octavia.

En fait, elle savait très bien pourquoi elle le lui avait proposé; pour ennuyer Tom, se venger de lui.

Felix traversa Londres, fort joyeux à l'idée d'avoir Octavia pour lui pendant deux heures. C'était devenu un plaisir rare ces temps-ci. Quand elle était tombée amoureuse, le plus grand choc avait été de ne plus la trouver systématiquement disponible pour lui. Jusqu'à ce qu'elle rencontre Tom, il passait en premier; s'il voulait la voir, s'il ne se sentait pas bien, ou simplement esseulé, s'il avait besoin d'une hôtesse pour un dîner (quand elle avait eu l'âge de remplir ce rôle), il n'avait qu'à le lui demander. Elle renonçait à n'importe quoi pour lui, ou presque.

Un jour (elle n'avait que dix ans), elle lui avait sacrifié un ballet à Covent Garden, auquel elle était invitée pour l'anniversaire d'une de ses amies. Noureïev et Margot Fonteyn dansaient dans *Giselle* et Octavia n'avait parlé que de cela plusieurs semaines à l'avance; elle avait prévu comment s'habiller, le cadeau était prêt et empaqueté depuis longtemps... Elle n'avait guère d'amies à l'école et n'était pas souvent invitée – plus intelligente que les autres, trop mûre pour s'intéresser à leurs conversations de poupées Barbie; oui, c'était bien une occasion unique.

À mesure que les jours passaient et que le moment approchait, Felix se montrait nerveux, irritable. Les grandes joies de la vie d'Octavia, il voulait qu'elles viennent de lui, et de personne d'autre. Comme elle n'avait presque rien avalé au dîner la veille au soir, il lui avait demandé si elle se sentait bien et elle avait répondu :

— Très bien, mais, oh! je suis tellement impatiente pour demain soir... Ça va être le plus beau jour de ma vie!

Il n'avait rien dit, s'était contenté de sourire et de lui caresser la main, mais la jalousie lui avait littéralement tordu les entrailles.

Le lendemain, il s'était réveillé avec un mal de gorge; au déjeuner il trouva qu'il était véritablement mal en point, avec la migraine, et tous les signes avant-coureurs de ce qui pourrait être une bonne grippe. Octavia avait passé le repas à parler du ballet, surexcitée, disant qu'elle n'arrivait pas à croire que ça allait vraiment arriver. N'y tenant plus, Felix avait fini par quitter la table et monter se coucher. La douleur lui vrillait les tempes.

Au bout de quelques instants, il avait vu sa porte s'ouvrir lentement :

— Papa? Ça ne va pas? Pourquoi les rideaux sont tirés?

— J'ai mal à la tête, mais rien de grave.

— Pauvre papa... Tu veux que je t'apporte de l'aspirine?

— Oh! chérie, j'ai déjà pris quelque chose de plus fort que l'aspirine. J'ai peur que ce ne soit un vrai mal de tête.

— Pas une migraine?

Il en avait parfois, quand il était contrarié ou qu'il avait trop travaillé. Octavia connaissait bien et redoutait le processus, la douleur contre laquelle elle le voyait se débattre, les vomissements... Quand ça se passait un samedi ou un dimanche, elle l'obligeait à se lever de son bureau et jouait fièrement à renverser les rôles : « Viens, papa, arrête de travailler, on va prendre l'air tous les deux... »

— Non, avait-il répondu en lui souriant, je crains que ça ne ressemble plutôt à une grippe. J'ai un peu de température. Mais ne t'en fais pas pour moi, chérie, ça ira. Est-ce que tu ne ferais pas mieux de te préparer ?

— Je ne veux pas te laisser, était-elle parvenue à dire, et l'on sentait combien ça lui coûtait. Pas si tu es malade.

— Voyons, mon amour, ma petite chérie (il s'était redressé péniblement, pour s'asseoir dans son lit), tu ne vas pas manquer ce ballet pour moi... Pas pour ton vieux papa...

— Je pourrais tout manquer pour toi, si tu veux que je le fasse.

À six heures moins le quart, quand elle avait de nouveau passé la tête dans l'entrebâillement – habillée d'une robe écossaise de taffetas foncé, avec dans les cheveux un nœud que lui avait fait Mme Harrington, la gouvernante –, Felix avait soudain senti à quel point il était malade. Elle s'était approchée du lit, avait posé sa petite main sur son front :

— Oh papa, tu es si chaud !

— Un peu, c'est vrai.

Sans doute n'aurait-il pas dû fermer la fenêtre et monter le chauffage, il s'en rendait compte ; mais il avait eu si froid tout à l'heure, quand il était venu se coucher.

— Mais un peu de température n'a jamais tué personne, pas plus que la grippe, n'est-ce pas ? avait-il commenté, avec un enjouement qu'on sentait forcé.

— Mme Harrington va rester ici pour s'occuper de toi, je pense ?

— Eh bien... En fait, non. C'est son soir de congé, tu te souviens ? Elle voulait justement le prendre aujourd'hui au lieu de demain. Mais elle me préparera quelque chose – encore que l'idée de manger, je dois dire...

— Tu vas être seul, alors ?

— Eh oui, pauvre de moi. Mais pour l'amour du ciel, Octavia, lui avait-il dit en refaisant le même pâle sourire, je suis un adulte, j'ai presque quarante ans. Je peux passer quelques heures tout seul...

— Je crois que je devrais rester avec toi, avait-elle dit d'une toute petite voix. Papa, je ne peux vraiment pas te laisser seul, pas si tu es malade et si tu as de la température.

— Ma chérie, ça va passer, j'en suis sûr.

Il avait répété, après une imperceptible pause :

— Oui, ça va sûrement finir par passer...

— Non, avait-elle lentement répondu, en commençant à retirer le ruban de ses boucles brunes, non, ça ne va pas passer. Et moi de toute façon je n'en profiterai pas, si je me fais du souci pour toi.

— Oh ! ma chérie, tu es si adorable, si gentille pour ton vieux papa... Et moi je me sens si méchant...

— Arrête, papa ! Je vais vite aller téléphoner à la maman de Flora, puis je reviens m'asseoir à côté de toi. Je t'apporterai un bol de lait chaud.

— Ce serait merveilleux...

Il l'entendit qui téléphonait dans la pièce d'à côté, puis ses pas descendirent l'escalier ; elle revint dix minutes plus tard avec un bol de lait sur un plateau et un livre.

— C'est *Robinson Crusoé*, ton préféré. Je vais te faire la lecture.

Sa voix paraissait changée et, quand il la regarda, il vit qu'elle avait pleuré.

— Ma chérie, lui dit-il, jamais je ne te remercierai assez de ce que tu as fait. Je m'en veux tellement... Mais tu sais quoi ? Dès que j'irai mieux, je t'emmènerai voir ce ballet. Nous irons tous les deux, toi et moi. Qu'est-ce que tu en penses ?

— Tout est complet, dit-elle d'une voix un peu brusque,

mais ça n'a pas d'importance. Maintenant, repose-toi, et ne parle pas. Je vais te faire la lecture.

Et il s'endormit bientôt, tout en songeant combien elle était belle, et douce, combien il l'aimait et combien elle aussi devait l'aimer.

Le lendemain matin, il se sentait incomparablement mieux. Ç'avait été juste une poussée de fièvre, l'affaire d'une journée.

Elle avait eu raison pour les places, mais il fit jouer ses relations et parvint à louer une loge. Ils s'y installèrent ensemble, rien qu'eux deux ; il commanda une bouteille de champagne et lui en versa une gorgée dans son jus d'orange. Elle le but en lui souriant et lui dit qu'elle l'aimait, qu'elle préférait mille fois être ici avec lui plutôt qu'avec une bande de filles de son école.

— C'est vrai ? Ç'aurait été sûrement plus amusant avec elles, non ?

— Non, c'est plus amusant comme ça, vraiment.

— Je me sens encore très coupable, tu sais.

— Tu ne devrais pas, je t'assure.

Alors il ne se sentit plus coupable.

6

C'est parfait. J'ai pu étudier à fond la situation, les chiffres et le reste. Une autre tasse de café ?

Nico Cadogan secoua la tête. George Egerton avait offert

deux livres et demie par action du groupe Cadogan, et Nico avait eu une réunion d'urgence avec ses banquiers.

— Alors, qu'est-ce que vous en pensez? demanda-t-il à Tom.

— Avec les actions qui sont actuellement à deux livres, l'offre va tenter vos actionnaires. Que pouvez-vous leur offrir pour rester avec vous?

— Pas grand-chose. J'espérais que vous trouveriez un moyen de le contrer, un moyen politique.

— Ce n'est pas si facile. Nous pouvons faire un peu de vagues – écrire au député de Romford où se trouve votre siège social, répandre le bruit que ceux de Western Provincial sont des requins et qu'ils vont licencier la moitié du personnel, essayer de faire déposer une motion à la Chambre... Pour cela, vous trouvez d'abord un député *ad hoc*...

— Comment?

— C'est le genre de choses pour lesquelles vous nous payez, dit Tom en souriant. Vous lui rédigez une lettre, quelque chose comme : « Nous notons avec inquiétude que la fusion proposée, bla-bla-bla », et il fait le tour de la Chambre avec votre texte, en essayant de convaincre d'autres députés de le signer avec lui. Puis la motion est inscrite à l'ordre du jour et recueille encore beaucoup d'autres signatures, du moins on l'espère. Vous pouvez vous appuyer sur elle dans l'action que vous menez, ça vous donne beaucoup de poids sur le plan moral. Mais guère plus que cela, hélas! Nous pouvons aussi écrire au Service de la concurrence et dire que les prix des hôtels vont sûrement augmenter, envoyer des lettres aux journaux pour parler de votre compagnie qui a su rester familiale, des 51 % que vous possédez toujours dedans, du sort de votre personnel dont vous vous souciez beaucoup, etc.

— Tout ça m'a l'air très bien...

— Oui, mais il y a un os, non?

Cadogan le regarda et soupira.

— Je sais ce que vous allez dire. Notre responsabilité vis-à-vis des actionnaires, n'est-ce pas?

— Exact. Ils risquent de ne pas aimer l'idée de perdre cinquante pence par action, rien que pour garder quelques personnes à leurs postes.

— Alors? Que faisons-nous?

Tom apprécia ce *nous* à sa juste valeur, et sentit que la confiance était en train de naître.

— Il faut convaincre les actionnaires. Présentez-leur vos plans de restructuration, vos projets d'expansion, votre nouveau directeur général. Dites-leur qu'en ce qui concerne la gestion vous allez encore resserrer les boulons, qu'une offre à deux livres et demie ne reflète pas la valeur réelle de la société, que s'ils restent avec vous les actions vaudront trois livres et demie d'ici à un an. Du côté de la concurrence, s'ils décident de saisir la Commission antitrust, alors nous jouerons à fond la carte des tarifs en hausse, des suppressions d'emplois, etc. C'est un travail de relations publiques autant que politique. Toute la question est : êtes-vous prêt à vous lancer dans la bataille?

Il y eut un long silence; Cadogan se leva de sa chaise et gagna la fenêtre. Tom en profita pour l'étudier de dos : cheveux poivre et sel, larges épaules, costume impeccablement coupé, silhouette longue et racée. Quand un producteur s'adressait à un bureau de casting pour un rôle d'administrateur de sociétés, ils lui envoyaient un acteur dans le genre de Nico Cadogan.

— D'accord, finit par dire celui-ci en se retournant. Je m'y lance. Et question honoraires?

Tom prit une profonde inspiration.

— Vingt mille par mois, dit-il.

Il y eut un silence, qui dura au moins cinq secondes.

— Ce sont vos honoraires standard ?

— Pour un cas comme celui-ci, oui.

— C'est exorbitant.

— C'est réaliste.

Un autre silence, puis :

— Entendu. Je me targue moi aussi d'être réaliste. Mais vous avez intérêt à ce que ça marche.

Tom sentit physiquement la poussée d'adrénaline en lui.

Plus moyen d'attendre, songea Octavia : elle devait appeler la responsable de la section de Felthamstone de Foothold, lui parler du projet de Carlton et voir quelle serait sa réaction. Quelqu'un, sans doute la femme de ménage, lui répondit que Mme David était sortie.

— Elle est chez le kiné avec Megan, mais elle ne va pas tarder. Vous voulez que je lui laisse un message ?

Elle se souvenait maintenant d'avoir vu Mme David à l'assemblée générale de Foothold : une femme grande et mince à l'allure fatiguée, blonde décolorée, assez jolie, et dont la fille de dix ans était dans un fauteuil roulant.

— Non, je rappellerai. Dites-lui juste qu'Octavia Fleming...

Derrière le bruit d'une machine à laver, elle entendit un chien aboyer, puis la porte d'entrée s'ouvrit et une voix appela Mme Jackson.

— Madame David ! cria sa correspondante. Il y a une dame au téléphone pour vous !

— Je ne peux pas maintenant, répondit une voix lointaine, je dois rentrer les courses. Elles sont empilées au-dessus de la pauvre Megan, et il commence juste à pleuvoir. Dites-lui que... Oh ! ou plutôt allez-y et occupez-vous-en, madame Jackson, si ça ne vous ennuie pas, je prends le téléphone.

Patricia David à l'appareil, dit la voix soudain toute proche, dans le combiné.

— Je suis désolée, madame David, j'ai vraiment mal choisi le moment. Je vous rappellerai. C'est Octavia Fleming, de Capital C. Vous savez, le cabinet qui conseille Foothold...

— Qui? Oh! oui, je me souviens, Non, ne raccrochez pas... Foothold fait des choses formidables, c'est très important...

— Comment va votre petite fille?

— Pas trop mal. Nous arrivons de la piscine du quartier, pour sa rééducation. Elle adore ça, malheureusement nous ne pouvons pas avoir toutes les séances que nous voulons, c'est toujours surchargé.

Octavia dressa l'oreille ; il y avait peut-être là une perche à saisir...

— Je ne veux pas vous retenir longtemps, madame David, mais que pensez-vous de ce nouveau programme immobilier prévu près de chez vous, du côté de Bartles Wood?

— Oh! nous sommes très mobilisés contre lui! Franchement, c'est un projet scandaleux... Que savez-vous sur lui?

— Pas grand-chose encore.

— Ce que les promoteurs ont acheté s'appelle Bartles House, commença Patricia David d'une voix vibrante, une vieille bâtisse assez curieuse, qui est aujourd'hui utilisée comme maison de retraite. Ça, et le parc autour. L'ensemble est à moitié à l'abandon, ce qui est déjà tragique en soi. Le bois lui-même, Bartles Wood, se trouve au bord du parc. Un droit de passage existe à travers le domaine, un chemin matérialisé par une barrière, mais comme il appartient à la même personne que le reste, c'est toute la propriété qui a toujours été considérée ici comme un lieu public. Elle abrite une faune très riche, notamment beaucoup de libellules, et aussi de superbes plantes aquatiques. Les enfants viennent y attraper des têtards depuis des générations, et tout ce projet est pour nous une véritable catastrophe!

— Est-ce que la maison va être démolie?

— Oui, mais ce n'est pas le plus grave.

— Et les pensionnaires qui y vivent, que deviendront-ils?

— On les relogera dans un bâtiment neuf de l'autre côté de la ville, paraît-il. Construit par le même promoteur, j'imagine.

— Ça ne serait pas étonnant, en effet...

— Comment en avez-vous entendu parler? Vous n'êtes pas impliquée dans l'opération, j'espère...

— Pas directement, mais j'ai entendu dire que le promoteur promettait d'ouvrir un foyer municipal. Avec des équipements pour les handicapés. Je me demandais si vous étiez au courant, si Foothold pouvait voir cette perspective d'un bon œil...

— Pff... C'est de la corruption et rien d'autre! Je vais vous dire exactement ce qui va arriver, madame Fleming. La maison sera démolie, les arbres coupés, un lotissement et un centre commercial s'élèveront à leur place, puis, mystérieusement, le foyer municipal ne se réalisera jamais. C'est toujours ainsi que cela se passe, et notamment tout près de chez ma mère, il y a quelques années. Qu'on laisse agir ainsi les promoteurs est scandaleux, et j'ai bien l'intention de me coucher devant les bulldozers quand ils arriveront.

— Je vois, dit Octavia, et elle parvint à rire. Bien, je crois que je perds ma salive et que je vous fais perdre votre temps. Je vous laisse à votre petite fille, et pardonnez-moi. J'avais juste entendu parler de ce projet et je me demandais comment vous l'accueilleriez, c'est tout.

— Franchement mal, Octavia – vous permettez que je vous appelle Octavia, n'est-ce pas? Et appelez-moi Pattie, je vous en prie. Nous sommes en train de mettre sur pied un comité d'opposition très actif, avec de nombreux soutiens. Parmi lesquels notre nouveau député, en tout cas nous l'espérons. Le travailliste type, mais un jeune homme charmant. Il m'a dit en privé, à la fin d'une des réunions, qu'il serait très triste de voir Bartles Wood disparaître. Ce qui d'ailleurs ne l'empêche pas de jouer les avocats du diable, en disant qu'il y a besoin de davantage de maisons par ici. Si vous voulez en discuter encore, n'hésitez pas à m'appeler, n'importe quand. Vous pourriez peut-être nous aider dans les médias...

— Je ne sais pas, car ça n'a rien à voir avec Foothold... Mais en tout cas nous restons en contact, dit prudemment Octavia, et elle raccrocha.

— Oh! bon Dieu, fit Tom.
— Que se passe-t-il?

Sa secrétaire, Barbara Dawson, venait de lui apporter le courrier du matin et les journaux.

— Regardez ça!

Il lui tendit le *Daily Mail*: on y voyait en page trois la photo d'un groupe de femmes, avec des petits enfants dans des poussettes, et qui brandissaient des pancartes où l'on lisait : « Sauvez notre campagne » et « Sauvez Bartles Wood ». La photo portait comme légende : « La nouvelle bataille d'Angleterre ».

Les femmes de Felthamstone s'organisent pour livrer une longue bataille, afin de sauver le site touristique local de Bartles Wood. Ce site est menacé par un promoteur qui prévoit de construire un vaste complexe immobilier, des boutiques et un parking à plusieurs étages. « Si nous n'y prenons pas garde, la totalité de notre pays disparaîtra bientôt sous le béton, déclare l'une des jeunes mères à la tête de la campagne. Nous devons sauver ce qui reste pour nos enfants et nos petits-enfants. » « Si les hommes ne veulent pas nous aider, nous mènerons cette bataille seules, affirme une autre femme dont la fille est dans un fauteuil roulant, souffrant d'arthrite infantile. Nous nous coucherons devant les bulldozers s'il le faut. »

Le promoteur concerné, Michael Carlton de Carlton Homes, n'a voulu faire aucun commentaire.

— Vous aviez dit que ça ne paraîtrait pas dans les quotidiens nationaux, que vous pourriez l'empêcher, Tom ! gronda bientôt Carlton dans le téléphone. Qu'est-ce qui s'est passé ?

— Je n'ai jamais dit une telle chose, Michael, j'ai dit que la meilleure solution était de minimiser l'affaire. D'habitude, c'est ce qui marche le mieux. Sérieusement, je ne crois pas que le reste de la presse reprenne ces propos.

— Vous ne croyez pas ? Alors soyez gentil, dites-le au type de l'*Express* que j'ai sur le dos !

— Laissez-moi faire, soupira Tom, je vais lui parler.

— Je ne cesse de vous laisser faire, et pour le moment ça ne semble donner aucun résultat !

En raccrochant, Tom nota avec irritation que sa main tremblait légèrement. Accroche-toi, Fleming, ça devient sérieux, songea-t-il.

— Octavia ? Michael Carlton au téléphone.

— Oh ! Michael, bonjour.

— Vous avez vu le journal, je suppose ?

— Le *Daily Mail* ? Oui.

— Monstrueux régiment de bonnes femmes... Je vous appelle pour savoir si vous avez pu sonder vos contacts là-bas, placer un mot pour nous ? Parler du foyer municipal, des équipements pour...

— Michael, j'ai peur qu'ils ne soient *très* opposés à cette opération immobilière. Pas l'opération en tant que telle, mais plutôt la destruction de Bartles Wood.

— C'est un mot... pénible que vous employez, Octavia. Je ne suis pas sûr que Tom aimerait l'entendre.

La main d'Octavia se crispa sur le téléphone : comment pouvait-il insinuer que Tom avait un contrôle sur ses paroles ?

— Je n'en trouve pas d'autre, Michael. Vous allez faire tomber les arbres, n'est-ce pas ? Raser le site au bulldozer ? Cela ressemble à de la destruction – quelle que soit la valeur de l'opération immobilière en elle-même, bien sûr.

Il y eut un silence au bout du fil, puis il dit :

— Donc vous ne m'aiderez pas ?

— Je ne peux pas, désolée.

— Bien. En tout cas nous nous verrons demain à Ascot, nous pourrons peut-être en reparler.

Octavia hésita.

— Michael, si... si vous voulez vous retirer du sponsoring, dans ces conditions...

Allez, songea-t-elle, dis que tu le veux, les choses seraient tellement plus simples ainsi...

— Non, Octavia, dit-il un ton amusé. J'ai vraiment très envie de travailler avec votre compagnie, et avec vous. Je pense que notre... engagement réciproque est très profitable pour tous les deux. À demain.

7

Debout dans le métro à l'heure de pointe, Zoé sentait une énorme boule lui serrer l'estomac. Le jour qu'elle redoutait depuis longtemps était arrivé, la vérité allait éclater : elle n'avait rien fait de l'année, ou presque. Pourquoi avait-elle été aussi stupide ? Pourquoi avait-elle passé toutes ces soirées à lire des magazines ou à regarder la télévision dans sa chambre, au lieu d'étudier ? Parce que c'était assommant d'étudier. À l'extrême limite, elle passerait peut-être en anglais, elle aurait un D ou même un C ; mais en français et en histoire, aucun espoir. Elle n'avait même pas lu jusqu'au bout deux des textes littéraires français au programme. Donc elle allait rater son baccalauréat, donc elle devrait redoubler dans une boîte à bac, et c'en était fini de son projet de passer une année en Australie.

Elle soupira et, pour se distraire de ses idées sombres, commença à lire un magazine par-dessus l'épaule de la fille devant elle. Bientôt son regard fut attiré par une annonce intéressante : celle d'un concours de modèles. Zoé pensait depuis longtemps qu'elle pourrait faire une carrière de modèle, et d'autres le lui avaient dit aussi : elle était grande, mince, photogénique. Si elle réussissait ce concours, cela résoudrait ses problèmes : quelques bons contrats et quelques liasses de billets relativiseraient son échec au bac. Cela montrerait aussi à ses parents qu'elle avait des idées personnelles sur sa vie – pas forcément les mêmes que les leurs ; et de toute façon, elle gagnerait son indépendance, donc ils seraient forcés de la laisser tranquille. En tout cas, ça valait la peine d'essayer.

La fille descendit du métro à la même station que Zoé et jeta le magazine dans une poubelle ; Zoé l'en ressortit et le fourra dans son sac, avec l'intention de terminer l'article plus tard – dans cet avenir si lointain, presque impossible à imaginer, où l'examen serait fini. S'il paraissait y avoir la moindre chance que ça marche, elle enverrait le formulaire le jour même.

Octavia était assise sur le lit et lisait une interview d'elle dans l'*Express*, où elle disait tout le bien qu'elle pensait de son couple et de son mariage, quand elle remarqua le mouchoir. Il ne lui dit pas grand-chose sur le moment, il ne lui dit même rien du tout; en fait, si elle le remarqua, posé au-dessus de la pile de linge repassé que venait d'apporter Mme Donaldson, c'est justement parce qu'il ne lui appartenait pas. Il n'était pas à elle (elle n'utilisait jamais de mouchoir), il n'était de toute évidence pas à Tom, ni à Poppy. Et il ne ressemblait pas au genre de mouchoir que possédait Caroline : c'était une très jolie chose en dentelle brodée, alors qu'elle avait toujours des mouchoirs simples, de type pensionnat. À moins que celui-ci ne fût une exception, elle le lui demanderait. De toute façon, elle n'allait pas rester assise à penser à des mouchoirs; elle devait passer au bureau avant de partir pour Ascot.

Elle descendit dans la cuisine; Caroline débarrassait les restes du petit-déjeuner des jumeaux.

— Caroline, est-ce que ce mouchoir est à vous? Il a été mis dans la lessive de la famille, et il est trop joli pour qu'on le perde.

Caroline le regarda et répondit que non, il n'était pas à elle. Octavia se tourna vers sa fille.

— Tu n'aurais pas rapporté ce mouchoir de quelque part en te trompant, n'est-ce pas?

— Jamais vu. Il est peut-être à Gideon?

— Ne dis pas de bêtises, Poppy. Bonne journée, ma chérie. Je ne te reverrai pas avant demain, j'en ai peur.

— Au revoir, maman.

Octavia remonta et brancha son fer à friser, puis regarda de nouveau le mouchoir. Pourquoi la tracassait-il tant? Ce n'était jamais qu'un mouchoir... Tout de même, il n'était pas entré dans la maison par magie, il fallait bien que quelqu'un l'y ait apporté.

Un coup fut frappé à la porte, et Mme Donaldson passa la tête à l'intérieur.

— Est-ce que ça va si je change les draps demain, madame Fleming?

— Oui, bien sûr. Madame Donaldson, ce mouchoir, je me demandais... Il n'est pas à vous, par hasard?

— Oh! je serais bien contente d'en avoir un si joli à moi... Non, mais je l'avais remarqué aussi.

— Il était dans le panier à linge?

Qu'est-ce qui lui arrivait? Ça tournait à l'obsession, mais vraiment, elle ne parvenait plus à s'ôter ce mouchoir de la tête.

— Oui, avec le reste de vos affaires et celles de M. Fleming. Visiblement, il avait vidé son sac de voyage dedans, comme il le fait toujours quand il revient de province. J'ai trouvé aussi un Bic et cinquante pence, une chance qu'ils n'aient pas été dans la machine...

— Oui, murmura Octavia, une chance, vraiment.

Elle se sentait mal soudain : c'était stupide d'être aussi bouleversée par un mouchoir... Pourtant ce mouchoir était bien entré dans le sac de Tom, à un moment ou un autre depuis vendredi soir dernier où il avait quitté Londres – d'abord avec un client, puis pour se rendre dans une réunion de commerciaux. Peut-être appartenait-il à l'une des représentantes présentes à cette réunion? Tom pouvait très bien l'avoir ramassé par erreur. Peut-être était-il à sa secrétaire? Octavia voyait mal la robuste Barbara Dawson utiliser des mouchoirs de dentelle à l'ancienne, mais on ne peut jurer de rien.

Elle commença à se coiffer, en tentant d'ignorer le sentiment de panique qui la gagnait; son regard faisait le va-et-vient entre le mouchoir et ses cheveux dans la glace, puis obliquait vers l'article de l'*Express*. Ses déclarations sur son mariage ne rendaient-elles pas tout à coup un son bizarre, un peu trop... présomptueux, peut-être?

« Un couple comme le nôtre, c'est comme marcher sur une corde raide... Tant qu'on ne regarde pas en bas, tout va bien... »

Pendant que tu ne regardais pas en bas, que pouvait-il s'y passer ? Juste sous ton nez ?

Oh ! mais non, elle était ridicule, parce que le problème était si facile à régler – il suffisait de poser la question à Tom, légèrement, sur le ton de la plaisanterie...

— Au fait, ce mouchoir dans votre sac, monsieur Fleming, à qui était-il ?

Voilà, c'était tout. Malheureusement, elle n'était pas très bonne pour poser des questions légèrement : elle le ferait d'un ton nerveux et inquisiteur, comme une nouvelle manifestation de sa jalousie, et ça finirait à coup sûr en dispute. Comme celle qu'ils avaient eue à propos de Lauren Bartlett, après la fête et la soirée dansante.

Elle enfila la robe et la veste de soie rouge qu'elle avait achetées pour Ascot. Une erreur, cet achat ; elle les avait choisies beaucoup trop rapidement et elles ne lui allaient pas. La veste la rapetissait et le chapeau était trop grand. Mais il était trop tard pour changer, et d'ailleurs Tom lui avait dit qu'il aimait cette tenue. Et Tom ne lui mentait jamais.

Jamais.

Elle passa devant le mouchoir pour aller prendre ses chaussures, réussit à ne pas le regarder. Il lui paraissait moins menaçant soudain, plus inoffensif. Elle avait eu une réaction disproportionnée, comme d'habitude. Elle retira chapeau, veste et robe, remit l'ensemble sur son cintre, la housse en nylon sur le cintre et le chapeau dans son carton, puis les descendit avec ses chaussures et son sac pour emporter le tout au bureau. Elle avait beau faire, elle se sentait encore démoralisée – et Tom qui n'était pas là. Il s'était absenté la nuit dernière, une fois de plus. Deux fois à quelques jours d'intervalle...

Il y avait eu Bath hier soir, Leamington Spa vendredi. Vendredi, quand il avait hérité de ce mouchoir. Où avait-il dormi ? Ah ! oui, au Regency. Il y avait déjà dormi auparavant et il disait que c'était très bien. Elle l'avait appelé là-bas, donc il y était vraiment. Non, c'est vrai, elle l'avait appelé sur son portable... Est-ce que...

Arrête, Octavia, tu délires. Va au bureau, travaille, change-toi les idées...

Elle mit l'*Express* dans sa serviette pour le montrer à Melanie – puis, impulsivement, attrapa le mouchoir et le jeta dans son tiroir de sous-vêtements. Quand elle aurait trouvé à qui il appartenait, elle le lui rendrait.

Il y avait beaucoup de trafic dans Old Brompton Road. Elle alluma la radio, mais n'y trouva rien pour calmer ses nerfs et l'éteignit bientôt. Elle appela Sarah Jane, lui dit qu'elle arrivait, puis s'entendit demander aux renseignements le numéro de l'hôtel Regency à Leamington Spa.

Évidemment, elle n'appellerait pas. Évidemment, elle n'allait pas se mettre à surveiller Tom. Quelle idée horrible... Elle voulait juste ce numéro, au cas où. Elle avait une longue liste de numéros d'hôtels dans son carnet, mais pas celui-là, et Tom disait qu'il était agréable.

Quand la fille le lui donna, elle le griffonna au dos de son carnet d'adresses. Elle pourrait l'entrer dans son Psion quand elle serait au bureau.

Bien sûr, elle ne téléphonerait pas. Quelle idée horrible.

— Bonjour. Ici Mme Fleming, Mme Tom Fleming. Mon mari est descendu chez vous vendredi. Oui, c'est ça. Voilà, il a oublié, enfin il croit avoir oublié un livre chez vous. Quoi ? Oui, vendredi dernier. Le 13.

C'était un vendredi 13, mon Dieu... Elle ne s'en était pas encore rendu compte.

— Pardon ? Vous êtes sûr ? Bien, tant pis. Excusez-moi.

Quand elle raccrocha, elle se sentit toute différente, poussée en avant par un impérieux besoin de savoir ; l'esprit clair et vif, presque excité. Elle demanda à Sarah Jane de lui apporter du café et de ne lui passer aucune communication pendant une demi-heure.

La réunion commerciale avait réellement eu lieu à Leamington Spa, elle avait vu le dossier que Tom avait rapporté. Elle rappela le réceptionniste du Regency en disant qu'elle était désolée, qu'elle avait fait une erreur, mais pouvait-il lui donner le nom d'autres hôtels du même genre dans le coin ? Merci, c'était très aimable à lui. Elle les nota. Six.

Elle rappela les renseignements, obtint les numéros, puis commença. Elle se présentait comme la secrétaire de Tom Fleming et non sa femme ; ce serait plus simple, pour le cas où elle arriverait jusqu'à la deuxième question.

Elle n'y arrivait pas : chaque fois on lui répondait que non, M. Fleming n'était pas descendu ici. Alors elle se sentait encore plus honteuse, encore plus salie. Comme si elle avait été un détective privé miteux sur une affaire de divorce. Mais il fallait qu'elle sache, il le fallait.

Elle regarda sa montre. Mon Dieu, presque dix heures et demie et elle avait encore une foule de choses à faire... Allez, rien qu'un autre encore, les suivants attendraient.

— Bonjour. Hôtel Carlton, Leamington Spa.

— Bonjour. Ici la secrétaire de Tom Fleming, du cabinet Fleming Cotterill. M. Fleming a dû descendre chez vous vendredi dernier, avec sa femme. Vendredi 13.

— Oui ?

La voix était polie, doucereuse.

— J'essaie de retrouver un livre que Mme Fleming a perdu, et qu'elle pense avoir peut-être oublié dans votre hôtel. Un livre sur les meubles anciens.

Comment parvenait-elle à rester si maîtresse d'elle-même, si efficace ?

— Je regarde...

L'inévitable cliquetis d'ordinateur, puis :

— Allô ? Oui, c'est exact. Vendredi dernier, M. et Mme Fleming. Juste une nuit. Mais je ne pense pas que nous ayons retrouvé de livre

— Merci, dit Octavia d'une voix blanche. Je vais continuer mes recherches...

Elle avait soudain chaud, très chaud, et du mal à respirer. Elle raccrocha soigneusement le téléphone et resta quelques instants à le contempler ; puis elle dut se précipiter jusqu'aux toilettes, où elle fut atrocement malade.

— Vous vous sentez bien, Octavia ? lui demanda Sarah Jane, comme elle passait devant elle pour regagner son bureau.

— Oui, pourquoi ?

— Vous êtes un peu pâle, c'est tout.

Le téléphone sonna.

— Allô, secrétariat d'Octavia Fleming... Bonjour, Barbara. Oui, elle est là, je vais lui demander. Octavia, vous pourriez arriver à midi moins le quart au lieu de midi ?

— Non, répondit-elle brusquement, c'est impossible.

C'était une sorte de revanche, minuscule, mais importante quand même. Est-ce que Barbara savait ? se demanda-t-elle. Est-ce qu'elle leur réservait des chambres d'hôtel, payait les factures, commandait des cadeaux – y compris des mouchoirs de dentelle – dans des boutiques ? Est-ce que tout son bureau savait, et Aubrey Cotterill ? Oui, probablement. Une vague de désespoir et d'humiliation déferla sur elle, et elle dut s'asseoir sur le rebord du bureau de Sarah Jane.

— Octavia, vous êtes sûre que ça va ? Vous n'avez pas l'air en forme.

— Oui, ça va, juste un peu fatiguée.

— Ascot va vous faire du bien, vous aimez tellement y

aller... Oh! ce téléphone... Oui? Madame Piper, vous pouvez ne pas quitter un instant? Octavia, vous... ?

— Je la prends, bien sûr. Passez-la-moi dans mon bureau.

Tout semblait absolument normal. Comme s'il ne s'était rien passé, rien du tout.

Octavia était contente de retrouver Tom en public : elle était ainsi protégée de lui, de trop d'intimité, des regards interrogateurs, protégée même contre ses propres émotions. Elle s'arrêta près du kiosque à musique, leva les yeux jusqu'à leur loge au dernier étage des tribunes et goûta, l'espace d'un court instant, le rôle qu'elle allait jouer : cette femme loyale, parfaite, maîtresse d'elle-même et professionnelle jusqu'au bout. Puis, la seconde d'après, elle eut envie de s'enfuir en courant. Elle allait devenir familière de ce genre de montagnes russes au cours des mois suivants.

— Votre chapeau est un chef-d'œuvre. Nico Cadogan, dit-il en lui tendant la main. Vous êtes sûrement Octavia.

— Oui. Ravie de vous connaître.

Malgré son chagrin (ou peut-être à cause de lui), elle se laissa captiver : l'homme était vraiment très séduisant. Des cheveux très sombres avec de délicates ailes grises sur les tempes, des yeux gris foncé, un long nez parfaitement rectiligne, un air alerte et plein de vie. Très grand, cinq centimètres au moins de plus que Tom, très mince, superbement élégant.

Il lui serra la main, tout en la fixant intensément de ses yeux gris ; sa poigne était douce et tiède à la fois, ses mains longues et fines. Il portait une chevalière au petit doigt, une magnifique montre Piaget au poignet.

— Vous ne ressemblez pas du tout à votre père, lui dit-il en souriant.

Sa voix était légère, rapide, impatiente ; tout en lui parlait du désir, et même de l'attente, d'une satisfaction immédiate. Je n'aimerais pas travailler pour lui, songea Octavia – et elle espéra qu'il mènerait la vie dure à Tom.

Nico Cadogan était arrivé le dernier dans la loge ; on l'avait présenté à diverses personnes, mais aucune à qui il eût envie de faire la conversation. Il y avait là un homme massif nommé Carlton et sa femme Betty, un certain Bob Macintosh de Birmingham avec sa femme Maureen, rousse et plutôt vulgaire. Aubrey Cotterill était charmant, mais Cadogan n'était pas emballé par sa compagne. En fin de compte, trouver Octavia sur le balcon avait été pour lui un plaisir et un soulagement.

— Vous n'avez pas de champagne ? Je vais vous en chercher.

— Non, merci. Je reste au jus d'orange pour l'instant. La journée va être longue...

Il la trouva très séduisante, mais aussi nerveuse, presque aux aguets, aurait-on dit. Trop enjouée, riant trop fort... Ses yeux bruns (des yeux assez extraordinaires, si grands, avec de si longs cils) semblaient vous regarder avec méfiance. On ne devait pas se sentir facilement à l'aise avec elle. Quel contraste avec Tom, si naturel, si nonchalant...

Felix sortit sur le balcon et s'exclama aussitôt qu'il la vit :

— Ah ! tu es là...

Puis il vint à elle et la prit par la taille.

— Bonjour Nico, ajouta-t-il à l'adresse de Cadogan. Je vois que vous avez fait connaissance avec ma fille. Tu n'as pas de champagne, Octavia ? Tom ne t'en a pas offert ?

— Bien sûr que si, papa. J'ai déjà refusé plusieurs verres. M. Cadogan m'en a proposé aussi.

— Tu es ravissante, ma chérie. N'est-elle pas merveilleuse, Nico ? Le rouge a toujours été sa couleur, déjà quand elle était petite. Ça l'illumine. Je lui offrais une robe rouge à chaque Noël.

Mon Dieu, songea Cadogan en contemplant le regard de Felix, il est vraiment amoureux d'elle. La journée promettait d'être encore plus intéressante qu'il ne l'avait espéré.

Marianne et Tom sortirent à leur tour sur le balcon.

— Quel temps radieux, dit Marianne. Nous avons de la chance !

— Oui, vraiment, affirma Tom, et le terrain est parfait. Vous avez des tuyaux, Felix ?

— Non, dit Miller d'une voix brusque. Vous savez que je ne parie jamais.

Cadogan, qui les observait avec attention, vit la lueur d'irritation dans le regard de Tom. Mais tout de même, venir dans une loge à Ascot et se désintéresser autant des événements, drôles de manières...

— Il y a un cheval sur lequel je jouerais ma maison, ne put-il s'empêcher de dire. Une pouliche des frères Maktoum, dans les Queen Elizabeth Stakes. Elle ne peut pas perdre.

— Où est votre maison, Nico ? dit Marianne en souriant.

— À Belgravia. Une petite chose, mais elle me suffit.

— Eh bien, siffla-t-elle, ça doit vraiment être une très bonne pouliche. Je crois que je vais mettre un peu d'argent sur elle moi aussi. Sans aller jusqu'à hypothéquer ma maison.

— Bravo. J'aime l'esprit de décision chez une femme. Nous y allons tout de suite ?

— Pourquoi pas ?

Elle lui sourit et il lui retourna son sourire, en songeant qu'elle était vraiment ravissante : mince, calme, sexy, des jambes interminables – et sa robe, un crêpe noir si léger, d'un chic... Son chapeau de paille écarlate était merveilleusement élégant lui aussi, avec son large bord et son immense nœud noir, plus élégant que l'édifice à étages d'Octavia. À vrai dire,

Octavia ne paraissait pas tout à fait dans le ton avec sa robe de soie rouge, sa veste noire à pois rouges – elle en faisait trop. Marianne était plus agréable à regarder, avec sa beauté froide et tranquille. Nico avait d'abord pensé qu'un léger flirt avec Mme Fleming pourrait être agréable, mais il avait vite changé d'avis.

Il descendait maintenant avec Marianne vers le guichet du pari mutuel, à l'étage en dessous. La foule qui les entourait était dans l'ensemble plutôt cossue, plutôt bien habillée et avait le verbe distingué, même si l'on captait par moments un accent de banlieue ou du Nord. Trois personnes qu'il avait croisées avaient déjà souhaité bonne chance à Nico dans sa bataille contre Egerton. Oui, avec en prime la compagnie de Marianne Muirhead, la journée s'annonçait décidément bien.

— Chérie, est-ce que tu vas bien ?

Une trace d'inquiétude se lisait sur le visage de Tom, tandis qu'il approchait d'Octavia.

— Très bien, oui.

Elle n'aurait jamais cru qu'il fût aussi difficile de sourire, quand tout en vous s'y refusait. Il était impeccablement élégant, comme toujours, et Octavia se demanda, la rage au cœur, si *elle* l'avait vu dans cette tenue, lui avait mis ses boutons de manchettes, l'avait complimenté ; à cette idée, elle dut se retenir pour ne pas lui arracher sa cravate et lui déchirer sa chemise. Puis elle se souvint qu'il s'était changé à son bureau avant de venir et elle parvint à lui sourire de nouveau, non sans un grand effort.

— Chérie, je voudrais que tu t'occupes de Betty Carlton. Elle a l'air un peu nerveuse et...

— Je connais mes devoirs d'hôtesse et je n'ai aucun besoin qu'on me les apprenne, Tom.

Avant de lui tourner le dos, elle nota avec satisfaction l'expression qui était apparue sur son visage ; un intéressant mélange d'inquiétude et d'embarras.

— Alors, comment ça se passe avec Tom ? demanda Marianne à Nico, tandis qu'ils remontaient ensemble vers la loge.

— Sur le plan personnel, ou professionnel ?

— Les deux... C'est difficile de ne pas l'aimer, non ?

— C'est vrai. Mais j'ai l'impression que Felix est nettement moins enthousiaste.

— Parce qu'il est obsédé par Octavia, c'est tout. Il pense que Tom n'est pas assez bien pour elle, qu'il ne la traite pas comme il faudrait.

— Est-ce qu'il la traite correctement ?

— C'est une question plutôt... personnelle.

— Je voudrais une réponse personnelle, c'est pour cela que je vous l'ai posée.

— Je n'en sais rien. C'est la seule réponse que je puisse vous donner. Qui peut savoir, de l'extérieur d'un couple, ce qui se passe à l'intérieur ? Je crois que oui. En tout cas, il m'a l'air d'un homme très agréable à vivre.

— Pourtant Felix n'est pas satisfait de lui.

— C'est compliqué. Je me dis parfois qu'il aimerait qu'il y ait un problème entre eux, comme ça il pourrait dire à Octavia de revenir s'installer chez lui. Mais qu'est-ce que je suis en train de vous raconter ?... C'est très indiscret de ma part. Sans doute déjà le champagne qui fait son effet.

— Vous savez, Tom m'a dit à peu près la même chose.

— Vraiment ? Mon Dieu, il doit détester Felix...

— Pas le détester, non, mais j'ai le sentiment qu'il le trouve... difficile.

— Nous le sommes tous, non? dit Marianne sur un ton badin.

— Vous ne me donnez pas l'impression de l'être le moins du monde.

— Si vous me connaissiez mieux, vous seriez surpris.

— D'après mon expérience, les femmes ne sont difficiles que si l'on ne s'occupe pas assez bien d'elles.

— Je vois. Je vais le répéter à Felix.

— Ce ne serait pas une bonne idée, à mon avis...

Il s'écartait pour la laisser pénétrer dans la loge, quand une grosse femme en robe de soie jaune fonça sur lui.

— Nico! Quel plaisir de vous voir... Tout va bien pour vous?

— Formidable, merci. Et pour vous?

— Splendide. Vous devriez venir boire un verre un de ces jours. Je vous appellerai, ajouta-t-elle, puis elle disparut.

Il croisa le regard de Marianne et sourit d'un air gêné.

— Désolé de ne pas vous avoir présentée, mais...

— ... mais vous n'aviez pas la moindre idée de qui elle était. Ne vous en faites pas, ça m'arrive tout le temps. Venez, Tom veut que nous allions vite déjeuner, avant que la famille royale ne soit là.

Octavia épiait Tom du coin de l'œil; il se tenait juste à l'entrée de la loge, souriant, bavardant avec les gens qui passaient, serrant les mains des hommes, embrassant les femmes. Comment pouvait-il continuer comme si de rien n'était, avec tout ce qui bouillonnait sous la surface de sa vie?

Est-ce qu'*elle* était l'une de ces femmes? Une de leurs amies communes, peut-être? Jusque-là, Octavia avait pensé à une étrangère, que Tom aurait rencontrée en dehors de leur cercle; mais maintenant, en le voyant entouré de toutes ces jolies femmes, l'idée lui vint que ce pouvait être une de leurs familières, qui se trouvait ici, qui en ce moment même partageait avec Tom ce secret dont elle, Octavia, était exclue ; et cette pensée la frappa si cruellement qu'elle se sentit capable de le pousser à la renverse par-dessus la balustrade du balcon.

Elle entendit la voix de Lauren Bartlett, cette voix dangereusement sexy, qui disait :

— Oh ! Tom ! Bonjour !

L'instant d'après elle la vit, superbe, tragiquement superbe avec son ensemble de soie bleu pâle, son grand chapeau de paille crème. Ses yeux bleus brillaient tandis qu'elle embrassait Tom, et Octavia, le cœur serré, la vit lui murmurer quelque chose à l'oreille. Comme elle haïssait les femmes qui faisaient ce genre de choses ! Elle les haïssait, les haïssait... Comment osait-elle se comporter ainsi en public, comme si Tom et elle avaient quelque chose à partager, quelque chose de personnel, d'excitant, de clandestin ? Peut-être était-ce le cas, peut-être était-ce *elle*, Lauren ? Oh ! mon Dieu, songea-t-elle, prise de vertige, je ne peux pas supporter ça, non, je ne peux pas ; puis Lauren l'aperçut par-dessus l'épaule de Tom et lui sourit, tout en agitant une main gantée de crème.

— Octavia, bonjour ! Quel chapeau merveilleux... J'espérais vous voir, je voulais vous parler de Génération montante – nous pourrions peut-être nous retrouver après le déjeuner ?

— Bien sûr, dit Octavia en parvenant à lui sourire, non sans un énorme effort. Bonne idée...

Faute d'un endroit où se cacher, elle se rendit aux toilettes des dames et resta longtemps à se regarder dans le miroir ; était-ce donc de cela que ses journées seraient faites désormais : soupçonner tout le monde ?

Une demi-heure plus tard, c'était encore pire. Tom l'avait installée pour le déjeuner entre Aubrey et Michael Carlton, et le malheur la rendait maladroite ; elle avait renversé son verre de vin et sursautait chaque fois que Carlton lui adressait la parole. Il lui semblait que son infortune devait se voir sur elle, comme une grosseur obscène. Cela pouvait-il vraiment ne dater que de ce matin, de quelques heures à peine ? Ce moment où sa vie s'était écroulée, et qui lui paraissait déjà si ancien qu'elle se souvenait à peine d'avant...

— Vous allez bien, Octavia ? demanda Aubrey en lui remplissant son verre.

Et juste au même moment Michael Carlton lui demandait de l'autre côté :

— Vous allez bien, Octavia ?

— Oui, merci, leur répondit-elle à tour de rôle, avec un sourire en direction d'Aubrey, et restant plus réservée envers Carlton.

— Parfait, dit celui-ci. Vous êtes merveilleuse et la journée aussi. C'est vraiment gentil à Tom de nous avoir invités. Betty est aux anges.

— Je suis si heureuse que vous ayez pu venir, lui répondit-elle. Betty est très jolie, ajouta-t-elle consciencieusement.

— Oh ! pas *jolie*, non, mieux que ça, avec toutes ces couleurs qu'elle a sur elle... Mais elle est allée dans les magasins et elle les a tous dévalisés, donc comment ne serait-elle pas jolie ?

C'était sûrement – en dépit de ses côtés hâbleur et manipulateur – un homme sympathique, doublé d'un excellent mari, ce qui n'était pas rien.

— Cette histoire dans le journal d'hier me reste en travers de la gorge, lâcha-t-il, tout en étalant du beurre sur un petit pain. Je suis un peu déçu par Tom, je pensais qu'il contrôlerait mieux la presse.

— Il y a des choses que même Tom n'est pas capable de contrôler, des choses qui lui échappent, ne put-elle s'empêcher d'ajouter sur un ton glacial.

— Mais moi, s'obstina Michael sans relever, je le paie

pour qu'il soit capable de faire ce dont j'ai besoin. De toute façon, j'attends avec impatience notre réunion de vendredi, conclut-il avant de tourner son attention vers Nico Cadogan.

Octavia regardait Tom, assis entre Marianne et Betty Carlton – un cauchemar d'agrumes en robe citron vert, veste et chaussures orange, et le chapeau d'un éclatant jaune citron. Il riait de bon cœur à quelque chose qu'avait dit Betty et lui remplissait son verre : l'hôte modèle. Le salaud, plutôt, l'immonde salaud ! Elle avait envie de casser son propre verre et d'entailler avec les éclats son beau visage souriant, son beau visage de traître, elle avait envie de...

— Mon Dieu, Octavia, dit Betty Carlton en riant, comme vous avez eu l'air féroce tout d'un coup. À quoi pensiez-vous ?

— Oh ! rien, juste quelque chose à dire à ma secrétaire... Désolée.

— Vous me rassurez. J'espère que vous appréciez cette merveilleuse journée autant que moi.

— J'en suis très heureuse.

Betty était si gentille... Octavia avait beaucoup pris sur elle pour lui parler avant le déjeuner, lui poser des questions sur ce qu'elle faisait dans le caritatif. Mais Betty – qui n'avait pas l'air le moins du monde nerveuse, malgré la remarque de Tom tout à l'heure – avait répondu : Au diable les bonnes œuvres, elle ne s'était jamais autant amusée qu'aujourd'hui et ne voulait penser à rien de sinistre.

— Ce n'est pas forcément sinistre, avait dit Octavia en riant.

— Si vous ne faites que les quêtes et les vide-greniers, si. Je le fais avec plaisir, comprenez-moi bien, mais on ne peut pas dire que ce soit drôle.

Octavia avait décidé qu'elle l'inviterait à déjeuner à Londres avec la présidente d'une de ses œuvres. Les travailleurs sur le terrain n'étaient guère estimés, et c'était injuste.

Ils étaient quatorze à déjeuner dans la petite pièce et il y faisait très chaud, malgré les portes-fenêtres grandes ouvertes sur le balcon.

Octavia croisa les yeux de son père par-dessus la table : il la contemplait pensivement, le regard inquiet. Elle lui sourit de l'air le plus rassurant qu'elle put ; la dernière chose dont elle avait envie à cet instant, c'était bien qu'il la questionne.

Avant le dessert, ils virent sur l'écran de télévision que le cortège royal se mettait en route.

— Venez, lui dit Aubrey. Sortons dans les premiers pour être bien placés et tout voir. J'adore ce moment-là, pas vous ?

Elle prit la main qu'il lui tendait, trouva ce contact étrangement réconfortant.

— Moi si, mais vous, ça m'étonne.

— Oh ! mais je suis un royaliste convaincu. Le jour où ils remplaceront notre reine par un président, je partirai pour l'étranger.

Les calèches arrivaient déjà devant eux : la reine était en jaune, tout sourires...

— Elle aussi, elle aime, dit Aubrey. On voit son sourire d'ici.

... La reine mère en bleu lavande, et aussi Margaret, Charles, Philip, les Gloucester, les Kent...

— Quelle bande de crétins, glissa Carlton à l'oreille d'Octavia. Et la seule dans le tas qui soit bien n'est pas là.

— Diana ?

— Oui. Je la trouve super. Betty aussi, n'est-ce pas, chérie ?

— Adorable. Et la façon dont ils l'ont traitée, vraiment ! c'est affreux. D'ailleurs ce n'est pas à la reine que j'en veux, c'est une femme remarquable, mais aux autres. Charles devrait avoir honte, pensez, même pendant leur lune de miel, alors que c'était encore presque une enfant...

Et elle repartit dans la litanie mille fois entendue, mille fois répétée des défenseurs de Diana. Octavia (qui ne partageait pas l'enthousiasme de Berry) l'écoutait d'une oreille. Oh! comme elle aurait voulu être quelqu'un d'autre à cet instant, n'importe qui, mais pas Octavia Fleming, n'importe laquelle de ces femmes jolies, bien habillées, heureuses, qui n'avaient pas d'autres soucis dans la vie que les courses et le chapeau qu'elles allaient mettre... Puis elle tourna la tête, vit une femme qui la regardait en souriant depuis la loge d'à côté, et pensa que c'était exactement ce que les gens devaient voir en elle : une femme jolie, bien habillée et qui n'avait aucun souci dans la vie...

Anna Madison regardait Ascot à la télévision avec Charles, ainsi qu'avec Louise et Dickon, venus passer la journée chez elle. Leur journée aux courses, ils la passaient cette année-là dans le petit salon, qui était devenu ces temps-ci le refuge d'Anna, allongée sur une chaise longue. D'ordinaire, Charles et elle ne manquaient jamais Ascot, mais cette année elle avait installé la Tribune royale à domicile et se repaissait du spectacle – autant celui du pesage que celui de la piste elle-même au moment des courses.

— Regardez! s'exclamait-elle, c'est Bunty Harewood! Ce qu'elle a vieilli... Elle n'aurait jamais dû se faire tirer les paupières. Sarah Wadham-Brown, en revanche, quelle classe! Et son mari, il est divin!

Charles l'observait d'un air soucieux; elle avait très mauvaise mine, comme si elle sortait d'une jaunisse ou presque, et la main de laquelle elle tenait son verre était squelettique. Il craignait beaucoup les effets de la chimiothérapie sur son corps si fragile. Puis il tourna les yeux vers Louise : elle paraissait absorbée dans la contemplation de l'écran, mais en réalité elle regardait plus loin, perdue dans de lointaines pensées. Elle non plus n'avait pas l'air bien portante, pâle, amaigrie, les traits tirés. La maladie d'Anna l'affectait beaucoup.

Elle parut sortir de sa rêverie, sourit à sa mère.

— Octavia doit être là-bas, dit-elle. La société de Tom loue une loge chaque année.

— Oui, ils y sont sûrement. Tous ces businessmen travaillent dur aujourd'hui.

— J'ai l'impression que Tom travaille dur tous les jours de l'année. Octavia dit qu'elle est toujours étonnée de ne pas voir ses clients débarquer en vacances ou venir passer Noël avec eux. Ça doit être d'un pénible...

— Ma chérie, tu t'occupes aussi très bien des clients de Sandy, et dans des conditions beaucoup moins faciles qu'Octavia. Je suis sûre qu'elle n'a pas besoin de préparer les repas chez elle. Je t'ai toujours admirée, de faire tout sans personne pour t'aider.

— Mais je n'ai pas à travailler toute la journée, moi, ni à sortir tous les soirs comme elle. Je n'aimerais pas être dans la peau d'Octavia : bien trop dur.

— Pourtant je croyais que tu aimais beaucoup Tom..., dit Anna en souriant. Moi, je l'adore, il est si gentil, si charmant...

— Je n'ai pas dit que je ne l'aimais pas, et c'est vrai qu'il est charmant, j'ai simplement dit que je ne voudrais pas être dans la peau d'Octavia.

— Je ne vois pas très bien en quoi elle... Charlie!

Depuis quelque temps, la voix d'Anna était irritée, presque revêche, mais le docteur avait dit que c'était un des pénibles effets secondaires du cancer.

— Charlie, je n'ai plus de champagne, je te l'ai déjà dit! Et je crois que je vais reprendre deux antalgiques.

— Tu es sûre, chérie? Ça ne se marie pas très bien avec l'alcool.

— Bien sûr que si! J'ai mal et je ne vois pas l'intérêt d'avoir mal quand on peut l'éviter...

Charles et Louise échangèrent un regard, puis il se résolut

141

à remplir de nouveau le verre d'Anna et à aller lui chercher ses calmants dans sa chambre. À quoi bon ergoter désormais sur des détails aussi insignifiants ? se dit-il. Puis il se rendit compte que pour la première fois il venait de penser à l'indicible, l'innommable ; et pour masquer son trouble il vida son propre verre d'un trait.

— Tu crois que je devrais essayer ou pas ? demanda Zoé.

Elle était assise à une terrasse de café de Sloane Square avec une de ses meilleures amies, Emilia. Elles estimaient toutes les deux que l'examen avait été impossible, bien trop difficile – même si Zoé était sûre qu'au fond d'elle-même Emilia n'en pensait rien. Son amie avait encore moins travaillé qu'elle pendant l'année, si c'était possible, pourtant elle était suffisamment maligne pour s'en tirer quand même.

— Laisse-moi voir ! Oh ! encore un de ces machins... J'ai toujours pensé que c'était truqué, mais pourquoi pas, si tu en as vraiment envie ?

Zoé savait bien pourquoi elle disait cela : elle s'était présentée à un concours de modèles l'année précédente, et n'avait même pas atteint la sélection finale. Mais Emilia, avec toutes ses qualités (et Zoé l'aimait vraiment beaucoup), avait des jambes très moyennes.

— Je pense que je vais tenter le coup, oui. On ne sait jamais... En fait, je vais même le faire tout de suite, avant de rentrer à la maison et d'être trop déprimée par ces histoires d'examens.

— De toute façon, tu as intérêt à te dépêcher. C'est le magazine du mois dernier... Regarde, la date limite est demain !

— Oh ! merde... Tant pis, je peux toujours essayer. J'ai des photos de Romilly et moi dans le jardin, que maman a prises il y a quelques jours, dit-elle en fouillant dans son sac. Ils disent que même un Polaroïd suffit, du moment que la photo est en pied et qu'on voit tes jambes. Je pensais à celle-là, et peut-être celle-là. Qu'est-ce que tu en dis?

— Géniales. Celle avec Romilly est la mieux, sur la balançoire. Tu es supersexy.

— OK. J'envoie les deux, et sur la seconde je ferai une croix sur Romilly et je renoterai au dos qui je suis. Si ça marche, je n'aurai peut-être plus jamais de souci à me faire pour ces fichus examens.

8

Tom n'était pas là : il dînait chez Langan's avec les Carlton, les Macintosh, Aubrey et sa petite amie. Son expression était mauvaise quand il avait dit au revoir à Octavia, en feignant de s'inquiéter de sa migraine ; en réalité il était en colère, elle le savait, à cause du comportement qu'elle avait eu ce jour-là, de son hostilité manifeste, et de son refus de venir dîner avec eux. Quand il rentrerait, il serait d'une humeur massacrante et cela risquerait de durer plusieurs jours. La seule chose qui l'en faisait sortir, dans ces cas-là, c'était une longue série d'excuses – mais cette fois, il ne les obtiendrait pas.

Non, elle n'aurait vraiment pas pu sortir avec eux ce soir-là, continuer à boire, à parler, à sourire comme si de rien n'était. Elle avait l'impression qu'on l'avait écorchée vive ; son corps lui faisait mal partout, ses muscles étaient douloureux, sa tête lui élançait abominablement.

Heureusement, l'atmosphère à la maison était paisible quand elle y arriva ; Minty dormait et les jumeaux regardaient la télévision, heureux et fatigués. Ils s'étaient rendus à un gala de natation et étaient trop épuisés même pour se disputer. Quand elle voulut savoir comment le gala s'était passé, ils lui répondirent « chut... » tous les deux, captivés par *Retour vers le futur*. Octavia gagna son bureau avec soulagement, une tasse de café fort à la main, en se demandant à quoi elle allait occuper sa soirée : puis elle songea que ce qui lui ferait le plus de bien serait de parler à Louise. Louise saurait la comprendre et la réconforter.

La première réaction de Louise fut inattendue : elle fondit en larmes. Octavia l'écouta, d'abord touchée, puis bientôt agacée.

— Excuse-moi, finit par lui dire son amie, je te rappelle dans quelques minutes.

Octavia attendit en buvant son café. En y réfléchissant, elle comprenait la réaction de Louise : elle-même s'était trouvée totalement désorientée en apprenant la mort de Juliet, incapable de savoir quoi dire ni quoi faire.

Cinq minutes plus tard, le téléphone sonna ; Louise paraissait plus calme.

— Je suis désolée, lui dit-elle, mais je n'arrive pas à supporter l'idée que les gens que j'aime puissent souffrir. Oh! Octavia, comment peut-il te faire ça, à toi qui es si loyale, si parfaite?

— Tu crois? Pas moi. S'il l'a fait, justement, c'est que quelque part je n'ai pas dû être parfaite.

— Ne dis pas une chose pareille, voyons... C'est lui, le coupable dans l'histoire. Est-ce qu'il sait que tu sais?

— Non. Je me voyais mal lui parlant de ça à Ascot.

— Tu comptes le lui dire ce soir, quand il rentrera?

— Je... je pense, oui. Il le faut, tu ne crois pas?

— Je ne sais pas... Mais sans doute, tu as raison. Pauvre Taupe, je suis si désolée pour toi...

— Je me sens tellement mal, furieuse, blessée, humiliée... Surtout humiliée, je crois. Ç'a été terrible à Ascot aujourd'hui, de le voir flirter avec toutes ces femmes, leur sourire, les embrasser, en me demandant à chaque fois si ce n'était pas *elle*.

— Quel salaud... Tu crois qu'il a compris que quelque chose n'allait pas ?

— Je pense, oui. Je n'ai pas été franchement aimable avec lui toute la journée. Oh ! je me sens tellement... tellement stupide, en fait, dit-elle, et elle fondit en larmes.

— Octavia, ma chérie, fit Louise d'une voix étranglée, et elle sembla reprise de nouveau par l'angoisse, comme tout à l'heure. Je suis si désolée, j'aimerais tant pouvoir t'aider... Tu n'as aucune idée de qui ça peut être ?

— Aucune, non. Je pense à des femmes, bien sûr, mais...

— Et tu es sûre qu'il ne peut pas y avoir une autre explication ?

— Hein ? Quelle autre explication ?

— Eh bien, je ne sais pas, mais ce mouchoir ne vient peut-être pas forcément d'une maîtresse... On peut le lui avoir prêté au moment de cette réunion, ou je ne sais quelle autre raison encore...

— Louise, il est descendu à l'hôtel, dans une chambre pour deux, au nom de M. et Mme Fleming !

— Oh ! fit-elle, et sa voix sombra une fois de plus. Je suis désolée. Oh ! bon Dieu, quelle merde. Je n'arrive pas à le croire... Tu ne veux pas que je vienne te voir ?

— Non, dit Octavia en s'essuyant les yeux. Pas maintenant, de toute façon. Je ne sais pas encore ce que je vais décider de faire. Peut-être que ce week-end je viendrai te voir. Je t'appellerai.

— Oui, n'hésite pas, quand tu voudras. Je serai ici, ou à Rookston. J'y vais souvent en ce moment, c'est si dur pour papa...

— Bon sang, c'est vrai... J'avais presque oublié pour ta mère, pardonne-moi. Il faut absolument que j'aille la voir un de ces jours. Au revoir, Louise, et merci...

— Au revoir, Octavia chérie. Je pense à toi très fort.

— Merci. N'en parle pas à Sandy, s'il te plaît, pas encore. Je ne pourrais pas supporter l'idée que les gens le sachent.

— Je ne dirai rien, bien sûr. Au revoir, je t'aime.

Octavia se servit un verre de gin tonic, très grand et très fort. Elle buvait si rarement que ça l'assommerait, mais elle s'en moquait; c'était même justement ce qu'elle recherchait. Puis elle se fit couler un bain. La conversation avec Louise ne l'avait pas réconfortée, au contraire, cela avait même plutôt aggravé la situation.

Elle monta dans la baignoire, s'allongea dans l'eau, son verre à la main, et se mit à réfléchir à ce qu'allait être sa vie désormais, ce qu'elle allait en faire. Et, pour la première fois de la journée, elle éprouva un autre sentiment que l'impuissance et l'échec.

C'était dû en grande partie au gin, bien sûr; mais il y avait autre chose aussi, qui lui était venu à l'esprit pendant qu'elle se déshabillait et qu'elle se regardait dans le miroir de la salle de bains – craintivement, ou presque. Elle n'avait jamais eu confiance dans son corps, ne l'avait jamais trouvé attirant; comme toutes les épouses trompées, elle s'était sentie ce jour-là non seulement misérable et blessée, mais aussi quelconque, terne et laide. Elle mesurait un mètre soixante-cinq et luttait en permanence pour ne pas grossir; livré à lui-même, son corps ne demandait qu'à s'arrondir de partout. Un régime sévère, deux séances de gymnastique par semaine avec un professeur, prolongées par des exercices dès qu'elle en avait le temps, y mettaient bon ordre, sans pourtant modifier en profondeur l'image qu'elle avait d'elle-même et de son corps.

Pourtant, ce soir-là, ce que lui renvoyait le miroir était indéniablement plaisant – des seins petits, mais fermes, un ventre plat, des cuisses minces, de jolies jambes avec des chevilles fines. Et tout cela, grâce à la persévérance et la volonté. Aussi se mit-elle à penser à sa personnalité, comment elle l'avait elle aussi transformée à coup de volonté. Par nature elle était timide, trop anxieuse de plaire, doutant de la valeur de ses idées ; elle avait dû apprendre à devenir cette femme posée, indépendante et s'exprimant avec assurance que les gens admiraient, cette femme dont les opinions comptaient.

Mais qu'allaient-ils dire maintenant, ces mêmes gens ? Pas ses amis, mais les autres, tous les autres ? Ils allaient dire qu'elle n'avait rien vu et qu'elle s'était conduite comme une imbécile, qu'elle avait été bien trop confiante, ils allaient rire, oh ! comme ils allaient rire d'elle, après toutes les sornettes qu'on avait débitées sur ce « mariage de pouvoir »...

Mais, et si... (Octavia se redressa d'un bond dans sa baignoire à cette idée)... et s'ils ne l'apprenaient pas ? Si elle gardait le silence, si elle disait à Tom qu'elle ne voulait connaître aucun détail de cette sordide affaire, qu'il pouvait bien se conduire comme il le voulait, qu'elle s'en moquait complètement ? Ne serait-ce pas une solution bien plus digne, bien plus efficace aussi ?

Le monde avait changé : ce n'était plus comme quand les femmes dépendaient entièrement de leurs maris, n'avaient aucun moyen de se venger d'eux. Les femmes d'aujourd'hui étaient indépendantes, professionnellement, financièrement, affectivement. Même sexuellement : si elle le voulait, elle pouvait très bien rendre à Tom la monnaie de sa pièce, et rien que cette idée-là était fort excitante.

L'essentiel du malheur qu'elle avait ressenti ce jour-là, elle ne le devait qu'à sa naïveté : elle souffrait parce qu'elle avait pensé, à tort, que Tom continuait à l'aimer et à avoir besoin d'elle comme avant. À l'évidence, ce n'était pas le cas. Si l'idée était fort douloureuse en soi, elle pouvait pourtant apprendre à vivre avec. Et il n'y avait pas que la fidélité sexuelle qui comptait dans un couple, mais aussi d'autres facteurs, la sécurité financière, le standing social, la réussite professionnelle.

Oui, plus elle y pensait et plus son moral remontait. Ce ne serait pas facile, certes, mais moins difficile que l'autre solution. Elle dirait à Tom, ce soir même, ce qu'elle avait découvert et ce qu'elle avait décidé, et il serait bien obligé de s'y plier. Ou de se lancer dans une procédure de divorce qui lui coûterait les yeux de la tête, elle y veillerait. Il était si sûr d'elle, de sa dépendance affective... Ce serait fort amusant, vraiment, de lui prouver qu'il se trompait.

Elle se sentait désormais dans un curieux état d'esprit, presque excitée; toute la douleur et l'humiliation avaient disparu. Elle n'était même plus très sûre d'éprouver encore des sentiments pour Tom. En tout cas, si elle en éprouvait, ils étaient fort tièdes – et c'était une excellente chose. Moins elle en éprouverait et mieux ce serait. Quant à *la* femme, quelle qu'elle soit, Octavia pourrait ainsi plus facilement s'accommoder de sa présence. Et triompher d'elle.

Elle sortit de la baignoire, enfila son peignoir et redescendit se faire une tasse de tisane (sa tête tournant de façon inquiétante), puis elle alla attendre Tom dans la salle de jeux.

Il était plus d'une heure quand il rentra. Octavia, qui avait glissé dans un sommeil embrumé, s'éveilla en entendant le moteur du taxi dans la rue. Elle s'assit dans le canapé, arrangea son peignoir et patienta, la gorge sèche, terrifiée à l'idée de ce qui allait arriver.

Elle l'entendit monter dans leur chambre, puis aller dans la chambre d'amis, monter à l'étage supérieur, ses pas dans l'escalier quand il redescendait, et elle ne bougeait toujours pas –

elle ne pouvait pas. Enfin la porte de la salle de jeux s'ouvrit, il regarda à l'intérieur et la vit ; il était visiblement épuisé.

— Qu'est-ce que tu fais ici ?

— Je n'avais pas envie de te voir, dit-elle franchement, en se redressant sur son siège ; elle respirait avec peine.

— Pourquoi ? Pourquoi, bon sang ? Et qu'est-ce que tu avais aujourd'hui, tu veux bien me le dire ? À te conduire comme tu l'as fait, à me laisser tomber ?

— C'est *moi* qui t'ai laissé tomber ? Ça alors ! Qu'est-ce qu'il ne faut pas entendre !

— Quoi ? demanda-t-il en ouvrant des yeux ronds. Qu'est-ce que ça signifie ? Tu peux m'expliquer ?

Elle rassembla ses forces et elle ouvrait la bouche pour lui répondre quand il lui dit :

— De toute façon, je suis trop fatigué, je vais me coucher. Dors où ça te chante. J'espère que tu feras de beaux rêves, avec tout le mal que tu as fait aujourd'hui. Je suppose que tu es contente de toi.

— Moi, j'ai fait du mal ! Quel mal ?

— Tu as été désagréable avec Michael Carlton, tu as ignoré les Macintosh ou presque, tu as refusé de venir dîner, tu nous as mis dans l'embarras, Aubrey et moi ; ça ne te suffit pas ? En tout cas, si jamais Fleming Cotterill se casse la figure – ce qui n'a rien d'impossible, je te le signale en passant –, sache que tu y seras un peu pour quelque chose.

— C'est ridicule ! Bien sûr que je n'ai rien fait de pareil, qui aurait ce genre de conséquences. Jamais je ne...

— Oh ! je t'en prie, dit-il. Bonne nuit, Octavia. Je vais me coucher.

Il sortit, referma la porte derrière lui, et elle demeura immobile à la contempler. Même ainsi, même après ce qu'il avait dit, le courage lui avait manqué – elle n'avait pas osé lui lancer à la figure ce qu'il avait fait. Résultat, c'était elle la coupable! Elle attendit quelque temps, glacée soudain, se pelotonnant dans son peignoir, puis décida d'aller se coucher elle aussi. Elle se sentait trop fragile, les idées trop embrouillées pour lui parler maintenant.

Elle monta sans bruit dans la chambre d'amis, se mit au lit et s'endormit. Plus tard dans la nuit (elle n'aurait su dire combien de temps au juste), elle sentit Tom se glisser à côté d'elle. Émergeant d'un profond sommeil, elle ne se rappela pas tout d'abord ce qui s'était passé et se tourna vers lui confiante et détendue; puis les événements lui revinrent brusquement à l'esprit, laids et violents, et avec eux le souvenir de toute la haine qu'elle éprouvait. Elle voulut le repousser, mais il l'avait déjà prise dans ses bras, approchait sa bouche de la sienne. Elle se recula avec indignation, mais il lui dit :

— Non, je t'en prie, non... Je suis désolé de ce que j'ai dit... Viens, viens, s'il te plaît...

— Non, dit-elle en s'asseyant dans le lit.

Elle avait le souffle coupé, son cœur battait à tout rompre.

En tournant les yeux vers la fenêtre, elle vit l'aube d'une belle journée d'été poindre déjà par les interstices des volets. Tom la regardait et lui souriait, de ce sourire doux et presque timide qui proposait l'amour, qui préludait à l'amour – un sourire qu'elle avait toujours aimé et dont il lui faudrait désormais se méfier.

— Non, répéta-t-elle, non.

Mais il l'ignora, tendit la main et commença à lui caresser le sein du doigt, à faire le tour de la pointe, très doucement.

— J'ai encore plus envie de toi quand tu es en colère, murmura-t-il.

Elle s'efforçait de le haïr, d'être dégoûtée par lui, mais quelque chose d'extraordinaire se produisit en elle : elle le regarda et du fond même de son malheur, de sa douleur, de sa colère, elle sentit monter du désir pour lui. Par la suite, elle fut incapable de se l'expliquer et elle en eut même honte, que cette poussée sexuelle ait pu être si violente et si traîtresse ; sur le moment elle ne sut qu'une chose, qu'elle avait furieusement, désespérément envie de lui.

Quand elle se réveilla deux heures plus tard, Tom dormait toujours. Elle sortit subrepticement du lit et resta longtemps sous la douche, en tentant de comprendre le pourquoi de ce qu'elle avait fait. L'explication la plus plausible était qu'elle avait voulu se sentir encore désirable, ne pas être la femme qu'on délaissait pour une autre plus jolie, plus joyeuse, plus vivante. Ou bien encore – dans un genre nettement moins reluisant encore –, que l'idée de la trahison sexuelle de Tom l'avait excitée, émoustillée. Rien que d'y penser, elle avait honte ; elle avait décidé de devenir une nouvelle femme, de mener une nouvelle vie... comme elle en prenait mal le chemin...

Mais voilà : trop tard pour s'en rendre compte ; elle n'avait fait que s'enfoncer plus avant dans la servitude à l'égard de Tom. Impossible, à présent, de lui dire qu'elle savait et qu'il la dégoûtait, qu'elle ne voulait plus rien partager d'autre avec lui que les signes extérieurs du mariage ; il saurait que ce n'était pas vrai. Alors elle désespéra de tout, de son couple, de son avenir, et surtout d'elle-même.

9

— Je vais vous parler franchement, monsieur Madison, je sais que vous préférerez cela.

Duncan Fry avait beau être cancérologue depuis une trentaine d'années, il avait toujours autant de mal à informer ses patients et leurs parents de leur avenir, ou plutôt de leur absence d'avenir. Ce jour-là, il annonçait à un homme que sa femme, son épouse depuis près de quarante ans, avait une tumeur au foie, métastase de celle qu'il lui avait déjà retirée du sein, et qu'elle n'en avait peut-être plus que pour quelques semaines à vivre. Charles essaya de ne pas pleurer, et n'y parvint pas. Duncan Fry se détourna et s'absorba dans la contemplation de la fenêtre pendant qu'il se mouchait et qu'il essayait, en vieux Britannique, de reprendre le plus vite possible le contrôle de lui-même.

— Octavia, je me sens affreusement mal. Je suis allée dans un restaurant japonais hier soir et j'ai dû manger je ne sais pas quoi, quelle idiote... Il faut absolument que je rentre à la maison avant de commencer à vomir. Désolée, pour cette réunion avec Michael Carlton, mais...

Octavia regarda Melanie ; elle faisait peur à voir, ses grands yeux bleus profondément cernés et enfoncés dans leurs orbites, tout son visage livide.

— Tout ira bien, Melanie, ne t'en fais pas. Rentre à la maison et ne t'inquiète de rien.

— N'oublie pas d'expliquer à Carlton que nous devons présenter les choses comme d'habitude, particulièrement parce qu'il a des liens avec Tom, prétendre qu'il a été choisi dans une présélection de trois sponsors possibles, d'accord ? Et rappelle Patricia David de Foothold, elle a téléphoné ce matin et elle semblait très perturbée... C'est un budget important, Octavia, nous ne devons pas...

— Vas-y, Melanie. Je m'en sortirai très bien.

En fait, Octavia était plutôt soulagée : au moins, elle n'aurait pas à expliquer à Melanie ce qu'il y avait de problématique dans le rapport avec Bartles Wood. Pas tout de suite, en tout cas...

Michael Carlton était visiblement contrarié que Melanie ne soit pas là, mais pour finir la réunion fut plutôt satisfaisante. Margaret Piper parut favorablement impressionnée par Michael et ravie de l'offre de sponsoring, dont elle accepta toutes les conditions – le logo Carlton présent sur le papier à lettres et les brochures de l'association, mis bien en évidence lors de toutes ses manifestations publiques.

Quand Mme Piper fut partie, Michael regarda Octavia et lui sourit.

— Charmante femme... Tout semble plutôt bien se présenter, non? Et si nous allions déjeuner, pour parler de l'autre affaire?

Octavia, d'un ton un peu brusque, lui dit qu'il n'y avait pas grand-chose à en dire encore, et que malheureusement elle avait déjà un déjeuner; elle lui offrit un verre, qu'il refusa.

— Je ne bois jamais en milieu de journée. Merci pour cette réunion, Octavia. Oh! excusez-moi.

Son portable avait émis une sonnerie stridente. Il écouta, en aboyant des oui et des non, l'éteignit enfin et se tourna vers elle, l'œil triomphant.

— Des nouvelles intéressantes, en rapport avec ma précédente question. Nous passons devant la commission d'urbanisme la semaine prochaine, pour le programme de Bartles House, et le bruit court fortement que nous allons gagner. Mais je vais encore avoir besoin de vous, Octavia, pour convaincre les gens du coin.

— Vous savez, Michael, je ne crois vraiment pas que je pourrai vous aider là-dessus. Et ils feront appel, si vous obtenez le permis de construire.

— Pour être franc, Octavia, je me demande si vous êtes

vraiment de mon côté dans cette affaire, dit-il, la voix plus âpre soudain.

— Je vous mentirais si je vous disais que je le suis tout à fait. Je me sens très concernée par tout ce qui touche à la campagne, c'est vrai – même si je me sens également concernée par votre collaboration avec Tom, bien sûr. De toute façon, je n'ai pas encore d'idée définitive sur la question. Bonne journée, Michael, et merci d'être venu. Nous allons faire des choses intéressantes ensemble, j'en suis sûre.

Quand il fut parti, elle se rassit et laissa son regard errer par la fenêtre. Elle songeait à la beauté de Bartles Wood et à la menace qui pesait dessus, à la part que Tom y prenait, à la conviction que semblait avoir Carlton qu'il saurait se faire aider d'Octavia – et elle finit par se sentir fort en colère.

Alors elle prit le téléphone – comme Melanie le lui avait demandé, après tout – pour tomber sur une Patricia David désespérée, qui avait entendu dire elle aussi que le programme immobilier allait recevoir le permis de construire ; et Octavia lui affirma, sans très bien savoir ce qu'elle faisait, que si elle trouvait un moyen de l'aider, une aide *petite* et non officielle, bien sûr, oui, elle essaierait sûrement.

— J'ai fait tout ce que je pouvais pour l'instant, je crois, dit Nico Cadogan à Tom Fleming. J'ai rédigé une lettre aux actionnaires, et avant de l'envoyer j'aimerais que vous y jetiez un coup d'œil...

— Bien sûr.

Ils étaient assis dans le bureau de Nico, construit sur le toit en terrasse du Cadogan Royal de Knightsbridge ; de là-haut, l'impressionnante masse verte de Hyde Park se déployait à leurs pieds. C'était le milieu de la matinée et les Horse Guards regagnaient leur caserne, brillants et chamarrés.

— Joli site, dit Tom. Les touristes doivent adorer.

— En effet, et je ne vais pas laisser Egerton mettre la main dessus. À part ça, j'ai bien aimé votre premier communiqué de presse. L'allusion à la philanthropie de mon grand-père est très habile. J'oubliais, j'ai aussi fait un projet de lettre pour le député de Romford North, Matthews, et j'aimerais avoir votre opinion là-dessus. Vous le connaissez personnellement, n'est-ce pas ?

— Un peu, oui. Très brave garçon. J'irai le voir à la Chambre à la fin de la semaine, ça lui donnera le temps de réfléchir à votre lettre.

— Vous savez, dit inopinément Cadogan, je n'arrive pas à me faire à l'idée que nous sommes devenus tout d'un coup socialistes, après tout ce temps.

— Nous ne le sommes pas vraiment devenus, railla Tom. Je crois que Blair est plus à droite que Major ne l'a jamais été. Ce qu'on dit dans les couloirs, c'est qu'il est une réincarnation de Thatcher. Saviez-vous qu'il a déjà eu deux entretiens avec elle ? En tout cas, c'est un vrai génie en matière de relations publiques.

— Je suis moins enthousiaste pour l'histoire d'amour avec Clinton.

— Laquelle ? demanda Tom en riant. Celle avec Blair ?

— Celle avec Blair. J'ai l'impression qu'il rêve de devenir président ici, comme son copain Bill là-bas.

— Non, je n'y crois pas beaucoup. Tout le monde aime encore la monarchie.

— Vous croyez ? Tout le monde aime Diana, oui, mais pas les autres. Et elle n'est pas la monarchie.

— À propos de Diana, dit Tom, on dirait qu'elle est sur le point de salir sa belle image. Il paraît qu'elle fricote avec Al-Fayed, et les Britanniques ne vont pas aimer. Un étranger, et plutôt roublard. Mais c'est vrai qu'il n'a rien à craindre de Blair : il aurait bien trop peur de faire de la peine à un riche... Quoi d'autre? Oui, j'ai écrit à des gens que je connais au Service de la concurrence; il est encore trop tôt, mais nous devons être prêts au cas où ça irait devant l'Antitrust. J'ai aussi fait des travaux d'approche, pour voir qui pourrait déposer la motion dont je vous ai parlé, et j'ai trouvé une vraie passionnée de la question. Une femme qui a fait son premier discours à la Chambre sur les dangers qui en résulteraient pour l'industrie des loisirs, si les grosses boîtes commençaient à tout rafler dans le secteur. Donc, si vous êtes d'accord...

— Felix Miller est un salaud et un type sournois, n'est-ce pas? dit Cadogan, une fois de plus à brûle-pourpoint. Je l'ai regardé faire, il saisit toutes les occasions de vous harceler, non?

— C'est parce qu'il me hait, c'est tout.

— Mais pourquoi?

— J'ai brisé la grande histoire d'amour de sa vie, celle qu'il avait avec sa fille. Et il ne se résout pas à l'avoir perdue, il espère toujours qu'elle va se rendre compte de la folie qu'elle a faite, et qu'elle va lui revenir.

— Vous ne parlez pas sérieusement?

— Tout à fait, si.

Dans les bureaux de *Viva*, les rédactrices des rubriques Mode et Beauté ainsi que la directrice générale de Choisir, l'agence de mannequins, examinaient une fois de plus la sélection finale. Il restait vingt filles, sur les neuf mille qui avaient envoyé leur photo. C'était la troisième année qu'elles organisaient la compétition, et elles trouvaient toutes que ce n'était pas une bonne cuvée. Même parmi les vingt qui restaient, il n'y avait pas une seule vraie star.

— Merde, dit Annabel Brown, la rédactrice de mode, il n'y en a pas une seule là-dedans que je mettrais en couverture.

Ritz Franklin, de Choisir, soupira.

— Peut-être qu'elles seront mieux en chair et en os. Elles viennent ici la semaine prochaine, c'est bien ça?

— Oui.

— Excusez-moi, fit la secrétaire d'Annabel en entrant dans la pièce, une photo à la main. Celle-ci vient d'arriver, au dernier moment, et je la trouve pas mal. Assez bien en tout cas pour vous la montrer.

— Faites-moi voir... Oh! oui... Celle-là est... Regardez-la, Ritz!

Ritz regarda et connut aussitôt cette sensation qu'elle n'avait qu'une fois par an environ (c'était presque comme si elle avait la chair de poule) : elle voyait une fille et elle savait, oui, elle *savait* qu'elle possédait un vrai potentiel, de 110. Pas juste la beauté, pas juste la silhouette, non... *ça*.

— Je suis d'accord, oui. Celle-là peut-être. Susie, vous voulez bien l'appeler et lui expliquer? Qu'elle vienne mercredi. Et bravo, Susie, vous avez l'œil.

— Merci, dit la jeune femme en sortant de la pièce, fort satisfaite.

Au numéro de téléphone inscrit sur le formulaire, elle tomba sur un répondeur et dit :

— Bonjour, ici Susie Bowman, du magazine *Viva*. Vous avez envoyé une photo pour le concours de modèles. Est-ce que vous pourriez nous rappeler à ce sujet, avant six heures? Notre numéro est...

« Voilà, j'agis comme il faut, se dit Octavia après le départ de Carlton. Je remplis mon rôle, j'ai des rendez-vous, je m'occupe de la société, je m'occupe de la maison. Je ne baisse pas les bras. »

Et tant qu'elle ne baissait pas les bras, tout restait permis, tout restait possible. Certes, le plus dur était encore à faire, mais elle le ferait, quand elle se sentirait assez forte. Et elle devait se sentir *très* forte. C'était difficile à expliquer, mais l'idée d'en arriver à cette conversation avec Tom était comme approcher d'un énorme obstacle, d'un obstacle gigantesque et terrifiant, une sorte de Beecher's Brook du Grand National de Liverpool. Elle devait d'abord prendre de la vitesse et de la confiance; une fois lancée, peut-être l'élan à lui seul la ferait-il passer. Mais pas encore. Pas tout de suite.

Le téléphone sonna : c'était Louise, la voix triste et lasse.

— Bonjour Octavia. Je suis désolée de ne pas t'avoir rappelée hier, mais nous avons eu de mauvaises nouvelles. Maman n'est pas bien du tout. C'est dans son foie maintenant, et ce n'est plus qu'une question de semaines. Il n'y a plus d'espoir, plus du tout.

— Oh! Louise...

Bon dieu, que pouvait-on dire dans ces cas-là ?

— Je suis effondrée, totalement effondrée...

Soudain Bartles Wood, Michael Carlton, Tom lui-même semblaient si dérisoires...

— Qu'est-ce que je peux faire ?

— Rien. Juste m'écouter, c'est tout. Et elle aimerait te voir, elle aimerait beaucoup. Je lui ai dit que tu avais proposé de venir. Tu peux vraiment ? Bientôt ?

Octavia consulta son agenda.

— Dimanche, cela t'irait ? Caroline prend son week-end et Tom a promis qu'il s'occuperait des enfants. Je serais ravie de le laisser avec eux, je ne peux pas supporter l'idée de me retrouver en face de lui.

— Tu lui as... parlé ?

— Non, souffla Octavia.

— Alors à dimanche, et merci. Et est-ce que... tu te sens un peu mieux ?

— Plutôt pire.

— Ma pauvre chérie. J'aimerais vraiment pouvoir t'aider...
Au revoir, Octavia.

La vie était si ennuyeuse ces temps-ci, songea Romilly. Elle n'avait pas de petit ami, elle n'était jamais entrée dans une vraie boîte de nuit, et à l'école elle ne faisait pas partie du groupe qu'il fallait. Quand Zoé avait quinze ans, elle s'amusait comme une folle et elle avait un régiment entier de soupirants, dont certains avaient une allure terrible. Depuis quelque temps elle en avait un nouveau, mais Romilly ne l'avait jamais rencontré, et Zoé disait que Marianne ne l'aimerait sûrement pas. Il s'appelait Ian et il travaillait dans le bâtiment, si Romilly avait bien compris.

Une ou deux fois, elle avait demandé à sa sœur de l'emmener en boîte, ce à quoi Zoé répondait qu'elle était trop jeune, qu'on lui demanderait sûrement ses papiers et qu'ils ne la laisseraient pas entrer. Quand Zoé avait son âge, elle avait une fausse carte d'identité ; Romilly lui avait demandé comment s'en procurer une elle aussi, mais Zoé lui avait répondu qu'elle ne saurait pas s'en servir, qu'elle se ferait prendre à tous les coups. Elle avait sans doute raison, Romilly l'admettait – mais ça ne l'empêchait pas de se sentir mélancolique et délaissée, comme si elle passait à côté de toutes les bonnes choses de la vie.

La maison était morne et silencieuse ; Marianne jouait au golf, et Zoé fêtait sans doute quelque part la fin de la première semaine du bac. Romilly soupira et se dirigea vers le téléphone pour appeler Fenella Thomas, une de ses meilleures amies.

Le répondeur clignotait. C'était sûrement pour Zoé, et pour sa mère, comme d'habitude.

Le premier message était pour Marianne, le deuxième pour Zoé et le troisième aussi. C'était même le genre de message que n'importe quelle fille rêvait de recevoir, et ils demandaient qu'elle rappelle avant six heures. Romilly baissa les yeux vers sa montre – presque cinq heures et demie. Ce serait vraiment dommage que tout rate, simplement parce que Zoé ne les avait pas rappelés. Et Dieu seul savait à quelle heure elle allait rentrer. Romilly prit une longue inspiration, se saisit du téléphone et commença à composer le numéro.

À la fin de la journée, Tom appela Octavia et lui annonça qu'il rentrerait très tard ce soir-là.

— En fait, je m'arrêterai peut-être même dans un motel, pour être à la maison demain matin. Je te rappellerai pour te prévenir. Les Draper m'ont demandé de venir chez eux faire un exposé de la situation, ou pied levé.

— Vraiment?

S'il pensait qu'elle allait s'inquiéter de savoir à quelle heure il rentrerait, ou avec qui il était, s'il croyait qu'elle allait lui donner cette satisfaction, il se trompait.

— Tu... vas bien? lui demanda Tom.

— Moi? Oh! parfait. À propos, tu avais dit que tu t'occuperais des enfants dimanche, tu te souviens? J'irai voir Anna Madison. Elle est très malade, bien pire que ce qu'ils croyaient d'abord. Donc, j'ai pensé que c'était un bon jour pour aller la voir. C'est d'accord?

— Oui, très bien, dit-il, et il avait l'air assez déconcerté.

Excellent, songea Olivia. Plus il était déconcerté et mieux c'était. La situation commençait presque à l'amuser.

À la vue d'Anna Madison, Octavia eut un choc; elle semblait avoir perdu dix centimètres et son teint était alarmant. Pourtant, elle avait visiblement fait un effort pour paraître à son avantage; elle s'était recoiffée, s'était assise dans son lit contre un empilement d'oreillers garnis de dentelle, et elle portait une liseuse de linon blanc.

— Et Louise m'a fait les ongles en ton honneur, regarde...
C'est si gentil à toi d'être venue, Octavia chérie. Tu as toujours
été là quand nous avions besoin de toi...

Octavia posa les fleurs qu'elle avait apportées à côté du lit
d'Anna.

— Oh! comme elles sont belles... Ce sont mes préférées.
Louise, ma chérie, est-ce que tu peux aller chercher un vase?
Et si tu nous apportais un peu de thé?

— J'y vais. Octavia, tu as faim? Tu veux des biscuits, ou
autre chose?

Elle secoua la tête; la vue d'Anna était presque insupportable et elle se sentait incapable de rien avaler. Soudain, elle
se souvint de la première fois qu'elle l'avait rencontrée, de la
première fois qu'elle avait été invitée chez Louise, ici même, à
Rookston. Elle revit Anna, grande comme elle l'était alors,
éblouissante dans sa longue robe aux tons bleus et verts et
chaussée de daim bleu; ses immenses yeux bleus soulignés de
khôl, ses lourdes volutes de cheveux blonds qui lui descendaient sur les épaules... Elle avait serré Octavia dans ses bras et
lui avait dit qu'elle était heureuse de l'accueillir, qu'elle avait
beaucoup entendu parler d'elle, qu'elle ne savait comment
la remercier de tout ce qu'elle faisait pour Louise – elle, aider
Louise, alors que c'était exactement le contraire qui se passait
en réalité! Elle se souvint des trois cockers et des innombrables chats qui peuplaient la maison, de la cuisine où Anna
les avait emmenées, bras dessus bras dessous, une grande pièce
baignée de soleil, vrai capharnaüm de pots, de bocaux et de
fleurs séchées. Elle se souvint de leurs fous rires pendant le
déjeuner, des histoires qu'avait racontées Louise sur leur vie
à l'école et des anecdotes d'Anna sur ses voisins. Mère et fille
étaient espiègles et malicieuses – Octavia avait essayé, en vain,
d'imaginer son père en racontant autant sur ses collègues...
Anna l'avait fait parler d'elle et de sa vie, qui lui parut soudain

désespérément dénuée d'intérêt; pourtant elle lui avait dit, avec cette lueur d'enthousiasme juvénile qui brillait dans ses yeux, que ça lui semblait être une vie passionnante, si intellectuelle, si profonde... Dès la fin de la journée, Octavia était complètement sous le charme.

— C'est merveilleux de te voir, lui disait Anna aujourd'hui, couchée dans son lit. Je veux que tu me racontes tout de toi, ton brillant métier, ton charmant mari, les adorables jumeaux et le petit bébé chéri. Viens là, assieds-toi et dis-moi tout...

Octavia lui raconta mille petits riens, s'efforçant de la faire rire, tout en veillant à ne pas la fatiguer. Puis Louise revint avec du thé et des biscuits et elles parlèrent toutes les trois d'autrefois, quand les deux filles passaient ensemble de longues semaines d'été à Rookston, ivres de campagne et de liberté.

— Que de souvenirs merveilleux! dit Anna. Comme je suis heureuse avec vous deux... Louise chérie, si tu allais nous chercher quelques albums de photos? Ça me ferait plaisir de les regarder avec Octavia...

— Si tu veux, avança prudemment Louise, mais tu es sûre que ça ne va pas te fatiguer?

— Non, mon ange, je me sens bien. Ça me redonne une nouvelle jeunesse de voir Octavia. Va me les chercher tous, s'il te plaît, même les plus anciens. Ils sont là-haut, dans la vieille salle de jeux.

Louise leur sourit au moment où elle quittait la pièce.

— Pas de secrets en mon absence, hein!

— Bien sûr que non.

Quand la porte se fut refermée, Anna se tourna vers Octavia et lui dit, d'une voix douce, mais où perçait une pointe de tension :

— C'est justement à propos de notre... secret que je voulais te voir.

— Bien sûr qu'elle ne peut pas y aller, c'est ridicule! Maman, tu ne peux pas la laisser faire ça, voyons!

Zoé était terriblement fâchée, et Romilly la comprenait. Elle n'avait même pensé qu'à cela, une fois la première ivresse retombée : Zoé allait être jalouse et furieuse. Il n'empêche, c'était si bon d'être pour une fois la vedette, la star...

Elle n'en revenait toujours pas d'avoir entendu cette fille au téléphone lui dire : « Non, je vous explique justement, ce n'est pas votre sœur que nous voulons, mais vous. Bien sûr qu'elle est superbe, mais c'est vous qui avez le look qu'il faut, oui, vous. »

Il lui avait fallu du temps pour trouver le courage de le dire à Zoé. Sa sœur était rentrée de l'examen d'une humeur exécrable, pour monter aussitôt dans sa chambre et passer deux heures à se préparer avant de sortir. Romilly avait alors voulu en parler à Marianne, mais elle allait à un dîner de charité avec Felix et avait la tête ailleurs. Pour finir, Romilly avait attendu qu'elles soient sorties toutes les deux pour téléphoner à Fenella, qui avait bien répété dix fois de suite :

— Oh! Romilly... Oh! mon Dieu, Romilly...

Le samedi matin, elle en avait parlé à sa mère; Marianne en avait été heureuse pour elle, mais ne pensait vraiment pas que c'était possible, Romilly était beaucoup trop jeune, et l'école, alors? Elle avait fondu en larmes, de colère et de déception.

— En quoi cela peut-il me nuire, maman, de participer juste à la demi-finale? Je n'irai sans doute même pas jusqu'à la séance de maquillage et de photo, qui est pour les six dernières candidates retenues... Je n'ai pratiquement aucune chance de gagner, et même si ça arrivait, ça ne voudrait pas dire que j'arrêterais mes études! Je pourrais faire des séances de pose juste pendant les vacances... Je t'en prie, maman... Tu ne peux pas m'empêcher au moins d'essayer, tu parles souvent des occasions que tu as laissées passer dans ta vie...

L'argument sembla porter ; Marianne répondit qu'elle voulait bien, mais alors juste pour la demi-finale.

— Et maintenant, tu dois le dire à Zoé, ajouta-t-elle.

Zoé l'avait pris très mal, si mal que Marianne avait fini par lui dire qu'elle avait honte d'elle ; elle avait quitté la pièce, claqué la porte. Une demi-heure plus tard elle était revenue (Romilly n'en avait pas été surprise car Zoé était généreuse de caractère, elle le savait) en disant qu'elle s'excusait de sa réaction, qu'elle était très contente pour sa sœur – mais qu'elle ne pensait pas que Marianne devait la laisser y aller.

— C'est un univers terrible, maman, mauvais... Toutes ces filles couchent avec les photographes et fument et se droguent et deviennent anorexiques et...

Son anxiété était sincère et c'était typique de son tempérament sous ses grands airs et ses accès de mauvaise humeur, elle était au fond affectueuse et compatissante.

— Zoé, dit Marianne, j'apprécie que tu t'inquiètes du sort de ta sœur, vraiment. Mais je pense que ça peut être une expérience amusante pour elle, même si ça ne va pas plus loin que cette séance de mercredi prochain. S'il doit y avoir la moindre discussion avec les gens de l'agence, j'y serai avec elle. Et je ne la laisserai pas s'exposer à toutes ces horreurs que tu as dites, fais-moi confiance.

— OK, OK, fit Zoé. Mais si elle rentre un jour à la maison pesant trente kilos et accro à l'héroïne, ne dis pas que je ne t'aurai pas prévenue. Je m'en vais, j'ai du travail.

Elles la suivirent des yeux tandis qu'elle quittait la pièce, puis Romilly serra sa mère dans ses bras et lui déclara :

— Merci, maman.

— Je suis désolée, dit Anna, mais elle a vu ta lettre un jour où elle m'aidait à trier des affaires, il y a quelques semaines. La feuille était tombée du tiroir de ma table de nuit, et elle l'a lue.

Elle a voulu savoir de quoi tu me remerciais et j'ai d'abord refusé de lui répondre, mais ça l'a mise très en colère et elle a dit que c'était moche d'avoir des secrets pour elle, que tu étais son amie, et que si je ne voulais pas elle te le demanderait. J'ai pensé que ce serait pire et je le lui ai dit.

— Oh!... Et comment a-t-elle réagi?

— Apparemment, ça ne lui a fait ni chaud ni froid. Elle a juste dit que tu avais eu raison de m'en parler, que je t'avais donné un excellent conseil, et qu'elle était très heureuse que tout se soit finalement bien terminé pour toi. Je pense qu'elle était un peu vexée que tu ne lui en aies pas parlé à elle, mais...

— Mais vous lui avez expliqué pourquoi je ne pouvais pas, pourquoi il me semblait que je ne pouvais pas?

— Oui, bien sûr. Elle a estimé que c'était très délicat de ta part, que d'ailleurs ça ne l'étonnait pas, et honnêtement je ne crois pas qu'elle ait continué à y penser.

— Je me demande pourquoi elle ne m'en a jamais parlé.

— Elle est hypersensible sur ces sujets-là, trop sensible, je dirais parfois.

— C'est vrai. Je devrais peut-être lui en parler. Maintenant que je le sais, j'ai l'impression que ça va rester là, entre nous...

— Oh! pourvu que ça ne crée pas de problème, non, j'en serais désolée... Mais je ne voulais pas lui mentir, tu comprends?

— De toute façon, ce qui est fait est fait, répondit Octavia en souriant, puis elle se pencha vers Anna et l'embrassa. Et je suis sûre que c'est sans importance.

— Je l'espère. De toute façon, je me sens mieux depuis que je te l'ai dit, et j'aurais dû le faire plus tôt. Ma chérie, pardonne-moi, mais je me sens terriblement fatiguée soudain, je devrais dormir un moment. Tu reviendras me voir, n'est-ce pas ?

— Bien sûr.

— Je n'en ai plus pour très longtemps, dit à brûle-pourpoint Anna. Ils croient que je ne le sais pas, mais je ne suis pas stupide. Ils auraient déjà commencé la chimiothérapie, si elle avait pu servir à quelque chose.

— Oh ! Anna, gémit Octavia, incapable de retenir ses larmes, Anna...

— Non, coupa âprement celle-ci, tu ne dois pas pleurer. Si moi je peux être courageuse, alors vous pouvez tous l'être aussi. Oh ! voilà Louise qui revient... Louise, ma chérie, je disais à Octavia que je me sens assez fatiguée tout à coup. Je suis désolée, j'aimerais beaucoup regarder ces photos, mais je crois qu'il vaut mieux remettre ça à une autre fois. Allez bavarder toutes les deux, je suis sûre que vous en mourez d'envie. Si vous voulez aller faire un tour, ne t'en fais pas pour moi. Ton père va arriver d'un moment à l'autre, donc tout ira bien.

Une fois en bas, Octavia dit à Louise :

— Si elle n'a pas besoin de toi dans l'immédiat, ça te dirait de m'accompagner pour une heure ou deux ? J'ai promis d'aller voir quelque chose dans les environs et j'aimerais beaucoup y aller avec toi.

— Où est-ce ? demanda Louise en s'installant dans la BMW d'Octavia, avec un sourire de contentement.

Elle avait laissé Dickon aux soins de Janet, qui faisait office à la fois de femme de ménage et de dame de compagnie pour Anna.

— Un endroit qui s'appelle Bartles Wood, juste au sud de Bath. Tu as lu quelque chose à ce propos ?

— Non. Pourquoi, j'aurais dû ?

— Les journaux en ont un peu parlé. Oh ! j'oubliais, c'est

vrai que tu ne les lis jamais, ajouta-t-elle en riant. C'est une histoire un peu dans le genre de la rocade de Newbury. Je suppose que ça te dit quelque chose?

— J'en ai entendu parler aux nouvelles, oui... En quoi est-ce que ça t'intéresse?

— Eh bien... l'Angleterre m'intéresse, répondit rapidement Octavia, et je n'ai pas envie qu'elle disparaisse sous le béton. Ni qu'elle perde ses forêts, ses prairies et ses petits chemins, qu'on sacrifie tout aux voitures.

— Sauf erreur, je n'ai pas l'impression que tu te déplaces souvent à vélo, susurra Louise, et Octavia sourit.

— C'est vrai, mais s'il le fallait, je serais prête à moins me servir de ma voiture.

— Et vous n'iriez plus dans votre maison le week-end?

— Nous pouvons y aller en train.

— Avec les enfants, les bagages, la nounou, les provisions...

— Tout à fait, dit Octavia, d'un ton où perçait une pointe d'agacement.

— Je plaisantais, pardonne-moi.

Elle regarda son amie d'un air soucieux.

— Je te trouve très maigre en ce moment...

— Tu le serais toi aussi si ton mari te trompait, sans que tu saches avec qui, ni qui est au courant.

— Oui, tu as sûrement raison. Tu lui en as parlé?

— Je n'y arrive pas, quelque chose m'en empêche. Tant qu'il ne sait pas que je sais, je me sens... à l'abri, d'une certaine manière. C'est peut-être un peu pervers, mais c'est comme ça. Tu me trouves bizarre?

— Non. Non, je crois que je peux te comprendre. Est-ce qu'il l'avait déjà fait avant, d'après toi?

— Je ne sais pas, dit lentement Octavia. C'est peut-être ça le pire, j'ai l'impression que je ne sais plus rien, que je ne suis plus sûre de rien en ce qui le concerne. Oh! Je ne peux plus croire ce qu'il dit, c'est terrible...

— Octavia, est-ce que... Est-ce que vous...

Elle s'interrompit, incapable de poursuivre.

— Tu veux dire, est-ce que nous couchons encore ensemble? Oui, avoua-t-elle d'une voix âpre et coléreuse.

— Pardon de t'avoir posé la question, Taupe, dit-elle doucement. Ça ne me regarde pas.

— Non, ne t'excuse pas. Je ne sais même pas comment j'ai pu faire ça. En fait, ça n'est arrivé qu'une seule fois depuis que je sais. Et j'ai trouvé ça – j'ai vraiment honte de l'avouer – plutôt excitant. Louise, j'ai l'impression que je deviens cinglée. Parfois je me vois prête à tomber dans tous les pièges, à me mettre à soupçonner n'importe qui...

— Comme qui, par exemple?

— Comme Lauren Bartlett, une de nos amies, disons une relation d'affaires, comme une femme à qui il a dit bonjour à Ascot... Je ne peux plus croiser une femme sans me dire que c'est peut-être *elle*. Tu te rends compte? Quand je suis en société, j'ai l'impression en permanence que je traverse un champ de mines.

Louise garda quelques instants le silence, puis murmura :

— Octavia, je suis vraiment désolée, vraiment triste pour toi... J'aimerais tant pouvoir faire quelque chose.

— Tu le fais en m'écoutant. C'est tout ce que je te demande, et c'est déjà beaucoup.

Il était presque sept heures quand elles arrivèrent à Bartles Wood; la soirée était radieuse et dorée.

C'était un bois de dimensions assez modestes; il était serti dans l'une des petites vallées qui courent entre Bath et Frome, et vu de là-haut sa forme était amusante – on aurait dit une sorte de virgule. Depuis la route, Bartles House elle-même était cachée derrière un bosquet d'arbres, mais ensuite il n'y avait plus que des prairies, courant jusqu'à la forêt. Dès le premier coup d'œil, Octavia comprit pourquoi Carlton voulait construire ici ; le site était magnifique, avec la forteresse naturelle que les collines formaient tout autour, la rivière qui courait au fond de la vallée et traversait le bois, les prairies piquetées d'arbres au flanc des coteaux. Des chevaux y paissaient, ainsi que des moutons et des agneaux ; une multitude de lapins broutaient paisiblement eux aussi, formant autant de petites taches noires dans la lumière dorée du couchant.

Elles descendirent la route qui sinuait dans les ombres rasantes, franchirent un pont de pierre, commencèrent à remonter sur le versant d'en face.

— Si nous traversions ce champ ? Ensuite nous pourrions suivre la rivière jusqu'au bois, dit Octavia.

Elles se garèrent près d'une barrière, sur laquelle était clouée une pancarte rudimentaire : « Sauvons Bartles Wood ».

— Il y en avait une semblable sur le pont, dit Louise. Tu l'as vue ?

— Non. Oh ! mon Dieu, il faudra qu'ils fassent un peu mieux que ça...

Elles franchirent la barrière ; quelques vaches les regardèrent avec curiosité, puis retournèrent à leur repas. Tout était vert et luxuriant aux alentours, les herbes hautes au bord de la rivière, le cerfeuil sauvage qui leur arrivait presque à la taille. Un étroit sentier planté de saules longeait le cours d'eau ; deux libellules passèrent dans un éclair bleu, et Louise poussa une exclamation :

— Regarde ! Un martin-pêcheur...

La barrière se dressait de nouveau à l'orée du bois, mais un échalier aidait à la franchir. Après s'être enfoncées d'une centaine de mètres sous les arbres, elles se retournèrent. Là-bas, la rivière serpentait dans les prés, encore irisée sous la lumière déclinante du soir. Un poisson émergea, puis un second, brouillant la surface paisible de l'eau ; deux canards gagnèrent la berge à travers les hautes herbes, d'une démarche pleine de dignité, suivis par une troupe bruyante et désordonnée de canetons.

— Et tu dis qu'ils vont faire quoi ici ? demanda Louise.

— Une résidence de grand standing et un centre commercial. Et aussi un foyer municipal.

— Comment peuvent-ils obtenir les autorisations ?

— Ça s'appelle le progrès.

— Et tu connais l'homme qui va faire ça ?

— Je connais l'homme qui *veut* le faire. C'est un client de Tom, et j'ai des rapports professionnels avec lui, moi aussi, en tant que sponsor. Mais Foothold, un de mes clients, a une branche locale ici. Ils se battent contre ce projet et ils m'ont demandé de les aider, pour la publicité, la communication, etc.

— Je vois. Une situation difficile.

Il y eut un silence, puis Octavia dit :

— Non, finalement, elle n'est pas difficile du tout.

10

— Chéri, tu es là ? C'est moi.

Sandy s'était à moitié endormi devant la télévision ; c'était devenu sa principale occupation depuis quelque temps. Ça, plus une bouteille de beaujolais, dont il n'avait laissé qu'un fond. Il se frotta les yeux et tâcha d'émerger.

— Oui ! cria-t-il en éteignant le poste. Je suis ici.

Louise entra dans la pièce et s'effondra dans le vieux canapé.

— Ouf... Je suis épuisée. Dickon dort dans la voiture.

— Comment va ta mère?

— Elle s'en va, chaque jour un peu plus. Le plus dur, c'est de ne pas lui laisser voir qu'on le voit. De rester joyeux, de faire semblant...

— Elle n'est pas stupide, elle doit bien se rendre compte...

— Sandy, elle aussi fait semblant, c'est sa façon de tenir le coup.

On sentait qu'elle contenait son irritation, qu'elle ne voulait pas avoir l'air de lui faire des reproches; peine perdue, il se sentit aussitôt lourd et maladroit, comme toujours avec Louise.

— Pardon, murmura-t-il.

Puis, comme il la voyait encore bouleversée par sa visite et les yeux rougis, il s'empressa d'ajouter :

— C'est une période terrible, ma chérie... Et devoir en plus revenir à chaque fois ici pour moi ne fait qu'ajouter à ta fatigue. Pourquoi ne resterais-tu pas là-bas, jusqu'à ce que... je veux dire, quelque temps?

— Je ne peux pas t'abandonner, avec tout le travail que tu as en ce moment...

— Ça ira, si tu emmènes Dickon. Je serais incapable de m'occuper de lui en plus du travail.

— Bien sûr que je l'emmènerai. Oh! Sandy, c'est vraiment gentil à toi de le proposer.

— Je suis content de pouvoir faire quelque chose pour toi, pour une fois. Je vais chercher Dickon.

Quand son père l'eut déshabillé et mis au lit, Dickon lui dit :

— Papa, grand-mère est très malade, tu sais. J'ai peur qu'elle meure elle aussi, comme Juliet...

Il resta un instant silencieux, incapable de trouver quoi lui répondre ; la terreur que Dickon avait de la mort le déstabilisait complètement.

— Elle est très forte, tu sais, lui expliqua-t-il. Et les docteurs sont devenus très calés maintenant.

Il avait tort, sans doute ; Louise comme le psychiatre pour enfants qu'il avait consulté l'avaient affirmé tous les deux : même s'ils n'avaient que quatre ans, il fallait toujours dire la vérité aux enfants. Les aider à affronter leurs peurs, et non les éluder. Mais Sandy avait beaucoup de mal à le faire, comme avec tout ce qui était du domaine de l'affectif. De même, il ne comprenait pas pourquoi il fallait à tout prix expliquer à Dickon ce que la mort signifiait vraiment. Quand ses propres grands-parents étaient décédés, on lui avait dit qu'ils étaient montés au ciel, où ils avaient retrouvé leur vieux chien mort l'année d'avant. Le temps qu'il dépasse cette image-là, son chagrin s'était apaisé – et il ne voyait pas pourquoi Dickon ne pourrait pas bénéficier des mêmes petites consolations, oh ! infantiles, peut-être, mais bien inoffensives.

— Bonne nuit, lui dit son fils, dont les yeux se fermaient. Tu vas voir maman, n'est-ce pas ? Elle n'était pas bien dans la voiture, quand on est revenus. Oh ! zut, elle m'avait dit de ne pas te le dire.

— Vraiment ? Pas bien comment ?

— Elle était malade, elle...

— Dickon ! s'exclama Louise depuis la porte, tu m'avais promis ! Je t'avais dit que je ne voulais pas en parler à papa, pour ne pas l'inquiéter encore plus. Tout va bien, Sandy, je t'assure. Bonne nuit, mon chéri, donne un baiser à maman...

— Tu n'étais vraiment pas bien ? demanda de nouveau Sandy pendant qu'ils redescendaient l'escalier.

— Oh ! juste mal au cœur, c'est tout. Rien de grave, mais

172

c'est le genre de choses qui vous fiche par terre toute la journée.

C'était vrai qu'elle avait l'air patraque, et cela devait ajouter encore à sa fatigue. Sandy sentit monter en lui la vieille panique qu'il connaissait bien et tâcha de se raisonner. En tout cas, elle ne *pouvait* pas être enceinte, et c'était énorme, c'était même l'essentiel. Cette crainte-là continuait à le hanter, malgré tout ce qu'il avait fait pour l'écarter, malgré le serment de Louise qu'elle ne voudrait même plus envisager de l'être. Chaque jour, chaque semaine, chaque mois – surtout chaque mois – Sandy remerciait Dieu, quelque forme qu'il puisse avoir (pour ne pas parler de la science médicale), que Louise ne risque plus jamais d'être enceinte, qu'eux-mêmes ne risquent plus jamais de repasser par tout ça.

Le lendemain, alors qu'Octavia était en train de s'habiller, elle sortit par erreur le mouchoir de son tiroir. Cela lui fit une impression très bizarre ; elle le jeta sur le lit comme quelque chose d'obscène, dont le contact lui était insupportable, puis resta un long moment à le regarder – attendait-elle qu'il lui livre son secret ? Elle rit de cette idée, mais son rire se figea rapidement.

Ensuite elle le replia, l'enveloppa soigneusement dans des mouchoirs en papier et le mit dans sa serviette pour l'emmener au bureau. Elle n'en voulait pas à la maison, mais sentait pourtant qu'elle devait le conserver, comme un élément de son étrange et nouvelle vie. Puis elle alla se laver les mains, plusieurs fois.

Elle avait mal dormi la nuit précédente et se sentait fatiguée. Tom était rentré très tard ; jusqu'à ce qu'elle entende le bruit de sa voiture, elle s'était torturée avec des visions de son mari au lit avec *elle*, comment cela se passait entre eux, etc.

Pour finir, elle avait avalé un somnifère à trois heures du matin et avait eu un mal fou à se réveiller quelques heures plus tard, la bouche pâteuse et les idées dans le vague. Elle avait pris un taxi pour aller travailler, n'osant pas conduire.

Elle buvait un café très noir quand le téléphone sonna. C'était Tom, plutôt distant. Elle s'entendit lui répondre, d'une voix ferme et neutre :

— Oui ?

— Je voulais juste t'informer que je venais d'avoir un appel de Michael Carlton. Il a dit que la réunion avec toi s'était bien passée et il avait l'air content. J'ai pensé que je devais te remercier.

— C'est très bien, dit-elle, avant de reposer doucement le téléphone.

Seule l'idée de ce qu'elle allait faire pour Patricia David et Bartles Wood l'avait empêchée de raccrocher violemment.

— J'ai vu Michael Matthews hier soir, déclara Tom, le député de Romford North. Il se sent très concerné par cette histoire d'OPA, il est prêt à poser quelques questions à la Chambre pour nous.

— Bien, dit Nico Cadogan. J'ai un peu sondé les actionnaires, je leur ai présenté les nouvelles structures et les nouveaux projets de la compagnie, sur vos conseils. Maintenant, nous n'avons plus qu'à prier, je suppose.

— J'imagine que vous me payez pour faire un peu plus que ça, dit Tom en riant.

— Peut-être. Très bonne journée à Ascot, au fait, j'ai beaucoup aimé. Merci. Je compte bien vous emmener dîner avec Octavia un de ces soirs prochains.

— J'en serais ravi.

— Votre femme est brillante, en plus d'être jolie. Vous avez de la chance.

— Je l'espère, répondit Tom, et Cadogan trouva que c'était une réponse bizarre.

— Octavia, c'est merveilleux !

Patricia David en haletait de satisfaction.

— Jamais nous n'aurions pu faire quelque chose d'aussi bien ! Merci mille fois...

— C'était assez facile, vous savez. Je suis allée voir le bois, et j'ai tout de suite compris qu'on ne pouvait pas permettre une chose pareille. Mais vous allez devoir faire beaucoup plus que publier ce communiqué de presse et placarder quelques écriteaux. Maintenant, de deux choses l'une : si le permis leur est refusé, vous avez du temps. Ils feront appel, et avec un peu de chance ça prendra des mois. Mais si la rumeur dit vrai et qu'ils l'obtiennent – alors, ce sera plus difficile.

— Que pourrons-nous faire ?

— Je vais me renseigner. Je sais mieux comment obtenir les permis de construire que comment les faire refuser, mais je vais essayer. Vous devriez en savoir plus cette semaine, je crois ?

— Oui. Après la réunion de la commission d'urbanisme, dans deux jours. De toute façon, je vais envoyer tout de suite votre article aux journaux locaux.

— Faites-le, et essayez les nationaux aussi, on ne sait jamais. Le *Guardian*, je dirais, et l'*Independent*. Ce sont les journaux les plus « verts ».

— Merci, Octavia. Nous avons beaucoup de chance de vous avoir de notre côté...

— Mais rappelez-vous de rester discrète à ce sujet, je vous en prie. C'est très sérieux, Patricia. Cela ferait bien plus de tort à vous qu'à moi, si l'on savait que je suis impliquée dans l'histoire.

Enfin, songea-t-elle en raccrochant, elle jouait vraiment

avec le feu. Le plus drôle, c'est qu'elle se sentait beaucoup mieux ainsi.

Melanie entra.

— Salut! Tout va bien? Nous avons eu un appel de ton amie Lauren Bartlett, elle veut que nous la rappelions. Pour Génération montante, je suppose, Tu crois que nous avons une chance de les avoir, finalement? Ce serait géant, avec leur budget et leur image de marque, et en plus on dit qu'ils intéressent Diana...

— Je n'en sais vraiment rien, dit Octavia.

Lauren Bartlett était très pressée.

— Un grand dîner pour Drew, je ne sais plus où donner de la tête... Je dois encore me faire coiffer et m'occuper des fleurs avant que le cuisinier n'arrive. Mais voilà, nous en avons parlé et nous aimerions que vous nous aidiez pour notre journée à Brands Hatch. Nous n'y arriverons pas tout seuls, et donc, à condition que nous nous mettions d'accord sur les honoraires...

— Lauren, rappela Octavia d'une voix ferme, nos honoraires sont fixes. Nous ne travaillons jamais pour moins.

— Même pour des amis?

— Nous...

Octavia le savait, Melanie était prête à enfreindre la règle pour obtenir ce budget-là.

— Nous pouvons toujours en parler, mais...

— Je dois vous le dire franchement, Octavia, s'il n'y avait pas de marge de discussion possible, ça poserait un problème. Oh! autre chose encore. Un foyer pour enfants que nous aidons chaque année est menacé. Il a besoin de nouveaux locaux, et de bien plus d'argent que nous ne pouvons lui en donner. Nous avons fait une demande pour recevoir une aide de la Loterie, mais nous n'en espérons pas beaucoup. Une fois de plus, les restrictions budgétaires sont les grandes coupables. Tom connaît tous les députés, vous croyez qu'il pourrait nous aider ?

— Je ne sais pas, dit Octavia. Comme ça, à brûle-pour-point, je ne sais pas.

— Je comprends. Nous pensions avoir une réunion dans vos bureaux pour parler de Brands Hatch, et je me disais que si nous la faisions dans l'après-midi, Tom pourrait nous rejoindre à la fin...

L'aplomb avec lequel elle décidait de tout et organisait les événements était impressionnant.

— Je vais déjà lui demander s'il a quelques idées, dit Octavia.

Avec la plupart des gens, cela marchait ; Tom Fleming, qui passait la moitié de ses journées à la Chambre, allait réfléchir à leur problème et cela les rassurait. Mais Lauren n'était pas la plupart des gens.

— Non, j'ai bien peur que ça ne soit pas assez, Octavia. Je voudrais en parler avec lui personnellement.

— Je vais voir, mais je ne peux rien vous promettre.

— Bien sûr. Et pour la réunion, que dites-vous de la semaine prochaine ? Disons mardi ? Mardi après-midi, ça m'irait tout à fait. J'ai un autre dîner lundi, le théâtre mercredi, donc... mardi, oui. Quatre heures et demie, ça vous va ?

Octavia regarda son agenda ; il était furieusement vide ce mardi-là à quatre heures et demie.

— Ça me va, oui, mais je dois poser la question à mon associée, Melanie Faulks.

Melanie était libre également ; Octavia fit une grimace et reprit le téléphone.

— Oui, ça lui va aussi.

— Parfait. Et vous en parlerez à Tom, n'est-ce pas ?

C'est exactement ce que j'essaie de ne pas faire ces jours-ci, songea Octavia, envahie par un soudain accès de tristesse, mais elle répondit néanmoins :

— Bien sûr.

Tom dit que non, il ne pourrait rencontrer personne le mardi suivant : il avait une réunion avec Nico Cadogan et ses banquiers à Londres, après quoi il en avait une autre en fin de journée à Oxford.

— Je ne rentrerai sans doute pas ce soir-là.

— Et un autre jour de la semaine prochaine ?

Insister lui coûtait terriblement, mais le contrat avec Lauren Bartlett était suspendu à l'intervention de Tom, elle le sentait.

— Non, désolé, répondit-il sèchement.

— Et si nous disions un dîner avec les Bartlett ? suggéra Octavia, en serrant les dents. Ou boire un verre ?

— Si vraiment tu insistes, mais Dieu sait quand je vais pouvoir me libérer. Et de toute façon j'expliquerai bien à Lauren que je ne pourrai pas faire grand-chose. Vois avec Barbara pour le jour, il faut que j'y aille, conclut-il, et il raccrocha.

Octavia resta quelques instants à contempler le combiné. Son mariage de pouvoir semblait plutôt battre de l'aile.

— Alors, ça s'est passé comment, tes examens super-importants ? demanda Ian Edwards à Zoé en ricanant.

Ils étaient installés tous les deux dans un pub, du côté de Fulham Road.

— J'arrive pas à comprendre pourquoi une fille canon comme toi se prend la tête avec tous ces trucs. Alors que tu pourrais te faire un max de pognon en étant mannequin.

C'était un sujet douloureux, si douloureux qu'il entama jusqu'à la douce euphorie dans laquelle Zoé flottait.

— Oh ! non merci, dit-elle en se rembrunissant. C'est

franchement casse-pieds, la vie de modèle. J'ai des tas d'amies qui le font et je n'aimerais pas.

— Pourquoi tu te tracasses pour trouver un boulot plus tard? Puisque papa et maman sont là...

— Tu veux rire? Ils n'arrêtent pas de me répéter au contraire que je dois faire mon chemin dans la vie, que je dois me prendre en charge, et tout et tout.

— Ah ouais? Moi, ça fait quatre ans que je me prends en charge et je vois pas ce que ça a de si formidable, je t'assure.

— Tu ne vas quand même pas me dire que tu regrettes d'avoir quitté l'école trop tôt, non?

Zoé était fascinée par tout ce qui concernait Ian; il semblait presque venir d'une autre planète, tant il était différent des garçons au milieu desquels elle avait grandi. Elle avait déjà rencontré des fils d'ouvriers avant lui, mais elle n'était encore jamais sortie avec l'un d'entre eux. Ils étaient tellement plus attirants que les crétins de petits collégiens qu'elle connaissait, tellement plus débrouillards, plus amusants, plus glamour...

— Tu rigoles? Bien sûr que non... Viens là, Zo, approche-toi un peu...

Il se pencha vers elle, commença à l'embrasser, et elle lui rendit passionnément son baiser. Elle adorait la façon dont il l'embrassait partout, au pub, dans le métro, se moquant de savoir si quelqu'un les regardait...

— Tu fais quoi ce soir, alors? lui demanda-t-il quand leurs lèvres se furent séparées.

— Je révise, et j'ai promis d'aider ma petite sœur à se faire une coiffure. Elle va à... quelque chose d'important demain.

— C'est bien, Zo. T'es vraiment une fille sympa, tu sais. Pas du tout comme je croyais au départ.

— Pourquoi? Comment tu me voyais?

— Oh! trop gâtée, prétentieuse, tu vois... Mais tu ne l'es pas, non. Quand est-ce qu'on pourra se voir, alors?

— Pas avant vendredi, j'en ai peur...

Quand ils furent sortis du pub, ils redescendirent la rue, étroitement enlacés; Ian avait passé le bras autour des épaules de Zoé, et sa main musardait à l'occasion du côté de sa poitrine. Elle l'observait du coin de l'œil et le trouvait incroyablement sexy : très brun, les cheveux coupés ras, d'épais sourcils barrant son visage hâlé par le soleil; il était également grand et musclé. Il portait un T-shirt noir sans manches, un blue-jean noir – et quand elle l'imaginait sans rien de tout cela sur le dos, elle se sentait défaillir. Il dut le deviner parce qu'il lui demanda :

— Tu penses à quoi, Zo?

— Oh! à ce qu'on pourrait faire vendredi...

— Tu veux qu'on aille en boîte? Et après... on verra, hein?

Il avait déjà glissé des allusions à ce qu'ils pourraient faire *après*, et, soudain, elle n'en pouvait plus d'attendre. Elle n'avait pas souvent fait l'amour, mais chaque fois ça lui avait beaucoup plu, et elle était sûre qu'avec Ian ça lui plairait encore plus. Le seul problème était : où? Toutes les occasions classiques dans son milieu, fêtes chez des amis, parents absents, week-ends à la campagne, etc., ne s'appliquaient pas à Ian.

Cette impression d'estomac qui se noue et de cœur qui s'accélère, comme pour dire « oui, *celle-là*, c'est une future grande », Ritz Franklin ne l'éprouvait pas souvent; pourtant, ce jour-là, en face de Romilly Muirhead, debout au côté de sa mère et qui promenait nerveusement son regard sur les bureaux du journal, elle l'éprouva. Ce grand front, cette cascade de cheveux blonds et brillants, cette longue figure en forme de cœur, ce sourire radieux que même l'appareil dentaire gâchait à peine... Elle était toute en yeux, toute en bouche, elle incarnait la virginité dans ce qu'elle avait de plus frais et de plus sexy à la fois, et elle ne semblait même pas en avoir conscience...

— Bonjour! fit Ritz, de son ton le plus naturel. Vous êtes sûrement Romilly, et vous Mme Muirhead. Je suis Ritz Franklin, et nous sommes tous très heureux de faire votre connaissance. Tout ce que nous allons faire aujourd'hui, c'est prendre quelques Polaroïd de vous, voir comment vous bougez, bavarder un peu ensemble, puis nous vous libérerons. Si tout se passe bien, nous vous demanderons de revenir la semaine prochaine, pour une vraie séance de photos, et ensuite il y aura la sélection. Voici Annabel Brown, qui dirige la rubrique Mode, et Frannie Spencer, de la rubrique Beauté. Les autres membres du comité de sélection sont là, avec Jonty Jacobson, le photographe. Voulez-vous boire quelque chose, un verre de Coca ou autre chose? Et vous, madame Muirhead, une tasse de thé?

— C'était génial! expliqua Romilly à Fenella, tu ne peux pas imaginer, vraiment! Elles étaient toutes supergentilles, pas snobs pour un sou, je t'assure, vraiment sympas et encourageantes... Elles m'ont demandé de marcher un peu, de faire comme si j'étais sur une passerelle étroite, je me sentais un peu idiote, mais elles me disaient de ne pas m'en faire, elles ont mis un peu de musique et ça m'a aidée, puis le photographe a pris des photos.

— Et les autres, elles étaient comment?

— Les autres? Oh! fantastiques, dit-elle, sa voix retombant légèrement. Beaucoup plus vieilles que moi, plutôt de l'âge de Zoé. Une avait déjà posé, une autre avait joué dans un film publicitaire avec sa mère quand elle était petite, donc elles s'y connaissaient déjà un peu. Il y en avait encore une, tu l'aurais vue, oh! sublime, elle ressemblait à Naomi Campbell. Il y a très peu de chances que je gagne, ni même que je sois choisie dans les six dernières, mais c'était quand même un

181

super après-midi, et ils me donneront quelques-unes des photos qu'ils ont prises.

— Au moins cette fois, c'est facile, dit Ritz.

— Oui. Pas l'ombre d'une hésitation. C'est même une farce de continuer à faire cette soi-disant sélection. Elle est vraiment splendide, et ces jambes, bon dieu, ces jambes!

— Il n'y a qu'un problème avec elle, c'est la mère, qui la surveille de près et avec qui il va falloir jouer serré.

— Oui, mais la fille aura bientôt seize ans et elle va apprendre à se battre. À mon avis, Christie's peut très bien la vouloir pour leur nouvelle ligne jeune. Ils cherchent à tout prix un visage, et pour une boîte de cosmétiques ce n'est pas une mince affaire. Une nouvelle fille, une nouvelle ligne, elles sont faites l'une pour l'autre, non? C'est une histoire d'un demi-million de livres, Ritz, et peu de gens résistent à ça, même les mères qui prennent des grands airs au début.

Cet après-midi-là, Michael Carlton appela Fleming Cotterill; Tom était en réunion, lui apprit sa secrétaire, et elle ne pensait pas que...

— Je ne vous demande pas de penser, mais de me le passer! C'est urgent!

Tom le rappela depuis sa réunion, et grimaça pendant qu'il écoutait ce que Michael avait à lui dire. Sa demande de permis de construire pour Bartles Wood avait été refusée; cela voulait dire faire appel, beaucoup de retard et beaucoup d'argent à dépenser. Carlton était manifestement furieux.

— D'après vous, c'était très peu probable, le conseil municipal ne prendrait pas le risque d'un appel, de peur que les frais ne leur retombent ensuite dessus... Alors, qu'est-ce qui n'a pas marché?

— Je n'en sais rien, Michael, dit Tom prudemment. Ça

arrive parfois. Il y a une forte opposition locale, c'est évident, mais à la fin vous l'aurez, j'en suis sûr. C'est juste une question de temps et...

— C'est à cause de tous ces foutus articles! De ces maudites bonnes femmes et leurs pancartes! Elles en ont flanqué partout là-bas, je suis encore allé y jeter un coup d'œil la semaine dernière!

— Vraiment?

— Oui. Et permettez-moi de vous le dire, je trouve que vous auriez pu trouver un moment pour y aller vous aussi! Connais ton ennemi, c'est la première loi de la guerre... Et ce papier dans le *Mail*! J'ai pu parler à une femme du journal local, je lui ai demandé si l'idée d'un foyer municipal n'intéressait personne, et vous savez quoi : elle n'en avait jamais entendu parler! Franchement, ça ne donne pas une très haute idée de vos compétences en matière de relations publiques, Tom.

— Les gens n'entendent que ce qu'ils veulent entendre, Michael.

— C'est vrai, en effet, et je veux qu'ils entendent parler de ce foyer municipal. J'en ai assez. Octavia non plus n'a pas été d'une grande aide, n'est-ce pas? Alors, qu'est-ce qu'on fait?

— Je vous l'ai dit, nous allons faire appel. Nous pouvons le faire par écrit, ou en audience publique, ou encore déclencher une enquête d'utilité publique. Je vous conseille l'audience publique, c'est ce qu'il y a de plus rapide et de moins cher.

— Faites ce que vous voulez pourvu que ça marche, coupa Carlton. C'est pour ça que je vous paie. Plutôt cher, si mes souvenirs sont bons, et jusqu'ici ça n'a pas l'air de le valoir. Au revoir, Tom.

11

— Oh! mon Dieu, s'écria Romilly, et elle fondit en larmes.

— Ma chérie, que se passe-t-il?

— Regarde! dit-elle en tendant une lettre à sa mère, *Viva* m'a sélectionnée pour la finale! Les six dernières filles! Oh! maman, je n'arrive pas à y croire! Il faut que je téléphone à Fen!

— Romilly, tu la vois dans une demi-heure, tu...

Mais elle était déjà partie. Zoé fit irruption dans la pièce.

— Qu'est-ce qui se passe?

— Elle va en finale de sa compétition de modèles, répondit-elle, en tâchant de prendre un air dégagé.

— Oh! maman, je te l'avais dit... Tant pis, c'est trop tard maintenant. J'y vais, au revoir.

— Bonne chance, ma chérie. C'est quoi, aujourd'hui?

— Littérature française.

— Ça va marcher, j'en suis sûre. Tu passes la soirée à la maison?

— Non. Au revoir.

Elle tramait quelque chose, Marianne en était sûre, et elle pouvait même dire quoi : sortir avec quelqu'un de pas fréquentable. Elle en connaissait les signes avant-coureurs, des airs mystérieux, plus encore que d'habitude, le refus de répondre aux questions... La fois précédente, ç'avait été avec le frère plus âgé d'un ami d'école, beaucoup plus âgé même – vingt-quatre ans pour être précis. Zoé avait l'air plus âgée et plus mûre qu'elle ne l'était, avec sa beauté sensuelle, ses lèvres épanouies, ses lourdes paupières; pourtant, cette fois-là, elle avait bel et bien été dépassée par les événements. Marianne avait adressé une prière au ciel le jour où elle avait trouvé sa fille en larmes, l'aventure ayant tourné court. Il lui avait alors semblé que Zoé venait d'échapper au pire, mais maintenant elle n'en était plus aussi sûre. Il y avait peut-être pire.

— Au revoir maman, dit Romilly en réapparaissant dans la pièce. Oh! que je suis contente!

— Moi aussi, chérie. Mais il ne faut pas que tu oublies de travailler ton saxophone ce soir. Tu ne t'es pas encore attaquée à ce morceau que tu dois jouer pour le concert.

— J'ai tout le temps, maman, et en ce moment je ne peux *vraiment* pas y penser. Au revoir...

Le téléphone sonna : c'était Felix.

— Bonjour. Tu vas bien?

— Oui, merci. Très agréable, le dîner d'hier soir, j'ai beaucoup aimé.

— Moi aussi. Écoute, je pensais à quelque chose... Je voudrais que tu parles à Octavia.

— À quel sujet?

— De ce qui peut la perturber. Je suis sûr que quelque chose ne va pas, et quand je lui ai posé la question elle m'a répondu je ne sais quelle ânerie, prétextant une histoire d'hormones. J'aimerais vraiment que tu lui parles, que tu voies ce que tu peux en tirer.

— Felix, j'ai déjà suffisamment de problèmes avec ma propre famille... Romilly a bien l'air de vouloir gagner ce fichu concours de mannequins et Zoé manigance je ne sais quoi...

— Franchement, Marianne, j'en suis désolé pour toi, mais tu sais ce que je pense, n'est-ce pas? Tu as trop gâté ces enfants, tu as été trop indulgente avec elles, et voilà ce qui arrive...

— Felix! Je n'ai vraiment pas besoin d'entendre ça, je t'assure! Et je n'ai pas la moindre intention de parler à Octavia de son problème, qui n'existe que dans ton imagination. Au revoir.

Elle lui raccrocha au nez et s'assit, sans pouvoir réprimer un léger tremblement de colère. Quand le téléphone sonna de nouveau, elle décrocha et lança un « Oui ? » furieux, croyant que c'était Felix qui rappelait.

— Marianne ? Vous n'avez pas l'air si réjouie que ça de m'entendre.

C'était Nico Cadogan.

— Je suis *très* contente de vous entendre, dit-elle, et elle le pensait. Bien plus que vous ne pourriez l'imaginer, Nico.

— Octavia, c'est merveilleux, nous avons gagné !

Patricia David paraissait aux anges, et Octavia lui sourit dans le téléphone.

— C'est une excellente nouvelle, oui, mais vous devez vous rendre compte que...

— Oui, bien sûr. Il a déjà dit qu'il faisait appel, mais ça nous donne du temps, beaucoup de temps. Notre député estime que ça peut prendre deux ans.

— Comment s'appelle-t-il, votre député ? Peut-être que je le connais...

— Il a un nom plutôt romantique : Gabriel Bingham. On le croirait sorti directement d'un roman de Thomas Hardy. Je dois dire que pour un travailliste, il est plutôt surprenant.

À coup sûr, songea Octavia, il devait bien s'exprimer et avoir de bonnes manières.

— Il parle bien et il est parfaitement courtois, dit Patricia David. Plutôt jeune et bien de sa personne, avec quelque chose de fougueux... Il a assisté à deux de nos réunions. Ça ne l'engage à rien, bien sûr, mais j'ai bon espoir que nous obtiendrons son soutien. Oh ! et le *Daily Mail* veut m'interviewer, pour avoir mon avis sur les derniers rebondissements de l'affaire. Vous croyez que c'est une bonne idée ?

— Oui, à condition que vous prépariez quelques solides arguments, Patricia. Pas juste pour bavarder sur les arbres, la forêt et les petits oiseaux. Dites-leur que vous commencez à réunir des fonds en prévision de l'appel, que vous voulez confier l'affaire à un avocat, aller devant les instances européennes si c'est nécessaire. Qu'on vous prenne pour de vrais adversaires, coriaces, pas simplement pour un petit groupe de dames au cœur tendre.

— Attendez, attendez, que je prenne des notes! C'est merveilleux... Pardonnez-moi, je sais que je l'ai déjà dit il y a une minute, mais nous avons vraiment de la chance de vous avoir avec nous! J'aimerais que vous puissiez rencontrer notre M. Bingham. Je suis sûre que vous l'adoreriez, et peut-être pourriez-vous le persuader de nous soutenir...

— À vous entendre, ça deviendrait vraiment dangereux, dit Octavia en riant. Dangereux pour moi de le rencontrer.

Marianne regardait Nico Cadogan, assis en face d'elle, et se demandait ce qu'elle faisait avec lui au Caprice. La moitié de la clientèle les y connaissait, soit elle soit lui, et devait se poser des questions sur leur présence ensemble.

— Pour le plaisir, dit-il, comme s'il lisait dans ses pensées. C'est bon de faire quelque chose juste pour le plaisir, non?

— Si, répondit-elle, avec un peu d'hésitation.

— Buvez donc votre champagne. J'ai envie de tout savoir sur ces problèmes que vous avez avec votre famille.

Quand il avait téléphoné ce matin-là, prétextant être à la recherche de Felix, elle lui avait répondu qu'elle était la dernière personne au monde chez qui il aurait pu le trouver; il lui avait demandé pourquoi et elle le lui avait expliqué, sans bien réfléchir à ce qu'elle faisait.

— Vous semblez vous sentir incomprise, lui avait-il dit. Déjeunons ensemble, et permettez-moi de vous comprendre pendant une heure.

Elle lui avait dit non, elle ne pouvait pas, et il avait répondu si, elle pouvait; alors elle avait jeté mentalement un regard sur sa vie et pensé qu'il avait raison, elle pouvait. Et maintenant elle était assise en face de lui, nerveuse, mal à l'aise et troublée par ses attentions.

— Je prends comme une insulte personnelle que vous n'ayez pas l'air de vous amuser davantage.

— Mais je suis très bien, dit-elle en buvant une autre gorgée de champagne.

C'était du veuve-cliquot; Nico ne semblait pas exagérément inquiet quant à ses finances personnelles.

— Non. Vous vous inquiétez de savoir qui pourrait nous voir ensemble parmi vos relations, ou de ce que penserait Felix s'il savait – à moins qu'il ne sache?

— Non, répondit-elle, mi-amusée mi-indignée. Je ne suis pas tenue de lui dire tout ce que je fais. Nous ne sommes pas mariés...

— Pourquoi ne l'êtes-vous pas, au fait? Vous êtes ensemble depuis longtemps, vous êtes manifestement très attachée à lui, vous êtes libres tous les deux...

— Nous avons choisi de ne pas nous marier. Et franchement, j'aimerais mieux ne pas en parler. Ça ne vous concerne en rien.

— Si.

— Pardon? dit-elle, fort surprise. Et pourquoi donc?

— Réfléchissez bien, vous comprendrez pourquoi.

— J'ai bien peur, dit Aubrey à Tom, que nous ne devions rechercher quelques capitaux frais supplémentaires.

— Seigneur, ça va si mal que ça?

— Pas encore. Mais si nous perdions un budget, même petit, nous risquerions de couler.

— Eh bien, nous n'en perdrons aucun, répondit Tom d'un ton léger. Tous se présentent bien.

— Y compris Michael Carlton?

188

— Oh! j'en fais mon affaire. Il obtiendra son permis. Ça prendra un peu plus de temps, voilà tout. Ce qui a aussi des avantages : ainsi, nous toucherons ses honoraires plus longtemps.

— Bien, soupira Aubrey, nous nous accrocherons. Au fait, je dîne avec un vieux copain de la City mardi soir. Vous ne seriez pas libres, Octavia et toi ? Je sais qu'il aimerait vous rencontrer. Tous les deux, insista-t-il.

— Non, désolé, je ne serai pas en ville. J'ai une réunion à Oxford avec un groupe d'écologistes, qui cherchent à mettre sur pied une commission parlementaire, et je ne serai pas rentré à temps.

Il feuilletait ses papiers, avec un peu trop d'attention, sembla-t-il à Aubrey ; celui-ci le regarda quelques instants puis répondit :

— Tant pis.

— Tu étais où ?

Marianne sursauta ; elle avait cru que la maison était vide. Elle trouva Zoé assise dans la cuisine, devant la télévision.

— Tu es très belle, lui dit celle-ci. Les joues un peu rouges, mais très belle. Superchic.

— Merci, répondit Marianne non sans difficulté.

Le fait est qu'elle se sentait rouge de partout : après deux heures passées en compagnie de Nico Cadogan, du fort attentionné Nico Cadogan, son corps en frissonnait encore ; et elle n'avait qu'une envie, monter dans sa salle de bains prendre une douche, pour noyer ce frisson sous un jet d'eau froide. Non qu'il l'ait touchée – hormis un bien anodin baiser d'adieu à la porte du Caprice. Et aussi sa main, qui à deux ou trois reprises s'était furtivement posée sur celle de Marianne pendant le repas. Et encore son sourire, par lequel elle s'était sentie physiquement touchée, ou presque. Il l'avait mise dans un taxi, en s'excusant de ne pouvoir la ramener lui-même à Eaton Square, à cause d'un rendez-vous urgent; providentiel, ce rendez-vous, songeait maintenant Marianne. Quand elle était jeune, sa mère lui parlait en riant des hommes qu'elle qualifiait de DDT – Dangereux Dans les Taxis. Dans l'état où elle était, c'est elle-même qui aurait été dangereuse dans un taxi en compagnie de Nico Cadogan; elle aurait dû se retenir pour ne pas faire le premier pas et l'embrasser. Il ne fallait pas recommencer ce genre d'intermède : bien trop risqué.

Elle sourit avec précaution à Zoé, puis se passa la main dans les cheveux, et même ce geste la troubla; car elle se souvint que Nico avait fait de même, qu'il lui avait passé la main dans les cheveux, en disant qu'il n'aimait pas que ceux d'une femme soient trop ordonnés. Où se trouvaient-ils déjà, à cet instant-là? Dans le hall d'entrée du Caprice. Mais la plupart des convives étaient déjà partis, il était plus de trois heures. Il ne restait plus que le directeur, la dame du vestiaire, le barman, le portier, et une douzaine d'autres personnes encore, qui avaient pu remarquer son geste. Oh! mon Dieu.

— Il faut absolument que je monte prendre une douche, annonça-t-elle à Zoé. J'ai vraiment très chaud, je ne sais pas pourquoi.

— OK. Super, lui dit Zoé en lui souriant d'un air complice, et Marianne se sentit dans la peau d'une adolescente en face de sa mère.

— J'aimerais inviter Louise dimanche, dit Octavia. Avec Sandy, bien sûr.

Ils passaient le week-end dans leur maison de campagne, et étaient invités à une grande fête d'anniversaire le samedi soir; mais cela lui laissait un dimanche entier à passer seule avec Tom, terrifiante perspective.

Ils étaient au lit. Tom était rentré tard les trois soirs précédents, et chaque fois Octavia avait fait semblant de dormir. Ce jour-là, ils avaient passé la soirée ensemble, et elle n'avait pu trouver un moyen d'échapper au lit conjugal. Tom lisait des papiers, un stylo à la main.

— Je préférerais éviter ça, répondit-il distraitement.

— Pourquoi ?

— J'ai beaucoup de dossiers à consulter. Ce fichu Sandy va vouloir jouer au tennis, et...

— Tom, ils traversent des moments très pénibles... La mère de Louise est en train de mourir !

— Alors, si sa mère est en train de mourir, elle ne va sûrement pas vouloir venir ici, à plus d'une heure de route de chez elle. Suppose que quelque chose arrive pendant qu'ils sont avec nous !

— Elle a vraiment besoin d'un break, dit Octavia d'une voix tranchante. En fait, je lui en ai déjà parlé.

— Eh bien, tu dois annuler. Ou alors je rentrerai à Londres en train. Un après-midi entier à écouter Sandy raconter sa guerre en Bosnie, c'est au-dessus de mes forces.

— Tom, il n'est pas si épouvantable que ça, voyons !

— Moi, je le trouve épouvantable.

— Tu ne dirais pas la même chose si c'était un client, à mon avis ! S'il te payait chaque fin de mois, nous devrions rester suspendus à ses lèvres, à l'écouter raconter ses exploits !

— Oh ! ça suffit ! soupira-t-il. Je crois que je vais aller dormir dans la chambre d'amis, parce qu'il faut vraiment que je travaille. D'accord ?

Elle haussa les épaules sans répondre, et il rassembla ses affaires avant de quitter la pièce.

— Bonne nuit, Octavia.

— Bonne nuit, Tom.

C'était terrifiant de voir avec quelle rapidité leurs rapports s'étaient dégradés, depuis le jour où elle avait trouvé le mouchoir ; et ce qui la troublait le plus était cette question : que se serait-il passé si elle n'avait rien découvert ? Aurait-elle continué à vivre heureuse avec lui, à s'asseoir à la même table sans que cela la rende malade, à lui parler sans avoir envie de crier ? Aurait-elle continué à faire l'amour avec lui (ce n'était plus arrivé depuis la première nuit) et à y trouver du plaisir ?

Et lui, pendant ce temps, aurait-il continué à penser à *elle*, à imaginer qu'il était avec *elle* ? À comparer Octavia à *elle* ?

— Et maintenant, on fait quoi ?

Ian regardait Zoé, un sourire gouailleur et plein d'assurance aux lèvres. Ils étaient sortis quelques instants plus tôt du Garage, à Brixton, et venaient de s'embrasser longuement sur le trottoir. Comme toujours quand elle sortait de boîte, Zoé était dans un état fébrile, avide de sexe, avide de Ian, et elle espérait qu'il ne s'en rendait pas compte.

— J'ai un endroit, lui dit-il. Tout près d'ici, juste à quelques rues. C'est une des maisons où je travaille, elle est vide en ce moment. Et j'ai la clé.

— Mais si on se fait prendre ?

— Impossible, Zo, les proprios sont aux Maldives. C'est vraiment classe, tu verras, il y a des bons plumards et tout le reste. Allons-y, sans quoi je croirai que t'en as pas envie...

— D'accord, murmura-t-elle. Allons-y.

La maison était ce que les agents immobiliers appellent un petit bijou : un cottage victorien, donnant sur l'un des squares les plus chics de Brixton. Zoé foula d'épais tapis dans l'entrée, puis Ian l'amena jusqu'à une cuisine en travaux qui promettait d'être de grand luxe.

— Pas mal, non ? C'est moi qui fais presque tout là-dedans. Viens, on va monter. Il y a un grand lit là-haut, qu'on vient juste de leur livrer.

— Écoute, Ian, je ne suis pas sûre qu'on devrait...

192

— Oh! arrête un peu, Zo. La vie est trop courte pour qu'on se prenne la tête, tu crois pas?

— Où sont les toilettes? demanda-t-elle.

Elle tremblait, à la fois de nervosité et parce qu'elle était sortie en sueur de la boîte de nuit, dans la fraîcheur de l'aube.

— Cette porte-là. Vas-y, je t'attends là-haut.

Une fois ressortie des toilettes, Zoé monta lentement l'escalier; tout son désir l'avait quittée, et seule la crainte que Ian la prenne pour une poule mouillée la retenait de s'enfuir en courant. Une fois sur le palier, elle l'entendit qui l'appelait, d'une chambre sur le devant:

— Zo, qu'est-ce que tu fiches, bon Dieu?

Elle entra dans la pièce: il était nu, assis dans un immense lit au chevet de cuivre, sur un couvre-lit de satin blanc, et il lui souriait.

— Regarde, je suis prêt et j'ai même apporté ça pour te chauffer un peu, ou pour te rafraîchir, comme tu veux.

C'était une bouteille de champagne.

— Super! Tu l'as achetée quand?

— Achetée? Elle était dans le frigo. T'as vu la marque, en plus? C'est pas du mousseux, c'est moi qui te le dis.

— Ian! Tu ne peux pas voler des choses dans leur frigo!

— C'est rien qu'un emprunt, Zo, arrête de te casser la tête. J'en remettrai une lundi, quand je viendrai travailler. Là où ils sont, aux Maldives, ils n'en ont vraiment pas besoin.

Il fit sauter le bouchon, dans un bruit de détonation qui terrifia Zoé; elle s'attendit presque que les voisins se mettent à frapper au mur. Il tendit la bouteille dans sa direction pour qu'elle en boive une gorgée, puis la pencha et se fit couler du champagne sur le ventre. Zoé baissa la tête, écarquilla les yeux: son sexe était d'une taille énorme.

— Vas-y, bois-en encore un peu là, dit-il en riant. Allez, elle va pas te mordre... Mais la mords pas non plus, hein!

Zoé prit une longue inspiration, puis se pencha lentement vers le lit.

— Il faut vraiment que je rentre travailler à Londres dimanche, dit Tom à Octavia. Si tu veux rester avec les enfants, tu n'auras qu'à m'emmener à Warminster après le petit-déjeuner. Je prendrai le train, ce n'est pas un problème.

Elle l'avait dit à Louise, et celle-ci avait rappelé pour annoncer qu'en ce cas ils ne viendraient pas : Sandy ne voulait pas passer tout un dimanche avec deux femmes

— ... pour nous entendre glousser tout le temps, c'est ce qu'il a dit. Tu sais comme il est capable d'être galant quand il s'y met.

— Tant pis. Et Anna, comment va-t-elle ?

La voix de Louise se fit plus âpre.

— Très mal. Je n'arrive pas à croire que ça puisse évoluer si vite.

— Je voudrais la revoir. Quand est-ce que je peux ?

— À toi de voir. C'est toi la plus occupée, non ?

Il y avait quelque chose d'amer dans son ton, qui blessa Octavia.

— Pas occupée à ce point-là, tout de même. Voyons, si on disait... (elle consulta son agenda)... jeudi après-midi ? Je peux me libérer facilement.

— Alors, si tu peux te libérer...

De nouveau cette note amère, ou sarcastique, mais Octavia tâcha de ne pas y prêter attention ; c'était compréhensible.

— À jeudi, alors. Au revoir, Louise.

Les enfants avaient préféré rester à la maison, aussi conduisit-elle Tom à Warminster, sans desserrer les dents pendant le trajet. Il l'embrassa rapidement avant de sortir de voiture, et elle se demanda soudain s'il allait *la* voir ; elle n'y avait pas pensé jusque-là. Elle détourna la tête et démarra, ignorant son geste d'au revoir.

Après le déjeuner, qu'ils prirent dans le jardin, elle dit aux enfants d'un ton enjoué :

— Je vais vous montrer quelque chose.

— Quoi, du genre un nid d'oiseau ? ricana Poppy.

— C'est à environ une demi-heure d'ici, et c'est quelque chose de très important pour moi.

— *C'est* un nid, dit Gideon à Poppy.

Elle avait craint qu'il n'y ait beaucoup de monde à Bartles Wood, pique-niquant ou se promenant, mais non, l'endroit était presque désert. Ils croisèrent une famille sur le pont de pierre, qui s'extasiait béatement sur la beauté des lieux ; dans le bois (Octavia portait Minty, le sentier étant trop défoncé pour la poussette), un jeune couple sortit de sous le couvert des arbres, main dans la main. La robe de la fille était très chiffonnée.

— Je te parie qu'ils se roulaient des pelles, dit Gideon, avec toute la sagacité de ses huit ans. Alors maman, ta chose extra-ordinaire, elle est où ?

— Ici, fit Octavia avec un grand geste de la main. C'est Bartles Wood. Tiens, tu vois cette libellule ? Et là, toute une famille de canards, regarde...

— Génial, dit Poppy. Oh ! des canards, des vrais canards !

— Poppy, ne fais pas l'idiote. C'est un endroit merveilleux et en plus, tu sais quoi ? Ils ont voulu y construire des boutiques et des maisons, et finalement ils ne vont pas pouvoir le faire. Enfin, on espère qu'ils ne vont pas pouvoir.

— Quoi, ici ?

Gideon lui-même semblait choqué.

— Oui. Ils voulaient abattre tous les arbres, démolir une

grande maison sur la colline, détourner la rivière, construire un lotissement...

— Pff...

— Continuons encore un peu. Il y a une petite clairière, regardez... On va s'asseoir, et Minty pourra se mettre à quatre pattes dans l'herbe.

À l'idée que les bois auraient pu disparaître, les jumeaux regardaient les alentours avec curiosité, et commencèrent à se disputer en se demandant où se seraient implantées maisons et boutiques.

Dans la clairière, le soleil chauffait fort; Octavia mit de la crème à Minty et se battit quelques secondes avec les jumeaux pour qu'ils en acceptent aussi, avant de les voir avec soulagement s'éloigner vers la rivière et le sous-bois. Là-bas, au moins, ils n'attraperaient pas de coups de soleil. Minty rampa jusqu'à un bouquet de fougères et s'amusa à tirer sur leurs feuilles recroquevillées, riant quand elle les lâchait et qu'elles se réenroulaient sur elles-mêmes. De grandes digitales poussaient non loin de là, et un gros bourdon sortit en vrombissant d'une de leurs corolles. Octavia sentit une impression de bonheur et de paix l'envahir.

Là-bas, les jumeaux s'étaient mis à construire un barrage sur un petit affluent de la rivière, et ils se disputaient sur les techniques à employer. Minty contempla longuement une fougère, de ses grands yeux sombres, puis elle tendit le bras et saisit la vaste feuille, qu'elle se plaqua sur le visage.

— Si j'étais toi, je ne mangerais pas ça, dit une voix.

En relevant la tête, Octavia vit un homme assez jeune d'allure qui pénétrait dans la clairière; il lui sourit et elle lui sourit aussi. Il était plutôt séduisant, à sa manière bohème, avec des boucles brunes en bataille et de profonds yeux noisette. Sa bouche était grande et ses dents légèrement irrégulières, mais cela lui donnait un air attachant, plus qu'une denture trop parfaite. Il était mince, il portait un pantalon de velours côtelé, une chemise à carreaux et de lourdes bottes de caout-chouc noir : manifestement, il était du coin, même si son accent n'avait rien de paysan.

— C'est charmant ici, dit-elle en lui souriant.

— Très.

— Espérons que ça le restera.

— Vous pensez au projet d'aménagement, n'est-ce pas ? J'imagine que vous en avez entendu parler dans les journaux, dit-il en l'examinant.

Dieu qu'elle devait avoir l'air citadine, avec son jean Armani et ses lunettes de soleil Cutler & Gross, Minty dans sa salopette Gap Bébé...

— Oui, et j'ai aussi vu les pancartes. Là-bas, près du pont et sur la barrière.

— Et vous avez vu ce qui est écrit dessus ? *Sauvé* ! Du moins pour l'instant, bien sûr.

— Vous êtes pour la sauvegarde du site, j'imagine, pas pour le projet d'aménagement...

— Eh bien, commença-t-il prudemment, oui et non... Ce serait très dommage de construire ici, mais nous avons aussi un besoin urgent de logements.

— Bien sûr que non ! dit Octavia en s'enflammant. Il y en a déjà beaucoup trop de vides dans les centres-villes !

— Je n'en ai pas remarqué beaucoup à Bath.

— À Bath peut-être pas, mais à Bristol, Frome et War-minster, les centres-villes meurent.

— Et vous aimeriez vivre dans un de ces immeubles vides, vous ?

— Eh bien..., hésita-t-elle.

— Où habitez-vous ?

— À Londres.

— Et nous avons un cottage près de Bath, ajouta Poppy

qui s'était approchée pour regarder l'étranger. Nous venons y passer les week-ends.

— Merveilleux, dit-il, avec une lueur d'ironie dans le regard. Alors vous devez tout savoir sur la région et sur ses besoins...

— Écoutez, dit-elle avec irritation, brûlant de lui parler de son engagement dans la lutte, mais n'osant pas, bien sûr qu'il faut loger les gens décemment, j'en suis convaincue! Mais pourquoi ne pas aménager les centres-villes, réhabiliter les maisons qui existent déjà? Ça ne coûterait pas plus cher, même moins, sans doute!

— Vous avez l'air bien informée, et il y a peut-être du vrai dans ce que vous dites. Il n'empêche que les gens veulent vivre à la campagne, faire vivre leurs enfants à la campagne, et je pense qu'ils devraient avoir le choix. Ils n'ont pas tous les moyens de vivre en ville *et* d'avoir un cottage, insista-t-il avec un sourire appuyé.

— Mais bientôt il n'en restera plus du tout, de campagne! s'exclama-t-elle avec passion. Est-ce qu'il ne vaut pas mieux en garder un peu quand même, pour que les gens puissent y venir? Plutôt que de tout recouvrir avec des maisons pour jeunes cadres?

— Qu'est-ce que vous avez contre les maisons pour jeunes cadres? demanda-t-il d'un air amusé, en s'asseyant à côté d'elle.

— Je les trouve laides et prétentieuses! lança-t-elle.

Puis elle sentit qu'elle s'était laissé entraîner par la discussion, et sourit.

— C'est absurde. Nous sommes d'accord au fond, sur le fait que nous aimons tous deux cet endroit.

— C'est vrai, dit-il en lui tendant la main. Je m'appelle Gabriel Bingham, enchanté.

— Oh! Je vois... Vous êtes le député d'ici, n'est-ce pas?

— Oui. Comment le savez-vous?

— Des amis dans le coin... Octavia Fleming.

— Joli nom. Est-ce que vous travaillez pour vivre, Octavia Fleming ?

La question était un peu condescendante ; manifestement, il la voyait comme une riche oisive, occupant ses journées à dépenser l'argent de son mari.

— Oui, rétorqua-t-elle d'une voix ferme. Je dirige ma propre entreprise.

— Vraiment ? répondit-il d'une voix étonnée. Et que fait votre entreprise ?

— Du... du marketing, dit-elle évasivement.

— Du marketing ! Oh ! très à la mode. Bien... J'ai été ravi de faire votre connaissance, Octavia, et j'aimerais beaucoup poursuivre cette conversation, mais je dois rentrer.

Il éloigna gentiment Minty, qui tentait d'escalader ses jambes, et se remit debout, dominant Octavia de toute sa taille ; elle leva les yeux vers lui puis se leva à son tour.

— Vous allez retrouver votre famille ?

— Non. Une fiancée presque officielle, et rien de plus.

— Seulement presque officielle ?

— Oui. Elle hésite encore, dit-il en souriant.

Il lui tendit la main et Octavia la regarda : une très grande main, forte et brunie par le soleil. Elle lui tendit la sienne, qu'il enveloppa littéralement dans sa paume, et elle sentit ses genoux défaillir l'espace d'une seconde.

12

Anna vivait maintenant sous calmants, prenant de fortes doses d'analgésiques ; mais la plupart du temps, elle parvenait à faire bonne figure à son entourage, avec courage et même insouciance.

Charles leva les yeux vers elle et lui sourit par-dessus sa tasse de thé.

— Tu veux que je te dise quelque chose qui va te faire plaisir ? J'ai l'impression que Louise est de nouveau enceinte.

Elle le fixa, très surprise, très perplexe aussi.

— Qu'est-ce qui te fait dire cela ?

— Appelle-le intuition masculine si tu veux... quand elle est venue la semaine dernière, je l'ai trouvée très pâle et les yeux cernés. Et Dickon m'a dit que pendant le trajet d'aller ils avaient dû s'arrêter deux fois parce qu'elle avait envie de vomir. C'est la meilleure chose qui pourrait lui arriver, non ?

— Pas si sûr, dit lentement Anna. Et de toute façon, il y a très peu de chances que ce soit le cas. Très très peu. Chéri, j'ai de nouveau mal... Tu crois que je peux prendre une autre pilule, ou bien c'est trop tôt ?

— Tu peux parfaitement, oui, dit-il après avoir regardé sa montre. Tu as tenu longtemps, c'est bon signe...

Elle alla prendre le comprimé, puis se rassit et lui sourit.

— Je t'aime, Charlie.

— Je t'aime aussi... Au fait, pourquoi disais-tu qu'il y avait très peu de chances pour que Louise soit enceinte ?

Mais elle se rendormait déjà, une expression apaisée sur le visage, et il n'osa pas la réveiller.

Tom était à la maison, ce mardi matin-là, et prenait le petit-déjeuner en face d'Octavia. Il semblait nerveux et tendu, ouvrant et lisant le courrier avec un peu trop d'application.

— J'ai une réunion tard ce soir, tu te souviens ? finit-il par dire en relevant les yeux.

— J'avais oublié, répondit-elle d'un ton froid. Quel genre de réunion au juste ?

200

— Un groupe d'écologistes qui essaient de mettre sur pied une commission parlementaire interpartis, et qui m'ont demandé de les aider.

— Ça ne te ressemble pas, dit-elle sèchement. Tu es allé voir Bartles Wood ?

— Oui, bien sûr. Mais le projet de Carlton s'intégrera parfaitement dans le site. D'ailleurs tu t'en rendrais compte si tu te donnais la peine de regarder les plans.

— Je t'en prie, pas ce genre de sornettes... Je suppose que tu as rencontré le député local ? ajouta-t-elle après une pause.

— Gabriel Bingham ? Oui. Il est venu à l'une des réunions de Carlton. Un peu gauche caviar sur les bords.

— Tu veux dire qu'il a l'air de sortir d'une école privée ? Oh ! mon pauvre Tom, tu vas vraiment porter cette croix toute ta vie ?

Il serra les dents, puis attendit quelques instants avant de dire – s'efforçant visiblement de garder un tour courtois à la conversation :

— Et toi, qu'est-ce que tu fais aujourd'hui ?

— Oh ! un tas de réunions... Dont une avec Lauren Bartlett. J'y vais, il faut que j'accompagne les jumeaux à l'école.

— Au fait, si tu veux toujours fixer une date pour ce verre avec les Bartlett, j'y ai réfléchi... Jeudi qui vient me conviendrait, ou bien mardi de la semaine prochaine.

— Parfait. Merci. (Il devait vraiment se sentir très coupable, songea-t-elle.) Tu dors ici ce soir ?

— Sans doute, répondit-il au bout de quelques secondes. Ça dépend comment se sera passée la journée. De toute façon, je te tiendrai au courant.

— Entendu, dit-elle d'un air détaché. Au revoir, Tom.

— Au revoir, Octavia.

Lauren avait amené son associée à la réunion de Capital C : un véritable épouvantail nommée Fiona Mills, qui discutait chaque phrase d'Octavia et de Melanie. Elle portait sur elle la fortune de son mari – jusque sur sa bouche et son menton trop liftés.

— Nous avons très confiance dans le soutien qu'une certaine personne doit nous apporter, n'est-ce pas, Lauren ? dit-elle. Sinon officiellement, du moins officieusement. Vous voyez de qui je veux parler ?

Melanie répondit qu'il s'agissait sans doute de la princesse Diana, et Fiona Mills dit que c'était possible, en effet, mais qu'elle ne pouvait en dire plus, la discrétion étant de mise dans ce genre d'affaires.

— C'est merveilleux, dit Melanie, tout simplement merveilleux.

— Maintenant, reste la question de vos honoraires, déclara Lauren. J'ai peur qu'il ne nous soit impossible de payer ce que vous nous avez annoncé. Que suggérez-vous à ce propos ?

— J'ai dit à Lauren que nous ne pouvions pas..., commença Octavia – mais Melanie la coupa et répondit, non sans lui adresser un regard brûlant au passage :

— Lauren, nous trouverons sûrement un accord sur ce plan-là. Nous voulons vous aider et vous êtes une amie d'Octavia. Dites-nous quel est votre budget, et nous verrons ce que nous pouvons faire avec.

Octavia ressentit une bouffée de colère et d'humiliation ; la concession de Melanie l'avait rabaissée d'un seul coup aux yeux de Lauren. C'est *moi* qui décide ici, voilà ce que cette réponse avait signifié, c'est *ma* parole qui compte.

— Merveilleux, approuva Lauren, en lançant un bref sourire dans sa direction. J'espérais qu'Octavia aurait tort sur ce point-là... Maintenant, pour les détails de la journée, que proposez-vous ?

Après leur départ, Octavia retourna dans son bureau et referma la porte derrière elle, mais Melanie la rouvrit sur ses talons, sans frapper.

— Bravo de nous l'avoir amenée, Octavia.

— Melanie, pourquoi as-tu fait ça ? Accepté qu'elle puisse payer ce qu'elle voulait, sans même me consulter ? Je lui avais dit que nous ne pouvions pas modifier nos honoraires, j'ai vraiment eu l'air d'une idiote...

— Octavia, je ferais ce travail pour rien, juste pour avoir Génération montante comme cliente ! Elles ont l'une des meilleures images de marque qui soient et c'est excellent pour notre tableau de chasse... Je vais tout de suite envoyer un communiqué aux journaux.

— Melanie, je n'ai aucun besoin que tu me fasses un exposé sur nos clients et notre tableau de chasse. Nous sommes associées, en tout cas je le croyais... Je ne suis pas la petite assistante qu'on fait tourner en bourrique, même si tu rêves de donner cette impression aux gens.

Le visage de Melanie se ferma.

— Ne sois pas stupide, Octavia ! Et ne laisse pas tes difficultés personnelles déborder sur ta vie professionnelle.

— C'est censé vouloir dire quoi ?

— Octavia... Tu es sur les nerfs depuis des jours, ça crève les yeux. Impossible de travailler dans ces conditions. Je ne sais pas quels problèmes tu as au juste, mais...

— Je n'ai pas de problèmes, coupa Octavia, et elle fondit en larmes.

Melanie garda quelques instants le silence, puis demanda doucement :

— C'est Tom ?

— Pourquoi ? Pourquoi est-ce que ce serait Tom ?

— Octavia, je ne suis pas complètement idiote. Il t'est

arrivé quelque chose et l'explication la plus probable s'appelle Tom. Allez... Tu te sentiras mieux si tu m'en parles.

— Oui, avoua Octavia après une longue pause. C'est Tom. Il... il a une liaison.

— Quand l'as-tu découvert?

— Mardi dernier. Le jour où nous sommes allés à Ascot.

— Et il n'y a aucun doute? Tu ne peux pas t'être trompée?

— Non, aucun doute.

— Tu lui en as parlé?

— Pas encore.

— Et pourquoi pas, bon sang?

— Melanie! s'exclama Octavia, dans un accès d'irritation qui perçait à travers ses larmes, s'il te plaît, laisse-moi un peu diriger ma...

« Ma vie conjugale », fut-elle sur le point de dire, avant de se rendre compte que c'était bien la dernière chose pour laquelle on pouvait lui faire confiance, et sa voix se brisa.

— Le salaud, dit Melanie. Et elle, tu sais qui c'est?

— Non, aucune idée.

— Dieu que je hais les hommes, tous les hommes! gronda Melanie. Il n'y en a pas un pour racheter l'autre...

La ligne directe d'Octavia sonna, et elle décrocha.

— Oui? Bonjour, monsieur Miller, ici Melanie Faulks. Désolée, mais elle ne peut pas vous parler maintenant, elle est un peu perturbée. Non, rien de sérieux. Oui, bien sûr, je lui dirai de vous rappeler...

Au nom de son père, Octavia s'était efforcée de contenir ses larmes, mais en vain.

— Tu crois qu'il m'a entendue? dernanda-t-elle anxieuse-ment à Melanie.

— Je ne pense pas, non, et de toute façon quelle impor-tance? Alors dis-moi, qu'est-ce que tu vas faire? Divorcer de ce salaud, j'espère!

— Je ne sais pas. Je ne sais plus rien. Pour le moment, j'essaie juste de tenir le coup.

— Je suis désolée de ce que j'ai dit tout à l'heure, à propos de tes problèmes personnels et de ta vie professionnelle...

— Je t'en prie, c'est sans importance.

La conversation avec Melanie avait eu un effet positif : elle lui avait fait comprendre qu'il était temps de parler à Tom.

Elle fut surprise par le calme de sa propre voix.

— Tom?

— Oui?

En l'écoutant il semblait hésitant, presque sur ses gardes.

— Est-ce que tu rentreras ce soir?

— J'ai bien peur que non. Je viens juste de parler à mon client, il m'a réservé une chambre d'hôtel.

— Quel hôtel?

— Il ne m'a pas dit. Tu peux m'appeler sur mon mobile, si tu as...

— Oxford n'est pas si loin, Tom. J'aimerais beaucoup que tu rentres, même tard. Il y a quelque chose dont je dois absolument discuter avec toi.

Un long silence s'ensuivit, puis il dit, d'une voix enrouée :

— Non. Désolé, mais je ne peux vraiment pas ce soir. Nous pourrons nous parler demain, peut-être? Je rentrerai tôt, je n'ai rien dans la soirée.

— Bien sûr, fit-elle et elle raccrocha, pour redécrocher presque aussitôt.

Patricia David massait les jambes de Meg quand le téléphone sonna; elle alla répondre et revint, tout sourires.

— C'était Mme Fleming. Tu sais, tu l'as rencontrée une fois, elle nous aide à diriger Foothold... Et maintenant, elle va nous aider à sauver Bartles Wood. Elle vient ce soir pour une réunion importante et je suis très contente.

— Depuis Londres ? Ça fait loin pour venir à une réunion.

— Oui, depuis Londres... Elle dit que ça ne lui prendra que deux heures environ. Elle doit avoir une voiture très puissante.

— Est-ce qu'elle est riche ? demanda Megan.

— Oui, sûrement. Riche et comblée par la vie, ça se voit tout de suite.

Après la réunion, songeait Octavia, elle pourrait aller voir Louise.

À la pensée de Bartles Wood et du tort que son engagement pour la sauvegarde des lieux, quand il serait public, ferait au cabinet Fleming Cotterill, elle se sentait réconfortée. Elle en était juste un peu triste pour Aubrey – mais Aubrey devait bien savoir ce qui se passait. Chaque fois qu'elle pensait aux gens qui devaient savoir pour Tom, qui avaient sans doute su pour des liaisons précédentes, et qui ne lui en avaient pas parlé, des gens avec qui elle était en rapport presque tous les jours – Aubrey, Barbara, tout le monde probablement chez Fleming Cotterill –, elle avait envie de hurler. La conversation avec Tom, son refus de rentrer alors qu'elle le lui demandait expressément avaient eu sur elle un curieux effet. Quelque chose s'était comme fermé dans son cœur, et pour le moment au moins elle ne ressentait pas de chagrin : seulement une violente colère, une brûlante colère. Le chagrin reviendrait, elle le savait, toutefois ce répit était fort agréable.

Son père avait appelé trois fois, mais elle ne lui avait pas parlé, elle ne pouvait pas prendre ce risque. Elle avait entendu ses messages sur le répondeur, et c'était toujours le même.

— Octavia chérie ? C'est papa. Je sais que tu as des soucis en ce moment. Dis-moi en quoi je peux t'aider, je t'en prie.

Si elle lui parlait aujourd'hui, elle serait obligée de tout lui dire, et c'était au-dessus de ses forces. Pas aujourd'hui.

— Tom? C'est Barbara.
— Oui?
— Est-ce que vous avez le temps de rappeler Felix Miller? Il dit que c'est très urgent.
— Oh! bon Dieu, ça doit être encore je ne sais quelle absurdité à propos de Cadogan. Je ne peux pas affronter ça, non. Rappelez-le et dites-lui que vous n'avez pas réussi à me joindre, que je lui téléphonerai demain.
— Entendu.

13

Gabriel Bingham avait promis qu'il viendrait, et maintenant il le regrettait. Les organisatrices de la réunion interpréteraient sa présence, c'était clair, comme la preuve qu'il les soutenait, alors qu'en vérité il se sentait profondément partagé sur la question. Quand il avait été désigné, cinq ans plus tôt, comme candidat pour la circonscription par le Parti travailliste et qu'il s'était installé dans la région, il était tombé amoureux de sa beauté. Il était né et avait grandi dans le Suffolk. C'est pendant ses études de gestion qu'il avait mis un pied dans la politique; en troisième année, il était président de la section du Parti travailliste de son université. Au bout de dix ans de militantisme assidu, il avait commencé à briguer un siège de député, pour obtenir (après deux échecs ailleurs, et à une voix de majorité) l'investiture de son parti pour la circonscription du Nord Somerset. La première élection, en 1992, s'était soldée par une déroute, mais à la suivante il avait été porté par la vague Tony Blair et l'avait emporté de deux mille voix sur le candidat conservateur.

Comme Blair, sa philosophie était totalement pragmatique, face aux idéologues de l'aile gauche du Parti : « Élisez-nous, nous ferons le reste », c'est à peu près ce à quoi s'était résumé son programme de campagne. Il avait vite su se rendre populaire et gagner la confiance des gens, malgré les handicaps dont il souffrait – son jeune âge, son état de célibataire, son accent et son nom plutôt mondains. Mais il travaillait dur, ses permanences se poursuivaient jusque tard dans la nuit, il avait la réputation d'être sans parti pris et d'aller au bout des choses. Patricia David et ses compagnes fondaient de grands espoirs sur lui et le soutien qu'il pouvait leur apporter.

— Une tasse de thé, monsieur Bingham ?

— Volontiers, madame David, merci.

— Je vous en prie, appelez-moi Pattie.

Il la contempla du coin de l'œil, avec son visage quelque peu fané, ses cheveux blond délavé, son parfait uniforme de bourgeoise – jupe impeccable, chemise blanche, blazer bleu marine. Il écouta sa voix pointue, songea qu'elle avait dû être assez jolie et qu'elle incarnait à peu près tout ce qu'il n'aimait pas : le snobisme, les préjugés, le manque de naturel. Puis il se souvint de la petite Megan, distribuant des autocollants dans sa chaise roulante lors de la précédente réunion, dévorant sa mère des yeux pendant qu'elle parlait, et il eut honte de ses propres pensées.

La salle n'était qu'à un tiers pleine : pour la plupart, c'étaient des femmes de la classe moyenne, quelques-unes accompagnées de leur mari, ainsi qu'un petit contingent de « verts » locaux – jeunes barbus chaussés de sandales avec leurs compagnes aux cheveux longs vêtues de jupes amples, avec de nombreux bijoux de métal argenté.

Gabriel ressentit un sursaut de plaisir et d'intérêt, mi-sexuel mi-cérébral, en voyant une femme apparaître à la porte : oui, c'était bien celle qu'il avait rencontrée trois jours plus tôt à Bartles Wood! Elle s'était inscrite assez profondément dans sa mémoire pour qu'il se souvienne, sans même avoir besoin de la regarder, que ses cheveux étaient fournis, sombres, et coupés juste au-dessus de ses épaules, ses yeux grands et d'un brun profond, son menton volontaire et finement dessiné ; qu'elle était petite et mince, qu'elle avait des seins menus, de fort belles mains et de superbes jambes.

— Monsieur Bingham, puis-je vous présenter Octavia Fleming? Elle travaille avec Foothold, une association qui compte beaucoup pour moi, et elle s'intéresse à nos efforts pour sauver Bartles Wood. Octavia, voici Gabriel Bingham, notre député.

Ils dirent « oui » en même temps, puis Octavia rit et Bingham sourit.

— Nous nous sommes déjà rencontrés...

— Bon Dieu, Marianne, où peut-elle bien être? Je suis vraiment très inquiet. Elle avait l'air si mal ce matin, je l'entendais pleurer au téléphone...

— Je n'en ai aucune idée, Felix, je suis désolée. Tu as demandé à la nounou?

— Elle ne sait pas. Juste qu'elle est sortie et qu'elle rentrera tard.

— Et Tom, il n'est pas là?

— À Oxford. Toujours en vadrouille, jamais à la maison quand on a besoin de lui...

— Tu es injuste, Felix. Il travaille très dur, il fait un métier difficile...

— Moi aussi, je fais un métier difficile, et c'était encore plus vrai dans le temps! Pourtant, si Octavia avait besoin de moi, je m'arrangeais toujours pour être là!

— Mais c'était une enfant à l'époque, Felix!

— Et alors? Le problème n'est pas là! Tom est censé veiller sur elle maintenant qu'elle est mariée, et il a l'air de s'en ficher complètement! Je l'ai appelé trois fois aujourd'hui, pour lui dire qu'elle était bouleversée par quelque chose, et il ne m'a toujours pas rappelé!

— Assez, Felix! coupa Marianne, n'y tenant plus. Octavia est la femme de Tom, oui ou non? Quand est-ce que tu le comprendras, enfin? Elle est peut-être perturbée, mais je le suis parfois moi aussi, tu l'es parfois, tout le monde! Alors laisse-la tranquille, laisse-les tous les deux tranquilles! Et tant que tu y es, ajouta-t-elle, excédée, laisse-moi tranquille moi aussi! Parce que j'aimerais bien passer une soirée agréable au lieu de me faire agresser!

— Bien, je..., commença Octavia avec embarras, debout à côté de Gabriel à la sortie de la salle. Je vais rentrer à Londres...

— Où est votre voiture?

— Là, dit-elle, quelque peu gênée.

— La Range Rover?

Elle lui jeta un coup d'œil : il lui souriait, mais quelque chose de plus tranchant se lisait dans son regard, qui l'irrita.

— J'ai l'impression que vous me jugez assez mal. Je me trompe?

— Et je vous juge comment, d'après vous?

— Comme une citadine riche et gâtée, qui joue à la dame patronnesse pour une cause à la mode, puis se dépêche de rentrer à Londres retrouver sa vie oisive.

— Il y a de ça, je dois l'admettre.

— C'est tout à fait injuste, dit-elle, en tâchant de masquer le tremblement de sa voix. Je m'intéresse réellement à ce site. Et je travaille très dur, vous savez.

— Très louable de votre part...

— Oh! Je vous en prie! s'exclama-t-elle, comme si toute la tension de la journée écoulée se libérait d'un seul coup. Si ça peut vous intéresser, vous qui êtes si sûr de vous, mon mari parle de vous comme d'un socialiste de la gauche caviar, et je crois qu'il n'a pas tout à fait tort! Vous avez fait vos études à Winchester et à Durham, qui ne sont pas vraiment des repaires de prolétaires, sauf erreur!

— Comment le savez-vous? demanda-t-il, fort étonné.

— Je... j'ai fait une petite enquête après vous avoir rencontré, répondit-elle rapidement, mécontente soudain d'en avoir trop dit.

— Et pourquoi diable votre mari aurait-il une opinion sur moi? Qu'est-ce qu'il fait au juste, votre mari?

— Oh! il... La politique l'intéresse, c'est tout.

— Octavia! Bonne nuit, mille mercis d'être venue, et pour tout ce que vous faites. Votre petit discours était une merveille, si passionné et si argumenté à la fois... Vous pensez que nous pourrions dire aux gens, maintenant, que vous marchez à nos côtés?

Octavia regarda le visage de Pattie David, puis celui de Gabriel Bingham, aimable et cynique, et ce fut comme si un déclic se faisait en elle.

— Oui, dit-elle d'une voix ferme, je suis d'accord. Bonne nuit, Pattie, bonne nuit, monsieur Bingham. Désolée de ne pouvoir prolonger cette discussion, mais je dois rentrer.

Elle marcha rapidement jusqu'à sa voiture, sauta dedans et sortit à vive allure du parking; elle voulait s'éloigner le plus vite possible de cet endroit. Une fois sur la route, elle prit à gauche (elle était entrée dans le parking en tournant à droite, elle en était sûre), franchit un carrefour, puis se retrouva devant un panneau qui annonçait : « Zone industrielle de Felthamstone ».

— Zut! lança-t-elle, en entreprenant laborieusement de faire demi-tour ; mais une fois qu'elle eut terminé sa manœuvre, elle se trouva bloquée par une Golf d'aspect délabré, dont sortit Gabriel Bingham.

— La direction assistée, ça aide, n'est-ce pas ? dit-il en riant. Non, ne prenez pas cet air offusqué... Je vous ai suivie pour vous remettre sur la bonne route, et aussi pour m'excuser. Je me suis très mal conduit envers vous. Et je pense tout à fait comme Mme David, votre discours était excellent. Il m'a même touché, pourtant Dieu sait que je devrais être immunisé contre ces choses-là. Maintenant, puis-je vous offrir un jus d'orange avant que vous ne repartiez pour Londres ? Avec quelques grains de caviar, bien sûr...

— C'est une expression abominable, dit-il en posant un verre de jus de tomate devant Octavia, et en prenant place à côté d'elle sur la courte banquette. Désolé, c'est un peu serré. Vous préférez que je m'asseye en face ?

— Non, c'est très bien. Quelle expression est abominable ?

— « Gauche caviar. » Nous la détestons tous, et elle *est* injuste. Je ne suis pas responsable de mon milieu d'origine ni de mon éducation, pas plus que vous ne l'êtes des vôtres. Tout ce que je pouvais faire, c'était porter un regard lucide sur eux et prendre mes distances.

— Et vous ne vous êtes jamais servi d'eux ? Vous n'avez jamais tiré parti de votre éducation, de votre accent, de votre confiance en vous, de vos facilités à vous exprimer ?

— Si, bien sûr, reconnut-il. Je m'en sers, mais au profit des gens qui n'ont pas bénéficié des mêmes atouts au départ.

— Et où habitez-vous ? Une HLM à Bristol ? Un squat à Warminster ?

— Un squat à Westminster, dit-il en riant, pendant la semaine. Non, j'ai une petite maison à Bath.

— À Bath, vraiment? Ça ne doit pas être une HLM, alors. Un cottage géorgien, peut-être, ou une petite villa victorienne?

— Plutôt victorienne, oui. Vous êtes de drôles de gens, vous, les conservateurs, commenta-t-il en souriant.

— Pourquoi pensez-vous que je vote conservateur?

— Je me trompe? Vous votez pour qui?

— Je suis socialiste. Je vote pour Blair, bien sûr.

— Ce n'est pas... commença-t-il, pour s'interrompre aussitôt.

— Pas du socialisme? dit-elle en riant. Oh! mon Dieu, monsieur Bingham, quel cri du cœur... Il faut absolument que je raconte ça à mon mari.

— Ce n'est pas du tout ce que j'allais dire, affirma-t-il, sur la défensive. C'est plus simple, la moitié des gens qui ont voté pour nous sont des conservateurs de cœur, et ils retourneront sans doute au bercail la prochaine fois. Vous aussi, j'imagine. Où habitez-vous à Londres?

— Kensington, mais ne recommencez pas. Parlons plutôt de Bartles Wood. Qu'est-ce que vous en pensez vraiment, entre nous?

— Entre nous, je suis indécis. Je vois le contre, mais je vois aussi le pour. Et ce type qui a déposé la demande, Carlton, il promet un foyer municipal avec...

— ... des équipements pour les handicapés.

— Vous êtes vraiment très au courant, dites donc.

— Oh! ça m'intéresse, c'est tout.

— Et vous en pensez quoi?

— Je croirai dans ces équipements quand je les verrai – mais est-ce qu'ils seront vraiment si utiles que cela, aussi loin d'un centre-ville? Quelle est la doctrine officielle du parti sur le sujet?

— Le critère est : on accorde le permis si le projet répond à un réel besoin.

— Oh ! vraiment ? Et la rocade de Newbury, alors ? Tout le monde dit qu'un projet bien plus restreint aurait parfaitement suffi, tout en préservant les prairies humides. Et Bath ?

— C'étaient les conservateurs. Je plaide non coupable.

— Et l'aéroport de Manchester ?

Il lui sourit.

— Ça vous intéresse vraiment, n'est-ce pas ?

— Oui. J'ai tout dit dans mon discours, vous vous rappelez ? Que j'aimais l'Angleterre, sa campagne, ses forêts, ses rivières... Mais que bientôt tout cela aura disparu, coulé sous le béton, avec d'énormes poids lourds qui rouleront par-dessus... Nous avons un si petit pays, nous devons tout faire pour le sauver ! Et vous, Gabriel Bingham, vous pouvez faire tant de choses si vous le voulez...

Elle s'arrêta et le regarda.

— Mais la question est : le voulez-vous ?

— Je n'en suis pas sûr. La politique n'est pas une question d'affectivité, c'est une question de faits.

— Alors vous ne laisserez pas votre cœur gouverner un peu votre tête ? Au moins un petit peu ?

— Qu'est-ce qui vous fait penser qu'affectivement je suis pour la sauvegarde de Bartles Wood ?

— Je sais que vous l'êtes. Je vous ai rencontré là-bas, vous vous en souvenez ?

— Oui, répondit-il lentement, et son regard se fit sérieux tout à coup. Je m'en souviens très bien.

Dans la plus belle suite de l'hôtel Bucham (au bord des Cotswolds, grand luxe, mais légèrement tape-à-l'œil), une bouteille de champagne mise à refroidir dans un seau, un collier Tiffany couché dans son écrin couleur turquoise, Tom Fleming attendait l'appel le prévenant de l'arrivée de son invitée – et il ne savait pas s'il se trouvait aux portes de l'enfer ou du paradis. Il jeta un coup d'œil envieux vers la salle de bains, avec son Jacuzzi ; ça le relaxerait. Mais elle pouvait arriver à tout moment et il voulait être prêt à la recevoir, ce qui n'était pas le cas quand on était nu et mouillé. À moins bien sûr de l'être tous les deux ; cela, ce serait pour tout à l'heure et ce serait grandiose – au moins pour un temps.

Il contempla la boîte Tiffany avec son ruban blanc. Il était un peu inquiet à son sujet, car ce pouvait être un cadeau compromettant, mais l'occasion ne réclamait-elle pas un grand geste ? Il avait payé en liquide, comme toujours, comme pour les hôtels et les restaurants. Et, vu les circonstances, le risque valait peut-être la peine d'être pris. Bon sang, il espérait que tout se passerait bien.

Le téléphone rompit brutalement le silence.

— Oui ?

— La personne que vous attendiez est là, monsieur Fleming.

— Merci. Pouvez-vous lui demander de monter, je vous prie ?

Il n'était pas croyant et pourtant, pendant les ultimes secondes, il se surprit à formuler ce qui ressemblait à une prière.

Finalement, Octavia n'appela pas Louise, comme elle en avait eu l'intention. Le temps qu'ils quittent le pub et qu'elle dise au revoir à Bingham, il était déjà près de dix heures et demie, bien trop tard pour déranger les gens chez eux – surtout des gens qu'un drame frappait.

Bingham et elle avaient eu de la peine à se quitter. En repartant, elle jugea que sa conversation était assez excitante, déstabilisante aussi. Lui-même était indéniablement attirant. Non qu'il soit spécialement beau, ni qu'il ait vraiment du charme, du moins au sens conventionnel du terme, ni qu'il soit le genre d'Octavia (pas du tout, même) : non, mais il était attirant. Elle avait apprécié leur discussion, et lui aussi ; il le lui avait dit et elle en avait été étonnée, tant il avait semblé jusqu'alors rejeter le monde qu'elle représentait. Il lui avait affirmé, au moment de prendre congé :

— Je vous trouve intéressante.

— En tant qu'objet d'étude sociologique ?

Il avait répondu oui, aussi pour cela, mais pas seulement.

14

— Jonty, allez-y doucement côté sexe pour ces photos, dit Ritz Franklin. Il n'y a pas plus sensuelle que cette fille dans son genre ingénu, c'est vrai, mais la mère nous a à l'œil et je ne veux pas de problème avec elle. D'accord ?

— Pas de photo d'elle couchée nue sur un lit, un doigt jouant négligemment dans sa toison, c'est ça ?

— Très amusant, Jonty. Autre chose, je vais essayer de faire venir les gens de Christie's à cette séance, pour qu'ils la voient avant les autres et que ça leur mette l'eau à la bouche, histoire de faire monter les prix. Donc ne vous étonnez pas si vous les voyez débarquer.

— D'accord, mais pas Fido, alors.

— Non, sûrement pas Fido. Rien de tel pour faire s'enfuir la mère, en reprenant sa fille sous le bras.

Fido était le surnom qu'ils donnaient à George Smythe, le directeur général de Christie's – un homme gros, moite, et qu'on sentait prêt à se ruer sur toute fille passant à sa portée, pourvu qu'elle soit jeune et pas trop laide.

— J'ai passé un coup de fil à Serena Fox. Son avis a beaucoup de poids dans la maison.

— Charles ? Bonjour, c'est Octavia Fleming. Est-ce que je pourrais parler à Louise ? Oh ! je comprends... Rien de grave, j'espère ? Embrassez-la pour moi. Écoutez, je me demandais s'il était possible que je vienne voir Anna demain ? Oui ? C'est parfait alors, à demain. Et que Louise m'appelle s'il y avait un problème.

Aussitôt après avoir raccroché, elle appela Tom sur sa ligne directe.

— Tom ? C'est moi. Je voulais juste m'assurer que tu rentrais bien à la maison ce soir. Il faut absolument que nous parlions, c'est très important.

— Oui, je serai là. Peut-être pas avant huit heures et demie, mais...

— C'est très bien. Au fait, je rentrerai très tard demain soir. Je vais rendre visite à Anna Madison.

— Vraiment ? Tu es sûre que c'est une bonne idée, alors qu'elle est si malade ?

— Tom, c'est justement parce qu'elle est si malade que j'y vais. Elle compte beaucoup pour moi.

— Si tu penses que c'est une bonne chose... Louise sera là-bas ?

— Sans doute, oui. Elle y est quasiment à demeure en ce moment. Il paraît d'ailleurs qu'elle ne va pas très bien aujourd'hui, c'est ce que son père vient de me dire. À ce soir, alors ?

— À ce soir.

C'était étrange à dire, mais la perspective de cette conversation l'excitait presque.

Serena Fox mettait la dernière touche à son maquillage matinal (un rouge à lèvres écarlate) quand le téléphone sonna : c'était Ritz Franklin. Serena était directrice du marketing des produits de beauté Christie's ; elle avait quarante ans, une beauté sombre et théâtrale, une forte personnalité, et elle avait à cœur de mériter les cent cinquante mille livres de son salaire annuel. Elle était également lesbienne.

Serena aimait bien Ritz ; elle avait jadis espéré que celle-ci fût aussi lesbienne, ou au moins bisexuelle, mais une prudente tentative, à la fin d'un dîner de gala, lui avait montré qu'elle faisait fausse route.

— Bonjour, Serena. Vous venez toujours ce soir, n'est-ce pas, pour notre finale ?

— Bien sûr. Je l'attends avec impatience.

— Dites-moi, vous n'auriez pas un moment de libre cet après-midi aux alentours de quatre heures, par hasard ?

— *A priori* non, pourquoi ?

— Nous avons une fille superbe cette année. Réellement magnifique. Elle va gagner à tous les coups.

— C'est vrai ?

— Serena, je crois que c'est une fille pour vous. C'est la perfection même, une peau de rêve, des cheveux blonds presque diaphanes, et ses yeux, tenez-vous bien, des yeux verts !

— Verts ?

Ç'avait été leur couleur idéale, pour cette année-là. Elles avaient vu une centaine de filles avec des yeux bleus, bruns, gris, noisette – mais pas une seule avec de vrais yeux verts.

— Je ne devrais pas faire cela, dit Ritz, et ça risque de mettre Jonty tout sens dessus dessous, mais, si vous vous arrangiez pour passer à son studio vers quatre heures, je vous offrirais une avant-première. Les gens de chez Revlon viennent ce soir, ceux de chez Arden aussi. Ça vous donnerait une petite priorité sur eux...

Quand elle eut raccroché, Serena dit à sa secrétaire qu'elle sortirait une heure cet après-midi-là, et lui demanda de remanier son planning en conséquence.

Au moment de l'appel d'Octavia, Tom venait juste d'arriver au bureau. Quand il eut écouté le message de son beau-père sur son répondeur, il sut que ses craintes au sujet d'Octavia, et des raisons pour lesquelles elle voulait lui parler, étaient fondées.

Felix Miller envisageait de rappeler son gendre quand il eut un coup de téléphone d'Octavia.

— Salut, papa, comment vas-tu? attaqua-t-elle d'une voix enjouée.

— Octavia, où diable es-tu allée? Et pourquoi est-ce que tu ne m'as pas rappelé hier? J'étais horriblement inquiet.

— Pourquoi?

— Pourquoi? Parce que je t'ai entendue pleurer au téléphone, voilà pourquoi! Et parce que ensuite tu ne m'as pas rappelé, et qu'hier soir tu étais sortie! Tu vas bien, maintenant?

— Oui, très bien, je t'assure. Je suis désolée que tu te sois inquiété... J'ai eu une matinée très difficile, puis j'ai dû aller à une réunion près de Bath.

— Et qu'est-ce qui t'a mise dans un tel état?

— Oh! j'ai peur d'avoir perdu un client, un client important, et...

— Octavia! On ne pleure pas quand on perd un client!

— Moi, si... Écoute, je ne peux vraiment pas rentrer dans les détails, mais je t'expliquerai, je te le promets. Nous pourrions dîner un soir? J'aimerais te parler de cette affaire.

— Ma chérie, bien sûr, n'importe quand... Tu veux ce soir?

— Non, ce soir je dois rentrer à la maison. Et demain je vais voir Anna, elle est très malade.

— Oui, tu me l'as dit, je m'en souviens. Et vendredi ?

— Vendredi, ça ira très bien. Tu veux venir à la maison ? Comme cela tu verras les enfants.

— Tom sera là ? Je l'ai appelé hier, je voulais lui parler de toi, mais il ne m'a pas rappelé.

— Il ne sera pas là, non. Il ne sera certainement pas là.

Elle avait vraiment l'air bien, songea Felix en raccrochant, gaie et positive. Peut-être avait-elle eu simplement une mauvaise journée, en effet. Il n'empêche, c'était impardonnable de la part de Tom de ne pas l'avoir rappelé. À ce moment, le téléphone sonna de nouveau, et justement :

— Felix ? C'est Tom.

— Bonjour.

— Je suis désolé de ne pas vous avoir rappelé hier, mais je n'ai eu vos messages qu'aujourd'hui. Je n'étais pas à Londres et mon portable était déchargé.

— Ça ne fait pas très sérieux, dit Felix d'une voix rogue. Imaginez que j'aie été un client ?

— Si vous aviez été un client, Aubrey aurait pu vous prendre, répliqua Tom d'une voix contenue. De toute façon, Octavia va parfaitement bien, je viens de lui parler.

— Moi aussi. Mais hier, croyez-moi, elle était loin d'aller « parfaitement bien ». Et si c'est vraiment de perdre un client qui la met dans un tel état, alors c'est qu'elle est au bout du rouleau.

— Perdre un client ? Elle ne m'en a pas parlé... Mais ce genre de choses arrive tout le temps, ça fait partie de la vie, non ? Elle m'en parlera sûrement tout à l'heure. Pardon, mais je dois y aller, Felix. Bonne journée...

— Salaud ! grogna Tom en raccrochant. Indiscret, et donneur de leçons avec ça...

Qu'est-ce que la princesse de Galles disait déjà, à propos de son couple ? Qu'ils étaient trois, et que c'était un peu encombré... Il pouvait la comprendre – sauf que son propre couple était encore plus encombré. Ils avaient été trois dès le départ, puis quatre. Il se dit (et ce n'était pas la première fois) qu'au fond la cause de tout était bien là : devoir accepter la présence d'une troisième personne lui en avait fait rechercher une quatrième.

Quand Felix avait fixé la date de vendredi pour dîner avec Octavia, il avait oublié qu'il avait déjà promis d'emmener Marianne en week-end. Ses filles l'épuisaient, lui avait-elle dit, elle avait besoin d'une coupure, et s'il l'aimait il trouverait quelque chose d'amusant pour lui changer les idées. Aussi avait-il réservé des places sur Eurostar pour le vendredi soir, ainsi qu'une suite au Crillon, l'hôtel préféré de Marianne. Maintenant, il devait soit annuler Octavia, soit retarder le voyage à Paris, et il jugeait qu'à valait mieux retarder. Ils pourraient partir de bonne heure le samedi matin, puisque quelque chose n'allait pas chez Octavia, c'était évident, et qu'il ne pouvait pas l'abandonner ainsi.

Il appela Marianne pour le lui expliquer et fut très surpris (et irrité) de l'entendre répondre que dans ces conditions elle préférerait reporter tout le week-end, et qu'elle trouvait très pénible de jouer une fois de plus les doublures de sa fille. Puis elle raccrocha.

— Juste un tout petit peu encore, Romilly, voilà, c'est bien, maintenant regardez l'appareil s'il vous plaît... Oui, c'est formidable, encore une fois, oui, magnifique, tournez votre tête un petit peu de côté... Oui, mais continuez à regarder l'objectif, bien, très bien... Oui, maintenant encore un peu la tête, parfait, c'est merveilleux, un brin de sourire avec ça, très léger, oui, oui...

— Oui, j'ai eu une liaison.

Tom soutint le regard d'Octavia, et ses yeux ne cillaient pas.

— Je suis désolé. Terriblement désolé.

Elle s'était attendue à des démentis, des justifications, des accusations peut-être qu'il aurait portées contre elle, contre son égoïsme ou son manque d'efforts pour le comprendre – et sa réaction la déroutait.

— Mais c'est fini, et bien fini.

— Fini ? Tu n'étais pas avec elle la nuit dernière ?

— Si, mais pour arrêter, justement.

— Et tu l'as fait ?

— Oui, je l'ai fait.

On ne pouvait pas dire qu'il avait l'air content de lui, quand même pas, mais on sentait une pointe de satisfaction dans sa voix. L'indignation qu'elle en éprouva aida Octavia à se ressaisir, le premier effet de surprise passé.

— Tu t'y es pris à point nommé..., commenta-t-elle d'un air faussement détaché.

— C'est pour cela que j'ai insisté ! Que je t'ai dit que je ne pouvais vraiment pas rentrer hier soir ! Je devais le faire, je devais en finir...

— Je vois... Ç'a dû être une épreuve, j'imagine ?

— Eh bien... oui. Inévitablement.

— Pas trop pénible, quand même, comme soirée ?

— Euh... difficile, si, répondit-il, un peu décontenancé.

— Salaud, siffla-t-elle entre ses dents. Salaud de faux jeton. Et tu as le culot de dire que mon père manipule les gens ? Toi, tu fais quoi, alors ?

— Octavia, je...

— Tu pensais pouvoir tout arranger comme ça, hein ? En me l'avouant et en me disant en même temps que c'était fini ? Tu croyais que j'allais donner dans le panneau ? Comme quand l'un des jumeaux me dit : « Maman, j'ai laissé tomber le compotier et il s'est cassé, mais je n'essaierai plus jamais de voler des fraises, c'est juré... »

— Non, tu m'as mal compris..., dit-il en avalant une gorgée de whisky. Bien sûr que je n'ai pas pensé que ça arrangerait tout, je sais très bien que rien ne pourrait le faire. J'espérais seulement, bêtement, ne jamais avoir à t'en parler, que tu ne le découvrirais jamais.

— Pas de chance pour toi, Tom.

— Non, Octavia, pas pour moi... J'espérais que *tu* n'aurais pas à souffrir...

— Oh ! vraiment ! Tu ne voulais pas que je souffre ? Alors, bon sang, pourquoi donc as-tu commencé ? L'idée ne t'a pas traversé l'esprit, la première fois que tu lui as donné rendez-vous, que je risquais peut-être d'en souffrir un jour ? C'était quand cette première fois, à propos ?

Il ne répondit pas et elle revint à la charge.

— Qu'est-ce que tu as pensé ce jour-là ? Ou cette nuit-là ? Qu'il n'y avait pas de danger que je m'en aperçoive ? Ou que tu avais tellement envie d'elle que ça valait la peine de prendre le risque ?

Comme il restait toujours silencieux, elle lui demanda, et la question claqua comme un coup de fouet :

— Qui était-ce ?

— Je ne te le dirai pas, jamais. Ça ne servirait à rien.

Ritz et Annabel apparurent sur le podium et levèrent la main ; aussitôt la musique s'arrêta et les conversations stoppèrent. Il y avait beaucoup de monde dans la salle, bien plus que Romilly ne s'y était attendue.

— Merci à vous tous d'être ici ce soir, commença Annabel. J'espère que la séance vous a plu, autant qu'à nous ! Et vous serez d'accord, j'en suis sûre, pour dire que ce soir le niveau de nos filles est incroyablement élevé, non ? Comme chaque année... *Viva* consacrera au moins quatre pages à cette soirée dans son numéro d'octobre, aussi je vous conseille de réserver d'urgence vos espaces publicitaires, pour ceux qui ne l'ont pas encore fait... (Rires dans la salle.) La lauréate de notre concours de modèles va recevoir cinq mille livres, mais surtout, et je sais qu'elles en rêvent toutes, elle fera la couverture du numéro de novembre de *Viva* !

— Assez maintenant avec *Viva* !... intervint Ritz, et elle la poussa du coude en riant. Le vrai grand premier prix de notre concours, c'est un contrat de un an avec nous, l'agence Choisir – autant dire le meilleur tremplin possible pour une carrière de mannequin ! Pendant un an, nous offrirons à la lauréate d'être son agent, de la conseiller sur les plans juridique et financier, sans oublier nos bureaux de Milan et de New York et toutes les ouvertures qu'ils permettent. Mais je ne vais pas prolonger le suspense plus longtemps. La candidate que notre jury a classée troisième est...

Troisième, songea Romilly en croisant les doigts, j'ai une chance, une toute petite chance...

— Jade Morgan. Jade, voulez-vous venir jusqu'ici, s'il vous plaît ?

Un bref éclair de déception passa sur le visage de la jeune fille, mais elle le réprima aussitôt, et c'est un sourire radieux aux lèvres qu'elle s'avança le long du podium. Romilly eut un haut-le-cœur.

— La deuxième place, reprit Ritz, va à... Tiffany. Tiffany, venez nous retrouver, je vous prie...

— Pauvre petite Rom, souffla Zoé à l'oreille de Marianne, elle va être si déçue...

Tiffany glissait à merveille le long de l'estrade, caressant la foule de ses grands yeux bruns, encore plus belle et plus sexy que la précédente. Comment avaient-ils pu ne serait-ce que suggérer à Romilly de concourir avec des filles pareilles? se demanda Marianne.

— Bravo, Tiffany, dit Annabel en l'embrassant. Ce n'est pas la dernière fois qu'on vous voit défiler sur un podium, j'en suis sûre.

Un long silence s'ensuivit, puis un roulement de tambours.

— Et maintenant la gagnante de notre concours, la gagnante incontestée... Romilly Muirhead! La benjamine de toutes, puisqu'elle n'a que quinze ans, mais le jury l'a choisie à l'unanimité!

— Oh! mon Dieu, murmura Marianne. Oh! Zoé, qu'est-ce que j'ai fait?

— Tom, il faut que je sache. Tu dois me le dire, Qui était-ce?

— Je suis désolé, Octavia, mais encore une fois je ne te le dirai pas, c'est impossible.

— Oh! tu me dégoûtes! Tellement que je ne peux plus rester dans la même pièce que toi, plus jamais! Je veux que tu t'en ailles, que tu quittes cette maison, tu comprends? Tu vas me dire que cette histoire ne signifiait rien pour toi, je suppose? C'est ce que les hommes disent toujours, c'est le mensonge qu'ils font toujours... « J'avais bu, chérie, tout ça ne veut rien dire pour moi... »

— Non, répondit-il, très calme. Je ne te dirai pas ça.

— Tu l'avais déjà fait avant?

Il la dévisagea, visiblement stupéfait par la question, et sa surprise apporta une infime touche de réconfort dans l'immense détresse d'Octavia.

— Non, jamais, je te le jure.

— Tes serments ne valent pas grand-chose, Tom... Tu avais déjà juré de m'être fidèle jusqu'à ce que la mort nous sépare, de renoncer à toutes les autres, tu t'en souviens? Moi, je m'en souviens parfaitement.

Un long silence suivit, durant lequel il se servit un autre whisky, puis il répéta lentement :

— Je ne l'ai jamais, jamais fait avant. Il faut que tu me croies.

— Même si je le croyais, qu'est-ce que ça changerait? L'idée que d'autres personnes devaient être au courant, avaient pitié de moi ou peut-être riaient dans mon dos, tu imagines? Et pendant ce temps, toutes ces âneries dans les journaux sur notre prétendu couple idyllique, parfait... Tu devines ce que je ressens?

— Comment l'as-tu découvert? demanda-t-il brusquement. Quelqu'un te l'a dit?

— Personne ne me l'a dit, non. Je l'ai appris par hasard, comme dans les romans, à cause d'un de ces petits détails qui font bien dans l'intrigue... Tout est la faute d'un mouchoir, Tom, qui est parti au sale avec le reste de tes affaires. Je suis tombé dessus et j'ai commencé à réfléchir. Un très joli mouchoir – mais tu le sais, puisque tu l'as vu...

— Oh! Octavia, je... Quand était-ce? Depuis quand sais-tu?

— Peu importe depuis quand. Tom, qui était-ce? À qui appartient le mouchoir?

— Je ne te le dirai pas, répéta-t-il, inébranlable. Je ne peux pas et je ne veux pas.

— Je trouverai, sois-en sûr.

— J'espère que non, jamais, dit-il, songeur, et elle trouva que c'était une réponse bizarre, même dans un moment pareil.

— Encore un peu de champagne, madame Muirhead ?

Elles dînaient chez Langan's. Ritz, Annabel, les Muirhead et personne d'autre ; un simple souper en famille, avait dit Ritz, pour se remettre de toutes ces émotions.

— Je n'arrive toujours pas à le croire, répéta Romilly pour la troisième fois du repas. J'ai fait tellement d'erreurs pourtant, comme sourire à Zoé par exemple, alors que vous m'aviez bien dit de ne pas le faire...

Ritz se souvenait fort bien de ce sourire, aussi soudain que radieux, irrésistible, et toute la salle avait souri elle aussi...

— En fin de compte, ça n'avait pas tant d'importance que cela.

— Mais qu'est-ce que je vais faire, alors, pour mon appareil dentaire ?

— Rien, intervint Marianne. Tu vas le garder et c'est tout.

Elle vit Ritz tourner vivement la tête vers elle, entrouvrir la bouche comme pour dire quelque chose, puis la refermer. Laissons faire, et pas de vagues. La fille était mineure, la mère en avait la charge. Pour l'instant.

— Alors, quelles sont tes intentions ? demanda calmement Tom.

— Divorcer.

— Tu es sûre ?

— Tout à fait.

— Alors, dit-il lentement, si tu en es sûre, nous divorcerons. Je ne peux pas m'y opposer, je n'essaierai même pas.

— Mais toi, tu n'en as pas envie ? De divorcer ?

— Non

— Pourquoi, non ?

Il soutint son regard un long moment puis répondit :

— J'ose à peine le dire, parce que je devine comment tu vas réagir. Mais je... je t'aime toujours.

— Oh! je t'en prie, épargne-moi ça.

— Je ne peux pas, je dois te le dire, parce que c'est vrai. Si tu ne veux pas entendre les réponses, alors il ne faut pas poser de question.

— Mais comment peux-tu dire une chose pareille, comment peux-tu même penser une chose pareille? demanda-t-elle, la voix tremblante de colère contenue. C'est dégradant, pour toi comme pour moi. M'aimer? Bien sûr que tu ne m'aimes pas... Si tu m'aimais, tu n'en aurais pas baisé une autre... Ne me parle pas d'amour, tu ne sais pas ce que ça veut dire.

— Je sais ce que ça veut dire pour moi, murmura-t-il, mais je ne vais pas te faire l'insulte de te l'expliquer. Octavia, je...

De nouveau, il la fixa dans les yeux, et prit une grande inspiration avant de poursuivre :

— Je sais que je suis un salaud, un lâche, un... pauvre salaud. Je m'en rends parfaitement compte.

Elle s'était mise à pleurer et il sortit de la pièce, pour revenir quelques secondes plus tard avec une boîte de Kleenex.

— Ne me dis plus jamais que tu m'aimes! s'exclama-t-elle quand elle se fut essuyé les yeux, plus jamais, je ne peux pas le supporter!

— Pourquoi?

— Parce que tu ne *peux* pas m'aimer, Tom! Pas en couchant avec d'autres, en me mentant, en me trompant, en me couvrant de ridicule!

— Tu as vraiment si peur que les gens rient de toi, Octavia? Ça compte tant pour toi?

— Bien sûr que oui! Pour l'amour du ciel, Tom, mets-toi à ma place! Imagine que, quand tu arrives dans des soirées ou des restaurants, les gens disent autour de toi : « Regarde, c'est le pauvre vieux Tom, sa femme a une liaison et il n'en sait rien, est-ce que ce n'est pas pitoyable?... » Le jour où tu l'apprendrais, ça ne te ferait rien?

— Si, mais...

— Tom, il *faut* que tu me dises qui c'est, j'ai besoin de savoir! Il me faut un nom, un visage! Qui est-ce, Tom, qui?

— Octavia, répéta-t-il une fois de plus, de la voix la plus douce qu'il put, mais la plus ferme aussi, tu n'as pas besoin de savoir et tu ne sauras pas.

Elle se leva, marcha vers lui et commença à lui marteler le visage de ses poings fermés tout en hurlant :

— Dis-moi, dis-moi qui c'est! Tu n'as pas le droit de ne pas le dire! Tu me dois ça, au moins ça!

Il lui saisit les poignets et l'écarta de lui; son visage était plein de remords et d'autre chose aussi, mais quoi? De peur, oui, c'était bien de la peur... Octovia s'immobilisa d'un seul coup et cessa même de pleurer.

— Arrête de me poser cette question, l'implora-t-il, je t'en prie... Ça ne sert à rien.

— Je ne comprends pas, murmura-t-elle. Pourquoi est-ce si important que je ne sache pas?

Il ne répondit rien, mais se leva, ramassa son verre et sortit de la pièce.

15

— Est-ce que tout va bien, Tom?

— Bonjour, Aubrey. Désolé, je suis en retard. J'ai eu une nuit un peu difficile.

— On dirait en effet, à te voir. J'ai peur qu'ici aussi nous n'ayons un sérieux problème à affronter.

— Quoi donc?

— Tu n'as pas lu le *Mail* ?

— Non, pourquoi ?

— Je crains fort que nous n'ayons perdu la clientèle de Michael Carlton.

— Carlton ? Pourquoi ? Qu'est-ce qui s'est passé, nom d'un chien ?

— Lis ça.

Tom lut l'article puis murmura :

— Oh ! bon Dieu de bon Dieu...

— Pattie, comment ont-ils eu toutes ces informations ? Comment avez-vous pu me faire ça ? Je vous ai dit que je vous soutiendrais ouvertement à partir de maintenant, c'est vrai, mais de là à mettre mon mari en cause !...

— Octavia, ce n'est pas moi, et je n'ai aucune idée de qui a fait ça ! J'ai parlé au *Mail* avant la réunion et je ne leur ai pas dit un seul mot de vous !

— Mais qui d'autre, alors ? Mon Dieu, ce doit être Bingham... Le salaud ! Voyons, qu'est-ce que j'ai bien pu faire de sa carte ?...

— Bien sûr que non, je n'ai pas parlé au *Mail*, répondit Gabriel Bingham, pas plus qu'au moindre journaliste depuis notre dernière rencontre. J'ai des principes... Je n'ai même pas lu l'article.

— Excusez-moi, je vous ai mal jugé... Qui d'autre a pu parler de mon discours, et de moi ?

— N'importe quelle personne ayant assisté à la réunion et qui était bien informée, peut-être un reporter local...

— Oui, peut-être...

— Je partais à l'instant pour la Chambre. Je vais faire un saut jusqu'à la salle de presse et je lirai ce fameux article. Si j'ai des lumières sur le sujet, je vous appellerai.

— Octavia, si c'était une façon de te venger, elle est ravageuse. Pour nous tous.

— Tom, c'était sans aucune intention. Aucune autre intention que d'empêcher un désastre.

— En fait de désastre, tu risques fort d'en avoir provoqué un pour Fleming Cotterill, je tenais à te le signaler. Il faut que j'y aille, on en reparlera plus tard.

— Je ne serai pas..., commença-t-elle, mais il avait déjà raccroché.

La matinée n'en était pas encore à son milieu quand Gabriel Bingham se rendit à la salle de presse de la Chambre des communes. Elle était déserte et il songea qu'elle ressemblait à une scène de théâtre avant l'arrivée des acteurs – les bureaux inoccupés, la longue rangée de cabines téléphoniques vides, le silence... Il alla vers les présentoirs de journaux, s'empara du *Daily Mail*, feuilleta rapidement les premières pages et trouva l'article. Qu'il lut, deux fois.

— Eh bien, dit-il à haute voix quand il eut fini. Eh bien...

Le site de Bartles Wood, dans le Nord Somerset, dont nous vous avons déjà parlé dans ces colonnes il y a trois semaines, a bénéficié d'un délai de grâce. Sous la pression d'un groupe d'opposants locaux, le conseil municipal a refusé d'accorder le permis de construire à un projet d'aménagement comprenant des logements, une avenue commerçante ainsi qu'un foyer communal.

« Nous n'avons pas l'intention de nous reposer sur nos lauriers, nous a déclaré Patricia David (en photo à droite, au milieu d'autres partisans). La bataille n'est pas terminée. Nous devinons que le promoteur va faire appel, aussi nous commençons à collecter des fonds pour organiser notre défense, et nous prévoyons de porter l'affaire devant les instances juridiques européennes si cela s'avère nécessaire. Nous ne laisserons personne s'approprier notre précieux petit coin de campagne. »

En effet le promoteur, Michael Carlton, a déjà annoncé son intention de faire appel de la décision.

Une intervenante surprise s'est manifestée en la personne d'Octavia Fleming, qui dirige un cabinet-conseil œuvrant dans le secteur caritatif. Elle a apporté son soutien aux opposants et assisté à un de leurs meetings, au cours duquel elle a fait une vibrante allocution, déclarant que l'Angleterre et sa « fragile beauté », selon ses termes, devaient être protégées contre l'appétit vorace des promoteurs. Sa société, Capital C, a pour cliente l'association Foothold, dont Mme David est la présidente locale. Ironie du sort, le propre époux d'Octavia Fleming, Tom Fleming, possède un cabinet de consultants spécialisé dans les affaires publiques et qui compte Michael Carlton parmi ses clients.

Le député nouvellement élu du Nord Somerset, Gabriel Bingham, était également présent à ce meeting. « Cela ne signifie pas que je sois nécessairement aux côtés des opposants, nous a-t-il déclaré, mais ils m'ont invité et je voulais entendre leur point de vue. »

Octavia appela le *Mail* et demanda à parler à Jeni Thomas, qui avait signé l'article.

— En fait, elle ne travaille pas ici, lui répondit la fille qu'on lui passa à la rédaction. Elle est reporter local dans le Sud-Ouest, elle travaille dans une agence de presse à Bristol.

Jeni Thomas se montra fort aimable. Elle expliqua à Octavia qu'elle ne s'était pas rendue elle-même au meeting, qu'elle avait envoyé quelqu'un pour le couvrir.

— J'étais furieuse qu'il n'ait pas obtenu une déclaration de vous. Personnellement, je suis contre ce projet. J'habite tout près de là.

— Et qui vous a donné l'information à propos de mon mari, et du fait que Michael Carlton est son client ? Vous m'avez plutôt mise dans l'embarras, c'est le moins qu'on puisse dire.

— Ça ne vient pas de moi. Apparemment, c'est un tuyau anonyme, que quelqu'un a envoyé directement au *Mail*.

Octavia se sentit soudain assez mal à l'aise.

— Ma parole, quelle idiote! dit Nico Cadogan en refermant son exemplaire du *Daily Mail*.

Il ne s'était pas trompé à Ascot, en jugeant qu'Octavia était dangereusement sur les nerfs; pourtant, il ne s'était pas attendu qu'elle agisse de manière aussi irréfléchie, avec toutes les conséquences professionnelles que cela aurait, pour son mari comme pour elle. Il se demanda ce que Marianne pensait d'Octavia Fleming...

— Ça y est, dit Gabriel Bingham, j'ai lu l'article. Maintenant, je comprends mieux pourquoi vous teniez tant à paraître ne rien avoir à faire avec ce projet au début. Ainsi, Carlton est client de votre mari? Et votre mari est consultant en affaires publiques? Donc pas seulement... Qu'est-ce que vous m'aviez dit à son sujet, déjà? Oui, intéressé par la politique... Tout cela ne doit pas franchement le réjouir.

— Pas franchement, en effet. Mais cela ne me trouble guère, si vous voulez tout savoir.

— Je trouve votre attitude très courageuse, et je tenais à vous le dire.

Elle se sentit ridiculement satisfaite par sa remarque; il ne lui avait pas semblé être le genre d'homme à faire facilement des compliments.

— Merci.

— Est-ce que vous viendriez boire un verre à la Chambre avec moi à l'heure du déjeuner, pour vous détendre?

— Non, répondit-elle, bien qu'elle en ait très envie. Je dois aller voir une amie à la campagne. Merci, en tout cas.

— Alors une autre fois, peut-être.

— Oui, peut-être...

— Tu penses que je suis folle, n'est-ce pas ? demanda Octavia à Melanie.

— Complètement folle, oui. En plus nous avons perdu un sponsor, ce qui est vraiment dommageable. Nous aurions mieux fait d'en parler d'abord, tu ne crois pas ? Et Carlton, tu n'as pas eu de nouvelles ?

— Pas encore, non. Je suis navrée, Melanie.

— C'est bon. Cela dit, je dois t'avouer que je trouve ça parfaitement bien joué de ta part.

— Bien joué ?

— Oui. Mieux vaut se venger que se rendre malade, c'est vrai pour toutes les femmes – et on peut dire que tu t'es bien vengée.

— Ce n'était pas du tout dans mes intentions, Melanie ! Je sais que ça y ressemble, mais ce n'est pas ça... Même si la conduite de Tom a dû me faciliter les choses. J'ai senti tout à coup que je voulais agir selon ce qui me semblait juste, et qu'en plus j'étais... oui, libre de le faire.

— Octavia ?

Le visage d'une Sarah Jane soucieuse apparut dans l'encadrement de la porte.

— J'ai eu quelqu'un du *Times* au téléphone, qui voudrait vous interviewer sur le thème des dilemmes et des conflits personnels. J'ai répondu que vous ne pourriez sans doute pas, mais...

— Vous avez eu raison, merci.

— Et l'*Express* avait appelé un peu plus tôt, avant votre

arrivée. Ils veulent vous interviewer aussi, sur le même genre de thème. Je leur dis non aussi?

— Dites-leur non à tous, intervint Melanie. Octavia, et si tu quittais Londres dès maintenant pour aller chez ton amie? Je dirai à Carlton et à tous les autres que tu n'es pas joignable de la journée, et nous pourrons reparler de tout cela demain matin...

— Merci, Melanie. Merci pour tout.

Melanie semblait se révéler une amie plus sûre qu'Octavia ne l'aurait cru, plus sûre même que Louise, à certains égards.

Elle allait partir quand Tom l'appela.

— Octavia, je te le demande instamment, téléphone à Michael Carlton. Ça peut marcher, et c'est terriblement important pour moi.

— Je suis désolée, Tom, mais je ne vois pas pourquoi je le ferais ni à quoi ça pourrait servir. Je n'ai rien à lui dire qui pourrait le rassurer. Je pars à l'instant voir Anna Madison.

— Octavia, je... je t'assure que tu fais une erreur en y allant aujourd'hui. Tu devrais rester à Londres pendant quelques jours, c'est très important...

— Tom, Anna est en train de mourir et ça, ça a vraiment de l'importance! Bien plus que le budget d'un client!

— Octavia, je ne voudrais vraiment pas que tu...

— Au revoir, Tom. Je rentrerai peut-être tard, je dormirai dans la chambre d'amis. D'ailleurs j'y ai déjà transporté mes affaires, en attendant que nous trouvions une solution à long terme. Au fait, mon père vient dîner demain soir. Tu ne seras pas là, n'est-ce pas?

— Non. Je sortirai, rassure-toi. Tu vas lui raconter ce qui s'est passé, je suppose?

— Non, dit-elle, imaginant la possibilité d'une telle conversation, pour la rejeter aussitôt. Ne t'en fais pas, je n'ébruiterai pas ton sordide petit secret, du moins pas tout de suite.

Elle l'entendit pousser un profond soupir, puis il ajouta :

— Soit prudente, Octavia, je t'en prie.

Ça paraissait une recommandation bien étrange, songea-t-elle tandis qu'elle raccrochait.

— Oh! c'est vous, Ritz? Bonjour.

Marianne écarta le combiné, prit une grande inspiration, y revint.

— Merci pour le délicieux dîner d'hier soir. Pardon? Elle va bien, oui. Elle a aimé aussi. Elle était très excitée, vous imaginez... Comment? Oh!... Oh! mon Dieu. Si vite... Bien, il faut que... Je ne sais vraiment pas. Il vaut mieux que je vienne vous voir pour en parler. Non, Romilly ne pourra sûrement pas être là. Elle suit l'école à plein temps et elle va continuer, Ritz, je crois que j'ai été bien claire là-dessus... Demain, peut-être? Il faut que j'aie aussi le temps d'en parler à son père. Oui, je vous rappelle.

Une fois qu'elle eut raccroché, elle leva les yeux vers Zoé, qui était entrée dans la pièce pendant qu'elle parlait.

— Qu'est-ce qui se passe, maman?

— Une firme de produits de beauté, Christie's, est quasiment décidée à prendre Romilly sous contrat. Des gens vont venir mardi des États-Unis pour la rencontrer, mais c'est comme si c'était fait, d'après Ritz. Ils offrent un demi-million de dollars. Ils veulent tourner toute leur campagne à New York. Oh! Zoé, qu'est-ce que je vais faire?

Octavia était déjà dans sa voiture quand Louise l'appela. D'après sa voix, elle était épuisée.

— Octavia, je suis vraiment désolée, mais il faut que je te demande de reporter. Un spécialiste vient voir maman, et j'ai peur que si elle reçoit une visite en plus, même toi, ce ne soit trop pour elle. Tu ne m'en veux pas?

— Bien sûr que non, ne dis pas de bêtise... Un autre jour, peut-être la semaine prochaine?

— Oui, très bien... Je t'appellerai.

— Tu ne veux pas que nous fixions une date tout de suite?

— Oh! je... Si, soupira-t-elle, fixons une date. Voyons... mercredi ou jeudi, qu'est-ce qui t'irait?

— Jeudi, très bien. En milieu de journée?

— En milieu de journée, d'accord, dit-elle d'une voix lointaine.

— Et toi, comment vas-tu? Pas formidable, on dirait.

— Pas du tout, non, mais passons. Dis-moi plutôt pour toi? J'ai lu l'article dans le *Mail*...

Sa voix avait remontée de deux tons, elle paraissait presque amusée soudain.

— Ça n'a pas dû arranger les choses, ou bien je me trompe?

— Non, c'est même le moins qu'on puisse dire. Tom a perdu son client. Le promoteur en question, tu sais?

— Très bien! s'exclama Louise, et pour le coup elle avait l'air franchement joyeuse. Il le méritait, tu ne crois pas?

— Je suppose que oui, dit lentement Octavia.

L'espace d'une seconde elle ressentit un vague malaise, l'impression qu'elle se montrait déloyale, puis elle y réfléchit et jugea que Louise avait parfaitement raison.

— C'est très préoccupant, dit Aubrey. Nous allons avoir besoin d'argent frais, et très vite. Le contrat de Carlton arrivait juste à point pour nous permettre de faire face. Il faut que je prenne rendez-vous d'urgence avec la banque... Est-ce qu'il y a un moment où tu ne peux pas?

— Non, aucun. Au milieu de la nuit si tu veux.

— Peu probable, mais espérons que ça pourra se faire tôt demain matin. Sans quoi nous n'aurons plus qu'à nous installer sur le trottoir et tendre la main, ce qui n'est pas excellent pour notre image de marque.

— Sale histoire! pesta Tom. Les autres clients ne vont pas apprécier non plus. J'ai déjà eu Nico Cadogan, qui m'a demandé si j'étais sûr qu'Octavia n'avait pas d'actions dans Western Provincial, la boîte qui veut le racheter. Sur le ton de la plaisanterie bien sûr, mais...

— Au diable tout ça! s'exclama Aubrey, en s'efforçant de prendre un ton optimiste. On va s'en sortir, et je suis sûr que la banque nous soutiendra.

— Je suis désolé, dit Tom.

— Ce n'est pas ta faute.

Et pourtant si, ça l'était, d'une certaine manière.

Marianne était en pleine discussion avec Zoé quand Nico Cadogan l'appela.

— Bonjour Marianne. Vous m'avez manqué.

— Oh! bonjour.

— J'appelle juste pour confirmer pour ce soir. J'ai réservé une table au Waterside Inn. Je passe vous prendre à sept heures?

Le Waterside Inn, à Bray : l'un des restaurants les plus agréables, les plus romantiques et aussi les plus chers qu'elle connaissait. L'y inviter en disait long sur les intentions de Nico Cadogan. Elle ne pouvait pas y aller, elle n'irait pas.

— Écoutez, Nico...

— Oui?

— En fait, je... commença Marianne avec difficulté, puis à sa grande confusion elle sentit qu'elle rougissait ; Zoé l'observait avec beaucoup d'intérêt.

— Oui? répéta Nico.

— Je pensais que...

Elle vit Zoé se glisser dans l'entrebâillement de la porte, en affichant un air entendu; elle fit un geste d'adieu à sa mère, lui sourit, et bientôt la porte d'entrée claqua. Marianne se sentit soudain idiote, et désemparée. Un dîner, un seul dîner; quel mal y avait-il à cela? Et ce serait plus simple d'expliquer sur place à Nico, plutôt qu'au téléphone, que ce serait la dernière fois : il n'y en aurait plus d'autre.

— Pardonnez-moi, Nico, un problème domestique. J'allais juste vous demander si vous ne pouviez pas passer un peu plus tard. Oui, sept heures et demie, ce serait parfait. Je serai prête.

Elle le serait, et même devant la porte. La dernière chose dont elle avait envie, c'était que Romilly la voie sortir avec un homme autre que Felix.

D'ici là, elle devait faire quelque chose de fort peu agréable : téléphoner à Alec pour lui parler de Romilly.

— Elle va nous poser beaucoup de problèmes, lança Ritz Franklin à Serena Fox en reposant le téléphone. Il faut qu'on trouve un moyen de la contourner, sans quoi on risque de perdre la fille.

— Qu'est-ce qu'elle a dit?

— Qu'elle venait d'appeler son mari, qu'il n'était pas du tout content de la situation, que Romilly était beaucoup trop jeune, qu'il n'était pas question qu'elle aille à New York, et qu'elle allait y repenser à tête reposée. Elle n'a encore rien signé, n'est-ce pas? Merde, Serena, que va-t-on faire?

— On pourrait leur faire tourner leur campagne ici. Je pense que je pourrais m'arranger. Ça passerait comme une énorme concession qu'on lui ferait, et ça calmerait peut-être cette emmerdeuse.

— Elle vient me voir demain. Je peux le lui annoncer?

— Je viendrai aussi, et nous lancerons l'idée au cours de la conversation. Inutile d'ameuter tout le monde là-dessus tant que nous ne sommes pas sûres de sa réaction.

— Oui, et de celle du père aussi. Peut-être qu'il va changer d'avis – ils le font souvent, une fois le premier choc passé. Il y a beaucoup d'argent en jeu, quand même. Et il faut que Romilly aussi soit rapidement au courant. Des filles de quinze ans peuvent avoir beaucoup de choses à dire si on les interroge, même des petits anges dans son genre.

— Je ne suis pas sûre que sa mère lui dise absolument tout.

— Nous pouvons nous en charger à sa place, commenta Ritz.

— Scandaleux, gronda Nico, mais je suis content que vous me l'ayez raconté.

— Pourquoi ?

— Eh bien, je me sens maintenant très incité, peut-être même faudrait-il dire obligé, de vous emmener en week-end à sa place.

— Je ne peux absolument pas partir avec vous...

— Pourquoi pas ? Vous n'êtes pas mariée avec Felix Miller... Heureusement pour vous, j'ajouterais même. Vous n'êtes pas mariée et, par conséquent, si vous avez envie de partir en week-end avec moi, vous en avez parfaitement le droit. Et je sais que vous en avez envie.

— Vous n'en savez rien du tout.

— Oh si !

Il lui prit la main, qui était posée sur la table, et lui murmura :

— Regardez-moi dans les yeux, Marianne, et dites-moi que vous n'avez pas envie de partir en week-end avec moi.

— Je n'ai pas envie de partir en week-end avec vous, répondit-elle, mais sans le regarder.

— Vous êtes une menteuse, une horrible menteuse. Pourquoi faites-vous semblant de ne pas en avoir envie ?

— Je ne fais pas semblant, et c'est une question de loyauté.

— Loyauté ? Envers un homme qui fait passer sa fille avant vous, qui vous délaisse à un moment où vous avez tellement besoin qu'on vous soutienne ?

— Nico, dit-elle en riant, vous exagérez beaucoup.

— Oui, répondit-il de manière inattendue, je le sais. Je suis quelqu'un qui exagère volontiers. J'ai toujours pensé que le sexe était quelque chose de plutôt exagéré, vous ne croyez pas ? Le plaisir qu'il procure défie toute mesure et toute logique. Je veux dire, qui pourrait penser que... Oh ! oui, merci. Posez-les là.

Le serveur était arrivé avec un grand compotier de fraises des bois. Marianne lui en était si reconnaissante qu'elle l'aurait presque embrassé.

Elle retira sa main de sous celle de Nico, se laissa aller contre le dossier de sa chaise et contempla le ciel. La soirée était parfaite ; la voûte brillait, turquoise encore, mais avec une vague de pourpre qui s'élevait lentement, surmontée par la lune, blanche et virginale, entraînant une étoile dans son sillage.

— « Elle montait doucement, dit Nico en suivant son regard, une étoile ou deux à son côté. » Deux des plus beaux vers de la langue anglaise. Vous aimez la poésie, Marianne ?

— Oui, mais je suis assez ignorante... Ma grande passion, c'est la musique. Vous l'aimez aussi ?

— Malheureusement, je n'ai aucune oreille. Est-ce que c'est très grave ?

— Très grave, oui. Il ne peut y avoir aucune relation entre une mélomane et quelqu'un qui n'a pas d'oreille, j'en ai peur.

— Alors je prendrai des leçons de musique, tout de suite,

même. Vous pourriez peut-être m'en donner? La seule musique que j'aime, c'est l'opéra. Très orgasmique.

Il y eut un silence, puis il poursuivit :

— Un beau mot, « orgasme », n'est-ce pas? Si suggestif... D'abord le rapprochement, le resserrement, puis la libération, comme une délicieuse explosion...

Il lui sourit, reprit sa main et l'embrassa doucement.

— Venez avec moi, Marianne. Vous savez que vous en avez envie.

— Non, dit-elle.

Et elle commit l'erreur d'ajouter :

— Même si je voulais en avoir envie, je ne peux vraiment pas.

— Je sais me montrer très patient, lui dit-il. J'attendrai.

16

— Il ne va pas le faire, n'est-ce pas? dit Tom d'un air sombre, tandis qu'ils sortaient de la banque à l'issue d'un premier entretien.

— Peut-être que si, estima Aubrey, mais ne commence pas à saborder le navire avant de savoir. Et il ne faut pas non plus ramener ça au seul problème de Carlton. Ça fait des mois que nous avons des ennuis, en réalité. Ce salaud a raison, nos dépenses sont énormes, mais le vrai problème est que nous sommes sous-capitalisés depuis le début.

— C'est bien de ta part d'être aussi magnanime, dit Tom, mais il reste que si cette fichue affaire de Bartles Wood n'était pas arrivée, nous tiendrions encore debout, même si c'était tangent. Et j'ai peur d'être gravement responsable de la situation. Je...

Il se demanda s'il fallait tout raconter à Aubrey, déballer devant lui cet affreux gâchis. Un peu d'autoflagellation soulagerait peut-être le poids qui pesait sur ses épaules. Mais Aubrey dit à ce moment-là, doucement, comme s'il pressentait une confession et voulait y couper court :

— Écoute, nous faisons tous des erreurs, même moi. « Celui qui ne fait jamais d'erreur ne fait jamais de découverte », ajouta-t-il. Samuel Smiles, *Aide-toi toi-même*. Maintenant, allons boire un verre, même si nous n'en avons plus les moyens, et réfléchissons aux autres options possibles. Juste pour le cas où la banque voudrait nous faire des misères.

Le téléphone d'Octavia sonna.

— Octavia Fleming...

— Madame Fleming ! Je ne m'attendais pas à vous avoir directement. Ici Gabriel Bingham.

— Oh ! bonjour, monsieur Bingham.

— Je me demandais si votre petit problème... local avait pu s'arranger pour vous. Et aussi si vous seriez dans votre charmant cottage ce week-end.

— Cela ne s'est pas très bien arrangé, non. Et pour ce week-end, je ne sais pas encore. J'ignorais que vous connaissiez notre cottage.

— Je ne le connais pas.

— Alors comment pouvez-vous dire qu'il est charmant ?

— Mais parce qu'il doit l'être, voyons, comme tous les cottages de week-end ! Sinon, quel en serait l'intérêt ? Bon, j'ai quelques éléments concernant le projet Bartles Wood qui pourraient vous intéresser. Je peux les envoyer là-bas, ou même y faire un saut, si vous préférez. Ou encore je peux les envoyer à votre autre résidence, qui doit être tout aussi charmante, j'en suis sûr.

— Je ne peux pas vous répondre maintenant, il faut que je vous rappelle, dit Octavia.

Elle prit soin de mettre de la froideur dans sa voix : à l'évidence, Gabriel Bingham prenait trop facilement de l'assurance.

— Parfait. Désolé de vous avoir dérangée et au revoir, madame Fleming.

— Au revoir, monsieur Bingham.

Elle souriait malgré tout en raccrochant le téléphone. Au milieu de sa peine et de sa confusion, c'était réconfortant de penser que quelqu'un la trouvait assez attirante pour la relancer. Si agaçant et sûr de lui qu'il fût.

— Romilly! Quelle charmante surprise... Qu'est-ce que tu fais ici?

— Je sors de l'école. Elle est juste là, regardez...

— Je n'aurais jamais pensé qu'il y avait une école ici, je croyais qu'il n'y avait que des médecins dans Harley Street. Va, je ne veux pas te retenir, tu dois être pressée...

— Non. J'allais juste prendre le métro. C'était une soirée géniale, mercredi. J'ai vraiment adoré.

Elle lui fit un sourire, *le* sourire. À un million de dollars.

— Moi aussi. Et maintenant, qu'est-ce que tu penses de tout cela?

— Oh! j'essaie de redescendre sur terre. C'était formidable, mais quand même, je vois mal quelqu'un voulant me photographier, m'engager ou je ne sais quoi. Pas pour le moment, en tout cas. Avec cette histoire d'appareil dentaire, et aussi je suis tellement maigre, et le reste... Je sais bien que les modèles doivent être minces, mais quand même...

244

— Comment? fit Ritz avec un étonnement sincère. Ta mère ne t'a pas parlé du contrat avec Christie's?

— Alors, où est ton mari ce soir? demanda Felix.

— Sorti avec des clients, comme d'habitude.

Octavia lui sourit, un sourire affectueux, mais prudent. Il allait tout apprendre tôt ou tard, et ce serait tôt, sans doute, car d'ici peu elle ne pourrait plus supporter de vivre sous le même toit que Tom. Déjà, rien que le regarder, s'asseoir à la même table et partager une conversation lui était intolérable. C'était bizarre de constater combien le fait d'avoir crevé l'abcès avait libéré de poisons, de poisons violents. Elle se sentait bien plus haineuse à son égard maintenant qu'à aucun autre moment depuis la découverte du mouchoir. Elle aurait voulu le gifler, le frapper, lui griffer le visage, ce visage insupportablement beau et parfait; avec quel plaisir elle lui aurait donné des coups de pied dans le bas-ventre...

Les jumeaux n'avaient encore rien remarqué des problèmes du couple; pendant la semaine, Octavia et Tom étaient rarement ensemble, aussi ç'avait été facile de dissimuler. Avec l'arrivée du week-end, il n'en irait pas de même. Elle avait suggéré que Tom aille au cottage, mais il avait refusé, ne voulant pas quitter Londres et Aubrey au cas où il se passerait quelque chose. Octavia elle-même ne pouvait y emmener les enfants, à cause de la fête de Camilla Bartlett le samedi, qu'on ne pouvait faire manquer à Poppy, et de Gideon qui avait un entraînement et un match de cricket; aussi devrait-elle passer tout le week-end avec Tom, dans l'ambiance délétère qui était devenue celle de la maison. Ils ne pourraient pas discuter de l'avenir en présence des enfants – qui va faire quoi, habiter où, payer pour quoi, toute cette sinistre routine de la mort d'un couple; ils s'étaient fixé le lundi matin pour en parler, quand les jumeaux seraient à l'école, Caroline et Minty chez les bébés nageurs.

— Je te trouve trop complaisante, dit la voix de son père, la ramenant à la conversation. À propos de ses absences répétées. Je sais bien qu'un homme d'affaires est obligé de sortir, mais avec lui ça prend des proportions extrêmes.

— Je t'en prie, papa, pas maintenant. Passons une bonne soirée... J'ai acheté le dîner chez Marks & Spencer : saumon cuit au miel, cresson, vacherin, tout ce que tu aimes.

— Comme tu es gentille de t'en souvenir, ma chérie... J'ai apporté un peu de vin, dit-il en sortant deux bouteilles d'un sac isotherme, que j'avais mises au frais avant de partir. J'espère que tu en prendras au moins un verre...

Il la suivit dans la cuisine, ouvrit l'une des bouteilles et remplit deux verres.

— À nous, ma chérie, déclara-t-il en lui en tendant un et en l'embrassant. N'est-ce pas charmant, juste nous deux, comme autrefois ?

— À nous, répondit-elle en ignorant la seconde partie de sa phrase. Ça me fait vraiment plaisir de te voir. Assieds-toi, je vais servir la salade.

— Merci. Tu as l'air fatiguée, Octavia, très fatiguée. Pourquoi n'acceptes-tu pas mon offre de vacances ?

— Oui, peut-être... Nous en reparlerons plus tard, d'accord ?

— Si tu veux. Mais alors, maintenant, parle-moi de ce client que tu as perdu.

— Ce n'est pas exactement mon client, commença-t-elle. Et elle entama la saga de Bartles Wood.

— Maman, comment as-tu pu faire une chose pareille ?

— Comment j'ai pu faire quoi, chérie ?

Marianne était rentrée tard de son dîner et n'avait pas su (ou pas voulu) empêcher les lèvres de Nico de glisser vers les siennes, quand il s'était penché pour un baiser d'adieu. Lorsqu'elle était sortie de la voiture, quelques longues secondes plus tard, elle ne savait pas ce qui la troublait le plus – la tranquille assurance dont faisait preuve Nico, la fougue avec laquelle elle lui avait répondu, ou la crainte que ses filles ne la surprennent. Perturbée, partagée entre peur et désir, elle n'était pas prête à supporter l'hostilité de sa fille.

— Cette proposition de contrat avec une boîte de produits de beauté, c'est si moche de ne pas m'en avoir parlé ! Tu n'avais pas le droit !

— Romilly, tu n'as que quinze ans ! Bien sûr que j'avais l'intention de t'en parler, mais je voulais d'abord en discuter avec papa, pour décider de ce qui serait le mieux...

— Décider avant de m'en parler ! Tu as toujours dit que nous devions discuter de tout ensemble, que c'était la seule façon de vivre en famille... Des vacances, des études, des filières à choisir... Tout d'un coup c'est différent, pourquoi ?

— Romilly, tu ne l'as même pas encore, ce contrat ! Des Américains doivent venir mardi pour en parler.

— Pour en parler avec *moi*, pas juste avec toi ! Maman, je ne suis plus une enfant, tu sais ! Dans trois mois, j'ai seize ans ! J'ai gagné ce concours toute seule et tu n'as rien à voir avec ça ! Désolée, mais tu *dois* me laisser continuer jusqu'au bout ! Et si tu ne veux pas me laisser aller à cette réunion mardi, tant pis, j'irai quand même ! Je connais l'endroit et l'heure et tu ne pourras pas m'empêcher d'y aller, à moins de m'enfermer dans ma chambre – et je sais que tu ne le feras pas ! Bonne nuit, dors bien, conclut-elle, comme à son habitude.

Mais pour la première fois elle ne se pencha pas pour embrasser sa mère, et cela fit mal à Marianne.

— Voilà, conclut Octavia quand elle eut terminé, et elle but une gorgée de son chardonnay, auquel elle n'avait quasiment pas touché jusque-là. Qu'est-ce que tu en penses ?

— Je ne sais pas, dit lentement Felix. C'était plutôt... imprudent de ta part, quand même. Très mauvais pour les affaires de Tom, en tout cas.

Elle le dévisagea, stupéfaite. Si *lui* pensait cela, s'il laissait échapper une critique envers elle, alors elle s'était vraiment mal conduite.

— Si on pense que tu agis sans réfléchir, ajouta-t-il, ça ne sera pas bon non plus pour tes propres affaires.

— Mais *j'ai* réfléchi, papa. Il était temps que je mette un peu mes actes en conformité avec mes paroles, je crois.

— En l'occurrence, il me semble qu'il s'agissait plutôt de la parole de Tom, non ? Comment l'a-t-il pris ?

— Il était assez irrité.

— Pas étonnant. Ce n'est pas un comportement très responsable, Octavia, si tu veux mon avis.

Elle se demanda quel aurait été son avis s'il avait su la raison, ou plutôt l'une des raisons pour lesquelles elle avait agi ainsi. L'espace d'un instant, elle fut tentée de la lui révéler – mais, malgré toute sa haine envers Tom, elle recula en songeant à ce que pourrait être la réaction de son père.

— Enfin, soupira-t-il, prompt à lui pardonner comme toujours, je t'admire au moins d'avoir le courage de tes opinions. Tu as perdu Carlton comme sponsor, j'imagine ?

— Sans doute, dit-elle.

Et le seul souvenir de la voix glaciale de Michael Carlton la fit tressaillir. Il l'avait informée plus tôt dans la journée que leur contrat était rompu, et qu'il ne souhaitait plus avoir la moindre relation avec elle désormais, professionnelle ou autre. « Bien que vous sembliez n'avoir aucune idée de ce que signifie le mot "professionnel" », avait-il dit avant de raccrocher.

— Et Melanie, que pense-t-elle de tout ça ?

— Elle a été géniale, elle a même dit qu'elle m'admirait

pour ce que j'avais fait. De toute façon, je ne crois pas que l'idée d'avoir Carlton comme sponsor la satisfaisait tout à fait, étant donné que c'était un client de Tom. Le jeu lui paraissait un peu biaisé.

— En tout cas, elle avait l'air très attentionnée l'autre jour, quand je l'ai eue au téléphone et que tu étais si bouleversée.

— Oui, dit rapidement Octavia, oui, elle a été formidable.

— Donc, un deuxième client perdu en l'espace d'une semaine... Elle doit être vraiment très – comment est-ce que tu me l'avais décrite un jour ? Très solide pour digérer ça.

— Deux ? Je n'ai pas perdu d'autre client..., répondit Octavia, oubliant que c'était l'explication qu'elle avait donnée à sa crise de larmes.

— Tu me l'as dit, en tout cas, lui rappela-t-il, en la scrutant intensément de ses yeux sombres et inquisiteurs, tu m'as dit que tu pleurais à cause de cela. Est-ce que ce n'était pas la vraie raison, Octavia ?

— Bien sûr que si, papa..., dit-elle précipitamment. Je ne pensais même plus au premier, tu vois, tellement l'histoire de Carlton m'a perturbée... Mais écoute, oublions tout cela parce que j'ai autre chose à te dire. Anna Madison est très malade, tu sais. Elle a un cancer du foie, il ne lui reste que quelques semaines à vivre. J'en suis bouleversée, et la pauvre Louise est désespérée...

— Il y avait autre chose, aussi, dit Octavia à Tom.

Ils prenaient le petit-déjeuner avec leurs enfants, luttant pour paraître aimables et courtois, et même sourire de temps à autre.

— Oui ?

Il avait l'air épuisé ; visiblement, il n'avait pas beaucoup dormi cette nuit-là.

— Je vais voir Lauren Bartlett ce matin, déclara-t-elle, en

emmenant Poppy. Elle va me poser la question pour notre dîner la semaine prochaine. Qu'est-ce que je dois lui dire ?

Elle avait espéré qu'il lui demande d'annuler, mais il répondit :

— Comme tu veux, ça m'est égal. Il s'agit d'une simple discussion professionnelle et ça ne me paraît pas nécessaire que nous y allions tous les deux ; si tu veux que je vienne aussi, je viendrai. Maintenant, il faut que je file. Je dépose Gideon au cricket en passant, comme convenu.

Il se leva, l'embrassa rapidement sur le front ; elle sentait le regard des enfants posé sur eux et se força à sourire.

— Bonne journée.

— Merci. Ramasse tes affaires, Gideon, je dois y aller. Et toi, Poppy, amuse-toi bien. Tu n'essaies pas de piloter l'avion toi-même, promis ?

— Merci, papa. On te verra ce soir ?

— Bien sûr. Mais je rentrerai peut-être tard.

— Moi aussi !

— Nous voulons vous aider, dit David Jackson. Nous avons à cœur de soutenir nos clients dans les bons comme dans les mauvais moments. (Faux, songea Aubrey, dans les bons seulement.) Mais en l'occurrence, nous avons l'impression d'être allés aussi loin que nous le pouvions. Votre bilan et vos perspectives ne nous permettent pas de vous consentir un prêt supplémentaire, par rapport à ce que nous vous avons déjà consenti. Et, pour être franc avec vous, je ne crois pas que vous nous remercieriez, à terme, si nous vous donnions la possibilité d'alourdir encore sérieusement vos dettes. Je parle pour l'heure présente, bien sûr...

Il se tut et les regarda d'un air engageant, presque comme s'il s'attendait qu'ils le remercient.

— Les alourdir sérieusement, peut-être pas, déclara Tom...
Mais que pouvez-vous nous proposer, alors?

— Nous sommes prêts à augmenter, jusqu'à nouvel ordre,
votre ligne de crédit de dix mille livres. Soit le prêt maximal
pour lequel je vous avais donné mon accord vendredi dernier.
Mais pas plus, malheureusement. Cela devrait vous permettre
de faire face aux problèmes les plus urgents.

— Oui, mais à long terme, ce sera loin d'être suffisant.

— J'en suis bien conscient.

Un long silence suivit, puis Tom demanda :

— Rien d'autre?

— Eh bien, commença Jackson, mal à l'aise, je pourrais
vous suggérer de prendre des hypothèques sur vos maisons...
Dans ce cas, la banque serait en mesure de...

— C'est déjà fait.

Jackson le regarda et, pour la première fois de sa vie, Tom
éprouva tout le sens de l'expression « un regard apitoyé ».

— Une autre possibilité, reprit le banquier, serait que vous
preniez un troisième partenaire. Qui vous ferait une avance;
mettons, les cent mille livres dont vous avez besoin, en échange
d'une part du capital de votre société. Si vos prévisions sont
correctes, elle a un très gros potentiel, et je suis sûr que, dans
ces conditions, vous n'aurez pas de mal à trouver quelqu'un.

Salaud, songea Tom.

— Et la branche investissement de cette banque?
demanda-t-il, en s'efforçant de prendre sa voix la plus courtoise. Ou bien une autre banque d'investissement? Vous ne
voyez pas une possibilité de ce côté-là?

— C'est peu probable. Pour des sommes inférieures à un
million, elles ne sont pas intéressées, donc... Non, je crois que
c'est du côté des investisseurs privés que vous devez chercher.
Parlez-en à votre expert-comptable, il saura comment vous en
trouver un. Quitte à stipuler dès le départ qu'il acceptera de

vous revendre sa part de Fleming Cotterill quand les comptes se seront rétablis – ce qui va arriver, j'en suis sûr.

Tu en es sûr, mais pas au point de nous donner un coup de pouce, hein...

17

Ce n'était qu'une petite chose, cette main qui se glissait dans la sienne, mais cela fit beaucoup de bien à Marianne. Elle la pressa doucement, puis croisa les yeux de Romilly, grands et craintifs. Aucune des deux ne prononça un mot tandis qu'elles sortaient de l'ascenseur et pénétraient dans le hall d'accueil de chez Christie's. Sans s'être concertées, elles arboraient le même sourire.

— Bonjour, madame Muirhead. Bonjour, Romilly. Comme vous êtes chic, vous faites très jeune dame...

— Oui, désolée...

Ç'avait été le marché passé avec sa mère : soit elle mettait sa stricte tenue scolaire, pour se rendre au lycée directement après la réunion, soit elle n'allait pas à cette réunion. Elle avait mis sa tenue scolaire.

— Entrez, je vous en prie... Tout le monde est là. Madame Muirhead, Romilly, voici Donna Hanson et John Bridges, qui viennent tous les deux de New York, et George Smythe, de notre bureau d'Angleterre. Café pour tout le monde ?

Marianne décida qu'elle n'aimait pas George Smythe : déplaisant, libidineux, la transpiration perlant sur ses tempes. Mais les Américains lui plurent, spécialement Donna Han-

252

son. Elle était à peu près du même âge qu'elle, et lui dit qu'elle avait deux filles adolescentes.

— Donc je comprends que la situation soit un peu perturbante pour vous.

— Un peu, en effet.

Ils posèrent des questions à Romilly sur sa vie, ses études, ses projets d'avenir, regardèrent ses photographies et lui demandèrent quelle impression elle ressentait à l'idée d'aller à New York.

— Je suis ravie, leur répondit-elle. Je connais New York parce que mon père y habite, et j'adore.

— Oh! c'est parfait, s'exclama Donna Hanson. Ainsi, vous pourrez habiter chez lui...

— Nous verrons, intervint Marianne. Mais de toute façon j'accompagnerai Romilly.

— Bien sûr... Voilà en tout cas un problème réglé. Il y en a un autre, mineur : si nous décidons de vous prendre sous contrat, Romilly, et si nous parvenons à un accord, il y a votre appareil dentaire...

Elle s'interrompit avec discrétion, mais Marianne répondit aussitôt :

— J'ai peur qu'il n'y ait rien à faire à ce sujet. Elle doit le garder. Je ne veux pas qu'elle compromette ses dents pour la vie, même si nous souhaitons toutes beaucoup qu'elle travaille avec vous.

— Maman, je vais chez l'orthodontiste la semaine prochaine... Peut-être qu'il dira que je n'ai plus besoin de l'appareil!

— Je suis sûre que non, ma chérie. Cela fait seulement six mois que tu le portes.

Sa voix, elle le vit au regard de Romilly, avait dû paraître plus âpre qu'elle ne l'avait voulu. Serena crut bon à cet instant d'intervenir :

— Ses dents ont l'air d'être parfaitement droites...

253

Mais ce fut une erreur, car Marianne se raidit et riposta :

— Je suis d'accord avec vous, elles ont l'air droites précisément parce qu'elle porte cet appareil. De toute façon, nous allons chez le dentiste la semaine prochaine, comme Romilly vient de le dire, et nous vous donnerons son verdict.

— Très bien. Nous aurons besoin de le connaître en effet, car cela peut avoir un impact sur notre décision finale.

Donc, ils n'avaient pas encore pris de décision définitive, songea Marianne ; peut-être ne l'engageraient-ils pas. Elle jeta un coup d'œil à Romilly, dont le visage s'était crispé. Son réveil avait été difficile, ce matin-là : elle avait un bouton et ses règles étaient sur le point de débuter. Elle avait essayé de presser sur le bouton, n'avait fait qu'aggraver la situation, et seule l'intervention de Zoé avec un peu de crème et de fond de teint était parvenue à la calmer.

— Merci d'être venues toutes les deux, dit John Bridges, tout sourires. Je crois que vous devez maintenant aller à l'école, Romilly. Vous avez une mère très sensée et qui prend bien soin de vous, vous avez de la chance…

Romilly lui sourit en retour, mais c'était un sourire hésitant, sans rien de son rayonnement habituel.

Dans la voiture qui roulait vers Harley Street, elle garda le silence, tout en tirant nerveusement sur sa jupe.

— Chérie, ne sois pas si nerveuse…

— Bien sûr que je suis nerveuse ! éclata-t-elle. Ils ne voudront pas de moi ! À cause du bouton et de ces habits nuls ! Et bravo pour ce que tu as dit sur mon appareil, ça a beaucoup aidé !

— Chérie, je ne vais pas sacrifier tes dents pour ce malheureux contrat…

— Et quel est l'intérêt d'avoir des dents parfaites, si personne ne les voit jamais ? C'est ici, arrête-toi…

Elle sortit de la voiture et claqua la portière, sans se re-tourner.

— Splendide, dit Donna Hanson, totalement splendide. Visage parfait, peau parfaite – sauf ce petit bouton, mais c'est inévitable à son âge. Une question d'hormones à mon avis, et nous devrons faire attention à son cycle, mais il nous la faut à tout prix. La mère risque de poser des problèmes, et il y a aussi cet appareil...

— Nous nous en sortirons, de l'une comme de l'autre, la rassura Ritz.

— C'est vrai qu'elle est merveilleuse, renchérit John Bridges. Des yeux extraordinaires, et tellement virginale... C'est l'oiseau rare.

— Alors, ça a l'air de bien se présenter, non ? dit Nico Cadogan.

— Ça en a l'air, oui, répondit Tom, avec lequel il déjeunait au Ritz.

Les actionnaires semblaient rejeter l'offre d'Egerton à une large majorité. Nico fit signe au serveur de remplir le verre de Tom.

— Et en ce qui concerne la Commission antitrust, est-ce qu'il y a une chance ?

— Pour le moment, le dossier est encore entre les mains du Service de la concurrence, mais nous continuons à faire acti-vement pression pour que ça marche, avec le soutien de votre député – qui a fait inscrire une question, soit dit en passant.

— Ça consiste en quoi, exactement ?

— Ça veut dire qu'il a déposé une demande pour pouvoir poser une question, du genre : « Est-ce que le secrétaire d'État au Tourisme se rend compte des graves conséquences de la fusion projetée, etc. ? », et qu'il attend maintenant que le président de la Chambre lui attribue un moment pour le faire. Puis il y a la motion dont je vous ai parlé, qui a recueilli au moins trente signatures, apparemment. Et j'ai deux journalistes intéressés par l'histoire, dont l'un doit vous appeler d'ici quelques jours. Donc, ma foi, ça a l'air de se présenter aussi bien que possible.

— Excellent! Et si vous étiez un parieur, Fleming, vous mettriez de l'argent sur notre victoire?

— Il ne me reste pas grand-chose à miser, en ce moment. En plus, ce n'est pas mon intérêt de vous donner trop d'espoirs.

— Vous ne répondez pas à ma question. Et que je sache, le manque de fonds n'a jamais retenu les vrais parieurs.

— Je jouerais ma chemise là-dessus, si vous voulez tout savoir, dit Tom en lui souriant.

— Parfait! Exactement ce que je voulais entendre.

— Salut, Taupe.

— Bonjour, Louise. Tu as une mine...

Non, lui dire qu'elle avait une mine épouvantable ne servirait qu'à la déprimer davantage.

— Tu as l'air assez fatiguée...

— Je le suis. C'est dur, mais il faut tenir le coup, dit-elle bravement.

— Comment va-t-elle?

— Mal. Ce n'est plus qu'une question de jours maintenant, d'après le docteur. C'est effrayant la vitesse à laquelle ça a évolué, depuis qu'ils ont diagnostiqué le cancer au foie.

Elle se tut quelques secondes, le chagrin étouffant sa voix.

— Mais elle ne souffre pas, reprit-elle, et elle sait que tu viens. Elle a parfois les idées confuses, aussi ne t'étonne pas si par hasard elle n'a pas l'air de te reconnaître. Ou bien si elle tient des propos bizarres.

Octavia eut du mal à supporter la vue d'Anna. Son visage était devenu squelettique, ses yeux vides et mornes; ses cheveux, qui avaient été si beaux, s'étalaient à présent comme une masse terne sur l'oreiller, et quand elle tournait la tête elle les repoussait nerveusement, d'une main qui ressemblait à une serre. Son foie malade formait une énorme protubérance sous sa chemise de nuit, comme un fœtus de cinq mois; sa peau et jusqu'au blanc de ses yeux étaient jaunes. L'espace d'un instant, Octavia crut qu'elle allait se trouver mal, puis elle prit une grande inspiration, marcha jusqu'au lit et saisit la main de la malade.

— Bonjour, Anna... C'est moi, Octavia!

Elle parut d'abord, perplexe, puis elle fronça les sourcils, fit un intense effort de concentration qui se voyait dans ses yeux bleus, enfin sourit – ou plutôt, elle retroussa les lèvres en un rictus qui voulait ressembler à un sourire.

— ... Si heureuse de te voir, souffla-t-elle d'une voix exténuée.

— C'est moi qui suis heureuse de vous voir, Anna...

Un long silence s'ensuivit, puis Anna demanda :

— Les... les enfants?

— Ils vont très bien. Les jumeaux, toujours aussi bruyants, vous les connaissez, et Minty, le bébé... elle est adorable.

— Elle te ressemble?

— Non, pas vraiment. Elle ressemble plutôt à Tom.

— Cher Tom. Louise parlait de lui l'autre jour.

— C'est vrai?

Elle n'avait quand même pas pu tout révéler à Anna...

— Oui. Elle est très attachée à lui, murmura-t-elle avant de fermer les yeux, laissant Octavia à sa surprise.

Louise assise au chevet de sa mère mourante et lui parlant de Tom, lui expliquant qu'elle l'aimait bien – surtout en ce moment? Ce devait être l'effet des médicaments, des souvenirs qui se mélangeaient dans sa mémoire. Elle semblait s'être endormie quand Louise entra très doucement dans la chambre et dit :

— Maman, nous allons juste manger un morceau. À tout à l'heure.

— Je reviens très vite, dit Octavia.

— Oh! Louise, chuchota Anna, avant que tu partes...

— Oui?

— Quelque chose me tracasse, j'ai encore oublié de... Il faut que tu m'aides, Louise, je...

— Je t'écoute, maman. Excuse-moi, Octavia, j'arrive dans une minute.

Tandis qu'elle refermait la porte, Octavia entendit la voix d'Anna qui disait :

— Il ne faut pas que ton père le sache, hein! Il serait si fâché...

Comme si, à présent, Charles risquait de se fâcher contre Anna, sur quelque sujet que ce soit...

— Si nous allions nous asseoir un peu dans le jardin? proposa Louise quand elle fut sortie de la chambre.

— Volontiers. Où est Dickon?

— Papa a voulu l'emmener faire un tour, et j'ai pensé que c'était une bonne idée.

Elle se laissa tomber sur le vieux banc de bois moussu, qui trônait sur la terrasse de toute éternité, et Octavia y prit place à son côté.

— Quel était ce problème qui la tracassait tant, la pauvre? demanda-t-elle d'une voix attendrie. À propos duquel ton père allait être fâché?

— Oh! la pauvre, comme tu dis, répondit Louise en souriant. Il y a des années, à l'époque de notre enfance, ses parents avaient une vieille caravane qu'ils laissaient dans un champ, chez un fermier. Nous y avons passé quelques jours, deux ou trois fois. Quand ses parents sont morts, papa lui a dit qu'elle devrait la vendre, mais elle n'a pas pu s'y résoudre. Et maintenant elle est terrifiée à l'idée qu'il puisse l'apprendre, et elle voudrait que je m'en occupe...

— La pauvre chérie...

— En ce moment, c'est tout le temps comme ça. Elle n'arrête pas de remâcher ce genre de petites choses. Oui, Janet ?

— Vous voulez déjeuner, Louise ? Vous et Octavia ?

La chère Janet les couvait du regard comme avant, quand elles étaient encore deux collégiennes...

— Octavia sûrement, n'est-ce pas, Taupe ? Moi, je ne sais pas.

— Il faut manger, Louise, sinon vous ne tiendrez jamais le coup. Même si vous devez tout vomir après. Comment vous sentez-vous aujourd'hui ?

— Bien, répondit-elle rapidement. Mieux.

— Je vais vous faire une salade.

— Qu'est-ce qui se passe ? demanda Octavia quand elle fut partie. Tu n'es pas bien ?

— Parfaitement bien, juste un peu fatiguée, c'est tout. Et le stress me donne toujours des nausées...

— Maman ! Salut !...

C'était Dickon, tirant Charles Madison par la main. Il n'avait pas l'air traumatisé le moins du monde, mais rose et souriant ; Janet et son mari Derek se montraient d'une aide précieuse en la circonstance.

Dickon embrassa sa mère, puis Octavia, et Charles Madison s'avança bientôt pour l'imiter.

— Merci d'être venue... Anna attendait cela avec impatience.

— C'est la moindre des choses...

— Tout le monde ne l'aurait pas fait. Et Louise en était ravie. N'est-ce pas, chérie ?

— Oui, bien sûr.

Elle sourit nerveusement et paraissait tout à coup moins à l'aise, jugea Octavia.

— Tu es revenu tôt, papa, non ? lança-t-elle. Tu avais dit trois heures...

— Non, c'est toi qui avais dit trois heures, quand tu m'as mis dehors, répondit-il avec un clin d'œil.

— Je ne t'ai jamais mis dehors !

— C'est vrai, tu m'as demandé d'emmener Dickon faire un tour, ce n'est pas pareil. Mais il a voulu rentrer plus tôt, il m'a dit qu'il avait du travail à faire au jardin avec Derek. Et est-ce que je n'avais pas le droit de voir un peu ton amie ? C'est l'une de mes préférées, tu le sais bien...

Octavia lui sourit, non sans une certaine perplexité ; Louise n'avait-elle pas dit que c'était son père qui avait voulu emmener Dickon ? Sans doute le stress dû aux circonstances embrouillait-il tout le monde.

— Elle t'a dit la nouvelle, Octavia ?

— Non... Quelle nouvelle, Louise ?

— Je peux lui dire ?

— Oh ! papa, il faudrait peut-être...

— Est-ce que ce n'est pas ta meilleure amie ? Et ça lui fera si plaisir... Louise est enceinte, Octavia ! Une vie nouvelle dans la famille, pour bientôt, tu te rends compte de ce que cela signifie ? Même si elle en est toute retournée, bien sûr, à cause de...

— Oh ! Louise !

Octavia se leva pour serrer son amie dans les bras et l'embrasser.

— Je suis heureuse, si heureuse ! Je comprends maintenant pourquoi tu n'avais pas l'air dans ton assiette...

— Merci, répondit-elle sans conviction.

— C'est pour quand?

— Aux alentours de janvier.

Elle avait un air bizarre, morne, puis Octavia se souvint des innombrables fois où elle avait dit qu'elle n'aurait jamais d'autre bébé, après le drame de Juliet; elle était tout simplement terrifiée, et cela se comprenait fort bien. Quel courage il leur avait fallu, à elle et Sandy, pour tenter l'aventure de nouveau...

— Je suis vraiment ravie pour toi, répéta-t-elle. Et Anna, qu'est-ce qu'elle en pense?

— Je crois qu'elle n'a pas tout à fait bien saisi, répondit Charles. Nous avons essayé de lui expliquer, mais... En tout cas, je garde l'espoir qu'elle comprendra, avant que...

Octavia en fut surprise; Anna ne lui avait pas paru avoir l'esprit à ce point confus.

— À table! dit Janet, apparaissant à la porte-fenêtre.

Octavia était retournée dans la chambre d'Anna pour lui dire au revoir, sans doute pour la dernière fois, songeait-elle; et maintenant tant de souvenirs heureux lui revenaient en mémoire, de vacances, de jeux, d'insouciance, qu'elle trouvait à peine la force de regarder ce visage émacié, ce corps frêle, qui ne semblait déjà plus tout à fait de ce monde.

Elle s'approcha du lit et prit la main d'Anna.

— Il faut que j'y aille, dit-elle en retenant ses larmes, mais je reviendrai bientôt.

— Oui, reviens, ma chérie. Je ne serai plus là, mais reviens les voir, oui.

— Anna, ne...

— Louise va avoir besoin de toi. Elle est si fragile, tu sais. Et Charles t'aime beaucoup.

Ils s'étaient sûrement trompés. Anna avait bel et bien compris, pour le bébé. Elle lui sourit.

— C'est merveilleux, n'est-ce pas? Pour le bébé...

— Quel bébé, ma chérie?

— Celui de Louise... C'est si courageux de sa part...

— Oh! si l'on pouvait arrêter de parler du bébé de Louise, murmura Anna, le visage crispé. Il n'y a pas de bébé, il ne peut pas y en avoir. C'est impossible. Il faut que je l'explique encore une fois à Charles. Ma chérie, tu es un amour d'être venue...

Octavia se pencha pour l'embrasser et l'espace d'un instant elle retrouva, derrière le masque de la maladie, l'Anna de toujours, ses yeux bleus noyés de tendresse et d'affection.

— Prends bien soin de toi, ma chérie. Dieu te garde.

— Au revoir, Anna. Au revoir et merci pour tout.

Elle quitta la chambre en larmes et redescendit lentement jusqu'à la cuisine; là, elle aperçut Louise, tendit la main vers elle en quête de réconfort mutuel – et s'arrêta, stupéfaite. L'expression du visage de Louise n'était pas angoissée ni douloureuse, mais ardente au contraire, farouche, proche de la jubilation.

— Il faut que tu dises à Tom pour mon bébé, lui déclara-t-elle. Il sera content. Je suis sûre qu'il le sera.

— Oui, répondit Octavia, tâchant de sourire à Louise à travers ses larmes, encore trop effondrée par la vision d'Anna pour réfléchir à ce qu'elle répondait. Oui, j'en suis sûre moi aussi.

18

— Taupe? C'est moi.

Sa voix était rude, rude et fragile en même temps.

— Oui, Louise ? Qu'y a-t-il ?

Elle lui posa la question, mais elle savait déjà.

— Elle est partie. Maman est partie...

— Oh ! Louise, ma chérie, je suis tellement désolée...

— Pas moi, dit-elle d'une voix raffermie, presque coléreuse. Je suis heureuse, heureuse que ce soit fini. Ç'a été si horrible pour elle.

— Est-ce qu'elle était...

— Apaisée ? Oui. À la fin, oui. Papa était avec elle, il lui a tenu la main jusqu'au bout.

— Tu veux que je vienne ?

— Non, franchement, ce n'est pas la peine. Je te préviendrai pour l'enterrement, dès que je saurai. Il faut que je t'abandonne, j'ai une foule de choses à faire.

— À bientôt, Louise. Je t'embrasse et je t'aime.

La journée fut longue, triste et difficile ; Minty elle-même avait un visage sombre. Après le déjeuner, Tom emmena les jumeaux faire du vélo et Octavia essaya de s'absorber dans la lecture des journaux. Ils revinrent à cinq heures, Tom annonça qu'il devait aller au bureau.

— Au bureau, un dimanche ?

— Oui. Aubrey et moi avons une réunion de crise, comme il pourrait y en avoir un certain nombre pendant les semaines qui viennent.

— Vraiment ? dit Octavia d'un ton glacial.

Louise rappela en début de soirée.

— Ce sera mercredi, pour l'enterrement, annonça-t-elle. À midi, à l'église du village.

— Bien, fit Octavia, j'ai noté.

Louise se tut pendant quelques secondes, puis reprit :

— Je sais que ça peut paraître bizarre, mais est-ce que tu

pourrais demander à Tom de venir aussi ? Maman l'aimait beaucoup, et je voudrais tellement que tout le monde soit là pour elle...

— Bien sûr que je le peux, dit Octavia, tout en songeant à ce que cette demande avait d'étrange, compte tenu des relations plutôt tendues entre Tom et Louise. Compte sur moi.

— Merci, merci beaucoup. Oh ! une chose encore : quand tu verras Sandy, ne lui parle pas du bébé, tu veux bien ? Il s'est un peu... braqué sur le sujet, il dit qu'il n'est pas sûr que ce soit une bonne idée. Il changera d'avis, mais pour le moment il vaut mieux éviter de lui en parler. Je l'ai annoncé à papa aussi.

— Entendu.

Tom rentra peu après dix heures, l'air exténué.

— Tom, j'ai une ou deux choses à te dire...

Il s'assit et commença à retirer sa cravate.

— Pas trop, Octavia, je suis épuisé. J'ai passé la soirée à essayer de trouver le moyen de sauver Fleming Cotterill. Tu seras contente de l'apprendre, ta fidélité à tes principes risque de nous faire couler.

— Vraiment ? Mais je suis sûre que tu y arriveras, Tom.

— J'envie ton optimisme, pourtant je...

— Pas maintenant, dit-elle en le coupant. Les obsèques d'Anna Madison auront lieu mercredi et, Dieu sait pourquoi, Louise voudrait que tu sois là.

Il y eut un instant de silence puis il dit :

— Impossible, j'ai des rendez-vous toute la journée.

— Bien sûr tu dois venir, s'insurgea-t-elle, tandis que la colère montait en elle. L'enterrement d'une vieille amie n'est-il pas mille fois plus important que des rendez-vous ?

— Octavia, Anna n'était pas *mon* amie, tu le sais bien !

— La dernière fois que je l'ai vue, elle m'a dit qu'elle t'aimait beaucoup, et que Louise aussi t'aimait beaucoup ! Ce qui m'a étonnée, d'ailleurs, vu que tu es à peine poli avec elle la plupart du temps.

— Elle aussi, c'est *ton* amie, Octavia.

— Tom! s'exclama-t-elle, soudain furieuse, comment peux-tu?... Ces gens souffrent terriblement, Louise vient juste de se remettre de la mort de son bébé, et en plus elle est de nouveau enceinte! Elle m'a même demandé de te le dire! Dieu sait pourquoi elle a l'air de vouloir que tu le saches, mais en tout cas je trouve que c'est très courageux de sa part, et cette perspective a l'air de la bouleverser, ce que je comprends. Donc...

— Enceinte? répéta-t-il d'une voix rauque, bizarrement tendue. Louise est enceinte? Tu en es sûre?

— Bien sûr que oui! Elle me l'a dit, son père me l'a dit et elle vomit toutes les cinq minutes. Pourquoi est-ce que je n'en serais pas sûre?

— Je... non, désolé, dit-il, et sa voix était devenue sourde, étranglée. Je suis surpris, c'est tout. Tu as peut-être raison, ajouta-t-il après un silence, je vais essayer de venir.

Puis il se leva et conclut :

— Je vais me coucher maintenant. Bonne nuit.

Il traversa la pièce d'un pas lourd et sortit sans se retourner.

Tom entra dans le bureau d'Aubrey.

— Nous avons un sauveur, ou du moins peut-être. Un certain Terence Foster. Nous avons rendez-vous avec lui jeudi matin à huit heures et demie. C'est bon pour toi, j'espère? Parce que j'ai dit oui...

— Parfait. Espérons que ça va être le grand amour.

— Il le faudra, grommela Tom : il réclame un tiers des parts de la compagnie.

— Un tiers! gémit Aubrey. C'est dur...

— Nous pourrions discuter... De toute façon, l'urgent est

de sortir du gouffre, d'une manière ou d'une autre. Je file au Savoy, je déjeune avec Cadogan.

— Ça a l'air de bien marcher de ce côté-là, non?

— On dirait. Salut, Aubrey.

Tom s'étonnait lui-même de réussir à donner le change, à avoir l'air normal, enjoué, si l'on songeait à tout ce qui lui tombait dessus en même temps.

— Louise? C'est Octavia. Comment te sens-tu?

— Pas trop mal. Un peu fatiguée.

— Je voulais te dire que Tom viendra mercredi.

— Oh! merci, Taupe. Je sais que ça va être difficile pour toi, mais j'apprécie vraiment.

Un silence, puis elle demanda d'une voix hésitante :

— Est-ce qu'il y a eu du nouveau entre vous? Je ne t'en ai plus reparlé depuis longtemps, désolée...

— Un peu, oui... Nous avons eu la fameuse conversation.

— Et?

— Écoute, je ne peux pas m'étendre là-dessus maintenant parce que je suis au travail, mais c'est fini. Je ne veux plus de lui et je le lui ai dit.

— Et cette conversation, c'était quand?

— Louise, quelle importance? Mercredi, je crois. Oui, mercredi de la semaine précédente.

— Et il a été d'accord?

— Il n'a pas vraiment le choix...

— Mais tu le lui as bien fait comprendre, clairement?

— Bien sûr, oui... Louise, pourquoi toutes ces questions?

— Oh! pour rien, je pensais juste que tu n'étais pas sûre, à propos du divorce...

— Maintenant je suis sûre, tout à fait sûre.

— Je t'admire d'être aussi forte, Taupe...

— Pour le moment c'est facile, j'ai à peine commencé...

Ce que je redoute le plus, c'est d'en parler à papa. Ça va être terrible. Il va assassiner Tom.

— Tu crois?

— Oui, et j'imagine qu'il va essayer de couler Fleming Cotterill, rien que pour nuire à Tom, mais ça ne me fera aucun bien à moi. Il faut que je trouve la manière la plus... bénigne de lui présenter les choses.

— Écoute, est-ce qu'il ne voudrait pas venir mercredi lui aussi? J'ai toujours bien aimé ton père, et je me souviens de maman disant quel homme séduisant il était...

— Tu es sûre? Ce n'est pas un ami très proche, pourtant...

— Oui, je suis sûre, dit lentement Louise. Et s'il veut amener Marianne, dis-lui que je serais ravie. Elle m'avait envoyé un petit mot adorable au moment de la mort de Juliet.

Elle lance des invitations pour l'enterrement de sa mère comme si c'était une réception mondaine, songea Octavia.

— Fenella, tu ne trouves pas que mon ventre est gonflé?

— Peut-être un petit peu, oui, répondit Fenella après examen. Mais à peine, et ça ne date que d'aujourd'hui. Je n'ai rien remarqué samedi.

— Pfft... C'est à cause de mes règles, qui sont en retard. Il va devenir de plus en plus gros jusqu'à ce qu'elles arrivent, et moi qui dois retourner à l'agence mercredi! Et ce satané bouton, en plus... Ils vont annuler le contrat à tous les coups! Tant pis, je ne vais plus rien manger jusqu'à ce que je les aie.

— Ne sois pas stupide, Rom. Si tu fais ça et qu'ils s'en aperçoivent, ils vont penser que tu es anorexique et ils ne voudront jamais t'engager.

— Tu crois? En tout cas je ne déjeunerai pas, ce sera déjà ça. Et aussi, je pense à quelque chose, je pourrais prendre un laxatif? Je me souviens que Zoé l'avait fait une fois, avant d'aller à une fête, pour avoir le ventre plus plat.

— Écoute, Rom, je ne crois vraiment pas que ce soit une bonne idée. Tu vas te rendre malade...

— Mais non... C'est seulement jusqu'à mercredi, de toute façon je vais m'arrêter dans une pharmacie pour en acheter.

Fenella contempla son amie d'un air anxieux : c'était exactement le genre de choses qui arrivaient aux modèles, d'après ce qu'on racontait – sauf qu'avec Romilly c'était arrivé terriblement vite...

— Écoute, Romilly, je...

Elle leva la main :

— Stop, Fen. Je ne veux pas que tu me fasses la leçon, pas toi. Tu es mon amie, non ?

— Oui, je le suis, soupira-t-elle.

La notice des laxatifs conseillait de prendre un ou deux comprimés au moment d'aller se coucher ; Romilly (dont le ventre était encore plus gonflé après la grande assiette de spaghettis bolognaise que sa mère l'avait forcée à avaler) en prit quatre. Elle se réveilla à cinq heures du matin, tenaillée par des crampes insupportables, et passa une heure aux toilettes ; mais une fois qu'elle se fut douchée et habillée, si elle avait les jambes quelque peu flageolantes, elle constata avec satisfaction que son ventre était redevenu plat.

— Sandy, qu'est-ce que tu en penses ?

Il releva la tête, surpris par le ton de la voix de Louise : une voix alerte, joyeuse, *sa* voix, qu'il n'avait plus entendue depuis des semaines.

— Celui-ci ? demanda-t-elle, en posant un grand chapeau de paille noir sur sa tête, ou peut-être celui-là ? en le remplaçant par un turban de soie.

— Je ne sais pas, répondit-il prudemment, les deux ont l'air bien... mais est-ce que ça compte tant que cela ?

— Bien sûr que oui! C'est la dernière fête de maman, il faut que tout le monde fasse un effort pour elle!

— Louise, c'est de l'enterrement de ta mère que tu parles, pas d'une mondanité! Elle ne sera pas...

— Pas quoi, Sandy? Elle ne sera pas quoi?

— Elle ne sera pas là, murmura-t-il à contrecœur, mais comme quelque chose qu'il ne pouvait taire.

Elle marcha droit vers lui, le fixa bien en face et le gifla au visage de toutes ses forces.

— Comment oses-tu dire une chose pareille? Bien sûr qu'elle sera là, qu'elle saura! Elle voudra que ce soit réussi!

Puis, sans qu'elle cesse de le fixer, il vit ses yeux s'agrandir peu à peu, une expression d'horreur y apparaître, enfin elle fondit en larmes et hoqueta :

— Pardon, Sandy, oh! pardon, pardon... Je suis si fatiguée, si fatiguée de vouloir toujours paraître brave et positive... Excuse-moi, s'il te plaît...

Elle l'entoura de ses bras; il sentit son corps mince qui se pressait contre le sien, et ce qu'il éprouva à cet instant ressemblait presque à de la répulsion. Puis il se ressaisit et l'enlaça lui aussi, docilement.

— Bien sûr que je te pardonne. Je sais combien toute cette période a été éprouvante pour toi, et je comprends.

— Je sais bien qu'elle ne sera pas là, chuchota-t-elle, la voix chargée de larmes. Je le sais et c'est terrible; c'est pour cela que j'essaie de me concentrer sur autre chose, les fleurs, le buffet... et mes chapeaux.

Ils restèrent quelques instants enlacés, puis elle se dégagea de ses bras et reprit d'une voix hésitante :

— Je vais prendre les deux, qu'est-ce que tu en penses? Je déciderai au dernier moment...

Il la contempla pendant qu'elle se dirigeait vers la porte, et trouva qu'elle avait l'air mieux que pendant ces dernières semaines, moins torturée, moins... oui, moins qu'après la mort de Juliet.

Au moins, voilà un drame qui ne se produirait plus. Qui ne pourrait plus jamais se produire.

Au cours de la matinée, Romilly sentit une douleur familière poindre dans son ventre et dans son dos : ses règles étaient enfin arrivées. Après être ressortie des toilettes, elle se regarda dans le miroir et nota que son bouton avait quasiment disparu ; la douleur qui lui vrillait les entrailles lui parut alors presque agréable. La prochaine fois en tout cas, si cela recommençait, elle saurait quoi faire.

19

Marianne était dans son bain quand le téléphone sonna, et elle l'ignora ; le répondeur ferait son office. Une minute plus tard, Zoé apparut à la porte de la salle de bains et lança d'un air entendu qui irrita sa mère :

— Maman, c'est ton petit ami...

— Zoé, n'appelle pas Felix mon petit ami ! protesta Marianne – tout en songeant combien il était difficile de prendre un air sévère quand on était dans sa baignoire, les seins à l'air.

— Ce n'est pas Felix, mais un type qui s'appelle Nico Cadogan. *Très* belle voix, feutrée et tout. Je lui dis que tu le rappelles ?

— Oui, je le rappelle, dit Marianne du ton le plus calme et détaché qu'elle put. Mais ce n'est pas mon petit ami !

— OK. Disons que c'est juste celui qui te faisait piquer un fard l'autre jour au téléphone. Au fait, Felix est ici.

— Déjà! Il est à peine neuf heures.

— Oui, mais il est au salon en train de lire les journaux. À propos de journaux, tu sais que Versace a été assassiné? Horrible, non?

— Non? Quelle horreur...

— Felix te fait dire qu'il ne veut pas être trop en retard.

Ça alors! songea Marianne, furieuse. Elle allait faire cent cinquante kilomètres, assister à l'enterrement d'une femme qu'elle avait à peine connue, uniquement pour faire plaisir à sa fille, et en plus il la rappelait à l'ordre! Puis elle s'en voulut de ses mauvaises pensées – il s'agissait d'un enterrement, quand même.

— Dis-lui que j'arrive dans dix minutes.

Nico était visiblement amusé par Zoé.

— Elle m'a dit que vous étiez dans votre bain. J'aimerais beaucoup vous voir dans votre bain. Bientôt, peut-être?

— Nico, répondit-elle, en baissant la voix malgré elle, je vous interdis de parler comme cela! Évidemment que vous ne me verrez pas... là où vous dites.

— Nous en reparlerons. En attendant, si nous dînions ensemble ce soir?

— Je ne suis pas libre. Felix et moi allons à un enterrement.

— Oh! toutes mes condoléances. De qui?

— La mère d'une vieille amie d'Octavia.

— Je vois, dit-il d'un ton railleur. Vous allez une fois de plus tenir la chandelle dans l'histoire d'amour entre Felix et sa fille...

— Nico! Felix était un grand ami de la défunte, mentit-elle, donc je suis obligée d'y aller...

— Bien, je penserai à vous. Où est-ce ?

— Dans le Gloucestershire.

— Si vous ne rentrez pas trop tard, appelez-moi, d'accord ? Autrement, nous pourrions peut-être nous voir demain soir ?

— Non, Nico, je ne peux vraiment pas...

— Bien sûr que si, vous pouvez. Et si vous croyez que je vais laisser tomber ma tentative d'OPA sur vous, vous vous trompez. Je vous rappelle demain matin, et avec un peu de chance votre fille me donnera de nouveaux détails intimes. Au revoir, chère Marianne.

Une fois qu'elle eut raccroché, elle s'assit devant le miroir pour se maquiller et elle ne pouvait s'empêcher de sourire, sans savoir pourquoi. Sans doute parce que les choses s'arrangeaient plutôt autour d'elle ? Cette histoire de mannequin allait sûrement bien tourner pour Romilly, et quant à Felix, ma foi, il y avait des hauts et des bas, mais tout finissait toujours par rentrer dans l'ordre entre eux... Une vague d'optimisme, soudaine et diffuse, semblait baigner sa vie.

L'enterrement, dans la petite église du village, fut un moment de grande émotion ; chaque fois qu'Octavia tournait la tête vers le cercueil, croulant sous les roses et les lis blancs, elle serrait les lèvres pour retenir ses larmes. Car si Louise ne pleurait pas, ne devait-elle pas se montrer aussi courageuse elle-même ?

Dès le début, Louise l'avait stupéfiée par son calme et son sang-froid apparent ; elle était venue jusqu'à eux dans l'église, Tom et elle, les avait embrassés avec un sourire en les remerciant de leur présence. À présent elle était debout devant le lutrin, superbe, dans sa robe de soie noire à longues manches, ses cheveux blonds roulés en une sorte d'auréole sous son chapeau de paille noir ; et elle prenait le temps de parcourir l'assistance du regard, posément, avant de commencer à lire l'Épître aux Corinthiens. « Quand je parlerais les langues des hommes et des anges, si je n'ai pas l'amour, je ne suis plus qu'airain qui sonne ou cymbale qui retentit... » Les paroles sacrées pénétraient au plus profond d'Octavia, son cœur vibrait douloureusement en les entendant. « Maintenant donc demeurent foi, espérance, amour... (Là, Louise marqua un long silence.)... Mais la plus grande de ces trois choses, c'est l'amour. » Octavia tourna la tête et vit que Tom semblait bouleversé lui aussi ; il avait baissé les yeux vers ses mains et nouait nerveusement ses doigts les uns avec les autres. L'espace d'un instant, elle oublia tout, la trahison de Tom et sa propre haine envers lui, pour ne plus éprouver qu'un seul sentiment : dans un recoin de son cœur elle l'aimait, elle avait encore besoin de lui.

Après l'office, les invités reprirent leurs voitures afin de gagner la maison des Madison, tandis que seule la famille proche se rendait au petit cimetière pour l'inhumation, à la demande de Charles. Felix et Marianne (dont la voiture était garée près de l'église, à la différence de celle des Fleming) proposèrent à Octavia de l'emmener, et elle accepta ; émue comme elle l'était, elle avait peur de voir sa détermination flancher si elle se retrouvait seule avec Tom.

En attendant le retour de la famille, les invités déambulaient dans le jardin en buvant du champagne ; plus que jamais, on eût dit une garden-party plutôt qu'un enterrement. Marianne discuta quelque temps avec Felix et Octavia – une situation qu'elle n'appréciait déjà guère en temps normal, et que les circonstances alourdissaient encore. Octavia restait sous le choc, tout dans les lieux lui rappelant des souvenirs d'Anna ; quant à Felix, trente-trois ans après la mort de sa femme, assister à un enterrement lui était toujours aussi pénible. Au bout d'un temps, la tension aidant, Marianne eut irrésistiblement envie de fumer une cigarette. Felix ignorait qu'elle fumait (de façon très occasionnelle), du reste personne ne le savait, surtout pas ses enfants. Elle s'excusa et prit le chemin de la maison, avant d'obliquer vers le parking une fois qu'elle fut hors de portée des regards.

Elle s'assit dans la voiture de Felix et fouilla dans son sac, pour en sortir une des cigarettes qu'elle dissimulait dans un étui de tampons périodiques ; tout en le faisant, elle ne pouvait s'empêcher de rire elle-même de cette ruse de pensionnaire. Elle l'alluma avec l'allume-cigares, puis songea que malgré les fenêtres ouvertes elle ne pouvait fumer à l'intérieur, car Felix risquait de sentir l'odeur tout à l'heure. Aussi quitta-t-elle la voiture, puis ressortit-elle de la cour qui servait de parking. Là-bas, près de la porte de la maison, elle vit la famille qui revenait à pied du cimetière – Charles Madison, ses deux fils et leurs épouses, Sandy, mais pas trace de Louise apparemment, qui devait être déjà rentrée à l'intérieur. Marianne marcha jusqu'à un petit champ qui longeait la route, commença à faire les cent pas dans l'herbe en aspirant de lentes bouffées de fumée, quand elle vit un couple, à une centaine de mètres environ.

C'était Tom, et... oui, et Louise : même de loin on ne pouvait s'y tromper, avec ses cheveux blonds et sa robe de soie noire. Elle le frappait, de ses deux poings fermés, et il essayait de la tenir à distance ; Marianne ne pouvait saisir ce qu'ils se disaient, mais elle entendait leurs voix, qui allaient crescendo, puis elle distingua des sanglots féminins – enfin Tom repoussa Louise sans ménagement et s'éloigna d'elle à grandes enjambées.

Marianne écrasa sa cigarette au sol et regagna la maison, le plus rapidement possible.

Lucilla Sanderson s'installa avec un soupir de plaisir dans le fauteuil de rotin – son fauteuil de rotin, comme elle l'appelait volontiers, même si les autres occupants de Bartles House ne partageaient pas ce point de vue. Midi approchait et c'était le meilleur moment de la journée, surtout en été : les inévitables douleurs du réveil s'étaient estompées, elle avait bu son café, mangé ses biscuits, lu les journaux, écouté la radio, puis s'était aventurée hors de sa chambre, à son rythme et sur ses cannes. L'un des plaisirs de l'expédition était les nombreuses haltes qu'elle faisait, pour parler avec les uns et les autres dans le couloir et dans le vaste hall, glisser la tête au passage dans la grande salle où des malheureux, à qui il ne restait plus que cela dans la vie, étaient affalés devant la télévision. Pour Lucilla, on ne devait pas regarder la télévision avant six heures du soir; la journée était faite pour écouter la radio, pour lire et pour écrire des lettres. C'était même ce qui faisait toute la différence entre les gens comme elle, encore en pleine possession de leurs moyens, et ceux qui pouvaient juste se traîner (ou plutôt qu'on traînait) devant la télévision dès le matin. L'un des avantages de Bartles House, c'était qu'elle était assez grande pour permettre à chacun de vivre comme il l'entendait.

Lucilla, qui avait grandi dans une vaste maison du XVIIIe siècle dans le Wiltshire et possédait un goût architectural très sûr, avait été séduite par Bartles House dès le premier regard. À l'extérieur, le bâtiment n'était pas une réussite, avec ses tourelles ridicules et ses fenêtres à meneaux, mais il avait du charme et de la personnalité; en revanche, à l'intérieur, les hauts plafonds, les cheminées de pierre, les boiseries et les corniches étaient simples et pleins d'élégance. S'il s'était agi d'une de ces affreuses constructions modernes, elle n'aurait même pas envisagé de venir vivre un jour dans une résidence; mais à Bartles House, elle avait presque l'impression d'être chez elle. Et il y avait le merveilleux domaine tout autour, avec les jardins (même s'ils n'étaient plus guère entretenus), la prairie en pente qui descendait jusqu'au bois, et ce charmant petit bois lui-même – oui, l'ensemble était un enchantement. Parfois, quand sa fille lui rendait visite et qu'elle se sentait suffisamment en forme, elles marchaient toutes les deux jusqu'à l'orée du bois, et restaient de longues minutes à scruter les profondeurs des feuillages. Plusieurs fois, elle avait vu des geais et des piverts en jaillir, dans un éclair de couleurs ; les nuits d'été, elle demeurait fréquemment éveillée, captivée par le chant doux et régulier des rossignols.

Lucilla ramassa le *Telegraph* pour faire les mots croisés, s'autorisa quelques secondes de rêverie, puis tressaillit en sentant qu'elle commençait à dodeliner de la tête. Elle prit son stylo en main, jeta un coup d'œil à sa montre – dans une petite demi-heure ce serait le moment du sherry –, puis promena une dernière fois les yeux sur le paysage avant de se mettre à la tâche. C'était un grand privilège de pouvoir finir ses jours dans un endroit aussi ravissant. Tous les autres pensionnaires pensaient comme elle, et ils répétaient souvent que si on les obligeait à quitter Bartles House pour aller continuer leur « voyage » ailleurs (c'était le terme qu'ils utilisaient), alors ils préféreraient encore se coucher sur la route et laisser les camions de déménagement leur rouler dessus. Mais il n'y avait pas le moindre risque que cela se produise.

Les journaux avaient publié ces articles absurdes, c'est vrai, mais M. et Mme Ford leur avaient assuré que c'étaient des bruits stupides qui couraient, que jamais ils n'avaient même envisagé de vendre Bartles House.

— C'est notre maison aussi bien que la vôtre. Ne vous faites aucun souci à ce sujet.

Ils ne s'en faisaient pas.

Dans son petit bureau, toujours impeccablement rangé, du Service régional de l'urbanisme de Bristol, John Whitlam dictait un rapport sur sa visite à Bartles House, Bartles Park, près de Felthamstone. Il avait trouvé l'endroit en très mauvais état, expliquait-il dans le micro; le bâtiment surtout était froid, délabré, rempli de courants d'air, et tout à fait inadapté à l'usage qui en était fait. De grandes pièces trop hautes de plafond, impossibles à chauffer, des kilomètres de couloirs à parcourir par le personnel et par les familles en visite... Les pensionnaires seraient bien mieux logés (comme M. et Mme Ford l'avaient clairement suggéré) dans un bâtiment moderne et fonctionnel, tel celui qu'on projetait de construire de l'autre côté de Bath. La maison n'avait aucune valeur architecturale, et sa démolition ne serait nullement une perte. Quant aux arbres qui l'entouraient, un seul d'entre eux était classé, derrière le bâtiment, mais une simple modification du programme d'aménagement suffirait à le garder en place.

On ne comprenait guère les motifs sur lesquels le conseil municipal s'était fondé pour refuser la demande initiale de permis de construire; le projet immobilier était bien conçu, une réussite au plan esthétique, et conforme aux normes architecturales de Bath et de Bristol. Sans compter, bien sûr, les avantages du foyer communal promis, avec ses équipements pour handicapés.

Enfin, la mise en œuvre de ce programme créerait un grand nombre d'emplois dans le secteur.

En conclusion, dit John Whitlam dans son dictaphone, il convient d'accorder le permis de construire à la compagnie Carlton Construction dans les meilleurs délais.

L'enterrement était fini et le pire semblait passé, songea Sandy. Louise avait tenu bon, elle avait même réussi à lire superbement l'épître à l'église. Dans le cimetière, elle avait pleuré, mais ce n'étaient pas les mêmes pleurs hystériques que devant la tombe de la petite Juliet; et quand elle leur avait dit de partir devant, qu'elle voulait rester seule quelques instants avec sa mère, elle avait l'air calme.

Maintenant, Sandy venait de chercher Dickon dans toute la maison, pour finalement s'entendre dire par Derek qu'Octavia l'avait emmené se promener. C'était une bonne chose ; Dickon adorait Octavia, et Sandy lui-même l'admirait beaucoup. Il admirait son énergie, ce qu'elle avait fait de sa vie, et aussi l'amitié qui l'unissait à Louise – une amitié loyale et solide, comme à l'armée, de celles qui vous permettent d'aller au feu ensemble et d'en ressortir plus unis que jamais. Il but deux coupes de champagne, échangea quelques mots avec de complets inconnus, pour finalement les voir revenir tous les deux à travers la pelouse, main dans la main. Dickon lui fit un grand geste dès qu'il l'aperçut et s'exclama :

— Papa, on a été jouer près de la rivière !

— C'est bien, mon chéri. Merci, Octavia.

— Je l'ai trouvé dans le jardin, en train de remâcher tout un tas d'idées, et j'ai pensé qu'un petit tour lui ferait du bien...

— Nous n'avions pas voulu l'emmener au..., expliqua Sandy sans terminer sa phrase, et elle hocha la tête.

— Papa, demanda Dickon en glissant la main dans celle de son père, où est maman ?

— Elle arrive tout de suite, mon chéri.

— Elle va bien ?

— Très bien, oui...

— Sandy, commença Octavia d'une voix hésitante, je... Est-ce que je pourrais vous dire un mot ?

— Me dire un mot ? Bien sûr, oui... Maintenant ?

— Si possible, mais..., répondit-elle en faisant un signe de tête en direction de Dickon.

— Oh ! attendez... Dickon, mon vieux, si tu allais un peu voir Janet ? Je suis sûr qu'elle a besoin de quelqu'un pour l'aider à finir les plateaux.

— J'y vais. Tu viendras me chercher quand maman sera rentrée ?

— D'accord.

Le garçon partit en courant et Octavia, manifestement embarrassée, contempla Sandy.

— Sandy, écoutez... Je sais bien que ça ne me regarde pas... je viens de parler avec Dickon, et il était très perturbé. Louise lui a dit que sa grand-mère allait mieux, qu'elle avait retrouvé Juliet, mais lui m'a expliqué que les gens n'arrêtaient pas de mourir dans sa famille. Je n'ai pas voulu en parler à Louise aujourd'hui, surtout pas aujourd'hui, mais j'ai pensé qu'à vous, peut-être...

— Oui, répondit Sandy, mal à l'aise.

— Il a l'impression que tout le monde meurt, que tout le monde le laisse, et il est terrifié à l'idée que ça puisse arriver de nouveau, si...

— Si?

Elle hésita un moment puis se lança.

— Il m'a dit, si Louise a un autre bébé, est-ce qu'il mourra lui aussi? Est-ce qu'il ira retrouver Juliet? Le pauvre, il avait l'air si terrifié que j'en étais bouleversée.

— Oh! pauvre bonhomme, murmura Sandy. Merci de me l'avoir dit, Octavia. Je vais avoir une conversation avec lui, pour le rassurer, en tout cas sur ce risque qu'il y ait un jour un autre bébé. Je sais que c'est dommage dans un sens, vu les circonstances, mais... Quelque chose ne va pas?

Octavia le dévisageait d'un air plutôt bizarre.

— Mais, reprit-elle, très embarrassée, Louise pourrait décider... qu'elle en veut un?

— Oui, mais...

Bon sang, il se serait bien volontiers passé de cette conversation.

— ... mais il se trouve que ça n'arrivera pas.

— Mais, Sandy...

— Octavia, je suis désolé, il faut vraiment que j'aille retrouver les invités maintenant.

— Je pensais... enfin, je me demandais...

— Je sais ce qui vous perturbe, Octavia, dit-il à contre-cœur et en évitant de la regarder, tous ces malaises de Louise... franchement, ce n'était qu'une histoire nerveuse, je vous assure. Il n'y a *aucun* risque qu'elle ait un autre enfant.

— Pourquoi, Sandy ? souffla-t-elle. Dites-moi pourquoi...

Oh ! que c'était gênant et ridicule, mais comment s'en tenir là maintenant ?

— Parce que, après la mort de Juliet, expliqua-t-il rapidement, elle m'a fait faire une vasectomie. C'était la seule chose qui pouvait vraiment la rassurer.

Octavia s'était figée, les yeux fixés sur lui, et il nota qu'elle était soudain devenue très pâle.

— Elle ne me l'avait pas dit.

Ce fut son unique commentaire.

20

Qu'est-ce qui t'arrive, Marianne ? demanda Felix. Je te trouve bizarre, depuis que nous sommes repartis de là-bas.

Ils étaient chez lui et buvaient un verre dans le salon.

— Oh ! rien... ça doit être la tension nerveuse, c'était quand même un moment éprouvant. Comme tous les enterrements.

— Tu as raison. Pauvre femme... J'ai trouvé Octavia tendue elle aussi.

— C'est normal, elle aimait beaucoup Anna. Et elle est très proche de Louise, non ?

— Si. Entre nous, je n'ai jamais trouvé que cette Louise avait une très bonne influence sur Octavia, Elle m'a l'air plutôt instable psychologiquement.

— Et Sandy, tu en penses quoi ?

— Il m'a l'air d'un brave type. Un peu raide de caractère sans doute, et il ne doit pas avoir inventé la poudre, mais brave.

— Drôle de mari pour elle, non ? Il est si conventionnel, alors qu'elle a l'air plutôt bohème et fantasque...

— Je les connais à peine, tu sais, je ne peux guère avoir d'idée sur eux.

— Octavia n'a jamais... disons, laissé entendre qu'ils n'étaient pas heureux ensemble ?

— Pas à ma connaissance, non. Je sais qu'au début, quand ils se sont rencontrés, elle trouvait qu'il ne ferait pas un bon mari pour Louise, mais je crois que maintenant elle l'apprécie. Pas Tom, paraît-il, cela dit personne n'est jamais assez bien pour Tom, grogna-t-il.

— Et Louise, tu crois qu'il l'aime bien ? s'enquit-elle d'un air détaché.

— Marianne, pourquoi toutes ces questions ? Tu ne t'es jamais intéressée à eux jusque-là !

— C'est vrai, mais je n'avais jamais eu l'occasion de vraiment les rencontrer.

— Non, je ne crois pas qu'il l'apprécie beaucoup elle non plus. Je me souviens d'avoir entendu Octavia dire qu'elle invitait rarement Louise, parce qu'elle ne plaisait pas à Tom.

— Qu'elle ne lui plaisait pas ? À quel point de vue ?

— Oh ! bon Dieu, je n'en sais rien ! Tu n'auras qu'à poser la question à Octavia !

S'il avait élevé la voix, il s'interrompit soudain, pour ajouter d'un ton plus rauque :

— Marianne...

Elle le regarda, il était muet, figé, ses yeux presque féroces sous la ligne des sourcils blancs, et elle se figea elle aussi, reconnaissant le déclic entre eux, le déclic en elle – la montée du désir, aussi violente que brutale, si violente même qu'elle la forçait à s'élever, à rire bruyamment, à tendre la main vers lui :

— Viens, montons dans la chambre, fut tout ce qu'elle trouva à dire.

Pendant une heure, elle oublia tout, famille, projets, doutes, incertitudes. Mais ensuite, quand ce fut fini, alors qu'elle s'étirait voluptueusement (Felix s'était endormi à côté d'elle), elle repensa à ce qu'elle avait vu, se demanda une fois de plus ce qu'elle devait faire, et décida que rien, elle ne ferait rien – surtout pas demander à Octavia ce que Tom pouvait bien penser de Louise.

Si elle avait eu Louise en face d'elle à cet instant, songea Octavia, elle aurait été capable de la gifler, malgré son deuil et son chagrin. Comment avait-elle pu lui mentir de la sorte et la mettre dans une situation aussi affreuse, au bord de faire une épouvantable gaffe, avec ses stupides déclarations sur Sandy qui « n'était pas sûr que ce soit une bonne idée d'avoir un enfant » ? Alors que c'était l'enfant de quelqu'un d'autre, de son amant ! Un amant, qui plus est, dont elle n'avait jamais parlé à Octavia, pendant qu'elle écoutait complaisamment toutes ses confidences sur l'infidélité de Tom ! Oui, elle se sentait cruellement trahie.

Elle avait eu bien du mal à se montrer polie tout à l'heure, après le retour de Louise dans la maison ; ce n'était pas le lieu ni le moment de faire une scène, mais Louise avait sûrement remarqué sa froideur. À moins qu'elle n'ait été trop occupée à jouer son rôle de fille éplorée pour remarquer quoi que ce soit, songea Octavia sous l'effet de la rage. Puis elle se reprit et se dit que c'était injuste ; à son retour du cimetière, Louise était sincèrement bouleversée – pâle, crispée, les yeux rouges et gonflés. Elle s'était peu à peu reprise, tandis qu'elle passait de groupe en groupe, mais elle ne quittait pas le bras de son père, comme pour s'y raccrocher. Quand Octavia lui avait dit au revoir, elle l'avait embrassée à plusieurs reprises, en la remerciant de leur venue à tous les quatre. À ce moment-là, Tom était déjà parti chercher la voiture, et il avait averti Octavia qu'il l'attendrait là-bas.

Il n'avait pas dit un mot pendant le trajet du retour, jusqu'à ce que le téléphone sonne – à la suite de quoi il avait longuement conversé, d'abord avec Aubrey, puis avec leur comptable, enfin de nouveau avec Aubrey. Et maintenant, il se tournait vers Octavia et lui disait :

— Il faut que je te parle...

— De quoi ? lui répondit-elle froidement. D'où tu vas vivre ? De notre rendez-vous chez l'avocat ? Ce sont les seuls sujets dont je veux bien parler avec toi.

— Non. Du cabinet, qui a d'énormes problèmes, comme tu as pu le comprendre. La perte du contrat Carlton a été un vrai désastre.

Une fois de plus, elle sentit le doute et la culpabilité l'assaillir, puis pensa de nouveau qu'une société solide ne s'écroulait pas par la perte d'un seul client ; elle était sur le point de le lui dire quand il poursuivit de lui-même, sur un ton désabusé qui l'étonna :

— À vrai dire, il n'y avait pas que cela. Ç'a été la goutte d'eau, mais le vase était déjà tout près de déborder. En tout cas, les faits sont là – la banque va nous lâcher, la maison est hypothéquée comme tu le sais, et d'ici à un mois nous risquons de ne plus pouvoir payer les salaires.

— Oh ! dit-elle, mal à l'aise. Et qu'est-ce que vous...

— Nous essayons de trouver un soutien financier, un investisseur privé. Nous en avons un ou deux en vue, mais, pour que cela marche, il est indispensable que personne ne soit au courant de nos problèmes. Personne, tu comprends? Alors, je t'en prie, Octavia, sois... le plus discrète possible.

— Bien sûr! s'exclama-t-elle, sincèrement indignée. Pour qui me prends-tu?

Comme il esquissait un sourire sceptique, elle insista :

— Bartles Wood était une exception, tu le sais très bien! Et ce n'est vraiment pas de chance si le *Mail* a sorti cette histoire sur Carlton, qui était ton client aussi bien que le mien!

— Pas de chance, je n'en suis pas aussi sûr. Je dirais plutôt que quelqu'un leur a donné le tuyau.

— Quelqu'un? Mais qui? Un de tes concurrents, tu crois?

— Je n'en sais rien, et de toute façon le problème n'est pas là, nous n'allons pas commencer à faire une enquête sur qui a pu faire quoi... Ce que je voulais te dire, c'est qu'il est essentiel que ton père n'entende parler de rien. De mes manquements professionnels et... personnels.

— Pourquoi?

— Oh! Octavia, réfléchis... Il serait tellement content de me faire couler, tu le sais parfaitement!

— Tom, il ne te considère peut-être pas comme le gendre idéal...

— Je me demande si ce gendre idéal-là existe seulement.

— En tout cas, en ce qui te concerne, il me semble qu'il ne s'est pas tellement trompé, non? lança-t-elle, et ses mots claquèrent comme des coups de fouet. J'aurais mieux fait de l'écouter quand il me disait que je commettais une erreur et que je la regretterais...

— Le plus étonnant, dit-il d'un ton acerbe, c'est que tu ne sois pas déjà retournée t'installer chez lui, comme une petite fille obéissante!

— Ce que tu dis est perfide et mesquin, murmura-t-elle.

Tu sais très bien les efforts que je fais pour me détacher de lui, pour ne pas le laisser me manipuler, diriger ma vie... J'évite de lui dire ce que tu as fait, et je ne voudrais surtout pas qu'il le découvre. Pas tellement par peur de ce qu'il pourrait faire contre toi, ça m'est parfaitement égal, mais à cause de tous les « je te l'avais bien dit » que ça entraînerait, du chantage aux sentiments pour que je revienne vivre avec lui, etc.

Ils étaient arrivés ; Tom se gara et ils descendirent de la voiture sans un mot. Une fois à l'intérieur de la maison, Octavia gagna le petit bureau où se trouvait le répondeur, et Tom l'y suivit quelques instants plus tard.

— Pas de messages ?

— Un seul, de Louise. Qui nous remercie encore une fois d'être venus.

Elle se retourna vivement vers lui.

— Tu lui as parlé aujourd'hui ?

— Moi ? Euh... non, dit-il, d'un ton froid.

— Pas du tout ?

— Pas du tout, non... Pourquoi ?

— Pour rien. Disons que je ne la porte pas vraiment dans mon cœur en ce moment.

— Ah bon ?

Il y eut un silence, puis il répéta, d'une voix contrainte :

— Pourquoi ?

— Peu importe, je ne veux pas en parler. Bonne nuit, Tom. Et ne t'inquiète pas, je ne dirai rien qui pourrait nuire à ta société. Promis.

— Merci, répondit-il d'une voix étranglée. Pardonne-moi de te l'avoir demandé, Octavia. Pardonne-moi pour tout.

— Madame Muirhead? Ici Ritz Franklin, de Choisir. J'ai une merveilleuse nouvelle à vous annoncer : Donna Hanson vient d'appeler de Christie's New York et ils sont unanimes : Romilly est *la* fille qu'il leur faut! Je suis terriblement excitée, et je suppose que vous le serez aussi!

— Bien, je...

— Je me demandais si vous pourriez passer toutes les deux à l'agence cet après-midi, après l'école bien sûr, pour que nous en parlions...

— Cet après-midi, c'est impossible, dit fermement Marianne. Pas avant le début de la semaine prochaine.

— Entendu, fit Ritz d'une voix parfaitement calme et posée. Voyons... lundi après-midi, ça vous conviendrait?

— En principe, oui... Mais de toute façon, il faut que j'en parle d'abord au père de Romilly.

— Je comprends, oui. Bien, je suis sûre que c'est le début d'une collaboration longue et heureuse entre nous, madame Muirhead! conclut-elle sur un ton encourageant.

Charles Madison s'était attelé à la tâche douloureuse, mais nécessaire, de mettre de l'ordre dans les affaires personnelles d'Anna. Il fallait décider quoi garder, quoi ranger dans des cartons, quoi jeter. Oui, c'était très douloureux : sa brosse, à laquelle quelques-uns de ses cheveux restaient accrochés, son parfum (elle avait continué à s'en mettre jusqu'à la fin), les derniers livres qu'elle avait lus, et les lettres reçues, son agenda... Ses mouchoirs de dentelle, qu'elle possédait en grand nombre et qu'elle oubliait un peu partout, les gens devaient ensuite les lui renvoyer... Au bout de quelque temps, très ému, Charles éprouva le besoin de sortir de la chambre pour prendre l'air. Mais il s'arrêta net dans le hall, en entendant la voix de Louise sortir du petit bureau.

— Je t'en prie, disait-elle, il faut que je te voie, juste une fois... Et que j'essaie de t'expliquer... S'il te plaît...

Elle semblait en larmes. Ces derniers temps elle allait mieux, pourtant, parvenant à surmonter sa peine, pour son propre bien et pour celui de Dickon. Sandy voulait les ramener tous les deux à la maison sans attendre, mais elle avait tenu à rester quelques jours encore, bien que Charles lui eût assuré que ce n'était pas nécessaire.

Sandy s'était montré un saint, ou presque, en la circonstance, d'une patience d'ange avec Louise ; mais Charles l'avait toujours apprécié, et l'avait défendu quand Anna ou les deux frères de Louise le critiquaient. « C'est un roc, leur répétait-il quand ils raillaient sa franchise sans détour, ses manières à l'ancienne mode, et Louise a besoin de quelqu'un comme lui, fiable et solide. Il l'aime et il l'aimera toujours, quoi qu'elle fasse. »

Les événements lui avaient donné raison : Sandy avait été formidable au moment de la mort du bébé, aidant Louise à sortir de sa dépression sans jamais se plaindre, sans jamais mentionner son propre chagrin ; et il avait été un merveilleux père pour Dickon, patient, tendre, affectueux. Charles se plaisait beaucoup en sa compagnie et n'avait pas remarqué ce que le reste de la famille appelait sa lourdeur d'esprit.

Il toussota, afin d'avertir Louise de sa présence. Elle dut l'entendre parce que sa voix changea aussitôt, de nouveau alerte et décidée, positive.

— Parfait, dit-elle dans le combiné, ça me convient tout à fait. Vendredi après-midi, donc. Merci.

Elle sortit du bureau et lui fit un sourire joyeux.

— Salut, papa. Tu vas bien ?

— Oui, merci. Je rangeais les affaires de maman. C'est un peu pénible, mais... Oh ! encore le téléphone !

— Tu veux que je réponde ?

— Non, j'y suis... Allô ? Oui, c'est moi. Bonjour, Octavia, comment allez-vous ? J'ai été très heureux de vous voir, ainsi que Tom, votre père et Marianne... Oui, je vais bien, merci. Pardon ? Ah ! oui, il y a des moments difficiles. Trier ses affaires, par exemple. Tout est un problème, tout. Qu'est-ce que je vais bien pouvoir faire de ses piles de mouchoirs de dentelle ? Il y en a de si jolis, ce serait dommage de les ranger au fond d'un tiroir et que personne ne s'en serve plus jamais... Est-ce que vous voudriez en avoir quelques-uns ? Ça lui aurait fait si plaisir que je vous les donne, j'en suis sûr... Je vais en mettre de côté pour vous. Vous voulez parler à Louise, j'imagine ? Elle était là il y a une minute... Ne quittez pas, je vais voir si je peux la trouver.

Il reposa le téléphone et sortit dans le hall, où il cria pour faire venir Louise. Au troisième appel, une faible voix sortit des toilettes.

— Papa, je suis ici... Je sais que c'est Octavia, mais est-ce que je peux la rappeler ?

Il retourna dans le bureau et reprit le téléphone.

— Octavia ? Je suis désolé, mais elle ne se sent pas très bien... Je sais que nous ne sommes pas censés en parler, mais vous devinez la raison, j'imagine... Elle vous rappelle sans tarder, d'accord ?

Il trouva qu'Octavia avait une drôle de voix quand elle lui répondit que c'était entendu, ajoutant qu'elle devait assez rapidement parler à Louise, s'il voulait bien le lui dire.

La voix d'Alec au téléphone était sèche et froide.

— Désolé, Marianne, disait-il, mais je n'ai pas l'intention de donner mon accord à cette absurdité.

— Il me semble que nous pouvons au moins en parler, non ?

— Ça va fiche en l'air toute son éducation, la mettre en contact avec un milieu parfaitement déplaisant...

— Qu'est-ce que tu en sais? J'ai des amis dans la mode, et ce sont des gens tout à fait bien!

— Marianne, je t'en prie! Il y a un fossé entre des gens de ta génération qui sont journalistes à *Vogue* et la faune qui traîne autour des studios photo!

— Écoute, Alec, la vérité c'est que ni toi ni moi ne connaissons le monde dont nous parlons!

— Parle pour toi, mais moi je sais très bien à quoi ce monde ressemble, et je n'ai pas la moindre envie que ma fille s'y aventure! Il faut que je te laisse, j'ai un rendez-vous. Au revoir.

Marianne raccrocha, les dents serrées. Cela faisait douze ans qu'elle avait quitté Alec et il lui arrivait parfois, dans des moments de nostalgie, de se demander pourquoi elle l'avait fait; des incidents comme celui-ci lui remettaient brutalement ces raisons en mémoire. Mais elle ne se laisserait pas dicter sa conduite.

— Taupe? C'est moi. Pardon de ne pas t'avoir rappelée plus tôt.

— C'est bien comme ça. Comment vas-tu aujourd'hui?

— Bien. Mais toi, tu as une drôle de voix. Qu'est-ce qui t'arrive?

— Le problème? C'est que, à cause de toi, je me suis conduite comme une parfaite idiote. Louise, à quoi tu joues?

— Je ne vois pas ce que tu veux dire...

— Ah! tu ne vois pas, vraiment? Alors écoute-moi bien : après la cérémonie, j'étais en train de parler à ton mari de Dickon, qui avait l'impression que tout le monde mourait autour de lui et qui en était bouleversé, et qui m'avait demandé ce qui se passerait si vous aviez un autre bébé, s'il mourrait lui aussi? Ton mari m'a dit de ne pas m'inquiéter, qu'il n'y aurait pas d'autre bébé, et j'ouvrais la bouche pour lui répondre : « Mais celui que Louise attend, alors ? », quand heureusement il m'a précédée et m'a dit, *juste* à temps, qu'il s'était fait faire une vasectomie. Bravo et merci, Louise, de m'avoir laissée tout te raconter de mes problèmes conjugaux, sans me dire que tu avais une liaison... Et qu'en plus tu allais avoir un bébé, Dieu sait de qui ! Drôle de façon de concevoir l'amitié !

Il y eut un silence prolongé, puis Louise répondit :

— Oh ! Taupe, je suis vraiment désolée... Ma seule excuse, c'est que maman était en train de mourir...

— Non, Louise, ça ne marche pas, ce sont deux choses tout à fait différentes. Et d'abord, de qui est-il, ce bébé ?

— Je ne suis pas enceinte, dit-elle d'une voix basse et triste.

— Quoi ?

— Non, je ne le suis pas. C'était seulement dans ma tête. Je crois que j'ai un peu déraillé, ces dernières semaines.

— Mais Louise, tu disais, ton père aussi disait...

— Je sais. Je pensais franchement que c'était ça, j'ai eu tous les symptômes, je n'ai pas eu mes règles pendant deux mois... j'avais des nausées, mes seins me faisaient mal, tout le tralala, mais ce n'était pas ça. J'ai fait un test, négatif.

Octavia, désorientée, mit un moment à rassembler ses idées.

— Mais si Sandy s'est fait faire une vasectomie, comment as-tu pu penser que tu étais enceinte ?

— La vasectomie n'est pas fiable à cent pour cent. J'ai entendu parler d'un couple à qui c'est arrivé, la femme est tombée enceinte malgré l'opération. Il y a un risque sur un million, mais... En réalité, tout ça vient du fait que j'ai envie d'avoir un autre bébé, et que je regrette que Sandy se soit fait faire cette vasectomie. À l'époque, j'avais peur de retomber enceinte, et maintenant je regrette. Mais il n'y a plus rien à faire, n'est-ce pas... À part prendre un amant, comme tu disais, ajouta-t-elle avec un rire sans joie.

— Ce n'est pas réversible, la vasectomie? Il me semble que je lisais justement un article à ce sujet l'autre jour. Oui, c'était dans le *Mail*. Je vais essayer de te le retrouver.

— Taupe, c'est vrai? Oh! ce serait formidable!

— Ne t'emballe pas... Ma pauvre vieille, quand je pense à tout ce qui te tombe dessus à la fois...

— Oui. À nous deux, on peut le dire, n'est-ce pas... Tu en es où, de ton côté?

— Nulle part. J'ai dit à Tom que je voulais divorcer, mais ce salaud espère toujours que je vais changer d'avis, je pense.

— Et tu n'en changeras pas?

— Aucune chance, non.

— Il ne t'a toujours pas dit qui c'était?

— Non. Il évite à tout prix d'aborder le sujet, en fait, il ne peut pas. Je crois que... Oh! je ne devrais pas te le dire, ça n'a rien à voir.

— Qu'est-ce qu'il y a? Il n'est pas... malade, ou je ne sais quoi?

— Non... C'est en rapport avec son travail, mais j'ai promis que je n'en parlerais à personne.

— Taupe, à qui est-ce que je pourrais bien le répéter? Dans le trou perdu où j'habite...

— Tu ne dois même pas le dire à Sandy, alors. Il pourrait le raconter autour de lui, et...

— Promis.

— Oh! et puis j'ai besoin d'en parler, de toute façon. En fait, Fleming Cotterill a des problèmes, de vrais problèmes. S'ils ne trouvent pas de l'argent rapidement, ils risquent de faire faillite.

— Mon Dieu, vraiment?

— Oui. Notre maison est déjà hypothéquée, celle d'Aubrey aussi, et si la banque décide de les saisir, tu imagines...

— Mais en quoi est-ce si secret?

— Si l'un de ses clients apprend la situation dans laquelle est la société, et qu'il décide de se retirer, tu imagines...

— Je vois... Donc, si je comprends bien, ton petit jeu avec ce bois a eu des résultats plutôt désastreux...

— Ça n'a pas dû aider, c'est vrai. J'avoue que je me sens un peu mal à l'aise par rapport à ça.

— Pourtant, après ce que t'a fait Tom...

— Ce n'est pas pour Tom, non, mais pour les autres, Aubrey qui est charmant, et il y a des employés dans le cabinet qui ont de jeunes enfants... Sans compter que s'ils font faillite, si la banque saisit la maison...

— Il va sûrement trouver de l'argent, non? Il paraît que ça coule à flots dans la City, d'après ce que dit papa. Tu veux que je lui en parle? Il aura peut-être une idée...

— Non! s'exclama Octavia avec horreur. Ni à lui ni à personne, je t'en supplie!

— Entendu, j'ai promis. Et maintenant... tu m'as pardonné?

— Quoi? Oh! oui, bien sûr. Je suis désolée pour toi, Louise.

— Je finirai bien par m'en remettre...

Octavia se sentit pleine de remords et d'amertume quand elle reposa le téléphone. Pauvre Louise... Il fallait qu'elle retrouve cet article – peut-être la vasectomie de Sandy était-elle réversible? Elle appela Sarah Jane, pour lui demander d'en faire la recherche, puis entreprit de rédiger un projet détaillé à l'intention de Lauren Bartlett, pour la journée à Brands Hatch de Génération montante.

Au bout de quelques lignes, elle s'arrêta et contempla son

écran. Quelque chose la troublait, sans qu'elle parvînt à l'identifier. Quelque chose de déplaisant, qui s'était produit au cours de l'heure précédente, et qui était maintenant profondément enfoui dans son subconscient. De quoi s'agissait-il ? Elle fouilla dans sa mémoire, passa en revue les souvenirs de la matinée, en vain. Pourtant, ce trouble avait une cause, elle le sentait.

— La question est de savoir si tu aurais envie de passer la nuit avec lui, dit Aubrey d'un air soucieux.

— Est-ce bien nécessaire ? répondit Tom en riant.

— Il ne va pas nous laisser juste prendre son argent, puis au revoir et merci. Il sera là, assis à nos réunions, discutant nos décisions. Nous ne serons plus nos propres patrons. Peut-être ne méritons-nous plus de l'être ! Mais il faut tâcher de trouver quelqu'un avec qui nous nous entendons bien, et je ne crois pas que ce puisse être le cas avec M. Foster.

— Je ne crois pas non plus. Pas un méchant garçon, sûrement solide et carré, mais comme associé... non. Un peu lourd, je dirais.

— *Très* lourd. Et mon père m'a appris à ne jamais faire confiance à un homme qui porte des chemisettes.

— Je suis d'accord avec ton père, et son costume était immonde. Mais avons-nous vraiment les moyens de faire les difficiles, s'il est prêt à mettre de l'argent dans l'affaire ? Illingworth n'a trouvé personne d'autre, et il ne nous reste que deux jours. Pour trouver la mariée idéale, ça fait court.

— Un vieux copain qui tient un club d'investissement m'a justement appelé ce matin. Je n'avais pas pensé à lui jusque-là, mais je lui ai parlé de nous et il a eu l'air intéressé. Je le rappellerai tout à l'heure, on ne sait jamais...

— Si un ou deux au moins des contrats sur lesquels on travaille pouvaient se concrétiser, soupira Tom, ça arrangerait bien nos affaires...

— Ils *vont* se concrétiser, affirma Aubrey d'un ton résolument optimiste.

Octavia était en train de se demander comment elle allait supporter un autre week-end de conflit et d'hostilité quand le téléphone sonna : c'était Lauren Bartlett.

— Bonjour, Octavia. Est-ce que mercredi prochain vous irait pour la réunion ? Et je me demandais aussi si vous et Tom seriez libres dimanche. Juste un déjeuner tout simple, quelques vieux copains... Un ami de Drew sera là, qui vient d'acheter une chaîne de pharmacies et qui cherche quelqu'un pour le conseiller. Je lui ai dit que je connaissais Tom, et il semble avoir envie de le rencontrer.

Octavia réfléchit rapidement : si Tom pouvait trouver un nouveau client, cela lui permettrait d'y voir plus clair, elle-même se sentirait moins coupable, et ils pourraient commencer à discuter de l'avenir ensemble.

— Avec plaisir, répondit-elle, et Tom en sera sûrement très content. Je vais l'appeler et lui demander si...

— Vers treize heures, alors. Vraiment simple et tenue décontractée, surtout...

Octavia savait ce que « tenue décontractée » signifiait chez les Bartlett ; un jean Armani qui ne devait pas être absolument neuf, des JP Tods de la saison dernière, un pull-over Joseph légèrement délavé ; et un déjeuner vraiment simple pour quelques vieux amis, c'était une vingtaine de personnes criant à tue-tête par-dessus un assortiment d'asperges, saumon, carpaccio, fraises des bois, le tout arrosé de champagne... Elle se sentir fatiguée rien que d'y penser, mais n'en décrocha pas moins le téléphone et appela le bureau de Tom.

— Désolée, Octavia, il n'est pas là. Il est parti pour Birmingham, une grande réunion avec Bob Macintosh. Toute la journée et jusqu'à tard ce soir. Il revient demain. Essayez de le joindre là-bas ?

Elle appela la secrétaire de Bob Macintosh et demanda si Tom était avec lui.

— Je ne crois pas, madame Fleming. Ils ont déjeuné de bonne heure. Voulez-vous parler à Bob ?

— Volontiers, oui.

Bob se montra fort amical, et lui répondit que Tom était déjà reparti depuis une heure.

— Nous n'avions prévu qu'une courte réunion. Il m'a dit qu'il avait un autre rendez-vous ensuite.

— Je comprends, dit lentement Octavia.

Le chagrin tomba brutalement sur elle, comme une masse dure et froide. Elle devinait avec qui était l'autre rendez-vous – pas mal, pour une liaison prétendument finie et bien finie... Et elle, pendant ce temps, qui tentait de l'aider, toute contente à l'idée d'un nouveau client... Elle reposa le téléphone en tremblant, puis le reprit. Elle n'irait certainement pas à cet horrible déjeuner maintenant, juste pour aider Fleming Cotterill ! Elle rappela Lauren et lui dit qu'elle était navrée, que Tom était absent de Londres ce week-end ; Lauren affirma sans conviction qu'Octavia serait la bienvenue même sans Tom, et fut manifestement soulagée quand elle répondit qu'elle ne pourrait sans doute pas.

— La nurse est absente, il faudrait que j'amène le bébé...

— Je vois... Dans ce cas, il ne vaut mieux pas, en effet. À mercredi, Octavia.

Et maintenant un long week-end s'étirait devant elle, vide et solitaire, plein de rancœur et de jalousie. C'était trop injuste. Elle ne pouvait même pas aller passer un moment avec son père, comme elle l'avait souvent fait par le passé, les jours à problèmes : ce serait trop difficile de lui expliquer, ou plutôt de ne pas lui expliquer. Et elle n'avait pas non plus envie d'aller voir, seule, aucun de leurs amis, à cause des inévitables questions et suppositions que cela entraînerait. Il ne restait donc qu'elle, les enfants, et beaucoup de temps pour penser.

À moins que... Sans réfléchir, elle attrapa le téléphone, composa le numéro de Pattie David et lui demanda si elle n'avait pas parlé d'un meeting, qui avait lieu ce soir... Si ? Octavia dit qu'elle y viendrait avec plaisir, mais qu'elle aurait les enfants avec elle ; pourraient-ils s'installer chez Pattie le temps de la réunion ?

« Bien sûr », répondit Pattie, ravie. Les jumeaux étaient presque du même âge que Megan, ils pourraient regarder une cassette vidéo ensemble.

— Et ma femme de ménage sera là pour veiller sur Megan. Elle sera ravie de s'occuper du bébé...

— La petite est très facile, dit Octavia, et puis le meeting ne durera pas longtemps, n'est-ce pas ?

— Ça peut être long, si. On ne peut jamais savoir à l'avance, et en plus, avec la venue de Gabriel Bingham...

— Oh ! c'est vrai, dit prudemment Octavia, je ne pensais plus à lui...

Elle appela Caroline, lui demanda de préparer les affaires des enfants, et laissa un message à Tom, disant qu'elle allait au cottage et qu'elle supposait qu'il resterait à Londres.

Quand ce fut fait, elle se sentit soudain beaucoup mieux, solide et résolue. Une femme indépendante, allant où elle le voulait, agissant comme elle l'entendait. Très à la page. Le seul hic, c'est que Gabriel Bingham serait là, et qu'en sa présence elle était mal à l'aise – peut-être parce qu'elle le sentait toujours prêt à ironiser sur sa conduite et ses motivations ? Bah ! on verrait bien...

Julie Springer, la jeune chargée de communication de Fleming Cotterill, se sentait assez satisfaite d'elle-même. Cela n'avait guère bougé dans son service au cours des trois dernières semaines, aussi l'appel d'une journaliste de l'*Independent*, lui demandant qui étaient les meilleurs clients de Fleming Cotterill, tombait-il particulièrement à point. C'était une fille charmante, visiblement bien informée sur la nature de leurs affaires ; elle lui expliqua qu'elle faisait un tour d'horizon des entreprises dans le genre de Fleming Cotterill, en vue d'un grand reportage sur les premiers mois de Tony Blair au pouvoir, et qu'elle avait déjà parlé aux gens de GJW et de Fishburn Hedges. Elle était plus courtoise que la plupart des journalistes, remercia Julie pour son esprit coopératif et la prévint qu'elle aurait peut-être besoin de la rappeler.

— Juste pour vérifier une ou deux choses. Vous voulez bien ?

Julie répondit oui et raccrocha, tout sourires. Tom et Aubrey seraient contents d'elle. Puis elle décida de faire suivre les informations qu'elle lui avait fournies par une lettre de confirmation, comme son dernier patron lui avait appris à le faire. Elle l'envoya à l'*Independent*, au nom que lui avait donné la fille, Diana Davenport, et descendit elle-même la lettre au service courrier, afin d'être sûre qu'elle parte sans retard.

— Ça s'est bien passé, n'est-ce pas ? dit Gabriel Bingham. J'ai bien aimé votre allusion à la rocade de Newbury, très malin.

— Ce n'était pas malin, répliqua Octavia avec irritation, c'était vrai ! Les projets immobiliers poussent comme des champignons à cause de la nouvelle route, c'est monstrueux. Après tout ce qu'ils ont...

— Oui, je sais, j'ai écouté votre speech. Avec beaucoup d'attention, même. D'ailleurs vos amies feraient bien d'en prendre de la graine, parce que, entre nous, leur côté dames patronnesses...

— Elles... je veux dire, *nous* l'avons compris, rétorqua sèchement Octavia.

Pourquoi était-elle toujours sur la défensive en face de lui? Mais c'était plus fort qu'elle; son cynisme, son petit sourire ironique la troublaient et l'irritaient en même temps.

— En plus, poursuivit-elle, je crois que vous avez suffisamment enfoncé le clou pour qu'elles l'aient compris.

— J'adore enfoncer le clou dans les dames patronnesses, dit-il en riant. Et si nous allions poursuivre cette conversation hautement intellectuelle autour d'une bière? ajouta-t-il.

— Je ne peux pas. Mes enfants sont chez Patricia David, je dois les récupérer et rentrer dans notre... cottage.

Elle n'avait pu s'empêcher de prononcer le mot rapidement, et elle détourna les yeux pour ne pas le voir sourire.

— Alors... Je ne m'interposerai pas entre une femme et ses devoirs de mère. Qu'en est-il de ceux d'épouse, au fait?

— Pardon?

— Où est votre mari? Fonçant sur l'autoroute dans sa grosse BMW, avec des bottes en caoutchouc et une canne-siège dans le coffre? Plus quelques bouteilles de vieux porto pour le dîner de demain?

— Non, dit Octavia.

Son émotion dut se refléter sur son visage, car Bingham ajouta:

— Pardonnez-moi. Je vous taquinais simplement... Mais j'ai l'impression que vous n'avez pas trouvé cela très drôle.

— Pas très, en effet.

— Est-ce qu'il y a... un problème? demanda-t-il d'une voix plus douce.

— Aucun, répondit-elle avec un grand sourire retrouvé, sauf que je dois absolument aller récupérer les enfants. Hou! Hou! Pattie! Cela ne vous dérange pas si nous y allons?

Une fois installée dans la voiture, elle ne put s'empêcher

de tourner la tête au dernier moment : il était là, tout près, la dévisageant avec la même expression attentive et interrogatrice, tout en se passant la main dans les cheveux, ébouriffés comme d'habitude.

— Il est charmant, non ? dit Pattie après avoir démarré, en faisant violemment hoqueter la voiture.

— Ce n'est pas exactement l'adjectif que j'aurais utilisé...

22

— Maman, il y a un monsieur à la porte !

— J'arrive.

Octavia était plongée dans un article sur la fête donnée par le prince Charles pour les cinquante ans de Camilla Parker-Bowles, et il lui fallut quelques instants pour revenir à la réalité.

— Oh ! bonjour, dit-elle.

— Bonjour, madame Fleming. Pour rattraper la bière que nous n'avons pas bue vendredi. Sauf que je n'ai pas trouvé de bière, alors j'ai pris du champagne.

— Franchement, vous n'auriez pas dû... Entrez, je vous en prie, j'allais justement faire du thé. Voici Poppy... Monsieur Bingham. Ma chérie, tu peux aller allumer la bouilloire électrique ?

— Je me souviens de vous, dit Poppy. Nous nous sommes rencontrés dans ce bois.

— Pas un bois, non, rectifia Gideon qui venait d'apparaître à la porte, c'était une clairière.

— Une clairière *dans* un bois, bougonna Poppy.

— Chérie, va allumer la bouilloire, tu veux bien ?

— Maman, Minty pleure, dit Gideon, je l'ai entendue du jardin.

— Déjà réveillée ! Bien, je monte la voir. Tâchez de ne pas vous disputer devant M. Bingham...

— Moi je ne me dispute jamais avec lui, c'est lui qui se dispute avec moi !

— Je ne pensais pas que la vie de famille était aussi accaparante, dit Gabriel d'un air pensif.

Quand elle redescendit, il sortait en compagnie de Gideon.

— Il va lancer la balle pour moi, expliqua celui-ci.

— Gideon, M. Bingham n'a pas fait tout ce chemin pour être enrôlé immédiatement dans un match de cricket !

— Ce n'est pas un match, c'est juste pour m'entraîner à la batte. Et il m'a dit de l'appeler Gabriel.

Bingham sourit à Octavia par-dessus la tête de Gideon, avant de suivre le garçon dans le jardin.

— C'est très gentil de votre part, lui dit Octavia un peu plus tard, alors qu'ils s'étaient assis et qu'ils buvaient une tasse de thé.

— Pas du tout, j'adore le cricket. J'y jouais à l'école.

— C'est vrai ? demanda Gideon, les yeux brillants.

— Oui. Dans l'équipe numéro un, en fait.

— Super !

— Mon meilleur souvenir, c'est quand nous avons battu... bref, une autre école, et que j'ai marqué quatre-vingt-neuf points, sans être éliminé.

— Quelle autre école ?

— Harrow. Pas très difficile à battre, à vrai dire.

— Et vous, vous étiez où à l'école ?

— Euh... Winchester, répondit-il en évitant le regard d'Octavia.

— Winchester, Harrow..., commenta celle-ci. Excellent pour former les idées égalitaires.

Puis elle sourit et il l'imita.

— J'irai moi aussi à Winchester, j'espère, dit Gideon. Mais il faut être drôlement intelligent pour y aller. Vous faites quoi, comme job ?

— Député.

— C'est vrai ? Waou... Notre père connaît un tas de députés. Vous le connaissez ?

— Non.

— Maman, demanda Poppy, est-ce que je peux remplir la pataugeoire ? Il fait si chaud, ça va plaire à Minty.

— Peut-être pas, fit Gideon.

— Bien sûr que si !

— Arrête un peu, Gideon ! intervint Octavia, agacée. Ta sœur a raison, Minty sera sûrement ravie de se baigner. Va l'aider à sortir et à remplir la pataugeoire, tu veux bien ?

— Mais, maman...

— Gideon ! Sinon, pas de hamburger sur la route quand nous rentrerons à Londres !

— Vous êtes une mère très dure, dit Bingham en souriant quand ils furent partis.

— N'est-ce pas ?

— Mais eux sont de charmants enfants. Et cet endroit est charmant lui aussi.

Il promena le regard sur les lieux ; une petite cour pavée à l'extérieur de la cuisine, avec une table de jardin, des chaises de bois, une treille où couraient des roses grimpantes et du chèvrefeuille. La pelouse qui leur faisait face était piquée de pâquerettes et bordée par une épaisse haie d'aubépines ;

au-delà s'étendait un paysage du Somerset, avec ses vallonne-
ments et ses bosquets d'arbres.

— Comment sont les gens du village? Vous ont-ils
acceptés?

— Je crois, oui... En tout cas, nous essayons de nous
intégrer.

— Vous allez à la kermesse, vous faites vos courses dans les
boutiques locales, j'imagine? Très louable à vous...

— Écoutez! s'insurgea-t-elle, une fois de plus irritée par
son sourire ironique, c'est facile de se moquer, mais sachez
quand même que ce cottage était vide depuis trois ans quand
nous sommes arrivés et qu'il tombait en ruine, donc...

— Du calme! Ma parole, vous êtes susceptible! Je suis sûr
que le village a beaucoup de chance de vous avoir tous les
deux... Au fait, où est ce fameux mari? Je vais finir par croire
qu'il n'existe pas.

— Il travaille à Londres.

— Vous venez souvent seule ici?

— Assez souvent, oui, dit-elle rapidement.

Il y eut un silence, puis il demanda :

— Une période un peu difficile en ce moment, n'est-ce
pas? Pardon, se reprit-il, faites comme si je n'avais rien dit.

— Ne vous excusez pas. Eh oui, une période difficile, vous
pouvez le dire.

— D'après ce que j'observe autour de moi, le mariage
consiste dans une très longue période difficile, entrecoupée de
quelques périodes plus faciles, rares et courtes.

— C'est pour cette raison que vous n'êtes pas marié?

— En partie, oui. Mais surtout parce que personne n'a
voulu de moi.

— Alors vous n'avez pas de fiancée? Non officielle ou
autre?

— Non. Elle vient de me congédier. Elle va en épouser un

autre, plus à son goût et plus commode. Un qui ne file pas à Londres toutes les cinq minutes.

— Je suis désolée...

— Oh! Ça va. En fait, il y a des mois que nous le savions tous les deux, mais nous avons continué... pour sauver les apparences.

— Surtout vous, j'imagine, commenta-t-elle étourdiment, pour le regretter aussitôt.

— Pardon?

— Je veux dire, expliqua-t-elle avec embarras, vous avez peut-être besoin d'avoir quelqu'un, dans votre métier... Autrement les gens croiraient que vous êtes...

— Gay? Vous croyez que je sortais avec elle pour cela?

— Non, pas du tout, je...

Un silence tomba entre eux; Octavia avait beau se creuser la tête, elle ne savait pas comment s'en sortir.

— J'ai l'impression que vous me prenez pour un bel opportuniste, finit-il par murmurer. Je croyais que nous étions en train de devenir amis, mais en cette minute je n'en suis plus aussi sûr.

— Monsieur Bingham, Gabriel... je suis vraiment désolée, je ne voulais pas.

Il lui sourit, mais ne s'en leva pas moins.

— Ce n'est pas grave. Mais je dois vraiment y aller maintenant.

Tandis qu'elle le raccompagnait à travers la pelouse, Gideon les aperçut et courut vers eux.

— Vous partez déjà? demanda-t-il à Bingham. Je voulais vous demander, pour mon service...

— Désolé, mon vieux, mais j'ai du travail. Je suis ravi de t'avoir rencontré et je suis sûr que tu feras un bon batteur. À Winchester ou ailleurs. Au revoir, Poppy! cria-t-il à sa sœur.

Il gagna la porte à grandes enjambées et remonta dans sa vieille Golf, garée contre la barrière.

— Il est sympa, hein ? fit Poppy.

— Oui, répondit Octavia d'un air songeur, je pense qu'il est vraiment sympa, comme tu dis.

— Bravo et merci ! lança Tom, et sa voix tremblait de rage au bout du fil.

— De quoi ?

— D'avoir dit à Lauren Bartlett que je n'étais pas là dimanche !

Alors que tu savais qu'elle avait un contact pour moi, et aussi combien la situation est désespérée ! Bon Dieu, Octavia, mais à quoi tu penses ? Toi, moi, les enfants, nous allons tous souffrir si Fleming Cotterill s'effondre ! Tu ne comprends pas que nous sommes sur le fil du rasoir ?

— Tom, je peux interrompre ce torrent d'injures juste une seconde ? Il se trouve que j'ai essayé de te joindre vendredi pour te parler du déjeuner chez les Bartlett, te dire que Lauren avait un contact pour toi. J'étais tout à fait décidée à y aller. Mais toi, où étais-tu ? Pas à Birmingham avec Bob Macintosh, comme me l'a dit Barbara Dawson, mais à un mystérieux rendez-vous, dont personne n'avait entendu parler ! Sans doute avec ta maîtresse, avec qui rien n'est terminé à ce qu'il semble, contrairement à ce que tu m'avais dit ! Quand je l'ai su, Tom, je n'ai vraiment pas pu continuer à arranger des déjeuners pour toi !

Octavia, debout dans le gigantesque hall central de la Chambre des communes, se sentait absurdement nerveuse. Un vaste échantillon de gens circulaient autour d'elle : groupes de touristes, secrétaires parlementaires aux visages fatigués, qui couraient en tous sens en portant d'épais dossiers ; d'autres, qui déambulaient par deux ou trois, à pas plus lents et les visages plus reposés, étaient manifestement les parlementaires eux-mêmes. Octavia en reconnut plusieurs : Austin Mitchell, Harriet Harman, Virginia Bottomley, ainsi que le vieux comte de Longford, qui s'effaçait courtoisement pour laisser passer un groupe d'écoliers ; sans oublier les huissiers, avec leur cravate blanche et leur queue-de-pie. Entre le brouhaha des conversations, les annonces (inintelligibles) qu'un haut-parleur diffusait de temps à autre, le puissant écho que renvoyaient les voûtes, le niveau sonore était à peine supportable. Une grande impression de désordre se dégageait du lieu, qui faisait davantage penser à un marché populaire qu'au siège du Parlement d'une des plus grandes nations du monde.

Julie Springer avait été en réunion toute la matinée ; quand elle regagna son bureau, elle y trouva un message lui demandant de rappeler l'*Independent*. Ce devait être cette charmante Diana Davenport, qui souhaitait vérifier quelques détails.

— Bonjour, dit-elle à la personne qui répondit, ici Julie Springer. Pourrais-je parler à Diana Davenport ?

— Il n'y a pas de Diana Davenport ici, répondit la voix.

— Ah ? Elle est peut-être en free-lance ? Passez-moi quelqu'un d'autre, alors. J'ai trouvé un message de vous sur mon répondeur.

— Quel nom, déjà ?

— Julie Springer, de Fleming Cotterill.

— Un instant, ne quittez pas.

Un long silence, puis la voix revint :

— Oui, ce doit être à propos de votre lettre adressée à cette Mlle Davenport. Écoutez, je suis désolée, mais nous n'avons jamais entendu parler d'elle. C'est sans doute une free-lance qui essaie d'avoir des tuyaux, ils font ça tout le temps. Nous n'avons pas d'article en préparation sur le lobbying. Vous voulez que je vous renvoie la liste?

— Non, c'est inutile, marmonna Julie.

Le vieux truc des journalistes indépendants pour avoir des tuyaux, et elle avait donné dans le panneau... Maintenant elle allait passer pour une idiote auprès de l'*Independent*, et quant à Fleming Cotterill, si jamais ils l'apprenaient... Mais non, il n'y avait aucune raison.

— Jetez-la au panier, s'il vous plaît.

— Échange de bons procédés, dit Octavia, en tendant un long paquet mince. Il n'y avait pas de bière, alors...

— Laissez-moi deviner... Du champagne! Madame Fleming, comme c'est gentil. Et en plus, prendre du temps sur votre programme qui doit être si chargé...

Si la voix était toujours un peu caustique, son regard la démentait, attentif et bienveillant.

— Il m'a semblé que je vous devais bien ça, dit-elle rapidement, et elle sentit cette maudite rougeur lui envahir le visage. Je suis vraiment confuse pour ce que je vous ai dit l'autre jour...

Elle s'aperçut que l'employé assis au bureau voisin la regardait avec intérêt, et Bingham s'en aperçut lui aussi.

— À propos de mon homosexualité supposée, vous voulez dire? demanda-t-il d'une voix forte.

L'employé ne put s'empêcher de le regarder en coin, puis il s'absorba dans l'étude de son répertoire téléphonique.

— C'est déjà oublié. Et je suis ravi que ça me donne l'occasion de vous revoir. Vous êtes libre pour déjeuner? Ou bien toute une tablée de femmes chefs d'entreprise vous attendent-elles au Ritz?

— Je ne déjeune jamais au Ritz, répondit-elle, puis elle sentit que ça sonnait faux et sourit.

— Alors vous déjeunez avec moi ? Nous pouvons monter à la cantine de la presse, si vous voulez. La seule obligation que j'ai, c'est d'être à la Chambre à trois heures.

— Non, vraiment... Il faut que je rentre au bureau, j'ai un rendez-vous à deux heures et demie.

— Il n'est qu'une heure moins le quart ! Au moins, allons boire quelque chose, pourquoi pas sur notre fameuse terrasse ? Vous m'avez fait des excuses, ça s'arrose...

Elle hésita, puis dit :

— D'accord, avec plaisir.

— Merveilleux. Et comme cela, nous pourrons développer le sujet de mes préférences sexuelles.

Elle sourit de plaisir quand ils arrivèrent sur la célèbre et magnifique terrasse du Parlement. Le fleuve coulait à leurs pieds, étonnamment loin aurait-on dit, et le pont de Westminster l'enjambait du côté gauche.

— Regardez, une table libre, là... Sautons dessus. Il y a un monde fou en séance aujourd'hui.

— Débat sur le budget, n'est-ce pas ? Et sur le FMI ? C'est pour cela que je suis venue aujourd'hui, je pensais que j'aurais une bonne chance de vous trouver.

— C'est vrai ?

Il ouvrit de grands yeux.

— Mais je vais croire que vous aviez *vraiment* envie de me voir, alors !

— Je n'aurais pas dû ?

Au lieu de répondre, il se tourna vers le serveur qui s'était approché de leur table et lui commanda une bouteille de pouilly-fuissé.

— Ils ont une excellente cave ici, expliqua-t-il à Octavia. Certains disent même que c'est la meilleure d'Angleterre. Je n'ignore rien des plaisirs raffinés de l'existence.

Ils attendirent leur commande en contemplant le fleuve ; quand ils furent servis, elle porta le verre à ses lèvres.

— Délicieux...

Leurs yeux se rencontrèrent, il lui sourit et elle sentit ce sourire la traverser comme une vague de tiédeur.

— C'est très gentil à vous d'être venue, lui dit-il, et elle trouva que le mot était curieusement choisi.

— Je me sentais assez mal, confessa-t-elle, après ce que je vous avais dit. Ce n'était pas très intelligent.

— Je crois que je vous ai dit pas mal de bêtises moi aussi, alors nous sommes quittes.

— Je l'espère.

Il y eut un nouveau silence, et elle le détailla discrètement du regard. Il portait un costume, mais d'une qualité fort ordinaire, jugea Octavia, habituée à l'élégance toujours irréprochable de Tom ; de plus, sa chemise à carreaux ne s'accordait pas du tout avec lui, sans parler de sa cravate rayée passablement défraîchie. Pour couronner le tout, il avait aux pieds (sous un costume bleu marine...) une paire de Hush Puppies brunes. C'était un véritable cauchemar vestimentaire, et une certaine fibre perverse en Octavia, qu'elle ne s'était pas encore connue jusque-là, l'aimait justement pour cela.

— À quoi pensez-vous ? demanda-t-il en la regardant.

— À vos habits, répondit-elle tout de go. Je me disais que je ne vous avais encore jamais vu en costume.

— Il vous plaît ? Je l'ai acheté au printemps, pour le cas où je serais élu. Et mes chaussures ? Très politiquement correctes, non ?

— La politique est un rude métier...

— C'est sur des petites choses comme ça qu'on bâtit des grandes carrières, vous savez.

Il la regarda rire, puis lui dit :

— Cela vous va bien de rire. Vous devriez le faire plus souvent.

— Dickon, je sors une heure ou deux cet après-midi. Tu iras jouer avec Timmy, je me suis arrangée avec sa maman.

— Je ne peux pas venir avec toi?

— Non, chéri, pas aujourd'hui. Je vais chez le dentiste.

— C'est quoi, toutes ces lettres?

— Du travail que je fais pour papa. Il faut que je les finisse, puis je les mettrai à la poste en partant. Ce soir, nous irons chez McDo, si tu veux...

— Oh! oui, s'il te plaît!

23

S'il avait eu une arme, pensa Tom, il lui aurait tiré dessus; foutue bonne femme, incompétente et stupide, comment avait-elle pu faire une chose pareille? Puis il se ressaisit. On ne pouvait pas vraiment lui en vouloir : dans une même situation, à son âge et son niveau de compétence – ou plutôt d'incompétence –, il aurait sans doute fait la même chose. Avec le même résultat désastreux.

C'est Bob Macintosh qui l'avait averti. Il avait d'abord téléphoné, à propos d'une lettre qu'il venait de recevoir.

— Je vous la faxe, mais je vous conseille de prendre un bon cognac avant de la lire.

Fleming Cotterill a de sérieux problèmes. Un de leurs gros clients les a laissés tomber, les obligeant à rechercher dans l'urgence d'autres soutiens financiers. Étant donné l'état des finances de la société et son extravagant train de vie, cela risque d'être difficile. Leurs clients auraient tout intérêt à se tourner vers d'autres entreprises plus fiables.

La note, qui n'était pas signée, était adressée « à tous les clients de Fleming Cotterill ».

Tom resta quelque temps incapable de bouger ou même de parler, puis il se saisit du fax et pénétra dans le bureau d'Aubrey.

— Et il fallait que ça tombe aujourd'hui, dit-il pour tout commentaire, en le lui tendant.

Aubrey comprit ce qu'il voulait dire : aujourd'hui, ils devaient avoir des nouvelles de Terence Foster.

Ils donnèrent quelques coups de téléphone, d'abord avec prudence et en termes vagues, au cas où, mais durent bientôt se rendre à l'évidence : leurs autres clients avaient bel et bien reçu le même fax. Le personnel fut réuni, interrogé, et une Julie Springer en larmes reconnut avoir communiqué une liste de noms et d'adresses à l'*Independent*.

— Enfin, je croyais que c'était l'*Independent*...

— À une journaliste dont vous n'aviez jamais entendu parler, et sans même vérifier auprès du journal ? gronda Tom.

— Non, je..., bredouilla-t-elle, misérable. Je suis désolée...

Mais Aubrey vint à son secours.

— Ne pleurez pas, Julie. Tom, elle n'a fait que donner une liste de clients, qui n'a rien de confidentiel et que tout le monde peut se procurer facilement. Ce n'est pas un crime en soi.

— C'est vrai, reconnut Tom en se calmant. Écoutez, retournez maintenant à votre bureau, et aux gens qui vous appelleront au sujet de cette note, répondez qu'il n'y a rien de vrai dedans, que nous allons envoyer une mise au point dans la journée. Sauf que malheureusement elle est vraie, et que je me demande fichtrement ce que nous allons dire dans cette mise au point.

Comment le salaud qui avait écrit ça était-il au courant? Personne dans la société ne connaissait la gravité de la situation, sauf Aubrey et lui. Illingworth aussi, mais c'était fort peu vraisemblable qu'il ait parlé, fragilisant ainsi l'un de ses clients; ç'aurait été un suicide professionnel.

Une seule personne savait, en dehors de la compagnie : ça devait être elle, par un aberrant esprit de vengeance. Il décrocha son téléphone.

— Comment oses-tu? demanda Octavia, la voix tremblant d'hostilité contenue. Comment oses-tu seulement suggérer une chose pareille? Bien sûr que je n'aurais parlé pour rien au monde de ta société et de ses problèmes, à personne! La seule idée que tu puisses l'imaginer me donne envie de vomir! Excuse-moi, mais je vais raccrocher, je ne tiens pas à prolonger cette conversation...

Quand elle eut reposé le combiné, elle s'assit et se prit la tête dans les mains, essayant de se calmer. Le salaud, comment osait-il... Ah! elle le haïssait.

Derek Illingworth – interrogé avec plus de tact que ne l'avait été Octavia – répondit qu'aucun mot sur la situation de Fleming Cotterill n'était sorti de son cabinet, il en était sûr.

— Drôle d'histoire, commenta-t-il. Vous avez vérifié le cachet de la poste, pour voir d'où viennent les lettres?

— La seule personne à qui j'ai demandé est Bob Macintosh, mais sa secrétaire avait déjà jeté l'enveloppe, et versé son fond de café par-dessus. Complètement illisible.

— Et vous ne voyez personne d'autre à qui vous pourriez poser la question ?

— Je n'ai pas voulu en faire toute une histoire, mais j'ai peut-être eu tort.

— Ça peut vous donner une indication. Bon, je vous rappelle si j'ai la moindre information.

— Pas de nouvelles de Foster ?

— Non, aucune. Espérons qu'il n'en entendra pas parler, mais...

— C'est un énorme *mais*...

À midi, ils reçurent un appel du client potentiel sur lequel ils fondaient les plus grands espoirs : la chaîne de restaurants. Il tenait à informer Tom qu'il s'était finalement décidé pour une société concurrente, nettement plus ancienne et plus importante que Fleming Cotterill.

— Rien de personnel, c'est juste que je me sentirai plus rassuré avec une grosse firme derrière moi.

— Bien sûr, répondit Tom, je comprends.

Il n'essaya même pas de discuter ; il savait que ça n'en valait pas la peine.

Octavia avait du mal à se concentrer ; Melanie et elle étaient en pleine réunion avec Lauren Bartlett au sujet de sa journée à Brands Hatch. Lauren était d'une humeur difficile, discutant chaque détail, chicanant sur les prix, critiquant le choix de la salle qu'elles avaient retenue...

— Ce n'est vraiment pas assez grand, trois cents personnes ce n'est rien pour nous !

... le programme qu'elles avaient mis sur pied...

— C'est bien trop orienté vers les hommes. Ils voudront tous faire un tour de circuit, mais ça fera peur à la plupart des femmes, et elles sont quand même notre cible principale !

— Lauren, commença patiemment Melanie (elle ne se départait pas de son sourire, mais ses yeux brillaient dangereusement), vous avez spécifié au départ que vous vouliez des hommes, que c'étaient eux qui dépensaient l'argent...

— J'ai vraiment dit ça? J'avais peut-être tort. Je pense que nous devrions le faire plus famille, plus karting et ce genre de choses.

— Je croyais que vous vouliez le faire chic et mondain? intervint Octavia. De toute façon, ce n'est pas le genre de journée pour un événement familial; ce sont des courses de voitures d'époque, nous avons spécialement choisi cette réunion-là pour son côté « tweed et perles ». Votre but n'est pas seulement de recueillir l'argent des invités, n'est-ce pas, mais aussi de vous faire connaître des quatre vingt-cinq mille autres personnes présentes?

— Oui, je sais tout cela, mais je veux que ce soit familial *et* mondain en même temps. Ça nous coûte suffisamment d'argent pour cela, non? Nous devons le rentabiliser au maximum... Et si nous voulons vraiment en retirer toute la publicité que vous nous avez promise, il faudra davantage que quelques courses et la possibilité pour les hommes de faire le tour du circuit. Il faut quelque chose... d'excitant, quelque chose dont les gens parlent. J'espère toujours que la princesse de Galles va venir, et qu'elle amènera les garçons. Elle a eu l'air intéressée quand je lui en ai parlé.

— Oh! vraiment? fit Melanie.

— Mais bien sûr, elle ne viendra que si...

— Et qu'est-ce que vous penseriez d'une journée rétro? Pour les invités, je veux dire. Puisque ce seront des voitures d'époque... Que les gens viennent costumés années vingt ou années trente? Ça plaira beaucoup aux femmes... Les serveurs pourraient être costumés eux aussi, et faire des cocktails, peut-être un orchestre de jazz dans les salons de réception, des affiches d'époque un peu partout... On décernerait un prix d'élégance pour les enfants, et...

— Très bien, dit Lauren avec un sourire approbateur. Ça me plaît beaucoup. C'est même très dommage que vous n'y ayez pas réfléchi plus tôt. Est-ce que vous pourriez repenser toute la journée dans ce sens-là ? Et me rappeler dans... (elle consulta son petit agenda Hermès)... une semaine ?

— Entendu, dit Melanie. Aucun problème.

Ce soir-là, l'un des clients de Fleming Cotterill, propriétaire d'une petite chaîne de jardinerie, téléphona pour annoncer, bien à contrecœur, qu'il devrait se passer dorénavant de leurs services.

— Rien de personnel, mais les temps sont difficiles, et nous devons restreindre les dépenses au minimum.

Peu après, ce fut Derek Illingworth qui téléphona, pour dire que Terence Foster avait renoncé à investir dans leur société.

— Le ciel n'est pas avec nous, dit Tom à Aubrey, en leur servant les verres de cognac qu'avait suggérés Bob Macintosh plus tôt dans la journée.

— Tu as une idée de qui a bien pu faire ça, Tom ? Et pourquoi ?

— Pas la moindre. Nous aurions peut-être dû essayer de vérifier les cachets de la poste.

— Auprès de qui ? Tu as une idée ?

— Je pensais à Mike Dutton...

— Ça peut valoir le coup, oui. Et, écoute, j'hésite à te le dire, mais il reste peut-être une dernière porte à laquelle nous pourrions frapper...

Tom hocha la tête d'un air sombre.

— Je vois laquelle, oui.

— Alors, comment ça se passe avec Tom ? demanda Felix.

Ils étaient au McDo avec les jumeaux, qui dévoraient des Big Mac et des milk-shakes à la fraise. C'était le jour de la fête des sports de Gideon : Tom s'était excusé, trop de travail – « en attendant peut-être de ne plus en avoir du tout », avait-il ajouté amèrement – et Felix avait pris sa place. Il s'était couvert de gloire en arrivant troisième dans la course des pères, et Poppy plus encore en gagnant la course des sœurs. Gideon n'avait rien gagné du tout, mais il avait joué dans un match de démonstration et il rayonnait.

— Il va bien, répondit laconiquement Octavia. Tu as été formidable cet après-midi, papa. Peu de grands-pères auraient pu le faire.

— Tout de même, protesta-t-il, nous ne sommes pas tous dans des fauteuils roulants.

— Je me rappelle encore quand tu as gagné la course des pères à Wycombe Abbey. J'étais si fière de toi, et Louise disait que tu étais non seulement le plus rapide, mais aussi le plus beau des pères.

— Comment va-t-elle, à propos ?

— Elle tient le coup, je crois. Pauvre Louise, et pauvre Charles, aussi. Je l'ai eu l'autre jour au téléphone, il rangeait les affaires d'Anna et il en était tout retourné.

Comme elle terminait sa phrase, il lui sembla qu'un souvenir tentait d'affleurer à sa mémoire, sans y parvenir tout à fait ; un souvenir déplaisant, désagréable. Qu'est-ce que c'était déjà ? Elle se rappela qu'elle avait déjà éprouvé cette même impression quelques jours plus tôt.

Tom se servit un grand whisky et passa deux appels téléphoniques. Le premier à Mike Dutton, des distilleries Dutton, à qui il expliqua qu'ils étaient en quête de tout indice pour trouver qui avait pu envoyer les lettres ; serait-ce beaucoup demander à sa secrétaire que de vérifier le cachet de la poste sur l'enveloppe? Elle était rentrée chez elle, mais Dutton répondit qu'il allait jeter un coup d'œil dans la corbeille; hélas! il revint quelques secondes plus tard, et dit que les corbeilles avaient déjà été vidées.

— Désolé, Tom. Ça vous préoccupe vraiment, n'est-ce pas?

— C'est surtout tellement stupide...

— Oui, bien sûr. Navré de n'avoir pu vous aider. Et, Tom, il faut que je vous le dise...

— Oui, répondit-il, sentant une sueur froide lui couler dans la nuque.

— N'imaginez surtout pas que nous accordons la moindre importance à ce mémo. Nous ne nous en sortirions pas sans vous, et nous le savons.

— Mike, vous êtes un héros.

La fin de la conversation avait rendu plus supportable la perspective du prochain coup de téléphone. Il composa le numéro du bureau de Miller; là, la secrétaire de Felix lui annonça qu'il s'était absenté pour l'après-midi.

— Il a été à la fête des sports de votre fils.

Est-ce qu'il devenait paranoïaque, ou bien elle avait dit « de *votre* fils » sur un ton un peu sec?

— Vous pourriez lui demander de m'appeler demain matin?

— Bien sûr, monsieur Fleming.

Mike Dutton appela Tom Fleming, mais il était déjà en ligne; M. Dutton voulait-il patienter?

— Non, je suis pressé, mais pouvez-vous lui laisser un message? Dites-lui que ma secrétaire a fait des merveilles, et que le cachet de la poste était Gloucester. Il saura ce que ça veut dire.

Barbara Dawson lui assura qu'elle transmettrait le message sans faute.

Tom arriva peu après le déjeuner dans le luxueux penthouse de Nico Cadogan – pâle, les traits tirés, les yeux cernés. Il avait aussi perdu du poids, au moins trois ou quatre kilos depuis leur dernière rencontre, jugea Cadogan.

— Vous avez connu des moments difficiles, avec cette affaire de lettre anonyme? demanda-t-il d'un ton discret, et sans paraître y accorder d'importance.

— Quoi? Oh! un peu. Deux défections. Mais la plupart des gens ont l'air d'être avec nous.

— Et cette histoire de problèmes financiers... inventée de toutes pièces?

— Dieu merci, oui...

— Bon. Du café?

— Avec plaisir.

— Le prix de l'action a l'air de se stabiliser, dit Cadogan.

— Bonne nouvelle. De mon côté, d'après ce que j'ai entendu dire ce matin, je pense que nous allons pouvoir attaquer l'OPA lancée contre vous.

— Vraiment?

— Ce n'est pas encore officiel, mais votre député a pu poser sa question, et la motion a recueilli un grand nombre de signatures – il y a beaucoup de nouveaux députés très empressés, qui veulent avoir l'air efficaces. Et le gouvernement lui aussi veut montrer qu'il est courageux, qu'il défend les indépendants, etc. En réalité il ne se bat pas plus contre les grands groupes que le gouvernement précédent, mais il voudrait nous faire croire que si.

— Un journaliste va m'interviewer, est-ce que je peux lui dire tout ça?

— Surtout pas! Ça ferait échouer presque à tous les coups

la procédure... Mais je tenais à vous dire que vous pouvez vous détendre un peu, je crois.

— Désolée de vous interrompre, monsieur Cadogan...

C'était la voix de la secrétaire de Nico, par l'Interphone.

— Il y a un appel urgent pour M. Fleming, une Mme Cornouaille.

Nico Cadogan n'affectionnait pas particulièrement les clichés, mais pour qui regardait Tom à cet instant, impossible d'échapper à une expression du genre « il devint pâle comme la mort ». D'une main tremblante, il reposa le verre que lui avait offert Nico, et s'éclaircit la gorge.

— Nico, vous voulez bien m'excuser une minute?

— Bien sûr. Je sors, si vous voulez, vous pourrez lui parler tranquillement...

— Non, non, je vais la rappeler sur mon portable.

— Entendu. Vous avez une salle de réunion vide juste à côté, allez-y.

Tom revint cinq minutes plus tard, toujours pâle, mais il avait repris un peu de contrôle sur lui-même.

— Pardonnez-moi, dit-il, c'était une cliente éventuelle qui me rappelait... Bien, nous devrions faire un tour d'horizon des questions en suspens...

Mme Cornouaille avait autant de chances d'être une cliente éventuelle, songea Nico, que Fleming Cotterill de n'avoir aucun problème financier.

— Lundi, proposa Felix, je peux vous voir lundi. Ça vous va?

Tom réfléchit rapidement : il pourrait sans doute faire patienter la banque le temps d'un week-end, et il ne voulait pas avoir l'air de presser Felix – psychologiquement ce serait une erreur. Sans compter que ça lui permettrait d'en parler à Octavia (bien que cela risquait d'être difficile).

— Oui, Felix, lundi matin me va très bien, merci. Et merci aussi d'être allé à la fête des sports hier. J'ai entendu dire que vous vous étiez couvert de gloire, ce qui ne me serait probablement pas arrivé.

— En tout cas, c'est bien que Gideon ait eu quelqu'un pour participer à la course. Vraiment dommage que vous n'ayez pas pu venir, Octavia en était très déçue. Je ne crois pas l'avoir laissée une fois seule dans ce genre d'occasion quand elle était enfant.

— Vraiment ? dit Tom en s'empêchant de grincer des dents. À lundi, donc.

Il reposa le téléphone, un goût âcre dans la bouche. Si on lui avait dit qu'un jour il en arriverait là, à ramper devant Felix Miller, à implorer son aide... Il décida d'oublier Felix et d'appeler la banque, appuya sur l'Interphone pour demander à Barbara de le faire.

— Tout de suite. Et, Tom, il y a un message de...

— Pas de message maintenant, Barbara, d'accord ? martela-t-il. À part la Banque d'Angleterre m'offrant cent mille livres, aucun message !

— Compris, grommela-t-elle.

— Je ne peux pas croire que tu vas faire ça. Demander à mon père de l'argent, après ce que tu m'as fait ! Franchement, je préfère arrêter cette conversation, ça me rend malade.

— Octavia, veux-tu m'écouter, oui ou non ?

Il se leva d'un coup, s'approcha d'elle et mit son visage tout près du sien. Ils étaient chez eux, dans le salon.

— Fleming Cotterill est au bord de la faillite, Octavia, la banque va saisir nos biens ! Nous ne pouvons plus payer le loyer, ni le personnel à la fin du mois, et nous n'avons déjà pas pris nos salaires le mois dernier, Aubrey et moi !

— Tu crois que je vais pleurer sur ton sort ?

— Nom de Dieu, Octavia, tu ne comprends pas que la maison va y passer si nous faisons faillite ?

— Et toi, Tom, tu ne comprends pas que je veux divorcer et que je me fiche de ce qui arrivera à la maison ?

— Ne sois pas stupide, s'il te plaît ! Il n'y aura plus d'argent, plus d'argent du tout ! Ni pour toi, ni pour les enfants, ni pour rien ! Ça ne t'inquiète pas un peu ?

Elle haussa les épaules.

— Je ne serai pas en faillite, moi. J'ai mes propres revenus. Je m'occuperai des enfants.

— Octavia, j'ai le plus grand respect pour ton travail, mais ce que tu gagnes paiera à peine la nourriture et les vêtements... Certainement pas ton train de vie, ni des détails comme les écoles des enfants...

— Nous pourrions... commença-t-elle, mais elle s'interrompit.

— Aller vivre chez ton père ? Bien sûr, vous pourriez le faire, sans moi. Et tu crois que ce sera bon pour les enfants ? Quel message comprendront-ils de cette situation ?

— Et quel message comprendront-ils de la conduite de leur père, quand ils en entendront parler ?

— En tout cas, s'ils en entendent parler, ce sera forcément par toi.

— Tu préfères que je leur mente, c'est ça ? Que je fasse comme si tu étais toujours un père modèle, bien que nous allions vivre chacun de son côté pendant quelque temps ?

— Peut-être, oui. Quelque chose dans le genre. Et inutile de me regarder comme ça, ce n'est pas moi que je cherche à protéger, mais eux. Si tu veux vraiment aller jusqu'au bout de ce divorce, je ne peux pas t'en empêcher, mais rendons-le-leur le moins douloureux possible. Ils n'ont pas besoin de savoir...

— Que tu es un tricheur et un menteur ?

— Oui, ils n'ont pas besoin de le savoir. Ça leur fera déjà

assez de mal que nous nous séparions... Je pense que ce serait mieux de leur donner les explications habituelles : nous ne nous entendons plus aussi bien qu'avant, mais nous restons amis, nous serons plus heureux en vivant séparément, etc.

— Ce serait mieux pour *toi*, oui !

— Tu es vraiment une garce, murmura-t-il, et il posa sur elle un tel regard qu'elle ne put s'empêcher d'en frissonner intérieurement. Bien sûr que je me suis mal conduit, horriblement mal, et je ne me sens pas très fier, si tu veux tout savoir, plutôt honteux et misérable ! Mais à quoi cela servira qu'ils se sentent eux aussi honteux et misérables pour moi ? Si tu choisis cette voie-là, Octavia, ce ne sera plus par esprit de justice, mais par vengeance, un point c'est tout !

— Désolée, Tom, tu aurais dû y penser avant...

— Très bien, dit-il en soupirant, fais comme tu le penses. Je partirai, si c'est vraiment ce que tu veux, j'irai vivre ailleurs, Mais au moins que pour eux les choses changent le moins possible, qu'ils gardent la même maison, les mêmes écoles, les mêmes amis... Ne leur faisons pas plus de mal que nécessaire, ce ne serait pas juste.

— Je ne peux pas croire que *tu* me parles de justice, lui dit-elle.

Pourtant il avait touché quelque chose en elle : il avait raison, les enfants méritaient d'être protégés, protégés de la vérité, de la laideur même de celle-ci. Si elle les aimait, elle devait accepter cela pour eux. Elle le contempla, en songeant qu'elle le haïssait.

— Très bien, Tom, parle à mon père. Je ne t'en empêcherai pas. Mais tôt ou tard, il saura la vérité, et alors...

24

— Je ne comprends pas comment tu peux même me poser la question, dit Louise, et ses grands yeux bleus paraissaient sincèrement choqués. Bien sûr que tu dois divorcer de ce salaud! Il ne te mérite pas!

— Je sais, mais il avait raison pour les enfants. Ils sont innocents de tout ça, il ne faut pas qu'ils souffrent.

— Mais, et toi?

— Oh! Louise, rien n'est jamais la faute que d'une personne. J'ai bien dû faire des erreurs moi aussi...

Elles étaient assises devant le cottage des Fleming, sous le chèvrefeuille. Octavia s'était décidée à venir y passer le week-end et avait invité Louise à lui rendre visite avec son fils. Poppy jouait à la balle avec Dickon, Minty était assise sur les genoux d'Octavia. Gideon s'était une fois de plus disputé avec sa sœur et il boudait, quelque part derrière la maison.

— Arrête avec ça! s'exclama Louise. Tom est un tricheur et un salaud, qui ne mérite pas d'être avec toi. D'ailleurs il mérite d'être avec personne d'à peu près bien...

— Maman, dit Poppy, on peut avoir quelque chose à boire? Il fait chaud...

— Oui, ma chérie, j'y vais. Mais vous ne préférez pas un esquimau?

— Oh! si!

— Et toi, Louise?

— Non, merci. Ça me fait mal aux dents, dit-elle en riant.

Dickon dressa l'oreille, lui demanda d'un air alarmé :

— Tu as encore mal aux dents, maman?

Toute idée de douleur ou de maladie l'inquiétait terriblement, et le cœur d'Octavia se serra.

— Pourquoi « encore », mon chéri?

— Tu as déjà été chez le dentiste l'autre jour, tu sais, quand on avait toutes ces lettres à poster... Même qu'après on a mangé chez McDo et...

— Oui, c'est vrai, j'avais déjà oublié, le coupa-t-elle rapidement.

Puis elle se tourna vers Octavia pour lui expliquer :

— J'avais perdu un plombage, ça fait toujours très mal.

— C'est horrible, oui. Je t'admire de pouvoir oublier des choses pareilles, moi ça me poursuit pendant des jours entiers.

— Mais c'était il y a une éternité...

— Non, dit Dickon, c'était juste l'autre jour...

— Arrête de me contredire, Dickon !

Louise paraissait irritée, soudain ; d'ailleurs elle consulta bientôt sa montre et dit qu'il était l'heure de s'en aller.

— Déjà ? s'exclamèrent Dickon et Poppy en même temps.

Le petit garçon ajouta :

— Et mon esquimau ?

— Tu l'emporteras. Nous devons vraiment rentrer maintenant, ton père nous attend.

Une fois qu'ils furent partis et que Poppy eut rejoint son frère, Octavia sombra dans une rêverie pleine de mélancolie. Louise ne s'était pas remise du drame de sa mère, elle était reprise par des accès d'angoisse et de nervosité – mais Octavia comprenait : elle-même, dans des instants comme celui-ci, seule dans le calme du jardin, avait l'impression de se retrouver dans une impasse. De quoi seraient faits les jours, les semaines, les mois à venir ? Elle s'assoupit et ses rêveries n'avaient rien de très gai. D'autant qu'une fois de plus une impression déplaisante rôdait dans son subconscient, sans qu'elle parvînt à mettre un mot ou un souvenir précis dessus. Cela menaçait de devenir une habitude, et c'était sans doute lié à la dépression.

En tout cas, cela devait se voir sur son visage, car elle entendit un peu plus tard une voix murmurer au-dessus d'elle :

— Octavia, n'ouvrez pas les yeux, s'il vous plaît, ou je ne trouverai pas le courage de vous dire ce que j'ai à vous dire.

C'était la voix de Gabriel ; ses paupières tressautèrent par réflexe, mais elle les tint fermées.

— Je ne sais pas au juste ce qui se passe dans votre couple, et je ne vous poserai pas de questions... je tiens à ce que vous sachiez une chose : si vous n'étiez pas mariée, ou plus mariée, ou seulement en voie de ne plus l'être, j'aimerais beaucoup... vous connaître mieux.

Elle attendit quelques instants puis, quand elle fut sûre qu'il avait fini, rouvrit les yeux.

— Vous entrez par effraction chez les gens, maintenant ?

— Je vous ai vue assoupie, j'ai poussé la porte sans bruit. Que pensez-vous de ma proposition romantique ?

Les paroles de Gabriel avaient instillé une vague de chaleur et de bien-être en elle, submergeant la tristesse de tout à l'heure. Comme elle aurait voulu répondre « oui », simplement « oui » ! Pourtant quelque chose en elle y résistait, une sorte de blessure, pleine de doute et d'incertitude.

— Je..., commença-t-elle.

— Oui, vous...

— Je pense que...

Elle restait là, incapable de continuer sa phrase... Elle n'avait pas confiance, tout le problème était là, elle avait peur. Elle ne s'était pas rendu compte jusque-là combien l'infidélité de Tom l'avait blessée ; dans son esprit, l'attitude de son mari avait tout remis en question, sa personnalité, son physique, sa valeur au travail, à la maison, au lit, bien sûr. Était-ce pour cela que Tom l'avait délaissée ? Elle avait si peu d'expérience en dehors de lui, si peu de souvenirs pour se rassurer ; sans doute était-elle nulle et sans intérêt au lit. Si elle couchait avec

Gabriel, il s'en rendrait compte, et ensuite tout serait encore pire que maintenant...

— Maman!

Poppy arrivait en courant.

— Gideon s'est fait mal au pied! Vite, ça saigne!

— Oh! mon Dieu, dit-elle en se levant précipitamment, suivie par Gabriel.

Gideon était assis sur le sol derrière la maison, regardant son pied nu avec un mélange d'horreur et de fascination : un grand éclat de verre en ressortait, accompagné d'un ruisseau de sang, et Poppy pointait le doigt dans sa direction.

— Maman, vite, enlève-le, c'est horrible!

— Non, intervint Gabriel, n'y touchez pas. Nous allons l'emmener comme cela à l'hôpital. Petite tête de mule, sortir sans chaussures...

— Il sait qu'il n'a pas le droit, dit Poppy, la voix étranglée.

— Oh! ta gueule, murmura Gideon, livide.

— Je l'emmène à la voiture, déclara Gabriel, et il se pencha pour soulever délicatement Gideon dans ses bras. Mais prenons plutôt la vôtre, elle est plus rapide.

— Je vais chercher Minty. Poppy, monte à l'arrière et mets ta ceinture.

— Apportez aussi des serviettes! cria Gabriel tandis qu'elle se précipitait dans la maison. Ne t'en fais pas, mon vieux, ça va aller, dit-il à Gideon d'une voix encourageante. Quand je pense que j'étais venu pour qu'on recommence ton entraînement à la batte...

Ce furent trois heures de cauchemar. Les embouteillages du dimanche soir commençaient déjà, et il leur fallut plus d'une heure pour arriver jusqu'à l'hôpital de Bath : la salle d'attente des urgences était comble, avec la routine des accidents de vacances, piqûres, brûlures, petites fractures... Le pied de

Gideon ne saignait plus, mais il était affreux à voir, enflé tout autour du morceau de verre ; des mots terribles traversaient l'esprit d'Octavia, septicémie, gangrène, amputation... Pourquoi fallait-il donc attendre si longtemps ? Gabriel avait emmené Poppy faire un tour et Minty s'était endormie dans sa poussette, Dieu merci.

Enfin, on vint les chercher ; un infirmier emmena Gideon dans une salle voisine, où un médecin examina son pied, puis dit qu'une anesthésie locale suffirait. Octavia avait espéré qu'on emmènerait Gideon dans une lointaine salle d'opération, qu'on l'endormirait, qu'il lui reviendrait soigné, bandé – pas que cette horreur se déroulerait sous leurs yeux à tous deux.

— Mais ça va lui faire horriblement mal, non ?

— Il ne sentira rien, la rassura le médecin en secouant la tête et en allant chercher une seringue dans un meuble voisin. C'est du Valium. Ça agit très vite, et il ne se souviendra de rien ensuite.

Octavia demeura près du lit tout le temps que dura l'opération, tenant la main de son fils, lui caressant les cheveux ; elle avait le cœur au bord des lèvres, mais ne détourna pas le regard lorsque le médecin retira le morceau de verre, nettoya la plaie, la recousit.

Quand tout fut fini et qu'ils furent ressortis de la salle, elle eut un moment de faiblesse et fit quelques pas hésitants vers la chaise la plus proche ; une fraction de seconde plus tard, Gabriel était là et l'aidait à s'asseoir.

— Hé ! dit-il en riant, est-ce que je vais devoir vous prendre tous en charge les uns après les autres ?

— Je suis désolée, murmura-t-elle, mais je suis restée debout tout le temps et...

— Chut... Reposez-vous un moment, puis je vous reconduirai au cottage. Je vous dirais bien de venir chez moi, mais vous risquez d'y manquer des affaires qu'il vous faut.

Elle leva les yeux vers lui : il tenait Minty dans ses bras, et Poppy s'appuyait contre sa jambe en suçant son pouce.

— Qu'est-ce qu'il y a sur votre chemise ? demanda-t-elle.

Il baissa les yeux vers une tache qui s'étalait largement, à hauteur de la bouche de la petite.

— Ce n'est rien, dit-il en riant, juste votre fille qui a été un peu barbouillée.

— Oh ! je suis confuse...

— Vous avez été si gentil...

Les trois enfants s'étaient enfin endormis, et elle venait de redescendre dans le salon.

— Non, gentil n'est pas le mot, se reprit-elle, plutôt...

— Magnifique ? C'est ce que je pensais moi aussi. Nous avons tous été magnifiques. Mais, maintenant pour ne rien vous cacher, je prendrais bien un verre. Si vous aviez un peu de whisky...

— Oh ! pardon, bien sûr... Et quelque chose à manger, vous devez être affamé ?

Elle gagna la cuisine et prépara une salade, disposa un peu de fromage et de pain sur un plateau, transporta le tout dans le salon.

— Est-ce que ça vous ira ?

— Parfait. Votre whisky est très bon.

— Mon mari est un amateur...

— Écoutez, ça ne me regarde pas, mais vous ne l'appelez pas pour lui dire ce qui est arrivé ?

— Si, je vais le faire... Laissez-moi d'abord vous trouver une chemise propre.

Elle monta jusqu'à la chambre et se mit à fouiller dans l'armoire de Tom, parmi les Ralph Lauren, les Lacoste, les Brooks Brothers, se demandant laquelle susciterait le moins de commentaires ironiques ; enfin elle en trouva une vieille en madras, se retourna pour redescendre : Gabriel était à la porte et la contemplait.

— Très jolie, dit-il, et il regarda l'étiquette de la chemise. LL Bean ? Je ne connais pas.

— Une obscure marque américaine, rien de chic...

— Ça m'étonnerait. Votre mari m'a l'air d'un sacré dandy, si j'en crois ce que j'aperçois dans cette armoire. Et ce n'est que pour la campagne...

— Oui. C'est une sorte de hobby chez lui.

Elle appela chez elle : il n'y avait personne. Elle laissa un message pour dire où ils étaient et ce qui était arrivé, ajoutant que Gideon allait bien. Puis elle essaya d'avoir Tom sur son portable, mais il était éteint.

— Salaud ! dit-elle d'une voix forte, en raccrochant bruyamment le combiné. Pauvre type...

— Qui donc ? demanda courtoisement Bingham. Votre mari ?

— Oui, répondit-elle, en le fixant d'un air dur et résolu.

— Je ne l'avais encore jamais raconté à personne, lui dit-elle un peu plus tard.

Ils étaient installés sur le canapé, où il l'avait forcée à s'asseoir, et il avait gardé le bras autour de ses épaules pendant qu'elle parlait.

— Sauf à ma meilleure amie, Louise.

— Ah ! La fameuse meilleure amie. Vous, les femmes, vous leur dites toujours tout, n'est-ce pas ?

— Et pas vous, les hommes ?

— Non. En général, non. Peut-être les jeunes, les très jeunes, en pleurant dans leur bol de chocolat, mais pas moi.

— Vous avez quel âge ?

— Trente-neuf. D'ailleurs je ne comprends pas très bien

comment ça s'est fait. Il me semble qu'hier encore j'en avais dix-neuf. Et vous ?

— Dix-sept. Hier encore, bien sûr. Aujourd'hui, j'en ai trente-six.

— Le bel âge pour une femme, la preuve. Belle, intelligente, réussissant dans la vie... et sexy.

— Vous ne savez pas si je suis sexy ou non.

— Bien sûr que vous l'êtes. Très, même.

— Je ne crois pas, non, dit-elle d'un ton désabusé, sinon mon mari ne m'aurait pas délaissée.

— Absurde ! Les femmes les plus sexy du monde sont délaissées par leur mari. Regardez Marilyn, ou cette pauvre lady Di.

Leur table était près de la fenêtre, avec une vue incomparable sur le fleuve, la ville et les ponts vers l'amont. À côté de la table, une bouteille de Krug refroidissait dans la glace.

— Merveilleux, dit Marianne en contemplant la nuit.

— N'est-ce pas ? fit Nico, d'un ton satisfait. Qu'est-ce qui vous fait sourire ?

— Votre air si content de vous, comme si vous aviez créé vous-même ce panorama...

— Je savais que cela vous plairait. Votre autre petit ami ne vous a jamais amenée ici ?

— Non. Il préfère des endroits plus... conventionnels.

— Grave erreur de sa part, alors que vous n'êtes pas du tout faite pour ça. Ça va me permettre de faire beaucoup mieux que lui. Dans l'immédiat, je vous recommande le feuilleté de saumon et de veau, mais vous êtes libre de prendre autre chose.

— Merci...

Quand ils eurent passé leur commande, Nico lui dit :

— Et si vous me parliez un peu de vous, de votre vie ?

— Oh! des histoires de famille, je suis sûre qu'elles ne vous amuseront pas.

— J'*adorerais* au contraire. Laissez-moi deviner... Ils se droguent, elles sont enceintes...

— Même pas... C'est très banal et ennuyeux...

Pourtant elle lui parla de Romilly, de son contrat et de l'opposition furieuse d'Alec. Il l'écouta avec attention puis déclara :

— Ça ne me semble pas si terrible. Elle va beaucoup s'amuser, et je suis sûre que vous ne l'abandonnerez pas à ce monde épouvantable. Vous n'êtes pas du genre à vous soustraire à vos responsabilités. Mais vous êtes bien trop esclave de votre mari, si vous voulez mon avis. Vous l'aimez toujours ?

— Bien sûr que non ! Ce n'était pas un mari très agréable. Il avait un sale caractère, il me trompait, il...

— Foutaises. D'après mon expérience, quand une femme aime son mari, elle continue à l'aimer même s'il la trompe, et même s'il la bat.

— Pff... C'est totalement idiot, protesta-t-elle, mi-amusée mi-choquée. Pur préjugé machiste, vous pouvez me croire.

— Je vous crois. Je ne l'ai dit que pour vous mettre en colère, et ça a marché.

— Pourquoi vouliez-vous me mettre en colère ?

— Parce que, dit-il en tendant la main pour lui effleurer la joue, si on peut mettre une femme en colère, on peut l'exciter sexuellement. C'est dans la même gamme de réactions.

— Tout aussi idiot, commenta-t-elle – mais elle avait été troublée par la caresse de Nico, et par la sensation que cette caresse avait éveillée en elle. Et vous, dit-elle pour changer de sujet, vous aimez toujours votre ex-femme ?

— Oh ! non. Elle était très désagréable avec moi. Pour en revenir à...

— Pourquoi était-elle désagréable avec vous ? Vous n'étiez pas un bon mari ?

330

— J'étais un très bon mari, si. Je ne lui ai même jamais été infidèle. Pas à proprement parler, en tout cas.

— Qu'est-ce que ça signifie, « pas à proprement parler » ?

— Que je n'ai jamais couché avec une autre, pas tant que nous vivions ensemble.

— Mais vous déjeuniez à droite et à gauche, je suppose ?

— Dans le genre de couchiez à droite et à gauche, en plus soft ? Jolie expression, elle me plaît. Oui, ça m'arrivait. Mais elle n'était pas très gentille avec moi même avant ça.

— Et pourquoi, à votre avis ?

— Je crois que je l'éclipsais un peu, et elle n'aimait pas ça. C'était une femme très gâtée, très belle, assez ennuyeuse finalement.

— Alors, pourquoi l'avoir épousée ?

— Parce qu'elle était très belle, et aussi parce qu'elle avait un titre. J'étais ébloui par ce genre de choses à l'époque. Aujourd'hui elle a un nouveau mari fort différent de moi, très prétentieux et pas du tout séduisant, donc elle est heureuse.

— Vous êtes infect, dit Marianne en riant.

— J'espère bien. Alors, est-ce que vous allez venir chez moi ce soir ?

— Non, Nico, bien sûr que non.

— Vous devriez, dit-il, et il lui prit la main pour embrasser sa paume, ce qui la fit tressaillir.

— J'ai senti, lui dit-il.

— Senti quoi ?

— Vous le savez aussi bien que moi.

On leur apportait les entrées ; il lâcha sa main et se recula dans sa chaise en souriant.

— Je suis très patient, lui dit-il quand le serveur fut reparti. Je peux attendre, au moins pendant un certain temps. Maintenant, pour parler de choses plus sérieuses, je voudrais vous dire un mot au sujet du jeune Fleming. D'abord, est-ce que le nom de Cornouaille vous évoque quelque chose, en rapport avec lui ?

— Hmm... Non, je ne vois pas. Pourquoi ?

— Une certaine Mme Cornouaille l'a appelé vendredi, quand il était dans mon bureau. Je n'ai jamais vu un homme aussi troublé de ma vie.

— Sans doute une cliente à problèmes...

— Non. C'était une réaction, comment dire, plus... intense, plus personnelle. Mais peu importe. Toujours le concernant, un document tout à fait étonnant est arrivé sur mon bureau mardi. Une note, qui me conseillait de retirer mon budget à sa société.

— Vraiment ? De qui provenait-elle ?

— Aucune idée.

— Une lettre anonyme, vous voulez dire ?

— Totalement. Et qui n'était pas rédigée dans le style habituel du monde du business, même si elle voulait en donner l'impression.

— C'est bizarre.

— Très bizarre. D'autant plus que j'ai vérifié et c'est vrai, sa société a des problèmes ou va en avoir. Il recherche de l'argent et il a perdu deux budgets – l'un des deux, comme vous le savez, grâce aux bons soins de sa névrosée d'épouse.

— Quelqu'un de bien informé et qui lui veut du mal, donc...

— Oui, exactement. Vous voyez quelqu'un qui lui voudrait du mal ?

— Non, bien sûr que non, dit Marianne.

Et pourtant quelque chose la tiraillait à l'arrière-plan de son esprit, un souvenir désagréable, inquiétant, qu'elle avait essayé d'effacer, de banaliser...

— Pas d'employés virés, de clients mécontents ?

— Comment le saurais-je ?

— C'est vrai, vous avez raison. Et s'il s'agissait d'une femme? Une de ces femmes rejetées, dont on dit que la haine vous poursuit jusque dans la tombe?

— Voyons, c'est ridicule...

Tom appela Octavia à une heure et demie; elle était au lit avec Gideon à côté d'elle, mais ne dormait pas, et elle décrocha aussitôt, pour qu'il ne se réveille pas.

— Octavia, c'est moi! Qu'est-ce qui s'est passé, bon Dieu?

— Je descends, murmura-t-elle, avant de sortir avec précaution du lit; Gideon remua, mais ne se réveilla pas.

Pendant qu'elle descendait les escaliers, son inquiétude se transforma en une rage violente.

— Où étais-tu? Avec elle, je parie?

— Pas du tout, j'étais avec Aubrey. Tu peux l'appeler tout de suite pour vérifier si tu ne me crois pas.

— Et il me dira la vérité, bien sûr! Ton vieil ami et associé, qui ne veut pas se fâcher avec moi – bien obligé, puisqu'il doit demander de l'argent à mon père lui aussi!

— Octavia, je t'en prie! Comment va Gideon?

— Il a huit points de suture au pied et il souffre beaucoup, mais rien de grave.

— Comment est-ce arrivé?

— Il jouait au cricket avec Poppy dans le jardin.

— Pieds nus?

— Oui, et ne me demande pas pourquoi. Il a sauté pardessus la barrière pour récupérer la balle, et quelqu'un avait dû jeter une bouteille sur le bas-côté de la route. On lui a fait une piqûre antitétanique, des antibiotiques et Dieu sait quoi encore.

— À quel hôpital tu l'as amené?

— À Bath. Nous avons pensé...

— Nous? la coupa-t-il.

Puis, alors qu'elle cherchait hâtivement une explication, il enchaîna :

— Oh! Louise, c'est vrai, tu m'avais dit qu'elle te rendrait visite. Mais il y a la clinique Nuffield à Bristol, pourquoi n'y es-tu pas allée plutôt?

— Parce qu'il n'y a pas d'urgences à la clinique Nuffield, et dans les cas graves je fais plus confiance aux hôpitaux publics! En plus tu n'étais pas là, je m'en suis occupée, il va bien, alors ne commence pas à me critiquer, s'il te plaît!

— Excuse-moi. Quand rentrez-vous à la maison?

— Demain ou mardi. On ne pouvait pas faire le trajet cette nuit. Il souffrait beaucoup, et il a perdu beaucoup de sang.

— Pauvre petit bonhomme... Tu crois que je devrais venir demain?

— Non, inutile. Je t'appellerai dans la matinée pour te dire comment il va.

— Embrasse-le pour moi, s'il te plaît. Et Poppy, elle va bien?

— Oui. Elle était bouleversée, bien sûr, mais maintenant ça va.

— Tu es certaine qu'ils ont bien fait le nécessaire? Est-ce qu'ils lui ont fait une radio du pied? Il ne risque pas d'avoir d'autres lésions, aux ligaments ou... ?

— Tom, si tu avais été là, tu t'en serais occupé, mais comme tu n'étais pas là, je l'ai fait. Ça va aller. Bonne nuit.

Elle reposa le téléphone et remplit d'eau la bouilloire. Comment osait-il critiquer son choix de l'hôpital, insinuer que Gideon n'avait peut-être pas été bien soigné, alors qu'il n'avait même pas allumé son portable pour qu'elle puisse le joindre en cas d'urgence?

— Fumier, sale fumier! s'exclama-t-elle.

— Encore votre mari? commenta Gabriel Bingham. Décidément, il n'a pas la cote en ce moment, on dirait.

Il s'appuyait contre le chambranle de la porte, vêtu de la chemise en madras et de rien d'autre, semblait-il. Octavia lui sourit, non sans hésitation.

— Ne vous inquiétez pas, dit-il, en suivant la direction de son regard. Je porte un short en dessous.

— J'allais me faire du thé, affirma-t-elle, évitant de répondre à sa remarque. Vous en voulez une tasse?

— Volontiers. Je ne dormais pas, je lisais. J'ai très souvent des insomnies.

— C'est vrai? Moi aussi.

— Ça ne me surprend pas, dit-il en s'asseyant et en allongeant ses jambes devant lui, croisées aux chevilles – de très longues et belles jambes, remarqua-t-elle.

— Pourquoi?

— Vous n'êtes pas franchement calme de caractère, n'est-ce pas? Je préfère, c'est plus attirant. Le côté paisible et serein peut être attirant lui aussi, mais c'est plus rare.

Elle se contenta de rire, d'un rire absurde et mondain, ne sachant sur quel ton lui répondre. Avec lui, elle se sentait toujours prise entre deux feux : elle ne voulait paraître ni trop passionnée, genre femme délaissée et frustrée sexuellement, ni frigide non plus. Tout à l'heure, elle lui avait proposé de rester pour la nuit :

— Ce n'est pas très raisonnable de prendre la route après deux grands whiskys et trois verres de vin, avait-elle expliqué, sur le ton le plus détaché possible, pour qu'il n'aille pas s'imaginer qu'elle s'offrait à lui.

Mais quand il était monté se coucher sans rien d'autre qu'un rapide « bonne nuit », prononcé d'une voix tout aussi détachée, elle en avait été fort déconfite, et depuis ne trouvait pas le sommeil.

Ils burent leur thé en silence, puis elle lui sourit d'un air amical, insouciant.

— Je crois que je vais retourner au lit. Je suis un peu fatiguée.

Il ne répondit pas tout de suite, hocha la tête.

— Moi, je vais rentrer. Je me sens assez sobre maintenant, tout ira bien.

— Non, sursauta-t-elle, pas tout de suite !

— Pourquoi ? demanda-t-il, le regard plein d'espoir, et elle s'en voulut de ce cri du cœur qui lui avait échappé.

— Pensez un peu à ce qui arriverait à votre carrière, si vous étiez pris...

— Oh ! ma carrière, c'est vrai, répéta-t-il non sans déception, très important, ma carrière. Vous avez raison, je vais attendre le matin. Bonne nuit, Octavia.

Elle le suivit lentement dans l'escalier, le regarda entrer dans la chambre d'amis et resta quelques instants devant la porte fermée, incapable d'obéir à ce que lui dictait son instinct ; puis elle retourna d'un pas morne dans sa propre chambre. Mais là, le clair de lune lui montra Gideon couché en travers du lit et l'occupant en totalité. Si elle essayait de le déplacer, il risquait de se réveiller. Il ne restait plus que le canapé du salon – comme de toute façon elle n'avait pas sommeil, autant aller s'y installer avec un livre.

Elle quitta la pièce et se dirigea vers l'escalier ; au moment où elle passait devant la chambre d'amis, Gabriel en ressortit, entièrement habillé cette fois-ci. Il la dévisagea sans mot dire et elle resta pétrifiée, incapable d'aucune réaction ; puis un sourire sembla monter du tréfonds d'elle-même et s'étala sur son visage, irrésistible.

— Enfin, murmura-t-il.

Ce qu'elle vécut cette nuit-là fut différent de tout ce qu'elle avait connu auparavant : tant de sentiments s'y mêlaient, libération de la tension accumulée, apaisement de son anxiété, estime de soi retrouvée, joie qu'il puisse la désirer, plaisir physique... La gêne et la nervosité des premiers instants laissèrent place d'abord à du soulagement, quand elle se vit capable de lui apporter la réponse qu'il attendait, puis à une vague de désir qui monta, chaude, douce et profonde. Il se montra tendre et patient, plein d'attentions; puis soudain le déferlement arriva, plus tôt qu'elle ne l'aurait pensé, comme une immense lumière qui la transperçait de part en part, qui remplissait non seulement son corps, mais aussi sa tête d'images étranges et puissantes à la fois, et enfin son cœur, d'une paix merveilleuse.

Quand ce fut fini, elle resta allongée à le contempler, moitié riant, moitié pleurant, humide de sueur, frissonnante, fragile et libérée.

— Votre mari est fou.

Ce furent les seules paroles qu'il prononça.

25

— Où étais-tu hier soir? J'ai essayé de t'appeler.

— J'étais toujours ici, Louise, au cottage. Mais Gideon a eu un accident, il s'est coupé le pied assez profondément, et j'ai dû l'emmener à l'hôpital de Bath.

— Oh! Taupe, c'est affreux! Comment va-t-il, le pauvre?

— Moyen. Il a eu huit points de suture et ça lui fait encore très mal, je crois.

— Ma pauvre chérie... Et Tom qui n'était pas là, tu as dû affronter ça toute seule, en plus...

Il y eut un silence, pendant lequel Octavia réfléchit rapidement. Depuis le départ de Gabriel, quelques heures plus tôt, elle éprouvait le besoin de partager ce qu'elle ressentait – à la fois le plaisir, et aussi la pointe de remords qui l'aiguillonnait, en dépit de tout. Quelque chose la retenait d'en parler à Louise, une vague impression qui flottait à l'arrière de son esprit ces derniers temps ; mais ce n'était dû qu'à ses propres problèmes, ce n'était dû qu'à sa dépression, une fois de plus, qui lui faisait voir tout en noir.

En plus, si elle ne se confiait pas à Louise, à qui d'autre se confierait-elle ?

— Non, je n'étais pas seule, répondit-elle enfin, et elle lui raconta tout sur Bingham.

La réaction de Louise fut enthousiaste, presque frénétique :

— Bravo, Taupe ! s'exclama-t-elle. Il n'a que ce qu'il mérite, c'est bien fait !

— Qui cela ? demanda-t-elle, un peu déroutée.

— Tom, bien sûr ! Tu as agi exactement comme il le fallait !

— Donc tu crois que je n'ai aucun scrupule à avoir ?

— De scrupule ! Tu es folle, Taupe, bien sûr que non !

— Louise... Ça reste entre nous, évidemment, ne put-elle s'empêcher de dire, pour le regretter aussitôt.

De fait, la voix de Louise se durcit quand elle lui répondit :

— Tu ne crois quand même pas que je vais en parler à quelqu'un ? Tu es ma meilleure amie et tu le resteras toujours, j'espère que tu le sais !

Cette déclaration détonnait avec le ton âpre, ou presque, sur lequel elle l'avait prononcée ; mais elle en retrouva un plus badin pour demander à Octavia :

— Est-ce qu'il est sexy, au moins ?

— Très, oui, répondit celle-ci en riant.

Felix observait Tom, tâchant de mettre pour un temps son animosité sous le boisseau.

— Comment va Octavia? demanda-t-il d'une voix brusque, alors que sa secrétaire leur apportait du café. Vous êtes partis ce week-end, non?

— Octavia, oui, moi j'avais du travail. Malheureusement, Gideon s'est blessé.

— Blessé?

— Rien de grave. Il s'est coupé au pied et il a fallu le recoudre. Mais apparemment il va bien, maintenant.

— Comment ça, apparemment? Vous ne l'avez pas vu?

— Non. Ça s'est passé là-bas, dans le Somerset.

— Et Octavia a dû s'en débrouiller toute seule, avec le bébé sur les bras en plus?

— Non, Louise était là-bas avec elle. De toute façon, elle...

Il hésita et Felix patientait, sans mot dire. Qu'allait-il bien pouvoir inventer? Une phrase pour se justifier, à coup sûr.

— ... elle est très forte dans ces occasions-là.

— Il vaut mieux, oui! Le petit est à l'hôpital?

— Non, tout a été réglé aux urgences, ils ont pu rentrer directement.

— Et aujourd'hui, vous n'y descendez pas?

— Felix, j'ai un travail effroyable, et puisque ma présence n'est pas indispensable je...

— Il faudrait peut-être que j'aille moi-même les aider, dans ce cas... Je ne vois pas comment elle pourrait s'en sortir toute seule avec trois enfants, dont un blessé!

— Je lui ai suggéré que la nurse y descende, mais elle a dit que non, que ça se passait très bien.

— Je vais l'appeler quand même, pour voir si je peux l'aider en quoi que ce soit. Un moment, vous permettez? Je regrette que vous ne m'ayez pas téléphoné la nuit dernière.

— Felix, il était plus de minuit!

— Et alors!

La rage l'envahissait : ce type n'avait donc pas la moindre

idée de ce qu'était l'amour? Avec quel plaisir lui-même aurait-il filé vers le Somerset à trois heures du matin, si Octavia lui avait dit qu'elle avait besoin de lui! Si seulement elle le lui avait dit...

— Octavia? Ma chérie, c'est ton père. J'ai Tom en face de moi et il vient juste de me dire pour Gideon. Je suis si triste pour lui... Comment va-t-il? Vraiment? Brave petit gars. Embrasse-le bien pour moi. Tom m'a dit qu'il avait trop à faire pour descendre, tu veux que je vienne? J'en serais vraiment heureux, je t'assure, je ne supporte pas l'idée que tu sois seule pour faire face à tous ces problèmes. Comment? Bien, mais réfléchis-y en tout cas, et promets-moi que tu m'appelleras si tu changes d'avis, d'accord? Même tard, ça n'a pas d'importance. Au revoir, ma chérie, et à bientôt. C'est incroyable, la façon dont elle fait face, dit-il après avoir raccroché.

— C'est vrai, oui. J'ai de la chance.

— Beaucoup de chance, en effet. Et maintenant, de quoi vouliez-vous me parler?

— Zoé m'a dit que Louise, l'amie d'Octavia, avait été modèle. Tu le savais?

— Oui.

Romilly fit un pas en arrière, pour mieux s'examiner dans le grand miroir en pied de la chambre de sa mère.

— Qu'est-ce que tu penses, pour une séance de casting? Ce pantalon, ou mon jean?

— Ritz te dira ça mieux que moi, soupira Marianne à contrecœur.

— Tu as raison, je le lui demanderai. C'était comment, le nom de Louise quand elle était modèle? Je pourrais en parler à Ritz, elle la connaît peut-être...

— Madison. Elle a fait une belle carrière aux États-Unis.

— Je me demande si ça lui manque. Est-ce qu'elle a épousé un type terriblement riche et célèbre?

— Non, dit Marianne en riant, mais très gentil. Il s'appelle Sandy, Sandy Trelawny.

— Trelawny? C'est un joli nom.

— N'est-ce pas? Un nom des Cornouailles, je suppose...

Elle s'interrompit brutalement, les yeux fixés sur Romilly : elle avait très chaud tout à coup, et un poids sur la poitrine. Cornouailles... « Est-ce que le nom de Cornouaille vous évoque quelque chose?... Je n'ai jamais vu un homme aussi troublé de ma vie. »

— Oh! mon Dieu, murmura-t-elle, mon Dieu...

— Il y réfléchit, dit Tom. Il veut voir tous les comptes et le reste, je vais les lui envoyer dès que possible. Franchement, je n'ai aucune idée de ce qu'il va faire, Aubrey. Je pense qu'il est partagé entre trois possibilités, l'envie de m'envoyer promener et de m'en faire baver, la crainte de voir sa fille en subir financièrement les conséquences, et un certain désir de mettre le nez dans nos affaires. S'il le fait, ça va être atroce.

— Nous tiendrons le coup, affirma Aubrey.

— Je n'en suis pas aussi sûr. J'ai déjà eu droit à une bonne demi-heure de foutaises, à propos de nos dépenses extravagantes, de notre mauvaise gestion, de notre imprévoyance – un vrai cauchemar. Je sais qu'il n'est que onze heures et demie, mais tu ne m'offrirais pas un whisky? J'en ai un besoin urgent. Et que je te dise encore une chose : si Miller débarque ici nous carburons à l'eau minérale. Ou même plutôt à l'eau du robinet. À la tienne, Aubrey, dit-il en levant son verre.

— À la tienne, et bravo pour ton courage. J'imagine ce que ça a dû te coûter.

— Attends avant de me féliciter. Il n'a pas encore accepté.

— Il va le faire. À moins qu'il n'arrive quelque chose de vraiment terrible...

Marianne était assise à son bureau, le regard oscillant du téléphone à la fenêtre et retour ; elle ne se souvenait pas d'avoir jamais vécu un pire dilemme. L'image de Louise après l'enterrement, frappant Tom avec une sauvage énergie, ne cessait de lui revenir en mémoire ; une énergie sexuelle refoulée, elle le comprenait maintenant. Et elle réentendait la voix de Nico : « Et s'il s'agissait d'une femme ? Une de ces femmes rejetées, dont on dit que la haine vous poursuit jusque dans la tombe ? »

Oui, ce devait être elle, ce pouvait être elle. Mais que devait faire Marianne ? Téléphoner à Octavia, ou à Tom, et pour leur dire quoi ? Si Tom avait une liaison, ça ne concernait qu'eux deux et personne d'autre ; en outre, à part ce qu'elle avait vu, et qui constituait un mince indice tout de même, était-il vraisemblable que Louise se conduise de cette façon ?

Peut-être ne devait-elle rien faire. C'était la voie la plus sûre et la plus facile – mais sans doute pas la plus honorable... Et de nouveau, elle entendait la voix de Nico : « Vous n'êtes pas du genre à vous soustraire à vos responsabilités. »

Non, Marianne n'aimait pas l'idée que les gens qu'elle aimait souffrent, et qu'ils risquent de souffrir davantage encore, parce qu'elle s'était soustraite à ses responsabilités. Soudain, sur une impulsion, elle décrocha le téléphone et composa le numéro de Tom.

— Quel est le problème, poupée ? T'es pas enceinte, quand même ?

— Oh ! non... C'est juste qu'il me faut de l'argent, et même d'urgence. J'ai reçu une lettre de la banque ce matin et...

— Tu peux pas taper papa et maman ?

— Non, je ne peux pas. Mon père dit que mon argent

de poche est plus que suffisant, alors qu'en fait j'ai juste assez pour être à découvert, et ma mère ne veut rien entendre pour l'augmenter.

— Ils m'ont l'air un peu radins, tes vieux. Tu ne vas quand même pas me dire qu'ils sont à court ?

— Non, pas vraiment. Ils sont radins, tu as raison. C'est censé être pour mon bien, ou je ne sais quelle ânerie dans le genre... Bref, j'ai vraiment besoin de ce job au pub. Tu sais si Katrina s'est décidée ?

— Ouais, pardon, j'avais oublié... Elle s'est décidée pour l'autre fille.

— Merci de m'avoir prévenue, dit-elle, tandis que son cœur sombrait dans sa poitrine. Et maintenant, je fais quoi ?

— Il y a plein d'autres jobs, bon Dieu, plein de bars le long de Kings Road ! Bon, on y va, on va dans la maison ?

— La même que la dernière fois ?

— Non, pas celle-là, les proprios sont revenus. Mais je travaille dans une autre, une superbaraque, tu vas voir.

— Non. Désolée, ce soir, je le sens vraiment pas.

— OK, fit Ian, et il se leva.

— Tu vas où ?

— Je rentre chez moi.

— Chez toi ? Je croyais que tu me sortais.

— Ouais, mais t'es pas marrante quand tu fais cette tête-là. Je préfère encore passer la soirée devant une cassette vidéo.

— Va te faire voir, marmonna Zoé.

Il gagna la porte et elle le suivit des yeux, avec un mélange de colère et de regret. Il était sa seule distraction en ce moment : tous ses amis étaient loin, elle n'avait comme perspective de vacances que deux misérables semaines avec son père à Martha's Vineyard, et Romilly ne pensait qu'à ses séances de poses. Sans parler de ces sacrés problèmes d'argent. Elle ne l'avait pas dit à Ian, pour ne pas paraître trop minable à ses yeux, mais elle avait fait tous les bars de Kings Road et de Fulbarn Road et ils étaient tous pourvus pour la saison ; elle s'y était prise trop tard, la plupart des étudiants s'en occupaient dès le début du mois de juin.

Elle se leva ; la perspective d'une autre soirée entre sa mère et Romilly était au-dessus de ses forces. Quand elle sortit du bar, Ian était encore là, téléphonant de son portable.

— Salut, lui dit-elle, désolée pour tout à l'heure. Allons dans cette maison, OK, c'est une bonne idée.

— Bon !... J'ai un peu d'herbe sur moi en plus, on va passer une supersoirée.

Tom n'était pas là quand Marianne appela, et il serait absent toute la journée, lui dit Barbara Dawson. Avec des clients. Marianne voulait-elle lui laisser un message ?

— Non, non, s'empressa-t-elle de dire, grandement soulagée de ce sursis qui lui était accordé. Rien d'important.

Une fois qu'Octavia eut fait un sandwich à Gideon, l'eut installé avec Poppy devant *Superman*, eut donné à boire à Minty, le téléphone sonna.

— Taupe ! C'est moi. Comment va Gideon ?

— En bonne voie de guérison. Je rentre ce soir, espérons qu'il dormira dans la voiture.

— Qu'est-ce que tu voulais me dire tout à l'heure au téléphone, mais tu n'avais pas le temps ?

— Oh !...

Elle hésita, puis :

— Figure-toi que la société de Tom va si mal qu'il a demandé de l'argent à mon père.

— Quoi ? Après tout ce qu'il t'a fait, demander de l'aide à ton père ? Je ne peux pas le croire, Octavia. Tu ne peux pas le laisser faire ça...

— Comment veux-tu que je m'y oppose ? Et de toute façon, pour dire la vérité, personne n'a intérêt à ce que Fleming Cotterill se casse la figure. Ni moi, ni les enfants, ni personne.

— Et ton père ne sait toujours rien à propos de Tom ?

— Non ! S'il savait, il serait fou furieux et il lui refuserait la moindre aide, tu penses bien.

— Octavia, tu dois être une espèce de sainte dans ton genre...

Tom était à la maison quand Octavia rentra avec les enfants ; il sortit pour les accueillir, et il avait l'air aussi fatigué qu'elle. Elle le regarda, pleine de rancœur et de ressentiment en songeant qu'il l'avait laissée se débrouiller seule avec l'accident de Gideon. Louise avait raison, elle devait être une sorte de sainte, pour continuer ainsi à le protéger de la colère de son père.

Les jumeaux se jetèrent sur Tom avec de grands cris ; chacun luttait pour capter son attention et lui donner sa version de l'histoire. Après avoir confié Minty endormie à Caroline, Octavia redescendit pour entendre Poppy dire :

— Alors j'ai aidé l'infirmière...

— C'est pas vrai, dit Gideon.

— Si !

— Quand ?

— Quand elle est allée te chercher la chaise roulante, et Gabriel a dit...

— Gabriel ? demanda Tom.

— Gabriel Bingham, répondit Octavia. Il était avec nous.

Elle avait pris un ton dégagé, tout en se versant un verre de vin ; pourquoi lui aurait-elle caché sa présence ?

— Qui, le député ?

— Oui.

— Qu'est-ce qu'il faisait là ?

345

— Il est passé à la maison, pour discuter de problèmes... de problèmes locaux.

— Attends un peu... Gabriel Bingham voulait te parler de problèmes locaux ? Lesquels ?

— Le bois, répondit Poppy. Tu sais, celui sur lequel ils voudraient construire des maisons. On l'avait rencontré là-bas l'autre fois.

— Et il est venu à la maison pour t'en parler ?

— Oui, répondit Octavia.

Il avait l'air si en colère qu'il lui faisait presque peur. Il fut sur le point de dire quelque chose, puis jeta un coup d'œil à Poppy et Gideon et s'interrompit.

— On en reparlera plus tard.

— Il a été génial, commenta Poppy. Il a conduit à toute vitesse jusqu'à l'hôpital, et même, pour si maman devait y retourner après, il...

— Ça fait mal, gémit Gideon en grimaçant, ça fait si mal... J'ai besoin d'un de ces trucs, maman, pour plus avoir mal...

— Un suppositoire, s'esclaffa Poppy.

— Ce n'est pas drôle, Poppy, dit Octavia. Viens, Gideon. Si papa peut te porter dans ta chambre, je vais m'occuper de toi.

Dieu sait qu'elle n'aimait pas voir souffrir Gideon, mais il avait choisi de se plaindre à point nommé. Quelques mots de plus de Poppy, et Tom apprenait que Gabriel avait passé la nuit au cottage. Rien de mal à ça, bien sûr – vu les circonstances, elle pouvait bien inviter un régiment de séducteurs si ça lui chantait –, mais c'était plus simple qu'il n'en sache rien.

Une heure plus tard, Octavia était assise à son bureau, en train de feuilleter des invitations – à des cocktails, des vernissages, des ouvertures de restaurants, des lancements de livres, des ventes aux enchères de bienfaisance, toutes adressées à M. et Mme Fleming ; et il lui semblait que sa vie future s'étalait devant elle, morcelée, déchirée, comme s'il lui avait fallu prendre ces invitations une à une et les partager en deux – chose impossible. C'étaient eux deux que les gens voulaient, non pas Tom *ou* Octavia, non, Tom *et* Octavia ensemble, ce couple brillant qu'on réclamait partout; du jour où la nouvelle de leur séparation serait connue, c'en serait fini d'une certaine vie mondaine. Lors de la dernière réception à laquelle ils avaient assisté ensemble, elle avait eu si fort l'impression d'usurper quelque chose qu'elle ne possédait plus qu'elle avait failli se lever, frapper sur son verre pour réclamer le silence et déclarer : « Notre mariage est mort, totalement mort, Tom a une liaison et je veux que vous le sachiez tous. » Bien sûr, elle n'en avait rien fait.

Il entra dans la pièce, le visage dur, un voile blanc au coin des lèvres. Elle savait ce que cela signifiait – fureur et récriminations.

— Je voudrais qu'on précise bien quelque chose, dit-il d'une voix sourde.

— Oui?

— Non seulement tu m'as fait perdre un de mes meilleurs clients avec l'affaire du bois, mais tu continues à t'y impliquer encore plus à fond?

— En effet, répondit-elle, en prenant une profonde inspiration.

— Jusqu'à t'engager au côté du député local?

— Oui.

Jusqu'à m'engager *avec* lui, tu aurais même pu dire. Ma tête, mon cœur, mon corps sont tous très engagés.

— Et alors? Il ne fallait pas?

— Oh! si... Bien sûr que si, il fallait. C'est le meilleur moyen de faire fuir les derniers clients qui nous restent encore, quand ils verront que ma femme torpille par-derrière les gens que je suis censé aider. Si ton but est de me détruire professionnellement, tu y réussiras sans doute, mais dis-toi bien...

347

— Mon but est seulement de préserver du béton un petit bout de campagne, c'est tout! rectifia-t-elle d'un air plein de dédain.

— ... mais dis-toi bien que tu risques de détruire ta famille et ta sécurité en même temps!

— J'essaie *tellement* de ne pas te détruire au contraire, de t'aider à te relever! protesta-t-elle, les yeux brûlants. Je fais très attention de cacher les détails de ta sordide liaison à mon père, pour qu'il accepte de te prêter de l'argent!

— Oh! arrêtons, dit-il d'un air las. Cette conversation n'a aucun intérêt. Je monte, j'ai du travail.

Mike Rsice et sa petite amie Jackie s'étaient arrêtés à la station-service de Reading, pour refaire le plein de la moto et boire un café.

— C'est pour où, cette lettre, alors? demanda Jackie.

— Une adresse dans la City. Ensuite on filera dans les quartiers ouest et on traînera un bon moment dans les bars. Elle m'a drôlement bien payé pour cette course. « C'est super-urgent », elle m'a dit. Plutôt classe, la frangine, mais ça doit être un truc vraiment grave qu'il y a dans cette lettre.

— Comment tu le sais? Elle t'a dit ce que c'était?

— Non, mais c'était écrit sur sa figure. Elle chialait.

26

— Oh! mon Dieu, dit Octavia.

Elle reposa le téléphone, puis resta assise à le surveiller comme s'il allait sauter pour la mordre.

— Oh! mon Dieu...

Sarah Jane, qui était dans son bureau, la regarda d'un air inquiet.

— Que se passe-t-il, Octavia? Ce n'est pas Gideon, j'espère...

— Non, répondit-elle, en faisant un énorme effort pour se maîtriser, mais il faut que je sorte. J'ai rendez-vous avec mon père au Hyde Park Hotel, j'essaierai de ne pas être longue. Vous pourrez prévenir Melanie?

— Bien sûr...

Au milieu de son chagrin, Charles Madison s'était souvenu d'acheter quelques grandes enveloppes kraft. Après le petit-déjeuner, ce matin-là, il alla dans la chambre d'Anna et choisit six mouchoirs de sa collection, parmi les plus jolis; puis il les mit dans une des enveloppes et les accompagna d'une carte destinée à Octavia. Enfin, il alla poster lui-même le tout au village. Quand ce fut fait, il se sentit mieux; il ne souffrait pas moins qu'avant, bien sûr, mais il était plus fort.

Louise, elle aussi, semblait aller mieux : elle avait repris des couleurs, elle revenait à la vie. Quel réconfort allait être l'arrivée du bébé...

— Dis-moi la vérité, Octavia. C'est vrai, ou non?

— Oui... Oui, j'en ai peur.

— Je pourrais l'étrangler sur place, gronda Felix Miller entre ses dents. Après tout ce que tu as fait pour lui...

— Papa, je...

— Te tromper de cette horrible manière, et ensuite venir me demander de l'argent à moi... C'est obscène. Comment peux-tu permettre une chose pareille, Octavia?

— Je le hais, dit-elle calmement.

— J'en suis sûr, oui. De toute façon, je dois te le dire, ce qui est arrivé ne me surprend pas.

Elle lui jeta un regard sombre; c'était ce qu'elle redoutait par-dessus tout, les « je te l'avais bien dit, il n'est pas assez bien pour toi, etc. ». Car alors les torts retombaient sur elle, pour n'avoir pas su le comprendre à temps.

— Depuis quand le sais-tu?

— Quelques jours, quelques semaines peut-être...

— Quelques semaines! Et tu as fait comme si de rien n'était, même devant moi?

— Je ne voulais pas t'inquiéter, te perturber...

— Mon enfant chérie! C'est pour ça que je suis là, que j'ai toujours été là! Pour m'inquiéter de toi, partager tes problèmes, arranger les choses!

— Papa, tu ne peux pas toujours arranger les choses à ma place.

— Je peux essayer, au moins. Tu te souviens, quand ces filles à l'école avaient été si méchantes avec toi? Tu disais que ce serait encore pire si j'allais me plaindre d'elles au directeur; est-ce que tu n'avais pas tort, en fin de compte?

— Si..., murmura-t-elle.

Elle frémissait encore à ce souvenir. Les filles en question avaient pris une affreuse revanche, interdisant à quiconque de lui parler, l'excluant de tous les jeux, lui envoyant par la poste ce qu'elle croyait être des invitations – elle ouvrait l'enveloppe d'une main tremblante, pour ne lire que : « Il y a une fête samedi prochain, désolée, ma grosse, mais tu n'es pas invitée. » Elle n'avait jamais eu le cœur de le raconter à son père.

— Tu vois bien? Je peux t'aider encore, de bien des façons, et la première c'est que je vais parler à Tom.

— Non, papa, non!

— Octavia, si tu penses que je ne vais pas réagir, tu te trompes! Sans même parler du reste, je suis scandalisé qu'il ait pu venir me demander de l'argent après t'avoir trompée de cette façon! Il n'a aucun sens de l'honneur, aucune morale... Est-ce que d'autres gens sont au courant?

— Non, s'empressa-t-elle de dire, personne.

Elle ne pouvait supporter l'idée de son père allant voir des gens, leur téléphonant, pour le seul but de descendre Tom en flèche.

— Et tu sais qui?

— Non, il n'a pas voulu me le dire.

— Une quelconque grue, j'imagine. Tu vas divorcer, bien sûr?

— Papa, je... je ne sais pas, laissa-t-elle échapper sans réfléchir; puis elle comprit à sa grande surprise qu'à la vérité elle ne savait pas.

— C'est absurde! Tu ne peux pas rester mariée à un homme qui te trompe! Bien sûr que tu dois divorcer, dès que possible. Et prendre le meilleur avocat, pour défendre tes intérêts. Ne t'en fais pas pour ce que ça coûtera, je suis là.

— Je ne suis vraiment pas sûre, tu sais. Il dit que c'est fini.

— Et tu es prête à croire à une seule de ses paroles?

— Non, je..., commença-t-elle, désemparée, puis une larme coula sur sa joue.

Felix lui passa un bras autour des épaules, sortit un mouchoir, lui essuya tendrement les yeux.

— Ne t'en fais pas, chérie, je suis là. Je te soutiendrai, je m'occuperai de tout, tu peux compter sur moi.

Et Octavia, du fond de son chagrin, songea qu'il prenait plaisir à être de nouveau le preux chevalier qui la défendait contre les drames de la vie. Puis, en tressaillant, elle se rendit compte qu'elle ne lui avait pas posé la question cruciale, et ses larmes s'arrêtèrent aussitôt :

— Papa, comment l'as-tu su? Qui te l'a dit?

La nouvelle maison promise par Ian était une superbe demeure géorgienne à quatre étages de Cleaver Square, à Kennington – même si Zoé songeait que les papiers peints tarabiscotés, les sols de marbre et les faux poêles à charbon en guise de radiateurs auraient fait frémir Marianne. Mais pour l'instant, elle ne songeait pas à Marianne, elle ne songeait qu'à l'enveloppe qui se trouvait dans son sac.

Elle était tout à l'heure dans la cuisine avec Ian, furetant à la recherche d'un ouvre-boîte, pour ouvrir une boîte de pêches au sirop qu'ils avaient trouvée dans le buffet ; Ian avait dit qu'elles iraient bien avec la glace rhum-raisins qu'ils avaient dénichée dans le congélateur, et Zoé avait approuvé l'idée – ils venaient de faire l'amour énergiquement et elle était affamée. Affamée et grisée, après avoir fumé un peu de l'excellente herbe qu'il avait apportée. En ouvrant un des tiroirs, ils étaient tombés sur l'enveloppe en question, qui portait la mention « Mme Kendall ». Elle contenait cent livres, en billet de dix, et n'était même pas cachetée. Il y avait aussi une lettre à l'intérieur : « Ça devrait suffire pour les trois semaines, mais s'il vous faut acheter des produits de ménage en plus, nous vous rembourserons dès notre retour. Mille mercis, Lyndsay. »

— Pff... avait dit Ian, en lisant par-dessus l'épaule de Zoé. Tout ce pognon, vous me faites marrer.

— Qui, *vous* ?

— Vous, les gens friqués, qui avez des femmes de ménage. Lui donner tout ça d'avance, tu te rends compte ? On l'a pas vue une seule fois depuis qu'on travaille ici !

— C'est sans doute pour ça qu'elle n'est pas venue, parce que vous étiez là...

— Non, ils nous avaient prévenus que quelqu'un viendrait arroser les plantes, faire du repassage et tout ça. De toute façon, vaut mieux les remettre dans le tiroir, Zo.

352

Mais elle ne les avait pas remis, elle avait seulement fait semblant, puis les avait glissés dans son sac dès que Ian avait eu le dos tourné. Ce n'était qu'un emprunt, histoire de surnager jusqu'à vendredi, quand elle recevrait son argent de poche. Elle en verserait un peu à la banque pour les calmer, puis remettrait les cent livres dans l'enveloppe. Aussi simple que cela.

— Tu veux dire que tu as reçu une lettre anonyme t'informant que Tom avait une liaison ? C'est vraiment très bizarre...

Une autre lettre anonyme, ça alors... Mais comment expliquer l'affaire à Felix, que lui dire ?

— Marianne, je suis un peu étonné par ta réaction. J'aurais pensé que l'information était plus importante que la lettre elle-même.

— Mais, Felix, qui peut avoir fait une chose pareille ? Qui avait intérêt à te le dire ?

— Marianne, je suis le père d'Octavia... Tu penses vraiment que ce genre de détail m'intéresse ? J'ai passé une journée atroce, je n'ai pas cessé d'y repenser !

— Tu sais qui c'est ? Qui *elle* est ?

Peut-être qu'il savait, qu'elle allait être délivrée du dilemme où elle se trouvait ?

— Non, Tom n'a pas voulu le dire à Octavia. Il veut protéger cette femme ; je suppose. Et tu sais qu'il a eu le culot de venir me demander de l'aide pour sa société, hier !

Il fallait que Tom soit vraiment aux abois, pensa-t-elle, pour qu'il en arrive là...

— Alors ce doit être vrai, laissa-t-elle échapper.

— Quoi donc ?

— Que sa compagnie a des problèmes.

— Comment le savais-tu ? Il n'y a rien eu dans la presse, je n'en avais moi-même aucune idée avant qu'il vienne me voir !

— Oh! j'ai entendu un bruit courir...

— Marianne, dis-moi la vérité, c'est important.

Elle contempla son visage défait, sentit le poids de sa douleur et décida de tout lui raconter.

— J'ai déjeuné avec Nico Cadogan l'autre jour.

— Avec Nico Cadogan! Mais pourquoi?

— Il me l'avait demandé.

— Oh! je vois. Et tu as accepté, sans m'en parler, sans éclaircir les choses avec moi.

— Je suis désolée, je ne pensais pas que je devais te demander la permission de déjeuner avec qui que ce soit!

Une lueur dangereuse passa dans le regard de Felix, et elle crut qu'il allait lui faire une scène, mais il fut vite repris par son idée fixe.

— Ce que je n'arrive pas à comprendre, gronda-t-il, c'est comment vous en êtes venus à parler des affaires de Tom.

— Nico est un de ses clients, tu le sais...

— Oui, et il faut qu'il cesse de l'être dès que possible!

— Felix, voyons, tu ne peux pas dire ça! Ce qu'il a fait à Octavia n'a rien à voir avec ses clients...

— Ce qu'il a fait à *ma* fille a à voir avec *mes* amis, et je ne veux pas qu'aucun d'eux reste en rapport avec Tom! Je suis désolé que tu ne comprennes pas cela, mais peu importe... Comment Cadogan a-t-il appris que sa société avait des problèmes?

Son regard acéré paraissait vouloir transpercer Marianne.

— Nico a reçu une sorte de mémo l'autre matin, comme tous les clients de Tom. Une lettre anonyme, expliquant que sa société allait couler et qu'ils feraient mieux d'aller voir ailleurs.

— Tu le savais et tu ne me l'as pas dit?

— J'ai essayé au téléphone, mais tu m'as quasiment raccroché au nez. Je pensais qu'il t'en parlerait pendant votre entretien, et je ne t'ai pas revu depuis...

— Et Cadogan, gronda-t-il entre ses dents, pourquoi ne m'en a-t-il pas parlé? J'arrive à peine à le croire.

Sa voix était pleine de fureur et de dédain, ses yeux brillaient de nouveau; elle connaissait ce regard et les crises qu'il annonçait.

— Felix, lui dit-elle d'une voix apaisante, ne va pas te mettre à imaginer je ne sais quel complot...

— Ça y ressemble fort, grinça-t-il. Contre ma fille et moi.

— Felix, voyons, ne sois pas absurde!

— Mais nous nous défendrons, poursuivit-il, avec une sorte d'acharnement dans le regard. Je le détruirai, par tous les moyens!

— Y compris son mariage?

— Il s'en est déjà chargé lui-même, tu ne crois pas?

Aubrey entra dans le bureau de Tom, portant deux verres et une bouteille de Chivas.

— On va s'en boire un petit, ça nous fera du bien à tous les deux.

Tom releva la tête, le visage défait.

— Je suis désolé, Aubrey.

— Allons, Tom, pas d'autoflagellation. Tu n'es pas plus coupable que n'importe qui d'autre.

— Bien sûr que si. J'ai trahi tout le monde, la société, toi, Octavia, les enfants... Comment ai-je pu être aussi stupide?

— D'avoir... eu cette liaison, tu veux dire?

Tom le regarda, gêné; aborder un tel sujet n'était pas le style d'Aubrey.

— Oui, cette liaison, cette monstrueuse, terrible, abominable liaison, comme Miller me l'a répété sur tous les tons. Je le méritais, d'accord, mais il a été odieux. Il a dit qu'il ne nous prêterait pas d'argent, que je n'aurais jamais dû lui en deman-

der, puis il a commencé sa litanie. Il devait avoir un dictionnaire des synonymes sur les genoux, ouvert au mot « adultère ».

— Et tu as tenu le coup jusqu'au bout?

— Non, j'ai fini par raccrocher, quand il m'a attaqué sur
mes qualités de père. C'était une insulte de trop. Bon sang,
Aubrey, j'ai l'impression d'être au fond du gouffre.

— Si tu m'en parlais un peu, pour te libérer? proposa
Aubrey en lui remplissant de nouveau son verre.

— Non, vieux, je ne vais pas t'ennuyer avec ça.

Puis il raconta tout en détail à son ami.

Quand Marianne rentra chez elle, elle trouva un message lui
demandant de rappeler Nico Cadogan; elle le fit, et accepta
d'aller à la campagne avec lui le samedi suivant pour visiter une
maison qu'il comptait acheter près de Marlborough.

— Et ensuite je pensais que nous pourrions dîner là-bas,
qu'en pensez-vous?

Marianne, qui se doutait du tour que prendraient les événements, dit qu'elle n'était pas sûre pour le dîner, mais qu'elle
serait ravie d'aller voir la maison.

— Je réserverai une table, à tout hasard. Comme cela,
quand vous serez sûre, elle nous attendra.

— Nico, je...

Elle fut sur le point de le prévenir à propos de Felix, lui dire
combien il était en colère contre Tom et combien son humeur
était imprévisible – mais devait-elle s'en mêler, après tout?
Nico était un homme intelligent, un homme d'affaires avisé,
il n'avait pas besoin de conseils ni de mises en garde.

— Oui?

— Non, rien d'important.

— Bonne nuit, Marianne.

27

— Que dites-vous?

Barbara Dawson regarda Tom, très inquiète; elle ne l'aurait pas cru candidat à la crise cardiaque, pourtant son visage était violacé, une grosse veine saillait sur son front, la commissure de ses lèvres était blanche et sa respiration saccadée.

— Gloucester? Vous avez dit Gloucester, pour le cachet de la poste? Bon Dieu, pourquoi vous ne m'avez pas transmis le message plus tôt?

— Tom! s'insurgea Barbara (et son inquiétude pour lui s'évapora rapidement). J'ai essayé, au moment même où il est arrivé, mais vous m'avez répondu que vous ne vou-liez aucun message, à moins qu'il ne vienne de la Banque d'Angleterre! Depuis, j'en ai laissé une liste sur votre bureau tous les matins, et je l'ai retrouvée tous les soirs enterrée sous un amas de papiers!

— Oh! d'accord, d'accord, grommela Tom. Et vous dites que ça vient de Mike Dutton?

— Oui.

— Passez-le-moi au téléphone, s'il vous plaît.

Mike Dutton confirma l'information et ajouta:

— J'ai gardé l'enveloppe, Tom. Je vous l'envoie?

— Oui, volontiers, si ça ne vous ennuie pas. Merci.

Il raccrocha, puis Barbara l'entendit passer un autre appel, et de rauques éclats de voix lui parvinrent à travers la porte fermée; enfin celle-ci se rouvrit et Tom apparut pour lui dire:

— Je sors. Ça peut durer un moment.

— À tout à l'heure, Tom.

D'habitude, Octavia quittait la maison bien avant que le courrier n'arrive, mais ce matin-là elle s'était attardée pour Gideon, que son pied faisait souffrir au réveil.

La sonnette tinta, puis la voix de la femme de ménage retentit d'en bas.

— Le courrier, madame Fleming! Il y a quelque chose à signer.

— Je descends, madame Donaldson! Gideon, tu veux que je te rapporte quelque chose à boire?

— Encore? Tu n'arrêtes pas de me faire boire en ce moment...

— C'est important, le médecin l'a dit.

— Tu as peur que mon pied se dessèche et qu'il tombe?

Elle le laissa glousser de sa plaisanterie et descendit. C'était un petit paquet, envoyé en recommandé; l'enveloppe était rédigée à la main, mais elle ne reconnut pas l'écriture.

— Maman! entendit-elle tandis qu'elle l'examinait (c'était la voix de Gideon), je peux avoir un Coca, finalement?

— Tu ne préfères pas un jus d'orange, plutôt?

— Pff... D'accord, si tu veux...

Elle sortit un verre du placard, le remplit de jus de fruits, puis entreprit d'ouvrir l'enveloppe avec la pointe d'un couteau. Quand ce fut fait, elle en tira un petit mot de... Charles Madison, bien sûr, elle reconnaissait maintenant son écriture élégante et désuète. Une charmante petite missive, un peu triste : il espérait que l'envoi lui ferait plaisir et lui rappellerait le souvenir d'Anna. Elle déplia le papier de soie et sortit les mouchoirs qu'il protégeait : six jolis mouchoirs, certains en dentelle et d'autres brodés, deux visiblement très anciens – de véritables objets d'art dans leur genre, presque transparents à force d'usure. Les mouchoirs d'Anna, qui semblaient la contempler, posés sur la table de la cuisine.

— Maman, j'ai soif!

Gideon l'appela plusieurs fois, mais elle ne bougeait pas, incapable de détacher les yeux des mouchoirs d'Anna. Anna, la mère de Louise. Elle repensait à celui qui se trouvait rangé dans une armoire de son bureau, si semblable, et ne cessait de se répéter que non, cela ne signifiait rien, cela ne pouvait rien signifier...

Le pauvre Dickon était très malheureux : sa mère lui avait promis de l'emmener à Legoland ce jour-là (« Je sais que ce serait plus amusant d'y aller avec papa, mais il est en voyage toute la semaine, ça nous évitera de nous ennuyer en l'attendant ») et il avait déjà préparé ses affaires, très excité. Puis le téléphone avait sonné, et comme elle accrochait le linge dans le jardin il avait répondu. C'était Tom, le père des jumeaux, qui avait demandé à Dickon de lui passer sa maman ; il avait été la chercher et, quand elle était revenue quelques minutes plus tard, elle avait un drôle d'air, les joues très rouges. Elle lui avait dit qu'elle était terriblement désolée, que finalement elle ne pourrait pas l'emmener jouer ce jour-là.

— Oncle Tom a besoin que je l'aide pour son travail, c'est important. Mais nous irons un autre jour, si possible demain, c'est promis. Tu n'es pas trop triste, mon chéri ?

— Non..., avait-il marmonné, déchiré intérieurement.

— Il va falloir que je t'emmène jouer un moment chez Mark. J'ai téléphoné à sa maman, elle a dit que vous iriez aux balançoires.

— Pfff... J'en ai marre des balançoires, et j'aime pas Mark...

Arriver au bureau fut un grand soulagement. Tout y était normal, ordonné ; il suffisait de s'asseoir à sa table, derrière l'amas de papiers (classés et annotés par Sarah Jane), et de se mettre à travailler. Pas le temps de penser à des mouchoirs, ni de se tracasser à propos de son père – pas même le temps de laisser son esprit vagabonder en direction de Gabriel Bingham...

Sarah Jane passa la tête par la porte.

— C'est Patricia David. Elle a l'air dans tous ses états.

Pattie David *était* dans tous ses états. Michael Carlton avait obtenu une interview dans le journal local et faisait beaucoup de battage autour de son foyer municipal et des équipements pour les handicapés. La journaliste était aussi allée visiter la maison de retraite de Bartles House et l'avait jugée fort délabrée ; elle parlait d'une pièce remplie de vieillards agglutinés devant la télévision, d'un parc en piteux état, d'un jardin et de pelouses envahis par les mauvaises herbes. Par ailleurs, faisait-elle remarquer, dans une région frappée par le chômage, le projet d'aménagement de Carlton créerait des centaines d'emplois.

— Et elle termine en disant : « On comprend que les habitants des alentours veuillent préserver Bartles Wood, un très beau site, mais quant au reste du domaine il ne possède guère d'atouts. L'argent qu'injecterait M. Carlton profiterait à tout le secteur. » Oh ! Octavia, qu'allons-nous faire ? se lamentait Patricia David. Ce genre d'arguments influence beaucoup les gens...

— Je sais. Il faudrait faire passer une autre interview, donner un point de vue différent...

— Vous pensez à quelqu'un ?

Oui, elle pensait à quelqu'un ; dans un intense élan de plaisir, elle pensa à la bouche de Gabriel collée à la sienne, à ses mains qui parcouraient son corps, à sa voix lui parlant d'un tout autre sujet que Bartles Wood. Mais voudrait-il prendre aussi ouvertement position ? Et surtout, pouvait-elle *maintenant* lui demander de le faire ?

— Je vais y réfléchir, affirma-t-elle.

— Merci, c'est si gentil de votre part...

Une fois qu'elle eut raccroché le téléphone et que l'élan de plaisir se fut tari, son esprit, par une sorte de contrecoup, en revint aux mouchoirs. N'était-ce pas ridicule ? Tout le monde avait des mouchoirs ! Elle devenait folle, comme les femmes trompées le deviennent toujours, cherchant des preuves dans les poches de leur mari, dans leur portefeuille, dans les cendriers de leur voiture – des traces de rouge à lèvres sur des mégots...

Si Louise savait qu'une telle idée lui avait traversé l'esprit, elle ne lui aurait plus jamais adressé la parole...

— Maman, je viens juste de parler avec Serena Fox. Elle m'a dit que si tu avais eu le temps de regarder le contrat, ce serait bien qu'on se voie vendredi, pour tout mettre au point... J'aimerais vraiment travailler, tu sais. Pour le moment, le concours de modèles n'a donné aucune autre proposition, et...

— Chérie, tu n'as pas de raison de vouloir travailler ! Pas de raison matérielle, je veux dire, et...

Devant l'expression de Romilly, elle modifia sa phrase.

— Je sais que tu en as très envie, bien sûr. Au fait, pourquoi parlais-tu à Serena ? Tu l'as appelée ?

— J'ai reçu une carte d'elle ce matin, regarde...

Marianne baissa les yeux : c'était une carte postale, illustrée d'une célèbre photo de mode en noir et blanc. Au verso, Serena avait écrit : « Tu seras comme elles un jour. Tous mes vœux. Notre séance chocolat de l'autre fois était très réussie. Serena. »

— Très joli, murmura Marianne, mal à l'aise. De quelle séance chocolat s'agit-il ?

— Oh ! je l'ai rencontrée dans la rue l'autre jour et elle m'a invitée dans un café. Elle a été *adorable*.

— Ça ne m'étonne pas, commenta Marianne, mais Romilly ne releva pas.

— Je lui ai téléphoné il y a un moment pour la remercier de sa carte, et voilà. Maman, qu'est-ce qu'il y a? demanda-t-elle devant le silence de sa mère. Je ne vais pas me lancer dans le trafic de drogue, quand même! Si nous ne leur répondons pas, elles en trouveront une autre!

Dans le regard que lui lança sa fille, Marianne lut (et ce n'était pas la première fois ces derniers temps) quelque chose qui lui déplut, quelque chose de dur et d'impatient, qui lui rappela la voix de Zoé quand elle avait ses crises d'humeur, la voix d'Alec aussi, dès qu'un conflit naissait entre eux; mais pas Romilly, oh! non, pas Romilly.

Le téléphone sonna; c'était Felix.

— Marianne? Écoute, nous devions dîner ce soir, mais désolé, je suis obligé d'annuler. Je vois mon avocat pour parler avec lui du problème d'Octavia.

— Felix, je t'en prie, ne t'en mêle pas trop...

— Marianne, pardonne-moi de te le dire, mais je suis très déçu et irrité de ton attitude envers Octavia! Tu sais les problèmes qu'elle a, et je ne t'ai pas encore entendue prendre clairement position ni exprimer ta sympathie pour elle!

— Felix...

Mais il avait déjà raccroché.

Elle demeura pensive quelque temps. Pourquoi s'obstinait-elle? D'un côté il y avait Felix, qui ne voulait rien entendre, Tom, qu'elle avait essayé par deux fois de joindre sans succès, Alec, furieux de cette affaire de mannequin : rudesse, drames, ennui. De l'autre côté, il y avait Nico, et Romilly : séduction, liberté, plaisir de vivre. Allait-elle hésiter longtemps encore? Elle se tourna vers Romilly.

— Bien sûr que nous irons les voir vendredi, ma chérie. Et si nous commencions par nous acheter deux ou trois affaires convenables pour ce jour-là?

— Octavia, je ne sais pas ce que tu fais ce soir, mais tâche de ramener tes fesses de bonne heure demain matin. Mme Piper va ramener les siennes, qui sont plutôt énormes, de Chichester à neuf heures et demie, pour qu'on discute mécénat avec elle. Et il faut qu'on ait le temps d'en parler toutes les deux ensemble avant.

— Promis, Melanie.

— On ne peut pas se permettre de perdre ce budget-là.

— J'ai tout gâché, hein...

— Pas tout, non, seulement beaucoup, dit Melanie, et un sourire vint adoucir la sévérité de ses propos. Je sais que tu traverses une période difficile, mais...

Octavia savait à quoi les *mais* pouvaient mener.

— Je serai là, Mells, ne t'inquiète pas, dit-elle d'un ton apaisant.

Octavia lisait avec Gideon quand Tom rentra. Elle entendit la porte qui claquait, puis ses pas dans les escaliers ; il venait directement jusqu'au second étage, vers les chambres des enfants.

— Voilà papa, dit-elle à Gideon. Il va sans doute jouer avec toi à cet horrible jeu vidéo.

La porte s'ouvrit et Tom apparut dans l'encadrement – le visage blême, les yeux froids, animés d'une lueur mauvaise. Octavia le contempla avec inquiétude.

— Tu vas bien ?

— Non, pas du tout. Il faut que je te parle, gronda-t-il, et chez elle l'inquiétude laissa place à la colère.

— Plus tard, chéri. Gideon n'en pouvait plus de t'attendre, pour jouer à son jeu vidéo.

— Je ne peux pas jouer avec toi, Gideon, je suis désolé. Pas maintenant. Il faut que je parle avec maman.

— Mais, papa...

— Écoute, Tom, je ne sais pas ce qu'il y a de si important, mais ce n'est pas très juste pour Gideon ! Il s'ennuie et son pied le fait souffrir. Je lis avec lui depuis des heures, mais...

— Quelle mère parfaite, commenta-t-il avec un rire sans joie. Il va quand même falloir que tu interrompes ce moment privilégié et que tu descendes, Octavia. Je viendrai jouer avec toi plus tard, Gideon, promis.

— Je vais demander à Caroline de te trouver une cassette vidéo, dit Octavia.

Charles Madison finissait son repas (il dînait tôt, désormais) quand on sonna. Il alla ouvrir : c'était Louise, d'une pâleur inquiétante, qui tenait Dickon par la main.

— Papa, dit-elle d'entrée de jeu, je me sens très mal. Je... je n'en peux plus.

— Où est Sandy ?

— En France, pour ses affaires. Je suis désolée, je sais que je devrais être forte pour toi, mais...

— Oh ! ma chérie, tu en as déjà fait tellement... À mon tour un peu. Dickon, mon garçon, tu devrais aller voir Janet, elle a une de ces tartes aux pommes dans la cuisine...

— Maman, elle..., commença le garçon.

— Maman va bien, lui dit Charles d'un ton rassurant, elle est juste un peu fatiguée et triste à cause de grand-mère. Mais vous allez rester ici avec moi tous les deux, et dans quelques jours cela ira mieux.

Quand le garçon fut parti dans la cuisine, il emmena Louise dans la chambre d'amis.

— Mets-toi au lit, chérie. Tu veux que j'appelle le docteur ?

— Non, papa, c'est inutile, je t'assure. J'ai juste besoin de repos. Euh, si jamais quelqu'un téléphone et me demande, tu peux dire que je ne suis pas là ? Tu n'as qu'à dire... oui, que je suis en France, que j'ai été retrouver Sandy.

— D'accord.

— À tout le monde, s'il te plaît. Même si c'est Octavia. En ce moment, je t'avoue qu'elle me donne un peu le cafard, toujours à parler de son travail, et combien elle est occupée, etc. Ça ne m'aide pas à retrouver le moral.

— J'essaierai, mais je ne sais pas très bien mentir.

— Je sais, mais écoute, je pensais vraiment aller retrouver Sandy ce week-end, il me l'avait demandé, donc ce n'est pas tout à fait un mensonge...

— Repose-toi, ma chérie. Et tu dois penser au bébé, aussi.

— En fait, je n'ai pas cessé de penser à lui toute la journée.

— Je n'ai qu'une question à te poser, dit Tom.

Ils étaient debout dans son bureau, face à face ; la porte était fermée.

— Est-ce que, oui ou non, tu t'es fait avorter il y a dix-huit mois ?

Pendant ce qui lui parut être des heures, Octavia resta immobile à le regarder, à assimiler sa question avec tout ce qu'elle signifiait, avec l'information terrible qu'elle contenait ; son esprit butait dessus, s'effondrait, puis se relevait avec une lucidité nouvelle, implacable.

— Oui ou non ?

— Oui, Tom, je l'ai fait.

— Et de qui était-il ?

— De toi, bien sûr.

Il leva la main et la frappa, violemment, en plein visage. Pourtant elle ne sentit rien du tout, continuant à le contempler en silence. Enfin, elle dit :

— Donc c'était elle, Tom. C'était Louise.

Puis elle se retourna, sortit de la pièce et de la maison en courant, monta dans sa voiture.

Parce qu'elle savait maintenant, avec une certitude absolue, que si tout le monde possédait des mouchoirs, celui de la chambre d'hôtel venait bien de chez Louise. Que si tout le monde envoyait des lettres, celles que Dickon avait vu sa mère poster avaient bien été adressées aux clients de Tom.

C'était bien avec Louise, sa meilleure amie, que Tom avait eu une liaison.

28

À Cheltenham, la maison des Trelawny était plongée dans le noir; Octavia frappa longtemps à la porte, cria le nom de Louise, mais personne ne lui répondit. Elle regarda sa montre, vit qu'il n'était que neuf heures et demie, eut l'impression de reprendre contact avec la réalité. Elle était venue d'une traite depuis Londres, comme dans un rêve.

Chez son père, peut-être? En tout cas, ça valait le coup d'essayer. Elle retourna à sa voiture, prit son téléphone et composa le numéro des Madison.

— Non, Octavia, elle n'est pas ici, lui répondit Charles.

Mais il y avait quelque chose de contraint dans sa voix et elle ne le crut pas.

— Vous êtes sûr?

— Oui... Elle est en France, allée retrouver Sandy.

Serait-il capable de lui mentir?

— Tout va bien, Octavia? lui demanda-t-il.

— Oui, très bien. Merci, Charles, et au revoir.

Elle coupa son téléphone; elle ne voulait pas que Tom l'appelle.

Octavia roulait vers Rookston; elle n'avait pas cru Charles Madison. Il lui avait servi cette histoire de voyage en France à la demande de Louise, elle en était sûre. Charles, droit et franc comme il l'était... Mais elle connaissait un autre père qui aurait commis n'importe quel crime pour sa fille. Elle se demanda si Tom se conduirait de la même façon avec Poppy plus tard, puis songea à ce que serait leur foyer dans ce plus tard-là, à ce qu'il en resterait. La route se brouilla devant elle, mais elle prit une grande inspiration et se raffermit sur son siège : ce n'était pas le moment, seuls comptaient le présent, l'efficacité.

Le crépuscule, cet étrange clair-obscur des soirs d'été, avait envahi le paysage, seul le ruban gris de la route était net et précis devant elle, et la situation était tout entière à l'avenant. Le monde avait vacillé; il ne lui restait plus qu'une certitude, elle devait aller jusqu'au bout de cette route, jusqu'à Louise. Elle devait la revoir, réentendre sa voix, réobserver son visage, maintenant qu'elle *savait*. Louise, sa meilleure amie depuis toujours, sa confidente, la dépositaire de ses secrets les plus intimes – jusqu'au dernier, le plus intime et le plus dangereux de tous.

À l'idée de cette ultime confidence, sur Gabriel, et de l'usage que Louise en ferait sans doute (comme elle s'était déjà servie de ses autres confidences auparavant), Octavia fut prise d'un haut-le-cœur, forcée de s'arrêter sur le bas-côté et de sortir précipitamment de la voiture. Elle fut malade, et la bile qui lui brûlait la gorge lui sembla chargée de tous les poisons de la terre.

Au moment où elle se remettait au volant, le téléphone sonna – son téléphone de voiture, qu'elle n'avait pas pensé à éteindre lui aussi. Machinalement, elle décrocha.

— Oui?

— Où es-tu? demanda la voix de Tom.

— Dans le Gloucestershire.

— Octavia, ne va pas la voir, ce serait de la folie! Crois-moi!

— Tom, ce n'est pas moi qui ai inventé cette folie-là. Je ne fais que suivre le mouvement.

Elle éteignit l'appareil et le remit sur son support.

— Pourquoi? demanda Octavia. Pourquoi as-tu fait ça?

Elles étaient assises dans sa voiture, garée sur le bas-côté de la route, à quelque distance de Rookston. Dès son arrivée, Louise l'avait entraînée au-dehors.

— Impossible de parler à l'intérieur, lui avait-elle dit. Ce serait terrible pour papa, pour Dickon...

— Je me fiche de l'endroit où nous parlerons.

— Roulons un peu plus loin...

Et maintenant, Louise lui expliquait :

— Je n'ai pas pu m'en empêcher. Je suis juste... tombée amoureuse de lui, comme ça ne m'était jamais arrivé auparavant.

— « Juste tombée amoureuse de lui... » Tu n'as pas hésité à me trahir, moi, ta meilleure amie, à trahir ton mari aussi, pour un simple caprice qui t'est passé par la tête! Bon sang, Louise! Tu as quel âge?

— Trente-six, comme toi. Je dirais même que tout est là. Le temps qui passe... Nous n'en avons plus tant que ça devant nous, non?

— Oh! je vois, l'horloge biologique, etc. Tu vas aussi me dire que tu rêvais d'un autre bébé, c'est ça?

— Oui,

— Mais tu n'es pas enceinte de Tom, quand même? Dis-moi au moins que tu ne l'es pas!

Louise la fixa, et ses yeux bleus étaient lourds de tristesse.

— Non, je ne suis pas enceinte, finit-elle par dire, et malgré tous les sentiments qui se battaient dans le cœur d'Octavia ce fut un réconfort.

— Comment... as-tu compris ? lui demanda Louise.

— Il savait pour l'avortement, et je ne l'avais révélé qu'à une personne au monde : ta mère. Puis elle m'a dit que tu étais tombée sur ma lettre et que tu avais tout découvert. Personne d'autre ne savait, donc... Il y avait eu d'autres indices, avant, mais j'avais refusé de les voir. Ça ne pouvait pas être toi, ma meilleure amie, impossible !

Elle la fixa dans les yeux.

— Pourquoi lui as-tu raconté ça, en plus ? Tu ne m'avais pas déjà assez trahie ?

— Parce que ce que tu as fait était atroce, gronda Louise entre ses dents, tellement injuste... Un jour, j'ai eu moi aussi un bébé, une merveilleuse petite fille, toute rose et souriante, et le lendemain elle était froide, morte ! Je l'ai mise moi-même dans le cercueil et je lui ai dit : « Bonne nuit, mon petit ange, dors bien... »

Sa voix restait ferme, ses yeux secs.

— Et toi, qu'est-ce que tu as fait ? Tu as eu un bébé et tu l'as jeté, tu t'en es débarrassée. « Je crois que je ne vais pas le garder, tu as dit au docteur, il n'est pas parfait. Retirez-le, s'il vous plaît, retirez-le et jetez-le aux égouts, mais dépêchez-vous, parce que j'ai une réunion au bureau tout à l'heure. » Il était vivant, Octavia, il te faisait confiance, et tu ne l'as pas gardé. Mon bébé à moi était mort.

— Alors, c'était ça, dit lentement Octavia. Tu étais en colère contre moi, si en colère et si jalouse que tu voulais me faire mal, le plus mal possible...

— Non, répondit Louise, et elle lui sourit, d'un sourire doux, presque gentil. Non, nous couchions ensemble depuis longtemps, bien avant que je sache pour ton bébé. Avant que je trouve cette lettre où tu l'écrivais à maman. Pourquoi à elle, d'ailleurs, pourquoi est-ce que tu ne l'as pas dit à Tom ?

— Il était loin, aux États-Unis. Il ne connaissait même pas l'existence du bébé. J'avais essayé de lui en parler, mais il était sans cesse en déplacement depuis des semaines, et en plus nous nous étions disputés, pour je ne sais plus quelle bêtise. Puis j'ai passé un examen, et tu sais le reste.

— Moi, si on m'avait dit : « Votre bébé a un spina-bifida », tu crois que j'aurais demandé qu'on le jette, qu'on le mette dans un incinérateur ? C'est ce qu'on fait avec les bébés avortés, tu sais. On les brûle...

— Tais-toi ! Et ne compare pas les deux cas, ça n'a rien à voir ! Juliet était un enfant, une personne ; mon bébé n'était qu'un... un embryon, un œuf fertilisé, rien de plus...

Elle n'avait cessé de se raccrocher, depuis, à cette idée. C'était cette idée qui lui avait permis de surmonter l'épreuve. Non, elle n'avait pas tué un véritable être humain, qui aurait été déjà présent en elle ; pas encore.

— Mais pourquoi n'en as-tu pas parlé à Tom ? C'était son bébé à lui aussi... Il n'aurait peut-être pas vu les choses comme toi, il aurait peut-être voulu le garder...

— Je savais qu'il n'en voudrait pas, dit Octavia d'une voix calme, et je pensais que c'était mieux de me taire. Il m'avait dit qu'il ne voudrait plus jamais d'enfant, et tout ce qui est maladie ou difformité le dégoûte, c'est plus fort que lui, il ne peut le supporter. Même les maladies des enfants, il a du mal. Pour lui, tout doit toujours être propre, sain, parfait. Non, il n'aurait jamais voulu garder un enfant... handicapé.

— Tu dis cela, mais qu'en sais-tu ? Tu ne lui as même pas donné la possibilité d'y réfléchir !

— Oh ! tais-toi ! s'exclama Octavia.

Elle s'était laissé gagner par ce souvenir douloureux, mais

maintenant le sentiment de la situation lui revenait, et avec lui toute son aversion à l'égard de Louise.

— Tais-toi et arrête de me faire la morale! Ce que tu as fait est ignoble, écœurant! Je ne peux même plus supporter l'idée de te regarder! Et quand je pense que tu m'écoutais faire mes confidences, que tu prétendais être désolée pour moi, vouloir m'aider... Tu me demandais si je savais qui c'était, si nous couchions encore ensemble ou pas, et moi qui te racontais tout, comme une idiote... Après des années et des années d'amitié, où nous partagions tout...

Elle se détourna.

— Sors de cette voiture, Louise, s'il te plaît, gronda-t-elle entre ses dents. Je ne supporte plus de te sentir là, à côté de moi. Tu n'as qu'à rentrer chez toi à pied. Je te hais, et j'ai encore bien plus mal que je ne pourrais le dire, infiniment plus mal que quand j'ai su la première fois, pour Tom. Va-t'en.

Louise sortit de la voiture et marcha sur le bas-côté de la route, jusqu'à la maison. Une fois arrivée là-bas, elle sourit à son père et lui dit que cette petite promenade avec Octavia lui avait fait du bien, somme toute, puis elle monta lire une histoire à Dickon. Ensuite elle redescendit et bavarda assez longuement avec son père, de sa mère, de comment il supportait l'épreuve, et quels étaient ses projets. Ils parlèrent encore des affaires de Sandy, et de Dickon, qui semblait mieux ces derniers temps et qui allait bientôt entrer à l'école. Après quoi elle l'embrassa, lui souhaita bonne nuit et monta prendre un bain. Elle se rasa les jambes, s'enduit le corps de sa lotion favorite, brossa longuement ses cheveux et mit l'une de ses chemises préférées, de linon blanc avec de la dentelle. Puis elle descendit à la cuisine et remplit une carafe d'eau, qu'elle remonta dans sa chambre; là, elle se coucha avec des magazines, sur lesquels elle ne tarda pas à s'endormir.

Elle se réveilla en sursaut quelques heures plus tard, regarda

la pendule : déjà deux heures et demie. Elle avait perdu suffisamment de temps.

Elle s'assit dans son lit, tendit la main vers la réserve de
somnifères qu'elle avait trouvée dans l'armoire à pharmacie de
sa mère, puis commença à les avaler lentement, un par un.

29

Tom se réveilla à cinq heures du matin ; il était recroquevillé
sur le canapé du salon, la télévision marchait encore et il avait
froid. Où était Octavia ? Elle avait dû rentrer sans qu'il l'entende, elle l'avait vu en passant et elle était montée directement se coucher, n'ayant pas envie de lui parler. Mieux valait
quand même vérifier.

Elle n'était nulle part, ni dans leur chambre, ni dans la
chambre d'amis, ni même dans la nursery, où il passa la tête
par acquit de conscience, vers le lit d'appoint qui s'y trouvait.
Puis il resta quelque temps à contempler Minty, qui dormait
voluptueusement, le derrière pointé en l'air, sa bouche arron-
die comme un bouton de rose autour de son pouce. Il pensa
à l'autre bébé, celui qui avait précédé Minty et qu'Octavia
n'avait pas gardé : comment avait-elle pu agir ainsi sans lui en
parler, sans même lui dire qu'elle était enceinte ? C'était
étrange de penser que Minty en était le résultat, en quelque
sorte, qu'elle aurait pu ne jamais exister si l'autre bébé avait vu
le jour. Et, bon sang, il y avait maintenant cet autre bébé, qui
attendait de naître... Un enfant que Louise lui avait pris par
ruse – il avait lu quelque part que c'était l'équivalent féminin
du viol –, perfidement, vicieusement. Qu'allait-il advenir de

cet enfant, qui s'occuperait de lui ? Sa demi-folle de mère ? Son père de fortune, son amoral de père ?

Mais l'important n'était pas là : l'important, à cette minute, c'était de retrouver Octavia. Son portable ne répondait plus, ni son téléphone de voiture ; il laissa un message au cottage, à tout hasard, puis il attendit.

Quand Dickon se réveilla, à l'aube, il pensa aussitôt à *Thomas et la locomotive*, le livre que sa mère lui avait lu la veille au soir. Il se dressa dans son lit pour le chercher, sur la couverture ou sur la table de nuit, puis se souvint : c'était un vieux livre, les pages se décollaient et sa maman l'avait emporté hier soir, en disant qu'elle allait le réparer. Il était sûrement dans sa chambre.

Il se leva, marcha jusque là-bas, tourna la poignée de la porte avec précaution ; elle était couchée sur le dos et elle avait tout de la Belle au bois dormant. Sauf qu'elle n'allait pas dormir cent ans, non, il ne la laisserait pas faire. Seulement jusqu'au petit-déjeuner, ce serait déjà bien assez.

Octavia avait passé la nuit dans un motel ; anonyme, impersonnel, le concierge la regardant à peine, vérifiant juste que sa carte de crédit était valable – exactement ce qu'il lui fallait. Une fois dans sa chambre, elle s'était fait une tasse de thé, s'était étendue sur le lit et avait contemplé l'écran aveugle de la télévision. La chambre était plongée dans le silence, le double vitrage repoussait les bruits du dehors, les épais rideaux la fermaient comme un cocon. Personne ne la retrouverait ici, jusqu'à ce qu'elle le veuille bien.

Dickon ne trouvait pas *Thomas et la locomotive* ; il n'était pas sur la table près de la fenêtre, ni sur la commode. Il se tourna de nouveau vers le lit : pas là non plus, ni sur la table de nuit. Mais cette table de nuit avait un tiroir, peut-être l'avait-elle mis à l'intérieur ? Évidemment, ouvrir ce tiroir, c'était risquer de la réveiller – même si elle avait l'air de dormir à poings fermés.

Il s'approcha du lit avec précaution, se glissa le long du mur ; sa maman dormait toujours aussi fort. Maintenant il était tout près de la table de nuit, s'il réussissait juste à... Il tendit la main vers le tiroir ; avec la manche de son pyjama, trop grand pour lui, il accrocha l'anse de la carafe d'eau qui se trouvait sur la table. Elle oscilla longuement sur sa base, dans un lent mouvement de balancier, puis bascula et tomba au sol. Où elle se brisa, dans un vacarme assourdissant.

Dickon s'était figé sur place, retenant sa respiration ; sa mère allait se réveiller en sursaut et, le premier moment de surprise passé, elle serait furieuse contre lui.

Cependant, elle ne fit rien de tout cela.

Janet avait mal dormi, nerveuse, rêvant par à-coups ; à cinq heures elle se leva et descendit se faire du thé, mais pour s'apercevoir une fois dans la cuisine qu'il n'en restait plus dans la boîte. Elle passa une robe de chambre sur ses épaules et sortit de la petite maison de gardien qu'elle occupait, pour aller en chercher dans la maison principale. Elle venait de verser une poignée de feuilles dans sa boîte à thé quand elle entendit un grand bruit au-dessus de sa tête, en provenance de la chambre de Louise ; puis un long silence s'ensuivit. C'était surtout ce silence qui l'étonna, comme elle l'expliqua par la suite à Derek : pas d'exclamation, de bruit de pas, ni même de lit qui craquait...

Elle monta à l'étage, pour voir, et trouva Dickon sur le palier, son petit visage empreint d'une profonde anxiété ; derrière lui, par la porte restée entrouverte, elle aperçut Louise allongée sur son lit, immobile, livide.

Marianne elle aussi, contrairement à son habitude, avait mal dormi. Normalement, elle dormait comme un bébé, selon l'expression consacrée (même si tout parent pouvait juger de l'absurdité de cette comparaison, songeait-elle). Mais cette nuit-là avait été peuplée d'angoisses, qui avaient troublé son sommeil – angoisses à propos de ses filles, d'Octavia et Tom, de sa relation bizarre avec Nico, de Felix. Pour finir, elle s'était levée à six heures, s'était fait une infusion de camomille, et allait se remettre au lit quand le téléphone sonna.

C'était Felix.

— Marianne, tu es réveillée?

Il avait une voix épouvantable.

— Maintenant, oui, je le suis.

Le mensonge lui était venu tout seul aux lèvres, mais comment pouvait-on manquer d'égards à ce point?

— C'est Octavia, elle a disparu!

— Qu'est-ce que tu veux dire?

Une exagération, sûrement; dès qu'il s'agissait d'Octavia...

— Qu'elle a disparu, que personne ne sait où elle est!

— Ce n'est pas une explication, Felix, lui fit-elle observer avec lassitude. Comment l'as-tu appris, d'abord?

— Tom vient de m'appeler.

— Tom?

Alors, c'était sérieux; il fallait que Tom soit au désespoir pour téléphoner à Felix.

— Mais pourquoi?

— Charles Madison l'a appelé. Louise s'est bourrée de médicaments cette nuit, elle a été transportée d'urgence à l'hôpital. D'après Charles, Octavia doit avoir une idée de la raison pour laquelle Louise a fait ça, et c'est pourquoi ils veulent absolument la retrouver.

— Oh! mon Dieu, dit lentement Marianne. Felix, c'est terrible, vraiment terrible.

À sa grande surprise, à un certain moment de cette étrange nuit hors du temps, Octavia avait véritablement dormi ; elle s'éveilla pour voir quelque chose qui ressemblait à de la lumière filtrant à travers les rideaux. Elle était encore habillée, étendue sur le couvre-lit. Elle tourna la tête : le radio-réveil annonçait six heures et demie. Minty devait être réveillée et les jumeaux n'allaient pas tarder à se lever, à la chercher, à se faire du souci pour elle. Ils allaient s'inquiéter pour elle et ce n'était pas juste – ils n'y étaient pour rien, les pauvres. Elle ralluma son portable, composa le numéro de la maison. Ce fut Caroline qui répondit.

— Octavia ? Où êtes-vous ? Nous étions si inquiets, Tom vous a cherchée partout ! Il a même appelé la police ! Il veut absolument vous parler, et votre père lui aussi est très...

— Je n'ai pas le temps de parler, dit-elle rapidement. Soyez gentille de dire à Tom que je le rappellerai plus tard, et à mon père que tout va bien. Et aux enfants que je serai sans doute là ce soir.

— Octavia, je vous en prie, je vais chercher Tom, il...

— Je ne peux pas, désolée.

Elle coupa la communication, puis éteignit de nouveau son portable.

Que faire maintenant ? Rentrer à la maison était au-dessus de ses forces. Elle aurait voulu fuir, disparaître, recommencer une nouvelle vie ailleurs, sous une nouvelle identité. Mais c'était impossible ; alors elle alla reprendre sa voiture et s'engagea sur la M4, direction le Somerset et leur cottage.

Tom roulait lui aussi sur la M4, en direction du Gloucestershire et de l'hôpital où se trouvait Louise. La belle, la radieuse, la folle Louise aussi, qu'il avait été dangereusement près d'aimer, et qu'aujourd'hui il redoutait plus que personne au monde. Avant l'appel de Charles Madison, il aurait dit aussi qu'il la haïssait ; mais en se rappelant la voix brisée du malheureux, il se rendit compte que non, c'était plus compliqué. Ses sentiments pour Louise n'avaient pas, n'avaient plus de nom : il y avait de la haine, bien sûr, mais aussi un reste de tendresse, des remords et des regrets, de la répulsion qui se mêlait au désir. Il revoyait son visage quand il lui avait claqué la portière de la voiture au nez, juste avant de démarrer : un visage crispé par la douleur, de s'être vue rejetée par lui une fois de plus, mais éclairé par une mauvaise joie en même temps, parce qu'elle avait enfin réussi à l'atteindre, à le blesser, en lui racontant l'histoire d'Octavia et du bébé dont elle s'était débarrassée.

— Fiche-moi la paix ! avait-il crié. C'étaient les derniers mots qu'il lui avait dits. Sors de ma vie !

Puis, lentement, en détachant bien les mots :

— Je ne t'aime pas. C'est compris ?

Quels seraient ses prochains mots – pour elle, ou peut-être pour son cercueil ? Et si elle mourait, serait-ce sa faute à lui, à lui seul ? N'en partagerait-il pas, au moins, la responsabilité avec les démons qui vivaient en Louise, qui avaient envahi son corps magnifique et son esprit torturé ? Aurait-il dû en parler à son entourage, chercher de l'aide pour elle, quand il avait commencé à craindre pour sa santé mentale ? Oui, il aurait dû, il le savait. La lâcheté l'avait retenu, la peur d'aller trouver Sandy, ou Charles, pour leur dire ce qu'il savait, car il aurait alors fallu leur révéler comment il le savait. La lâcheté, qui comme toujours se parait d'un autre nom, l'espérance – elle allait accepter, comprendre, surmonter l'épreuve...

Elle n'avait pas accepté, lui-même n'avait rien fait ; et c'est ainsi que le charmant flirt du début – qui avait commencé sur une piste de danse, s'était poursuivi avec des déjeuners, puis d'ardents après-midi dans des chambres d'hôtel, jusqu'à des journées et des nuits magiques, volées à la routine – s'était lentement corrompu dans les pleurs, la dépendance, les exigences et les récriminations, pour finir dans la haine et le désir de vengeance. Jusqu'à l'ultime vengeance, si l'on peut dire : mourir et lui faire porter la responsabilité de cette mort.

Barbara Dawson le joignit sur son téléphone de voiture.

— Tom, où êtes-vous? Vous avez une réunion avec Bob Macintosh à l'instant, il vient exprès de Birmingham, et...

— Dites à Aubrey qu'il le voie. Je ne peux pas revenir, c'est impossible. J'ai une urgence... familiale, dites ça à tout le monde, je vous en prie. Sauf si ma femme m'appelle. Auquel cas, demandez-lui où elle est et dites-lui de me rappeler. Sur cette ligne, ou sur mon portable. Sinon, je ne veux parler à personne d'autre, absolument personne.

Sandy se délectait d'un bol de café au lait et d'un pain au chocolat quand son portable sonna. Ce matin-là, il s'apprêtait à rencontrer le directeur d'une grande chaîne de restoroutes. S'il décrochait ce contrat-là, il pourrait réaliser quelques-uns de ses rêves : acheter une maison plus grande, une voiture neuve, emmener Louise en vacances. Au soleil, dans un endroit chic, peut-être les Caraïbes ou les Bahamas... Deux semaines au soleil la remettraient d'aplomb, ainsi que la perspective d'un déménagement, d'un nouvel intérieur où exercer ses talents de décoratrice... Oui, elle irait mieux dans peu de temps, très peu de temps.

Il prit la communication, sourit; c'était peut-être elle.

— Bonjour, ici Sandy Trelawny...

Dickon était dans la cuisine, blotti sur les genoux de Janet, et n'avait pas ouvert la bouche depuis le matin ou presque. Les mêmes images passaient et repassaient dans son esprit, son grand-père soulevant sa mère, inerte comme une poupée de chiffon, essayant de lui écarter les lèvres pour la faire boire de force, l'ambulance arrivant toutes sirènes hurlantes, les hommes se précipitant dans l'escalier puis redescendant quatre à quatre, emportant sa mère sur une civière ; l'ambulance démarrant, son grand-père se ruant dans sa voiture à sa suite, son portable collé à l'oreille, les sirènes dont il avait entendu le bruit décroître puis disparaître... Ç'avait été horrible, comme le pire des cauchemars, et maintenant il avait si peur qu'elle ne meure elle aussi, comme Juliet, comme sa grand-mère. Janet disait que non, que bientôt elle irait bien, n'empêche, il avait terriblement peur. Tous les gens qu'il aimait ne faisaient que mourir.

— Tu veux dire que tu savais ? Ou en tout cas que tu soupçonnais que c'était Louise ? Et tu ne m'as rien dit ?

— Pourquoi aurais-je dû te le dire, Felix ? Pour la centième fois, tu n'as rien à voir là-dedans.

— Je ne suis pas *du tout* d'accord avec toi, Marianne ! Si tu me l'avais dit, j'aurais pu faire quelque chose, essayer d'amortir le choc...

Il faisait les cent pas, fou de colère et d'angoisse, se mordant les jointures de l'index, comme chaque fois qu'il était dans cet état. Elle lui posa la main sur le bras pour tenter de le calmer, mais il la repoussa violemment.

— Felix, essayons de réfléchir calmement à ce que nous pouvons faire, plutôt qu'à ce que nous aurions dû faire...

— Ce que *tu* aurais dû faire, tu veux dire ! Et pour ce qui est de maintenant, le mieux que tu puisses faire, c'est te tenir à l'écart de tout ça et me laisser agir ! Je pars, je vais à mon bureau, pour le cas où Octavia me téléphonerait là-bas.

Comme elle se trouvait sur son passage et qu'elle ne put s'empêcher de dire : « Felix... » dans une ultime tentative d'apaisement, il la poussa d'une bourrade, si fort qu'elle en tomba presque au sol ; c'en était trop, elle perdit tout contrôle sur elle-même.

— Comment oses-tu ? cria-t-elle. Pour qui te prends-tu ? Va-t'en, Felix, et ne reviens que quand tu seras prêt à me faire des excuses ! Sinon, c'est inutile !

Il la dévisagea longuement, blanc de rage, puis il se retourna et dévala l'escalier, après quoi elle entendit la porte claquer violemment derrière lui.

Octavia était arrivée au cottage et maintenant elle se tenait figée près du bureau, incapable de faire un geste ; sans doute ne pourrait-elle plus voir un répondeur de sa vie sans être malade.

Elle croyait, la veille au soir, avoir atteint le pire ; mais la nouvelle (par la voix de parfait gentleman de Charles Madison) de l'hospitalisation de Louise due à sa prise de somnifères, cette nouvelle-là était pire que le pire.

Dans les premiers instants, elle se souvint non de la femme qui l'avait trahie, mais de l'amie loyale, elle revit son visage non pas déformé par la douleur et le ressentiment, mais affectueux et généreux. Puis tout le reste lui revint d'un seul coup en mémoire – et pourtant, même alors, ajustant cette nouvelle horreur à la haine toute neuve qu'elle éprouvait envers Louise, elle fut surprise de se rendre compte qu'elle restait bouleversée par ce qu'elle venait d'apprendre.

Elle pensait à Sandy, le pauvre, le candide Sandy, à Charles, que le malheur frappait deux fois en si peu de temps, à Dickon surtout, qui en avait déjà tant supporté pendant sa courte vie... Et à Tom, enfin : qu'est-ce qu'il ressentait ? Est-ce qu'il souffrait ? Mais au fond, songea-t-elle, qu'est-ce que cela pouvait bien lui faire, à elle ?

— Tout cela sonne comme une de ces grandioses tragédies grecques – en un peu moins stylé, peut-être. Vous ne buvez pas votre champagne ? Vous devriez, pourtant.

Marianne avait accepté d'aller déjeuner au Ritz avec Nico, et cela lui faisait l'effet d'une bouffée d'air frais au sein d'une lourde atmosphère de drame. Elle lui avait raconté toute l'histoire, sans oublier les menaces de Felix, et s'en trouvait fort soulagée.

— Nico ! se crut-elle pourtant obligée de protester, comment pouvez-vous parler de style dans un moment pareil ?

— Vous trouvez que je ne prends pas vos affaires de famille assez au tragique, c'est ça ? Qu'est-ce qu'elle a avalé, cette pauvre enfant, dites-moi ?

— Des somnifères, apparemment.

— Alors, elle s'en sortira. Elle ne voulait pas mourir, juste faire peur à son entourage.

— Qu'est-ce que vous en savez ?

— Je suis très bien informé sur ces sujets-là. Sur tous les sujets d'ailleurs, mais particulièrement sur ceux-là. Ma mère était médecin.

— Votre mère ?

— Mais oui. N'ayez donc pas l'air si surprise... Vous autres Américains, vous pensez toujours que vous avez inventé la libération de la femme !

— Je suis seulement à moitié américaine et je..., commença Marianne, mais il la coupa d'un geste.

— Chut ! ne nous disputons pas. Réfléchissons plutôt à ce que nous allons faire pour ce pauvre Tom.

— Ce pauvre Tom, dit-elle en riant. C'est comme ça que vous analysez la situation ?

— Bien sûr, fit-il, en prenant l'air étonné. Il avait déjà de gros problèmes de business, voilà qu'en plus il se trouve embarqué dans un sombre drame conjugal, et pour parachever le tout, son beau-père veut lui faire la peau... Il n'est pas à plaindre, vous trouvez?

— Nico, vous ne croyez pas plutôt qu'il s'est embarqué lui-même dans ce drame conjugal? Sérieusement, il s'est très mal conduit. Octavia est une épouse remarquable, loyale, ambitieuse, intelligente...

— Mais pas très amusante, non?

— Si vous pensez que c'est une excuse pour tromper sa femme... De toute façon, qu'en savez-vous?

— Je l'ai observée. Je suis sûr que c'est une femme très vertueuse, très séduisante aussi, mais nerveuse, difficile... Elle manque un peu d'humour, non? Analysons deux minutes la situation du point de vue de Tom, si vous le voulez bien. Cela fait dix ans qu'il maintient ce rythme de vie, jour et nuit, un travail terriblement stressant, un mariage à grand spectacle, un cauchemar de beau-père, aux yeux duquel il ne trouve jamais grâce... Et voilà qu'arrive une fille ravissante, une fille qui aime flirter et qui lui fait du charme, parce qu'elle cherche un dérivatif à son propre mariage, une fille à qui il plaît beaucoup. Il est flatté, il est séduit, il l'invite à déjeuner et les choses suivent leur cours – sauf qu'il ne se rend pas compte qu'elle est cinglée, le pauvre.

— Elle l'est?

— Bien sûr! Regardez un peu toutes ces choses aberrantes qu'elle a faites!

— Je veux bien, Nico, mais quand même, c'était la meilleure amie d'Octavia!

— Je sais, oui. C'est ce qui rend l'affaire pénible, de leur part à tous les deux. Ne me faites pas dire ce que je n'ai pas dit, Marianne, je plains beaucoup Octavia, mais je trouve qu'il faut se montrer un peu... compréhensif envers Tom. Il s'est fait piéger, et maintenant il risque d'en payer lourdement les conséquences. C'est pourquoi je voudrais l'aider à s'en sortir.

Sans compter qu'il y va aussi de mon intérêt, car je lui fais entièrement confiance sur le plan professionnel, et je compte bien que notre collaboration aille jusqu'au bout. Pour l'instant, chère Marianne, dit-il en levant sa coupe de champagne, laissons un peu ces gens se débattre tout seuls dans leur tragédie grecque, et occupons-nous de vous. Je trouve qu'ils ne vous traitent absolument pas comme vous le méritez, aucun d'eux, je dis bien, et j'ai l'intention de faire mieux. Beaucoup mieux.

30

Il était cinq heures quand Sandy arriva à l'hôpital ; Louise n'était plus aux urgences, on l'avait transportée dans un service de médecine. Il respira enfin, comme si on lui avait enlevé un poids qui lui écrasait la poitrine depuis le matin.

Il trouva Charles dans un couloir, à moitié endormi sur sa chaise, le visage ravagé. S'asseyant à côté, il lui toucha doucement le bras.

— Sandy ? dit-il en se réveillant. Oh ! content de vous voir, mon vieux, bien content. Elle va se rétablir, on dirait. Ah ! voilà le docteur. Docteur, mon gendre est arrivé.

— Le mari ? dit le docteur. Bonsoir...

— Alors ?

— Elle va bien, aussi bien que possible. Mais elle...

Le cœur de Sandy s'arrêta, le temps que le médecin reprenne :

— ... elle a perdu son bébé. Je suis désolé.

— Le... bébé ?

— Oui. Pour être honnête, je pense que cela vaut mieux. À ce stade de la grossesse, une dose massive de médicaments aurait pu laisser des marques. Je sais, ça doit être dur, mais... en tout cas, ce qui est fait est fait. Vous pouvez aller la voir, si vous voulez. Nous allons bientôt l'envoyer en gynécologie.

Sandy se rassit sur sa chaise, sans mot dire ; il avait l'impression d'être enfermé dans un cocon, le monde extérieur était soudain brumeux, voilé. Ainsi, elle avait bien été enceinte, il n'avait pas rêvé ; tous ces symptômes, tous ces malaises auxquels il n'avait pas voulu croire, auxquels il ne *pouvait* pas croire, voilà pourtant bien ce qu'ils signifiaient. Mais alors...

Tom Fleming franchit à cet instant les portes battantes ; il vit Sandy et il hésita. Cela ne dura qu'une seconde, pourtant cela suffit à Sandy pour comprendre. Il regarda longuement Tom en silence, puis lui demanda :

— Qu'est-ce que vous faites là, bon sang ?

Ça y est, c'était la fin. La fin de leur liaison, la fin du bébé. Louise, couchée dans son lit, regardait l'infirmière ; celle-ci venait de lui répondre qu'elle était désolée, mais qu'elle ne pouvait rien lui donner de plus contre la douleur, que son organisme ne supporterait aucun médicament supplémentaire en ce moment. Elle lui répondit poliment qu'elle comprenait, puis lui demanda :

— Qu'est-ce que c'était ?

— Pardon ?

— Le bébé ? Une fille ou un garçon ?

L'infirmière était très jeune ; elle regarda Louise et lui dit :

— Oh ! ne vous inquiétez donc pas pour ça...

— Ne pas m'inquiéter ? gronda Louise, d'une voix basse et

menaçante. Bien sûr que je m'inquiète, et je veux savoir, j'ai le droit de savoir!

— Madame Trelawny...

— Allez-y et trouvez-moi quel était le sexe de l'enfant! Et ne revenez pas avant de le savoir! dit Louise en agrippant le bras de l'infirmière.

Celle-ci dégagea son bras, sortit de la chambre; quelques minutes plus tard, une infirmière plus âgée arriva à sa place, et regarda Louise d'un air sévère.

— Madame Trelawny..., commença-t-elle, mais Louise l'interrompit.

— Écoutez, tout ce que je veux savoir, c'est si mon bébé était une fille ou un garçon! Vous devez le savoir, il était assez grand pour cela!

— C'est impossible, il...

Louise fronça les sourcils.

— Où est-il? Où est le bébé?

Comme l'autre ne répondait pas, elle fut prise d'un violent accès de rage et se dressa dans son lit; la fureur semblait lui redonner toutes ses forces.

— Jeté à l'égout, c'est ça? Je sais que vous l'avez fait, ne me mentez pas! Vous n'aviez aucun droit de le faire, ce n'était pas une ordure, c'était mon bébé!

Elle se mit soudain à crier, un cri étrange, haut perché, affreux à entendre; un médecin ne tarda pas à arriver, on lui fit une piqûre et elle sombra dans les ténèbres – en espérant, plus encore qu'au cours de la nuit précédente, que c'étaient les ténèbres de la mort.

Sandy était assis, Dickon sur un genou; il caressait ses cheveux bruns et tentait de calmer ses sanglots, mais ne se sentait guère loin de pleurer lui-même. Épuisé comme il l'était, il aurait eu de la peine à se relever. Et sans doute cela valait-il mieux, car dans l'état de fureur où il se trouvait, il se serait mis en quête de Tom Fleming pour le tuer, au moins le réduire en bouillie.

Il avait compris tout de suite, sans même avoir besoin de la confession franche et brutale que Tom lui avait faite ; il avait compris à la minute où il l'avait vu, et tout s'était éclairé soudain dans son esprit. L'élégant, le charmant, le brillant Tom qui faisait rire Louise, qui menait le genre de vie qu'elle aurait voulu mener, sortait dans le genre d'endroits qu'elle fréquentait autrefois, les restaurants et les night-clubs les plus chics de Londres, Tom qui possédait l'argent et la classe – Tom qui pouvait encore avoir des enfants...

— Papa, dit Dickon en tournant son petit visage vers lui, papa, non, ne pleure pas... Maman va mieux, c'est toi qui l'as dit...

— Louise a fait une dépression nerveuse, expliqua Tom. Ils veulent l'envoyer en séjour dans une maison de santé, du côté de Bath.

Ils étaient assis dans leur salon, aussi surpris l'un que l'autre de se retrouver là, dans ce décor intact de leur vie quotidienne, tant le monde avait paru voler en éclats au cours des dernières vingt-quatre heures. Ils avaient dîné avec les jumeaux, qui étaient montés se coucher depuis.

— J'imagine que tu es soulagé, pour le bébé, dit Octavia d'un ton glacial.

— Oui, je le suis, murmura-t-il. Bien sûr.

— C'était malin de sa part. Elle a dû penser que, si elle était enceinte, tu devrais me quitter pour vivre avec elle...

— Je pense que c'était plus compliqué que cela. Étant donné ce qu'elle savait à propos de ton bébé.

— De *notre* bébé, Tom, dit-elle en plongeant les yeux dans les siens. Il était de toi, je te l'ai dit.

— C'est vrai ?

— Oui ! Tu peux au moins me croire sur parole, non ?

Elle garda quelques instants le silence, puis poursuivit lentement.

— Il aurait été handicapé, il avait un... spina-bifida. Tu étais tout le temps occupé, tout le temps en déplacement... J'ai pris la décision.

Il la fixa longuement sans un mot, blême, les traits tirés, puis lui dit :

— Je vois. Je comprends. Pourtant, Octavia, malgré la situation, malgré tout ce que tu pouvais penser, tu n'avais pas le droit de faire cela sans m'en parler. C'est ça qui est terrible. Pas l'avortement lui-même, j'aurais sans doute été d'accord, mais d'avoir pris la décision toute seule.

Elle ne répondit pas tout de suite : quelle étrange chose de se retrouver, elle, en position d'accusée ! Puis elle finit par murmurer :

— J'ai pensé que je faisais pour le mieux.

— Et ce que *moi*, je pouvais penser, ça ne t'est pas venu à l'esprit ?

— J'étais sûre que... que tu n'en voudrais pas.

— Comment peut-on se faire son opinion tout seul, dans son coin, sans en parler à personne ?

— J'en ai parlé à Anna. Elle a été formidable, c'est elle qui m'a donné ce... conseil.

— Dommage que ce conseil-là tu ne l'aies pas pris plutôt auprès de moi.

— Tom, je ne pouvais pas, du moins je le croyais ! Tu étais loin, quand tu étais à la maison tu avais la tête ailleurs, et parler d'un sujet pareil au téléphone...

— Et tu ne crois pas que pour un sujet pareil je serais revenu à la maison ? Oh ! comment en sommes-nous arrivés là, quelle sorte de vie est-ce que nous menons ?

— Si ça peut te réconforter, dis-toi que j'ai cru devenir folle, de culpabilité et d'angoisse.

— Me réconforter, tu dis ? Alors, quand je te dis que je suis moi aussi rongé par la culpabilité, à propos de ce que j'ai fait, ça doit donc te réconforter...

Elle le regarda sans mot dire, touchée par l'argument, luttant pour y voir clair en elle.

— Oh ! je ne sais plus quoi penser, finit-elle par répondre.

— En tout cas, il faut que tu acceptes l'idée que Louise est... presque folle.

— Folle, tu crois ? Ou plutôt mauvaise, vicieuse ?

Il secoua la tête.

— Non, pas vicieuse, je ne crois pas.

— En tout cas, elle s'est montrée plutôt maligne, pour quelqu'un de fou.

— Les fous sont souvent malins.

— Et elle a commis quelques actes plutôt horribles, non, pour quelqu'un qui n'est pas vicieux ? Envoyer ces lettres, ruiner ton affaire... Est-ce que ce n'était pas un crime, ou presque ?

— Oui, dit-il lentement, tu as raison. C'en était presque un.

Il y eut un nouveau silence, puis il poursuivit :

— Louise m'a raconté autre chose encore. Je suppose que tu imagines quoi ?

Bien sûr qu'elle l'imaginait : Louise avait dû parler de Gabriel à Tom... Rétrospectivement, elle comprenait mieux l'étrange jubilation que sa confidence avait provoquée chez son amie, et les nombreuses questions qu'elle lui avait posées. Contre toute logique, elle se sentit coupable.

— Oui, je devine.

— C'est vrai que tu as une liaison avec cet homme ?

— Si tu veux dire que j'ai couché avec lui, lança-t-elle, mue par un soudain désir de se venger, de lui faire mal, oui, je l'ai fait.

Dans le regard qu'il lui jeta, elle lut de la surprise, de la douleur, de la colère, et surtout de la jalousie, qui coula comme un baume sur ses plaies.

— Je n'ai sans doute pas le droit de me plaindre...

— Non, en effet.

La première surprise passée et la morsure de la jalousie mise à part, sa liaison avec Gabriel bouleversait moins Tom, visiblement, que l'affaire de l'avortement, et elle ne put s'empêcher de l'apprécier pour cela.

— Tu veux toujours divorcer?

Elle lui répondit qu'elle le voulait toujours, mais qu'elle ne pouvait pas y penser pour le moment – leurs deux vies étaient si complexes, si embrouillées, aussi bien aux plans personnel que professionnel, sans même parler des enfants... Ils devaient y réfléchir, prendre leur temps.

— Avec ce type, c'est... sérieux?

Elle ne souhaitait pas en discuter; plus tard, allongée dans son lit, elle se reposa la question et se trouva incapable d'y répondre.

31

— Je vais bien, dit Tom, merci. Désolé d'avoir quitté le bateau qui coulait...

Il sourit prudemment à Aubrey et Aubrey, le moins démonstratif des hommes, ressentit le besoin de s'approcher de lui et de lui passer le bras autour des épaules : il avait le visage si blanc, les traits tellement tirés, il était si manifestement bouleversé, pauvre vieux Tom... Son associé lui remplit de nouveau sa tasse de café et dit :

— Je te connais, je suis sûr que tu t'es comporté... comme il fallait.

Mais Tom secoua la tête.

— Je n'ai pas l'impression de mériter la moindre sympathie dans cette histoire. Parlons plutôt de Fleming Cotterill, c'est bien plus important.

— Nous avons trois options possibles. Soit ne rien faire et tâcher de tenir le coup encore un moment, de persuader la banque de régler les salaires, etc. Ça nous donnera une semaine de répit, au mieux. Soit prendre le chemin de la fusion. Soit faire une demande de mise en liquidation judiciaire. Peut-être la meilleure solution, la plus nette. On tire un trait et c'est fini.

— Je suppose que nous devons essayer la fusion, dit Tom, mais tu ne peux pas savoir à quel point ça me déprime.

— Moins que le personnel, si leurs chèques de salaire sont refoulés par la banque.

— Aubrey, nous devons les payer ce mois-ci d'une façon ou d'une autre. Sur nos biens propres, s'il le faut. Je peux vendre un ou deux tableaux, ou autre chose, je trouverai bien – avant que tout soit saisi, ajouta-t-il en riant jaune. Et toi?

— Je peux vendre la bague de fiançailles de mon ex-femme. Quand nous nous sommes séparés, je lui avais demandé de me la rendre. Elle appartenait à ma grand-mère et je la gardais pour la prochaine Mme Cotterill, mais cette précieuse créature ne semble pas pressée de se matérialiser.

— Bien, voilà un point d'acquis. Attendons jusqu'à lundi, nous prendrons notre décision définitive alors.

— Le week-end va être long.

Couchée dans son lit d'hôpital, assommée de fatigue, de drogues et de douleur, Louise ne cessait de penser à ce qu'elle avait perdu, à cette vie qu'elle avait voulu quitter. Puis, peu à peu, elle prit conscience d'un autre sentiment qui se faisait jour en elle, au-delà du désespoir : la colère, une colère aveugle, chauffée à blanc. Elle s'y accrocha, car elle sentait qu'elle y puisait une force et un espoir nouveaux. Oui, elle pouvait encore obtenir ce qu'elle voulait – et elle l'obtiendrait. Quoi qu'il fallût faire pour cela.

— Écoutez, dit Marianne, je... je ne serai pas là ce soir.

Malgré tout, elle éprouvait une pointe de culpabilité, de pouvoir songer à s'amuser après les drames des jours écoulés ; mais Octavia allait bien, Louise était tirée d'affaire, et quant à Felix, elle et lui ne s'adressaient plus la parole.

Elles la regardèrent ; se sentant rougir, elle se leva pour se donner une contenance, leur demanda :

— Qu'est-ce que vous faites, toutes les deux ?

Visiblement amusées, elles lui répondirent qu'elles étaient occupées l'une et l'autre : Zoé allait danser au Ministère avec des amis, Romilly passait la soirée avec Fenella.

— Et toi, maman, il t'emmène où ?

— Qui ça, il ?

— Felix, non ?

— Oh !... Je ne vois pas Felix, en fait, je sors avec des amis. On ira dîner en dehors de la ville.

— Bien...

— Elle sort avec le nouveau, dit Zoé un peu plus tard.

— Qui ça ? demanda Romilly en relevant les yeux de son livre. De qui tu parles ?

— Maman, son nouveau petit ami ! Tu débarques ou quoi ?

— Ah oui. Je lui ai parlé, il a l'air cool. De toute façon, je n'ai jamais trouvé Felix assez bien pour elle.

Sandy monta l'escalier. Comment allait-il tenir le coup, supporter cette douleur ? Il en était tombé malade ; chaque fois qu'il pensait à Louise au lit avec Tom, un jet de bile lui remontait dans la gorge. Aussitôt qu'il se couchait et qu'il fermait les yeux, il voyait la scène, dans tous les détails – son superbe corps contre celui de Tom, remuant au même rythme, ne faisant plus qu'un, parlant (comme à son habitude quand elle faisait l'amour), lui expliquant ce qu'elle ressentait, criant... C'était obscène, hideux. Puis Louise enceinte, l'enfant de Tom croissant dans son ventre, alors qu'à lui elle avait dit que ça n'arriverait plus jamais – ne me demande pas cela, Sandy, je ne le supporterai pas, je ne courrai pas ce risque une autre fois... Et tous ces mensonges : « Je vais voir maman, mais ne m'appelle pas, ils détestent la sonnerie du téléphone en ce moment. Et si ça ne t'ennuie pas, j'aimerais autant rester là-bas pour la nuit, au cas où il se passerait quelque chose. Je suis si inquiète, tu sais, j'en suis malade... » Toute cette laideur, cette fourberie derrière ce ravissant visage, tous ces mensonges proférés par cette voix douce et voilée...

Sandy avait fui Rookston. Il avait trop d'affection vis-à-vis de Charles pour pouvoir lui expliquer ce qu'avait fait Louise (Tom et lui étaient tombés d'accord au moins sur ce point : Charles ne devait rien savoir) ; mais voir des photos d'elle partout dans la maison, des photos d'Anna, à qui elle ressemblait tant, entendre Charles lui parler de son amour pour sa fille, lui faire part de son inquiétude, c'était plus qu'il ne pouvait en supporter. S'il n'y avait pas eu Dickon, il se serait suicidé, il en était sûr.

— Super, dit Ian. Ça me plaît vraiment.

C'était une nouvelle robe, dans laquelle elle avait englouti une bonne part de son mois (ou plutôt de ce qu'il en restait après avoir comblé son trou à la banque) : une robe en lycra noir, très courte, plutôt décolletée. À son entrée dans le pub, la moitié des hommes s'étaient interrompus dans leur conversation ; elle était allée droit vers Ian, l'avait embrassé à pleine bouche. Elle se sentait vraiment bien, vraiment sexy.

— On va boire un verre ou deux ici, après on ira au Ministère. Tu veux quoi, bébé ?

— Une vodka-Coca.

— J'ai du supershit sur moi pour tout à l'heure. Et j'ai la camionnette dehors, aussi, comme ça on ne s'embêtera pas avec des taxis. À la tienne, bébé. On va passer une supersoirée.

— À la tienne...

— Il est vraiment temps que vous l'admettiez, dit Nico.

— Que j'admette quoi ? demanda Marianne en riant.

Elle se sentait déjà passablement gaie, et ils n'étaient pas encore passés dans la salle à manger. Plusieurs coupes de champagne, qu'ils avaient bues sur la ravissante terrasse du Cygne, à Marlborough, en regardant le ciel virer lentement au crépuscule, lui étaient délicieusement montées à la tête.

Ils avaient passé l'après-midi à visiter de belles et grandes maisons – bien trop grandes pour une seule personne, songeait Marianne ; quand elle le lui avait dit, Nico avait ri, puis expliqué qu'il voulait avoir de la place pour la recevoir décemment quand elle lui rendrait visite, car il comptait bien qu'elle lui rendrait souvent visite. D'ailleurs, c'était la raison pour laquelle il avait voulu qu'elle l'accompagne, pour être sûr d'acheter une maison qui lui plairait à elle aussi.

— Il est temps que vous l'admettiez, vous avez envie de passer la nuit avec moi, presque autant que j'ai envie de la passer avec vous.

— Comment le pourrais-je? Je ne sais pas à quel point vous en avez envie.

— À un point incommensurable. « Tu as ravi mon cœur », dit-il en portant la main de Marianne à ses lèvres. Cantique des cantiques, mais vous le saviez, bien sûr.

— Bien sûr.

— Les plus beaux mots de la langue anglaise, à mon humble avis.

— Aucun de vos avis n'est humble, Nico.

— C'est vrai. Surtout pas en ce moment. Pour tout vous dire, je me sens extrêmement confiant sur un point précis – mais je ne dois pas vous dire lequel, je suppose.

— Non, en effet. Les femmes n'aiment pas ça.

— Alors oubliez. J'ai menti, je suis rongé par le doute et l'angoisse. Mais on nous appelle, allons dîner... Vous savez quoi? On fait moins bien l'amour l'estomac vide.

— Merde! grogna Ian.

— Quoi?

— J'ai oublié mon fric pour entrer au Ministère. Quel con... Tu en as, bébé?

— Non, s'empressa-t-elle de répondre, je n'en ai pas.

— Ils t'ont pas filé ton mois?

— Si, mais...

Il ne lui en restait plus guère, à peine plus que les cent livres à remettre dans l'enveloppe...

— Oh! merde, Zo, tu peux payer pour une fois, ça va pas te tuer! C'est toujours moi qui paie depuis qu'on sort ensemble, et je supporte pas les nanas qui veulent jamais rien claquer!

Il avait l'air sincèrement choqué et elle hésita. Elle était très bien avec Ian et elle détestait qu'on la croie radine (c'était même une des raisons pour lesquelles elle était toujours endettée) ; en plus, elle s'était fait une fête de cette soirée, ce n'était pas le moment de la gâcher.

— Il m'en reste un peu. Je le gardais pour... pour le rendre à Romilly, elle m'en a prêté le mois dernier. Mais tant pis, je me débrouillerai pour en trouver ailleurs.

Elle ferait du baby-sitting, ou n'importe quoi d'autre.

— C'est bon, se contenta de dire Ian.

L'entrée au Ministère lui coûta dix livres pour chacun d'eux, puis avec les boissons, ce furent encore quarante livres qui filèrent ; mais elle pourrait remettre au moins la moitié de la somme aujourd'hui dans l'enveloppe, et pour le reste elle s'arrangerait plus tard. Elle était décidée à ne plus s'en faire.

Elle se sentait merveilleusement bien, la musique était fantastique et ils dansèrent pendant des heures ; comme il faisait très chaud, ils achetèrent aussi beaucoup de sorbets aux serveurs qui circulaient dans la salle.

Ian avait laissé sa veste dans la camionnette ; il portait juste un jean noir, un T-shirt noir sans manches. Ses bras étaient hâlés, musclés, et quel corps superbe. En pensant aux heures qui l'attendaient, Zoé en défaillait presque de plaisir.

Au Cygne, couchée dans un immense lit, Marianne défaillait pour de bon. À la fin du dîner, elle avait accepté de passer la nuit avec Nico – à vrai dire, elle avait su dès le départ qu'elle le ferait.

Elle porta la main à ses seins, comme toujours quand elle était excitée, imaginant la sensation d'une main étrangère sur eux. Elle regardait Nico : il était assis sur le lit, en peignoir, commandant pour le lendemain matin le petit-déjeuner et les journaux ; il lui sourit, raccrocha le téléphone, retira son peignoir. Il était mince, svelte, manifestement en pleine forme physique ; elle pensa à Felix, à sa large stature, au plaisir qu'il

lui donnait, prit conscience de sa déloyauté et en fut choquée
– en même temps qu'étrangement excitée.

— Tu es ravissante..., murmura Nico en repoussant le
drap dont elle s'était recouverte.

Il se pencha pour lui embrasser les seins, les caressa doucement de la main, lentement, là où la propre main de
Marianne s'était posée tout à l'heure.

— Il y a très longtemps que je n'ai pas dit ça à une femme,
lui affirma-t-il, je crois vraiment que je suis amoureux de toi.

Il s'allongea à côté d'elle, la prit dans ses bras et elle se souleva, se plaqua contre lui, poussée par le désir. Le corps de
Nico commença à onduler, lentement, avec une tendresse et
une délicatesse surprenantes, contre celui de Marianne, puis
en elle ; bientôt le plaisir l'envahit, avec une force et une inten-
sité qui la surprirent elle-même.

— Oh ! oui, oui !

Un cri traversa la pièce, un cri féminin, et Zoé se rendit
compte qu'il devait venir d'elle, puisqu'il n'y avait pas d'autre
fille à proximité ; un cri paroxystique, de violence et de libération à la fois.

— Oui, oui, ouuui !

— Tais-toi ! dit Ian, et il lui posa la main sur la bouche en
riant, ou les voisins vont débarquer...

— Désolée. C'est juste que... c'était carrément trop, c'est
tout.

— Bien. Super. Je suis content que tu le dises.

Il roula à côté d'elle, la dévisagea : elle repoussa ses cheveux
de sur ses yeux et son front, qui étaient trempés de sueur – elle
était tout entière trempée de sueur.

— T'es une sacrée fille, tu sais.

— Ouais ?

— Sûr. Tu veux du shit ?

— Pas maintenant. Reste juste un peu là, à côté de moi...

— Non. Faut que je bouge, dit-il en se levant.

Ils étaient couchés à même le sol, avec juste une couverture qu'ils avaient trouvée dans une armoire pour les isoler de la moquette. Zoé regarda le dos mince et musclé de Ian, sa démarche chaloupée, celle d'un homme content de lui-même, et sentit poindre l'irritation. Il se relevait toujours après, pressé d'aller prendre une douche, de fumer une cigarette, de se chercher quelque chose à boire. Jamais il ne restait à côté d'elle à l'embrasser, bavarder, la serrer dans ses bras. Elle soupira et il se retourna.

— Il y a un problème?

— Non, rien...

— Si, vas-y, dis-le!

— C'est juste que j'aime bien... qu'on reste un peu ensemble, après. Toi, tu veux toujours te lever et...

— Et alors? Quand c'est fini, c'est fini, quel intérêt de rester là?

— L'intérêt, dit-elle, sentant croître l'irritation, c'est que ça me ferait plaisir, c'est tout!

— Oh! toutes ces vieilles foutaises, « ça a été si merveilleux, chéri », et tout ça?

— Oui, un peu...

— Zoé, qu'est-ce que tu me fais, là? Je ne me suis pas bien occupé de toi? Je t'ai pas fait jouir à fond, et même deux fois de suite? Mais si t'attends des conneries du genre « ma chérie, les yeux dans les yeux, etc. », tu te trompes de bonhomme, faut plutôt que t'ailles avec tes petits copains fils à papa...

— Tu dis n'importe quoi, répondit-elle en tâchant de sourire.

— Non, je dis pas n'importe quoi, ricana-t-il. Ils sont bons qu'à ça, à ce qu'il paraît, et question baise c'est pas brillant, ils tirent leur coup vite fait et après, pfuit... circulez, il y a plus rien à voir.

— Qu'est-ce que tu en sais?

— Oh! je le sais, oui. T'es pas la première bourge que je saute, va, te monte pas la tête.

— Je ne pensais pas que je l'étais, murmura-t-elle – mais elle l'avait quand même un peu espéré, et elle se sentit absurdement déçue.

Ian sortit de la pièce et descendit l'escalier; il réapparut quelques instants plus tard avec du papier à cigarette, un morceau de shit, et s'assit par terre pour rouler deux joints. Puis il lui en tendit un, mais elle secoua la tête.

— Non merci.

— Allez, insista-t-il, il est extra...

— Non, Ian, j'en veux pas.

Il lui lança un regard mauvais et maugréa :

— Gaffe, Zo, j'aime pas quand tu fais la tête!

— Je ne fais pas la tête...

— Si.

— Non, je ne la fais pas, c'est juste que j'ai pas envie de fumer, OK?

— OK. Vaut mieux qu'on se casse, alors.

— Quoi?

— J'ai dit : « Vaut mieux qu'on se casse! » On va pas taper l'incruste ici, avec toi et ton air cul serré!

— J'ai pas l'air cul serré...

— Remets tes fringues, Zoé, j'ai dit que je voulais partir!

— Eh bien... alors casse-toi, merde! laissa-t-elle échapper, perdant son calme.

C'était une erreur, elle le comprit tout de suite; il se leva, se rhabilla et sortit de la pièce sans même se retourner, puis elle entendit la porte d'entrée claquer et la camionnette démarrer.

Elle regarda sa montre : pas tout à fait cinq heures. Elle fris-

398

sonna, inquiète à l'idée de rester seule dans la maison, puis elle se rhabilla à son tour, appela un taxi sur son portable et descendit dans la rue. Tandis qu'elle attendait sur le trottoir, elle calcula que le taxi allait engloutir une bonne partie des quarante livres qui lui restaient.

32

— Oh! mon Dieu..., dit Octavia.

— Non, pas Dieu, répondit Gabriel d'un air modeste, ce n'est que moi, M. Bingham. Je suis triste que vous m'ayez déjà oublié.

— Je suis ravie de vous voir.

— Je passais et je me suis dit que j'allais jeter un coup d'œil sur vos humbles bureaux. Ne vous inquiétez pas, je ne reste pas.

— Sûrement pas, en effet, commenta Melanie en entrant dans la pièce. Octavia est terriblement occupée.

Elle s'assit sur le coin du bureau d'Octavia, tendit la main au visiteur.

— Vous êtes l'archange Gabriel, j'imagine? Je suis Melanie. J'ai beaucoup aimé les roses que vous avez envoyées vendredi, très classe. Octavia était très touchée.

— Vraiment?

— Très. Elle est terriblement émotive, vous savez.

Octavia aurait voulu sourire elle aussi, mais n'y parvenait pas. Elle avait passé un week-end difficile, seule avec les enfants, alors qu'elle aurait aimé se confier, parler avec quelqu'un. Gabriel avait appelé plusieurs fois, et elle ne s'était pas senti le courage d'affronter une rencontre, avec ce qu'elle recouvrirait de tension et d'émotion. Elle commençait seulement à mesurer ce que la perte de Louise signifiait dans sa vie – Louise qui l'avait toujours comprise, écoutée, conseillée, avant la trahison finale.

— Je me demandais juste, disait maintenant Gabriel à Melanie, et vous avez peut-être une idée sur la question, si elle ne m'évite pas. Je l'ai appelée trois fois ce week-end, et elle m'a juste répondu qu'elle voulait rester seule.

— Écoutez, intervint Octavia en souriant enfin, pourquoi ne pas me poser directement la question ?

— Je l'ai fait, tout le week-end.

— Il l'a fait, répéta Melanie. Je vous laisse. Gabriel, vous avez dix minutes, après quoi, si vous êtes encore là, je reviens avec une bassine d'eau froide. Nous avons *vraiment* du travail.

— Je suis désolée, dit Octavia quand elle fut partie, j'ai été dans un état lamentable tout le week-end. Il y a beaucoup de choses que je ne vous ai pas racontées, vous savez, et ç'a été plutôt terrible. Mais c'est délicieux de vous voir, en tout cas.

— Ce n'est pas mal de vous voir non plus, et je comprends très bien pour ce week-end. Mais quand, alors ?

— J'aimerais beaucoup, mais les enfants sont encore sous le choc et...

— Sûrement, mais ils peuvent bien se passer de vous une heure ou deux, non ? Ce soir ?

— Ce soir, oui, ce serait parfait, dit lentement Octavia. Nous pourrions dîner, de bonne heure ?

Tom et elle étaient convenus de se voir ce soir-là, pour discuter de l'avenir, ou de ce qu'il en restait.

— Qu'est-ce que vous pensez d'un thé-dîner ? Je passe vous prendre vers...

— Six heures ?

— D'accord.

Au moment où il se penchait pour l'embrasser, la porte s'ouvrit.

— J'avais dit dix minutes, lança Melanie. Sarah Jane, une bassine d'eau froide, s'il vous plaît !

— Je m'en vais tout de suite...

Il s'éloigna dans l'entrée ; son pantalon mal repassé, sa chemise à carreaux et sa démarche nonchalante détonnaient dans le chic des locaux. Octavia le suivit des yeux en souriant, il était si...

— Bien, très bien ! s'exclama Melanie. Très sexy, comme sa voix. Tout à fait ce qu'il te faut, Fleming. Ramène-toi, maintenant... Tu te souviens qu'on a du travail ?

Quand Nico avait affirmé à Marianne qu'il était amoureux d'elle, c'était vrai. Elle était belle, pleine de charme et elle aimait la vie ; elle aimait la bonne chère, le vin, les habits, la conversation – et le sexe, semblait-il. En plus, et Nico l'aimait pour cela, elle était intelligente et elle prenait la vie au sérieux. Les femmes tête en l'air, cela pouvait être amusant au début, mais il s'en lassait vite. Marianne, elle, pesait ce qu'elle disait, n'émettait pas de jugement à la légère, assumait ses responsabilités. Le souci qu'elle se faisait pour ses filles plaisait beaucoup à Nico (qui non seulement n'avait pas d'enfants, mais n'avait jamais connu de vraie vie de famille, ayant été élevé par des nurses, puis envoyé en pension dès l'âge de huit ans) ; même les scrupules qu'elle avait vis-à-vis de Felix, pour injustifiés qu'ils fussent, le touchaient.

À vrai dire, s'il jouait au cynique, Nico possédait un fonds de délicatesse naturel ; aussi, quand le téléphone sonna ce jour-là et qu'il reconnut la voix de Felix, ne put-il s'empêcher d'éprouver un pincement de culpabilité. Il avait pris la mesure du personnage, de son acharnement, du peu de cas qu'il faisait des autres (y compris de Marianne) s'ils n'adhéraient pas à ses vues, pourtant il se sentit mal à l'aise.

— Bonjour, Felix.

— Je vais être bref. J'ai un service à vous demander.

— Lequel ?

— Que vous envisagiez sérieusement de retirer votre budget à Fleming Cotterill.

Toute la culpabilité qu'avait pu éprouver Nico s'évanouit.

— Désolé, Felix, mais je n'en ai pas l'intention.

La voix devint âpre au bout du fil.

— Je ne pense pas que vous compreniez bien la situation. Il ne faut faire aucune confiance à cet homme ! Personnellement, je ne le laisserais pas toucher à un seul centime de mon propre argent, plus maintenant !

— Mais pourquoi, qu'a-t-il fait ?

— Il a entrepris de détruire son couple et de détruire Octavia !

— Cela ne change pas ses compétences en matière de business.

— Je ne suis pas d'accord avec vous ! C'est un menteur, un tricheur, pas le genre d'homme avec qui on peut vouloir travailler !

— Felix, la ville est pleine de menteurs et de tricheurs, qui mènent parfaitement bien leurs affaires. Si vous avez envie de dire du mal de votre gendre pour des raisons purement personnelles, je ne vous en empêcherai pas, mais ne comptez pas sur moi pour vous aider.

— C'est bien pire que vous le croyez, je vous assure ! Il...

— Felix, sans vouloir vous vexer, je n'ai aucune envie d'entrer dans de sordides histoires d'adultère. Il est trop tôt dans la journée, dans la semaine, et même trop tôt tout court. Je suis désolé. Bonne journée.

Non, il ne ressentait plus la moindre culpabilité ; Felix était

402

un monstre, et qui risquait de devenir complètement fou. Dès qu'il s'agissait d'Octavia, son esprit d'ordinaire brillant se troublait, s'émoussait ; c'en était presque pathétique.

Marianne l'appela et il la mit au courant en quelques mots.

— Oh ! mon Dieu, murmura-t-elle, pauvre Felix... Il faut absolument que je lui parle, que je l'aide... Nico, je me sens...

— Il est fou, la coupa-t-il. Tu n'y peux rien et tu n'as pas à te sentir coupable. De toute façon, il a toujours Octavia...

J'ai toujours Octavia, songea Felix en reposant le téléphone ; sa main tremblait et il se sentait soudain très faible. La tête lui tournait.

Il n'arrivait pas à croire ce que Marianne venait de lui dire. Qu'elle ne voulait plus le voir tant qu'il continuerait à œuvrer aussi brutalement contre Tom. Puis il lui avait demandé comment elle le savait, et elle lui avait répondu que Nico Cadogan le lui avait dit.

— Cadogan ? Pourquoi diable est-ce qu'il t'en a parlé ? Vous vous voyez ? Souvent ?

Elle avait pris une grande inspiration et lui avait répondu que oui, ils se voyaient.

— Sans doute ne me pardonneras-tu jamais, je le sais. Mais je ne peux pas continuer notre relation tant que cette... folie au sujet d'Octavia continue elle aussi.

— Quelle folie ? J'essaie seulement de la protéger, de l'aider, d'empêcher ce... personnage de lui faire du mal.

— Tu ne peux pas la protéger comme une enfant, pas à son âge, je te l'ai déjà dit, lui avait-elle répondu d'une voix lasse.

Il lui avait alors déclaré, une fois de plus, qu'il était surpris et blessé par leur conversation.

Rien n'était encore officiel, mais les rumeurs allaient déjà bon train autour du couple Fleming. De « vous savez que... »

en « je l'avais toujours dit » et autres « d'ailleurs, c'était inévitable », chacun avait sa version de l'histoire ; pour l'un, Tom avait une liaison avec une biologiste, pour l'autre c'était Octavia qui sortait avec un éditeur ; on l'avait vu dans une réception dansant avec une actrice, on l'avait croisée dans la rue au bras d'un homme d'affaires... La nouvelle attristait la plupart des gens, en réjouissait certains : personne en tout cas n'y était indifférent.

Si Lauren Bartlett ne s'en réjouissait pas à proprement parler, elle n'en était certainement pas triste non plus. Elle avait toujours trouvé Octavia moralisatrice, peu subtile, en tout cas pas à la hauteur du charme désinvolte de Tom ; et leur mariage était un peu trop parfait pour sonner tout à fait juste. En outre, Tom paraissait soucieux ces derniers temps, visiblement épuisé ; et il restait si loyal envers Octavia, continuant à l'aider dans sa carrière alors que la sienne propre l'accaparait tant... Non, il n'était plus temps de prendre des gants ni d'avoir des scrupules.

Lauren avait depuis longtemps des vues sur Tom, mais elle attendait le moment propice. C'était l'un des hommes les plus séduisants qu'elle connût – non seulement la classe, le charme, mais aussi ce petit quelque chose en plus, une pointe de nonchalance, voire de gaucherie, qui le rendait irrésistible ; il n'avait pas ce côté trop léché et appliqué à plaire des séducteurs. Un rapide déjeuner ensemble, sous couvert de cet éventuel nouveau budget qu'elle lui avait fait miroiter, oui, voilà comment il fallait procéder.

Elle préféra l'appeler directement sur son portable, dont il lui avait donné le numéro.

— Tom ? C'est Lauren Bartlett. Je me demandais si...

— Lauren, je suis désolé, mais je suis occupé et...

— Je comprends. C'est juste que j'ai reparlé à cet ami qui

possède une chaîne de pharmacies, et qui aurait peut-être voulu vous confier son budget, vous vous souvenez?

— Oh! oui...

Il n'avait pas l'air aussi enthousiaste que ce à quoi elle s'était attendue.

— Il reste peut-être une chance pour que ça marche. Si vous voulez, je peux arranger un rendez-vous.

— Vraiment? Écoutez, il m'est impossible de vous parler pour le moment. Je peux vous rappeler?

— Oui, bien sûr. Nous pourrions peut-être boire un verre tous les trois, pour en parler? Je lui téléphone pour tâcher d'arranger ça, puis je vous rappelle, ça vous va?

— Oui, je... Je suis désolé de ne pas être plus réceptif, mais les choses sont un peu compliquées en ce moment.

Manifestement, il faisait un effort pour rester aimable; mais Lauren n'était pas femme à se laisser démonter pour si peu.

— Je vous rappelle à votre bureau dès que j'en saurai plus.

— D'accord, Lauren. Merci.

— À bientôt. J'espère vraiment que cela marchera.

— Moi aussi, l'entendit-elle conclure d'une voix lointaine, puis la conversation fut coupée.

Elle rappela aussitôt les bureaux de la société pharmaceutique Oliver Nichols, et demanda M. Nichols.

— De la part de Mme Bartlett. C'est urgent.

Quand Tom revint dans les bureaux de Fleming Cotterill après le déjeuner, Barbara Dawson se jeta sur lui.

— J'ai eu une douzaine d'appels, tous urgents. Je vous donne les messages?

— Pas le temps, Barbara, tout à l'heure. Et ne me passez aucun appel jusqu'à nouvel ordre, s'il vous plaît.

— Nico Cadogan, au moins... Il a rappelé trois fois, en insistant beaucoup.

De tous ceux que la faillite de Fleming Cotterill allait laisser le bec dans l'eau, c'était bien Cadogan que Tom redoutait le plus d'affronter. Il ne voulait pas avoir affaire à lui avant que la situation ne soit irrémédiable, au moins, et que tout argument soit devenu inutile.

— S'il rappelle, dites-lui que je ne suis pas sur Londres, et que je le rappellerai cet après-midi.

Tout serait joué alors, la demande de mise en liquidation judiciaire aurait été déposée. Tom et Aubrey avaient fini par s'y résoudre, au vu des ultimes discussions avec la banque ; il n'y aurait plus de regret, plus de possibilité de revenir en arrière.

— Vous allez bien, Barbara ? demanda Tom en dévisageant sa secrétaire, à la mine défaite, aux yeux rouges.

— Non, très mal. J'ai dû attraper la grippe.

— Vous devriez rentrer chez vous, tout de suite. Faites-vous remplacer par quelqu'un du bureau. Dites seulement qu'on ne me passe aucun appel, sauf de Cadogan dans, disons... une heure. Oh ! si une Mme Bartlett téléphone, qu'on me la passe elle aussi. Elle doit essayer de nous rendre service, en principe. Autrement, personne d'autre.

— Très bien. Merci, Tom.

La seule employée disponible pour prendre les communications à la place de Barbara était une jeune intérimaire du service comptabilité. Malheureusement, elle comprit le message de travers ; aussi, quand Octavia voulut parler à Tom, elle lui répondit qu'elle était désolée, mais qu'elle avait ordre de ne passer à M. Fleming que les appels de M. Cadogan et de Mme Bartlett, et de personne d'autre.

— Salaud, dit Octavia en contemplant son téléphone, immonde salaud...

— C'est de ton mari que tu parles?

— Quoi? Euh, oui, Mells... Il ne veut même pas me parler, tu te rends compte. Il ne prend que les appels de Nico Cadogan et, écoute, de Lauren Bartlett. Dieu, que je hais cette femme! Louise est à peine sortie de son lit et il recommence déjà!

— Écoute, en général je n'aime pas accorder le bénéfice du doute à un homme, mais tu ne crois pas qu'on a pu mal comprendre son message? Ça me paraît quand même un peu gros. Je suis désolée, mais il se trouve que je venais te voir avec les estimations pour les coûts de la journée à Brands Hatch. Tu peux quand même jeter un coup d'œil dessus?

Octavia hocha la tête, puis dit d'un air désabusé :

— Après tout pourquoi continuerais-je à me mettre martel en tête pour lui? Si cette femme le veut, qu'elle le prenne et grand bien lui fasse. Passe-moi ces chiffres, Mells. Désormais je suis une professionnelle, sans états d'âme, conclut-elle, et elle parvint à sourire.

— Ça a l'air complet, dit Tom en tendant la demande de mise en liquidation à Aubrey pour qu'il la signe. Je vais la rapporter tout de suite, inutile d'attendre. La seule question qui se pose encore, ajouta-t-il avec un sourire désabusé, c'est s'il nous reste les trois cent cinquante livres pour la déposer. Ça fait beaucoup d'argent, juste pour avoir le droit d'être en faillite...

— On boit un dernier verre? À Fleming Cotterill?

— Je le boirai plutôt en revenant. Ça me donnera du courage pour l'étape suivante, annoncer la bonne nouvelle à tout le monde.

— Parfait. Je te le tiens au chaud. À tout à l'heure.

— Bon sang! s'emporta Nico Cadogan, je me fous qu'il soit avec Dieu le Père, je veux lui parler! C'est très important!

— De toute façon, je ne peux pas vous le passer, monsieur Cadogan. Il vient de sortir.

— M. Cotterill est là?

— Oui, mais...

— Écoutez, vous avez l'air d'une fille intelligente... S'ils vous virent pour m'avoir passé M. Cotterill, je vous engage dans ma société. Ça vous va? Il faut savoir vivre dangereusement.

Elle lui passa M. Cotterill. Moins de deux minutes plus tard, elle fut surprise de voir ce dernier sortir en trombe de son bureau et se diriger en courant vers la sortie.

— Écoutez, dit modestement Nico Cadogan, je sais que ce n'est qu'une goutte d'eau, mais je vous la propose. Cinq mois d'honoraires d'avance, cent mille livres. Ça peut vous rendre service?

L'espace d'une seconde, Aubrey Cotterill eut peur que ses nerfs ne lâchent; puis il parvint à se ressaisir et répondit : Un immense service. Et je ne comprends pas pourquoi vous faites cela.

— Facile. J'aime l'excellence, et je l'ai trouvée chez vous.

— Venez par ici, madame Fleming, que je vous fasse un bon vieux câlin à l'ancienne...

Gabriel était assis dans un vieux canapé avachi; ils se trouvaient dans le salon de son appartement de Pimlico. En réponse à l'air hésitant d'Octavia, il poursuivit :

— Ne croyez pas que j'essaie de vous séduire. Je me suis résigné à ce que notre première et sublime nuit d'amour soit aussi la dernière.

— Gabriel...

— D'accord, Octavia, peut-être pas définitivement la dernière, mais la dernière pour le moment. J'ai quelque chose à vous dire, quelque chose qui fera peut-être disparaître ce petit visage chiffonné qui ne me plaît pas.

Elle vint s'asseoir sur le divan, et il lui passa un bras autour des épaules. Elle se sentait bien, en confiance...

— Je ne suis pas un habitué de ce genre de conversation, commença-t-il en s'éclaircissant la gorge, mais je voulais vous dire que... Enfin, je crois que je suis amoureux de vous, et il y a longtemps que ça ne m'était pas arrivé.

— Gabriel, et votre fiancée?

— J'ai été amoureux d'elle il y a longtemps, au début. Mais voilà, maintenant, je... bref, je ne vais pas me répéter. Et je sais aussi que c'est une période difficile pour vous, que vous ne savez sans doute pas très bien où vous en êtes.

— Exactement, répondit lentement Octavia. Je ne me rappelle plus mon propre numéro de téléphone, et, quand je monte dans ma voiture le matin, il me faut trente secondes pour me souvenir où mettre la clé. Tout ce qui comptait pour moi, tout ce dont j'étais le plus sûre, ma vie de couple, ma meilleure amie, n'est plus là. Et l'autre personne qui comptait encore...

— Moi? demanda Gabriel, plein d'espoir, et elle sourit. D'accord, dit-il, je suis un produit d'importation récente, je sais. Votre père, c'est ça?

— Oui, mon père. Jusque-là, j'avais toujours pu trouver aide et conseil auprès de lui dans les moments difficiles. J'avais appris à m'en passer, à devenir indépendante de lui, mais au moins il était là. Tandis que maintenant je n'ose plus aller le voir, parce qu'il serait capable de vouloir tuer Tom si je me plaignais de lui une fois de trop. Il cherche déjà à le détruire professionnellement.

— Et qu'est-ce que cela vous fait?

— D'une certaine façon, rien ne me ferait plus plaisir que

voir Tom ruiné, mais je me dis aussi que... ce ne serait pas une bonne chose pour les enfants, ni même pour moi. Oh! Gabriel, je ne sais plus que penser, murmura-t-elle, et le désarroi s'était peint sur son visage.

Il la contempla quelques instants en silence, puis dit lentement :

— Moi, je pense que Tom compte encore pour vous, encore beaucoup.

Elle secoua la tête.

— Non, Gabriel. Je le déteste, je le hais, c'est cela qui est vrai. Je souffre quand je me trouve dans la même pièce que lui. En ce moment précis, il est avec une autre femme.

Tom lui avait téléphoné un peu plus tôt pour lui dire qu'il s'excusait de lui demander de remettre leur conversation de ce soir à plus tard, parce qu'il avait eu un rendez-vous inopiné, très important...

« Avec Lauren Bartlett, je sais! avait-elle dit en le coupant. Ne me mens pas : tu lui as parlé, je sais que tu l'as fait! »

Pris au dépourvu, il avait répondu que oui, il avait parlé à Lauren Bartlett, et qu'elle avait arrangé un rendez-vous avec un ami qui pouvait peut-être les aider, mais ce n'était pas...

« Grand bien lui fasse », l'avait coupé Octavia avant de raccrocher.

— Écoutez, lui dit Gabriel, tout ce que je voulais vous dire, c'est que dans les jours, dans les semaines qui viennent, je serai là si vous avez besoin de moi. Et je m'éclipserai si vous ne voulez plus de moi. Ça vous va ?

Pour toute réponse, elle le contempla avec un sourire pensif, puis se pencha lentement vers lui pour l'embrasser. Il était agréable à embrasser, doux, tendre, prévenant. L'espace d'une seconde, elle voulut aller plus loin ; mais l'espace d'une seconde seulement. C'était trop tôt, tout était encore trop confus dans son esprit.

33

— Finalement, dit Tom, je pense que nous avons une chance de survivre, je tenais à t'en informer.

— Nous... ? Tu veux dire Fleming Cotterill, je suppose, et non pas nous deux ? C'est tellement plus important...

— Oui, soupira-t-il, c'est ce que je veux dire, mais non, ce n'est pas plus important.

— Toi et moi, c'est quand même moins important que toi et Lauren Bartlett, tu l'admettras ?

— Je t'en prie, Octavia, je...

— Sinon, l'interrompit-elle, tu n'aurais pas dit à ta secrétaire de bloquer mes appels et de te passer les siens !

— Quoi ?

Il ouvrit de grands yeux.

— Qu'est-ce que c'est que cette histoire ?

— Oh ! Laisse tomber, Tom, ça n'a plus d'importance.

Il garda le silence, déconcerté, puis reprit :

— Écoute, j'ignore de quoi tu veux parler. Sans doute une consigne mal transmise ou mal comprise, comme cela arrive souvent dans les bureaux. Ce que je voulais juste t'annoncer, c'est qu'hier je suis allé au tribunal remplir une demande de mise en liquidation. Si je l'avais déposée, nous aurions tout perdu, tu comprends ? La maison, nos biens personnels, tout ce pour quoi nous avons travaillé... Mais nous avons été sauvés au dernier moment, par Nico Cadogan.

— Nico ?

— Oui. Il nous a mis cent mille livres dans la main.

— Pourquoi a-t-il fait cela ?

— Parce qu'il pense que nous les valons, j'imagine. Il l'a dit, en tout cas.

— Bien. C'est une bonne nouvelle, murmura-t-elle – tout

en se demandant intérieurement si son père le savait déjà, ou quelle serait sa réaction quand il l'apprendrait.

— Nous ne sommes pas tirés d'affaire, loin de là, mais au moins ça va nous permettre de nous battre un peu plus longtemps. Et je compte bien me battre jusqu'au bout, tu peux me faire confiance.

Un bruit parvint à la rédaction des *Nouvelles de Felthamstone*, le mercredi soir, au moment même où le rédacteur en chef cherchait une bonne histoire sur laquelle titrer son édition du week-end. Ce bruit disait que John Whitlam avait jugé qu'aucun argument valable ne s'opposait au projet d'aménagement de Bartles Wood.

Le journaliste appela plusieurs personnes, desquelles il reçut de fermes démentis : il était bien trop tôt pour qu'aucune décision ait été prise. À Bartles House même, Mme Ford, la directrice, lui répondit sèchement qu'elle serait la première informée si c'était vrai, avant de lui raccrocher au nez. Il ne s'avoua pas vaincu (on ne le surnommait pas pour rien « Bouledogue » dans les couloirs du journal) et appela *la* personne dont il obtiendrait à coup sûr une réaction, Mme Patricia David. Il en obtint une en effet, longue et véhémente.

— Octavia Fleming, j'écoute... Oh! bonjour, Pattie. Désolée, mais je n'ai vraiment pas le temps d'en parler maintenant. Écoutez, je vais au cottage ce week-end, nous pourrions nous voir à ce moment-là? Venez avec Megan si vous voulez. Oui, ça ira très bien. Au revoir...

— Alors, ça y est? lança Betty Carlton à son mari pardessus la table du dîner, avec un regard pénétrant. Tu l'as?
— Pardon?

— Ton permis de construire, pour Bartles Park...

— Non... Rien de sûr, rien de concret.

— Vraiment? Mais de quoi parlais-tu si longuement avec M. Ford, alors? J'aurais juré t'avoir entendu parler d'« un acompte », pourtant...

— Non, ma chérie. Tu as dû l'imaginer, hélas! Au fait, que dirais-tu d'un week-end à Venise dans deux semaines? Pour ton anniversaire?

— Que dirais-tu d'un week-end à Venise dans deux semaines? demanda Nico Cadogan. Non, laisse tomber, c'est une idée idiote. Trop chaud, trop de monde, et ça sent mauvais. Nous irons au printemps prochain. Pourquoi pas Glasgow, plutôt? J'adore cette ville, tu la connais? Et il y a là-bas un merveilleux petit hôtel où j'adorerais t'emmener.

— Non, Nico. Je ne peux vraiment pas partir ce week-end.

— Le prochain, alors?

— Non, je...

— Entendu, je réserve. Et on se voit demain pour dîner, d'accord?

— Je... D'accord, Nico. Très bien.

— Que dirais-tu d'un week-end, quand tout ça sera fini? demanda Donald Ford. Dans un bel endroit, Venise par exemple. On pourra se le payer.

— Oh! Donald, je ne peux penser à rien en ce moment, sauf à sortir de tous ces problèmes et ces soucis. Et comment va-t-on leur annoncer la nouvelle, si vraiment ça arrive? Mon Dieu...

— Tu ne vas quand même pas me dire qu'ils te font peur?

— Non, mais je voudrais tellement que ce soit fini...

— Il y en a encore pour un bon moment, alors tâche de t'y faire...

Finalement, Octavia se réjouissait de la venue de Pattie David et de Megan au cottage; elle avait envie de réunir du monde autour d'elle, pour combler le grand vide qui s'était fait dans sa vie. L'idée lui vint même d'appeler Sandy, de lui proposer de passer avec son fils; sa vie à lui aussi avait été dévastée, ils partageaient tous les deux la même infortune, et cela ferait du bien au pauvre Dickon de voir les jumeaux.

Au téléphone, elle prit soin de préciser à Sandy, d'entrée de jeu, que Tom ne viendrait pas. (« Il doit rester à Londres pour son travail », expliqua-t-elle sur le ton le plus naturel qu'elle put.) Il accepta l'invitation avec plaisir, lui sembla-t-il.

Dès l'arrivée de la voiture, les jumeaux se précipitèrent à la rencontre de Dickon : il n'avait pas eu le temps de décrocher sa ceinture qu'ils ouvraient déjà sa portière, et l'instant d'après ils repartaient tous les trois en courant. Octavia arriva plus lentement et Sandy et elle se sourirent, un peu embarrassés d'abord.

— Merci de m'avoir appelé, lui dit-il. Dickon n'en a pas dormi de la nuit.

— Je pensais que ça lui ferait plaisir.

Ils s'embrassèrent une première fois, non sans gaucherie, puis Octavia le fit de nouveau, plus chaleureusement.

— Je suis très contente de vous voir, Sandy. Je pense que c'est bon pour nous deux...

— Moi aussi, murmura-t-il d'une voix pleine de gratitude, en lui rendant son baiser.

Ils retraversèrent la pelouse ensemble, puis Octavia fit les présentations.

— Voici Sandy Trelawny. Une amie à moi, Pattie David, et sa fille Megan. Asseyez-vous, Sandy, je vais vous servir du thé.

Il prit place à côté de Pattie, qui lui sourit; elle avait un joli sourire, qui la rajeunissait de dix ans. Elle était assez belle, d'une beauté douce, un peu lasse.

— Nous parlions de Bartles Wood... lui dit-elle. Vous êtes au courant?

Il ne l'était pas; Octavia lui expliqua de quoi il s'agissait, puis Pattie lui demanda :

— Nous enrôlons des volontaires. Vous croyez que vous pourrez nous aider?

— Ma foi... Je n'ai pas l'habitude des manifestations, à vrai dire. Mais j'ai été militaire, alors s'il faut ramper dans les broussailles, peut-être...

— Mais oui, c'est très précieux! Si nous devons jouer les écoguerriers, creuser des tunnels ou construire des cabanes dans les arbres, nous aurons besoin de vous! Mon père aussi était dans l'armée.

— Vraiment? Le mien également. Dans quel régiment?

Ils confrontèrent leurs souvenirs, s'aperçurent que les chemins de leurs pères avaient dû se croiser.

— Quand avez-vous quitté l'armée?

— Il y a trois ans. J'y avais passé douze années.

— Ça vous manque?

— Plus que je ne saurais le dire.

C'était une confidence qu'il ne faisait pas souvent, car les gens l'interprétaient mal; mais cette fois, il n'aurait su dire pourquoi, il était sûr d'être compris.

— Je l'aurais parié, dit Pattie, en lui souriant de nouveau.

Ils se remirent à parler de Bartles House, et des sombres prévisions dont les *Nouvelles de Felthamstone* venaient de faire état; Pattie avait reçu dans la matinée un coup de téléphone très ému de Lucilla Sanderson, qui avait lu l'article.

— Il faut absolument qu'on les arrête, dit Megan.

C'était un petit être charmant, jugeait Sandy, aussi frêle que jolie, blonde comme sa mère; elle regardait les trois autres enfants jouer bruyamment autour d'elle, leur souriait avec indulgence et gentillesse.

— Qu'est-ce que nous devrions faire, d'après toi? lui demanda-t-il.

— Il y a les arbres, d'abord, qu'on pourrait faire protéger.

— Tu as raison, dit Octavia. Ça vaut la peine d'essayer.

— Et la maison, aussi. Le terrain ne vaut rien si on ne la démolit pas, n'est-ce pas, maman? Peut-être qu'elle pourrait être classée?

— Non, ma chérie, je ne crois pas. Elle n'est pas assez vieille pour cela.

— Elle n'a pas forcément besoin d'être vieille, intervint Sandy, il faut juste qu'elle soit spéciale, unique en son genre.

— Unique, elle l'est, dit Octavia en riant. C'est un cas très rare de gothique du début XXᵉ siècle...

— Vous avez déjà essayé? leur demanda Sandy. De la faire classer?

— Nous avions posé la question, oui, répondit Pattie, mais on nous avait dit qu'il n'y avait aucune chance.

— On ne sait jamais, ça vaut toujours la peine d'essayer. Mes parents ont fait classer leur maison et ça a entravé l'avancée du progrès, sous la forme d'un parking de supermarché. Je peux m'en occuper, si vous voulez.

Elles se tournèrent toutes les trois vers lui.

— Sandy, vous parlez sérieusement? demanda Octavia. Ce n'est pas tout près de chez vous...

— Je sais, mais je... j'ai un peu de temps libre en ce moment, et ça pourrait me faire une bonne occupation. *Nous* faire une bonne occupation, à Dickon et à moi. Pas vrai, vieux garçon?

— Ce serait formidable! s'exclama Pattie.

— Merci d'être venus, dit Octavia en les raccompagnant.

— Non, Octavia, merci à vous de nous avoir reçus. Dickon n'avait pas eu beaucoup de distractions ces derniers temps.

— J'imagine, en effet. Je voulais vous dire, à propos... Nous donnons une grande fête de charité en septembre, à Brands Hatch, avec des courses de voitures d'époque. Les gens se déguiseront et viendront avec leurs enfants. J'emmènerai les miens. Vous devriez venir ! Je suis sûre que ça plaira à Dickon.

— Oui, sûrement... Merci, en tout cas. Je vais voir si c'est possible et je vous appellerai.

Il tournait le dos à Octavia, occupé à attacher Dickon dans la voiture ; le moment était bien choisi.

— Vous êtes allé la voir récemment ? lui demanda-t-elle.

— Non, répondit-il sans se retourner, et elle pensa que ça lui était aussi pénible qu'à elle d'en parler en face. Non, pas encore. Demain.

— J'espère que ça se passera bien.

— Moi aussi. Pour Dickon.

— Elle a encore les idées confuses, dit l'infirmière en chef à Sandy, donc n'attendez pas trop de cette visite. Mais elle avait l'air impatiente de vous voir.

Qu'attendait-il de cette visite, au fond de lui-même, sinon froideur, colère, dégoût ? Pourtant, à la première vision qu'il eut d'elle – assise dans un fauteuil près de la fenêtre et leur souriant, pâle et maigre, mais habillée d'un pantalon et d'un chemisier rose, les cheveux peignés, au lieu de la pauvre silhouette en chemise de nuit sur un lit d'hôpital qu'il avait imaginée –, il ressentit une bizarre impression d'irréalité.

Elle ouvrit ses bras et Dickon s'y précipita.

— Maman, on dirait que tu vas mieux ! Tu rentres quand à la maison ?

— Pas encore tout de suite, mon chéri. Je suis un peu fatiguée. Tu as l'air en pleine forme, toi. On voit que papa s'occupe bien de toi.

Sa voix avait changé : plus lente qu'avant, plus faible aussi, presque un filet. Elle embrassa Dickon puis lui demanda :

— Qu'est-ce que tu as fait, raconte ?

— Beaucoup de choses. Hier, on a été voir les jumeaux.

— Les jumeaux ? Comment vont-ils ? Et leur maman, comment elle va ?

Elle ne montrait aucun signe de tension, de nervosité – juste cette même voix frêle.

— Elle va bien. Megan était là aussi, la fille dans son fauteuil roulant.

Tandis qu'elle le serrait dans ses bras, elle croisa le regard de Sandy par-dessus sa tête.

— Et toi, comment vas-tu ? lui demanda-t-elle.

— Bien, merci.

— Assieds-toi donc, dit-elle en désignant un autre fauteuil de la main. Ils vont apporter du thé, et j'ai aussi demandé des biscuits au chocolat pour toi, Dickon.

C'était extraordinaire. Elle s'était fait les ongles, s'était même mis du rouge à lèvres ; elle leur souriait et entretenait la conversation, posant des questions à Dickon sur la piscine, à Sandy sur son travail... On aurait dit qu'elle recevait des amis venus prendre le thé, plutôt que... plutôt que quoi ?

Elle tendit la main pour la poser sur le bras de Sandy. Elle avait de très belles mains, c'était même l'une des premières choses qu'il avait remarquées chez elle ; mais aujourd'hui cette main lui paraissait laide, laide et pas à sa place. Il devait faire un effort sur lui-même pour ne pas la repousser.

— Comment vas-tu, Sandy ? lui redemanda-t-elle.

— Ça va, à peu près.

— Ça doit être difficile de t'occuper de Dickon et du reste?

— Je me suis arrangé pour prendre un peu de vacances.

— Je vais bientôt rentrer à la maison, affirma-t-elle. J'ai expliqué au médecin qu'il fallait que je rentre, pour m'occuper de vous deux. Mais il m'a dit... en fait, pas avant une semaine ou deux.

Sandy la contempla, muet, incapable de savoir quoi lui répondre. Pouvait-il lui dire qu'il voulait qu'elle ne rentre plus à la maison, plus jamais, qu'elle ne s'approche plus de lui, plus jamais?

34

— Oh! non, murmura-t-elle au bord des larmes, non... Qu'est-ce que je vais faire?

Elle colla son visage contre le miroir : il était bien là, sous la peau soyeuse et translucide de son menton, minuscule encore, mais demain il serait énorme... Juste le jour de sa première séance de photos, comme dans le pire des scénarios!

Elle sortit en courant de la salle de bains, alla s'asseoir à son bureau et passa près d'une demi-heure le nez dans son agenda, à compter non seulement les jours, mais les heures. Oui, c'était bien ça, à peine en avance : demain, cela ferait quatre semaines tout rond. Et ses reins lui faisaient mal, son ventre était gonflé... Demain, tout rentrerait dans l'ordre; mais on ne savait jamais, mieux valait jouer la sécurité.

Elle plongea la main à l'intérieur de la grande maison de poupées qui ornait le coin de sa chambre, en sortit la boîte de laxatifs qu'elle y avait dissimulée. Elle en avala quatre ; elle pourrait toujours en prendre quatre de plus au moment de se mettre au lit. Ça devait marcher, il le *fallait*! Elle avait lu dans un magazine que les filles qui prenaient des laxatifs pour perdre du poids faisaient beaucoup d'exercice, pour les rendre plus efficaces ; aussi enfila-t-elle un cycliste, des chaussures de jogging, puis elle descendit dans la rue et prit la direction du parc.

Felix Miller n'avait pas l'habitude de douter. Toute sa vie, il avait su avec précision ce qu'il faisait, et aussi qu'il avait raison de le faire. Il l'avait su dès ses débuts dans la banque, quand une première opération fructueuse avait été suivie de plusieurs autres, et sa marge de manœuvre croissait chaque fois ; il en avait eu confirmation avec la liste de ses clients, qu'il avait patiemment étoffée, puis élaguée et triée plus patiemment encore ; avec sa femme, qu'il avait su choisir à la perfection, riche, bien née, épouse modèle ; avec Octavia, toujours plus belle et plus brillante au fil des années ; avec Marianne, qui lui procurait toutes les satisfactions et les plaisirs qu'une maîtresse peut procurer à un homme ; avec sa fortune, qui s'était accrue au-delà de ses rêves les plus fous, en même temps que sa collection de toiles de maîtres et de sculptures ; avec sa forme physique, qui à près de soixante ans ne diminuait pas d'un pouce. Toutes ces réussites, il les mettait sur le compte de l'intelligence et de la fermeté avec lesquelles il conduisait sa vie. Quant aux zones d'ombre – la mort de son épouse modèle et de l'enfant qu'elle mettait au monde, le mariage d'Octavia avec Tom Fleming –, il y voyait ces terribles vicissitudes de la vie, contre lesquelles on ne peut rien faire.

Jusqu'à ces derniers temps, en tout cas. Car, si la perte de Marianne, il était forcé de le reconnaître (avec quel arrachement), était douloureuse, il y avait sa part de responsabilité. Il l'avait maltraitée, négligée, au cours des dernières semaines ; il était resté sourd à ses besoins, indifférent à ses soucis. Certes, elle-même n'avait guère paru partager ses angoisses en ce qui concernait Octavia ; mais c'était aussi dû à son caractère, il le savait – elle ne dramatisait pas comme lui, elle était bien plus optimiste (ou permissive) en ce qui concernait ses propres enfants.

Et maintenant, il l'avait perdue, pour un bon moment en tout cas. Qu'elle l'eût quitté pour Cadogan, un homme qui avait trahi l'amitié de Felix de bien des manières, rendait la chose d'autant plus douloureuse. Cadogan avait profité de la situation, d'une période où Marianne était malheureuse et vulnérable, et il était fort à blâmer ; pourtant c'était bien lui, Felix, qui l'avait au départ rendue malheureuse, et l'idée de la responsabilité qui lui incombait, idée nouvelle pour lui, aggravait beaucoup son désarroi.

Ça ne l'empêchait pas de chercher un bouc émissaire, comme il l'avait fait toute sa vie : il en avait un tout trouvé. L'homme qui avait été la cause indirecte de sa négligence, de son indifférence aux appels de Marianne, l'homme qui avait donc préparé le terrain pour Cadogan : Tom Fleming. L'hostilité que Felix avait toujours éprouvée à son égard se transformait maintenant en haine ; il la ressentait physiquement, comme une présence empoisonnée à l'intérieur de lui, qu'il ne pouvait ni supporter ni oublier.

— Je déjeune avec Tom Fleming demain, dit Lauren Bartlett.

Drew Bartlett lui jeta un regard en coin ; il connaissait fort bien ce ton dégagé, comme si de rien n'était.

— Ah bon. Et pourquoi ?

— J'espère avoir persuadé Oliver Nichols de le faire travailler, au moins d'y réfléchir. Ce pauvre vieux Tom est vraiment dans le pétrin, sa société est au bord du gouffre.

— Pauvre vieux Tom... Et tu ne disais pas que son couple n'allait pas très fort non plus ?

— Si, c'est vrai. Pauvre vieux Tom, répéta Lauren.

Elle avait rendez-vous avec Tom et Oliver Nichols au Pont de la Tour. Elle avait tout prévu avec soin : Tom à midi et demi, Oliver à une heure et quart. En théorie pour avoir le temps de briefer un peu Tom, en réalité pour pouvoir lui tirer les vers du nez sur lui et Octavia, et établir un plan d'attaque. C'était cela qui lui plaisait, l'attaque : le sexe lui-même la laissait assez indifférente, contrairement à ce qu'on aurait pu croire en la voyant. Peu d'hommes l'avaient fait jouir, et quand cela arrivait, c'était toujours bref, davantage une libération qu'un véritable plaisir. Elle préférait feindre, assez vite, puis accompagner son partenaire avec toute la science dont elle était capable, de façon à pouvoir observer d'un œil lucide et froid le spectacle de l'orgasme masculin – spectacle qui lui avait toujours inspiré un mélange de condescendance et de mépris. Ce serait amusant de l'observer chez le si élégant Tom Fleming.

Il avait un air effroyable, jugea-t-elle à son arrivée : amaigri, pâle, les traits tirés, de nombreux fils gris parsemant ses cheveux brun foncé. Mais il était splendidement habillé comme toujours, costume de lin crème et chemise de soie noire ; il lui sourit, se pencha pour l'embrasser.

— Vous êtes ravissante.

— Oh ! je vous en prie ! J'ai pris au moins deux kilos depuis la semaine dernière. Drew et moi avons passé le week-end à la campagne avec des amis, sans rien d'autre à faire que boire et manger. C'est vrai que je suis allée à la gym depuis. Diana y était ce matin, elle a un look fabuleux.

— Diana qui ?

— Tom, voyons ! La princesse...

— Oh!

— Oui. Je crois vraiment que cet homme la rend heureuse, Dodi al-Fayed. Elle le mérite, elle a connu une période difficile. Qu'est-ce que vous buvez? Du champagne?

— Je vais rester à l'eau pour le moment, merci.

— Comme c'est dommage... J'avais l'intention de vous enivrer en douce.

— Pas au déjeuner, Lauren, désolé.

Elle prit le sourire qu'il lui adressa pour un encouragement.

— Alors je devrai vous emmener dîner à la place. Comment va Octavia?

— Très bien, merci.

Pas prêt à lâcher quoi que ce soit, semblait-il.

— Elle et son associée font des choses merveilleuses pour notre grande fête de charité. Vous en avez entendu parler, je suppose?

— Non. Je n'ai pas eu beaucoup de temps récemment, même pour parler à Octavia.

Au moins un point positif...

— C'est à Brands Hatch, au début septembre. Sûrement que Diana sera là, avec les garçons. Ils sont si drôles tous les deux, surtout le petit Harry! Quel charmeur... Et j'espère bien que vous serez là vous aussi.

Il lui sourit sans répondre, but un peu d'eau.

— Et votre ami, Lauren?

— Oh! bien sûr... Il possède un laboratoire pharmaceutique, entre autres, et il vient juste d'acheter une chaîne de pharmacies. Il...

Tout en lui parlant, elle songeait que ce serait plus difficile que prévu.

Ça s'était finalement très bien passé – professionnellement, du moins. Oliver Nichols avait paru apprécier Tom, au point qu'ils l'avaient pratiquement ignorée pendant une bonne partie du repas. Elle ne s'en était pas formalisée, se contentant de les regarder et de leur sourire avec indulgence de temps à autre. Quand ils ressortirent du restaurant, il était trois heures. La Tamise avait un air de vacances, semée de petits bateaux ; sur leur gauche, l'énorme Meccano de Tower Bridge dominait ses flots bleus.

Lauren les prit tous les deux par le bras et leur sourit.

— Un endroit charmant, non ? On ne voudrait pas partir. Mais j'ai un taxi qui attend. Si l'un de vous veut en profiter, je vais dans le West End.

— Pas moi, répondit Oliver, je retourne dans la City.

— Moi à Westminster, malheureusement, dit Tom – avec un peu de précipitation, jugea-t-elle.

— J'appelle cela le West End. Je vous dépose ? Il me reste quelques gros achats à faire, nous partons pour la Toscane dans une semaine.

— Vous avez de la chance, dit Tom.

Oliver renchérit :

— J'aimerais pouvoir vous accompagner.

— J'aimerais aussi que vous veniez, Oliver. Et vous, Tom, quels sont vos projets pour cet été ?

— Nous n'en avons pas vraiment fait, dit-il rapidement.

— Quel dommage... Camilla adorerait être avec Poppy, elle n'a personne de son âge qui vient. Et si vous l'ameniez ?

— Eh bien...

— Je vous laisse mettre au point vos vacances, intervint Oliver, j'ai du travail qui m'attend. Tom, je vous recontacte. Notre conversation m'a beaucoup donné à réfléchir.

Par un de ces caprices dont le destin est coutumier, et qui traduisent son obstination à interférer dans les affaires humaines, Oliver Nichols était invité à dîner ce soir-là à Mansion House, chez le lord-maire ; mieux, il se trouva assis à la même table que Felix Miller, qu'il avait déjà rencontré plusieurs fois en des circonstances similaires. Il lui raconta qu'il avait déjeuné ce même jour avec son gendre, Tom Fleming.

— Charmant garçon, qui m'a fait très bonne impression.

— Oui, il présente bien, répondit Felix – d'une voix qui manquait d'enthousiasme, remarqua Oliver.

— Exactement ce que je recherche, quelqu'un qui ait le sens de la présentation. Nous avons eu un déjeuner fort agréable au Pont de la Tour, en tout cas.

— Au Pont de la Tour ? Ça m'étonne qu'il puisse encore se le permettre. Vous saviez que sa société avait de gros problèmes ?

— Non, je l'ignorais, fit Oliver en lui jetant un regard en coin. Il ne m'a pas donné cette impression-là. De toute façon c'est moi qui payais, pas lui. Le repas était organisé par une amie commune, Lauren Bartlett, une fille splendide. Le portrait craché de lady Di. Quand je les ai quittés, ils montaient en taxi et ils projetaient de passer des vacances ensemble.

— Des vacances ensemble ? s'exclama Felix. Ça m'étonnerait !

— Oh ! pas seulement eux deux, plutôt dans une villa, en famille... Leurs filles sont amies, je crois. Voudriez-vous me passer la bouteille, mon cher ? J'en ai bien besoin, la journée a été rude.

Quand Felix rentra chez lui, il se sentait très mal et resta éveillé une grande partie de la nuit. Il était déchiré entre le désir de mettre Octavia au courant de la relation naissante entre Tom et Lauren Bartlett, de leurs projets de vacances ensemble, et la crainte d'ajouter encore à sa souffrance. Pour finir, il estima qu'il valait mieux qu'il lui en parle.

Marianne non plus ne dormit guère cette nuit-là, mais son insomnie n'avait rien de triste ; elle se sentait au contraire envahie par une vibrante énergie, envahie par – l'amour ? Trop tôt pour lui donner ce nom, mais cela y ressemblait pourtant. Nico l'appelait maintenant une demi-douzaine de fois par jour, pour lui dire qu'elle était belle, qu'il l'aimait, qu'il voulait l'épouser ; elle en riait comme à des enfantillages, lui répondait que, bien sûr, elle n'allait pas l'épouser, qu'elle était une femme respectable, une femme entre deux âges... Et il protestait : « Loin de là, ma chère. Tu n'as rien de respectable. Pas avec ce dont tu es capable une fois les portes refermées. »

Elle se leva, alla prendre une douche, puis regarda sa montre ; il n'était encore que huit heures. Romilly avait une séance de photos aujourd'hui et elle était dans un état de nervosité terrible. Elles avaient rendez-vous au studio à dix heures. Marianne avait insisté pour venir, malgré les vives protestations de sa fille, qui s'était plainte qu'elle la surprotégeait, qu'elle l'étouffait ; toute cette histoire semblait avoir déclenché en elle une crise d'adolescence, alors qu'elle avait été si facile jusque-là. Pour finir, Marianne avait décidé qu'elle resterait jusqu'à ce que la séance soit sur les rails, et qu'elle irait faire les magasins après.

Elle prépara une tasse de thé, puis monta dans la chambre de Romilly, mais celle-ci n'y était pas ; les draps étaient rejetés, la porte restée grande ouverte, comme si elle s'était soudain ruée hors de sa chambre. En tournant la tête vers le palier, Marianne constata que la porte de la salle de bains était fermée. Elle posa la tasse de thé sur la table de chevet et ressortit de la pièce.

— Il y a du thé dans ta chambre, ma chérie. À tout à l'heure.

Comme elle n'obtenait pas de réponse, elle demanda :

— Rom ? Tu es là ?

— Oui, lui répondit une drôle de petite voix.

— Tu vas bien ?

— Oui, merci.

Nouvelle voix étouffée, nouveau silence. Marianne attendit quelques instants, puis redescendit.

Quand Romilly sortit de la salle de bains dix minutes plus tard, elle tremblait de tout son corps. À l'évidence, elle y avait été trop fort avec les pilules. Elle avait dû passer une bonne moitié de la nuit aux toilettes, se tordant de douleur, avec des crampes atroces. Et le pire, c'était que... toujours pas de règles. Elle s'habilla lentement, forcée de se rasseoir de temps en temps ; une fois, elle crut qu'elle allait s'évanouir. Elle avait terriblement soif... Sûrement, elle pouvait se permettre de boire quelque chose ? Ce qu'il ne fallait à aucun prix, c'était manger, cela dilaterait de nouveau son ventre. Oh ! bon sang, pourquoi ces fichues règles ne voulaient-elles pas arriver ?

— Vous avez l'air mieux, dit le Dr Brandon.

Et, comme Louise se contentait de sourire sans répondre, il lui demanda :

— Vous vous sentez comment ?

— Mieux, répondit-elle docilement.

Elle commençait à prendre beaucoup de plaisir à ce petit jeu – leur présenter exactement la façade qu'elle voulait leur présenter. C'était bien mieux que ce stupide Prozac, qui de toute façon ne semblait guère faire de différence.

— Je voudrais vous dire un mot à propos de votre mari...

— Oui ? répondit-elle avec un sourire courtois, mondain.

— Vous êtes mariés depuis...

— Sept ans.

— Et vous avez toujours été heureux ensemble ?

— Très, oui.

— Louise... il y a un détail qui me trouble un peu.

— Oui?

— J'ai lu dans le dossier que votre mari avait subi une vasectomie. Pourquoi a-t-il fait cela?

Elle haussa les épaules.

— Nous ne voulions plus d'enfant.

— Même alors que le bébé était mort? Vous ne vouliez pas essayer de nouveau?

— C'était avant, dit-elle rapidement.

— Avant qu'elle meure?

— Oui.

— Je vois. On a dû confondre les dates.

Elle le fixa de ses grands yeux bleus.

— Docteur Brandon, je vous en prie...

— Désolé. Laissons tomber cela pour l'instant. Juste une dernière question : il était content de s'être fait faire cette vasectomie?

— Oh! oui, très heureux.

— Je comprends. Mais vous avez été de nouveau enceinte?

— Oui.

— Comment est-ce arrivé, à votre avis?

Elle lui sourit. Elle sentait qu'il l'aimait bien, qu'elle ne l'intéressait pas qu'à un plan professionnel. Quand on voyait les autres malades présents dans le service, cela se comprenait.

— De la façon habituelle, docteur, forcément, répondit-elle. Les vasectomies ne marchent pas toujours, n'est-ce pas? Je ne dois pas être la première à qui ça arrive...

— Non, dit-il lentement, c'est vrai. Vous n'êtes pas la première à qui ça arrive.

— Bonjour, Romilly, entrez... Et vous aussi, madame Muirhead, ravie que vous soyez venue...

Serena les guida, tout sourires, à travers le hall de réception du studio photo.

— Je pense que vous connaissez tout le monde... sauf le photographe. Le voici, le grand homme en personne, tout droit venu des pages de *Vanity Fair* et du *Harper's* : Alix Stefanidis.

Romilly avait déjà vu des photos de lui dans *Vanity Fair*. Il les avait toutes photographiées, Nicole Kidman, Cindy Crawford, Naomi, la princesse de Galles... Il était grand, incroyablement beau garçon, avec des yeux bruns et un sourire magnétique. Il serra la main de Marianne en s'inclinant légèrement vers elle, puis saisit celle de Romilly.

— Voici donc le fameux nouveau visage de demain, lui dit-il en souriant. J'ai beaucoup de chance d'être le premier à travailler avec vous...

Son accent était mi-européen mi-américain, sa voix rauque et désinvolte. Romilly lui répondit par un sourire hésitant.

Il se tourna vers Serena et Donna Hanson, assises sur un canapé, et leur dit :

— Elle est encore *tellement* plus jolie que vous ne l'aviez dit... Ces yeux merveilleux, et cette peau...

— J'ai un bouton, ne put s'empêcher de lancer Romilly ; tout le monde rit, et elle se sentit au bord des larmes.

Une fois qu'ils eurent bu une tasse de café, Alix Stefanidis lui dit :

— J'aimerais bien qu'on commence, bébé. On va juste travailloter d'abord, pour que vous vous habituiez à l'objectif, à moi, et pour que moi je m'habitue à vous. Ce sera nos petites photos juste à nous.

De nouveau, Romilly eut un sourire hésitant ; elle n'était pas sûre d'avoir apprécié le « bébé », mais sans doute était-ce parce qu'elle ne connaissait pas encore ce milieu.

— D'accord.

— Allons-y. Suivez-moi.

— Ritz, quand est-ce que je dois venir la rechercher ? demanda Marianne.

— Oh ! je ne sais pas au juste... Le mieux est peut-être que nous la remettions dans un taxi quand ce sera fini ? Avec Alix, ça peut prendre une heure comme ça peut prendre la journée.

— Bien, je... Écoute, Romilly, j'ai mon portable avec moi. Appelle-moi si tu as besoin de moi.

— Maman ! Je pense que je suis capable de prendre un taxi toute seule, non ? On se retrouve à la maison.

Être photographiée par Alix, c'était une tout autre affaire que de l'être par Jonty Jacobson, comme la première fois.

La séance commença bien ; il la fit asseoir sur un tabouret, sur le papier qui servait de décor, lui dit tour à tour de se relaxer, de sourire, de réfléchir, de promener le regard autour d'elle ; après quoi il fit quelques Polaroïd, qu'il alla longuement étudier en silence près de la fenêtre. Elle le regardait anxieusement, attendant sa réaction ; pour finir il les jeta au sol et se retourna vers elle, un sourire quelque peu distant aux lèvres. Son assistant, Tang, un jeune Japonais entièrement vêtu de noir, ramassa les photos et les porta jusqu'à une table basse, où il les disposa soigneusement en rangées parallèles.

La nervosité gagnait Romilly. Elle se sentait aux antipodes d'une fille censée devenir le dernier visage à la mode ; elle n'était pas maquillée, s'étant attendue que quelqu'un le fasse pour elle, ou au moins qu'on la coiffe – elle s'était juste lavé les cheveux avant de venir. Elle se sentait pâle, toujours barbouillée depuis les péripéties de la nuit, sans compter ce maudit bouton sur le visage.

Alix travaillait en silence ; une musique d'ambiance qu'elle n'avait jamais entendue baignait le studio. En dehors de lui donner des instructions, de plus en plus brusques et soudaines à mesure que le temps passait, il ne parlait guère à Romilly. De loin en loin, il avait de brefs échanges avec Tang, brefs, mais passionnés, dans une langue qui devait être du japonais ; tous les deux gardaient les yeux fixés sur elle pendant qu'ils se parlaient.

Au bout d'une demi-heure, il se tourna vers Ritz et Serena pour leur demander de quitter la pièce.

— Impossible de se concentrer avec tout ce monde dans le studio... Donna, restez un moment, je voudrais refaire une série de mises en place et que vous les voyiez.

Ritz se leva, à contrecœur.

— Ça ira, Romilly ? demanda-t-elle.

— Oui. Ne vous en faites pas. Je peux juste aller aux toilettes ?

— Bien sûr... Vous auriez dû le demander plus tôt.

Elle y resta assise quelques minutes, prenant de longues inspirations pour se calmer ; son ventre lui faisait toujours mal et elle était très nerveuse. Quand elle ressortit, elle tomba sur Serena qui l'attendait.

— Vous êtes sûre que vous allez bien, Romilly ? lui demanda-t-elle d'une voix douce et caressante.

— Oui... Mais il me fait un peu peur, il est si... impressionnant.

— Romilly, ma chérie, laissez-moi vous confier un petit secret à propos de M. Stefanidis. Il est né dans un taudis à Athènes, il n'est allé que trois ans à l'école, et aujourd'hui encore il se tient à table comme un cochon.

Romilly rit.

— C'est vrai. Et toutes ces fanfaronnades sur Diana, Naomi, et avec laquelle il préfère travailler, ne sont destinées qu'à vous en mettre plein la vue, à vous rabaisser. Ce qui est stupide de sa part. Il a des problèmes d'ego, même s'il donne bien le change. Et vous avez deux fois plus de classe que lui, à tout point de vue.

Elle l'avait dit si gentiment, si affectueusement, que Romilly ne put se retenir de se pencher pour l'embrasser.

— Merci beaucoup, lui dit-elle. Ça m'encourage.

Ça l'encouragea, pour un temps ; puis Alix s'approcha d'elle, tout près, comme s'il voulait lui scruter le visage avec son objectif.

— Vous avez des yeux merveilleux, agrandissez-les pour moi. Voilà, maintenant baissez-les. Oui, bien. Ravissant, superbe. Bon, regardez-moi comme si c'était la première fois.

Elle pensa qu'elle devait prendre l'air surprise, intéressée, essaya.

— Non, non, bébé. Vous savez ce que je veux dire, la première fois. La toute première...

Elle rougit : oui, elle savait ce qu'il voulait dire. Elle baissa de nouveau les yeux, d'elle-même cette fois-ci, puis les releva vers lui, timide et gênée.

— C'est un peu mieux. Recommencez, tâchez de mieux exprimer ça. Encore, oui, davantage, oui, regardez-moi maintenant, là, oui, et... imaginez, Romilly, imaginez...

Elle entendit un bruit de toux, vit Donna faire un imperceptible signe de tête à Alix, qui n'y prêta pas attention.

— Alix, je peux vous dire un mot ?

— Non, pas pendant que je travaille.

— Alix, s'il vous plaît !

— Donna, je ne peux pas travailler comme ça, vraiment pas ! Il vaut mieux que vous sortiez vous aussi, je pense !

La tension avait monté d'un cran dans le studio, et l'estomac de Romilly recommençait à faire des siennes.

— Romilly, tout va bien ? demanda Donna.

— Oui, oui.

— Bravo. Encore un peu de café ?

— Oui, du café, très bien, dit Alix. Et si quelqu'un pouvait aller me chercher des cigarettes, j'en ai vraiment, vraiment besoin. Vous fumez, Romilly?

Elle secoua la tête.

— Bien sûr que non, lança-t-il, et son sourire disparut de son visage. Aucun vice, hein... Maintenant relax, chérie, tâche de te relaxer, OK? On va essayer par terre, assise par terre... Non, bébé, pas comme ça. Allonge les jambes, mets-toi à l'aise devant l'objectif, *pour* l'objectif, pour moi...

Plus il lui disait de se relaxer, plus elle se sentait nerveuse; elle ressentait physiquement la tension, l'impatience d'Alix.

— Bien, dit-il enfin. Tu peux te relever. On va faire le dernier rouleau pour aujourd'hui. Maintenant je veux que... laisse-moi voir un peu. Je veux que ces cheveux bougent un peu. Baisse la tête, remue tes cheveux dans tous les sens... Non, plus que ça, comme si tu te faisais un shampooing...

Elle s'exécuta docilement, se passa la main dans les cheveux, fit mine de les laver.

— Non! cria-t-il, et il y avait une vraie colère dans sa voix. Pas comme ça! Tu es idiote ou quoi? Brosse-toi les cheveux et recommence!

Elle se brossa les cheveux, les joues en feu, tout près de fondre en larmes.

— Bien... Maintenant penche-toi en avant, pour qu'ils tombent droit devant ton visage... Oui! Renvoie-les en arrière, rapidement, comme pour les faire voler... Bien! Bien, c'est mieux! Mais cette fois, les yeux, grands, grands... Encore... Plus grands! Encore...

Soudain elle fut prise de vertiges et eut juste le temps de dire:

— Il faut que je m'assoie...

Et elle se laissa glisser au sol sans pouvoir se retenir.

— Des vertiges, murmura-t-elle. Désolée.

Elle l'entendit qui appelait Donna à travers la porte, d'un ton plein d'impatience, puis qui grommelait, pour lui-même ou peut-être à son assistant :

— Beaucoup trop crispée, impossible de la faire se relaxer ! Et maintenant voilà, on en est là, « des vertiges »... Elle doit avoir ses règles ou je ne sais quelle foutaise dans le genre... C'est toujours le même problème avec ces gamines, leurs hormones sont pas encore au point ! Il faut qu'on arrête pour aujourd'hui, de toute façon, sa peau ne va pas...

Il quitta la pièce. Quand Serena et Donna y pénétrèrent, Romilly avait la tête dans les mains et elle pleurait sans bruit.

— Je suis désolée, lui murmura Serena à l'oreille, tandis que Donna se lançait à la poursuite d'Alix pour lui reprocher sa conduite. C'est un porc ! Je ne voulais pas de lui au départ, mais ils l'ont imposé...

— Non, dit Romilly en reniflant, c'est ma faute. Je ne suis pas bonne, et en plus j'ai un bouton. Je vous l'avais dit.

— Oui, mais il sera parti vendredi, quand nous commencerons pour de bon. Ou même samedi, si vous voulez. Vous préférez samedi ?

Romilly réfléchit rapidement. Samedi, un jour de répit en plus... Sûrement, tout se serait arrangé d'ici là.

— Je veux bien, dit-elle à Serena, avec un sourire reconnaissant.

Elle était si gentille...

— Dans l'immédiat, que diriez-vous d'aller prendre un bon chocolat toutes les deux ?

— Génial...

— Mon Dieu, dit Ritz à Donna, en voyant Serena et Romilly quitter le studio ensemble. Pourvu qu'elle ne pense pas à ce à quoi je pense...

35

Le téléphone d'Octavia sonna : Felix Miller.

— Tout va bien, ma chérie ?

— Bien, merci, sauf que je suis très occupée.

— Je n'ai pas l'intention de te retenir. Je me demandais seulement si tu avais repensé aux vacances, à ma proposition concernant la villa.

— Papa, je ne peux pas laisser les enfants, surtout pas en ce moment.

— Vraiment ? J'avais cru comprendre que... J'ai dû me tromper.

— Cru comprendre que quoi ?

— Que Tom avait fait des projets pour passer des vacances avec eux. J'ai rencontré quelqu'un qui en a parlé avec lui.

— Qui en a parlé avec lui ? Qui ça ?

— Un certain Oliver Nichols, un garçon fort sympathique. Il envisage de devenir client de Tom, semble-t-il – ce qui m'a étonné de la part d'un homme qui a plutôt un bon jugement, d'ordinaire, C'est un ami d'une de tes clientes, comment s'appelle-t-elle, déjà ? Lauren quelque chose...

— Lauren Bartlett ?

— Oui. Il m'a dit qu'ils avaient déjeuné tous les trois ensemble, et qu'elle et Tom avaient parlé de vacances en Toscane. Avec leurs enfants respectifs.

— Quoi ?

La douleur était si vive, presque une secousse physique, comme si on l'avait poussée dans le dos.

— Papa, quand était-ce ?

— Oh !... hier soir, je crois. Oui, j'ai vu Nichols hier soir.

Hier soir... alors que Tom et elle dînaient avec les enfants, qu'ils faisaient un grand effort pour se montrer aimables l'un envers l'autre en famille ; alors que Tom lui avait dit après le dîner, au moment de monter dans son bureau : « J'essaie de faire en sorte que ça se passe au mieux... »

Il essayait, oui. De mettre une autre femme dans son lit. Déjà.

Aussitôt qu'elle eut raccroché, elle l'appela sur sa ligne directe, blanche de rage.

— Tom ?

— Ah, bonjour... Écoute, je suis en réunion en ce moment, alors si tu...

— Désolée de t'avoir interrompu. Est-ce que Mme Bartlett y participe ?

— Pardon ?

— Je te demande si Mme Bartlett participe à cette réunion. L'ordre du jour est peut-être de planifier vos vacances ? Tom, réponds juste à une question : as-tu, oui ou non, parlé de vacances avec Lauren Bartlett ? De vacances avec les enfants ?

— Excuse-moi, lui dit-il, je ne peux vraiment pas avoir cette discussion avec toi en ce moment.

Et la conversation fut coupée.

L'action Cadogan montait. Rien de spectaculaire, mais une montée régulière, jour après jour, point après point. Philip Thornburn, le conseiller financier de Nico Cadogan, la surveillait et s'en inquiétait ; c'était bizarre. Certes, la société était menacée par une OPA, mais cette OPA elle-même était sous la menace d'une procédure auprès de la Commission anti-trust ; et si une telle procédure était engagée, les actions retomberaient presque à coup sûr. Alors, que se passait-il ? Quelqu'un, quelque part, essayait de prendre le contrôle de la société, mais pourquoi ? Incompréhensible.

C'était fou, elle le savait, indigne, stupide, absurde, pourtant elle téléphona à Lauren. Elle décrocha avec répugnance, composa le numéro avec horreur, mais elle le fit.

— Lauren ? Ici Octavia.

— Bonjour, Octavia, comment allez-vous ?

Sa voix, basse et rauque, était particulièrement sûre d'elle-même.

— Bien, merci... Écoutez, c'est idiot, mais je n'arrive pas à mettre la main sur Tom, et Poppy vient de me dire quelque chose... À propos de vacances ? Avec vous ?

— Oh ! oui... Tom lui en a parlé ? Très bien... Vous savez sans doute que j'essaie de l'aider, en lui trouvant un nouveau client... Nous avons déjeuné tous les trois ensemble hier, et il m'a dit au cours de la conversation que vous n'aviez rien de prévu pour cet été. Je serais vraiment ravie si cela pouvait s'arranger.

Oui, songea Octavia, vous en seriez vraiment ravie, je vous crois.

— C'est très aimable à vous, Lauren. Je vous rappellerai.

Elle raccrocha, réfléchit une minute, puis composa le numéro de Bingham.

— Gabriel, dit-elle, est-ce que vous aimeriez passer quelques jours avec moi à la Barbade ?

— Aubrey, il y a bien un Dieu là-haut, dit Tom en poussant la porte du bureau d'Aubrey, avant de se laisser tomber dans un fauteuil. Les Draper ont fait leur réapparition.

— Pas possible !...

— Ils se sont fait refiler je ne sais quelle camelote pourrie, genre une nouvelle chaîne de journaux de province, et ils nous appellent au secours.

— Extraordinaire. Tu es sûr, au moins, ce ne sont pas juste des paroles en l'air ?

437

— Sûr. Je dois aller les voir la semaine prochaine, avec un contrat tout prêt en main. J'ai du mal à y croire... Il ne nous manque plus qu'Oliver Nichols, et nous serons sauvés, ou presque. Et si je l'appelais tout de suite, pendant que la chance est de notre côté ? Oui, je vais le faire.

Il composa le numéro de Nichols, mais celui-ci n'était pas à son bureau.

— Il a un rendez-vous à l'extérieur, monsieur Fleming, mais il m'a dit de l'appeler sur son portable si c'était important.

— Non, ça peut attendre...

— J'essaie toujours et je vous rappelle.

Cinq minutes plus tard, elle le rappela : Oliver Nichols était au bar américain du Connaught et suggérait que Tom vînt l'y rejoindre, il y avait quelques détails supplémentaires qu'il aurait voulu lui soumettre.

— Il m'a dit de vous donner son numéro de portable, que vous l'appeliez vous-même.

C'était bien, excellent, même ; quelqu'un qui n'était pas encore un client et qui donnait son numéro de portable. Tom sentit la vague qui le portait depuis le début de l'après-midi prendre encore plus d'ampleur et de vitesse. Il composa le numéro de Nichols, perçut la rumeur du bar en arrière-plan quand celui-ci décrocha.

— Tom, bonjour ! Oui, venez si vous en avez envie. J'ai... Oh ! désolé, il faut que je vous laisse, je me fais rappeler à l'ordre par l'*Oberführer* d'ici. Oui, cher monsieur, je raccroche immédiatement. À tout de suite, Tom.

Tandis que Tom se frayait un chemin dans le bar américain (amusé de voir des gens s'entasser, par une radieuse journée d'été, dans une bibliothèque aux couleurs hivernales, surchargée de livres et de tableaux de chiens aux mines patibulaires), il vit Oliver Nichols assis dans un canapé proche du bar. Il était avec Lauren Bartlett.

— Un gin tonic, maman, à cette heure de la journée! Qu'est-ce que ce nouveau type t'a fait?

Zoé lui sourit et sortit une canette de Coca du frigo.

— Quel nouveau type? demanda Marianne. Et ce n'est pas du gin tonic, c'est de l'eau minérale.

Elle s'efforçait, sans succès, de ne pas avoir l'air sur la défensive.

— Maman! Nous ne sommes pas idiotes à ce point-là... Ça te donne un air grandiose, en tout cas, bien mieux qu'avec Felix. Et cette montre... cadeau?

— Euh!... oui, en fait.

— Tiffany, persifla Zoé en se tapant le bout du nez avec le doigt. Il est riche, c'est déjà un bon point.

— Pas particulièrement, dit Marianne. Généreux, plutôt.

— On est ravies pour toi, en tout cas. N'est-ce pas, Rom?

— Très, oui, fit poliment Romilly.

Marianne trouva qu'elle était pâle, une bouffée d'angoisse la traversa : peut-être Romilly était-elle malade, peut-être ne devait-elle pas partir en week-end...

— Romilly, ma chérie, est-ce que tu vas bien?

— Parfaitement bien, oui. Et j'aimerais vraiment qu'on arrête de me traiter comme une invalide.

— Tu as le trac, pour ta séance de samedi?

— Pas du tout, non. Alix a dit qu'il était très content des premières photos, Ritz a téléphoné pour me l'annoncer.

— Bien. Je... voulais vous dire que ce week-end, nous...

— Oh! vrai? Tu t'en vas avec *lui*? Où ça? Paris, Venise?

— Non, Glasgow.

— Glasgow? Non, qu'est-ce que ce type a dans la tête?

— C'est une très belle ville, Zoé. Je suis sûre que tu l'aimerais.

— Tu crois que je devrais venir avec vous? Pour tenir la chandelle? Je plaisante, maman, pardonne-moi. Va à Glasgow si tu en as envie.

— J'irai seulement si je suis sûre que vous allez bien toutes les deux, et que vous avez des projets pour ce week-end.

— Je pense que je vais faire une fête d'enfer, répondit Zoé. Tu te souviens que j'ai les résultats de mon bac demain? Je parie que tu l'avais oublié, mère indigne...

— Oh! ma chérie, je suis désolée, vraiment désolée... Quand est-ce que...

— On se retrouve vers midi pour aller les voir, avec Lucy et les autres. Ensuite, je pense qu'on va délirer pendant plusieurs jours, réussi ou pas. Tu risques de ne pas me voir avant un bon moment.

— Mais tu me diras, quand même...

— Bien sûr, voyons, ne sois pas ridicule.

— Et toi, Rom, qu'est-ce que tu vas faire?

— J'irai chez Fenella. Ses parents n'y sont pas ce week-end, sa grand-mère est venue soi-disant pour la surveiller. Ça va être géant.

— Donc, vous trouvez que j'ai raison de partir?

— Absolument. Mais si tu nous en disais un peu plus sur ce jeune homme, maintenant?

— Oh! dit-elle en riant, il est charmant et je suis sûre que vous le trouverez très sympathique...

Elle se sentait merveilleusement bien tout à coup, apaisée.

— Venez, Tom, asseyez-vous, dit Oliver Nichols avec un grand sourire. Un verre? Nous avons pris des Martini dry, ils font les meilleurs de Londres ici. D'habitude je ne bois pas à cette heure-ci, mais aujourd'hui nous avions un petit rendez-vous, Lauren et moi — je compte sur vous pour ne pas moucharder auprès de ma secrétaire. En fait, c'est l'anniversaire de Jodie la semaine prochaine, et j'avais besoin d'aide pour le cadeau. Elle passe le cap des quarante, alors il fallait que ce soit bien... Lauren m'a emmené chez Tiffany, dit-il en désignant le sac posé sur le canapé près de lui. Un cœur en or au bout d'une chaîne, vraiment superbe.

Tom tourna les yeux vers le sac d'un turquoise reconnaissable entre tous, aperçut l'écrin qui se trouvait à l'intérieur, de la même couleur, fermé par un ruban blanc, et il se trouva aussitôt transporté jusqu'à cette nuit à l'hôtel, quand il avait annoncé à Louise que c'était fini. Il lui avait offert le même cœur d'or, au bout de la même chaîne, reposant dans le même écrin — et maintenant il revoyait son ravissant visage quand elle le retirait de la boîte, son sourire radieux tandis qu'elle se l'attachait autour du cou, il sentait de nouveau ses baisers alors qu'elle l'embrassait, il respirait son parfum ; puis c'était la vision suivante, Louise nue sur le lit, sauf la chaîne autour de son cou, ses bras qui se tendaient vers lui, son merveilleux corps qui s'offrait à lui ; et pour finir, Seigneur, son visage gonflé de larmes et laid désormais, les sanglots dans sa voix alors qu'elle lui disait qu'elle ne le supporterait jamais, qu'il devait...

— Tom ? Vous allez bien, mon vieux ?

— Oh ! oui, désolé... Juste un coup de fatigue. J'ai eu une rude journée et je n'ai pas déjeuné.

— Mieux vaut éviter le Martini, dans ce cas, dit Lauren de sa voix sèche. Michael, vous pourriez nous apporter une bouteille d'eau minérale, s'il vous plaît ? demanda-t-elle au serveur.

— Non, je *veux* mon Martini, insista Tom avec un sourire. Une poignée de chips fera très bien l'affaire.

— Buvez quand même un verre d'eau d'abord. Il va l'apporter tout de suite. Ça vous fera du bien, vous êtes encore pâle.

— Je connais ces cœurs, dit-il pour changer de conversation, ils sont ravissants. Oliver, ça va beaucoup plaire à votre femme, j'en suis sûr.

— J'espère bien, oui... Écoutez, Lauren, dit celui-ci, je ne voudrais pas vous retenir, vous êtes sûrement très occupée, mais nous avons quelques détails à voir avec Tom et...

— Je ne suis pas le moins du monde occupée, déclara-t-elle en croisant ses longues jambes hâlées par le soleil et en leur souriant. Mes enfants sont avec leur nurse et mon mari à Munich. Puis-je rester ? Je me tiendrai bien et je ne vous interromprai pas, promis. J'adore les discussions d'affaires, je les trouve tellement sexy...

— J'ai peur que vous ne soyez déçue, la prévint Oliver, mais on peut toujours essayer. Tom, j'ai beaucoup apprécié vos propositions. Vos tarifs sont élevés, mais du même niveau que ceux de vos concurrents, je veux dire les meilleurs, bien sûr – j'ai vérifié. J'aime bien votre associé aussi. Je voudrais juste vous poser deux questions, très directes, si vous le voulez bien. Je sais que vous avez Axfords parmi vos clients, qui est un de nos concurrents, et donc il pourrait se produire à un moment ou un autre un conflit d'intérêts...

— Pas de conflit d'intérêts, répondit Tom franchement. Ils ne nous ont pas renouvelé leur contrat.

— Pourquoi ? demanda Oliver avec calme, les yeux dans ceux de Tom.

— Le travail est fini.

— D'accord. Cela m'amène à ma seconde question : j'ai entendu dire, en particulier de la bouche de votre beau-père, que votre société avait eu, ou avait, des problèmes. Vous pouvez me dire ce qu'il en est au juste ?

442

Tom but une gorgée de Martini ; pour la première fois depuis plusieurs semaines, il se sentait détendu, maître de lui.

— Nous avons signé un nouveau contrat aujourd'hui même, un gros contrat, nous venons d'avoir une nouvelle injection de capitaux, et je me ferai un plaisir de vous donner nos références bancaires. Et sachez que jamais, au grand jamais, je ne laisserais quelqu'un signer avec nous si je n'étais pas absolument sûr que nous avons les moyens d'honorer ce contrat.

Sur la fin, sa voix avait été sur le point de faiblir, et il sentit le besoin de manger quelques chips – quand il vit Lauren, qui l'observait avec attention, lui tendre d'elle-même l'assiette. Il ne dit rien et se contenta de lui sourire, mais sentit un élan de gratitude envers elle ; elle était parfaite.

— Bien, c'est tout, dit Nichols. Je suis ravi à l'idée de travailler avec vous. Nous pourrions nous voir en début de semaine prochaine, pour mettre au point les détails ?

— Excellent, fit Tom, en serrant la main que Nichols lui tendait. Merci.

— C'est moi qui vous remercie, et maintenant je dois vraiment y aller. Lauren, merci encore de votre aide. Je vous appellerai pour vous raconter la réaction de Jodie.

Tandis qu'il suivait Oliver des yeux, Tom se sentait littéralement gonflé d'aise et de soulagement, comme un enfant : il avait réussi, il n'était plus un failli, plus un raté, il était de nouveau brillant, riche, heureux. Ce moment-là, il allait le savourer ; l'espace d'un instant, il allait oublier sa culpabilité vis-à-vis de Louise, son angoisse pour Octavia, la misère du divorce annoncé. Il sourit à Lauren et elle lui sourit en retour, calée dans le fond du canapé. Elle portait un tailleur de lin noir, dont la jupe était fort courte ; ses yeux étaient très bleus, et Tom se demanda comment il n'avait pas remarqué plus tôt le grain de beauté si opportunément placé à la naissance de son sein. L'antipathie qu'il avait éprouvée jusqu'alors à son encontre lui parut tout à coup fort injuste. Elle n'avait pas ménagé ses efforts pour lui rendre service, et il n'éprouvait plus que gratitude et plaisir à son contact.

— Vous êtes une fille formidable, déclara-t-il. Je ne vous remercierai jamais assez.

Elle se rapprocha imperceptiblement de lui sur le canapé ; Tom sentit soudain la pression de son corps contre le sien, légère, mais bien présente.

— Je pense que je vous dois au moins une bouteille de champagne, lui dit-il.

— Ça devrait aller, pour un début...

36

C'était ridicule, vraiment ridicule, que trois simples lettres puissent se révéler aussi funestes, sonner le glas de tant d'espoirs, annoncer tant de déceptions et de drames...

— Alors ? demanda Romilly. Qu'est-ce que tu as eu ?

— Un D, un D et un E, répondit très rapidement Zoé.

— Ah ! commenta sa sœur laconiquement.

Au moins, elle ne s'était pas crue obligée de prendre jovialement les choses, du genre : « Bah ! il y a pire », etc.

— Oui.

— Le E, c'était en quoi ?

— Géographie.

— Donc D en anglais.

— Oui. Merde, Romilly, comment est-ce que j'ai pu être aussi débile ? J'aurais très bien pu avoir un B, si j'avais bossé un

minimum ! Qu'est-ce que j'ai bien pu fiche, bon Dieu, pourquoi ai-je bien pu penser que ça n'avait pas d'importance ?

Elle s'était mise à pleurer, des larmes de panique plutôt que
de tristesse.

— Zoé, ne pleure pas, ce n'est pas si dramatique...

— Qu'est-ce que je vais faire ? Comment est-ce que je vais
pouvoir annoncer ça à maman ? Et à papa, je ne veux même
pas y penser...

— Dis-lui, c'est tout... De toute façon, elle plane complètement, avec son histoire de week-end. Dis-lui que tu es désolée, que tu vas redoubler, dis-lui que tu as été stupide...

— Oui. Oui, tu dois avoir raison...

— Je pars quelques jours pour la Barbade, annonça Octavia, dans la villa de mon père. Avec Gabriel. Pendant que tu
seras en Toscane, avec les jumeaux et Mme Bartlett.

Tom se tourna vers elle. Il était levé et installé à son bureau
depuis six heures du matin ; il était très pâle, il avait une bosse
et un gros bleu sur la tempe.

— Octavia, je voudrais vraiment pouvoir t'en parler deux
minutes.

— Je ne crois pas qu'il y ait grand-chose à en dire. Visiblement, je ne m'étais pas trompée sur tes projets de vacances.

Il y eut un long silence, puis il dit, très calmement :

— Donc, tu as pris ta décision.

— Oui. Cela va nous faire une coupure à tous les deux.
Nous en avons besoin, toi et moi. À notre retour, nous aurons
une grande explication, bien sûr, à propos de l'avenir. Quand
partez-vous ?

— Ce soir !

Poppy venait de faire son entrée dans la pièce, les yeux
brillants, remorquant son sac à dos derrière elle.

— Lauren – Camilla dit que nous devons l'appeler

Laure – veut que nous soyons chez eux à six heures. C'est génial, de partir le soir!

— Oui, n'est-ce pas? dit Octavia, et elle quitta la pièce.

Tom la regarda s'en aller sans réagir. Il aurait pu, il aurait dû essayer de lui expliquer la situation; mais il avait atteint un tel niveau de fatigue émotionnelle qu'il était découragé d'avance à l'idée de formuler la phrase la plus simple.

Il avait été stupide la veille au soir, très stupide; mais ç'avait été si bon de s'amuser, pour une fois, plutôt que se laisser ballotter, jour après jour, sur d'interminables montagnes russes de remords, d'angoisse et de morosité.

Il avait bu une bouteille de champagne avec Lauren au Connaught, et elle avait été charmante, prévenante, tout en restant naturelle; il renaissait. Pleine de tact aussi, n'essayant pas de lui tirer les vers du nez au sujet d'Octavia; pourtant, quand elle avait suggéré qu'il devait être pressé d'aller la retrouver, il n'avait pu s'empêcher de lui raconter ce qui s'était passé – en partie au moins, sans entrer dans tous les détails sinistres de l'histoire; mais il lui avait avoué sa liaison, et qu'Octavia s'en était rendu compte.

— Nous avons tous ce problème un jour ou l'autre, avait-elle commenté d'un ton désinvolte.

— Nous tous, vraiment? avait-il demandé, plus grave.

— Évidemment... Un seul partenaire pour la vie, vous croyez que c'est réaliste? Je veux dire, bien sûr qu'une part de nous-même doit rester fidèle au poste, à la famille... mais pour le reste, je considère un peu cela comme faire du shopping.

— Faire du shopping?

Il éclata de rire et elle le regarda d'un air joyeux.

— Vous savez, expliqua-t-elle, je me considère comme une privilégiée; j'ai une belle maison, un bon mari, des enfants merveilleux et nous sommes heureux ensemble, mais tout cela est des fois un peu trop... prévisible. Parfois, je me sens au point mort, alors je vais dans les magasins. Oh! je dépense sûrement un peu plus qu'il ne faudrait, mais au retour je suis différente. Je n'en veux plus aux enfants de m'imposer leurs quatre volontés, ni à Drew de m'obliger à recevoir des clients assommants à longueur de semaine. Je rapporte ces sacs à la maison, j'étale sur le lit tout ce que je me suis offert, et je me sens de nouveau quelqu'un de spécial, prête pour... je ne sais pas, pour la vie, l'aventure. C'est fou, n'est-ce pas?

— Pas exactement, je ne crois pas.

C'était une philosophie si étrangère à celle d'Octavia, à sa morale sévère et presque puritaine, qu'il avait du mal à la comprendre – tout en lui trouvant un charme indéniable.

— Et donc, quand je déjeune avec des hommes séduisants, je me sens pareille... rénovée, remise à neuf.

— Je vois.

— Le seul problème, poursuivit-elle d'une voix toujours aussi calme et sereine (mais en évitant néanmoins de le regarder), c'est que cela peut vous entraîner un peu plus loin qu'on ne le prévoyait. Le shopping, je veux dire.

— Et les déjeuners?

— Aussi, oui. Ça peut arriver. On flirte, et puis la minute d'après... danger. Plus sérieux qu'on ne le pensait.

— C'est exactement ça, oui, approuva-t-il d'un air songeur.

— Mais ça reste encore amusant. On continue à se sentir mieux que d'habitude.

Comme Tom gardait le silence, elle demanda :

— C'est ce qui vous est arrivé, non? On s'aventure un peu trop loin de la rive, et tout d'un coup la glace cède sous vos pas?

— Exact. Mais je ne veux pas me chercher d'excuses, je n'aurais jamais dû mettre le pied sur cette glace-là, c'est tout.

— Tom, je vous assure que, pour quelqu'un d'extérieur, vous êtes un mari modèle. Vous soutenez Octavia dans sa carrière – combien d'hommes sont assez forts pour cela? -, vous lui êtes totalement loyal, et...

Comme il secouait la tête pour protester, elle poursuivit :

— Si vous n'étiez pas loyal, au plus profond de vous-même, vous ne vous sentiriez pas si mal en ce moment. Mon Dieu, dit-elle et changeant soudain d'expression, vous ne savez pas de quoi j'ai envie tout à coup? Il fait si chaud, et j'ai si soif...

— Non, répondit-il, heureux que la conversation retrouve un ton léger et badin.

— J'ai envie d'aller nager, au Harbour Club. On y va? Histoire de prendre un dernier verre, avant d'aller retrouver nos familles respectives... Qu'en dites-vous?

Tom s'entendit répondre que ça lui paraissait une excellente idée.

Ils avaient été au Harbour Club, un endroit merveilleusement calme et tranquille; en cette période estivale, Londres s'était vidée de la moitié de ses habitants. Tom avait loué un maillot de bain au comptoir, puis était arrivé devant le bassin juste à temps pour voir plonger Lauren, son corps svelte et ses longues jambes décrivant un arc parfait. Elle avait refait surface, nageant vers lui dans un crawl impeccable.

— Le paradis! s'était-elle exclamée. Exactement ce qu'il nous fallait!

Il s'était mis à l'eau et avait fait quelques brasses, pour trouver qu'elle avait parfaitement raison. Il se sentait sobre et lucide tout à coup, et pourtant rempli d'une étrange exaltation.

— Oui, c'était une excellente idée, avait-il dit à Lauren.

— J'ai beaucoup d'excellentes idées.

— On dirait bien que oui.

Elle s'était hissée sur le bord de la piscine. Son corps était étonnant, mince et ferme, avec ses seins pleins et haut perchés (ah! le fascinant grain de beauté qui ornait celui de droite), son ventre plat, sa peau hâlée et veloutée à la fois. Un corps choyé, pour le soin duquel elle devait dépenser beaucoup de temps et d'argent; un corps clairement destiné à être vu et admiré, sans fausse pudeur, ce qui le rendait d'autant plus sexy.

Après s'être rhabillés, ils s'étaient attablés pour boire des spritzers[1].

— Quasi inoffensifs, avait dit Lauren, et qui ne laissent pas de trace. Comme ce moment que nous passons ensemble.

— Absolument, avait-il renchéri d'une voix convaincue.

Elle avait envoyé promener ses chaussures, croisé ses jambes l'une sur l'autre. Sa jupe, bien qu'extrêmement courte, ne laissait pourtant rien apparaître ressemblant à une petite culotte; elle surprit une ou deux fois le regard en coin de Tom et lui sourit d'un air parfaitement tranquille et naturel. Elle était *extrêmement* sexy.

— Bien, avait-elle dit au bout d'un moment en reposant son verre, assez de shopping pour aujourd'hui. Il faut que je rentre.

Il en avait été surpris, surpris et soulagé à la fois. À lui aussi, cela suffisait; il n'avait ni le cœur ni le désir d'en vouloir davantage. Mais ç'avait été merveilleusement apaisant, réconfortant, régénérant.

— Écoutez, lui avait-elle dit, je suppose qu'il n'y a aucune chance pour que vous veniez quelques jours en Toscane? Le temps d'aider les enfants à s'acclimater? Je suis sûre que nous vous trouverions un petit coin dans la maison...

---

1. Mélange de vin blanc et de soda, à boire très frais. (*N.d.T.*)

— Aucune chance, non. Hélas!

Au moment de se séparer, dans le hall du club, ils avaient échangé le plus léger des baisers. La bouche de Lauren était chaude, parfumée, enivrante, et Tom avait eu beaucoup de mal à ne pas prolonger ce moment. Comme elle allait s'éloigner, il l'avait ramenée vers lui pour la serrer dans ses bras, brièvement.

— Merci pour tout, Lauren. Vous venez de me sauver moralement du naufrage, après m'avoir sauvé économiquement en me présentant Nichols. Vous êtes formidable.

— Je suis juste contente que vous vous sentiez mieux, avait-elle avoué avant de sauter dans sa voiture.

C'était une BMW rouge, très brillante, très classe, très lady Di.

Il était rentré à la maison aux alentours de neuf heures; au premier regard glacial que lui avait lancé Octavia, toute son ardeur et son sentiment de bien-être avaient chu à grande vitesse.

— Où étais-tu? lui avait-elle demandé. Avec Mme Bartlett, en train de faire des projets de vacances?

— Non, je...

— Tom, ne crois pas que ça m'intéresse, mais ç'aurait été plus pratique de savoir où te trouver, c'est tout. Il y a des préparatifs à faire pour les enfants. D'après Aubrey, la dernière fois qu'il t'avait vu, tu partais pour le Connaught.

— Oui, c'est vrai.

— Pour voir qui?

— Oh! pour l'amour du ciel, c'était une réunion de travail... Avec Oliver Nichols.

— L'ami de Mme Bartlett?

— Oui.

— Et elle était là aussi? Ne me mens pas, je t'en prie.

— Oui, elle était là, mais Octavia, c'est ridicule, tu...

— Dans un sens, je suis d'accord. C'est ridicule, et presque drôle, que tu sois capable de recommencer si vite.

— Octavia, je ne recommence rien du tout! Elle n'a fait que m'aider! C'est en grande partie grâce à elle que j'ai une chance de remettre Fleming Cotterill sur pied! Et ce soir, nous...

— Qui, nous? Vous étiez ensemble ce soir, elle et toi?

— Oui, mais nous... Oh! et merde, après tout.

L'image de Lauren lui avait traversé l'esprit, souriante, chaleureuse, l'aidant à se sentir mieux et moins coupable – alors qu'Octavia, amère, triste, hargneuse, le renvoyait dans son petit coin de purgatoire... Il avait eu soudain envie de le lui faire payer, de lui faire mal.

— Oui, nous étions ensemble! Elle au moins n'a pas l'air de penser que je suis le diable incarné! C'était agréable, pendant un moment, ç'a été agréable!

— Eh bien, j'en suis ravie pour toi, avait-elle répondu en cachant mal son dégoût, vraiment ravie... Ça doit être affreux d'avoir des remords, je devrais sans doute l'appeler pour la remercier de te les avoir enlevés... En tout cas, je suis sûre que ce petit saut en Toscane te plaira beaucoup. Les enfants sont déjà surexcités à cette idée, Camilla a longuement téléphoné à Poppy. Je suis tellement désolée de ne pas pouvoir vous accompagner...

— Écoute, Octavia, il n'est pas question que je... ; commença-t-il, et il tâcha d'attraper son bras, mais elle lança sa main vers lui et le frappa violemment sur le côté de la tête; la rage décuplait ses forces. Il se laissa tomber sur une chaise, sous le coup de la douleur et de la surprise; impulsivement, elle se saisit d'un livre posé sur la table voisine et le frappa de nouveau, au même endroit.

— Je te hais! lui dit-elle. Pour tout ce que tu as fait, mais pour cette dernière saleté plus encore que pour tout le reste. C'est dégoûtant, répugnant! Dès que je rentrerai de la Barbade, je prendrai les enfants avec moi et j'irai m'installer chez mon père! Au moins, chez lui, il règne un certain code de l'honneur...

Tout vint de là : cela le mit tellement en colère qu'il ne fut plus capable de lui parler, qu'il n'eut même plus envie de lui expliquer la vérité.

— Alors, vas-y, dit-il d'un ton las. Pourquoi pas ce soir, tout de suite? Je t'aiderai à faire les bagages, si tu veux.

Mais elle ne répondit rien, se contenta de sortir de la pièce.

— Zut! dit Lindsay Forbes à son mari en écartant le store de leur hôtel de Paradise Island, dans les Bahamas. Il pleut encore! Oh! Tim, pourquoi est-ce qu'on n'essaierait pas d'avoir un vol et de rentrer aujourd'hui? Trois semaines suffisent largement et elles ont été formidables, mais j'aimerais bien rentrer. Il me tarde de revoir notre jolie nouvelle maison, et de voir les résultats des travaux. Qu'en penses-tu, chéri?

Tim Forbes, qui en avait plus qu'assez de voir la pluie tomber sur les Bahamas, comme c'était le cas sans interruption depuis quatre jours, répondit qu'il allait voir ce qu'il pouvait faire.

Gabriel Bingham ne savait pas s'il avait très envie d'aller à la Barbade ou non. D'être avec Octavia, oui, et l'idée d'être avec elle loin de tout le reste – ses enfants, son travail, son mari, pour qui elle ne semblait plus éprouver que haine et colère –, cette idée le séduisait beaucoup. Il avait réussi à l'aimer, à tomber amoureux d'elle, alors qu'il la connaissait à peine; pouvoir lui parler, la découvrir, lui permettrait sûrement d'approfondir ses sentiments. Il la trouvait aussi extrêmement attirante et désirable.

Le problème était la Barbade.

Gabriel n'aimait pas le soleil, pas plus que de rester allongé sur des plages bordées de palmiers, programme qui les attendait sans doute ; il s'y ennuyait rapidement. Ce qu'il aimait, c'était faire des choses anglaises, marcher dans le vent et la pluie, s'asseoir dans un pub, travailler dans le jardin, lire près du feu. En outre, un autre élément l'inquiétait dans l'aventure, c'était qu'elle signifiait un minimum de courses à faire : en dehors d'un maillot de bain remontant à ses années de collège, d'un short kaki trop grand et de quelques T-shirts usés, il ne possédait rien pour ce genre d'occasion. Or les courses étaient un cauchemar pour Gabriel, à l'égal du dentiste pour la plupart des gens ; d'autant qu'à Bath, en plein mois d'août, les magasins étaient singulièrement démunis. Il ne trouva pas de short à sa taille, acheta deux espèces de maillots de bain violet et jaune, affreux, une paire de sandales de cuir brun, et deux chemisettes à manches courtes aux couleurs aussi laides que celles des maillots de bain. Il compléta ses emplettes par deux T-shirts (il n'y en avait plus de blanc chez Marks and Spencer, hélas ! aussi dut-il se rabattre sur un beige et un turquoise), ainsi qu'un panama, légèrement trop grand, mais rien n'était pire qu'un chapeau trop petit.

Marianne reçut d'Alec le coup de téléphone qu'elle avait redouté : glacial, acerbe, venimeux. Comment avait-elle laissé Zoé ne rien faire, sortir tous les soirs ou presque, il en était sûr ? Pourquoi n'avait-elle pas été davantage en contact avec ses professeurs ? Zoé espérait décrocher deux B et un C, comment expliquer des notes aussi désastreuses ? Marianne répondit qu'elle n'en savait rien, et c'était vrai – elle était incapable de trouver aucune excuse, ni à elle ni à sa fille.

— En tout cas, je vais avoir une très sérieuse conversation avec elle la semaine prochaine à Martha's Vineyard! Pas question qu'elle s'en tire comme cela! Non seulement on annule Sydney, évidemment, puisqu'elle va devoir redoubler, mais je ne veux plus qu'elle sorte ni qu'elle voie ses amis tant qu'elle ne se sera pas mise à travailler! Et plus un sou d'argent de poche non plus!

— Alec! Tu ne peux pas la punir comme cela, voyons, elle a dix-huit ans...

— Ce n'est pas une punition, c'est le minimum de la discipline que tu aurais dû assurer toi-même! Je n'arrive pas à croire que tu aies été aussi stupide et négligente, Marianne!

— Alec! Je te défends de me parler comme ça!

— Je t'ai toujours fait confiance pour t'occuper des enfants et les surveiller, mais je me rends compte que j'avais tort...

Comme elle ne répondit rien, il poursuivit :

— Bien. Je retrouve les filles lundi à l'aéroport Kennedy, comme prévu. Et Romilly, où en est-elle? Elle en a fini avec toutes ces sornettes, j'espère?

— Romilly va bien, merci, dit Marianne d'une voix ferme. Au revoir, Alec.

Puis elle raccrocha.

Curieusement, cette conversation lui ôta ses derniers scrupules quant à son week-end à Glasgow. Elle avait failli l'annuler, après l'annonce des résultats désastreux de Zoé, et il avait fallu toute l'insistance de Nico pour l'en dissuader, pour la déculpabiliser. Après avoir écouté Alec, elle se rendait compte que c'était absurde de se charger de tous les maux de la terre.

Puisque les autres le faisaient pour vous.

Octavia regarda sa montre : il était déjà plus de cinq heures. Même en partant immédiatement, elle aurait beaucoup de chance si elle arrivait à Phillimore Gardens à six heures, heure à laquelle Caroline emmenait les enfants chez les Bartlett. Elle n'allait même pas pouvoir leur dire au revoir!

— Dites-moi, madame Fleming...

La voix de Margaret Piper la ramena à la conscience du moment présent.

— Est-ce que vous voyez une perspective, une *vraie* perspective de ce côté-là?

— Oh! oui, madame Piper, je vous assure.

— Parce que je ne voudrais pas me retrouver le bec dans l'eau une fois de plus, comme avec votre M. Carlton. J'ai ici nos budgets pour l'année prochaine, dit-elle en posant la main sur un épais dossier, et j'aimerais que nous y jetions de nouveau un coup d'œil...

— Écoutez, Margatet, cela vous ennuierait si je les emportais, pour les étudier à tête reposée? Je pense qu'ils nécessitent un examen approfondi et...

— Franchement, je préférerais beaucoup que nous les regardions maintenant, je ne suis pas pressée, je dîne avec mon frère en ville et je n'ai rien à faire d'ici là.

— Oui, je comprends... Vous pourriez m'excuser un instant?

Elle sortit de son bureau en courant à moitié, passa la tête dans celui de Melanie.

— Mells, tu crois que tu pourrais prendre le relais avec Mme Piper? Elle veut revoir ses budgets de l'an prochain, mais les enfants sont sur le point de partir et j'avais promis de leur dire au revoir.

— Écoute, Octavia.... commença Melanie.

Elle avait son air des mauvais jours, son regard métallique; le cœur d'Octavia se serra.

— Je sais que tu as des devoirs familiaux, je sais aussi que tu es fatiguée et que tu viens de traverser une période très difficile – c'est pour cela que je n'ai rien dit quand tu m'as annoncé que tu partais la semaine prochaine. Mais je te rappelle tout ce que ce budget Cultiver représente pour nous, je te rappelle aussi que c'est *ton* budget, et que par *ta* faute nous l'avons presque perdu une première fois ! Alors je crois vraiment que tu devrais retourner maintenant dans ton bureau et faire ton travail !

Octavia contempla Melanie (n'avait-elle pas raison sur toute la ligne ?) et marmonna :

— Bien sûr, j'y vais.

Puis elle téléphona à Caroline et lui dit qu'elle essaierait d'être à l'heure chez les Bartlett pour dire au revoir aux enfants, mais, en attendant, que Caroline les emmène là-bas en taxi. La voix de Caroline, en retour, lui parut aussi froide que celle de Melanie quelques minutes plus tôt. Si elle ne se ressaisissait pas, elle allait bientôt se mettre tout le monde à dos, songea-t-elle en revenant dans son bureau où l'attendait Mme Piper.

— Au revoir, maman. Amuse-toi bien.

Marianne était apparue au bas de l'escalier, sa valise de cuir à la main.

— Merci, ma chérie. Je compte sur toi pour avoir un œil sur Romilly demain, n'est-ce pas ? L'emmener à sa séance et ainsi de suite...

— Promis, maman.

— Tu as mon numéro à Glasgow, n'est-ce pas ?

— Oui. Écoute, maman, est-ce que... Est-ce que tu ne pourrais pas me prêter cent livres, s'il te plaît ?

C'était rare de voir Marianne se mettre en colère – ce n'était pas son genre ; pourtant, ce jour-là, elle ne put se contenir.

— Vraiment, je n'arrive pas à croire une chose pareille, Zoé. Il est hors de question que je te prête cent livres ! Je ne t'en prêterais même pas dix en ce moment ! Tu dois apprendre un peu à t'autodiscipliner – tu as raté tes examens parce que tu n'as fait aucun effort ! Tu as une somme bien suffisante comme argent de poche, et si ça ne couvre pas tes besoins extravagants, alors il faut que tu les réduises ! En plus, j'imagine que tu veux cet argent pour aller faire la fête, alors que tu n'as rien, absolument rien à fêter... Donc... désolée, mais c'est *non*. Au revoir.

Et elle sortit, sans même embrasser sa fille.

— Ça y est, chérie ! s'exclama Tim Forbes, en entrant dans le bar où Lindsay feuilletait un vieux numéro de *Vogue*. Nous partons demain matin pour le soleil de Grande-Bretagne ! Nous serons à Heathrow vers vingt et une heures, heure locale, et à la maison vers minuit. Ça te va ?

Octavia composa le numéro des Bartlett ; une voix étrangère répondit. Lauren avait sûrement un Philippin chez elle ; en plus cette garce exploitait les immigrés.

— Ici Mme Fleming, Mme Tom Fleming. Pourrais-je parler à Mme Bartlett, s'il vous plaît ?

— Oh ! je suis désolé, Mme Bartlett est partie. Avec les enfants.

— À l'aéroport ?

— Oui, à l'aéroport. Ils étaient en retard, le taxi n'est pas venu. Mais M. Fleming... le père de vos enfants, c'est ça ?

— Oui, répondit Octavia, c'est exact.

— M. Fleming est arrivé, alors ils sont partis tous ensemble. Donc, plus de problème.

— Non, je vois. En effet, plus de problème. Eh bien, merci.

Elle raccrocha le téléphone d'une main tremblante et dut s'asseoir, tant la douleur et la colère étaient vives.

— Tom, bonjour!

C'était Bob Macintosh; de toute sa vie, Tom ne se souvenait pas d'avoir été aussi content de voir quelqu'un. Faire au revoir de la main aux enfants depuis le comptoir d'embarquement (ils lui avaient à peine adressé un regard) l'avait laissé profondément solitaire et déprimé. Il avait prévu de dîner avec Aubrey, mais le père de ce dernier n'était pas bien et voulait le voir. Il ne lui restait en perspective qu'une soirée à Phillimore Gardens avec une Caroline glaciale et une Octavia plus glaciale encore : seule consolation, Octavia serait bien forcée d'admettre qu'il n'était pas parti pour la Toscane avec Lauren Bartlett.

Il se retourna et serra la main qu'on lui tendait avec une énergie qui surprit Bob lui-même.

— Bob! Comme c'est bon de vous voir!

— Qu'est-ce que vous faites ici?

— Je suis venu accompagner les enfants qui partaient en vacances, et maintenant je rentre seul à la maison.

— Pas d'Octavia?

— Non, elle... elle travaille tard.

— Génial. Venez dîner avec moi, je suis seul ce soir moi aussi... Maureen a une absurde soirée entre copines, une de ses amies se marie demain. Nous sommes descendus au Berkeley, nous pouvons y dîner si vous voulez. Sacrément bon restaurant. Qu'est-ce que vous en pensez?

— Magnifique, répondit Tom.

— Chérie, pourquoi ne viendrais-tu pas dîner avec moi ce soir? Il y a plusieurs choses dont j'aimerais te parler, et...

— Non, papa, je ne peux pas. Honnêtement. Je ne vais pas revoir Minty avant une semaine, et comme j'ai déjà laissé partir les jumeaux sans leur dire au revoir...

— Oh! bien, répondit-il, manifestement déçu. J'avais pensé qu'elle dormirait à cette heure, et que tu pourrais la voir demain matin, mais...

Octavia hésita : la tentation était grande de trouver un peu de repos et de réconfort auprès de lui (sans compter qu'elle voulait lui parler de ce sponsor qu'elle cherchait pour Cultiver) ; mais Minty allait beaucoup lui manquer, et c'était sa dernière chance de la voir.

— Non, vraiment, excuse-moi. Je te rappelle tout à l'heure pour parler de la villa.

Quelques minutes plus tard, elle le rappelait.

— Ton invitation tient toujours ? Tu avais raison, Minty dort, je viens d'avoir Caroline. Elle m'a passé un savon ou presque, et je n'ai pas très envie de me retrouver ce soir en tête-à-tête avec elle.

— Ma chérie, bien sûr qu'elle tient toujours... Rien ne me ferait plus plaisir, tu le sais bien. Tu veux que nous sortions, ou je demande à Mme Harrington de nous préparer quelque chose ?

— C'est un peu tard pour cela, non ?

— Pas du tout... Oh! j'ai une idée. Une tourte au poisson, notre préférée. Ça te va ?

— Parfait.

— À tout à l'heure. Je m'en réjouis d'avance.

Vraiment, c'en était trop, songeait Caroline. Octavia avait promis de venir dire au revoir aux enfants et les avait manqués. Elle avait aussi promis de rentrer ce soir, pour passer la soirée avec elle et Minty ; la pauvre petite avait à peine vu sa mère depuis plusieurs jours, et le départ des jumeaux l'avait beaucoup perturbée – elle était grognon et mal fichue quand Caroline l'avait mise au lit.

La jeune fille n'avait aucune idée de l'heure à laquelle Tom rentrerait; il lui avait à peine dit un mot chez les Bartlett, juste pour lui demander de revérifier les bagages des enfants, avant de repartir. Elle n'aimait pas la tournure qu'avaient prise les événements. Ses derniers employeurs avaient divorcé, et elle voyait bien que les Fleming prenaient le même chemin. Elle avait prévu de parler à Octavia ce soir-là, d'essayer de lui faire comprendre combien la situation était difficile à vivre, pour les enfants comme pour elle. Mais voilà qu'elle était partie chez son père – ce monstre! Aux yeux de Caroline, il avait une grande part de responsabilité dans ce qui arrivait aux Fleming,

Le téléphone sonna: c'était sa mère. Quand Caroline lui eut expliqué qu'elle était seule dans la maison avec Minty, elle lui proposa de venir passer le week-end avec la petite dans le New Forest, comme Caroline l'avait déjà fait par le passé, et celle-ci accepta aussitôt.

— Je pose la question à Octavia, mais je suis sûre qu'elle sera d'accord. Je partirai à la première heure demain matin.

— Splendide. Je t'attends en milieu de matinée, sauf contrordre, et je serai ravie de revoir la petite.

Le mobile d'Octavia et le téléphone de Felix Miller étaient sur répondeur l'un et l'autre: Caroline leur laissa des messages à tous les deux, pour leur dire quels étaient ses projets et que, sauf instruction contraire, elle s'en irait le lendemain à neuf heures.

— Je suis désolé, Bob, marmonna Tom.

Il se pencha en avant, posa une main incertaine sur celle de Bob par-dessus la table.

— Terriblement, terriblement désolé, mon vieux. Je vous ai mis dans l'embarras.

— Pas du tout, Tom, répondit Bob en réclamant l'addition au garçon. Je suis très content que vous vous soyez confié à moi, et j'aimerais pouvoir faire plus.

— Vous en avez fait beaucoup, beaucoup. C'est difficile pour nous autres les hommes de parler, pas vrai ? Oh ! mon vieux, c'est si compliqué, tout ça, dans ma tête, si compliqué. Seule chose de sûre, c'est que je suis un abruti sur toute la ligne, un fichu abruti. Et Octavia est une fille formidable. Je l'aime encore, vous savez. Sacrément, même.

Une demi-heure plus tard, Bob glissait un billet de dix livres dans la main du jeune portier qui l'avait aidé à mettre Tom dans l'ascenseur, puis à le porter jusqu'au lit que Maureen occupait la nuit précédente. Après quoi il retira la cravate et les chaussures de son ami, se coucha lui-même dans l'autre lit et resta quelque temps éveillé – pris entre les ronflements de Tom et la vague crainte qui s'était fait jour à l'arrière-plan de son esprit : et si Maureen, après tout, n'avait pas véritablement passé la soirée avec des copines ?

Octavia était couchée dans sa chambre d'enfant et ressentait une impression fort étrange. Tout était resté si pareil autour d'elle, si inchangé ; au moment où elle s'était mise au lit, ça lui avait presque fait peur, de retrouver si facilement les gestes d'autrefois – mettre ses sous-vêtements du jour dans le sac à linge sale pendu à la poignée de la porte, passer dans la salle de bains pour faire s'écouler loin d'elle toute la fatigue de la journée, enfiler une chemise de nuit de coton qu'elle avait sortie d'un tiroir de la commode, ouvrir les deux fenêtres, se glisser entre les draps (Dieu que le lit était moelleux, elle avait oublié à quel point), ouvrir le livre qu'elle avait sorti de la bibliothèque... Jusqu'à cette bibliothèque, que son père tenait à jour pour elle : il y avait là tous ses vieux ouvrages favoris, bien sûr, mais aussi, sur l'étagère du haut, une provision de romans récents régulièrement renouvelés, ces best-sellers qu'elle appelait de la lecture bas de gamme. Elle en prit un, le dernier Maeve Binchy ; exactement ce qu'il lui fallait. Elle venait de l'ouvrir quand on frappa à la porte : c'était son père, portant un bol bleu et blanc sur un plateau.

— Ton lait du soir, dit-il en lui souriant. Tu en as besoin.

— Papa, je t'assure que tout va bien !

— Non, ma chérie. Tout à l'heure, quand tu t'es levée de table et que tu voulais repartir chez toi, j'ai cru que tu allais t'évanouir. Tu es épuisée, ça se voit, bien trop maigre, tu as besoin qu'on s'occupe de toi. Bois ça. Je t'ai mis un doigt de whisky dedans, beaucoup de miel et des tonnes de crème.

— Papa, je vais devenir...

Elle se rendit compte de la gaffe qu'elle allait commettre et se rattrapa juste à temps.

— ... je ne vais jamais pouvoir me lever demain matin ! Et il faut que j'aie le temps de faire mes bagages et de voir Minty avant de partir...

— Ne t'en fais pas. Je te réveillerai, je t'emmènerai moi-même chez toi, et ensuite à l'aéroport si tu veux. Ou bien tu pourras prendre un taxi si tu préfères. Au fait, il y a un message de Caroline, ta nurse.

— Caroline ? Qu'est-ce qui se passe, c'est grave ?

— Non, elle demande seulement si elle peut emmener Minty chez sa mère pour le week-end, et elle dit que, sauf instruction contraire, elle partira demain matin.

— Très bonne idée, jugea Octavia, qui redoutait un peu l'idée d'un week-end solitaire dans la maison pour la jeune fille et le bébé. J'ai peur que ce ne soit tard pour l'appeler, dit-elle après avoir regardé sa montre, elle se couche tôt. Nous partirons tôt demain pour que je la voie, d'accord ?

— Entendu. Bonne nuit, ma chérie.

— Bonne nuit à toi, et merci pour tout. Et aussi pour ce

que tu m'as dit de si encourageant à propos de cette histoire de sponsoring.

« Merci aussi pour ce que tu m'as dit à propos de Gabriel », avait-elle failli ajouter ; à sa surprise (sa demi-surprise en vérité), son père avait chaudement approuvé sa relation avec Bingham et le fait qu'elle parte en voyage avec lui. Mais elle savait trop bien pourquoi il approuvait cette relation, contre qui sa réaction était dirigée ; et elle ne voulait pas lui donner l'occasion de le sous-entendre une fois de plus. Car cela ne conduisait qu'à une seule conclusion, toujours la même : « Je te l'avais bien dit, si tu m'avais écouté... »

37

Quand Romilly se réveilla, elle regarda sa montre : il n'était que cinq heures et demie. Ses règles avaient fini par arriver la veille au soir, et son ventre lui faisait toujours mal. Quand elle eut repoussé les draps pour l'examiner, elle le trouva correct, plat. Donc tous ses efforts avaient été payants, même si elle se sentait toujours dans un état bizarre. Elle tendit la main vers le miroir grossissant qu'elle gardait sur sa table de nuit : son bouton avait disparu. Il n'y avait plus à la place qu'un petit bout de peau, sec et un peu rêche, qui ne poserait pas problème. Seule ombre au tableau, Alix – mais elle saurait aujourd'hui comment réagir, comment rester calme. Si seulement il pouvait cesser de l'appeler « bébé », cela faciliterait les choses.

Caroline elle aussi se réveilla tôt. Minty avait été agitée toute la nuit ; il avait fait très chaud et elle avait une énorme molaire qui perçait. Maintenant, il faisait beau et Londres était calme ; pas de circulation, ou à peine. Dommage qu'elles ne puissent pas partir pour le Hampshire, le trajet ne leur prendrait qu'une heure et demie environ.

Elle entendit Minty gémir et gagna la nursery. La petite était debout dans son lit, le visage chiffonné de sommeil, le côté où la dent perçait très rouge. Elle leva les yeux vers Caroline, tendit ses deux bras et poussa des petits cris impérieux. La jeune fille la souleva et l'emporta dans la salle de bains – elle avait impérativement besoin qu'on la change, sans doute à cause de sa dent. Pendant qu'elle lui donnait son bain et que Minty, très absorbée, s'appliquait à remplir puis à vider un gobelet de plastique (son jouet favori), Caroline regardait par la fenêtre les feuilles des arbres agitées par une brise légère, écoutait les pigeons roucouler ; tout était paisible, un moment idéal pour prendre la route.

Et pourquoi ne la prendrait-elle pas ? songea-t-elle. Octavia ne l'avait pas rappelée, Tom avait découché – il était probablement avec sa petite amie, quelle qu'elle soit : à quoi bon attendre que les embouteillages aient commencé, pour s'imposer à elle-même et à Minty un trajet long et pénible ? Elle sortit la petite du bain, lui donna une banane et un biberon, leur prépara un paquetage à toutes deux ; puis elle rédigea un mot poli (quoiqu'un peu froid) à l'intention d'Octavia, avant de quitter la maison.

Avant même qu'Octavia quitte Hampstead, elle avait déjà parcouru la moitié du trajet.

Serena Fox avait à peine dormi et elle était très énervée. Sa liaison avec une jeune fille du bureau de Paris battait sérieusement de l'aile ; l'autre ne lui avait pas caché qu'elle la trouvait bien trop possessive à son goût.

464

Serena savait qu'elle était possessive, c'était même son plus gros défaut, mais la fille en question était ravissante, et si jeune ; à trente-cinq ans, Serena le savait bien, elle devait représenter davantage une sécurité financière qu'une véritable amante à ses yeux. Dans quelques semaines, tout serait terminé, Marie-France aurait trouvé quelqu'un d'autre et elle-même serait de nouveau seule. Une fois de plus. Et la solitude faisait peur à Serena.

Mais foin de tout cela, songea-t-elle en se levant, la journée allait être amusante ; il y aurait cette séance avec Romilly, après quoi Ritz avait suggéré qu'elles aillent dîner toutes les trois. Ritz, qui était pourtant l'hétérosexuelle type, semblait curieusement apprécier ce genre de soirées ; tranquilles, intimes, émaillées de confidences et de bavardages... En outre, elles avaient quelque chose en commun toutes les deux : une piètre opinion des hommes en général, et d'Alix Stefanidis en particulier.

Quand Tom se réveilla, il était sept heures et demie et il se sentait très mal. Où diable était-il ? Pas chez lui, en tout cas... Peut-être dans une chambre d'hôtel. Oui, ça ressemblait à une chambre d'hôtel, sauf qu'elle tournait bizarrement autour de lui. Il referma les yeux, mais elle tourna encore plus ; mieux valait les ouvrir un bon coup, ça la stabiliserait peut-être. Il le fit et se trouva face au visage empreint de bienveillance de Bob Macintosh.

— Bon Dieu, Bob, qu'est-ce qu'on fabrique ici tous les deux ?

Vingt minutes plus tard, il était ressorti de la salle de bains et tâchait de s'éclaircir les idées en buvant alternativement de l'eau glacée et du thé léger.

— Il faut que je rentre à la maison. Je dois absolument régler ce sac de nœuds avec Octavia avant qu'elle ne décolle pour la Barbade. Elle doit encore s'imaginer que je suis parti pour la Toscane...

— Oh! non, dit Octavia, elles sont parties. Je me demandais pourquoi elle ne répondait pas au téléphone... C'est affreux, je n'ai même pas vu Minty, je ne l'ai pas embrassée pour lui dire au revoir... Quelle mère je fais...

— Ma chérie, tu es une mère formidable. Tu fais tout ce que tu peux, c'est même pour cela que tu es si fatiguée. Minty va passer un très bon week-end, et tu la reverras dans une semaine.

— Je sais, mais... De toute façon, il est trop tard maintenant. J'essaierai d'appeler Caroline de l'aéroport, elle sera arrivée chez sa mère à ce moment-là. Il vaut mieux que j'aille faire mes bagages.

Il était presque huit heures quand Tom appela Phillimore Gardens; Bob Macintosh l'avait persuadé qu'il était plus sage, vu les circonstances, de téléphoner que d'y aller. Felix décrocha.

— Felix? C'est Tom à l'appareil.

— Tom? Oh! vraiment? D'où appelez-vous?

— De l'hôtel Berkeley.

— Du Berkeley? Je croyais que vous étiez en Toscane.

— Mais je n'y suis pas allé, dans cette fichue Toscane! Il n'a jamais été question que j'y aille, et il faut que je le dise à Octavia! Elle est là, Felix? Vous pouvez me la passer?

— Non, je suis désolé. Elle n'est pas là, elle est... en route pour l'aéroport. Elle va à la Barbade, vous savez, avec cet homme, Gabriel Bingham. Qui a l'air de la respecter un peu plus que vous ne le faites, permettez-moi de vous le dire. Je...

— Bien, je l'appellerai sur son portable, le coupa Tom, et il raccrocha brutalement.

— Papa, demanda Octavia en descendant l'escalier, qui est-ce qui a téléphoné il y a cinq minutes? Le taxi, je suis prête, ça y est.

— Oui. Il ne doit plus être loin maintenant. Au revoir, ma chérie, je vais fermer derrière toi. Passe un bon séjour, ne t'inquiète de rien, amuse-toi.

— Promis. Tu veux bien me donner mon petit sac une seconde, celui que j'ai descendu tout à l'heure, que je vérifie que j'ai bien mes lunettes de soleil... Oui, les voilà. Tu ne crois pas que je devrais essayer d'avoir Caroline avant de partir?

— Non, je ne crois pas. Vas-y, chérie, ou tu vas faire attendre le taxi. Au revoir, et n'oublie pas de m'envoyer une carte postale.

— Je n'oublierai pas.

Alors que le taxi démarrait, Octavia se rendit compte, avec un brin d'anxiété, qu'elle n'avait pas son portable sur elle. Bizarre, elle était pourtant sûre de l'avoir mis dans son sac. Bah! tant pis. Il ne lui aurait pas été d'une grande utilité à la Barbade, et elle pourrait appeler Caroline de l'aéroport.

Resté seul dans la maison, Felix Miller rinça soigneusement les tasses à café qu'Octavia et lui avaient utilisées, vérifia que le gaz était coupé, brancha l'alarme et sortit. Le portable d'Octavia, qu'il avait caché dix minutes plus tôt dans un tiroir de la cuisine, sous une pile de torchons, continuait à sonner dans le vide.

38

Sandy observait Louise du coin de l'oeil. Elle semblait aller mieux : elle avait repris du poids, ses couleurs revenaient et on l'avait recoiffée, elle en faisait même grand cas : elle raconta à Sandy que le coiffeur passait tous les vendredis, qu'une esthéticienne venait le lundi, qu'elle allait se faire faire un massage et un soin du visage.

— Papa a dit qu'il me l'offrirait. Il a été merveilleux, il est venu trois fois cette semaine. Tu m'as manqué, dit-elle d'une voix chargée de reproche.

— Désolé, fit-il, du ton le moins sec qu'il put. J'ai mon travail, et aussi un petit garçon dont je dois m'occuper. Et ça fait un bout de chemin de Cheltenham à ici.

— Je le sais bien, Sandy... Mais je me sens très seule, il faut me comprendre.

Comment pouvait-elle lui parler ainsi, après ce qu'elle avait fait ? Comment pouvait-elle se comporter comme si de rien n'était, comme si elle sortait d'une simple opération, d'une maladie ? Il aurait voulu le lui rappeler, qu'elle comprenne au moins combien la vie était difficile pour lui – mais il se souvenait de ce qu'avait dit le docteur : il devait être patient, tout difficile que cela fût, parce qu'elle avait été très malade et qu'elle l'était encore, que son pauvre esprit était plein de confusion.

C'était facile, pour le docteur : il n'avait pas aimé Louise, il n'avait pas cru qu'elle l'aimait, il n'avait pas dû affronter l'idée non seulement de son infidélité, mais de cet enfant d'un autre homme qu'elle avait porté. Tous, ils avaient l'air de penser que quand Louise irait mieux, elle rentrerait à la maison ; mais comment lui, Sandy, pouvait-il envisager de vivre encore avec elle ? Et à qui pouvait-il se confier, avouer qu'il la haïssait désormais, qu'il ne voulait plus jamais la revoir, qu'il se sentait incapable de commencer même à lui pardonner?

— Désolé, répéta-t-il, d'une voix neutre et détachée.

— Je suis sûre que Dickon aimerait me voir davantage... N'est-ce pas, chéri?

— Oui, j'aimerais bien... Je le demande tout le temps à papa.

— Alors il faut le lui demander encore plus souvent, dit-elle avec un petit sourire rapide et plaintif.

— Maman, on va faire un truc génial!

— Vraiment?

Sa voix devint plus âpre soudain.

— Et quoi donc, mon chéri?

— On va aller voir une course de voitures, avec Octavia!

— Une course de voitures? répéta-t-elle, en tournant vers Sandy un œil interrogateur.

— Oh! une de ces fêtes de charité d'Octavia... Tout le monde doit se déguiser, et il y aura des voitures anciennes.

— Et elle t'a demandé de venir?

— Oui. Elle a été très aimable.

— C'est... extraordinaire, laissa-t-elle échapper, et elle était soudain très rouge. Et quand est-ce?

— Le 7 septembre, dit Dickon. J'ai reçu une carte de Poppy ce matin, que papa m'a lue, et à la fin elle me dit « Au revoir, au 7 ». Peut-être que tu seras guérie et que tu pourras venir, maman?

— Peut-être, oui, si quelqu'un est assez aimable pour m'y emmener...

Sa voix s'était faite âpre et dure, l'espace d'un instant, puis elle redevint aussitôt douce et charmeuse, tandis que Louise souriait à Sandy.

— Sandy, j'aimerais vraiment sortir un peu d'ici. Beaucoup de gens le font, tu sais. Juste pour faire un tour en voiture, aller boire un thé... Le docteur a dit que peut-être la semaine prochaine, ce serait possible. Avec toi et Dickon...

— D'accord, Louise. Je vais... voir ce que je peux faire.

Il lui arrivait de regretter qu'elle ne soit pas morte, oui, morte de tous ces médicaments qu'elle avait pris ; quand cette pensée lui traversait l'esprit au milieu de la nuit, il ne retrouvait plus le sommeil et se demandait s'il n'allait pas sombrer dans la folie.

— Je vais essayer, oui, dit-il d'une voix plus ferme, comme s'il avait voulu se punir pour cette pensée-là.

Une fois que l'avion eut décollé, Octavia parut se détendre un peu – maintenant, de toute façon, il était trop tard pour revenir en arrière. Dans l'aéroport, elle avait été au bord des larmes, après avoir essayé en vain de joindre Caroline, qui n'était pas encore arrivée chez sa mère.

— Tu te rends compte, je n'ai même pas embrassé Minty pour lui dire au revoir, pas plus que les jumeaux !

Gabriel avait répondu qu'il comprenait, mais ce n'était que pour une semaine, et Minty était sûrement en de bonnes mains avec Caroline ; puis, comme elle ne parvenait pas à s'apaiser, il avait même suggéré qu'ils renoncent à leur voyage – encore que les jumeaux fussent déjà loin à présent. Octavia avait répondu qu'il n'était pas question de l'annuler, et que Minty allait sûrement bien, elle en était certaine...

— Mais c'est moi qui ne vais pas bien. Je me fais l'effet d'être une mère épouvantable...

Gabriel tenta longuement de la réconforter, puis l'avion décolla, l'hôtesse leur apporta des verres de chardonnay ; au bout d'un moment, comme elle ne lui répondait plus, il tourna la tête vers elle : elle s'était endormie.

— Allez, bébé, concentre-toi un peu... Tout est question de concentration dans ce métier, tout se passe dans la tête. Oui, sur moi, regarde-moi... Oui, donne-moi tout, maintenant, maintenant, oui! Bien! Encore, encore, un petit sourire, vas-y – non, pas trop, moins que ça, moins – non, chérie, je ne t'ai pas demandé de bouger, voyons! Frances, tu peux aller me chercher des cigarettes? Tang, rapporte-moi ces Polaroïd, vite!...

Tang, qui se déplaçait sans bruit en glissant sur le sol, semblait toujours détourner de Romilly son visage inexpressif et morne. Ils n'étaient que tous les trois dans le studio, et elle se sentait affreusement mal à l'aise. Avant le début de la séance, Alix et Ritz s'étaient violemment disputés, à la suite de quoi Ritz était sortie en coup de vent du bâtiment; mais elle était revenue dix minutes plus tard et avait dû lui faire d'humiliantes excuses (qu'on avait manifestement exigées d'elle en haut lieu). Depuis, même Serena et elle étaient bannies du studio, confinées dans le hall d'accueil.

Frances, la jeune assistante, faisait la navette avec les Polaroïd entre le hall et le studio. Elle rapportait les commentaires des deux femmes à Alix, qui les ignorait royalement. À un moment elle revint et lui dit, amusée, qu'il ne devait pas descendre plus bas que les épaules, qu'elles voulaient des cadrages serrés; il la regarda en ricanant et rétorqua :

— Elles se sont trompées de photographe, tu ne crois pas? Dis-leur que c'est moi qui choisis mes putains de cadrages, et moi seul!

Il avait fait retirer à Romilly le T-shirt blanc qu'elle portait la fois précédente et l'avait drapée dans une longue pièce de mousseline, qui lui couvrait juste les seins : ainsi, ses épaules étaient nues. Au début, elle avait disposé la mousseline assez haut, mais il était venu la redescendre – pas très bas, à vrai dire, mais la sensation de ses mains sur elle lui avait été des plus désagréables.

Pendant quelque temps, l'ambiance s'était un peu détendue, puis il avait envoyé Romilly dans la loge et appelé la
maquilleuse.

— Regarde, Jan, c'est là qu'elle avait son bouton... Ça va
se voir, ce petit bout de peau sèche qui reste encore. Tu peux
faire quelque chose ?

Jan se pencha vers Romilly, puis se recula.

— Oui, je vois ce que tu veux dire. Le problème, c'est que
si je rajoute encore quelque chose par-dessus, ça va faire une
proéminence. Il vaudrait mieux que je recommence tout de
zéro.

— Alors, recommence. Il faut tout faire pour qu'elle soit
OK, conclut-il ; mais au ton sur lequel il le disait, cela semblait une issue peu probable.

Elle était assise sur un tabouret, devant le miroir, et tous les
deux la regardaient, parlaient d'elle comme si elle n'avait été
qu'un objet, une pièce de mobilier, pas une personne ; c'était
une impression horrible.

— Je te laisse faire, dit Alix à la maquilleuse, je sors boire
un coup. Je serai là dans une petite heure.

Une heure de plus à attendre, à s'énerver... Ils l'avaient déjà
attendu près de deux heures ce matin-là.

— Parfait. Une heure, ça donnera le temps à sa peau de se
reposer. Et les cheveux, ça va ?

— Les cheveux, oui. Dieu merci.

Romilly comprit ce que cela voulait dire : les cheveux oui,
mais tout le reste non.

— C'était si amusant, maman ! cria Megan à sa mère à travers la vitre de la voiture. Sandy a été formidable ! D'abord on
a pris dix photos à peu près, puis Mme Ford est arrivée et nous
a demandé ce qu'on faisait, et si on savait qu'on était dans une
propriété privée ! Alors Sandy a dit qu'il était terriblement

désolé, il pensait que c'était ouvert au public, il s'intéressait à l'architecture, et il lui a demandé si on ne pouvait pas prendre aussi quelques photos de l'arrière de la maison ! Elle a dit que ce n'était pas possible, et son mari est venu et il a commencé à vouloir se disputer avec nous, mais ensuite une des vieilles dames est sortie de la maison et c'était Mme Sanderson, et elle a été géniale, elle a dit qu'elle allait prendre les photos pour nous, donc tout a bien marché. Après, a-t-elle dit en pouffant, Sandy nous a emmenés boire un verre dans un pub, hein, Dickon ?

— Désolé d'avoir été si longs, déclara Sandy à Pattie, mais les deux enfants avaient l'air si contents que je ne me suis pas dépêché.

— Vous avez bien fait. J'ai beaucoup apprécié le calme et la tranquillité, répondit-elle en riant. Vous boirez bien une bière ?

— Avec plaisir.

— J'ai préparé une grande salade pour le déjeuner, donc elle pouvait attendre, il n'y avait rien d'urgent.

— Merveilleux. Megan, mets tes bras autour de mon cou, je vais te sortir de la voiture.

Dieu, qu'elle était légère, affreusement légère... C'était une enfant adorable : non seulement elle ne se plaignait jamais, mais elle était même joyeuse, intelligente, toujours un commentaire plein d'esprit à la bouche... Dickon l'adorait. Sandy lui avait apporté tous les dossiers nécessaires pour tenter de faire classer Bartles House ; elle avait dit qu'elle les remplirait elle-même et qu'elle les ferait signer par sa mère, qu'elle lui téléphonerait pour lui demander son aide si besoin était.

— Pattie, j'ai passé une charmante matinée avec votre fille. J'en ai même oublié tous mes problèmes.

Pourquoi avait-il dit une chose pareille, bon sang ? Jamais il ne parlait de ses affaires personnelles, d'habitude : on s'en débrouillait tout seul, on ne les imposait pas aux autres...

— Je suis désolée que vous ayez des problèmes.

Ce fut tout, avec en plus un petit sourire doux, un peu triste : pas de sympathie tapageuse, de « si vous m'en parliez ? », de « je peux peut-être vous aider ? »... Pour cette raison sans doute, il lui parla à mots couverts de Louise, de la cure qu'elle était obligée de suivre pour sa santé, de la maison où ils se retrouvaient tous les deux seuls, Dickon et lui ; elle devait connaître cela, ajouta-t-il en regardant Megan.

Oui, elle connaissait. Son mari l'avait quittée, voilà des années, et elle avait eu beaucoup de mal à en parler d'abord, tant elle avait honte ; mais elle avait fini par le faire, et s'était sentie beaucoup mieux après.

— OK, bébé.

Si seulement il pouvait arrêter de l'appeler ainsi...

— Maintenant, on va essayer autre chose. Assieds-toi en me tournant le dos. Non, pas comme ça, non... Penche-toi en arrière sur le tabouret. Oui, c'est mieux, sauf que ta nuque est raide et ça se voit. Il vaudrait mieux un fauteuil, je pense. Tang, va me chercher un fauteuil, vite !

Le jeune homme sortit sans bruit, revint quelques instants plus tard en portant un des fauteuils du hall.

— Mets-le là. Vas-y, bébé, pose-toi dessus. Non, pas comme ça, on dirait une poule sur son perchoir ! Pousse un peu tes fesses dans le fond, mieux que ça... Oui. Bien, maintenant laisse tes bras pendre par-dessus les accoudoirs. Relax, chérie, relax. Tu es trop tendue. Je ne te fais pas peur, quand même ?

Il était penché au-dessus d'elle et lui souriait, mais il avait bu du vin, il était légèrement ivre et son haleine empestait l'alcool ; elle devait lutter pour ne pas détourner la tête.

— Non, bien sûr que non...

— Bien. Parce que je sens qu'on commence à faire quelque chose.

Qu'on commence, seulement! Elle était si fatiguée, pourtant... Elle avait une affreuse migraine, mais ne s'était pas avisée de demander une aspirine. Son dos lui faisait mal aussi, et elle aurait voulu aller aux toilettes... elle n'avait pas non plus osé le dire.

— Penche-toi en arrière, bien en arrière. OK, c'est bien. Sauf que... il faut que je baisse encore un peu ça, dit-il en tendant la main vers la mousseline.

— Je vais le faire moi-même, répliqua-t-elle rapidement – même si elle ne voyait pas très bien comment il était possible de la descendre encore sans découvrir la pointe de ses seins. Elle repoussa prudemment la bande de tissu de quelques millimètres; Alix hocha la tête et recommença à la photographier. Il avait désormais retiré l'appareil de son pied et se déplaçait autour d'elle, la prenant d'en haut, de côté, de dos.

— Maintenant, chérie, tourne-toi... oui, c'est mieux. Non, non, non, c'est trop! Beaucoup trop! Romilly, ne sois pas stupide, d'accord! Pas la tête, juste les yeux! Tang, j'ai toujours cette mousseline dans le champ!

Tang s'approcha d'elle et baissa encore l'étoffe.

— Ce n'est pas assez... Oui, voilà! À nous, Romilly, encore. Oui, oui, c'est mieux... Ça *commence* à devenir mieux. Concentre-toi, chérie, concentre-toi sur ce que tu fais... Non! Non, tu es trop raide! Relax, chérie, respire... Pousse encore tes fesses au fond du fauteuil, oui! Maintenant, tends-moi un peu ton cou, imagine que tu es un oiseau, chérie, oui, un cygne, oui, c'est bon, oui – merde, saloperie de mousseline... Chérie, enlève-la, tu veux bien? Enlève-la une bonne fois, qu'on n'en parle plus!

— Mais...

— Oh! chérie, ne joue pas les vierges effarouchées, d'accord? J'ai déjà vu des seins dans ma vie, figure-toi! Ils ne seront pas dans le cadre, c'est juste que je ne veux plus avoir l'ombre de cette putain de mousseline...

De toutes ses forces, Romilly tâcha de se faire à l'idée qu'elle allait s'asseoir là, les seins nus, sachant qu'Alix et Tang les voyaient, qu'on les verrait sur les photos... Et après, quelle importance? Bien sûr qu'Alix avait déjà vu des seins avant les siens! C'était comme... oui, comme d'aller chez le médecin, rien de plus. Et on ne les verrait pas sur les vraies photos, ensuite, quand elles seraient publiées, juste sur les premières épreuves. Tous les grands modèles s'étaient fait prendre en photo avec les seins nus, même Kate Moss et Naomi Campbell... Ce n'était pas comme s'il lui avait demandé d'exhiber son pubis. Bien sûr qu'elle devait le faire.

— Chérie, tu y vas, d'accord? Enlève la mousseline. On t'attend.

Très lentement, le cœur serré, elle la retira; Tang s'approcha d'elle et tendit la main pour la débarrasser du tissu. Elle resta immobile, couvrant sa poitrine de ses bras; elle avait très chaud tout à coup, et peur, aussi.

— Bien. Maintenant, laisse pendre tes bras par-dessus les accoudoirs, comme tout à l'heure.

C'était si facile : elle n'avait qu'un geste à faire, passer les bras par-dessus les accoudoirs de son fauteuil. Mais impossible, elle ne pouvait vraiment pas. C'était comme s'ils avaient été collés à ses seins. Elle avala sa salive, regarda Alix.

— Chérie, vas-y maintenant. Je commence à en avoir un peu marre, tu vois. Comme ça, regarde...

Il marcha jusqu'à elle, essaya de déplacer l'un de ses bras, mais la panique la saisit et elle se recula dans son fauteuil.

— Non, non, je vais le faire!

Elle y parvint enfin et ses bras basculèrent dans le vide, tétanisés.

— Bien. Laisse-les pendre, détends-les. Et maintenant regarde-moi, allez, allez! Bon Dieu, Romilly, relax!

— Je ne peux pas! s'écria-t-elle, et elle fondit en larmes.

— Bon Dieu de bon Dieu! tonna Alix et il sortit en trombe du studio; elle l'entendit crier dans le hall, et une porte claqua.

Quand Ritz et Serena entrèrent dans la pièce, elle pleurait, pelotonnée dans son fauteuil, la tête dans les mains. Tang était soudain plein d'attentions : il s'était approché d'elle et lui drapait la mousseline autour des épaules, puis lui tendait un mouchoir en papier.

— Zoé? Bonjour, Ritz au téléphone. Votre mère est là? Non? Oh! je vois... Non, rien de grave, c'est juste que Romilly est un peu énervée. Oui, si vous pouvez, je veux bien. Nous vous attendons.

— Je vais bien, dit Romilly, je vous assure. Je suis désolée d'avoir été aussi ridicule.

— Ne dites pas ça, Romilly! intervint Ritz. Vous n'avez pas du tout été ridicule...

— Si. La prochaine fois...

— Il n'y aura pas de prochaine fois, intervint Serena, pas avec Alix Stefanidis en tout cas. J'aimerais bien que les imbéciles dans son genre se souviennent de qui les paie, quand même...

— Serena, stop, lui glissa Ritz. Romilly, qu'est-ce que vous voulez faire maintenant? Aller boire un verre, appeler votre mère?

— Certainement pas appeler ma mère répondit-elle, et elle

réussit à sourire faiblement. Elle sauterait dans le prochain avion, et... Oh! excusez-moi.

Son portable sonnait à l'intérieur de son sac et elle l'en retira.

— Je croyais que je l'avais coupé... Allô? Oh! salut, Fenella. Comment? Bien, un peu fatiguée seulement. Quoi? Oh! je vois. Non, pas de problème, je t'assure. Je vais rester avec Zoé.

Zoé sentit sa gorge se serrer.

— Au revoir, Fenella. C'était l'amie avec qui je devais passer la soirée, expliqua-t-elle après avoir coupé. Sa grand-mère les emmène tous voir un ballet, surprise de dernière minute. Ça te dirait, une vidéo, Zoé?

— En fait, je...

Et merde... Perdre la dernière bonne soirée avant qu'elle parte lundi pour les États-Unis... elle ne reverrait sans doute plus Ian d'ici là.

— Quel est le problème? demanda Ritz.

— J'avais des projets pour ce soir, mais Romilly ne peut pas rester seule à la maison... Tant pis.

— Qu'est-ce que vous deviez faire? lui demanda Ritz avec un sourire de sympathie; elle aimait bien Zoé.

— Juste aller au Ministère de la musique avec... des amis.

— Ah! commenta-t-elle avec une expression rêveuse. J'y passais la moitié de ma vie, dans le temps, mais maintenant j'ai l'impression d'être une ancêtre quand j'y vais. Je ne peux pas vous laisser manquer ça. Romilly, si nous allions tranquillement dîner toutes les trois? Ça nous ferait plaisir, je vous assure. Nous pourrions aller dans un endroit amusant, comme le Hard Rock ou le Fashion Café...

— Oui, très bonne idée, dit Romilly. Le Fashion Café, ce serait cool. Zoé, je ne veux pas que tu gâches ta soirée pour moi.

— Écoute, Rom, si je sors, je ne rentrerai pas avant cinq heures du matin, et si maman sait que je t'ai laissée seule jusque-là...

— Enfin quoi, je ne suis plus une enfant! J'ai une idée : Mme Blake n'a qu'à venir dormir à la maison. Elle l'a proposé hier pendant qu'elle faisait le repassage.

Zoé hésita; c'était tentant. Puis elle finit par dire :

— Je vais l'appeler, pour être sûre qu'elle peut venir.

Mme Blake répondit qu'elle en serait ravie : *Steel Magnolias* passait sur Sky TV, et elle expliquait depuis longtemps à son mari combien elle aimerait recevoir cette chaîne.

— Je vais vous commander un taxi, madame Blake, dit Zoé. Sur le compte de maman, bien sûr. À vingt heures. Ça vous ira, pour le film?

Sandy ne venait pas la voir, pas assez. Pourtant il aurait pu comprendre... Il savait tout ce qu'elle avait souffert, la mort de Juliet, puis celle de sa mère, puis du bébé de Tom qu'elle portait... Quand Juliet était morte, elle commençait juste à parler; elle ne disait pas « Ma », non, ni même « Ma-ma », elle disait « Ma-man », un vrai, un merveilleux « Ma-man ». Puis elle était morte.

Et Octavia... Elle ne voulait même pas penser à ce qu'avait fait Octavia. Elle avait été à cette clinique un matin, elle leur avait demandé de retirer son bébé de son ventre, puis le cours de sa journée avait repris, comme si de rien n'était. Et Louise qui croyait qu'Octavia était son amie.

Octavia ne méritait pas de garder un bébé, de garder Minty. Non, elle ne le méritait pas. Au milieu de toute sa peine et sa douleur, Louise savourait cette idée-là, cette colère-là. Elles rendaient sa douleur un peu moins vive, moins insupportable.

Romilly se laissa aller contre le dossier de son siège, au Fashion Café, sourit à Serena et à Ritz. La tête lui tournait un peu ; ce n'était pas seulement à cause de la coupe de champagne qu'elles lui avaient commandée, mais aussi du cadeau que Serena lui avait offert, au moment où elles s'asseyaient à table. Un pull Donna Karan, noir, très sexy. Elle avait été se changer sur-le-champ dans les toilettes : il lui allait à merveille.

— De notre part à toutes les deux, avait dit Serena. Pour effacer cette mauvaise journée, dont nous nous sentons responsables. De toute façon, Alix Stefanidis ne travaillera plus jamais pour Christie's, c'est sûr. N'est-ce pas, Ritz ?

— Absolument. Et j'ai une autre nouvelle pour vous, Romilly, très excitante : je pense que Mario Testino pourrait le remplacer pour cette campagne. Vous allez l'adorer, c'est le plus gentil des hommes. Et il a fait de merveilleuses photos de Diana, pour *Vanity Fair*. Regardez, je vous les ai apportées.

Romilly les contempla : c'était une Diana entièrement différente, rajeunie, tout sourires, ses cheveux simplement lissés en arrière.

— Elles sont merveilleuses, dit Romilly, mais...

Elle ne poursuivit pas sa phrase ; Ritz attendit quelques instants puis lui dit doucement :

— Laissez-moi vous raconter quelque chose. Quand Kate Moss débutait dans le métier, un vieux vicieux a essayé de lui faire retirer son soutien-gorge pendant une séance de photos. Et vous savez quoi ? Elle a refusé et elle est partie. Écoutez-moi bien : si vous n'avez pas envie de faire quelque chose, vous ne le faites pas et c'est tout. C'est vous qui avez toutes les cartes en main. Vous allez être *le* visage du nouveau millénaire, bientôt tout le monde parlera de vous. Et vous ne retirerez pas votre soutien-gorge si vous ne voulez pas le retirer.

— Vraiment ?

— Vraiment.

Dans un compartiment de première classe de l'Eurostar, Marie-France Auguste sirotait une coupe de champagne, en songeant combien Serena allait être heureuse de la voir. Elle se réjouissait à l'avance de la surprise qu'elle allait lui faire ; elle n'avait pas été très gentille avec elle ces derniers temps, elle le savait et le regrettait. Non qu'elle fût follement amoureuse d'elle, mais elle l'aimait bien. En outre, la carrière d'une jeune chargée de produit comme elle dépendait beaucoup de l'appui d'une directrice du marketing comme Serena – raison de plus pour l'apprécier. Elle regarda sa montre : neuf heures. Le train arriverait à Waterloo à dix heures et demie, elle pourrait être chez Serena à onze heures. Puis elles passeraient une bonne nuit ensemble.

Steel Magnolias touchait à sa fin et Mme Blake, les yeux humides, avait déjà son mouchoir à la main, quand la sonnerie du téléphone retentit ; elle jura et se leva pour aller répondre. C'était son mari, et elle comprit tout de suite à sa voix qu'il s'était passé quelque chose.

— Écoute, chérie, lui dit-il, il faudrait que tu ailles à St. Thomas. C'est ta mère... Elle a eu une attaque.

— Une attaque ? Oh ! mon Dieu, Phil... C'est grave ?

— Je ne sais pas... Ils ne peuvent pas encore se prononcer, je crois.

— Pauvre maman ! Tu y vas aussi ?

— Bien sûr. On se retrouve là-bas.

Après avoir raccroché, Mme Blake essaya de joindre Zoé au numéro que celle-ci lui avait laissé, en disant qu'elle reviendrait en cas de besoin, mais son portable était sur la messagerie. Que faire ? Tout en réfléchissant, elle feuilleta le carnet posé près du téléphone : il y avait des numéros d'urgence, médecin, dentiste, plombier... et, ah ! les portables des enfants. Des gamins trop gâtés, songea-t-elle – mais c'était utile, il fallait le reconnaître. Elle composa celui de Romilly : au moins celle-ci serait-elle au courant, et elle pourrait sans doute prendre d'autres dispositions.

— Donc, il va falloir que vous restiez avec moi, dit Serena à la jeune fille en lui souriant, mais ça ne pose aucun problème. En tout cas, je ne vous laisserai pas rentrer dans une maison vide. J'ai une très jolie chambre d'amis, et...

— Serena, intervint Ritz, peut-être vaut-il mieux qu'elle vienne chez moi...

Romilly capta le regard que Serena lança à Ritz et le trouva étrange ; si elle l'avait mieux connue, elle aurait su que c'était un regard de colère.

— Je ne suis pas de cet avis, lui répondit-elle. Tu n'as même pas un lit disponible, sans parler de chambre d'amis.

— Je sais, mais...

— Mais quoi, Ritz ?

Son regard était glacial, sa bouche dure et serrée ; Romilly se sentit soudain mal à l'aise.

— Écoutez, dit-elle, ça n'a pas d'importance. Je peux très bien rester seule un moment, Zoé rentrera plus tard et...

— Non, coupa Ritz, pas question. Nous ne vous laisserons pas seule, après toutes ces émotions.

Encore une fois, on la prenait pour une enfant ; elle sentit qu'elle devait les étonner, leur prouver qui elle était, et dissiper en même temps le malaise qui s'était installé.

— Et si on reprenait une coupe de champagne ? lança-t-elle joyeusement. C'est moi qui vous l'offre. Ma mère dit toujours qu'il n'y a rien de tel pour finir une soirée.

— Votre mère a du savoir-vivre, intervint Ritz, saisissant la balle au bond, mais j'ai ma voiture à conduire, donc je ne dois plus boire une goutte. Si nous allions prendre un dernier verre chez toi, Serena ? Qu'est-ce que tu en penses ?

— Entendu, dit Serena.

Elle était toujours froide, mais elle parvint à sourire – au moins à Romilly.

La maison était presque terminée ; la cuisine était superbe, avec ses éléments en bois patiné, dans des tons bleu-vert, ses carreaux de terre cuite au sol.

— Ça en jette, non ? Et attends de voir la salle de bains. Ils ont livré la baignoire hier.

Elle était en marbre, blanc et gris sombre, avec des robinets dorés et des buses de jacuzzi. Ian conduisit ensuite Zoé dans la chambre ; elle aussi était terminée, dans un style que sa mère aurait qualifié de pièce montée, rideaux ruchés, abat-jour à franges, tenture de soie au mur ; quant au lit, c'était une incroyable pâtisserie de lin crème et blanc, ornée de dentelle, avec des rideaux qui descendaient d'un baldaquin de cuivre, une armée d'ours en peluche sur une montagne de coussins de dentelle...

— Des ours en peluche..., grommela Ian, d'une voix pleine de mépris.

— Je trouve ça plutôt mignon, dit Zoé, et j'aime bien les rideaux. Ian...

Pendant qu'ils dansaient, tout à l'heure, elle avait décidé de régler cette affaire d'argent. Ça le mettrait peut-être de mauvaise humeur, mais il serait bien obligé de lui prêter la somme – ça risquait fort de lui coûter son travail et même davantage s'il ne le faisait pas ; et il avait une belle liasse de billets de cinquante livres dans son portefeuille, elle les avait vus.

— Ouais, quoi ? Si tu te désapais un peu, princesse – on n'a pas toute la nuit devant nous.

L'appartement de Serena plut beaucoup à Romilly ; il était au premier étage d'un immeuble moderne, juste derrière

Lowndes Square. Très clair, très minimaliste. Elle demanda où se trouvaient les toilettes et se retrouva assise devant des images d'elle-même démultipliées à l'infini, renvoyées par les miroirs qui recouvraient les quatre murs. En soi, c'était une bonne idée, mais les toilettes n'étaient peut-être pas l'endroit idéal pour cela ; on ne s'y trouvait pas vraiment à son avantage. Il y avait un cabinet de travail à côté, avec de la moquette blanche au sol et un grand bureau noir impeccablement rangé, presque trop bien ; au mur, une série de photos publicitaires de Christie's, datant des années soixante.

Elle retourna vers Serena et Ritz, qui semblaient avoir conclu une trêve et bavardaient familièrement dans la cuisine aux murs recouverts d'une peinture laquée, avec une immense batterie d'ustensiles en chrome et en inox – grille-pain, robots, presse-fruits, ainsi qu'une bouilloire qui ne ressemblait à aucune de celles que Romilly avait vues jusqu'alors. Le frigidaire était rutilant lui aussi, en métal argenté, et Serena en sortait justement une bouteille de champagne.

— Je suis gênée, dit Romilly, c'était moi qui voulais vous offrir ce champagne...

— Une autre fois, répondit Serena d'une voix légère. Si nous passions dans le salon...

Elle mit de la musique – une musique étrange, haut perchée, qui paraissait venue d'un autre monde. Romilly s'assit sur le divan à côté de Serena, sourit à Ritz.

— À Romilly, proposa cette dernière en levant son verre. À Romilly et à...

— Nous, dit Serena.

— Oui, à nous.

— Vous vous sentez mieux ? demanda Serena.

— Beaucoup mieux, oui.

— Bien.

Romilly sentit une soudaine poussée d'affection pour elle, pour elles deux. Elles avaient été si gentilles, si patientes, si prévenantes... Elle se rapprocha de Serena, lui sourit.

— Toutes les deux, vous avez été vraiment...

— Cool? hasarda Ritz en riant.

— Oui, vraiment cool, répondit-elle, et elle but une grande gorgée de champagne, puis une seconde.

— Romilly! fit Ritz, feignant l'indignation. Je suis désolée, mais il y a des choses que nous ne pouvons pas accepter! On ne boit pas le champagne comme du Coca-Cola, ça se sirote, s'il vous plaît...

— Je sais, maman dit exactement la même chose...

D'un seul coup, toute la tension accumulée dans la journée retomba; le champagne aidant, elle se mit à rire nerveusement, sans pouvoir se retenir, et bientôt ce rire se transforma en larmes.

— Là..., dit Serena, qui riait elle aussi, en lui tendant un mouchoir.

Romilly le prit et s'essuya les yeux, puis se laissa aller contre l'épaule de Serena, riant toujours et buvant du champagne par petites gorgées, d'un air maniéré. Les deux autres avaient commencé à faire de même, lorsqu'on sonna à la porte.

— J'y vais, dit Ritz.

Romilly s'essuyait de nouveau les yeux, toujours appuyée contre l'épaule de Serena, quand une fille pénétra dans la pièce. Une très jolie fille, mince, blonde aux yeux bleus; elle portait un pantalon, et le même pull que celui reçu en cadeau par Romilly un peu plus tôt dans la soirée. Elle s'immobilisa en les regardant, un sourire froid sur le visage; Romilly sentit Serena se raidir, avant de se lever d'un bond.

— Je vois que tu fais une petite fête, lui dit la fille avec un fort accent français. Je peux me joindre à vous?

— Oh! oui! cria Zoé, ouuui!!

Le cri avait jailli d'elle, presque comme un cri de douleur; tout son plaisir, tout le plaisir inouï que Ian arrachait d'elle y éclatait en une explosion. Elle n'avait jamais rien connu de tel auparavant : c'était plus long, plus fort, plus profond... terrible, insupportable presque. Elle se tendit tout entière, se retint, pour le faire durer le plus longtemps possible :

— Là, oui! cria-t-elle. Là, là, là!

— Tais-toi! dit-il soudain. Zoé, tais-toi!

Elle s'interrompit, son plaisir bloqué, alarmée par l'urgence qu'elle avait sentie dans sa voix. Puis, tandis que la peur s'insinuait lentement en elle, elle entendit la porte d'entrée s'ouvrir, puis se refermer, le choc d'une valise qu'on pose au sol et une voix féminine qui disait :

— Chéri, ces ouvriers sont impossibles! L'alarme n'est pas mise, la porte même pas fermée à double tour! Et ils ont laissé une lumière allumée là-haut, dans notre chambre!

Ensuite, incapable de bouger, de faire le moindre geste, Zoé entendit des pas monter l'escalier, la porte de la chambre s'ouvrir très lentement et une voix d'homme lancer, partagée entre la crainte et la stupeur :

— Lyndsay, appelle la police! Tout de suite!

Après coup, le pire fut peut-être de songer combien elle avait été stupide et naïve. Elle n'avait rien compris : ni l'embarras de Ritz, ni pourquoi la fille (que Serena leur avait présentée comme une collègue) suggérait qu'elle et Ritz feraient mieux de s'en aller tout de suite, avec un rire cynique et désagréable. Elle avait attribué l'embarras de Serena au fait qu'elle lui avait proposé sa chambre d'amis pour la nuit, alors que l'autre fille, qui venait de Paris, en avait évidemment plus besoin qu'elle; mais quand elle avait affirmé qu'elle partirait bien sûr avec Ritz, qu'elle ne monopoliserait la chambre pour rien au monde, Marie-France

486

avait répondu que personne ne devait partir à cause d'elle, qu'elle pouvait parfaitement aller à l'hôtel si nécessaire.

— Je t'en prie, avait dit Serena, ne sois pas stupide... Prends un peu de champagne, Marie-France. Il y a toutes les chambres qu'il faut ici, pour tout le monde. Nous étions en train de boire à la santé de Romilly, qui est notre nouveau visage, et...

— Je vois qu'elle est ton nouveau visage, en effet. Un très joli visage, d'ailleurs.

Elle s'approcha de Romilly, prit son menton entre les mains et l'examina de près.

— Quel âge avez-vous, Romilly?

— Seize ans, dit celle-ci d'une voix ferme.

— Seize ans! Serena, vraiment!...

— Serena, rétorqua Ritz, je pense que Romilly et moi devrions partir...

— Non, minauda Marie-France, ne partez pas... Pourquoi ne ferions-nous pas une petite fête, toutes les trois? Romilly, vous avez un très joli pull. J'ai le même, vous avez remarqué? On dirait que Serena l'offre à toutes les jeunes filles qu'elle rencontre, ces temps-ci.

Romilly gardait le silence, incapable de rien trouver d'intelligent à dire.

— Viens dans la cuisine, Marie-France, je vais te faire un café, dit Serena.

— Pas de café, merci, je préfère m'en tenir au champagne. Nous devrions toutes nous asseoir, boire un coup et avoir une petite conversation. Vous ne croyez pas, Ritz?

— Non, dit celle-ci d'une voix ferme. Serena, tu peux nous appeler un taxi? Je reviendrai chercher ma voiture demain matin.

— Est-ce que je pourrais appeler Zoé sur votre téléphone, la batterie de mon portable est à plat. Elle est peut-être à la maison, maintenant...

— Bien sûr... Vous n'avez qu'à l'appeler de là-bas, dit Serena avec un signe de tête en direction du bureau.

Romilly s'y rendit et referma la porte derrière elle, soulagée d'échapper à la tension qui régnait dans le salon. Elle commença à composer le numéro d'Eaton Square, mais, pendant qu'elle le faisait, dut appuyer par mégarde sur le bouton du répondeur, car il se mit en marche. La voix d'Alix Stefanidis en sortit.

— Je n'ai aucune intention de m'excuser pour aujourd'hui, disait-il, c'est plutôt vous qui devriez vous excuser. Cette fille est nulle. Elle est peut-être jolie, mais elle n'a rien dans la tête et sa peau est pourrie. Je pense que vous faites une grave erreur en la choisissant, Serena, et je pense d'ailleurs que vous le savez. Ce n'est qu'une gamine stupide et maladroite. Vous devriez en trouver une autre.

Les yeux de Romilly se remplirent de larmes ; elle avait mal, parce qu'elle savait que c'était vrai, elle en était presque sûre. Oui, elle avait été stupide et maladroite ; non, elle n'avait pas l'instinct de modèle, celui de prendre la pose. Elle n'avait pas réalisé jusqu'alors que sa peau était moche, mais c'était sûrement vrai. Oui, Serena avait fait une grave erreur. Elle s'efforça de se calmer, d'inspirer à fond, de surmonter cette douleur et cette humiliation. Ritz et Serena l'avaient-elles su depuis le début de la soirée ? Toutes leurs attentions, leurs prévenances, n'avait-ce été que pour la consoler, mieux faire passer la pilule ? Dieu qu'elle avait été stupide, imbécile...

La porte s'ouvrit brusquement et Marie-France entra dans la pièce ; elle sourit à Romilly, referma derrière elle et s'appuya contre la porte. Elle avait une coupe pleine de champagne à la main, et était visiblement déjà éméchée. Elle examina Romilly, la tête légèrement penchée de côté.

— Vous avez de superbes jambes, Romilly. Ce sont elles qui ont fait flasher Serena, je parie. Elle adore les belles jambes, les longues, belles jambes. Les miennes sont un peu courtes, voilà pourquoi je n'ai plus la cote.

Elle fit quelques pas vers Romilly.

— Vous êtes très belle de partout, en fait. Vous avez de la veine. Si mince et pourtant si... sexy. Ça vous ennuierait si je...

Elle tendit soudain la main et caressa l'un des seins de Romilly. Celle-ci resta figée un instant, horrifiée, puis repoussa vivement la main et contourna l'intruse avant de se ruer hors de la pièce et de traverser l'entrée en courant en direction de la porte.

39

Marianne émergea difficilement du sommeil, dans leur somptueuse chambre du Number One Devonshire Gardens, l'un des plus beaux hôtels de Glasgow. La journée puis la nuit qu'ils venaient de vivre avaient été tout aussi extraordinaires que cette chambre (où ils en avaient d'ailleurs passé la plus grande partie) : elle ne se souvenait pas d'avoir connu une telle plénitude de bien-être, de plaisir, de sensualité depuis des éternités. Certes, Nico était vaniteux, sûr de lui, pragmatique jusqu'au cynisme ; mais il était aussi brillant, léger, drôle – et il l'aimait. Les derniers mots qu'elle l'avait entendu prononcer, juste avant de s'endormir, avaient été : « Marianne, tu veux bien m'épouser ? » Elle s'était endormie avec cette pensée lui flottant dans l'esprit, et, juste au moment de basculer dans le sommeil, toutes les objections qu'elle y formulait d'abord – fidélité vis-à-vis de Felix, nécessité de s'occuper plus sérieusement de ses filles – avaient semblé disparaître comme par magie, s'envoler dans les limbes.

Mais, pour l'instant, elle se réveillait pour entendre Nico crier au téléphone qu'il était quatre heures du matin, et qu'est-ce que c'était que cet hôtel qui passait des communications à une heure pareille? Puis il poursuivit d'une voix soudain radoucie :

— Oh! je comprends...

Il passa le téléphone à Marianne en lui disant :

— C'est pour toi... la police.

Elle sut aussitôt : c'était *le* coup de téléphone, celui que tous les parents redoutent dès que leurs enfants sont en âge de sortir de l'appartement familial. Elle avala péniblement sa salive, saisit le combiné.

— Oui?

— Madame Muirhead? Ici le commissariat de Kennington Est.

— Qu'est-ce que... ?

— Votre fille est ici. Zoé Muirhead.

— Zoé? Oh! mon Dieu. Elle...

Le sang battait si fort dans ses oreilles qu'elle entendait à peine ce qu'on lui disait.

— Elle va bien?

— Elle va parfaitement bien, oui. Mais elle a été arrêtée pour cambriolage.

— Cambriolage? Zoé, arrêtée pour cambriolage? Oh! non, il doit y avoir une erreur, murmura-t-elle, la voix blanche, tandis qu'elle voyait une ombre d'étonnement passer sur le visage de Nico.

— Non, madame Muirhead. On a retrouvé votre fille dans une maison de Kennington, en compagnie d'un jeune homme. Il est ici lui aussi. Votre fille a avoué avoir volé cent livres en liquide qui se trouvaient dans cette maison.

— Mais qui est ce jeune homme, et que faisaient-ils là, tous les deux? Je ne comprends pas, c'est absurde...

— Il vaut mieux que votre fille vous le dise elle-même, je pense. Elle était aussi en possession de drogue.

— Mon Dieu, mon Dieu...

Elle regarda Nico d'un air égaré, et il pressa sa main dans la sienne pour la réconforter.

— J'imagine que vous voudrez venir ici, même si ça prendra forcément un peu de temps, je m'en rends compte.

— Oui, bien sûr... Je... Puis-je lui dire quelques mots?

— Je vous la passe, répondit l'homme, puis : « C'est votre mère », après s'être éloigné du combiné.

Et ensuite, comme dans un cauchemar, la voix de Zoé, effrayée, enfantine, bouleversée :

— Maman, je suis désolée, tellement désolée... Viens, je t'en prie, viens...

Le pire, de ces terribles heures, n'avait pas été l'irruption de l'homme dans la chambre, quand Ian s'était relevé de sur son corps, tirant un drap à la hâte pour cacher leurs deux nudités; ni, plus tard, l'arrivée de la police, les premières questions qu'on lui avait posées (comme si elle avait pu expliquer ce qu'elle faisait là!), les mots « Vous êtes en état d'arrestation », comme dans un mauvais film; ni l'ecstasy qu'on avait trouvé dans la poche de sa veste, et elle qui avait commencé par nier, expliquer que c'était de la codéine, pour finalement avouer, en songeant que ce serait peut-être pire si elle s'obstinait à nier; ni même la fouille corporelle qu'on lui avait fait subir au commissariat, après quoi la femme policier lui avait dit, en retirant ses gants de caoutchouc, « Maintenant, vous pouvez aller aux toilettes » – elle n'avait pas compris pourquoi on le lui avait interdit jusqu'alors.

Non, le pire, ç'avait été au tout début, quand la propriétaire était arrivée dans la chambre en disant :

— Il manque quelque chose, Tim ! L'argent que j'avais laissé pour Mme Kendall, cent livres ! Elle a mis un mot pour dire que l'enveloppe était vide, que j'avais dû oublier de mettre l'argent dedans...

Oh ! le regard que Ian avait posé sur elle à ce moment-là, étonné, puis accusateur, et tellement humiliant...

Romilly était couchée sur son lit, le visage enfoui de toutes ses forces dans l'oreiller ; aussitôt qu'elle relevait la tête, la chambre se mettait à tourner (le champagne y était pour beaucoup) comme une sorte de manège infernal – dégoût, confusion, humiliation, il lui semblait qu'elle ne sortirait plus jamais de ce tourbillon-là, où l'avaient précipitée son arrogance et sa stupidité.

Elle était sortie en courant de l'immeuble tout à l'heure, et par chance un taxi passait justement dans la rue ; elle l'avait hélé et s'y était engouffrée en ignorant les cris de Ritz et de Serena, qui arrivaient sur ses talons. De même, une fois rentrée chez elle, après s'être enfermée à double tour, elle n'avait pas répondu au téléphone, qui avait sonné longtemps dans le vide.

Maintenant elle tâchait de tenir bon, tandis que la grande horloge de l'entrée sonnait trois, puis quatre, puis cinq heures ; et dans ce maelström de douleur et de répulsion, elle se raccrochait à une idée fixe, comme à une bouée de sauvetage : jamais, plus jamais de sa vie elle ne pénétrerait dans un studio photographique.

— Venez par ici, s'il vous plaît.

Quand on avait ramené Zoé dans sa cellule, elle était si terrifiée qu'elle n'aurait pas été surprise de s'y trouver face à un peloton d'exécution; et voilà que le sergent de garde, d'une voix presque paternelle, lui disait qu'elle n'allait recevoir qu'un simple avertissement. Le choc fut tel qu'elle en fondit de nouveau en larmes.

— Mais maintenant vous êtes fichée chez nous, et si vous commettez un nouveau délit, ce sera pris en considération. Nous allons relever vos empreintes, vous photographier, puis vous pourrez partir.

— Partir? répéta-t-elle, hébétée. Mais ma mère doit venir me chercher...

— Nous lui dirons que vous êtes repartie. Nous ne pouvons pas vous garder ici.

— Mais comment vais-je rentrer à la maison?

— Il y a le métro, et des bus, lui dit-il avec un regard agacé.

— Je n'ai plus d'argent, gémit-elle, incapable d'avoir aucune pensée cohérente.

— Alors, vous rentrerez à pied...

Eu égard aux circonstances – ce week-end qu'il avait soigneusement planifié (à prix d'or), gâché par la faute d'une fille qui ne lui était rien –, Nico se comporta d'une manière extraordinaire; Felix n'en aurait pas fait autant. Il fit venir un avion privé, dont il utilisait les services de temps à autre, et qui les déposa à Heathrow à sept heures; là, son chauffeur les attendait et les emmena directement au poste de police. Il ne laissa même pas transparaître la moindre irritation quand on leur dit que Zoé était déjà repartie. Au contraire, il manifesta son soulagement qu'elle ait encouru un simple avertissement; il conduisit Marianne à Eaton Square et refusa de monter avec elle, même pour boire une tasse de café.

— Vous allez avoir beaucoup de choses à vous dire, et je pense que vous n'aurez pas besoin de témoin.

Zoé accueillit sa mère sur le pas de la porte; elle était livide.

— Bonjour, murmura-t-elle.

— Bonjour Zoé. Tu vas mieux?

— Merci d'être revenue. Je suis terriblement désolée, terriblement.

— Nous en parlerons tout à l'heure. J'ai d'abord besoin d'un café, très fort.

— Je vais le faire.

— Ta sœur est là?

— Oui.

— Elle va bien?

— Elle...

— Qu'est-ce qu'à y a, Zoé? Quoi encore?

— Il vaut mieux qu'elle te l'explique elle-même, je crois.

Elle croisa le regard de sa mère, réussit à sourire, dit d'une voix mal assurée :

— Ça n'a vraiment pas été une bonne journée, pas une bonne journée du tout.

Marianne était assise par terre, dans la chambre de Romilly; celle-ci la regardait, allongée sur le lit, ses grands yeux verts remplis de larmes, mais aussi d'une sorte de défi étrange et buté.

Péniblement, encouragée par une Zoé qui en oubliait ses propres tourments, elle avait fini par faire le récit complet de sa journée et de sa terrible soirée. Et à présent Marianne se demandait, le cœur au bord des lèvres, quel genre de mère elle était, pour avoir permis que ses deux filles en arrivent là l'une et l'autre : tellement aveuglée par ses affaires, par ses plaisirs... Quand elle songeait à ce qu'Alec pourrait dire aujourd'hui de ses méthodes d'éducation, elle en frémissait, puis elle lui donnait raison.

— Ma chérie, tu ne veux pas venir en bas, qu'on regarde un peu la télévision ensemble?

— Non, dit Romilly, le visage fermé. Je ne me sens pas bien, je préfère rester ici.

— Mais, Romilly, mon cœur...

— Maman, n'en fais pas toute une affaire ! C'est fini maintenant, je vais bien, laisse tomber !

On aurait dit Zoé : plus âgée, méfiante, hostile... Marianne promena le regard sur sa chambre, qui était toujours une chambre d'enfant, avec les livres de Roald Dahl sur l'étagère, les cartes postales et les photos épinglées sur un tableau mural, les posters de Robin Williams et de Leonardo di Caprio, ses rollers et sa bombe d'équitation négligemment jetés dans un coin de la pièce, et sa maison de poupée... Romilly l'avait toujours adorée ; Alec l'avait dénichée aux États-Unis, elle ressemblait trait pour trait à la maison où ils passaient leurs vacances chaque année, à Martha's Vineyard. Elle s'approcha pour en fermer la porte, qui était restée béante, mais buta sur quelque chose.

— Laisse ! lança la voix de Romilly derrière elle, âpre et tranchante. Ne touche pas !

Marianne ne l'écouta pas : elle poussa de nouveau la porte, puis, comme celle-ci refusait toujours de se fermer, l'ouvrit en grand ; le cœur battant à tout rompre, refusant même d'imaginer quel dernier coup le sort allait lui réserver, elle allongea la main (derrière elle la voix de Romilly la suppliait toujours : « Maman, non ! », mais plus faiblement) et retira de la maison une boîte de laxatifs presque vide.

— Romilly, mon amour, murmura-t-elle, pourquoi ? Bon Dieu, pourquoi ces horribles choses ?

Il y eut quelques secondes de flottement, pendant lesquelles elle n'obtint pas de réponse ; puis sa fille sauta à bas de son lit et, toute défense abolie, vint se réfugier dans ses bras en sanglotant. Entre deux hoquets, elle répétait :

— C'était ce bouton, maman, ce bouton horrible... à

cause de mes règles... Oh! je voulais tellement qu'il s'en aille, si tu savais...

Alors Marianne, confuse, effrayée, secouée par les sanglots de sa fille qui se blottissait contre elle, se rendit compte du grand désordre qui s'était abattu sur sa vie et sur sa maison ; et toute la culpabilité qui l'avait fuie l'espace d'une soirée et d'une nuit, dans la chambre du Number One Devonshire Gardens de Glasgow, revint s'abattre d'un seul coup sur ses épaules.

Non, elle ne pouvait pas épouser Nico, elle ne pouvait pas trahir Felix, trahir ses filles ; ce qui venait de se passer était un avertissement, un avertissement si puissant qu'il aurait fallu être folle pour ne pas l'entendre.

40

Il est risqué pour de simples mortels de jouer à être Dieu. Cela exige une extraordinaire arrogance, des nerfs d'acier, une détermination sans faille pour mener l'affaire à son terme, quelles que puissent en être les conséquences. Felix Miller, qui possédait tous ces traits de caractère, s'était jusqu'ici pris pour Dieu avec quelque succès. Mais il lui manquait cette autre qualité primordiale, accordée au seul Tout-puissant : la faculté de clairvoyance et de prophétie...

Il considérait qu'il avait accompli sa tâche, et qu'il l'avait bien accomplie. Octavia goûtait avec son amant les charmes de la Barbade, restant convaincue (grâce aux bons soins de Felix) que son mari s'ébattait pendant ce temps en Toscane avec sa maîtresse – donc cet absurde mariage allait enfin se terminer ; les réticences qu'elle avait semblé avoir, la dernière fois qu'il lui en avait parlé, seraient toutes balayées à son retour. Dès qu'elle serait rentrée, Felix téléphonerait à son avocat.

Quant à l'autre initiative qu'il avait prise à l'égard de la personne qui l'avait ignominieusement trahi, il semblait qu'il avait bien joué là aussi. Tout se déroulait selon ses vues.

Cela ne ressemblait guère à Nico Cadogan de se montrer nerveux ; sa confiance en lui était presque inaltérable. Deux ou trois personnes, tout au plus, étaient capables de la faire vaciller : son dentiste était du nombre, de même que son ancien maître d'internat, dont il gardait un souvenir cuisant. Son ex-femme en était aussi, à coup sûr.

— Portia! s'exclama-t-il, et il faillit faire tomber le téléphone. Comment vas-tu ?

— Très bien, Nico. Et toi ?

— Parfaitement bien, merci.

— J'aimerais te rencontrer rapidement, pour te parler de quelque chose.

— C'est vraiment urgent ?

Après les épreuves du petit matin et leur retour précipité à Londres, l'idée de devoir affronter Portia ne lui souriait guère.

— Assez, oui. Pour toi en tout cas. J'ai essayé de te joindre toute la journée d'hier, mais tu n'étais pas là.

— Non, j'étais à... peu importe. À vrai dire, je ne sais pas si ce sera possible aujourd'hui, parce que...

— Chez toi dans une heure, ça te va ? Je quitte Londres après le déjeuner et je préférerais liquider cette affaire tout de suite.

— Je... Entendu, Portia. À tout à l'heure.

— Je me sens mieux, dit Louise en souriant au docteur, bien mieux.

— Bravo. J'en suis ravi. Et l'infirmière m'a dit que vous dormiez mieux, avec moins de calmants ?

— Oui.

Ce n'était pas vrai, mais elle était très pressée de rentrer chez elle, et elle savait que ses insomnies les inquiétaient. Elles étaient dues au Prozac, semblait-il, un de ses effets secondaires peu connus ; si ça continuait, ils craignaient de devoir le lui supprimer, ce qui voudrait peut-être dire rester ici, aux Cloîtres, plus longtemps. C'est pourquoi elle mentait. C'était facile, d'ailleurs – du moins mentir était facile, car ne pas dormir était plus difficile, dormir voulait dire s'enfuir ailleurs, oublier : mais si c'était le prix à payer pour rentrer chez elle, alors, cela valait la peine.

— À ce train-là, lui dit-il, vous serez chez vous dans quelques semaines.

Quelques semaines : non, impossible, c'était trop tard. Elle devait être dehors pour le 7 septembre, impérativement.

— Ils me manquent tellement, vous savez, dit-elle au docteur avec un sourire tendre et un peu triste. Mon mari et mon petit garçon. Ils ne peuvent pas venir très souvent, bien sûr, et mon pauvre petit Dickon en est tout retourné, je le sens...

— Nous ferons le point dans quelques jours, dit-il en hochant la tête. Vous faites un peu plus d'exercice ?

— Oh ! oui, dit-elle, les yeux brillants. Hier, j'ai fait une longue, longue promenade avec Alice...

C'était l'une des infirmières ; Louise la haïssait.

— Bien. C'est vrai que vous avez l'air mieux, en effet.

Oui, même si elle ne dormait pas et qu'elle était épuisée. C'est parce qu'elle avait son plan ; son plan lui permettait de tenir le coup.

Hugh Shepherd s'enfonça voluptueusement dans son luxueux fauteuil de cuir (l'un des avantages de l'emploi qu'il occupait au Service régional de l'urbanisme) et décrocha son téléphone pour appeler Michael Carlton. Pendant qu'il attendait qu'on le lui passe, un sourire flottait sur ses lèvres : c'était fort agréable d'appeler quelqu'un pour lui annoncer de bonnes nouvelles. Et les nouvelles qu'il allait annoncer à Carlton étaient en or massif.

— Vous avez eu bien raison, Mike, attaqua-t-il d'emblée, de ne pas réclamer une enquête d'utilité publique. C'est tentant de le faire, mais ça prend toujours un temps fou. Mon petit doigt m'a dit ce matin que les nouvelles étaient bonnes, excellentes, même. Je ne peux pas vous en dire plus, bien sûr – mais, bref, il en ressort que la commission municipale d'urbanisme n'aurait jamais dû vous refuser le permis de construire au départ.

— Vraiment?

Hugh Shepherd perçut un long soupir de soulagement au bout du fil.

— Vous m'en voyez transporté d'aise...

— Le rapport qu'a pondu John Whitlam est parfait. De surcroît, inattaquable, comme d'habitude, rien qui puisse prêter à caution. Toujours droit dans ses bottes, ce brave John... Il n'empêche qu'il peut être ennuyeux ou tatillon dans son genre, c'est bien utile d'avoir son nom au bas d'un rapport.

— Merveilleux.

— Oui. Seule petite ombre au tableau, j'ai reçu un coup de fil de l'Environnernent ce matin. Il paraît qu'une espèce de folle a envoyé un dossier pour faire classer la maison. Si jamais elle y parvenait, évidemment, vous... Mais je suis sûr que non.

— Ne parlez pas de malheur, Hugh! gémit Carlton. Ça flanquerait tout par terre! Je ne pourrais plus rien construire s'il fallait conserver cette fichue bicoque...

— Non, je m'en doute, mais ça n'arrivera pas. Elle date des

années vingt, et on n'arrive même plus à faire classer des maisons géorgiennes de nos jours...

— Je sais, mais c'est vrai que celle-là est assez spéciale, et si jamais l'Environnernent estimait qu'elle vaut le coup d'être protégée...

— Non, je n'y crois pas. De toute façon, ils vont envoyer quelqu'un sur place dès la semaine prochaine, faveur personnelle que j'ai obtenue d'eux. Vos opposants n'auront pas ce classement, Mike, rassurez-vous, et c'était la dernière carte qu'ils avaient à jouer. D'après moi, d'ici à... disons mars prochain, vous pourrez poser la première pierre de votre projet. Et Bartles House ne sera plus qu'une vieille histoire.

— Bon Dieu, dit Tom en regardant Nico, c'est infect...

— N'est-ce pas? Il est clairement en train de faire une offre d'achat, et il ne va sûrement pas s'en tenir aux actions de Portia. Cela fait plusieurs jours qu'elles n'arrêtaient pas de monter, je ne savais pas quoi en penser.

— Et vous êtes sûr que Miller est bien derrière ce consortium?

— Oui. Il ne cherche pas à s'en cacher, d'ailleurs. L'un des principaux bailleurs de fonds du consortium est la London Wall, la banque de Miller. Les hommes d'affaires de Portia ont fait leur petite enquête, parce qu'ils étaient intrigués par la hauteur de l'offre.

— De combien?

— Deux livres quatre-vingt-cinq l'action.

— Eh!... Il en veut vraiment.

— Oui. On dirait qu'il met son nez partout pour voir combien il peut en ramasser.

— Et elle, elle en a combien?

— Cinq pour cent, soupira Nico. C'était intéressant du point de vue fiscal à l'époque, et j'étais plus jeune, moins prudent... Les comptables vous conseillent toujours de donner des actions à votre épouse. Mon avocat m'avait bien dit que je le regretterais si les choses tournaient mal, mais je ne l'ai pas écouté. Pourtant il avait raison. Mon ex-femme est teigneuse, ça, je le savais, mais elle est maligne aussi, grâce aux circonstances. Elle va gagner un argent fou dans l'opération.

— En tout cas, s'il a réuni un portefeuille important, il va falloir qu'il déclare ses intentions très vite, sur la prise de contrôle. Les règlements de la Bourse l'y obligent. Mais...

Tom s'interrompit.

— Oui?

— J'allais vous poser une question un peu lourde, mais... Vous savez pourquoi il veut la société, bien sûr?

— Marianne?

— Oui. Mais aussi, peut-être même surtout, je dirais, parce que vous m'avez aidé.

— Quoi? Oh! Tom, est-ce qu'il est vraiment... torturé à ce point-là?

— J'ai peur qu'il ne soit encore bien plus torturé que cela, hélas!

S'il n'était pas facile de mettre Nico Cadogan de mauvaise humeur, certaines circonstances y parvenaient cependant. Sa liaison avec Marianne se révélait avoir un effet secondaire imprévu autant qu'inquiétant. Il l'eût accepté de bonne grâce, comme un de ces aléas inévitables rencontrés par les gens qui aiment jouer et prendre des risques, si, en rentrant chez lui après avoir passé un long moment à discuter avec Tom des diverses tactiques possibles, il n'avait pas trouvé ce mot de Marianne. Il estimait s'être fort bien conduit pendant le week-end : il avait loué un avion, réveillé son chauffeur aux aurores, réconforté Marianne de son mieux, il s'était éclipsé avec tact pour la laisser avec ses filles, le tout sans se plaindre un seul instant – et qu'en récoltait-il? Un simple petit mot de remerciement, impersonnel, accompagné d'une prière qu'il la laisse seule « pendant quelques jours ».

Il décrocha aussitôt son téléphone et lui demanda, non sans une pointe de sécheresse, de dîner avec lui le soir même.

— Je suis vraiment navrée, Nico, je ne peux pas. Je me sens très mal à l'aise, pour tout.

— Alors, tu as besoin de quelqu'un qui t'aide à te sentir mieux, répondit-il, en tâchant de paraître enjoué.

— Non, Nico, je t'assure.

— Marianne (il sentait l'irritation le gagner), je comprends fort bien que tu te tourmentes à cause de tes soucis, mais il me semble que tu devrais avoir envie de m'en parler, plutôt que de me fuir.

— Non, Nico, tu ne pourrais pas comprendre. Je t'en prie, laisse-moi seule un moment.

— Très bien, dit-il d'une voix froide, et il préféra raccrocher.

Sa réaction était illogique, il le savait, au fond : Marianne n'avait aucune idée des récentes manœuvres de Felix, et de toute façon c'était bien lui, Nico, qui l'avait courtisée, qui avait incité Felix à la vengeance, et non l'inverse. Pourtant, il trouvait qu'elle aurait pu lui consacrer un peu de temps, puisqu'il le lui demandait.

— Allô ? Je suis bien à la villa Vittorio ?

Elle avait fini par se résoudre à téléphoner en Toscane. La maison, où elle avait essayé d'appeler quelques heures plus tôt, ne répondait pas : Caroline devait être restée chez ses parents avec Minty ; elle avait eu raison, et Octavia lui faisait entièrement confiance. Toutefois, ce n'était pas à Caroline qu'elle avait besoin de parler, dans l'état d'esprit incertain où elle se trouvait, mais à une voix plus familière et plus passionnée, à l'un de ses enfants – peut-être pour se persuader qu'on pouvait être à la Barbade en compagnie de son amant et rester une bonne mère, comme les voix joyeuses des jumeaux le lui prouveraient quand ils l'entendraient.

Peut-être avait-elle aussi besoin d'appeler en Toscane pour un autre motif ? Par exemple, pour se remettre présentes à l'esprit les raisons, les bonnes raisons, qu'elle avait eues de venir ici avec l'amant en question ?

— *Scusi ?*

— Je disais... est-ce que je pourrais parler à la signora Bartlett ?

— Signora pas là.

Tant mieux, songea Octavia.

— Vous parler signor Bartlett. Je cherche lui.

— Merci.

Quelques instants plus tard, la voix chaude et grave de Drew Bartlett lui parvenait aux oreilles.

— Octavia... Comme c'est merveilleux de vous entendre. Comment allez-vous, quel temps fait-il à la Barbade ?

— Superbe, merci, même si ça se termine demain.

— Vraiment ? C'était un court séjour.

— Oui, mais il faut que je rentre. Est-ce que les enfants sont sages ?

— Comme des images. Gideon est un vrai petit acrobate, qui nous a fait un magnifique plongeon aujourd'hui, pour le premier jour où il avait le droit de nager.

— Son pied va bien ?

— Parfaitement. Nous l'avons fait vérifier par le médecin d'ici, par précaution, et tout va bien.

— Oh ! merci beaucoup, c'est très gentil à vous. Et Poppy ?

— Adorable, vraiment adorable. Malheureusement les filles ne sont pas là, elles passent la journée à Florence. Prétendument pour les musées, a dit Lauren, mais entre nous je

503

pense qu'elles sont allées faire du shopping. Mais Gideon est là, vous voulez lui dire un mot?

— Oui, s'il vous plaît.

Elle attendit, mal assurée sur ses jambes; elle avait eu peur d'avoir Tom au bout du fil et son cœur en battait encore. La voix joyeuse et sonore de Gideon se fit entendre dans le combiné.

— Salut, maman!

— Bonjour, mon amour! Ton pied va bien, tu t'amuses?

— Super. Il faisait un peu chaud avant, mais aujourd'hui j'ai pu me baigner. Heureusement il y a un autre garçon ici, qui m'a laissé jouer avec sa Nintendo quand je ne pouvais pas me baigner. Et Drew – M. Bartlett, mais il veut qu'on l'appelle Drew – est vraiment gentil, il m'a appris à jouer aux échecs.

Et Tom, que faisait-il pendant ce temps? Il se baignait avec Lauren, sans doute...

— Comment va Poppy?

— Pff, casse-pieds... Elle n'arrête pas de rire bêtement avec Camilla, j'en ai marre... Elles sont allées à Florence en train et elles vont rentrer tard. J'aurais pu y aller aussi, mais il fait chaud et Drew a dit que ce serait plus amusant ici.

— Je vois. Et... et papa? demanda-t-elle avec difficulté, comment va-t-il?

Il y eut un silence, puis Gideon répéta :

— Papa?

— Il est allé à Florence, lui aussi?

— Quoi? Mais papa n'est pas ici, maman, dit Gideon d'une voix étonnée.

— Comment ça?

— Non, il n'est pas venu avec nous... Tu croyais qu'il était ici?

— Il n'est pas venu? répéta-t-elle mécaniquement, et elle

avait l'impression que le sol tremblait sous ses pieds, elle avait le vertige.

— Non. Il est à la maison, à Londres...

— Oh! je vois. Je pensais... Je me suis trompée, c'était idiot de ma part.

— Et là-bas, c'est comment? Encore plus chaud qu'ici, je parie...

— Très chaud, oui. En tout cas, chéri, je serai à Londres dimanche matin. Donne un énorme baiser à Poppy de ma part. Drew m'a dit que vous étiez très sages tous les deux. Il faut que j'y aille maintenant, je vous rappellerai de la maison.

Elle sentait un besoin urgent de raccrocher le téléphone, d'être seule avec ses pensées tournoyantes. Tout semblait tourneboulé, le noir était devenu blanc, et deux et deux ne faisaient plus quatre. Comment en était-elle arrivée à cette conviction-là, comment était-ce possible? Tom le lui avait-il laissé croire? Avait-il espéré aller en Toscane, avait-il pensé qu'il irait? Ou bien avait-*elle* été simplement stupide, dangereusement? Vite, très vite, avant que son courage ne la quitte, elle composa le numéro de la maison ; le téléphone sonna quelques instants dans le vide, puis le répondeur se mit en marche. Elle prit une profonde inspiration et s'apprêtait à laisser un message, quand la voix de Tom l'interrompit.

— Tom Fleming, j'écoute...

— Oh! Tom... Bonjour, c'est moi, Octavia.

Elle se sentait nerveuse et gênée.

— Bonjour, Octavia. Comment va, à la Barbade?

— Très bien, merci...

— Ici aussi, tout va bien. J'ai eu Caroline hier soir, elle ramène Minty demain.

— Tom...

— Oui?

— Tom, en fait, je pensais que tu étais... en Italie.

— Vraiment ? dit-il et sa voix était très froide tout à coup.

— Oui. J'avais dû comprendre de travers.

— En effet.

— Mais enfin, pourquoi tu ne m'as pas expliqué ?

— Est-ce que tu as jamais essayé d'expliquer à une mouche qu'il y avait des vitres aux fenêtres, Octavia ? J'ai essayé, plusieurs fois, mais tu es partie furieuse, sans rien vouloir entendre, et j'ai fini par laisser tomber. C'est dommage.

— Oui, c'est dommage. Je... en tout cas, je serai à la maison dimanche.

— Bien. Au revoir, Octavia.

— Au revoir, Tom.

Elle raccrocha, affreusement mal à l'aise. C'était très dommage, en effet : la seule raison pour laquelle elle avait demandé à Gabriel de venir avec elle était qu'elle se sentait blessée et furieuse que Tom aille là-bas...

— Quelque chose ne va pas ? demanda Gabriel, qui rentrait dans la pièce, en la trouvant debout près du téléphone.

— Non, tout va bien, merci, murmura-t-elle.

Mon Dieu... Il avait remis son maillot de bain violet avec cette affreuse chemisette à manches courtes, qu'il portait déjà la veille au soir, au dîner chez les Richardson. Ce qui avait été amusant en Angleterre, le côté député socialiste en chemise à carreaux, ne l'était plus du tout ici. En outre, ç'aurait été moins grave s'il n'y avait pas eu un point de comparaison : mais chaque fois qu'elle croisait un ami ou une connaissance, qu'il la saluait puis se tournait vers Gabriel, et qu'une lueur d'étonnement passait dans son regard, elle avait l'impression de voir le fantôme de Tom se dessiner dans ce même regard – Tom, toujours tiré à quatre épingles, toujours égal à lui-même.

Pourtant, elle serait morte plutôt que de faire une réflexion à son compagnon. Ce n'était pas lui qui était à blâmer, pas plus que les amis de son père, avec leurs idées réactionnaires, leur sens de l'élégance et leurs conversations futiles, toutes qualités – ou défauts – complètement étrangères à Gabriel. Elle seule était à blâmer pour l'erreur qu'elle avait faite : une erreur de casting, invisible quand ils se trouvaient seul à seul sur une plage déserte, mais qui sautait aux yeux dès qu'ils revenaient vers des lieux habités.

41

Les choses allaient presque trop vite, songea Felix Miller. Au rythme où il engrangeait les actions Cadogan, il allait bientôt devoir se déclarer officiellement. Mais quel plaisir ce serait... Il devrait faire une offre très élevée aux actionnaires, sans doute trois livres l'action – mais n'avait-il pas œuvré lui-même à faire monter les cours ? Et la société le valait sans doute ; toutes ses investigations l'indiquaient, Cadogan l'avait remarquablement gérée. Finalement, il avait travaillé pour lui sans le savoir, et cette pensée-là n'était pas non plus un mince plaisir. La première chose qu'il ferait, après avoir privé Cadogan de sa société (qui était une part de lui-même, autant que son propre nom, il l'avait dit un jour à Felix), serait de le faire exclure du conseil d'administration. Ainsi, il saurait ce que ça fait de perdre quelque chose qui vous est cher...

Comme il se plaisait à le penser, Felix avait les coudées franches : aucun recours possible pour Cadogan, puisque avec son OPA il n'avait pas l'intention de créer un monopole, à la différence de Western Provincial. Non, il ambitionnait juste de mettre un propriétaire d'hôtels au chômage.

Marianne se sentait très mal à l'aise et coupable envers Felix. Elle l'avait traité d'une façon affreuse et il ne le méritait pas. Elle n'était que la seconde dans son cœur, après Octavia; mais elle s'y était habituée, et elle lui devait beaucoup. Ce n'était pas un amant de passage dont on se débarrasse sur un coup de tête; ils avaient été presque mari et femme, et les sentiments de Marianne pour lui restaient très forts. Certes, il l'avait particulièrement négligée ces dernières semaines; certes, il s'était efforcé de détruire Tom, de détruire le mariage de sa fille; mais il avait été guidé par le plus noble des motifs, bien que ledit motif fût quelque peu dévoyé en l'occurrence : il avait été guidé par l'amour. Et elle, Marianne, sûrement la deuxième personne qu'il aimait le plus au monde, l'avait abandonné au moment où il avait le plus besoin d'elle, où il avait besoin qu'on le protège contre son pire ennemi : lui-même.

Elle se sentait également coupable envers Nico, bien sûr, mais elle n'aimait pas Nico, elle en était sûre aujourd'hui. L'amour, dans toute sa tortueuse complexité, c'était pour Felix qu'elle le ressentait. Il était temps d'arrêter de le trahir.

L'explication avec Alec avait été terrible, pire encore qu'elle ne l'avait craint; mais au moins il était reparti, en emmenant les deux filles à Martha's Vineyard, et cela leur ferait le plus grand bien de passer quelques jours là-bas, à l'une comme à l'autre. Quant à Marianne, cela lui permettrait de remettre un peu d'ordre dans sa vie.

— Alors, quand est-ce qu'Octavia rentre? demanda Caroline, qui donnait des cuillerées de céréales à Minty.

— Tôt demain matin, répondit Tom.

Puis, remarquant que Minty frottait ses céréales dans son cou, il ajouta :

— Minty, les Weetabix ne sont pas faites pour ça...

508

— Je ferais mieux de te trouver un autre bavoir, dit Caroline. Il lui en faut des nouveaux, ceux-là sont trop petits. Je crois qu'il y en a de plus grands dans ce tiroir, dit-elle en l'ouvrant... Oh!

— Qu'est-ce qu'il y a? dit Tom.

— Le portable de Mme Fleming! Drôle d'endroit pour le mettre, sous les torchons de cuisine...

— C'est peut-être Mme Donaldson qui l'a mis là...

— Non, elle a été absente toute la semaine, elle est allée voir sa fille et son nouveau petit-fils. Bah! peu importe, l'essentiel c'est qu'on l'ait retrouvé.

— Oui, fit Tom pensivement, peu importe.

C'était exact, s'aperçut-il en regardant autour de lui, Mme Donaldson n'était pas venue. Les draps n'avaient pas été changés, ni les serviettes, les corbeilles à papier n'avaient pas été vidées; dans sa solitude et sa déprime, il ne l'avait même pas remarqué jusque-là. En tout cas, ce n'était pas Mme Donaldson qui avait mis le téléphone sous les torchons de cuisine. Alors, qui?

— Je vais sortir avec Minty, dit Caroline, il fait si beau...

— Elle a l'air en pleine forme, Caroline. Visiblement l'air de la campagne lui a fait du bien. Merci de l'avoir emmenée. Il faut maintenant que j'aille au bureau, à bientôt.

— Au revoir, Tom. Voulez-vous que je vous prépare quelque chose à dîner pour ce soir?

— Non, je dînerai dehors, merci.

Il partit en voiture, tâchant de se concentrer sur la journée à venir; il avait une réunion à dix heures avec Nico Cadogan, très inquiet quant aux intentions de Felix Miller, et qui avait grand besoin d'être rassuré. Mais une partie de son esprit restait fixée sur le portable caché sous les torchons de cuisine. Ça le troublait, sans qu'il parvînt à savoir pourquoi.

— Ça n'a pas vraiment marché, n'est-ce pas? dit Gabriel.

Il allongea la main, caressa le ventre plat et brun d'Octavia; d'abord elle se raidit, puis finit par se détendre. Ils étaient allongés sur la plage, à l'ombre des grands arbres; ils s'étaient peu à peu rapprochés l'un de l'autre après une longue dispute, une nuit sans sommeil – et au réveil, Gabriel avait avoué qu'il n'avait guère été courtois avec les amis d'Octavia, guère facile à vivre au cours de ces derniers jours; Octavia, elle, avait reconnu qu'elle lui en avait trop demandé, qu'il ne s'attendait sûrement pas à toutes ces mondanités.

— Non, répondit-elle enfin, avec beaucoup de difficulté, ça n'a pas marché, j'en ai peur.

— C'est la faute du soleil, dit-il avec un sourire un peu contraint. Du soleil et de Marks and Spencer.

— Marks and Spencer?

— Ils n'avaient pas le moindre vêtement d'été convenable lorsque j'y suis allé l'autre jour. Rien que des choses en solde, et des affaires d'hiver en laine. Donc, je n'ai pas pu m'habiller correctement.

— Oh! je vois..., dit-elle en souriant à son tour.

Puis, changeant de ton :

— Peut-être est-ce mieux ainsi, après tout.

Il la regarda, très étonné.

— Comment peux-tu dire une chose pareille?

— Au moins, ça règle la question, non? Autrement, ça aurait peut-être traîné en longueur pendant des mois, sans mener nulle part, avec pour seul effet de perturber nos vies...

— Oui, une sérieuse perte de temps, conclut-il en hochant la tête. Ton pragmatisme est impressionnant. Il faudra que tu m'en lègues un peu avant que nous nous séparions.

— Gabriel, je t'en prie, dit-elle en lui prenant la main.

— Je ne comprends pas, c'est tout.

— Ce que je voulais dire, murmura-t-elle, c'est que si nous

nous rendons compte au bout d'une semaine que ça ne marche pas et que ça fait mal, nous aurions souffert davantage au bout de plusieurs semaines ou de plusieurs mois.

— C'est une vision très... rationnelle des choses. Malheureusement, je ne crois pas savoir rationaliser mes sentiments aussi bien que toi. Et franchement, je me demande si ce n'est pas l'une des raisons pour lesquelles ça n'aurait... de toute façon pas pu marcher entre nous.

— Oh! non, souffla-t-elle, et elle enfouit son visage dans ses bras.

— Octavia, je suis désolé, corrigea-t-il en se rapprochant d'elle, mais elle secoua la tête.

— Non, ne sois pas désolé, tu dois avoir raison. Je suis sans doute tout ce que tu as dit la nuit dernière : autoritaire, manipulatrice, arrogante...

— J'ai vraiment dit tout cela?

— Oui. Et aussi que j'étais une arriviste, que j'avais le cuir épais. Tu avais peut-être raison. Pas pour le cuir épais, non, mais pour le reste... J'aime avoir la situation en main, c'est vrai, c'est même mon défaut principal.

— Je dirais que tu as besoin de la contrôler, oui, de savoir que les choses se passent en temps et en ordre... Mais est-ce vraiment un défaut? Ça t'a permis de réussir...

— Oui, de réussir si bien que mon mariage est brisé.

— Il l'est vraiment?

— Bien sûr! Je néglige mes enfants, mon travail lui-même est en danger...

— Ça, j'en doute.

— Tu ne sais pas tout! Je ne suis jamais au bureau, toujours avec mes problèmes, laissant tomber les gens, me défilant pour les réunions... Ce n'est pas une façon de diriger une société, sûrement pas.

— Tu avais peut-être raison, dit-il d'un air songeur.

Cela aurait peut-être traîné en longueur pendant des mois, toi accaparée par tes enfants, par tes clients, moi par mes électeurs...

— Peut-être par ta fiancée non officielle?

— Non, pas elle. Pas après toi.

— Merci, murmura-t-elle en lui posant la main sur le bras.

— Octavia...

— Oui?

— Notre histoire n'a pas marché, et je t'ai dit certaines choses hier soir sous le coup de la colère, mais elles ne reflètent pas ce que je pense vraiment de toi.

— Et qu'est-ce que tu penses vraiment de moi?

— Que tu es l'une des femmes les plus sexy que j'aie jamais connues. Je continue à le penser, autant qu'avant.

— Gabriel, je t'en prie... Tu m'as à peine touchée depuis que nous sommes ici.

— C'est la faute du soleil, plaida-t-il d'un air navré. Je me suis senti mal fichu la plupart du temps – un mal de tête chronique, la peau qui me cuisait, mal à la gorge... J'ai été invité dans un endroit de rêve, par une femme superbe, et j'ai passé une bonne partie de mon temps à me plaindre. La plupart des hommes penseraient que je suis fou, et j'ai du mal à le croire moi-même, mais en tout cas cela n'a rien à voir avec ce que je ressens vraiment pour toi.

— Qu'est-ce que tu ressens *vraiment* d'autre, si je ne suis pas autoritaire, arrogante et manipulatrice?

— Je te rappelle que, hier soir, j'étais égocentrique, suffisant, immature... Ce que je ressens d'autre, vraiment?

— Je te le demande par simple curiosité, parce que je n'y croirai pas, je le sens déjà.

— Hmm... Tu es extrêmement intelligente. Tu as une grande faculté à apprécier les choses positives de la vie. Tu es curieuse, généreuse, attentive...

— Mais?

— Mais tu veux toujours être parfaite, et cela masque tes qualités à tes propres yeux.

— C'est vrai, oui, murmura-t-elle lentement.

— Il y a autre chose encore, et c'est sûrement ce qui a fait que ça ne pouvait pas marcher entre nous, ajouta-t-il après un long silence.

— Quoi?

— Tu aimes toujours ton mari.

— Marianne? C'est Nico.

— Oh! bonjour.

Elle fut heureuse d'entendre sa voix; il lui manquait plus qu'elle ne voulait l'admettre. Pourtant...

— Je me demandais si nous ne pourrions pas dîner ensemble.

Sa voix était différente d'avant; il semblait plus hésitant, moins sûr de lui.

— Eh bien, je...

— Oui?

— Je ne peux vraiment pas, je suis désolée.

— Demain, peut-être?

— Non, pas demain non plus, répondit-elle à contrecœur.

Il y eut un silence, puis il dit:

— Dois-je en déduire que tu veux m'éviter? Durablement?

— Je...

Elle hésita, puis rassembla son courage et dit:

— Oui. Oui, c'est cela, en effet.

— Je vois.

Sa voix devint soudain glaciale, changée à un point qu'elle n'aurait pas cru possible; pendant une terrible seconde, elle lui rappela la voix d'Alec.

— Et tu pourrais me dire ce qui a provoqué ce revirement? Cela tient à moi? Est-ce que je n'ai pas été assez rapide pour te ramener à Londres dimanche matin? Est-ce que je n'ai pas assez compati à tes problèmes familiaux?

— Nico, je t'en prie... Bien sûr que non, ce n'est rien de tout cela, tu as été merveilleux... Mais j'ai beaucoup réfléchi.

— À quoi?

— À... à Felix, dit-elle après une hésitation.

— Felix!

— Oui. Quoi que j'aie pu dire, je sens... que je lui dois encore ma loyauté.

— Loyauté? C'est amusant, très amusant!... Laisse-moi te dire une chose, Marianne, Felix Miller n'a pas la moindre idée de ce que signifie ce mot! Pas plus qu'honneur, ou décence, aucune de ces valeurs-là!

— Nico...

— Cet homme est un salaud! Un salaud sournois et malhonnête, qui ne sait faire qu'une chose, être amoureux de sa propre fille!

— Nico, arrête! Ne parle pas comme ça de Felix, je t'en prie!

— Je parlerai de lui comme ça me plaira, et je trouve très pénible que tu le fasses passer devant moi dans tes priorités, Marianne! Extrêmement pénible! En tout cas, tu es libre, et je n'essaierai sûrement pas de te retenir. Bonne journée...

Octavia fixa Gabriel, stupéfaite.

— Ne dis pas de bêtises, voyons... Bien sûr que je n'aime plus Tom, je le *hais*! L'idée qu'il ait pu avoir non pas une simple liaison, mais une liaison avec ma meilleure amie...

— Qui manifestement est folle à lier...

— Et alors, quel rapport?

— Un rapport évident. Il s'est fait piéger, salement piéger.

— Et tu crois que ça l'excuse ? Tu prends sa défense, maintenant – par solidarité masculine, peut-être ?

— Je ne dis pas ça, non. Je dis que c'était une double trahison, très moche, très dure à supporter, qui a transformé ta vie en un véritable champ de mines, et maintenant tu te méfies de tout le monde, mais le fait est que tu l'aimes toujours. Vous êtes faits l'un pour l'autre, vos deux vies sont indissociables. Tu hais ce qu'il a fait, tu ne le hais pas, lui.

— Si, Gabriel, je t'assure. Écoute, si nous parlions d'autre chose ? Qu'est-ce que tu aimerais faire, pour notre dernière journée ?

— Juste rester ici. Nous baigner, nager sous l'eau, faire la sieste, bavarder. Peut-être dîner tout à l'heure dans ce charmant restaurant sur la plage ?

Elle hocha la tête.

— Peut-être que si je t'avais laissé faire ça tous les jours, tout irait encore bien entre nous ? Allez, au diable les regrets, profitons du présent. Est-ce que je vais chercher les masques et les tubas ?

— Oui, mais donne-moi un baiser d'abord. Et peut-être que l'idée d'une... dernière petite sieste ne serait pas à rejeter ? Ou bien cela te choque ?

— Je suis vraiment désolée, murmura-t-elle, mais je n'y tiens pas... Non que cela me choque, mais plutôt... je ne crois pas que j'y mettrais tout mon cœur, maintenant. C'est difficile à expliquer...

— Ce n'est pas grave. Je comprends et je ne t'en veux pas. Oui, va donc chercher les masques et les tubas...

Il la suivit des yeux tandis qu'elle s'éloignait sur la plage. Il avait raison, il le savait : elle aimait toujours Tom Fleming. Même si ç'allait être terrible pour elle de le reconnaître.

42

— Oh! bonjour, dit Octavia.

Sa voix, elle s'en rendait compte, sonnait drôlement; tendue, hésitante, pas du tout celle qu'elle aurait espérée, ferme et tranquille. Son apparence non plus n'était pas ce qu'elle aurait voulu : elle avait eu beau changer de T-shirt à l'aéroport, se parfumer, se maquiller, elle se sentait encore chiffonnée comme au sortir de l'avion. Tandis que Tom était l'image même de la fraîcheur et des vacances, avec sa chemise blanche sans col, son jean, ses chaussures de bateau. Non qu'elle ait eu le moindre désir de l'impressionner, encore moins de le séduire, puisque de toute façon ils allaient divorcer; mais elle avait toujours été très tributaire de son apparence, et là, elle ne se sentait pas en position de force pour discuter avec lui.

— Bonjour, dit-il en lui prenant sa valise. Bon voyage?

— Très bon, merci.

Elle fut heureuse de réussir à lui sourire, d'un air dégagé. Dans un scénario idéal, ils resteraient amis; pas des amis proches, non, mais c'était important pour les enfants.

— Tu as l'air en forme...

— Oh! non, Tom! Je n'ai pas dormi de tout le trajet.

— Bien, alors tu n'as pas l'air en forme, dit-il en lui souriant à son tour. Tu veux manger quelque chose?

— Non, merci. Je n'ai pas faim.

— Du café, alors?

— Oui, volontiers. Où est Caroline?

— Elle a emmené Minty faire une petite promenade. Nous ne t'attendions pas aussi tôt. Ton avion a dû arriver très à l'heure?

— Oui. Et il n'y avait pas de circulation sur la route, bien sûr.

— Non, bien sûr que non.

Ils gardèrent quelques instants le silence, embarrassés, puis elle dit :

— Je vais d'abord prendre une douche, ensuite je descendrai boire une tasse de café. Tu... tu restes là un moment ?

— Oui..., répondit-il d'un air étonné. Nous sommes dimanche, tu sais.

— Je sais, mais...

Comment lui expliquer ? Elle avait pensé qu'il sortirait peut-être, qu'il ne resterait pas là, à la maison, comme avant, comme si de rien n'était...

— Mais quoi ?

— Non, rien... Je monte.

La douche lui fit du bien. Elle enfila un polo blanc, un short, puis elle sortit ses affaires sales de la valise pour les mettre dans le panier à linge. Une poignée de sable en tomba et elle se remémora la journée de la veille, quand ils étaient revenus s'étendre sur ce même sable après s'être baignés. Ils avaient parlé de l'avenir et Gabriel lui avait dit qu'il l'appellerait, mais dans quelques semaines seulement...

— Pas tout de suite, ce serait douloureux. Mais après, j'espère que nous pourrons être amis... De toute façon, il y a le problème de Bartles Wood à régler.

Soudain Gabriel lui manqua, en dépit de tout : le Gabriel du début, avec qui elle avait espéré connaître une histoire qui lui redonnerait confiance en elle, qui lui permettrait d'affronter Tom et de lui faire ses adieux, tout en se sentant encore désirable. Ce ne fut qu'un flash de la mémoire, l'affaire d'un instant. Elle finit de mettre le linge dans le panier, redescendit ; Tom l'attendait en bas avec un jus d'orange et une cafetière fumante.

— Merci, lui dit-elle. J'ai hâte que Minty rentre, elle m'a

tellement manqué... Et les jumeaux aussi. Tu as de leurs nouvelles?

— Non, ils n'ont pas appelé. Ils rentrent vendredi. Et ton séjour, ça s'est bien passé?

— Oui, bien sûr. Il faisait un temps superbe et j'ai vu une foule d'amis.

— Tu es allée à Crane?

— Bien sûr...

Tom avait toujours eu une prédilection pour Crane. Ils y avaient fait l'amour une fois au début de leur mariage, dans le secret d'une grotte, derrière la baie. Tous les détails de la scène se pressaient à l'entrée de sa mémoire; elle secoua la tête pour les repousser, mais elle était sûre que Tom se les remémorait lui aussi à ce moment précis — et c'était comme si elle s'était retrouvée nue devant lui, gémissant de plaisir dans ses bras, au lieu d'être vêtue, distante, hostile. À la fin il lui avait déclaré : « Je n'oublierai jamais cet instant. Jamais, tant que je vivrai, et quoi qu'il puisse nous arriver à tous les deux. »

— Comment va Elvira?

— Bien, elle t'embrasse. Et toi, qu'est-ce que tu as fait? Puisque tu n'étais pas en Toscane... Je ne comprends toujours pas comment j'ai pu le croire, se sentit-elle obligée d'ajouter, à contrecœur.

— Moi non plus. J'ai essayé de t'appeler ce matin-là, le matin où tu es partie.

— Où étais-tu?

— Dans un hôtel, répondit-il, les yeux presque amusés. Avec Bob Macintosh, et la pire gueule de bois que je puisse me rappeler.

— Vraiment?

— J'ai bu parce que c'était pénible de les voir partir sans moi.

— *Les* voir... Tu veux parler de Lauren?

C'était mesquin, elle le savait, mais elle n'avait pu s'en empêcher.

— Non, pas Lauren, Octavia... Je n'arrête pas de te le répéter, il n'y a rien entre elle et moi.

— Tu étais bien avec elle le soir d'avant votre... d'avant son départ ?

— Oui, j'étais avec elle, c'est vrai, mais nous n'avons fait que nous baigner ensemble.

— Vous baigner ensemble ! Oh ! Tom, dit-elle en retrouvant toute sa colère, tu pourrais faire mieux, franchement ! Note bien que je me fiche de ce que tu faisais avec Lauren, de toute façon c'est loin de ce que tu as fait avec Louise, avec ma meilleure amie !

— Pour l'amour du ciel, dit-il d'un air las, il faut vraiment que nous recommencions déjà, alors que tu viens à peine de rentrer ?

Avant qu'elle ait eu le temps de répondre, il prit les devants et lui demanda, le regard déterminé :

— Écoute, il y a au moins un point que je voudrais éclaircir. J'ai essayé de t'appeler je ne sais combien de fois, juste avant que tu partes. Ici.

— J'étais chez mon père. Je suis venue chercher mes affaires, mais nous ne sommes restés qu'une dizaine de minutes. Le taxi est arrivé à huit heures un quart.

— Je sais, oui.

— Comment le sais-tu ?

— Parce que j'ai eu ton père au téléphone, et il m'a dit que tu étais partie.

— Alors, c'est que je l'étais.

— Oui, bien sûr... Mais ensuite j'ai essayé de t'appeler sur ton portable, pendant que tu allais à l'aéroport, pour te dire que... Maintenant ça n'a plus d'importance, bien sûr.

— Mon portable ? Je ne l'avais pas avec moi.

— Non, je sais que tu ne l'avais pas avec toi, ou plutôt qu'il était éteint, c'est ce que cette fichue messagerie n'a pas arrêté de me répéter. Octavia, tu ne vas jamais nulle part sans ton portable. Pourquoi ne l'as-tu pas emporté?

— En fait, j'étais sûre de l'avoir mis dans mon sac, mais quand je l'ai cherché, il n'y était pas.

— Oh! je vois, dit-il lentement. Je vois...

— D'ailleurs, il va vraiment falloir que je le trouve aujourd'hui. J'espère que je ne l'ai pas laissé à Hampstead ce matin-là.

— Non, tu ne l'as pas laissé là-bas.

— Pourquoi?

— Il est ici. Caroline l'a trouvé, dans le tiroir des torchons de cuisine.

— Quoi? C'est absurde, je ne l'aurais jamais mis là!

— Non, en effet. Je ne pense pas que tu l'aurais mis là. Il n'empêche qu'il y était, et c'est pour cela que je n'ai pas pu te joindre ce matin-là.

Une étrange expression passa dans les yeux de Tom pendant qu'il la regardait. Une expression faite d'amertume, de désarroi et aussi d'autre chose, de colère — mais une colère qui ne semblait pas dirigée contre Octavia. Elle ne comprenait pas et aurait voulu lui demander ce qui se passait, ne trouvait pas les mots; elle venait de prendre une grande inspiration et s'apprêtait à lui poser la question, quand la porte s'ouvrit sur Caroline qui portait Minty, tandis que le bébé poussait un cri joyeux:

— Ma-ma!

Octavia prit sa fille dans ses bras et ne pensa à rien d'autre pendant plusieurs heures.

— Papa! Comme je suis heureuse de te voir...

— Moi aussi, ma chérie. Et tu as l'air d'aller beaucoup mieux...

Louise lui sourit, l'embrassa. Il était une pièce maîtresse de son plan, il fallait le mettre totalement en confiance pour que cela marche.

— Je me sens beaucoup mieux, oui. Ils disent que je pourrai peut-être sortir dans une semaine.

— Une semaine ! Je ne pensais pas que tu sortirais aussi tôt !

— Peut-être un peu plus, mais, bon... Bientôt, en tout cas. Hier j'ai été déjeuner avec Sandy et Dickon dans un pub, un vrai pub ! C'était formidable...

— Bien... Et que dit le docteur ?

— Il est très optimiste. Les médicaments me font beaucoup de bien, je dors mieux, je vais me promener tous les jours avec l'une des infirmières... Oh ! Papa, il y a une chose que j'aimerais beaucoup faire, aussi.

— Quoi, ma chérie ?

— Que tu viennes me chercher pour que j'aille déjeuner avec toi à Rookston, un de ces prochains jours.

— J'adorerais moi aussi, ma chérie... Si le docteur est d'accord, évidemment.

— Je suis sûre qu'il le sera. Tu... tu pourrais le lui demander ?

— Bien sûr. Ce serait merveilleux... Janet sera ravie.

— Merci beaucoup. Et toi, comment vas-tu ?

— Je tiens le coup. J'ai repris mon petit travail à mi-temps...

Louise sourit : son petit travail à mi-temps consistait à siéger au conseil d'administration d'une des plus grosses sociétés d'agents de change du pays.

— Je suppose que tu as fini de trier les affaires de maman, dit-elle d'une voix mélancolique.

— Pas complètement, non. Il reste encore beaucoup à faire.

— Ses vêtements aussi ?

— Oui. J'ai du mal à affronter ça, je l'avoue.

— Et ses... bijoux ?

Elle s'efforçait de conserver une voix ferme et naturelle, terrifiée à l'idée que celle-ci pût sombrer, la trahir.

— Oh! chérie, je ne sais vraiment pas quoi en faire... Pas les plus précieux, mais ceux de tous les jours, qu'elle gardait dans sa...

— Dans son coffret ? demanda-t-elle, le cœur battant.

— Oui. Ils y sont tous encore.

Dieu merci! Elle avait eu si peur qu'il s'en soit débarrassé, qu'il ait vidé le coffret victorien en bois... Anna y rangeait ses boucles d'oreilles, des dizaines de paires, la plupart en or ou serties d'une perle, le bracelet à breloques que Charles lui avait offert au moment de leur mariage, et qui, de simple chaîne, était devenu un assortiment hétéroclite quarante ans plus tard, des bijoux fantaisie, un crucifix Chanel, une broche Yves Saint Laurent... Et aussi des petits trésors familiaux, accumulés au fil d'une vie, premières dents, premiers bracelets, bagues de chez Woolworth's que les enfants lui offraient à Noël... Puis il y avait autre chose encore dans cette boîte, autre chose dont Louise avait besoin. La chose la plus précieuse de toutes.

— Tu sais, dit-elle, je serais ravie de m'occuper de tout ça pour toi. Et de ses vêtements aussi. Peut-être quand je viendrai déjeuner ?

— Vraiment, chérie ? Je t'en serais très reconnaissant... Ça ne te secouera pas trop ?

— Pas trop, non, je ne pense pas. Et je serai contente de t'aider, tu en as fait tellement pour moi... Tu demanderas au docteur, n'est-ce pas ? Et en même temps, demande-lui si nous pouvons aller déjeuner dehors tous les deux aujourd'hui, et dis-lui comme tu m'as trouvée bien...

Marianne, debout dans le hall, attendait l'arrivée de Felix. Elle l'avait appelé la veille au soir et il avait été tout juste aimable, suggérant qu'elle vînt prendre un verre avant le déjeuner, sans mentionner le repas lui-même ; ce n'était guère encourageant.

— Bonjour, Marianne.

— Bonjour, Felix.

Il avait l'air en pleine forme ; elle s'était un peu attendue, naïvement, à le trouver pâle et les traits tirés, mais non, il avait l'air serein et détendu.

— Je suis content de te voir, lui dit-il sans conviction.

— Moi aussi, Felix.

— Tu veux boire quelque chose ?

— Rien d'alcoolisé, mais un café oui.

— Je vais te le préparer, entre au salon.

Les journaux étaient étalés sur la table basse ; le *Sunday Time* et l'*Observer* étaient tous deux ouverts sur les pages de la Bourse — les premières qu'il lisait toujours. Une photo de Felix illustrait l'un des articles (ce qui n'avait rien d'inhabituel), un article dont le titre était : « OPA À CINQ ÉTOILES ? » Elle se demandait de quoi il pouvait bien s'agir, mais ne voulait pas commencer à le lire au cas où il la surprendrait, craignant d'avoir l'air indiscrète ; aussi s'assit-elle sur un siège près de la fenêtre pour contempler le jardin.

Felix revint bientôt avec un plateau.

— Tu as l'air en forme, Marianne, dit-il en lui tendant une tasse.

— Oui, je me sens bien, merci.

— Désolé pour hier soir. J'ai dû te paraître de mauvaise humeur, mais je venais juste de m'endormir.

Elle l'avait appelé tard, ayant passé une bonne partie de sa soirée solitaire à réunir son courage pour décrocher le téléphone.

— J'aurais dû t'appeler plus tôt, pardon, mais comme en général tu te couches tard... Je voulais seulement... m'assurer que tu allais bien.

— Bien sûr je vais bien. Pourquoi n'irais-je pas bien ? Je ne suis pas malade.

— Non, je sais, mais...

— Tu pensais que je me languissais peut-être de toi ? lança-t-il brutalement. Non. Je ne me languis pas, je ne m'étiole pas, désolé.

— Je ne pensais pas cela, non, dit-elle doucement. Je me sentais seulement un peu... gênée. Ou coupable, comme tu veux. Après la façon dont nous nous sommes quittés.

— *Nous* ne nous sommes pas quittés, Marianne, *tu* es partie, c'est différent. J'espère que ce n'est pas lui qui t'a envoyée ? ajouta-t-il de but en blanc.

— Qui ?

— Cadogan, mon ancien ami. Judas...

— Non, bien sûr que non... Il ignore absolument que je suis ici, et de toute façon nous...

— Tu en es sûre, n'est-ce pas ? l'interrompit-il. Il ne t'a pas demandé de m'enjôler, de me dissuader d'acheter sa société ?

— D'acheter sa société ? répéta-t-elle en ouvrant des yeux ronds. De quoi parles-tu ?

— Marianne, je ne suis pas naïf à ce point-là, ni toi non plus, j'imagine ! Il y a des bruits qui courent, on en parle même dans les journaux aujourd'hui... J'aimerais beaucoup croire que tu n'étais pas au courant, mais c'est difficile à avaler, franchement. Vu le moment choisi. Je n'avais pas remarqué que tu étais si soucieuse de ma santé jusque-là.

— J'ignorais totalement que tu voulais acheter la société de Nico, affirma-t-elle, et sa voix tremblait, car les insinuations de Felix l'avaient vivement blessée.

— Je n'ai pas dit que je voulais le faire, seulement que des bruits couraient à ce sujet.

— Très bien, alors j'ignorais que des bruits couraient. Sont-ils fondés ?

— Tu crois vraiment que je vais te le dire, à toi ?

Elle ne répondit pas tout de suite, le contempla d'un air amer et triste.

— Pourquoi ? Tu penses que je courrais le lui répéter ? Tu as une bien piètre opinion de moi, on dirait. Que tu aies envie ou non d'acheter la société de Nico ne m'intéresse pas le moins du monde. Comme je te l'ai dit, je voulais m'assurer que tu allais bien, mais je me rends compte que c'était assez idiot de ma part.

L'espace d'une seconde, il parut hésiter, puis sa dureté et sa méfiance reprirent le dessus.

— Je préférerais vraiment que tu t'en ailles, Marianne. Ta présence ici n'a plus de raison d'être. Notre relation est terminée, et j'ai d'autres soucis en tête.

Elle réussit à regagner sa voiture et à démarrer avant d'éclater en sanglots, d'humiliation, de colère et de douleur. Elle ne pouvait savoir qu'à l'intérieur de la maison Felix Miller s'était assis à son bureau, après avoir allumé la chaîne stéréo sur le concerto pour violoncelle d'Elgar à plein volume, la respiration oppressée, le regard étrangement fixe — comme si le simple fait de remuer les paupières risquait de laisser échapper sur ses joues quelque chose de parfaitement incongru, qui n'y avait plus coulé depuis des temps immémoriaux.

43

Même fatiguée comme elle l'était, Octavia ne parvenait pas à s'endormir ; elle se sentait trop agitée, trop nerveuse. Elle avait rendu visite à son père, donné son bain à Minty, puis s'était couchée — mais maintenant elle se tournait et se retournait dans son lit sans trouver le sommeil. Elle pensa à prendre un somnifère, mais à coup sûr elle se réveillerait à quatre heures du matin avec la tête lourde. Elle avait besoin d'exercice physique. Après sa nuit blanche, courir ou même marcher ne lui disait rien ; la salle de gym la tentait davantage. Quelques minutes ou quelques dizaines de minutes sur leurs appareils et elle se sentirait mieux, elle tomberait dans une agréable torpeur. Et peut-être un peu de natation ensuite. Oui, c'était ce qu'il lui fallait. Elle enfila un caleçon et un T-shirt, puis sortit dans la rue en courant.

La salle de gym était vide, comme toujours au mois d'août : pas besoin de faire la conversation. Elle travailla dur, rama, pédala, marcha, sentit qu'elle commençait à s'apaiser. Un peu de natation par là-dessus et tout irait bien.

Elle descendit à la piscine, plongea, nagea férocement une dizaine de longueurs et ressortit. Elle tremblait tout à coup et elle avait très soif, comme souvent quand elle était fatiguée, aussi gagna-t-elle le bar pour boire un jus de fruits.

— Vous avez l'air en forme, madame Fleming, dit le jeune serveur. Vous avez pris un peu de vacances ?

— Oui, à la Barbade. Juste une semaine, malheureusement.

— M. Fleming a aimé ?

— Lui ? Oh ! oui, beaucoup.

Inutile d'entrer dans des explications compliquées.

— Il avait l'air fatigué la dernière fois que je l'ai vu, dit-il en ajoutant de la glace et du citron dans son cocktail de fruits.

— Vraiment? Quand était-ce?

— Oh! Je ne sais plus trop, en fait, madame Fleming. Le temps passe, vous savez...

Il était mal à l'aise soudain, conscient d'avoir enfreint l'une des règles cardinales de la maison : on ne parlait jamais des membres aux autres, même s'il s'agissait de leurs conjoints. *Surtout* s'il s'agissait de leurs conjoints.

— Ne vous tracassez pas, dit-elle, en essayant de paraître détendue. Je sais qu'il était ici avec Mme Bartlett il y a une dizaine de jours, vous n'allez pas déclencher de divorce. Ils ont juste piqué une tête avant de venir dîner à la maison.

Elle le vit se détendre, manifestement soulagé.

— Oui, dit-il, en effet. Ils ont nagé.

— Et vous trouvez qu'il avait l'air fatigué? Pauvre vieux Tom, il travaille si dur...

Elle s'assit pour assimiler cette information : ils étaient bien venus nager ensemble, comme Tom le lui avait dit. Certes, ils avaient pu aller ailleurs après – mais il était rentré à la maison à neuf heures. Avant? Non, Aubrey lui avait dit que Tom était au Connaught avec un client, et Aubrey ne lui aurait pas menti. Elle se souvint qu'elle avait frappé Tom ce soir-là, grimaça. Pas très malin, pas malin du tout, même.

Lucilla Sanderson non plus ne parvenait pas à dormir; la soirée était chaude et il n'y avait pas d'air, bien qu'elle eût laissé la fenêtre de sa chambre ouverte. Pas un bruit nulle part – les oiseaux eux-mêmes semblaient avoir succombé à la torpeur. Seules ses petites amies les chauves-souris mettaient un peu de mouvement dans la pénombre du crépuscule, vives, rapides, silencieuses. Sans doute produisaient-elles un son, mais si aigu que les oreilles humaines ne pouvaient pas l'entendre. Elle aimait rester assise et les observer longuement, jusqu'à ce que l'obscurité eût fini de les engloutir. Nora Greenly, elle, les détestait, disait qu'elles lui faisaient peur, qu'elles lui donnaient la chair de poule ; elle ne voulait pas ouvrir sa fenêtre quand elles étaient dans les parages, affirmant qu'elles pouvaient se prendre dans vos cheveux, ou Dieu sait quelle absurdité du même genre. Et ils étaient nombreux à penser comme elle.

Parfois, Lucilla avait l'impression d'être la seule pensionnaire de Bartles House à être dotée d'un peu de jugeote – surtout en ce moment. Tout le monde était inquiet, et pourtant personne n'osait aborder le sujet avec les Ford. Sauf elle, qui ne s'en privait pas, tandis que les Ford continuaient à nier, à affirmer que non, il n'y avait aucun lieu de se faire du souci... Mme Ford avait bien l'air un peu ébranlée par l'obstination de Lucilla, mais lui restait toujours doucereux, paternel...

— Je ne sais vraiment pas d'où vous tirez toutes ces idées, Lucilla, lui avait-il dit la veille encore, vraiment pas...

— Dans les journaux, lui avait-elle répondu.

Et il avait dit qu'il fallait être fou pour croire tout ce qu'écrivaient les journaux :

— Si nous avions vraiment l'intention de changer d'endroit, Lucilla, vous seriez les premiers avertis, vous le pensez bien...

Elle savait qu'il mentait, elle savait qu'ils étaient tous en grand danger. Bientôt il n'y aurait plus de nuits comme celle-ci, de douces nuits d'été, avec la lune qui s'élevait au-dessus de Bartles House, la masse sombre de la forêt et l'appel des renards à travers la vallée. Ni de chauves-souris qui voltigeaient, toutes ailes déployées, dans les ténèbres grandissantes... Il n'y aurait plus que le hideux crépuscule au néon de la grande ville, et de tristes cellules d'où l'observer, avec chauffage central et air conditionné. C'était une perspective insupportable et il fallait absolument qu'elle trouve une solution, quelque chose pour empêcher cela; mais le temps passait, et elle commençait à craindre de ne jamais y parvenir.

Octavia attendit un long moment devant la porte du bureau avant de se décider à frapper.

— Oui?

— Je peux te parler? demanda-t-elle à Tom. Ce ne sera pas long.

— Entre...

Il fit pivoter sa chaise et la contempla : son regard était calme, patient.

— Je voulais simplement te dire que... je t'ai mal jugé et je m'en suis rendu compte.

— Mal jugé? À quel propos?

— Je ne croyais pas que tu étais vraiment allé nager avec Lauren ce soir-là. J'avais tort.

— Et comment l'as-tu découvert?

— Je viens d'aller au Harbour Club, et quelqu'un m'a dit que tu y étais. Avec elle, pour nager.

Elle se détourna, esquissa un sourire, murmura :

— Je crois que je n'aurais pas dû te frapper.

— Peut-être pas à ce moment-là, non.

Elle le regarda et fut étonnée de le voir sourire lui aussi, puis il lui dit :

— Tu es vraiment quelqu'un d'étonnant.

— Pourquoi?

— Je t'ai fait des choses assez horribles, disons même des choses *vraiment* horribles, et tu éprouves le besoin de t'excuser pour un tort qui, en comparaison, est bien mineur...

Comme elle ne répondait rien, il se leva et s'approcha d'elle; prise au dépourvu, elle n'osa pas reculer.

— Ces scrupules, ce sens de la justice... ce sont deux des raisons pour lesquelles je t'ai toujours aimée.

— Ne dis pas ça, je t'en prie, murmura-t-elle.

Il tendit soudain la main et lui caressa doucement la joue ; elle pencha la tête, le repoussa.

— Ne fais pas ça...

— Excuse-moi.

D'un seul coup, elle eut de nouveau envie de sa main, envie qu'il la touche, terriblement envie. Elle se rendit compte qu'il l'avait senti et eut honte d'elle-même, de sa faiblesse, de son inconséquence – pourtant, elle ne bougea pas d'un pouce.

— Tu as l'air très fatiguée, souffla-t-il, et il se pencha pour l'embrasser sur la bouche – un baiser rapide et léger, un simple frôlement. Va au lit, essaie de dormir.

— Bonne nuit, Tom.

Comme elle ne bougeait toujours pas, il se pencha et l'embrassa encore, un baiser toujours aussi léger, mais plus subtil, plus présent, plus attentif. Alors, elle ne put s'en défendre, ce fut comme si elle redevenait elle-même, comme si elle retrouvait le moi qu'elle avait perdu depuis longtemps, le moi qui avait aimé Tom, désiré Tom. Ses lèvres s'entrouvrirent imperceptiblement sous les siennes ; elle le sentit qui s'arrêtait, qui hésitait, puis sa bouche remua doucement, avec d'infinies précautions, tandis que le reste de son corps demeurait parfaitement immobile. Elle connaissait cette immobilité, son corps s'en souvenait parfaitement ; c'était le signe qui précédait toujours chez lui le jaillissement d'un désir intense, violent. Elle en ressentit les échos en elle-même, la chaleur qui montait dans son ventre, ce mélange de tendresse et d'urgence physique qui rendait l'amour avec Tom inoubliable ; alors elle se recula, effrayée et dit très vite :

— Bonne nuit...

Elle courut jusqu'à sa chambre. Une fois qu'elle y fut

entrée, elle claqua la porte et se jeta sur son lit, le cœur battant, stupéfaite du pouvoir que son corps avait de décider pour elle, de précéder son cœur sur un chemin qu'elle n'avait pas eu, bien loin de là, l'intention d'emprunter.

44

— Je veux divorcer, le plus vite possible. Tu peux m'aider ?

— Comme codéfenderesse ? répondit Melanie en souriant. Je n'en suis pas sûre.

— Non, en me trouvant un avocat.

— Ah ! là je peux faire quelque chose pour toi.

Melanie était *la* personne à qui elle devait s'adresser, Octavia en était sûre. La veille au soir, étendue dans son lit, elle avait eu soudain peur de flancher, de céder, par faiblesse, et s'était alors souvenue de Melanie, de son divorce qu'elle avait superbement réussi ; si jamais quelqu'un avait été bien conseillé en la circonstance, c'était elle. À aucun prix, Octavia ne voulait en passer par son père, malgré ses offres maintes fois répétées ; ç'aurait été trop ouvertement lui donner raison, avoir l'air de faire amende honorable, pour ce mariage dont il n'avait jamais voulu.

— Donc, toi et l'ange Gabriel, c'est une histoire qui marche ?

— Euh... pas tout à fait, non.

— Ses pouvoirs étaient moins célestes que tu ne le croyais ?

— Il a beaucoup de charme, nous nous sommes très bien entendus, mais ce n'était pas l'histoire d'amour du siècle, non.

— Désolée pour toi. Je te croyais très mordue. Qu'est-ce qui n'a pas marché?

— Dans un sens, j'ai tout fichu en l'air. J'ai voulu être trop autoritaire, trop directive, qu'il s'adapte exactement au genre de choses que nous faisions, au genre de gens que nous fréquentions... Comme s'il avait pu...

— Être Tom? susurra Melanie.

— Un peu, c'est vrai.

— Et lui, il est toujours à la maison?

— Oui.

— Il va falloir que tu le mettes dehors.

— Je sais.

— Je vais te donner le numéro de Fiona Michael, mon avocate, qui te dira tout, et le reste. Ensuite, si possible, j'aimerais que tu replonges ton petit nez joliment bronzé dans les dossiers, parce que nous avons quelques cauchemars qui se profilent à l'horizon. Pour commencer, la redoutable journée à Brands Hatch. J'ai très peur que nous ne perdions beaucoup d'argent dans cette histoire.

— Tu crois?

— En même temps, travailler avec Génération montante va nous faire une publicité formidable. J'ai déjà eu deux demandes d'autres œuvres pour enfants grâce à cette coopération. Et au nom de Diana, bien sûr.

— On ne sait toujours pas si elle viendra ou non?

— Toujours pas. Tu la connais, elle aime entretenir le suspense. De toute façon, pour l'instant elle folâtre à travers l'Europe avec Dodi al-Fayed. Tu as vu la photo d'aujourd'hui? Posée exprès pour les journaux du dimanche, non?

Elle baissa les yeux vers la photo : Diana y était assise à la proue du yacht de Dodi, dans un maillot de bain bleu pâle, balançant ses jambes magnifiques dans le vide. Elle avait l'air très seule, silhouette belle et tragique. Octavia la contempla quelques instants, puis retourna dans son bureau, pensive.

— Il a convoqué une conférence de presse pour mardi matin, dit Tom. Il semble que nos craintes se confirment.

— Vous lui avez parlé?

— Moi? Bien sûr que non, il ne me répondrait pas, mais j'ai mes espions. Il dément toujours, au sujet de la prise de contrôle, mais je n'arrive pas à imaginer ce que ça pourrait être d'autre.

— Le pire, c'est que je suis responsable de la situation, dans un sens.

— Non. Pas le seul responsable, en tout cas. C'est aussi dirigé contre moi, j'en suis sûr.

— Je suis quand même parti avec son amie de cœur. Encore que...

— Encore que quoi?

Nico soupira, puis répondit :

— Il vaut mieux que je vous le dise, je suppose. Marianne... Marianne est retournée avec lui.

Tom le regarda fixement, luttant pour dissimuler les sentiments qui s'agitaient en lui.

— Vraiment?

— Je sais ce que vous pensez. S'il l'a retrouvée, pourquoi veut-il toujours les hôtels?

— J'avais raison, dit lentement Tom. C'est entièrement dirigé contre moi. Moi et Octavia, l'aide que vous m'avez apportée... Il est fou.

Il se tut et Nico, remarqua son regard concentré, ses traits crispés; au bout de quelques secondes, il lui demanda :

— Tom, ça va? Vous avez un de ces airs, vous me faites presque peur...

— Désolé, dit Tom en se détendant et en souriant. Je viens

juste de penser à quelque chose de... Peu importe. Où en étions-nous ? Ah ! oui il y a encore une chance pour qu'un certain nombre d'actionnaires restent derrière vous, n'est-ce pas ?

— Une chance, rectifia sombrement Nico Cadogan, mais je ne jouerais pas ma chemise là-dessus. Je vous avouerais que tout cela me déprime assez, dit-il avec un pâle sourire. Je me vois mal vivant sans les hôtels Cadogan.

— Peut-être n'y serez-vous pas obligé, chuchota Tom entre ses dents, d'une voix presque inaudible.

L'*Evening Standard* informa pourtant ses lecteurs, ce soir-là, que Nico Cadogan allait très vraisemblablement devoir vivre sans les hôtels Cadogan.

La conférence de presse que le financier Felix Miller, de la London Wall Bank, avait convoquée pour le mardi matin allait probablement annoncer qu'il lançait une OPA sur la société. On parlait d'un consortium, dirigé conjointement par la London Wall et par l'agent de change George Martindale, comme bailleur de fonds de l'opération. Les actions étaient maintenant à plus de trois livres et cette offre renchérissait sur la précédente, de Western Provincial. Plus tôt dans la journée, M. Miller avait déclaré que, sans vouloir anticiper sur ce qu'il allait dire lors de la conférence de presse, il admettait n'avoir rien contre l'idée de posséder une chaîne d'hôtels : « Je voyage beaucoup, et ça me serait très utile d'avoir toujours un endroit convenable où descendre. »

— Salaud ! s'écria Nico Cadogan en jetant violemment le journal à travers la pièce, salaud !

Nico pensa au premier Cadogan Royal, à Bath, dans une demeure magnifique – celui qui avait défini le style et les normes de tous les autres. Tout y était encore en place, inchangé, comme au jour de l'ouverture : corniches, volets, chacune des ravissantes fenêtres, les escaliers, les pièces de ferronnerie. Le projet lui avait coûté une fortune et il avait mis des années à en venir à bout, mais il avait réussi. Il avait viré deux architectes d'intérieur avant d'en trouver un qui leur convînt, à lui et au bâtiment, il avait rejeté des plans qui prévoyaient des meubles trop surchargés, des fenêtres trop compliquées, des tentures murales trop sophistiquées. Une fois terminé, l'hôtel était une fort élégante demeure, capable d'accueillir une quarantaine de clients, qu'on citait en exemple d'hôtel de style parfaitement réussi, qu'on trouvait régulièrement photographié dans les magazines de décoration ; mais ç'aurait très bien pu être, aussi, la résidence privée d'une famille richissime et raffinée. Une famille, Nico Cadogan n'en avait pas, sa société lui en tenait lieu, et c'est pourquoi l'idée de la perdre lui était si cruelle.

Et l'ironie voulait que Marianne, qui avait involontairement provoqué ce résultat, était sortie entre-temps de sa vie...

Pendant tout le trajet jusqu'à Rookston, Louise ne put penser à rien d'autre qu'au coffret à bijoux ; une fois là-bas, elle eut toutes les peines du monde à se retenir de monter en courant dans la chambre de sa mère. Mais Dickon l'attendait, rouge d'excitation. Janet avait préparé pour elle un plateau de café et de biscuits faits maison, dans le petit salon ; même quand elle se rendit aux toilettes, Dickon s'assit devant la porte et l'attendit en chantant à tue-tête.

Plus tard seulement, quand Charles lui dit : « Si tu veux bien m'excuser, il faut que j'aille passer quelques coups de téléphone... », elle put s'éclipser, prétextant qu'elle voulait jeter un premier coup d'œil sur les affaires de sa mère, pour prendre la mesure du travail de tri qu'il y avait à faire. Dickon l'accompagna, bien sûr, décidé à ne pas la lâcher d'une semelle ; elle eut un premier mouvement d'irritation, faillit le renvoyer, puis réfléchit qu'après tout cela n'avait pas d'importance : de toute façon il ne saurait pas ce qu'elle cherchait.

La chambre de sa mère était dans un ordre impeccable, toutes les affaires soigneusement à leur place : c'en était presque poignant. Son réveille-matin, son nécessaire de toilette en argent sur la coiffeuse, les innombrables photographies de Louise et de ses frères dans leur enfance, son porte-lettres et son papier à lettres sur le petit bureau, sa collection de chiens en porcelaine sur la cheminée... Tout était là – sauf le coffret à bijoux.

La panique la gagna : elle ouvrit les tiroirs l'un après l'autre, passa dans la penderie et fit de même : rien. Sous le lit, dans le placard à chaussures : toujours rien. Elle sentit que ses yeux se remplissaient de larmes, mais Dickon la regardait ; elle parvint à les refouler, à lui sourire.

— Tu cherches quoi, maman ?

— Oh! quelque chose qui appartenait à grand-mère. Je croyais que c'était ici...

— Mais quoi ?

Peut-être qu'il saurait, après tout ?

— Le coffret en bois où elle gardait tous ses bijoux et ses petits trésors. Tu t'en souviens ? Un jour, je t'avais montré un joli bracelet que je lui avais fait quand j'avais ton âge... Et il y avait aussi ma première dent, celle que la petite souris était venue chercher et qu'elle avait donnée à grand-mère.

Il acquiesça gravement de la tête.

— Oh! Dickon, tu sais où il est ?

— Non, je ne sais pas, mais je m'en souviens.

Janet pénétra dans la pièce à cet instant et demanda à Louise si tout allait bien.

— Oui, Janet, merci. Euh... Vous... Est-ce que par hasard vous auriez déplacé quelque chose ?

— Non, rien. M. Madison a dit que tout devait rester exactement à sa place. Vous cherchez quoi?

— Elle veut..., commença Dickon, mais sa mère l'interrompit aussitôt.

— Rien de spécial, c'est juste que j'ai promis à mon père de faire un peu de tri dans la chambre, et je voulais savoir si tout y était encore.

Il ne fallait pas que Janet sache qu'elle cherchait ce coffret à bijoux en particulier; non qu'elle pût se douter de quoi que ce soit, mais on n'était jamais assez prudent. Mieux valait ne prendre aucun risque.

— Viens, Dickon, allons un peu dans le jardin. Il fait si beau...

Une fois dehors, elle sentit de nouveau monter la panique, la panique aveugle qui menaçait de l'engloutir de temps à autre – le cœur qui s'affolait, les tremblements, la sueur brûlante... Ah! est-ce qu'elle guérirait jamais?

— Maman, tu vas bien?

— Oui, mon chéri, bien.

Elle lui sourit, l'embrassa. Aux Cloîtres, elle avait appris à faire semblant, et ça l'aidait plutôt. Mais il fallait qu'elle trouve ce coffret à bijoux, il le fallait absolument.

— Octavia! C'est Lauren, Lauren Bartlett. Vous m'entendez?

La voix était ferme, rauque et sonore, comme toujours. Instinctivement, Octavia sentit sa gorge se serrer; est-ce que Tom lui avait parlé de l'histoire de la piscine, est-ce qu'elle l'appelait pour s'en expliquer? Que ne s'étaient-ils pas dit dans son dos, sans doute se moquant d'elle à mots couverts... Puis elle songea que, si elle n'y prenait pas garde, elle allait sombrer dans la paranoïa.

— Oui, répondit-elle, je vous entends très bien, Lauren.

— Vos enfants sont charmants, vraiment charmants. Et Gideon a été si brave, avec son pied, quand nous l'empêchions de se baigner! En tout cas vous pouvez être tout à fait rassurée, maintenant, c'est complètement guéri. Nous avons demandé au médecin de vérifier, au cas où, et il a affirmé qu'il n'y avait plus de problème.

— Merci, dit Octavia, troublée.

Devrait-elle réviser son jugement, tout compte fait?

— En plus, c'est un vrai petit séducteur, vous savez. Tom tout craché. Camilla est folle de lui.

Même cela, peut-être ne fallait-il pas le prendre mal? Peut-être était-ce simplement une manière d'être, un point c'est tout?

— En tout cas, ils seront de retour vendredi soir.

— Oui, Tom me l'a dit. Lauren, merci infiniment de les avoir emmenés.

— Très franchement, ça m'a arrangée. Vous savez comme les enfants sont terribles en vacances, quand ils sont seuls et qu'il faut s'occuper d'eux toute la journée. Grâce aux vôtres, j'ai eu beaucoup de temps à consacrer à mon bronzage! Et la Barbade, comment était-ce? Comme vous avez de la chance, j'*adore* cet endroit. Nous descendons toujours au Sandy Lane, vous connaissez? Oui, bien sûr... Pauvre vieux Tom, il n'a pas eu de vacances, mais il faut bien qu'il y en ait qui travaillent... Pour parler de travail, j'aimerais vous toucher un mot de la journée du 7. Je crois que tout se présente bien, sauf pour ce qui est de la nourriture, je n'aime pas du tout les menus que Melanie m'a faxés, Le poulet fait très « repas du couronnement », je pensais à quelque chose de plus imaginatif, plus léger aussi. Et je ne veux pas de vin mousseux, Octavia, je veux du champagne. Je vous l'ai dit dès le départ, alors si ça ne rentre pas dans votre devis, j'ai bien peur que ce ne soit votre faute et qu'il ne faille trouver l'argent en le retirant d'un autre poste.

Poppy est très excitée, elle et Camilla ont déjà prévu leurs robes. Et j'ai hâte de voir Tom en costume prince-de-galles. Pour moi, j'ai trouvé un merveilleux tailleur chez Bernams, et le plus divin des chapeaux. Quoi? Oui, bien sûr que Tom doit venir! Ne serait-ce que parce que Oliver Nichols vient lui aussi – vous savez, ce nouveau client que j'ai pu trouver pour Tom... Il a une merveilleuse tenue de sportsman et il viendra avec sa voiture personnelle, une somptueuse BMW de 1935. Je compte sur vous pour le menu, vous me rappellerez? Et pour le champagne, aussi. Je serai lundi au bureau pour notre réunion.

Octavia s'entendit lui répondre que Tom viendrait, elle en était sûre, et qu'elle allait lui faxer d'autres menus dès le lendemain...

Elle avait l'intention de dire à Tom, ce soir-là, qu'elle allait voir maître Fioni Michael et qu'elle voulait avancer, pour le divorce; mais d'abord, elle devait lui demander de venir à Brands Hatch.

— Et dans un costume des années trente.

— Octavia, je n'ai pas la moindre intention de venir, encore moins dans un costume stupide!

— Tom, s'il te plaît! C'est une journée importante pour moi et tu aimes bien t'habiller, d'habitude...

— Octavia, je ne comprends pas... C'est *ta* journée, *ton* affaire! Quand avons-nous fait notre dernière apparition ensemble quelque part?

— Il y a deux semaines, dit-elle (soudain fort contente d'avoir fait cette concession pour lui), quand nous avons dîné avec ton client, Bob Macintosh. Cette fois, c'est... Lauren Bartlett qui voudrait que tu sois là, dit-elle rapidement.

Il la contempla, l'œil amusé, mais eut le tact de ne pas tirer profit de la situation et se contenta de lui dire :

— Le client, n'est-ce pas, toujours satisfaire le client – toujours le satisfaire ensemble, comme avant.

— Comme avant, oui, murmura-t-elle en évitant de le regarder. En plus, Oliver Nichols sera là.

— Bien. Je viendrai, pour notre avenir à tous les deux. Notre avenir professionnel, bien sûr.

Tout bien réfléchi, ce n'était peut-être pas le meilleur moment pour lui annoncer qu'elle allait voir un avocat pour entamer la procédure de divorce.

Elle était là : bien en sécurité au fond du coffret, là où Anna l'avait glissée, sous la doublure de soie. Là où Charles avait le moins de chance de la retrouver.

— J'ai pensé que certaines babioles avaient peut-être de la valeur et je les ai mises en lieu sûr, avait-il dit à Louise quand elle avait fini par lui poser la question, à table – arrivée à un tel degré d'angoisse et de nervosité qu'elle ne pouvait plus avaler une seule bouchée du repas. J'irai te la chercher après le déjeuner... Ou maintenant, si tu veux ?

— Non, il n'y a aucune urgence, s'était-elle empressée de répondre. Du moment que je peux y jeter un coup d'œil avant de partir, juste pour me faire une idée de ce qu'il faut garder ou pas, ça ira très bien...

Elle *la* sortit de la boîte et la glissa dans son sac, dans la petite poche à fermeture Éclair, où elle serait plus en sûreté. Personne ne l'avait vue faire, pas même Dickon : il jouait au cricket avec Janet dans le jardin. Charles était descendu chercher du thé afin de se donner du courage dans leur tâche, Louise et lui. Personne ne savait qu'elle *la* possédait, personne ne connaissait même son existence. Elle était sauvée maintenant, elle pouvait réussir ; elle avait un endroit où aller.

— J'ai quelque chose à te demander, dit Tom en passant la tête par la porte du bureau d'Octavia.

— Oui?

Il semblait grave et tendu ; est-ce qu'il allait lui faciliter les choses, lui dire qu'il souhaitait le divorce, qu'il avait vu son propre avocat ? Elle se cala au fond de sa chaise et se demanda pourquoi son cœur battait si fort – sûrement parce qu'elle espérait qu'il allait le faire, oui, elle l'espérait...

Mais non, il lui dit, de manière inattendue :

— C'est à propos du matin où tu es partie. Ça va te paraître stupide, mais... tu es sûre que tu avais ton portable quand tu étais chez ton père ?

— Oui, pratiquement sûre. J'y suis allée directement depuis le bureau. Pourquoi cette question ?

— Oh ! Ça me trottait dans la tête et j'essaie de trouver une explication, c'est tout.

— Je viens de recevoir une lettre, dit Nico Cadogan, par porteur.

— De qui ?

— De Miller.

— Alors ?

— Il dit juste que demain, pendant la conférence de presse, il déclarera son OPA sur la société. En fait, c'est *moi* qu'il veut, ou plutôt ma tête, sur un plateau. Je crois que je pourrais tuer ce salaud, Tom.

— Je vous en prie, pas avant demain.

— Pourquoi ?

— Je vous le dirai. Plus tard, pas maintenant.

Felix Miller allait se coucher quand on sonna à la porte d'entrée. Mme Harrington avait encore oublié sa clé ; elle en avait au moins trois exemplaires, et pourtant elle l'oubliait sans cesse. Quelle idiote... Il s'extirpa péniblement du profond fauteuil de cuir de son bureau et traversa l'entrée.

— Voilà! madame Harrington, cria-t-il, non sans tâtonner un peu sur les deux verrous. Il va falloir que vous trouviez un endroit où cacher la clé!

Mais ce n'était pas Mme Harrington. C'était Tom Fleming.

— Bonsoir, Felix. Je peux entrer?

Il avait l'air assez joyeux; impeccablement élégant comme d'habitude, avec dans la main quelque chose qui ressemblait à une bouteille de bordeaux.

— Pour vous, dit-il en la lui tendant.

— Je n'ai pas l'intention de vous prier d'entrer, grommela Felix, ni certainement d'accepter quoi que ce soit venant de vous.

— Dommage, parce que moi, j'ai l'intention d'entrer, que vous me le demandiez ou non. J'ai une proposition à vous faire, et je pense que nous pourrions en discuter autour de cette bouteille.

— Aucune de vos propositions ne m'intéresse, dit Felix, et c'est la dernière information que je souhaite partager avec vous. Bonne nuit.

— Ça concerne Octavia, Felix, et je vous recommande vivement de m'écouter. Ça vous concerne vous et Octavia, plus précisément. Vous, elle et un certain malentendu, juste avant qu'elle parte. Soyez gentil, Felix, laissez-moi entrer. Ce n'est pas le genre de choses à écouter sur le pas de la porte, croyez-moi.

Malgré toute l'assurance de Felix, une vague inquiétude s'empara de lui; c'était dû à l'attitude de ce maudit Tom – pourquoi avait-il l'air si confiant, si désinvolte? Dans un geste instinctif, il se retint furtivement au chambranle de la porte, puis vit que Tom l'avait remarqué et jura intérieurement, furieux.

— Ça va, gronda-t-il, entrez, mais faisons vite...

— C'est tout simple, dit Tom en posant deux verres à bordeaux empruntés à Felix sur la table de la salle à manger, tout simple, vous allez voir. Où est votre tire-bouchon ? Merci. Laissez-moi juste remplir votre verre et puis... non ? Pourtant il est délicieux, vous savez, vous ratez quelque chose. Du margaux 96. Où en étais-je ? Ah oui, cette prise de contrôle des hôtels Cadogan.

— Je croyais que vous étiez venu me parler d'Octavia ? le coupa Felix, partagé entre l'exaspération et une sourde appréhension.

— Oui, pour vous parler d'elle, et de la prise de contrôle.

— Je ne vois pas très bien le rapport, et j'ai du travail qui m'attend.

— Vous allez le voir. Si j'ai bien compris, vous allez vous déclarer officiellement demain, pendant cette conférence de presse ?

— Bonsoir, Tom. Ça n'a déjà que trop duré. Si vous voulez bien...

— Abréger les choses ? Volontiers.

Il se pencha en avant et ses yeux bleus étincelèrent tout à coup.

— Je ne veux pas que vous annonciez votre OPA sur les hôtels Cadogan demain matin. Je veux soit que vous annuliez la conférence de presse, soit que vous trouviez un autre boniment à leur servir.

— Quoi ! vous voulez ? dit Felix.

Il s'efforçait de prendre un ton railleur, mais son malaise s'était accru, toujours à cause de l'attitude incompréhensible de son gendre.

— Vous me... menacez ?

— Oui. Je pense que c'est le mot. Si vous refusez, je dirai à Octavia ce que vous avez fait juste avant qu'elle quitte la maison, le matin de son départ pour la Barbade.

— Que voulez-vous dire? marmonna Felix, soudain pris d'une sorte de vertige, qu'il tâchait en vain de combattre.

— Vous le savez très bien. D'abord vous m'avez menti, en me disant qu'elle était partie alors qu'elle ne l'était pas. Puis vous avez caché son portable, pour que je ne puisse pas la contacter après son départ de la maison. Que je ne puisse pas lui dire que je n'étais pas en Toscane avec une nouvelle maîtresse, comme vous aviez dû le lui seriner sur tous les tons, mais à Londres, essayant désespérément de la joindre. Qu'en pensera-t-elle, à votre avis, Felix? Vous croyez qu'elle vous verra toujours comme son protecteur, son vertueux défenseur, son père idéal et parfait? Vous pensez qu'elle vous aimera toujours autant, après ça?

45

— Chérie, ne sois pas si bouleversée, je t'en prie... Je suis sûre qu'on peut encore faire quelque chose.

— Je suis sûre que non! dit Megan en levant les yeux vers sa mère, le visage barbouillé de larmes. C'était notre dernière chance pour qu'ils ne détruisent pas la maison!

La lettre ouverte sur le bureau le disait sans ambages : après avoir recueilli l'avis de son inspecteur, le ministère de l'Environnement informait Pattie que Bartles House, bien qu'étant intéressante dans son genre, n'avait pas de valeur architecturale particulière, et qu'un classement ne pouvait être envisagé.

— Donc ils vont la détruire, et le parc avec, et le bois avec, et ils vont mettre à la place ces affreuses maisons et ces affreux magasins, et ce n'est pas juste, non, ce n'est pas juste!

— Écoute, si on en parlait à Octavia ? Elle saura quoi faire...

— Qu'est-ce qu'il nous reste à faire, à part nous enchaîner aux arbres ?

— Pas de coup de fil de Miller ? demanda Tom, de l'air le plus dégagé qu'il put, dès que Nico pénétra dans son bureau.

— Non, répondit celui-ci avec étonnement. Pourquoi diable est-ce que j'en aurais eu un ?

— Je pensais que peut-être...

Il était déçu – ç'aurait été le scénario idéal –, mais pas vraiment surpris ; tout restait encore possible. Nico était pâle, epuisé, les yeux vides, et Tom sentit un élan de sympathie pour lui.

— Excusez-moi un instant, lui dit-il. Juste deux coups de fil à passer.

Il appela deux journalistes financiers, l'un du *Times*, l'autre du *Mail*. La conférence de presse de Felix Miller était-elle maintenue ? Oui, elle l'était. Un malaise le gagna ; la matinée allait être longue, très longue.

Pat Ford était fatiguée, énervée et fatiguée ; toute cette affaire la mettait à plat. La tension, l'attente, la nécessité de cacher la vérité aux pensionnaires, particulièrement à cette vieille fureteuse de Lucilla Sanderson... Elle commençait à penser que cela n'aboutirait jamais, qu'elle devrait rester à Bartles House pour le restant de ses jours, prise au piège – Bartles House, avec ses kilomètres d'escaliers, sa plomberie défectueuse de partout, la difficulté de trouver du personnel qui accepte d'y travailler... L'incident qui s'était produit le matin même avait achevé de la décourager, quand Mme Tim, l'une des deux femmes de ménage, lui avait donné son préavis. « Je suis désolée, madame Ford, mais avec tous ces étages, c'est trop dur pour moi maintenant. Sans compter le trajet pour arriver jusqu'ici. À Fel-thamstone, je peux trouver un travail bien plus facile. »

Après avoir tourné et retourné un bon moment toutes ces réflexions dans sa tête, elle monta dans son bureau et fit ce que M. Ford lui défendait de faire : elle appela le bureau de Michael Carlton. Il avait toujours été si courtois et si gentil avec elle... Et mieux valait savoir, une fois pour toutes, si ça allait marcher ou pas. Tout plutôt que rester dans cette incertitude.

Tom téléphona à une journaliste qu'il connaissait bien, Jenny Angus, du *Daily Sketch*. Pouvait-elle lui rendre un grand service ? L'appeler de la London Wall Bank dès que la conférence de presse serait terminée, pour lui raconter ce qui s'y était dit ?

— Bien sûr... Pourquoi ? Que se passe-t-il ?

— Disons que c'est assez important pour moi.

Il raccrocha, contempla Nico qui faisait les cent pas devant lui.

— On dirait un futur père, dit-il pour essayer de le dérider.

— Sauf que j'attends de savoir si on va me voler mon fils ou non..., répondit Nico d'un air sombre.

La porte du bureau de Bartles House s'ouvrit, pour laisser le passage à Donald Ford, et sa femme leva vers lui des yeux brillants d'excitation.

— J'ai des nouvelles formidables ! lui lança-t-elle. Devine !

— Quoi ?

— Le bureau de Michael Carlton a téléphoné, pour dire que tout va bien, que ça va marcher ! Tu te rends compte ? On va pouvoir quitter cet horrible endroit plein de courants d'air et aller dans une maison neuve !

Elle se leva afin de l'embrasser, et c'est alors qu'elle aperçut par-dessus son épaule Lucilla Sanderson – muette, frappée de stupeur, et qui n'avait pas perdu un mot de leur échange.

— Bon sang, dit Tom en regardant sa montre, qu'est-ce qu'ils fichent là-bas? Ils font la fête ou quoi?

— Sans doute. Si on abandonnait et qu'on allait déjeuner? J'ai besoin de prendre une bonne cuite, je crois.

— On devrait attendre encore un peu, et le téléphone retentit alors sur son bureau; il se jeta dessus.

— Tom Fleming, j'écoute.

— Tom, c'est Jenny, avec un compte rendu complet.

— Alors?

— Alors, il a d'abord fait tout un cirque sur la London Wall, quelle grande banque c'était, et que la qualité de sa gestion, de ses placements et des services aux clients l'avait placée parmi les cinquante meilleures banques d'investissement du pays. Puis il a fait son annonce.

Il était tellement sûr qu'elle allait dire « à propos des hôtels Cadogan » qu'il lui fallut quelques secondes pour se rendre compte qu'elle parlait de tout autre chose.

— Donc, disait Jenny, ils ouvrent un département de banque directe par téléphone, qu'ils appellent London Wall Direct. C'était ça sa grande annonce, en fin de compte. Il a fait plutôt un flop. Après quoi il nous a servi un excellent champagne, puis tout le monde est reparti, et je vous ai appelé.

— Jenny! s'exclama Tom, je vous aime. Dès que vous passerez dans le coin, montez me voir, je vous offrirai de l'excellent champagne moi aussi.

Il raccrocha et se tourna vers Nico, qui regardait par la fenêtre et n'avait pas dû entendre, ou comprendre, la conversation.

— Au travail Nico, lui dit-il d'un air jovial, en se frottant les mains. Nous devons encore améliorer votre cash-flow.

Nico se tourna vers lui, les sourcils froncés.

— Il... il a annoncé l'OPA ?

Tom sourit.

— Non, il ne l'a pas fait. Le vieux salaud n'a même pas parlé des hôtels ! Ils sont en sécurité – de ce côté-là, en tout cas.

— Bon Dieu..., murmura Cadogan. Je n'arrive pas à le croire. Je n'arrive pas à le croire.

— C'est la vérité.

— Vous y êtes pour quelque chose, n'est-ce pas ? demanda-t-il lentement, l'œil scrutateur. Qu'est-ce que vous avez bien pu faire ?

— Oh ! peu importe, fit Tom d'un air modeste. N'en parlons plus...

46

— Maintenant, il y a une question que je suis obligée de vous poser. Avez-vous sérieusement envisagé l'idée d'une réconciliation ?

— Non. Je veux dire, oui, je l'ai envisagée, mais c'est non.

— Vous en êtes certaine ?

Fiona Michael fixait Octavia d'un regard perçant ; à l'évidence, il ne fallait pas répondre à la légère.

— Oui, certaine. Je...

— Il faut être absolument sûr qu'on peut écarter cette possibilité. Vous en avez parlé avec votre mari ?

— Je ne parle de rien avec mon mari, répondit brusquement Octavia.

— C'est important que vous le fassiez. Le divorce est une

procédure complexe. On pourrait presque dire qu'il faut bien s'entendre pour le réussir, en tout cas qu'il faut accepter de coopérer l'un avec l'autre.

— Je comprends. En fait, je pensais un peu que vous alliez vous occuper de tout.

— De l'essentiel, oui, pas de tout.

Elle sourit à Octavia, croisa ses longues jambes l'une sur l'autre. Elle était grande, très mince, les cheveux roux foncé, la peau très blanche – extrêmement séduisante. La pièce où elles se trouvaient ressemblait davantage à un salon qu'à un bureau ; elles étaient assises sur des canapés, autour d'une table basse. Il y avait une grande boîte de Kleenex à côté d'un vase de fleurs, et Octavia se demanda à quoi elle servait.

— Bien... Commençons par poser les bases de la situation, pour y voir plus clair. Quand est-ce que votre mariage a commencé à se détériorer ?

Au bout de quarante minutes, Octavia comprit à quoi servaient les Kleenex.

— Ne vous inquiétez pas, dit Fiona en lui passant la boîte, tout le monde en a besoin, les hommes comme les femmes. Vous voulez du café ?

— Oui, s'il vous plaît.

Elle était bouleversée ; le café lui fit du bien, l'aida à se sentir mieux. Elle réussit à sourire à Fiona.

— Désolée...

— Ce n'est rien. Où vit votre mari en ce moment ?

— À la maison.

— À la maison... Vous voulez dire avec vous ?

— Eh bien... oui.

— C'est plutôt imprudent.

— Pourquoi ? demanda-t-elle en se troublant. Nous ne... couchons plus ensemble, nous...

— Vous le poursuivez pour adultère; si vous continuez à cohabiter, cela affaiblit votre position. Vous devez le persuader de partir, même si vous ne pouvez pas l'y obliger légalement – à moins qu'il ne soit violent, mais je présume que ce n'est pas le cas.

— Non, murmura Octavia, et elle rougit en repensant au soir où elle l'avait frappé. Il a eu des problèmes dans son travail, ajouta-t-elle au bout d'un moment, des problèmes financiers. Ç'aurait été un peu difficile pour lui...

— C'est vraiment très accommodant de votre part, madame Fleming. Peu de femmes verraient les choses de la même façon. Les problèmes se sont-ils arrangés depuis?

— Oh! oui, cela va beaucoup mieux.

— Bien. Nous pourrons rechercher un accord plus avantageux. Les maris en faillite, ça ne vaut rien de bon.

— Oui, je comprends...

— J'aimerais que vous emportiez ce formulaire et que vous le remplissiez, avant que nous nous revoyions. C'est assez fastidieux, mais ça nous fera gagner beaucoup de temps. Encore un peu de café?

Au bout d'une heure, Fiona Michael raccompagna Octavia à la porte de son bureau. Elle la trouvait sympathique, mais était convaincue qu'elle ne pourrait pas faire face à son divorce. S'il existait une femme encore amoureuse de son mari, c'était bien elle.

Tout était arrangé : Louise rentrerait chez elle le dimanche suivant. Chaque fois qu'il y repensait, Sandy en était malade. Le vendredi soir, il passa un long moment à nettoyer la maison et se fit un lit dans la chambre d'amis. Il ne pouvait imaginer redormir avec elle, c'était au-dessus de ses forces.

Dans leur ancienne chambre, il disposa des fleurs pour Louise.

Moyennant ce genre d'arrangement, il y arriverait, il tiendrait le coup; et ce n'était pas pour toujours, de toute façon.

Octavia descendit dans la cuisine : Tom était là, lisant les journaux. Elle le regarda avec hésitation.

— Quels sont tes projets pour ce soir? demanda-t-il courtoisement.

— J'allais travailler, mais...

Le moment était bien choisi pour lui parler : les jumeaux n'étaient pas là et cela rendrait les choses plus faciles.

— Mais quoi?

— Eh bien, je voudrais... te parler de quelque chose.

— Oui?

— Ça pose un problème si je sors?

C'était Caroline, qui venait d'entrer dans la pièce; elle était déjà habillée pour sortir, et son air était légèrement agressif.

— Caroline, ça ne pose aucun problème! dit Octavia en lui souriant. Et si vous voulez, vous pouvez prendre votre journée de demain en plus.

— De toute façon, nous nous étions mises d'accord pour que je prenne tout le week-end. Vous l'aviez peut-être oublié?

— Euh!... Oui, je l'avais oublié, c'est vrai. Vous deviez quitter Londres, peut-être? Pourquoi ne partiriez-vous pas maintenant?

— C'est trop tard, répondit-elle d'un ton sec. Mais tant pis.

— Caroline, j'étais là, intervint Tom, je suis là depuis cinq heures de l'après-midi! Vous auriez très bien pu partir, vous n'aviez qu'à me le demander...

— Je sais que vous étiez là, mais Minty était très contrariée... Peut-être ne l'avez-vous pas remarqué?

— Bien sûr que si, mais je ne voulais pas interférer...

— Je comprends. C'est pour cela que vous n'êtes pas monté, alors. De toute façon, c'était de sa mère qu'elle avait besoin. Je vous l'ai dit, Octavia, elle est encore toute nerveuse et troublée depuis la semaine où vous n'étiez pas là.

— Je m'en rends compte, Caroline, je m'en rends compte, dit Octavia, qui évitait de regarder Tom.

— Heureusement, les jumeaux rentrent demain, elle va toujours mieux quand ils sont là. C'est bien qu'ils aient eu de vraies vacances, eux au moins. Je suppose que vous n'allez pas partir ensemble cet été?

— Plus maintenant, j'en ai peur, répondit vivement Tom, puisque dimanche nous serons déjà le 1er septembre... Mais vous, Caroline, s'empressa-t-il d'ajouter, il faut que nous parlions des vôtres...

— Absolument, renchérit Octavia. Voyons... Fin septembre, ça vous irait? Vous aimez cette période en général, je crois.

— Oui, pourquoi pas... Bien, je vais y aller. J'espérais attraper la séance de cinéma, mais il est un peu tard.

— Non, peut-être pas, dit Tom d'un ton encourageant, il est à peine plus de huit heures. Vous voulez que je vous emmène en voiture, pour ne pas avoir à vous garer?

— Non, ça ira, merci. Je crois que je vais juste faire une promenade dans Kensington Gardens, la soirée est si belle.

— Très bien. Alors, au revoir, Caroline.

— Au revoir, Caroline.

Quand la porte d'entrée se fut refermée derrière elle, Octavia et Tom se regardèrent quelques instants puis furent pris d'un fou rire, qu'ils tâchèrent de dissimuler comme ils purent.

— Eh bien, dit Tom quand il eut retrouvé son souffle. On s'est fait moucher, non?

— Sévèrement, dit Octavia.

— Quand elle a commencé avec les jumeaux qui ont eu des vraies vacances, eux au moins, je n'ai pas osé te regarder, par peur qu'elle ne m'envoie au coin.

— Avec un bonnet d'âne!

— Je crois que le plus grand moment, c'est quand elle m'a dit que je me fichais que Minty pleure.

— À mon avis, il ne nous reste qu'une seule solution pour nous faire excuser, c'est d'écrire cent fois : « Nous devons mieux nous occuper de nos enfants à l'avenir. »

— Chiche ? Allons-y, et laissons-le bien en évidence sur la table.

— D'accord, mais ce n'est pas moi qui écris, c'est toi.

Il se leva pour aller chercher du papier et un crayon, puis se rassit à côté d'elle et commença à écrire. Tout en le regardant faire, elle s'appuyait légèrement contre son épaule, sans y songer, riant toujours.

— Il faut prendre deux stylos à la fois, regarde... De cette façon, tu peux écrire deux lignes en même temps.

— Vraiment ?

— C'est comme ça que je faisais toujours.

— Octavia, depuis toutes ces années, je n'avais jamais pensé que tu aies pu faire quelque chose d'assez grave pour avoir des lignes à copier.

— Bien sûr que si ! Pour qui me prends-tu ?

— Qu'est-ce que tu as fait de pire, raconte ?

— Un jour, avec une amie...

— Je croyais que tu n'avais pas d'amies, que tout le monde te détestait ?

— J'en avais une, si. Une fille méchante, et grosse aussi, grosse comme moi. Nous montions sur les épaules l'une de l'autre aux toilettes, et nous regardions par-dessus la cloison dans les toilettes d'à côté. C'était à mourir de rire.

— Je suis horrifié.

— Un jour, c'était une déléguée de classe, elle venait juste de retirer son pantalon et elle installait ses grosses fesses sur le siège quand j'ai ricané ; elle a levé les yeux, elle m'a vue, et résultat, nous avons dû écrire cent lignes : « Je ne dois pas regarder les gens assis sur les toilettes. »

— Si j'avais su que j'épousais une voyeuse, je ne suis pas sûr que j'aurais dit oui.

— J'aurais dû te prévenir avant, je suis désolée...

Ils rirent, puis il redevint sérieux tout à coup et murmura :

— C'est bon de te voir rire, ça fait si longtemps...

Elle se rendit compte qu'elle était tout près de lui et se poussa légèrement ; mais cela lui fut difficile, à cause de sa chaleur, qu'elle n'avait pas envie de perdre... Puis il se pencha vers elle et l'embrassa, et elle, sous l'effet du rire qui l'avait détendue, ne se recula pas tout de suite. Quand elle le fit, elle s'aperçut qu'il était immobile, une fois de plus, cette immobilité ardente, affamée, si caractéristique de son désir ; une poussée de désir traîtresse surgit en elle en retour, et ce fut comme si sa bouche, comme si son corps tout entier ne lui appartenaient plus tout à fait ; elle ne faisait plus que le regarder agir, le sentir agir, elle sentait sa bouche rendre le baiser de Tom, doucement d'abord, puis avec une urgence toujours croissante, et la bouche de Tom devenait plus vorace, plus insistante ; l'écho de cette insistance se répandait dans tout son corps, comme une onde chaude et profonde, et bientôt elle lui passait les bras autour du cou (alors qu'elle savait bien, pourtant, qu'elle n'aurait jamais dû le faire, que c'était trahir toutes ses résolutions, se trahir elle-même), elle attirait le visage de Tom plus près du sien pour l'embrasser avec plus de fougue encore ; puis il se recula imperceptiblement, juste le temps de murmurer :

— On monte ?

Et alors, tandis qu'elle scrutait les yeux de Tom à quelques millimètres des siens, et que dans ces yeux, oui, il y avait peut-être bien des larmes, alors, elle répondit :

— Oui.

Et elle sentit ses yeux à elle aussi se remplir des mêmes larmes. Dans un vertige, choquée par ce qu'elle s'apprêtait à faire et dont elle sentait tout le danger – mais voilà, elle le désirait comme elle ne se rappelait pas l'avoir jamais désiré, pas depuis bien longtemps en tout cas –, elle prit sa main tendue et le suivit là-haut.

Dans la chambre, tandis qu'elle se déshabillait, elle savait encore qu'elle devait s'arrêter, mais également que c'était impossible, plus que jamais, qu'elle était aussi démunie face aux appels de son propre corps qu'elle devait l'être, un peu plus tard, face à l'immense lame de fond de l'orgasme. Elle était couchée sous lui, l'attirant, le repoussant, l'embrassant comme si sa vie en dépendait, sentant ses mains la parcourir et les guidant là où elle voulait qu'elles aillent, pendant qu'elle explorait son corps avec les siennes, retrouvant toutes les sensations de ce qu'était l'amour avec Tom, un amour puissant, complet, intense. Et quand elle approcha de la clarté, de la lumière suprême, qu'elle s'y élança de toute son ardeur puis se retint pour la faire durer longtemps, oh! si longtemps... avant de sombrer dans l'océan de bonheur et de paix qui s'étendait à sa suite, elle entendit Tom lui dire, juste avant qu'il ne sombre lui-même :

— Je t'aime...

Et elle prit à cette seconde la mesure de ce qu'elle venait d'accomplir.

47

La journée avait été superbe. Après tout, on était encore en août, même si c'était la toute fin du mois, commentaient les gens – pour ajouter aussitôt que ce beau temps n'en était que plus anormal. Les mois d'août précédents s'étaient terminés (en même temps que l'été) dans des trombes d'eau. En tout cas, c'était un beau cadeau, et il fallait en profiter, concluait-on.

À Londres, la famille Fleming était réunie dans son jardin. Les jumeaux étaient très fiers d'avoir passé leurs premières vacances loin de leurs parents, et en même temps heureux de les avoir retrouvés, même s'ils ne l'avouaient pas ; Minty, à peine remise du grand bonheur de leur retour, était nerveuse et grognon à cause de la chaleur ; Tom, à peu près détendu pour la première fois depuis plusieurs semaines, s'occupait du barbecue ; quant à Octavia, elle le contemplait prudemment, tâchant toujours d'assimiler ce qu'elle avait fait et ce que ça changeait au passé, au présent, à l'avenir.

Aux Cloîtres, Louise Trelawny faisait ses bagages en prévision de sa sortie, d'ici une douzaine d'heures. Elle remâchait ce que lui avait dit le Dr Brandon, qu'elle avait l'air d'aller beaucoup mieux, d'après lui – comment pouvait-il dire une chose pareille, lui, un médecin, sans voir combien elle souffrait, combien elle était en colère ? Mais peu importait : ce qui comptait, c'est qu'elle serait bientôt dehors et que, dans un peu plus d'une semaine, elle prendrait sa revanche. Après, c'est sûr, elle irait beaucoup mieux.

Une fois de plus, elle ouvrit son sac et vérifia dans la poche intérieure, à fermeture Éclair, si *elle* était toujours là. Oui, elle y était toujours; Louise se remit à ses bagages.

À Felthamstone, Sandy Trelawny était assis dans le jardin en compagnie de Dickon, Megan et Pattie David. Il mangeait les lasagnes que Pattie avait préparées, en songeant tristement que c'était la dernière fois avant de longues semaines, peut-être de longs mois, qu'il pourrait la revoir – enfin, *les* revoir. Il leur avait plusieurs fois rendu visite ces derniers temps, en principe pour le classement de Bartles House, mais aussi pour le simple plaisir de leur compagnie. Et c'était également la dernière fois avant longtemps qu'il se sentait calme, en paix. Le lendemain, il se retrouverait chez lui avec Louise, tâchant de dissimuler sa colère, sa répugnance, sa répulsion, tâchant en même temps de s'occuper d'elle : tant qu'elle n'irait pas mieux, vraiment mieux, il ne pourrait pas se séparer d'elle, il le savait.

Quand il prit congé, une heure plus tard, il s'enhardit jusqu'à donner un baiser à Pattie, puis il lui dit qu'il ne la remercierait jamais assez pour ce qu'elle avait fait, et qu'il espérait beaucoup les revoir sans trop tarder, elle et Megan. Il ne pensait pas pouvoir en dire plus; mais quand Pattie fit la remarque qu'il devait attendre avec impatience le retour de Louise à la maison, il s'entendit lui répondre, d'une voix âpre et dure, que ce n'était pas le cas. Les joues de Pattie rosirent et elle suggéra que c'était sûrement une grande charge pour lui, une grande tension nerveuse; il fut sur le point de lui en dire plus, mais alors Dickon rentra dans la pièce et ensuite il fut trop tard, il fallait rentrer.

À Édimbourg, un Felix Miller fort morose était assis dans sa chambre d'hôtel; il avait quitté la table du repas, après avoir assisté au mariage du fils d'un ami, et maintenant il buvait du whisky en déplorant la fin de sa relation avec Marianne. Car elle était perdue pour lui, il le savait, et c'était sa faute, Il avait gâché toute chance qu'elle lui revienne, même en tant qu'amie. Elle était venue vers lui en ravalant sa fierté, soucieuse, inquiète pour lui, et il l'avait rejetée, cruellement, méchamment : inutile de se le cacher. Chaque jour, elle lui manquait un peu plus, aux plans aussi bien physique qu'intellectuel et affectif. Il se sentait seul, très seul et aussi bouleversé, même s'il avait du mal à le reconnaître, d'être passé aussi près d'un grave discrédit aux yeux d'Octavia, la personne qu'il aimait le plus au monde.

La conversation qu'il avait eue avec Tom, à propos de Nico Cadogan, avait eu un autre résultat encore, un résultat que Tom lui-même n'aurait jamais envisagé. Elle avait modifié, oh! un peu seulement, mais modifié quand même, l'opinion que Felix avait de son gendre. Certes, Tom avait été malin et même sournois, mais il avait voulu épargner Octavia, c'était indéniable : il aurait facilement pu profiter de l'histoire du portable pour ternir l'image qu'elle avait de son père. Mais il ne l'avait pas fait, même avant de découvrir qu'il y avait là matière à marchandage. Felix devait l'admettre, Tom n'était pas aussi mauvais qu'il l'avait cru.

À Paris, lady Di venait d'arriver au Ritz en compagnie de Dodi al-Fayed ; les paparazzi qui les poursuivaient depuis l'aéroport s'étaient installés en faction place Vendôme, devant l'entrée de l'hôtel, dans l'attente de savoir où leur proie les emmènerait pour le prochain round.

S'ils avaient quelque peu gâché son été, elle leur en avait fait passer un très profitable...

48

Louise descendit prendre son petit déjeuner en chantonnant à voix basse : son dernier repas ici, son dernier jour. Presque trop beau pour être vrai.

La salle à manger était particulièrement silencieuse ; tous les convives se taisaient, absorbés dans leurs journaux. Elle se versa un jus d'orange, du café et alla prendre place à l'une des tables vides. Plus besoin de faire la conversation à qui que ce soit.

La femme assise à la table d'à côté, pour laquelle Louise avait toujours éprouvé une vive antipathie, releva la tête.

— N'est-ce pas épouvantable ?

— Quoi ? demanda-t-elle négligemment.

— Pour Diana...

— Diana qui ?

— La princesse, bien sûr... Vous n'êtes pas au courant ? Elle s'est tuée, dans un accident de voiture...

Ce fut comme si on lui avait asséné un énorme coup dans le plexus solaire ; elle en perdit la respiration, suffoqua pendant quelques secondes. Elle eut l'impression qu'une part importante, qu'une part essentielle de sa vie était soudain arrachée d'elle. Elle avait grandi avec la princesse, qui avait à peu près le même âge qu'elle, l'avait vue passer de l'état de mignonne adolescente un peu boulotte à celui de première princesse du Royaume, puis d'idole, enfin de pauvre divorcée névrosée ; elle avait été influencée par son apparence, fascinée par le pouvoir qu'elle exerçait sur les médias, émue par le spectacle de sa solitude. Diana semblait avoir toujours été là, sujet sans fin de commérages, d'intérêt, d'admiration. Et aujourd'hui, elle n'était plus là ? Cela paraissait impossible.

— Je... peux voir ? balbutia-t-elle.

La femme lui passa son journal en commentant :

— Ses pauvres garçons, ses pauvres petits garçons...

L'histoire était sèche et nue, les journaux donnaient encore très peu de détails : juste que Diana était morte quelques heures plus tôt à l'hôpital de La Pitié, à Paris, que Dodi était mort lui aussi, de même que le chauffeur de la voiture. On rejetait la responsabilité de l'accident sur les paparazzi, qui avaient pris la voiture en chasse, forcé le conducteur à rouler trop vite, qui l'avaient aveuglé avec les flashs de leurs appareils...

Louise lisait l'article, pensait à cette vie merveilleuse et pathétique, à cette fin tragique, et ne pouvait retenir ses larmes. Quand Sandy arriva, elle était plus calme, mais toujours pâle, avec les yeux gonflés.

— C'est terrible ! Je me sens tellement triste...

— Oui, lui dit-il, comprenant d'emblée de quoi elle parlait, sans qu'il y eût besoin d'aucune autre explication. Oui, c'est vraiment terrible. Allons-y. Je vais peut-être prendre tes affaires, pendant que tu diras au revoir au Dr Brandon ?

Le docteur lui-même avait l'air bouleversé, parlant d'un terrible gâchis. Dans la voiture, ils écoutèrent la radio tout le long du trajet. Sur toutes les stations, c'était la même histoire, indéfiniment répétée ; peu à peu, les détails de la tragédie se précisaient, les uns après les autres. On ne passait de musique nulle part, même sur les stations de pop ou de variétés ; au début de chaque bulletin d'information, Capital diffusait seulement l'hymne national.

— Chéri, dit Louise à Sandy, une fois qu'ils furent arrivés à la maison, tout est si joli ici, quel mal tu t'es donné... Et ces merveilleuses fleurs dans notre chambre, elles sont si belles...

Elle s'avança pour l'embrasser, mais il esquiva son baiser, lui adressa ce sourire bref et distant qu'elle lui connaissait depuis quelque temps.

— Ta chambre, répondit-il rapidement.

— Ma chambre ? Qu'est-ce que tu veux dire ?

— Je pensais que tu préférerais être seule, pour mieux dormir et pour être tranquille, alors je me suis installé dans la chambre d'amis.

— Sandy ! Je ne veux pas dormir seule ! C'était l'une des choses que j'attendais avec le plus d'impatience, de te retrouver !

— Écoute, dit-il en hésitant, pour quelques jours au moins, je pense que c'est mieux. Le Dr Brandon a dit que tu avais besoin de repos, et je ronfle, tu l'as oublié ?

Il sourit, le même sourire bref, et Louise sentit la panique la gagner ; mais mieux valait ne pas discuter, non, elle pourrait sûrement le faire revenir dans son lit dès qu'elle le voudrait. Et elle le voudrait : elle avait besoin de sexe, grand besoin.

Elle s'assit pour regarder la télévision. C'était affreusement triste toutes les chaînes passaient en boucle des séquences du mariage royal, de Diana avec les garçons, d'elle arrivant sur le yacht royal et tendant les bras au petit Harry... Les gens épiloguaient à l'infini sur les raisons du drame, les paparazzi, la voiture, le conducteur, le lieu même où cela s'était passé, un tunnel plutôt dangereux, disait-on. D'heure en heure, l'amas de fleurs s'élevait en hauteur, à la fois devant les palais de Kensington et de Buckingham. Les gens pleuraient face à la caméra, disaient qu'ils avaient eu l'impression de perdre une amie ; le Premier ministre fit une déclaration pleine d'émotion, où il évoqua la « princesse du peuple ». À la fin, Louise n'y tint plus et coupa la télévision.

— C'est terrible, n'est-ce pas ? dit Lucilla. Une aussi adorable jeune femme, quel affreux gâchis... Et ses pauvres enfants, je me demande comment ils vont tenir le choc.

— Moi aussi, répondit Pattie. Pauvre prince Charles, aussi, qui doit se sentir si coupable...

— Je pense qu'il aurait de bonnes raisons de se sentir coupable, lança Lucilla d'un ton brusque. Tous, ils doivent se sentir coupables! Elle n'avait sûrement pas un caractère facile, mais comment ont-ils pu la priver de son statut royal? Et de son garde du corps, en plus? Si elle avait eu un bon garde du corps anglais, je suis sûre qu'il ne lui serait rien arrivé! Avec ces animaux de photographes... Oh! Nora, chère amie, venez que je vous présente Mme David, et sa fille Megan. Elles essaient toutes les deux de nous aider à sauver la maison, et aussi le bois, bien sûr. Même s'il ne nous reste plus beaucoup d'espoir, j'en ai peur, Nora, je peux vous offrir quelque chose à boire?

— Non merci, Lucilla. Je suis terriblement fatiguée en ce moment; je n'arrive pas à dormir, à cause de toutes ces chauves-souris. Je sais que vous les aimez, mais moi elles me terrifient, et elles font un tel bruit dans le grenier, juste au-dessus de ma tête...

— Moi aussi, j'aime les chauves-souris, dit Megan. Elles sont si mignonnes.

— N'est-ce pas? Quelle jolie petite fille tu fais, Megan, et si sensible... J'adore les chauves-souris et pour moi ce sont de vraies amies, qui vivent dans ma maison, dans ma chère vieille maison...

On dirait un dimanche des années cinquante, songeait Nico Cadogan alors qu'il traversait une série de villages du Wiltshire, tous plus déserts les uns que les autres. Le pays tout entier semblait s'être claquemuré chez lui, figé devant la télévision, pour voir et revoir des images de sa princesse bien-aimée. Même le temps avait changé, comme pour se mettre au diapason de la tragédie ; il était devenu nuageux, tourmenté, le chaud soleil de la veille avait disparu.

Nico se sentait dans une humeur bizarre lui-même ; l'exaltation qui avait suivi le renoncement de Felix Miller était retombée, remplacée par une certaine mélancolie : celle de n'avoir personne avec qui partager ce plaisir. Tom Fleming avait fait de son mieux, bien sûr, mais ce n'était pas pareil. Marianne lui manquait beaucoup, plus qu'il ne l'aurait jamais cru. Ils étaient restés fort peu de temps ensemble, suffisamment pourtant pour l'influencer durablement, tant ces quelques jours avaient été intenses et joyeux.

L'influencer, lui, mais pas elle, apparemment ; elle était restée sous la coupe de Felix. Dès lors, la question de leurs rapports ne se posait même plus : Nico n'avait pas l'intention de jouer les doublures de qui que ce soit. Sa fierté ne le lui permettait pas.

— Tu as l'air fatiguée, chérie. J'espère que tu n'en fais pas trop ?

— Non, tout va bien. Juste un peu stressée d'avoir retrouvé le monde du dehors. Et je ne dors pas très bien.

— Pourquoi ?

— Je ne sais pas. Les médicaments, peut-être.

Comment aurait-elle pu lui raconter, à lui, son père, les longues heures pendant lesquelles elle était restée éveillée, folle de rage, les dents qui en grinçaient presque ; puis Sandy qu'elle était allée retrouver dans son lit et qu'elle avait essayé d'exciter, par tous les moyens qu'elle connaissait, avec ses mains, sa bouche, en pressant son corps nu contre le sien, en vain. Il l'avait totalement rejetée, d'abord sur le ton de la plaisanterie, puis plus sèchement pour finir, sur ce ton distant qu'elle avait appris à connaître, de même que son nouveau sourire :

— Maintenant, laisse-moi tranquille, Louise.

Elle était partie comme une folle, avait couru dans le couloir, les bras croisés sur sa poitrine; elle se sentait délaissée, non désirée, non désirable, laide. Une fois dans sa chambre, elle s'était masturbée, misérablement, pour se débarrasser de ce désir qui la torturait – puis elle avait sombré dans un sommeil haché, dont elle émergeait pour retrouver le souvenir de son malheur et de son humiliation.

— Je suis sûr que tout va rentrer dans l'ordre, tu verras, lui dit son père. En attendant, si nous allions déjeuner, toi, moi et Dickon, pour laisser Sandy travailler tranquillement?

— Oui, très bonne idée...

On était mercredi et l'ambiance tournait à l'aigre : les tabloïds entretenaient un climat de rancœur contre la famille royale, accusée de se terrer à Balmoral au lieu de venir prendre part au deuil public, comme elle aurait dû le faire, selon les journalistes. Des photos des montagnes de fleurs déposées devant les grilles des palais s'étalaient partout. Des fleurs et des gens en larmes.

Louise lisait le *Daily Mail* à la terrasse du pub, pendant que son père était allé passer la commande. Elle pensait à Diana, qui elle aussi avait été rejetée par son amant et par son mari, et qui elle aussi s'était vengée – une vengeance différente de celle que Louise projetait, mais c'en avait été une quand même, ternissant le nom de Charles et son image, racontant à la télévision la façon dont James Hewitt l'avait laissée tomber, Ça l'avait même aidée à s'en sortir, à l'évidence.

— Tu crois que je pourrais venir chez toi samedi, demanda-t-elle à son père quand il revint. Et passer la nuit?

— Ma chérie, bien sûr, ce serait merveilleux! Vous viendriez tous les trois?

— Non, juste moi. Sandy et Dickon partent tôt dimanche

matin pour voir une course de voitures, une fête de charité, et ça m'ennuie de rester seule.

— Pourquoi tu n'y vas pas, toi aussi?

— Ça ferait un peu trop pour moi. C'est encore un peu tôt...

— J'aimerais tellement que tu viennes, dit Dickon. *Tout le monde* y va. Les jumeaux et de nouveaux amis à eux, avec qui ils sont allés en vacances.

— Et Minty?

— Oh! oui, elle vient aussi. Ils lui ont même trouvé une poussette spéciale, une vieille, comme dans le temps. Poppy me l'a dit hier soir.

— Et les parents des jumeaux?

— Oui. Ils y vont tous.

Donc Tom avait tout eu, le beurre et l'argent du beurre; ils étaient de nouveau ensemble, de nouveau un couple modèle dans une famille modèle. Nul doute qu'ils faisaient de nouveau l'amour, aussi : Octavia n'était pas repoussée, rejetée au milieu de la nuit. Et elle avait toujours un bébé, elle...

— Ça sera génial, je voudrais tellement que tu viennes...

— Non, mon chéri, pas cette fois, je serai trop fatiguée. Une prochaine fois, peut-être.

— Pff...

Deux hommes étaient apparus de l'autre côté de la vallée; Lucilla les apercevait dans ses jumelles, celles que son pauvre Douglas lui avait laissées en mourant. Ils avaient un objet qui ressemblait à un appareil photo, posé sur un trépied; mais, non, ce n'était pas un appareil photo. Lucilla savait exactement ce que c'était, et son cœur se serra. C'était un de ces appareils qu'utilisent les arpenteurs, avec lequel ils relevaient le relief de la vallée pour mieux préparer leur plan d'attaque – où parquer leurs véhicules de chantier, leurs tronçonneuses, leurs pelleteuses, quels arbres abattre d'abord, quelles fondations creuser, et où. Ces hommes à l'allure inoffensive, avec leur paisible instrument, n'apportaient en vérité que ruine et destruction.

— Sandy? C'est Megan. Est-ce que vous avez eu des nouvelles, entendu parler de quelque chose?

— Non, Megan, de rien du tout.

— Oh! tant pis. Écoutez... Lucilla a appelé une journaliste pour qu'elle vienne demain à Bartles House. Je me disais que vous auriez peut-être envie de venir aussi?

— Megan, je... je viendrai sûrement si je le peux, mais je ne suis pas sûr, à cause de mon travail. Désolé. Lucilla doit être bouleversée...

— Terriblement, oui. Elle dit qu'elle va aller s'enchaîner aux arbres.

— Bravo. Tu le feras aussi, je suppose?

— Bien sûr... Elle a une amie, Nora, qui pourrait venir avec nous, mais on ne peut pas vraiment compter sur elle. Elle n'arrive pas à dormir à cause des chauves-souris, vous voyez le genre.

Il y eut un long silence au bout du fil, puis Sandy répéta « chauves-souris » et sa voix était différente soudain, plus vibrante, plus animée.

— Tu as bien parlé de chauves-souris, Megan?

— Oui. Il y en a plein dans le grenier de Bartles House. J'en ai vu dimanche, elles sont si mignonnes...

— Bon sang, marmonna Sandy. Bon sang de bon sang!

— Octavia Fleming, j'écoute... Oh! C'est vous, Sandy? Merci de m'appeler. Oui, je sais déjà, je viens d'avoir Pattie. C'est *vraiment vraiment* vrai? Je n'arrive pas à y croire, on dirait un conte de fées...

— Pas un conte de fées, Octavia, non, je pense qu'on les a bel et bien eus, cette fois-ci! Qu'on va les empêcher de faire tomber cette bonne vieille maison! D'après Pattie, c'est même tout leur projet qui va tomber à l'eau...

— Elle m'a dit qu'elle avait eu le journal local au téléphone, qu'ils sont en route pour aller voir Lucilla. Ils veulent l'interviewer à propos de ses petites amies, comme elle dit – et elle n'a pas tort! Qui aurait cru une chose pareille? Pattie était aux anges, vous l'auriez entendue...

— J'imagine, oui...

— En tout cas, Sandy, vous êtes un vrai héros! J'espère que cela vous vaudra beaucoup de publicité dans les journaux locaux, et que ce sera bon pour vos affaires. Nous nous voyons dimanche, n'est-ce pas? Vous venez toujours?

— Écoutez, je... je ne crois pas, finalement.

— Pourquoi pas?

— Parce que j'ai appris que Tom venait, et je ne pense vraiment pas que...

— Oh! Sandy, c'est vrai, je suis désolée... Bien sûr, je vous comprends tout à fait. Le pauvre petit Dickon va être déçu...

— Je sais, oui. Octavia, je me demandais justement si vous ne pouviez pas l'emmener avec vous...

— Avec grand plaisir. Vous pourrez le conduire jusqu'ici? Il fera le trajet avec Tom et les enfants, moi, il faut que je sois à Brands Hatch à neuf heures au plus tard. Des stands à installer, des drapeaux à accrocher, tout ce qui fera un peu mondain et paillettes...

— Bien sûr, oui. Et merci.

— Merci à vous, surtout! L'histoire sera connue samedi, j'ai hâte qu'on y soit déjà...

Cette fois, il s'agissait bien d'une attaque, à coup sûr; son teint était épouvantable, la sueur ruisselait de son front.

— Assieds-toi, Michael, pour l'amour de Dieu, assieds-toi, respire! Je vais te chercher de l'eau. Tu veux que j'appelle le médecin?

— Non, je ne veux pas de médecin! Tu ne vas pas le croire, Betty, tu ne vas pas le croire, moi-même je n'arrive pas à y croire! Cette foutue vieille emmerdeuse nous a bien eus! Mais pourquoi ce type de l'Environnement n'y avait pas pensé? Je vais vraiment passer pour un abruti, pour un imbécile...

— Michael, enfin, mais de quoi parles-tu?

— De Bartles House, Betty, c'est de ça que je parle! Je crois bien qu'ils ont gagné, cette fois-ci, et que nous ne pouvons plus rien contre eux! Et si cette fichue journaliste rappelle, dis-lui que je ne veux pas lui parler, d'accord?

— D'accord, chéri, mais est-ce que tu pourrais m'expliquer un peu ce qui se passe? Je n'y comprends rien du tout...

Le soir précédant les funérailles de Diana, Octavia sortit faire un tour dans la rue. Elle n'avait pas prévu à proprement parler de le faire, mais elle regardait les nouvelles à neuf heures, la foule, les scènes extraordinaires qui se déroulaient un peu partout, et, quand il fut question d'une « page d'histoire qui se tournait », elle sentit qu'elle devait y aller. Tom était sorti, les enfants dormaient, rien ne la retenait à la maison.

C'était en effet extraordinaire. Les fleurs devant le palais de Kensington, la foule, la queue pour signer le livre de condoléances, elle les avait déjà vus; mais ce qu'elle vit ce soir-là était différent. Elle prit le métro jusqu'à Embankment, puis marcha jusqu'au square du Parlement. Il était déjà noir de monde, le moindre centimètre carré d'herbe ou de bitume pris d'assaut par la foule; certains s'abritaient sous des tentes de fortune ou des bâches, d'autres étaient simplement enroulés dans des sacs de couchage ou des couvertures de survie. Il y avait beaucoup de gens en fauteuil roulant, et ils avaient clairement l'intention de passer la nuit sur place, ainsi qu'une bonne partie du lendemain. Tous, ils étaient là pour dire un dernier adieu à leur princesse, La princesse du peuple... L'expression était peut-être démagogique, mais elle avait fait mouche, et elle sonnait étrangement juste, se disait Octavia.

Tous les gens présents paraissaient tranquilles et de bonne humeur. Les automobilistes eux-mêmes prenaient leur mal en patience, dans le flot ininterrompu de piétons qui traversaient la rue tout autour du square ; des policiers arpentaient le trottoir deux par deux, sereins et détendus. Octavia se dirigea vers l'abbaye de Westminster ; la batterie de projecteurs brillait déjà, en prévision du lendemain. L'énorme tribune de presse était haut perchée en face de l'entrée principale, et semblait presque entièrement remplie. Des gens affluaient de partout, des fleurs à la main, dont beaucoup de jeunes hommes qui portaient des lis, et Octavia les suivit ; elle-même avait apporté un bouquet.

Elle avait pris la direction de St. James's Park. Des photos de Diana pendaient à tous les réverbères ou presque, entourées de fleurs et de lumignons ; à l'intérieur du parc, des milliers de bougies brillaient dans la pénombre. Tout le long du Mall, des gens s'étaient installés pour la nuit, assis ou couchés à même le trottoir. Pour la centième fois peut-être, Octavia songea combien Diana aurait aimé voir ce spectacle, combien elle se serait sentie approuvée à travers lui, pour tout ce qu'elle avait accompli dans sa vie...

Elle continua sa marche jusqu'au palais de Buckingham ; le mémorial de la reine Victoria était couvert de photos et de banderoles de toutes sortes. Une immense file de gens attendaient pour déposer leurs fleurs, dans le silence et le recueillement ; même aussi tard, ils en avaient encore pour deux heures avant d'arriver jusqu'aux grilles, d'après ce qu'Octavia entendit dire à côté d'elle. Des policiers leur prenaient leurs bouquets des mains, puis allaient les déposer au sol, avec beaucoup de soin et de respect. Elle leva les yeux vers le palais où le drapeau pendait à mi-mât, regarda les fenêtres éclairées, pensa aux deux jeunes princes, à leur chagrin, à leur courage, qu'ils devraient rassembler pour affronter la journée du lendemain, et se sentit terriblement émue.

Le parfum des millions de fleurs rassemblées était immensément doux et fort à la fois. Octavia ne voulait pas faire la queue pendant deux heures, aussi se contenta-t-elle de déposer son bouquet sur les marches du mémorial de Victoria, puis elle commença, lentement, à rebrousser chemin. La foule la fascinait, tellement bigarrée : beaucoup de jeunes, de Noirs, de familles de trois ou quatre personnes qui marchaient bras dessus bras dessous, le visage grave, des gays aussi, en grand nombre. Et toute cette foule hétéroclite n'avait qu'une seule pensée en tête : Diana. Diana avait conquis leurs cœurs, leurs cœurs à tous.

Quand elle arriva à la maison, Tom était dans la cuisine.

— Où étais-tu ? lui demanda-t-il.

Elle le lui dit, trop fatiguée, trop émue aussi pour s'inquiéter de ce qu'il en penserait. Il s'était montré très cynique depuis le début de la semaine, prenant résolument le parti de Charles, critiquant vertement l'attitude des tabloïds. Pourtant, au grand étonnement d'Octavia, il lui dit :

— Moi aussi.

— Toi ?

— Oui. Finalement, je n'ai pas pu résister. C'était extraordinaire, n'est-ce pas ? Et très émouvant. L'histoire en train de se faire.

— C'est exactement ce que je pensais. J'ai même regretté de ne pas avoir emmené les enfants.

— Moi aussi. Nous aurions dû y aller tous ensemble. Eh bien... Bonne nuit, Octavia.

Sans un mot, il prit le chemin de leur chambre, pour aller y dormir seul ; il attendait visiblement qu'elle fasse le prochain pas. Elle devait le faire, elle devait lui parler, mais pas ce soir. Ce soir, elle ne le pouvait pas.

Felix Miller avait décidé de ne pas regarder les funérailles ; cela ne ferait qu'ajouter à sa tristesse et à sa solitude. Mais, en parcourant le programme de la cérémonie dans le *Times*, il vit qu'on jouerait de la splendide musique et se dit qu'il pourrait toujours l'écouter à la radio, pendant qu'il boirait son café et lirait son courrier.

Quand Mme Harrington lui apporta le café, elle le trouva planté devant la télévision et jugea que ce n'était pas une bonne idée : il avait été très abattu cette semaine et n'avait pas bonne mine : pâle, les yeux bouffis. En même temps, ça le distrairait peut-être de ce qui le préoccupait – sûrement des problèmes professionnels, songeait Mme Harrington, cette tentative de prise de contrôle qui n'avait pas abouti. Et il y avait aussi Octavia, bien sûr, Octavia et son divorce, sans compter Mme Muirhead qui devait lui manquer terriblement, malgré l'air ferme et résolu qu'il arborait. Il y avait fort peu de choses que Mme Harrington ignorait, concernant Felix Miller.

Après les funérailles, Felix sortit faire un tour dans le parc, sur la lande de Hempstead ; elle était déserte, ce qui accrut encore son impression de solitude. Certes, Octavia l'avait appelé, pour bavarder et prendre de ses nouvelles, mais il ne pourrait pas la voir avant la semaine suivante, tant elle était occupée par sa journée de charité du lendemain. Elle était si brillante, elle réussissait si bien... Il sourit avec fierté en pensant à elle, puis fronça les sourcils à cause d'une soudaine douleur dans le bras gauche. Ce n'était pas la première fois, il l'avait ressentie à plusieurs reprises ces derniers jours, mais il savait d'où elle venait ; il avait soulevé beaucoup d'objets, afin de faire de la place dans la chambre qu'il destinait à la nurse, au cas où Octavia déciderait de s'installer chez lui. Il y avait déjà des chambres pour les enfants, bien sûr, depuis la naissance des jumeaux ; elles n'avaient pas servi très souvent, mais elles étaient prêtes, en attente.

La douleur le frappa de nouveau, plus sévèrement. Il décida de rentrer, de prendre un peu de paracétamol, puis de s'atteler à un travail quelconque. Il n'avait rien à faire ce week-end, absolument rien.

— C'est génial ! dit Megan, et ses grands yeux bleus brillaient de plaisir. « Les chauves-souris sauvent le beffroi », quel titre super ! Même s'il n'y a jamais eu de beffroi à Bartles House... C'est tout de même effrayant de penser que, si Nora n'avait pas parlé des chauves-souris, et si je ne l'avais pas raconté ensuite à Sandy, rien ne serait arrivé !

Le téléphone sonna : c'était Octavia.

Gabriel vient de m'appeler et il m'a parlé de l'article, s'exclama-t-elle, tout excitée.

— Je vais vous passer Megan, répondit Pattie. Elle est à côté de moi et elle va vous le lire.

— Octavia ? C'est génial, écoutez : « Le pittoresque site de Bartles Wood vient d'échapper, presque à coup sûr, à l'appétit des promoteurs. La découverte fortuite cette semaine, par la petite Megan David, que des chauves-souris nichaient dans la toiture de Bartles, House, contiguë au bois, risque de se révéler une très mauvaise nouvelle pour l'homme d'affaires Michael Carlton. Les chauves-souris sont une espèce menacée, et tout bâtiment qui en abrite est de ce fait systématiquement protégé. M. Carlton, que nous avons contacté, s'est refusé à tout commentaire. Mme Ford, la directrice de la maison de retraite de Bartles House, nous a pour sa part déclaré qu'elle connaissait, bien sûr, la présence des chauves-souris, mais ignorait tout à fait que c'était une espèce protégée. Lucilla Sanderson, l'une des résidentes, affirme que la sauvegarde de Bartles House est une victoire du bon sens, et un coup d'arrêt au massacre du patrimoine de notre pays. »

— Belle formule, commenta Octavia.

— Oui. Ensuite, l'article dit que c'est un brillant businessman du Gloucestershire, Sandy Trelawny, qui a attiré l'attention des défenseurs du site sur l'importance de la présence des chauves-souris.

— C'est parfait, commenta Octavia. Bien joué, Megan. Je pense que vous devriez ouvrir une bouteille de champagne, toutes les deux.

La bonne nouvelle avait remonté son moral, après l'inévitable mélancolie des funérailles. Elle préparait avec entrain le déjeuner dans la cuisine quand Caroline apparut dans la pièce.

— Octavia, je suis ennuyée pour Minty, elle a un peu de température. Ce n'est qu'un problème de dent, je pense, mais elle n'a pas le moral.

— J'y vais. Elle est dans son lit?

— Oui. Elle vient de finir sa sieste, mais ça ne l'a pas beaucoup soulagée.

Minty était fiévreuse, grognon, et sa joue droite était enflammée.

— C'est sa dent, sûr. Pauvre petite chérie... Si elle ne va pas mieux demain, on ne pourra pas l'emmener. Aïe...

Elle réfléchit rapidement aux conséquences de la chose, puis dit :

— Caroline, vous... vous pourriez éventuellement rester

avec elle? Il était prévu que vous preniez votre dimanche, je le sais bien, mais...

— Octavia, j'ai déjà tout arrangé avec des amis.

— Je sais, mais c'est une journée si importante pour moi...

— Pour moi aussi. C'est l'anniversaire de mon plus vieil ami, je ne peux pas ne pas y aller.

— Oh! Je comprends, dit-elle, et elle réussit à sourire. Eh bien, on peut toujours espérer qu'elle ira mieux.

— Tom ne peut pas rester avec elle?

— Non, je ne crois pas. Il est prévu qu'il vienne à cette journée lui aussi. Nous verrons comment Minty sera dans un moment. En tout cas, il faudra prendre une décision avant ce soir, demain ce sera trop tard.

— Oui, c'est vrai.

— Tu as l'air d'aller mieux, ma chérie... Tu retrouves des couleurs.

— Beaucoup mieux, papa, oui. Je... j'aimerais bien faire un petit tour, pour me changer les idées. Tu crois que je pourrais prendre la voiture de maman?

— Bien sûr. En fait, je comptais te demander si tu voulais la garder. Inutile qu'elle reste à rouiller dans le garage...

— Oh! Papa, ce serait merveilleux! Je ne l'ai jamais dit à Sandy, mais avoir une seule voiture, comme en plus il s'en sert tout le temps, ça ne me facilite pas la vie.

— Alors, elle est à toi, ma chérie.

La voiture était une petite Renault 5, pratique et nerveuse. Tandis qu'elle s'éloignait de la maison, Louise se sentait soudain différente, libre, joyeuse, excitée. Un peu fiévreuse, aussi. Elle touchait au but, maintenant, tout allait bientôt commencer.

La voiture n'avait presque plus d'essence et elle s'arrêta dans une station-service pour faire le plein. C'était l'une des raisons pour lesquelles elle avait voulu la prendre dès ce soir : elle devrait partir très tôt demain matin et voulait que rien ne la retarde. Elle dirait tout à l'heure à son père qu'elle allait rendre visite à des amis. Pourvu qu'elle réussisse à dormir cette nuit : elle aurait beaucoup de route à faire demain, d'abord jusque dans le Kent, ensuite pour redescendre jusqu'en Cornouailles. Après quoi il faudrait encore tout installer là-bas, en pleine nuit, et ce ne serait pas une mince affaire non plus.

L'autre raison pour laquelle elle avait besoin de la voiture dès ce soir, c'était pour avoir le temps d'y ranger toutes les affaires. Cela faisait plusieurs jours qu'elle les amassait, avec les plus grandes précautions : nourriture, boissons, couches, petits pots pour bébés... Elle avait déniché une petite paire de draps, une couverture et les avait cachées au fond de sa valise, avant que Sandy ne l'emmène chez son père ; elle avait eu peur qu'il ne lui demande pourquoi elle prenait une si grande valise, mais il ne l'avait pas fait. À vrai dire, il ne lui parlait guère depuis son retour de l'hôpital. Il y avait un couffin à Rookston, qui tiendrait dans le coffre – juste, mais il tiendrait. Et le siège d'enfant que sa mère avait acheté pour Dickon, et qui était toujours dans le garage, elle pourrait le fixer discrètement dans la voiture tout à l'heure.

Elle avait étudié la carte ; la route jusqu'à Brands Hatch était facile, il fallait prendre la M4, puis descendre jusqu'à la M25. Elle y était déjà allée, dans le temps. Une fois là-bas, ce serait plus difficile, bien sûr. Peut-être que ça ne marcherait pas ; elle s'était préparée à cette éventualité, mais au fond d'elle-même elle était sûre de réussir. Elle avait choisi avec soin son déguisement, lunettes noires, une perruque courte dont elle se servait parfois quand elle était mannequin, un pantalon et une tunique d'assez mauvais goût, qu'elle avait achetés sur catalogue. Pas du tout le genre de vêtements dans lesquels on se serait attendu à la voir. Pour faire un test, elle avait revêtu tout son accoutrement et était allée jusqu'au magasin du coin, où tout le monde la connaissait : personne ne l'avait reconnue. Quant au risque qu'on la repère là-bas, il était quasi nul : Sandy n'y allait pas, et Dickon serait bien trop occupé à galoper avec les jumeaux. Dans une foule, il était facile de se dissimuler. Quand elle était jeune, elle y avait suivi un jour son petit ami de l'époque, soupçonnant qu'il voyait peut-être une autre fille, et il ne l'avait jamais repérée. Demain, elle n'aurait qu'à les suivre partout et à attendre l'instant où elle pourrait se saisir de Minty. Cet instant arriverait forcément, un simple moment de distraction et il ne lui faudrait pas plus d'une seconde ; personne ne serait sur ses gardes, personne ne s'attendrait à la voir là-bas. Elle pouvait le faire, elle savait qu'elle le pouvait, même si cela devait prendre longtemps, la journée ; ce n'était qu'une question de persévérance et de sang-froid. Et ensuite, elle aurait de nouveau un bébé. Un bébé juste du même âge que Juliet quand elle était morte, ou presque. Un bébé à aimer, à dorloter, à prendre dans ses bras, à border dans son lit le soir.

Elle en aurait un, et Tom et Octavia sauraient ce que cela signifiait de perdre son enfant.

49

Je ne crois vraiment pas que Minty pourra venir demain, dit Octavia, elle n'est pas bien. Ce n'est qu'une dent, mais elle a encore un peu de fièvre...

— Laissons-la ici, suggéra Tom. De toute façon, elle aurait été plus un problème qu'autre chose.

— Ce n'est pas aussi simple... Caroline ne peut pas rester avec elle.

— Ah!

— J'ai essayé l'agence, mais Mme Thorpe n'est pas libre, et ils n'ont personne d'autre que je connaisse assez pour être en confiance.

— Et Mme Donaldson?

— Elle ne peut pas. J'ai déjà essayé, tu penses bien.

— Et les filles de Marianne? Minty les connaît déjà...

— Tu crois vraiment? Suppose que ça s'aggrave?

— Si ça s'aggrave, elles pourront nous téléphoner et l'un de nous deux rentrera. Ce n'est qu'une dent, tout de même.

— Bon, je vais voir.

Zoé venait de rentrer d'Amérique ; elle ne faisait rien le lendemain et répondit qu'elle serait ravie de s'occuper de Minty.

— J'ai gardé un petit garçon qui avait la varicelle, il n'y a pas longtemps, et tout s'est très bien passé, dit-elle à Octavia pour la rassurer.

— Entendu, Zoé, je suis sûr que ça se passera bien. Je vous appelle dès mon réveil demain matin, au cas où il y aurait un problème. Sinon, vous pouvez être ici à huit heures?

— Huit heures? Oui, ça devrait être possible, dit une voix plaintive au bout du fil.

— Merci.

— Détends-toi, Octavia, tu as l'air survoltée...

— Oh! J'ai un million de choses à faire à la dernière minute... Et je dois encore aller voir Melanie, pour qu'elle me donne des troncs pour les collectes. Les dames de l'association seront en faction devant les portes dès dix heures, et elle n'arrivera qu'après.

— J'espère que tout marchera bien. Tu le mérites, tu as travaillé comme une folle.

— Merci. Tu... tu m'as aidé, commenta-t-elle rapidement, non sans réticence.

Il faillit ajouter « Comme avant », mais préféra s'abstenir.

C'était vrai, ils avaient travaillé ensemble sur cette journée, comme avant – discuté de la liste des invités, et de qui il faudrait s'occuper particulièrement, longuement peaufiné le plan de table : non, pas *elle* à côté de *lui*, souviens-toi, il a retiré son budget à l'agence de son mari l'an dernier et elle l'a mal pris... pourquoi ne pas mettre Drew Bartlett à côté de Veronica Stepford? Elle est en train de monter une boutique d'investissement boursier... Et peut-être Nico Cadogan en face, il aura des histoires à lui raconter sur les OPA!... Il avait fait des coupes dans son discours de remerciements (« bien trop long! »), elle lui avait choisi une cravate pour aller avec son costume prince-de-galles, avait promis de veiller à ce que la femme d'Oliver Nichols rencontre le fameux pilote néo-zélandais...

Felix Miller se coucha de bonne heure; il se sentait affreusement fatigué et son bras lui faisait toujours mal. Il avait écouté un concert sur Radio 3, dévoré (avec un étonnant appétit) les lasagnes de Mme Harrington ainsi que deux portions de mousse au chocolat, bu deux grands verres de brandy, puis pris un somnifère : depuis le début de la semaine, il avait du mal à s'endormir. Il avait beaucoup de travail à faire le lendemain, et le soir il y aurait une réunion de l'association Musique à l'hôpital, pour les enfants. Normalement, Marianne aurait dû y venir aussi, puisqu'elle en assurait le secrétariat; peut-être viendrait-elle quand même, peut-être... La douleur réapparut dans son bras, avant que le Nitrazepam ne fasse de l'effet.

Louise dîna à peine ce soir-là, tant elle était nerveuse ; une fois dans son lit, elle passa et repassa tous les préparatifs dans sa tête, pour s'assurer qu'elle n'avait rien oublié... Elle avait fait le plein d'essence et chargé la voiture, retiré un maximum d'argent au distributeur (pour laisser le moins de traces possible à l'avenir en utilisant sa carte de crédit), transféré toutes ses affaires – portefeuille, brosse à cheveux, trousse de maquillage, et bien sûr la précieuse clé (cent fois peut-être, elle s'était assurée qu'elle la possédait toujours) – dans une grande valise de sa mère, vieille, usée, anonyme. Tout était prêt ; plus qu'une nuit à attendre...

Pendant qu'Octavia allait chercher les troncs chez Melanie, Tom s'installa dans son bureau et prit des notes en vue d'un speech qu'il devait faire le mardi soir. Il se sentait d'humeur joyeuse : entre son nouveau client, Oliver Nichols, avec qui le courant passait bien, Felix Miller qu'il avait réduit au silence et le soulagement de Nico Cadogan, l'horizon avait l'air de se dégager. Et surtout, il semblait que les choses allaient s'arranger avec Octavia. Les vacances avec Bingham n'avaient manifestement pas été un succès (même si, bien sûr, elle ne l'aurait admis pour rien au monde), ils avaient refait l'amour (et de quelle façon !), et elle n'avait plus reparlé de divorce. Pourvu qu'il ne se trompe pas : car leur harmonie d'autrefois lui manquait cruellement, à tout point de vue.

Il éprouva le besoin de trouver une phrase bien sentie, pour étayer son speech, et chercha son dictionnaire des citations, mais il avait disparu. Octavia l'avait peut-être emprunté, puis avait oublié de le rapporter, selon sa bonne vieille habitude. Il descendit jusqu'au bureau de sa femme : oui, il était bien là, posé sur la table.

Il parcourut des yeux la petite pièce et sourit ; tout était épinglé avec soin, il n'y avait ni piles branlantes de factures ni montagnes de courrier en attente qui encombraient son propre bureau. Même sur l'aide-mémoire mural, tout était net et précis. Tout parlait de la vraie Octavia dans cette pièce, pas seulement de son sens de l'ordre et de l'efficacité, mais aussi de la fierté qu'elle avait toujours mise dans son travail et dans sa vie : ses médailles scolaires, son diplôme de droit, une lettre personnelle de félicitations de lord Denning, à propos d'une association caritative dans le domaine juridique pour laquelle elle avait travaillé, le tout soigneusement encadré aux côtés d'innombrables photos des enfants, des dessins qu'ils lui avaient faits – et quelques photos de son père. Le vieux salaud, songea Tom en le contemplant ; il s'était acharné à briser leur mariage, à mener à son terme ce que la folie de Tom lui-même avait amorcé ; mais il n'y avait pas réussi, non, il n'y avait pas réussi.

Le tiroir du haut du bureau était entrouvert, la pointe d'une feuille en dépassait. C'était une offense, dans ce temple de l'ordre, et il avança la main pour repousser le tiroir, mais comme il était coincé, il dut commencer par le rouvrir et la feuille de papier en tomba. Il y en avait en vérité plusieurs, une petite liasse, toutes agrafées ensemble. « Questionnaire client confidentiel », lut-il, sous le logo « Fisher Lewin Frances. Département du droit de la famille ». Tom connaissait Fisher Lewin Frances : c'était une société fort réputée, spécialisée dans les affaires matrimoniales et familiales. Le formulaire posait un grand nombre de questions sur Octavia, son mari et sa famille ; il avait été rempli avec soin et daté du 1er septembre 1997. Récent, très récent.

Tom passa quelque temps à le parcourir, le regard vide, avant de le reposer dans le tiroir et de refermer celui-ci.

50

À sept heures du matin, Octavia était déjà sur la M25 ; elle serait sûrement très en avance, mais cela valait mieux que de ronger son frein dans un embouteillage. Tom viendrait plus tard avec les jumeaux et Dickon. Elle était encore ennuyée de laisser Minty, et se demandait si Zoé serait capable de s'en occuper. Peut-être que... Une idée lui vint soudain et elle composa le numéro de la maison sur son téléphone de voiture.

Tom avait été bizarre la veille au soir, à son retour : froid, distant. Il travaillait dans son bureau, et quand elle avait passé la tête par la porte pour lui dire qu'elle allait se coucher il l'avait regardée comme si elle tombait d'une autre planète. Mais, bah ! il était souvent comme cela quand il travaillait, et il serait bien temps d'éclaircir le problème, s'il y en avait un, ce soir.

— Oui, Tom Fleming...

— Tom, j'ai eu une idée...

— Zoé ? C'est Tom Fleming.

— Bonjour, Tom. Tout va bien, je suis levée, habillée, dessoûlée. Ne vous inquiétez pas. Comment va Minty ?

— Beaucoup mieux.

— Vous avez décidé de l'emmener, alors ?

— Oui, mais j'aimerais que vous veniez aussi, pour vous occuper d'elle, faire la nounou pour la journée. Ça vous va ?

— C'est parfait, oui.

— Vous voulez que je vienne vous chercher ?

— Non, merci. Maman a réservé un taxi, elle avait peur que je ne sois en retard. Vous savez quelles drôles d'idées lui passent parfois par la tête...

— OK. À tout à l'heure, donc.

À son réveil, Felix Miller se sentit bien mieux que la veille – hormis une pointe d'indigestion, due à la cuisine de Mme Harrington ; son bras lui faisait moins mal qu'avant, visiblement en voie de guérison, et la bonne nuit de sommeil qu'il avait passée l'avait revigoré.

Il décida de commencer par travailler une heure ou deux, puis d'aller jusqu'au Cottage suisse, son club de sports, pour une séance de natation, une de ses habitudes dominicales. Pas trop soutenue, mais il se sentait toujours mieux après, et ce serait sûrement bénéfique pour son bras. Il décida de sauter le petit déjeuner, histoire de compenser les lasagnes de la veille au soir.

Octavia regardait par la fenêtre, depuis les salons du dernier étage du bâtiment John Foulston, avec une vue imprenable sur le circuit de Brands Hatch. Tout y était encore vide et bien ordonné, hormis quelques promeneurs, une voiture isolée qui passait en rugissant sur la piste. L'espace d'un instant, elle oublia sa tension nerveuse, ses responsabilités, et ne songea qu'à la fête qui allait débuter. Quatre-vingt-cinq mille personnes venaient là, les bons jours ; il y en aurait peut-être un peu moins à cause de Diana, mais ce serait quand même la grande foule. « Et parce que ce sont des courses de voitures d'époque, lui avait dit l'homme du marketing, vous aurez ceux que nous appelons les tweed et perles. Ce qui veut dire beaucoup d'argent. Votre journée devrait être rentable. »

La quasi-totalité de leurs trois cents invités viendrait, un coup de fil de Lauren le lui avait confirmé. Elles avaient prévu du champagne à midi et demi, suivi d'un déjeuner ; les courses commençaient à deux heures et demie. Il se vendrait sûrement beaucoup de billets de tombola, avec des tours de circuit à gagner – dix pour cent leur en avaient été réservés, c'était généreux de la part des gens de Brands Hatch. Les dames portant les troncs étaient prévues partout, et Génération montante avait un grand stand au bord de l'allée entre l'immeuble et le paddock.

Les salons étaient magnifiques : les bouquets avaient été composés par un ami de Melanie, à un prix imbattable en échange d'un bel encart publicitaire dans le programme, et contre la même chose Bob Macintosh avait obtenu une grosse ristourne d'un de ses fournisseurs de champagne. Aussi n'avaient-elles pas perdu autant d'argent qu'elles l'avaient craint. Quand Octavia avait appelé Bob pour le remercier, il avait répondu :

— Chère amie, c'est une bien modeste contrepartie, pour le service que vous nous avez rendu il y a quelque temps. Sans Tom et vous, je ne sais pas comment nous aurions fait.

Elle savait de quoi il voulait parler : de la séance de photos ; mais en l'entendant dire « Tom et vous », elle s'était demandé quel avenir cette expression avait encore, personnel et professionnel...

Après le départ de Zoé, Marianne se plongea dans la lecture des journaux. Romilly dormait, sûrement pour plusieurs heures encore. Marianne avait presque envié Zoé d'aller là-bas, puis elle avait pensé que Nico y serait sans doute et avait renoncé à l'accompagner. Felix ne s'y rendrait sûrement pas, il n'aurait aucune envie de rencontrer Tom.

Penser à Felix lui rappela la réunion de ce soir, à laquelle elle avait décidé de participer ; elle ne voulait pas se mettre à négliger ses responsabilités à cause de difficultés personnelles. Elle décida d'appeler Felix pour le lui dire.

Il n'était pas là ; ce fut Mme Harrington qui répondit.

— Oh ! Bonjour madame Muirhead, comme je suis contente de vous entendre...

— Moi aussi, madame Harrington. M. Miller est là ?

— Non, malheureusement... Il est à son club de sports.

— Vous pouvez lui laisser un message?

— Bien sûr...

— Dites-lui que je serai ce soir à la réunion, au théâtre de Sadler's Wells.

— Je le lui dirai, madame Muirhead, et je suis sûre qu'il sera très heureux de l'apprendre.

Sûre? Elle-même l'était beaucoup moins, songea Marianne en raccrochant.

— Maman, c'est génial! Quelle supervue on a, hein? Camilla est là?

C'était Poppy, rouge d'excitation; elle portait une robe à smocks et un chapeau Christopher Robin sur ses boucles sombres.

— Pas encore. Tu as un look terrible, Poppy! Où est papa?

— Il parle avec Lauren là-bas, regarde...

Octavia regarda, et se demanda aussitôt pourquoi Tom s'approchait autant de Lauren pour lui parler, et s'il était obligé de lui murmurer à l'oreille comme il le faisait. Elle était superbe, dans un large pantalon bleu marine, un chemisier de soie crème amplement décolleté qui révélait sa peau hâlée, un long collier de perles, ainsi qu'un petit chapeau posé de biais sur ses cheveux blonds. Octavia sentit l'irritation la gagner, puis se demanda pourquoi diable elle s'en souciait autant.

— Bonjour, Octavia.

C'était Drew, dans un costume de lin tout simple, souriant et détendu.

— Vous êtes très belle, et ce décor est parfait. Où est la charmante Anthea? J'ai hâte de lui vendre un billet de tombola ou deux...

Octavia lui rendit son salut, puis s'approcha de Tom et de

Lauren ; le sourire de cette dernière, charmeur un instant plus tôt, se fit efficace et professionnel dès qu'elle la vit.

— Octavia, quel ravissant chapeau !... Mais je croyais que les dames qui collectaient les fonds devaient être en costume, qu'est-ce qui s'est passé ?

— Ça nous a économisé mille livres, expliqua Octavia, de l'air le plus aimable qu'elle put. Franchement, je ne crois pas que cela ait de l'importance, elles ont leurs écharpes.

— Je sais, mais on dirait qu'elles quêtent dans la rue pour l'Armée du Salut. Enfin, peu importe, de toute façon, il est trop tard. Quand allons-nous commencer à servir le champagne ?

— À midi et demi, comme convenu.

— C'est un peu tard, non ? Plusieurs amis sont déjà là et je ne peux pas les laisser sans rien à boire...

Octavia se retint de soupirer, puis répondit :

— Nous n'avons prévu que trente bouteilles, mais bien sûr c'est à vous de voir, Lauren ; si nous en faisons venir davantage, cela vous coûtera un peu plus cher, je le...

— Peut-être, la coupa Lauren, sur cet exaspérant ton sec et cassant qu'elle lui connaissait si bien, mais si nos amis ont l'impression qu'on ne s'occupe pas d'eux, ça ne les poussera pas à plonger leurs petites mains dans leurs petites poches, vous ne croyez pas ? Je pense vraiment que nous devons commencer plus tôt.

— Bien. Je vais chercher des serveurs.

— Merci, Octavia, je peux compter sur vous ? J'ai tant de choses en tête, avec tous les invités qui arrivent et dont il faut s'occuper.

— Je vais régler ça au mieux, promit Octavia.

Puis elle se tourna vers Tom

— Où sont Minty et Zoé ?

— Elle l'a emmenée faire un tour dans sa poussette, répondit-il, et il avait le même air distant que la veille au soir. Gideon, tu veux aller voir le paddock?

— Oh! oui, chouette!

— Et toi, Poppy?

— Non, Camilla et moi, on veut rester ici pour regarder les habits des gens.

— Pff, les habits, c'est nul.

— Moins que les voitures.

— Non.

— Si!

— Taisez-vous, dit Tom. Tu viens avec nous, Dickon?

— Oui, s'il vous plaît!

Il avait l'air énervé, pensa Octavia en le regardant s'éloigner; le pauvre, il en avait tant supporté ces dernières semaines...

— Tu es ma-gni-fique, dit une voix derrière elle.

Elle se retourna: c'était Melanie qui, fidèle à son image de marque, s'était habillée en homme, avec un costume de tweed et un chapeau à la Sherlock Holmes.

— Toi aussi, répondit Octavia en riant, puis elle la mit au courant des derniers événements, des derniers desiderata de Lauren, et elles vaquèrent aux mille tâches qui les attendaient encore.

Zoé poussait Minty dans l'allée qui menait au paddock. Celle-ci était bordée de stands où l'on vendait toutes sortes d'articles qui n'intéressaient pas le moins du monde la jeune fille: anoraks hors de prix, paniers de pique-nique, couvertures... Un stand plus grand que les autres arborait fièrement, maintes fois répété, le nom de l'association dont s'occupait Octavia; plusieurs dames au visage sérieux trônaient à l'intérieur, adressant de grands sourires aux passants, mais la foule ne s'y pressait guère.

Pourvu qu'ils la paient bien, songeait Zoé, parce que ce n'était pas franchement une partie de plaisir. Minty geignait sans discontinuer, et elle avait dû lui changer sa couche un instant plus tôt. Dans la voiture, elle n'avait pas fermé l'œil, ne cessant de se trémousser dans son siège et de jeter son biberon par terre, avant de pleurer pour qu'on le lui rende. Zoé, qui était assise devant à côté de Tom, tâchait de ne pas l'écouter et se promettait qu'elle n'aurait jamais d'enfant.

La foule commençait à arriver dans l'enceinte du circuit : beaucoup de familles, mais aussi beaucoup de jeunes gens, des officiels qui se pressaient en tous sens en criant dans leurs portables, quelques pilotes en combinaisons. Deux d'entre eux portaient une tenue années trente, avec casque de cuir et lunettes ; sans doute étaient-ils invités au déjeuner. Elle espérait bien rencontrer Kit Curtis, elle l'avait vu en photo et il était tout ce qu'il y a de plus cool.

Louise passa devant l'entrée du circuit peu après onze heures. C'était trop tôt, il n'y avait pas encore assez de monde qui se pressait aux portes. Elle roula quelques kilomètres et s'arrêta sur une aire de stationnement, où elle s'efforça de se plonger dans le journal, mais il n'y était question que de Diana, des funérailles, et elle ne parvenait pas à se concentrer. À midi, elle reprit la route en sens inverse : cette fois, une double file de voitures attendait à l'entrée du parking, venant des deux directions, et cela lui convenait bien mieux. Son cœur battait à tout rompre, et elle tenait son journal grand ouvert devant elle, tête baissée, terrifiée à l'idée qu'on pût la reconnaître. Une fois à l'intérieur du parking, perdue parmi les milliers de voitures qui s'y trouvaient déjà, elle se rasséréna quelque peu. Elle eut encore un moment de panique lorsqu'elle retira la clé du contact, et fut à deux doigts de redémarrer, de repartir ; puis elle se regarda dans le rétroviseur, maquilla ses lèvres avec un rouge fuchsia, une couleur qu'elle n'employait jamais : avec sa perruque et sa tenue, elle-même se reconnaissait à peine, alors les autres, songea-t-elle...

Elle sortit de sa voiture, la verrouilla, prit soin de bien mémoriser l'emplacement où elle était garée – tout à l'heure, il ne faudrait pas perdre une minute à le rechercher. Il y avait une grande Bentley au bout de l'allée, qui lui servirait de point de repère. Pour plus de sûreté, elle noua un ruban rouge au bout de son antenne : c'était un vieux truc que son père utilisait aux courses de Badminton, et grâce auquel on retrouvait sa voiture de loin. Puis elle se dirigea vers l'entrée du circuit, à pas lents et contenus, mais pas trop lents non plus, d'une démarche naturelle. Dans quelques instants à peine, la foule l'aurait engloutie.

Felix faisait ses longueurs, méthodiquement, dans la petite piscine du club de sports. Il aimait nager ; la plupart des gens trouvaient cela ennuyeux, mais il avait toujours pensé que c'était un bon moyen de résoudre les problèmes accumulés pendant la semaine. La natation vous laissait l'esprit à la fois libre et tendu vers un but, à la fois imaginatif et dynamique ; vingt minutes de ce régime étaient souvent plus efficaces qu'une longue séance à se triturer les méninges. Et mettre sur pied un service de banque directe, de simple prétexte pour sauver la face, était devenu un exercice intellectuel assez excitant, qui soulevait de nombreux problèmes. Quand il sortit de l'eau, non seulement son bras allait indéniablement mieux, mais il avait résolu au moins deux de ces problèmes. Seule son indigestion ne s'était pas arrangée, elle avait plutôt empiré, même. Un déjeuner léger suivi peut-être d'une petite sieste saurait y remédier.

Louise avisa un officiel, près de l'entrée, et se dirigea vers lui.

— Je cherche des amis, lui dit-elle. Ils sont à une réception, un déjeuner de bienfaisance.

— Là-bas, lui indiqua-t-il, dans le bâtiment John Foulston. Au dernier étage.

— Merci.

Elle contempla le bâtiment en question, préoccupée. Elle avait imaginé une simple tente, un chapiteau au bord du circuit, autour duquel elle aurait pu rôder discrètement ; pénétrer à l'intérieur d'un édifice, puis en ressortir était une autre histoire. Mais ils en sortiraient sûrement, à un moment ou un autre, pour aller regarder les voitures ou suivre les courses. Alors elle les filerait et guetterait le moment propice.

— C'est amusant, non ? fit Lauren.

Elle était très excitée, ses yeux bleus brillaient dans son visage hâlé ; elle était magnifique, songea Tom, et il aurait mieux fait d'aller en Toscane avec eux – pour ce que ça lui avait rapporté d'être resté loyalement à la maison...

— Très amusant.

— Nous avons vendu une masse de billets de tombola. C'est juste dommage qu'Anthea Turner ne puisse pas venir. Elle est malade, c'est Kit Curtis qui va tirer la tombola.

— Je suis sûr qu'il est presque aussi séduisant qu'elle, dit-il en lui souriant.

— Peut-être que vous devriez le faire, vous. Vous êtes plus séduisant que tous les deux réunis... Oh ! Oliver, ravie de vous voir, superbe costume... Désolée de vous laisser, mes enfants veulent absolument me traîner dans le stand Sega.

— Je vous y rejoins après le déjeuner, dit Nichols en riant. Et vous, Tom, vous allez faire un tour de circuit ?

— Je ne sais pas, ça a l'air assez tentant... Vous y allez ?

— Vous devriez en faire un, dit Lauren. Je compte bien y aller moi aussi...

— Octavia! Vous êtes splendide, ma chère. Désolé d'être en retard.

C'était Nico Cadogan, qui leva son verre de champagne vers elle. Octavia lui sourit : il était exactement l'homme dont elle avait besoin à cet instant précis. Son esprit ressemblait à une coupe de champagne, et tout ce qui pétillait était bon pour le moral.

— Vous n'êtes pas en retard et je suis ravie de vous voir. Je suis désolée pour Marianne, se sentit-elle obligée d'ajouter.

— Bah! soupira-t-il, je suppose que ça fait partie du côté fantasque de l'existence...

— En revanche, vous devez être soulagé à propos de cette prise de contrôle, de la façon dont ça a tourné.

— Oui. On peut parler d'une volte-face de votre cher père, aussi inattendue que bienvenue. Mais inattendue, vraiment. Tom ne vous a rien dit à ce propos? demanda-t-il d'un ton détaché.

— Non. Pourquoi?

— Oh! Pour rien, mon indécrottable curiosité... Où est-il, ce cher vieux?

— Là-bas, il parle avec Lauren Bartlett.

— Bartlett? Oui, il me semble l'avoir déjà vue. À Ascot, ça me revient. Jolie, mais à l'aide de quelques artifices, dirons-nous?

Octavia lui sourit de nouveau : pour le moral, il était décidément meilleur que le champagne, et Marianne était sûrement folle de l'avoir laissé tomber. Même en aimant son père comme elle l'aimait, Octavia se demandait si Nico n'était pas un compagnon plus indiqué que lui, pour une jeune femme.

Ils s'assirent pour le déjeuner. Tom, qui avait bu deux coupes d'affilée, se rendit compte que l'euphorie le gagnait.

Il se rendit également compte qu'il était installé à côté de Lauren.

— Vous avez changé le plan de table?

— Oui, j'ai pensé que ce serait amusant d'être près de vous. Pour vous parler des merveilleuses vacances que vous avez manquées, et aussi pour que vous jetiez un coup d'œil sur mon discours. Vous êtes bien un spécialiste des discours, n'est-ce pas?

— Absolument.

Elle avait toujours le même parfum entêtant, et son décolleté était aussi profond, aussi dangereux que d'habitude. Tom laissa le serveur lui verser un grand verre de bordeaux et décida qu'il profiterait du sex-appeal de Lauren au moins pour la durée du déjeuner.

Louise avait acheté un hot dog et le mangeait, à quelque distance de l'entrée du bâtiment John Foulston. Elle avait vu tout à l'heure Tom pénétrer dans le bâtiment, tenant Dickon par la main. Le petit garçon arborait une expression mi-excitée mi-anxieuse qui serra le cœur de Louise, et elle souffrit de ne pouvoir s'élancer vers lui, le serrer dans ses bras; mais rien ne pouvait plus la faire dévier de sa route. Même quand le regard de Dickon s'était posé sur elle au passage (elle avait retenu son souffle) puis avait poursuivi sans la reconnaître, elle en avait tressailli de joie: son déguisement était vraiment réussi.

Un quart d'heure passa et elle se demandait, l'esprit à la torture, si elle pouvait se risquer à l'intérieur ou bien si c'était trop dangereux, quand elle vit Minty, assise dans sa poussette et pleurant bruyamment. Ce n'était pas la terrible Caroline qui la poussait (comment Octavia pouvait-elle confier sa fille à un tel dragon?), mais Zoé Muirhead. Pourquoi Zoé? se demanda Louise, troublée.

À cet instant, un officiel qui descendait les marches du perron s'arrêta, pour aider Zoé à les monter avec la poussette. De là où elle était placée, Louise entendait mal ce qu'ils se disaient, aussi fit-elle quelques pas en avant, faisant mine de chercher quelque chose à l'intérieur de son sac pour garder la tête baissée.

— ... pas la mienne, disait la voix traînante de Zoé, oh! non. Je suis juste sa nounou pour la journée.

Sa nounou pour la journée. Zoé Muirhead, avec qui Louise s'était toujours plutôt bien entendue. Voilà qui était intéressant, très intéressant.

Lauren murmurait à l'oreille de Tom, puis ils riaient ensemble, intimes, complices – et après? Qu'est-ce que ça pouvait bien lui faire? Même si Lauren avait, apparemment, jeté un coup d'œil dans sa direction avant de chuchoter quelque chose à Tom, tandis que Tom tournait imperceptiblement la tête, lui lançant un regard à la dérobée? Puis il revenait vers Lauren et riait de nouveau, peut-être? Oui, c'était ce qu'il lui semblait, mais quelle importance? Elle avait fait ce qu'il fallait, elle avait rempli le dossier pour Fiona Michael, ce n'était ni le jour ni l'heure de prendre des décisions pour l'avenir.

Elle se tourna vers Minty, qui se tenait plutôt bien pour l'instant; on lui avait donné une chaise haute et Zoé réussissait à lui faire avaler des cuillerées de petits pots. Zoé était splendide avec son jean et son T-shirt blanc, sa peau hâlée, ses cheveux courts en épis, très blonds. Du sexe à l'état pur, et Octavia ne comptait plus les invités mâles qui lui avaient demandé où elle trouvait ses baby-sitters.

Zoé était-elle plus ou moins sexy que Lauren? Bonne question. Octavia fut interrompue dans sa morne rêverie par l'animateur, qui réclamait le silence pour entendre quelques mots de la présidente du jour :

— Mme Lauren Bartlett. (Énormes applaudissements.) Après quoi, M. Kit Curtis tirera la tombola. (Applaudissements redoublés.)

Lauren se leva, parfaitement calme et maîtresse d'elle-même. Elle fit d'abord une allusion émue à Diana, à l'ombre que sa mort faisait planer sur cette journée, remercia chacun des convives d'être venu malgré tout, « comme elle l'aurait souhaité, je le sais », puis rendit hommage à son comité, aux organisateurs de l'événement, « et aux merveilleuses Octavia Fleming et Melanie Faulks, de Capital C, qui ont tant fait pour en assurer le succès ». Aimable sans excès, courtoise juste ce qu'il fallait, parfaite. Une vraie garce, se dit Octavia, puis elle se souvint que tout cela lui était totalement égal.

Kit Curtis, le pilote de Nouvelle-Zélande, était superbe : grand, brun, dégingandé, avec des yeux noisette et des taches de rousseur. Peut-être Lauren tournerait-elle son attention vers lui ? Il prononça quelques mots sans intérêt, puis commença à tirer des tickets de la coupe. Octavia devait prononcer son discours ensuite, avec Lauren et Tom qui la regarderaient, qui se moqueraient d'elle peut-être. Elle en gémit intérieurement.

Juste avant qu'elle ne se lève, Minty se mit à pleurer. Zoé remua sa poussette d'avant en arrière, murmura « chut !... », sans succès. Seigneur, songea Octavia, pourquoi ne l'avait-elle pas laissée tout simplement à la maison ? Elle s'approcha de Zoé rapidement et lui glissa à l'oreille :

— Emmenez-la faire une autre promenade, si ça ne vous ennuie pas. Elle va sans doute s'endormir.

— D'accord, super.

Elle se leva et sortit de la pièce avec Minty, suivie par plusieurs dizaines de paires d'yeux masculins.

Louise les attendait à l'extérieur du bâtiment, et leur emboîta le pas tandis qu'elles se dirigeaient vers la foule des spectateurs.

Mme Harrington terminait juste de remplir le lave-vaisselle, en pensant que M. Miller n'avait pas mangé grand-chose de son déjeuner, quand la porte de la cuisine s'ouvrit violemment, si violemment qu'elle eut peur d'un intrus; elle se retourna d'un bond, cherchant des yeux le grand couteau à découper. Mais ce n'était pas un intrus, c'était Felix Miller; il s'appuyait contre la porte, pâle comme un mort, le visage ruisselant de transpiration, serrant sa poitrine des deux mains et respirant avec peine.

— Vite, appelez une ambulance, madame Harrington, dit-il d'une voix rauque. Je crois que j'ai une crise cardiaque.

Puis il tomba sur place, d'une seule masse, comme si son grand corps était soudain devenu débile et chétif.

Après avoir composé le numéro des secours, Mme Harrington, qui avait pris des cours de secourisme, lui posa la tête sur un oreiller et l'installa le plus confortablement qu'elle put; il souffrait visiblement beaucoup et leva la main pour se saisir de la sienne.

— Octavia..., dit-il dans un immense effort.

— Je vais l'appeler, monsieur Miller, ne vous inquiétez pas.

— Non, non, surtout pas... Elle n'est pas chez elle... journée importante pour elle...

Et il perdit conscience.

Le discours s'était bien passé, tout s'était bien passé. Le comité offrit des fleurs à Lauren, on annonça que la tombola avait rapporté quatre mille livres et tout le monde applaudit;

Octavia commençait à se détendre, quand elle vit Tom s'approcher d'elle.

— Je vais faire un de ces tours de circuit. C'est maintenant, avant le début des courses. Drew et Oliver Nichols en ont très envie eux aussi. Je peux te laisser les enfants?

— Bien sûr, répondit-elle d'un ton froid et poli, prends ton temps. Et si tu comptes emmener Mme Bartlett faire un autre tour, ne te gêne pas.

Il lui jeta un regard furieux, puis siffla entre ses dents :

— Je t'en prie, ne sois pas si ridicule...

— Ridicule, moi?

— Oui, toi et ta jalousie...

— Je ne crois pas, non. Après vous avoir vus flirter pendant tout le déjeuner, je ne crois pas que ma jalousie soit ridicule!

Une lueur s'alluma dans le regard de Tom, une lueur de rage et d'exaspération qu'elle n'y avait encore jamais vue; il la saisit par le bras, si fort qu'elle en grimaça, et l'attira vers la porte de service.

— Tom, arrête... murmura-t-elle.

Elle n'osait pas tourner la tête vers ses voisins, craignant qu'ils n'aient remarqué leur manège, mais il lui répondit d'une voix sourde :

— Tu viens par ici.

Ils franchirent les portes de service et parvinrent dans un hall rempli de tables, de chariots, de plateaux couverts de tasses et de cafetières fumantes; les serveurs les regardèrent passer avec curiosité. Au fond du hall il y avait d'autres portes battantes, qu'il lui fit également franchir, pour déboucher sur un petit palier extérieur.

— Comment oses-tu me faire des reproches? lui dit-il, d'une voix tremblante de fureur. Comment oses-tu, alors que tu as contacté un avocat pour divorcer?

Elle hésita quelques secondes, sous le coup de la surprise, et il lui lança au visage, venimeux :

— Ce n'est pas vrai, peut-être ?

— Si, c'est vrai, lui répondit-elle d'un air de défi, je veux divorcer et vite ! Ne me dis pas que tu es étonné, quand même, après ce que tu as fait !

— Tu perds ton temps à me rappeler sans arrêt ce que j'ai fait, Octavia, parce que je ne l'ai pas oublié, figure-toi ! Tu ferais mieux de t'interroger un peu sur ce que *tu* fais, toi ! Voir un avocat sans me le dire, sans m'en parler, je... je n'arrive pas à le croire !

Elle faillit lui demander comment il l'avait découvert, mais l'important n'était pas là, elle le savait bien ; l'important, c'était qu'il avait raison d'une certaine manière.

— Oui, j'allais le faire, je...

— Mais pourquoi tu ne l'as pas fait ? Pourquoi, merde ?

Comment le lui dire ? Elle ne l'avait pas fait parce qu'elle ne savait pas, parce qu'elle n'était pas sûre de ce qu'elle voulait au juste... La preuve, c'était que... Comme par une transmission de pensée, il lui dit :

— Tu lui as raconté, à ton avocate, ce que nous avons fait tous les deux la semaine dernière ?

— Qu'est-ce que tu veux dire ?

— Tu le sais très bien !

Oui, sans aucun doute. Elle tourna la tête et jeta un coup d'œil à l'intérieur du bâtiment, à travers les portes vitrées. Il n'y avait plus personne dans le hall, les serveurs devaient être en train de servir le café ; là-bas, les convives finissaient de déjeuner, s'interrogeant sur la suite des festivités, la cherchant sans doute des yeux, se demandant où elle avait pu passer... Elle était nulle, elle faisait défaut dans l'une des circonstances importantes de sa carrière. Ça ressemblait à un cauchemar : des voitures vrombissaient maintenant sur la piste, la fête allait commencer, et elle était là, exaspérée, incapable de se ressaisir...

— Bien sûr que je ne lui ai pas dit, non, c'était...

— Je vais te dire ce que c'était, Octavia : la fin de tous tes espoirs d'obtenir un divorce rapide !

— Oh ! Je t'en prie...

— Légalement, tu l'ignores peut-être, mais ça prouve que tu n'as pas réellement envie de divorcer d'avec moi ! Devant un tribunal, je...

— Tu serais capable de parler de ça devant un tribunal ? lui demanda-t-elle, les yeux horrifiés.

— Je crois que tu me rendrais capable de beaucoup de choses que je n'aurais pas faites en temps normal, oui !

Il y eut un silence et Tom tourna la tête – pour voir Oliver Nichols qui parcourait le hall de service, le cherchant visiblement des yeux.

— Voilà Nichols, murmura-t-il. Je dois y aller, pour faire ce fichu tour. On reparlera de tout ça plus tard, ajouta-t-il d'une voix froide, et il rentra à l'intérieur du bâtiment sans attendre la réponse d'Octavia.

Maintenant, c'était maintenant ou jamais, songea Louise ; tous les autres étaient encore dans le bâtiment, personne ne pourrait la voir. Le plan se dessina dans sa tête avec une rapidité extraordinaire : elle retira sa perruque et la jeta dans son sac, se passa un peigne dans les cheveux, essuya à l'aide d'un mouchoir son rouge à lèvres fuchsia. Puis elle hâta le pas pour rattraper Zoé, lui frappa sur l'épaule et dit en souriant :

— Zoé, il me semblait bien que c'était vous ! Quelle bonne surprise...

Les ambulanciers placèrent Felix sur une civière, puis le transportèrent avec précaution jusqu'à leur véhicule, qui attendait dans la rue. Il avait repris conscience et ils lui demandèrent s'il souffrait : oui, beaucoup, même, aussi le mirent-ils sous oxygène et lui firent-ils une piqûre contre la douleur. Mme Harrington regardait la scène et se sentait affreusement impuissante. Tout à l'heure, il avait beaucoup souffert pendant qu'ils attendaient l'ambulance ; il tâchait courageusement de donner le change, mais ne pouvait retenir une bruyante plainte de temps à autre. Il s'agrippait à la main de Mme Harrington et elle ne savait pas où elle avait le plus mal, à sa paume dans laquelle il enfonçait ses ongles ou bien à son cœur, serré par l'angoisse et la pitié ; par deux fois il avait vomi et, tandis qu'elle l'essuyait, elle avait vu la honte et l'humiliation affleurer dans son regard.

Une fois que l'ambulance l'eut emmené, elle revint dans la maison, se fit une tasse de thé et s'assit, en plein désarroi. Elle regarda la pendule : il était près de deux heures et demie. D'un côté, c'était terrible de ne pas prévenir Octavia, quoi que son père ait pu dire ; d'un autre côté, s'il la voyait arriver à l'hôpital, ça le contrarierait beaucoup, et les contrariétés étaient très néfastes dans les cas d'infarctus, elle le savait. En plus, elle n'avait pas la moindre idée de l'endroit où la contacter. Elle avait sûrement son portable sur elle, mais Mme Harrington n'en connaissait pas le numéro. Au moment où elle songeait à aller le chercher dans le carnet d'adresses de Felix, elle se souvint du coup de téléphone de Mme Muirhead, quelques heures plus tôt, disant qu'elle verrait Felix le soir même. À l'évidence, les choses avaient dû s'arranger entre eux, au moins en partie. Oui, elle allait appeler Mme Muirhead ; Marianne saurait quoi faire vis-à-vis d'Octavia, et sans doute irait-elle elle-même à l'hôpital.

Tom s'assit dans la voiture et agrippa l'arceau, juste au-dessus de sa tête. L'habitacle était si étroit qu'il était tassé contre Kit. Le casque qu'on lui avait donné était très serré aussi, et semblait tout près de lui broyer le crâne. Étant donné son humeur du moment, c'était parfait.

— On y va, dit Kit. Je vais d'abord faire un ou deux tours tranquilles, pour nous habituer, puis j'accélérerai. Nous ferons environ du cent quatre-vingt-dix dans les lignes droites, cent quarante dans les courbes, mais ça vous paraîtra plus rapide, parce que nous sommes assis tout près du sol.

Ils démarrèrent, sortirent lentement du paddock, puis s'engagèrent sur la piste et prirent de la vitesse dans la côte qui suivait la sortie des stands. Ils accélérèrent encore en haut de cette côte, dans la première courbe du circuit, relativement douce, puis de nouveau dans la ligne droite qui suivait, en pente descendante – et Tom trouva qu'ils ne roulaient pas du tout tranquillement comme Kit le lui avait dit, loin de là. Au bout de la ligne droite, ils s'engouffrèrent dans un virage serré, sauvage, incroyable ; la sensation de vitesse, d'excitation et même de peur (alors que Tom n'avait rien à craindre, il en était convaincu) était extraordinaire. La voiture vibrait tellement qu'il avait l'impression que tous ses os allaient se démantibuler, et il se cramponnait à l'arceau, déglutissant avec peine. Ils abordèrent leur deuxième tour de circuit et Kit ne cessait d'accélérer ; Tom n'avait pas le sentiment qu'ils roulaient, plutôt qu'ils volaient à la surface de la terre – même pas, qu'ils étaient lancés sur une sorte d'orbite démoniaque, loin des lois habituelles de la pesanteur, qu'ils étaient renvoyés furieusement d'un virage à l'autre, comme une balle frappée par une main gigantesque. Ils parcoururent ainsi cinq tours de circuit, et Tom regardait souvent le compteur : presque cent soixante dans le virage le plus méchant, deux cent dix en ligne droite. Il s'accrochait au ruban gris de la piste devant lui, évitait de tourner les yeux vers la droite ou la gauche, de peur que son cœur ne chavire. Après avoir bouclé leur cinquième tour, ils ralentirent pour rentrer aux stands, cent trente, cent vingt, quatre-vingts, cinquante – Tom sourit, retira son casque avec soulagement, sortit de la voiture puis se raffermit sur ses jambes, chancelantes. Il chercha des yeux Oliver Nichols, qui devait être son compagnon d'aventure; mais Nichols n'était pas là et ce fut Octavia qu'il vit à la place, blême, le visage ravagé, les yeux écarquillés par l'horreur et l'effroi. Elle se précipita vers lui et le tira par le bras en hurlant, hystérique :

— Tom! Tom!

— Quoi, qu'est-ce qu'il y a?

— C'est Minty, Minty, elle n'est plus là! Louise l'a enlevée!

Il lui fallut un moment pour comprendre ce qu'Octavia tentait de lui expliquer, que Louise avait vraiment enlevé Minty, qu'elle l'avait kidnappée; au début, son esprit refusait de s'engager dans cette nouvelle horreur, dans cet ultime épisode de son histoire d'amour, qui virait au plus noir des cauchemars. Comment pouvait-elle avoir fait cela? argumentait-il; n'était-elle pas actuellement en maison de repos à Bath?

Puis, progressivement, ce qui paraissait une chimère hystérique et folle devint la vérité, l'affreuse vérité : Louise était venue ici, s'était approchée de Zoé et lui avait parlé amicalement, lui avait demandé ce qu'elle faisait et si elle savait où était Dickon, qu'elle cherchait – elle avait décidé de venir au dernier moment, après avoir d'abord confié Dickon à Tom et Octavia. Mais pourquoi n'iraient-elles pas prendre une tasse de thé d'abord, bras dessus bras dessous, toutes les deux? Zoé avait accepté, elles s'étaient dirigées vers une buvette et Louise lui avait proposé d'attendre avec Minty pendant qu'elle irait au comptoir; mais quand Zoé était revenue vers leur table, ses deux tasses de thé à la main, Louise et Minty avaient disparu.

— J'ai d'abord pensé qu'elle était allée s'asseoir sur l'herbe, ou quelque chose dans le genre, expliqua Zoé.

Ils se regardaient tous les trois, pâles, tremblants, glacés de stupeur et d'inquiétude.

— Alors j'ai passé un bon moment à les chercher, poursuivit-elle en hoquetant, des sanglots dans la voix. Oh! J'ai perdu du temps, j'aurais dû vous prévenir tout de suite. Je suis désolée, tellement désolée, je me sens en dessous de tout...

— Il ne faut pas, dit Tom fermement. N'importe qui aurait fait la même chose, moi le premier. Vous ne saviez pas qu'elle était... malade?

— Non, pas véritablement. Je savais qu'il y avait un problème, répondit-elle, avec un regard gêné vers Octavia, maman me l'avait dit, mais pas qu'elle était malade. Elle paraissait si normale aujourd'hui, si aimable, elle m'a demandé si je partais toujours pour l'Australie, me disant qu'elle avait des amis à Sydney! J'ai bien pensé qu'elle portait des vêtements bizarres, mais... oh! mon Dieu, qu'est-ce que j'ai fait...

Les sanglots qu'elle avait refoulés jusque-là jaillirent d'un seul coup, et Octavia lui passa le bras autour des épaules pour tenter de la calmer.

— Ce n'est pas votre faute, ne vous mettez pas dans cet état...

— Oh! si, c'est ma faute, c'est ma faute...

— Il faut faire une annonce, estima Tom, qu'on ferme les portes du circuit, immédiatement...

— Nous avons déjà été voir la police, dit Octavia, ils devraient faire une annonce d'un instant à l'autre.

Et en effet, quelques secondes plus tard, une voix sortit des haut-parleurs.

— Mesdames et messieurs, votre attention, s'il vous plaît. Un bébé a disparu. Elle s'appelle Amarinta Fleming et on lui donne généralement le surnom de Minty. Âgée de dix mois, cheveux foncés, yeux bleus, portant une robe rose. Elle est sans doute dans une poussette. Si vous l'avez vue, ou trouvée, ou si vous vous occupez d'elle...

Si vous vous occupez d'elle... Quelle phrase absurde, pensa Tom ; mais les policiers savaient sûrement ce qu'ils faisaient, ils devaient être prudents et pleins de tact. L'espoir le traversa – insensé, il le savait, mais à quoi ne se raccroche-t-on pas dans des cas pareils ? – que peut-être Louise *s'occupait* réellement d'elle, qu'elle s'était simplement éloignée et qu'en ce moment elle était en train de rechercher Zoé...

— Si vous vous occupez d'elle, poursuivait la voix, merci de la ramener immédiatement à la tour de contrôle, pour que nous puissions la rendre à ses parents.

Ils étaient juste au pied de la tour de contrôle et promenaient le regard autour d'eux, fiévreusement, comme s'ils allaient pouvoir faire surgir Minty de la foule rien que par la force de leur attente et de leur espoir.

Au bout d'un moment, un grand policier s'approcha d'eux, mais d'une démarche lente qui n'annonçait rien de bon.

— Ça devrait marcher, madame Fleming, dit-il à Octavia. Patience,

— Oui, merci.

— Peut-être qu'elle est seulement allée faire un petit tour, crut-il bon d'ajouter d'un ton encourageant, que quelqu'un l'aura trouvée et la ramène en ce moment ?

— Elle ne peut pas marcher, dit Octavia d'une voix mécanique. Elle est trop petite pour marcher.

— Pouvez-vous faire fermer les portes, demanda Tom, pour les empêcher de sortir ?

— Nous avons placé des gens pour les surveiller, monsieur, avec une description de la petite fille et de la femme en compagnie de qui elle a été vue pour la dernière fois. Mais les fermer, on ne peut pas, non.

— Et pourquoi pas, bon sang?

— C'est presque impossible, monsieur. Sauf en cas d'urgence absolue.

— Et vous n'appelez pas ça une urgence absolue! s'écria Tom, ulcéré, mais le policier ne s'en émut pas.

— D'autres personnes continuent à arriver sur le circuit, sans arrêt...

— Et ma fille qui a été kidnappée, qu'est-ce que vous en faites? Je vous préviens que je vous tiendrai pour responsable si...

— Nous devrions nous mettre tous à sa recherche, dit Octavia – toujours aussi pâle, mais bizarrement calme tout à coup. Tom, reste ici, au cas où. Zoé, vous pouvez retourner vers le bâtiment? J'irai de l'autre côté.

— Nous avons aussi des gens à nous qui la cherchent, bien sûr, dit le policier. Plus ceux de la sécurité de Brands Hatch. Tout le monde est en alerte.

— Bien, bien, dit fébrilement Tom. Et les autres enfants, où sont-ils?

— Avec Lauren et Drew.

— Dickon aussi?

— Oui, murmura Octavia.

Octavia se mit en route en direction du restaurant, marchant tour à tour en avant, puis à reculons, afin de mieux balayer la foule du regard. Celle-ci était dense, et elle ne cessait de buter dans une personne ou une autre; au début elle s'en excusait puis bientôt elle s'énerva contre eux, simplement parce qu'ils étaient là, sur son chemin, et qu'ils l'empêchaient de retrouver sa fille. La journée en elle-même était devenue cauchemardesque : les hurlements des voitures sur la piste, les commentaires incessants du speaker au micro, trop forts au point d'en être inaudibles, la foule, l'odeur d'huile brûlée des moteurs, d'essence, de frites, de hot dogs... Elle se sentait malade, solitaire, délaissée ; bientôt elle commença à avoir des hallucinations, à voir Louise ou Minty... Par deux fois elle aperçut les boucles sombres de sa fille dépassant d'une poussette, se précipita en criant : « Minty, Minty » – pour ne voir qu'un visage qui la regardait avec étonnement, un bébé qui n'était pas le sien. Puis elle vit Louise, ses cheveux blonds flottant derrière elle, son corps mince et gracieux, ses jambes fines et longues ; elle courut après elle aussi, prête à la secouer, à la frapper, à lui demander ce qu'elle avait fait de Minty – sauf que ce n'était pas elle, ce n'était pas Louise, rien qu'une autre blonde qui n'avait ni son ravissant visage ni son esprit rempli de mal et de folie.

Elle l'avait fait, elle avait réussi. Elle était déjà ressortie du parking et roulait en direction de la M25. Minty avait beaucoup pleuré et protesté quand elle l'avait sortie de sa poussette puis attachée dans le siège auto ; maintenant elle avait le hoquet et elle suçait son pouce, les yeux agrandis par l'angoisse. Louise ne pouvait rien faire pour elle dans l'immédiat ; tout à l'heure seulement, elle la réconforterait.

À tout instant, pendant qu'elle se dirigeait vers sa voiture, elle s'était attendue qu'on l'appellât, qu'une main se posât sur son épaule, qu'on l'arrêtât ; elle n'osait pas courir, de peur d'éveiller les soupçons, mais marchait le plus vite qu'elle pouvait, louvoyant avec sa poussette au milieu de la foule. Elle avait retrouvé facilement sa voiture, mais quelqu'un s'était garé trop près, du côté où se trouvait le siège bébé ; elle avait eu du mal à y faire pénétrer Minty, à bout de bras, maladroitement, ce qui avait redoublé ses pleurs. Puis elle avait fait le tour de la voiture pour aller la sangler par l'autre côté, et elle avait profité d'être assise sur le siège arrière pour se débarrasser de l'affreux haut de Nylon – elle avait prévu de le faire et avait gardé un

T-shirt dessous. Ainsi diminuait-elle les risques d'être reconnue si une description d'elle était diffusée, sur les indications de Zoé. Mais tout cela avait pris beaucoup de temps, et sûrement la jeune fille avait dû donner l'alarme, maintenant. Pourtant, en regardant sa montre, elle avait constaté avec surprise que trois minutes et demie seulement s'étaient écoulées, depuis qu'elle était sortie de la buvette avec Minty.

Le pire moment avait été la sortie du parking ; à tout instant, elle s'était attendue qu'un membre de la sécurité s'approchât et lui enjoignît de s'arrêter. Mais ils semblaient plus occupés par le flot des voitures qui arrivaient sur le circuit, et sans doute l'alerte n'avait-elle pas encore été donnée, pas jusqu'ici en tout cas ; elle était sortie à vitesse réduite, conduisant avec mille précautions, puis une fois sur l'A20 avait accéléré – pas trop non plus, ce n'était pas le moment de se faire arrêter pour excès de vitesse.

Sans cesse, elle regardait Minty dans le rétroviseur, qui avait les yeux écarquillés, visiblement effrayée ; « Minty, ma chérie, lui répétait-elle, je suis désolée, mais ça ne sera pas long, tu verras, ça ne sera pas long… ».

Elle devait avoir soif ; Louise avait préparé deux biberons de jus de fruits, mais elle n'osait pas s'arrêter sur le bord de la route pour les lui donner. Peut-être dans une station-service… Non, ce serait dangereux, c'était le genre d'endroit où ils risquaient de la rechercher. Elle prendrait une petite route et s'arrêterait dans un coin discret, dès qu'elle le pourrait.

Marianne sortit faire une courte promenade après le déjeuner – la journée était si belle… Zoé était à Brands Hatch, Romilly partie pour Richmond avec des amis.

Quand elle revint, le voyant du répondeur clignotait : c'était Mme Harrington.

Sandy s'était à moitié endormi, devant un match de football qu'il avait enregistré la veille, quand le téléphone sonna. Il soupira ; pourvu que ce ne soit pas Louise, réclamant déjà qu'on vienne la chercher. Il faillit même ne pas se lever, laisser le répondeur faire son office, puis songea que non, ce serait irresponsable. En outre, ça n'avait peut-être rien à voir avec Louise, ce pouvait être Dickon. Ou Megan, ou Pattie... Il décrocha.

— Sandy Trelawny, j'écoute.

Ça avait quelque chose à voir avec Louise.

— Je viens de parler à Charles, dit Octavia. Il refuse d'y croire, il dit que nous avons dû nous tromper... En tout cas, elle est dans la vieille voiture d'Anna. J'ai le numéro, je l'ai donné à la police. J'aurais voulu qu'ils aient l'air de prendre tout cela plus au sérieux.

— Je sais, j'ai eu cette impression-là moi aussi. Mais ils doivent entendre cela si souvent, des enfants qui se perdent dans la foule... Quatre-vingt dix-neuf fois sur cent, on les retrouve rapidement. Quant à cette histoire avec Louise, ça sonne bizarre, c'est vrai...

— Elle est sûrement partie depuis des lustres, elle doit être à des kilomètres d'ici...

— Où a-t-elle pu aller avec Minty ? Ça n'a aucun sens ! Elle ne peut pas la ramener chez elle, ni à Rookston... Mais qui sait ce qu'elle est capable de faire, folle comme elle l'est...

— Folle, mais aussi pleine de bon sens, dit Octavia, et elle puisait désespérément un réconfort dans cette idée. Parler de l'Australie à Zoé pendant qu'elles allaient vers la buvette, pour la mettre en confiance... Rien qu'avoir eu l'idée de venir ici pour faire son coup... Elle l'avait certainement prévu de longue date.

— Pauvre Zoé, elle est malade de remords... Heureusement que Nico est là pour s'occuper d'elle, il a été formidable.

— C'est si terrible de penser, bredouilla Octavia, la voix entrecoupée, que c'est arrivé pendant que nous nous disputions... Si nous ne nous étions pas disputés, si j'étais sortie pour chercher Zoé, si tu étais allé voir Minty...

— Arrête, Octavia, dit-il doucement. Si nous l'avions laissée à la maison, si Caroline avait été là... On se rend fou avec ça, je suis bien placé pour le savoir. Si je n'avais pas... murmura-t-il en évitant de la regarder.

Elle ne le regarda pas non plus, mais lui pressa la main pendant une seconde. Point besoin de paroles – pour dire quoi ? Tant de choses se révélaient si vaines et dérisoires, au regard de ce qui venait d'arriver...

— Qu'est-ce qu'on fait ? On continue à chercher, on rentre à la maison ?

— Il faudrait peut-être que l'un de nous deux rentre, au cas où elle chercherait à nous joindre ?

— Franchement, ça m'étonnerait beaucoup, je dirais même que c'est la dernière chose qu'elle ferait. En plus, je... je ne pourrais pas supporter de rester seule, murmura-t-elle.

Immobiles, silencieux, Ils regardèrent l'immense foule qui allait et venait devant eux, et Louise et Minty qui s'y cachaient peut-être – à moins qu'elles ne soient parties plus loin, bien plus loin...

Marianne arriva à l'hôpital St. Matthew de Hampstead et courut à l'accueil.

— Je voudrais voir Felix Miller, il vient juste d'être admis.

— Pour quel motif ?

— Crise cardiaque.

— Il doit être encore aux urgences, à moins qu'ils ne l'aient monté en cardiologie. Quel nom avez-vous dit?

— Miller, Felix Miller.

Elle tapa sur le clavier de son ordinateur, pendant un temps qui parut interminable à Marianne, puis finit par relever la tête et lui dit :

— Oui, il est en cardiologie. Vous êtes une parente?

— Pas... pas exactement, non.

— En principe, ils ne laissent entrer que la famille proche, mais vous pouvez toujours essayer. Bâtiment principal, vous montez au troisième étage, à droite en sortant de l'ascenseur, et vous suivez le couloir jusqu'au bout, l'unité de soins intensifs.

— Merci.

Au bureau des infirmières, à l'unité de soins intensifs, une jeune fille qui paraissait à peine plus âgée que Romilly s'enquit de ce qu'elle cherchait.

— M. Miller? dit-elle quand Marianne lui eut répondu. Oui, il vient d'arriver. Vous êtes une parente?

— Je...

Marianne hésita, puis sentit que tout allait dépendre de la réponse qu'elle donnerait.

— Sa femme, dit-elle d'une voix ferme.

Le lit où dormait Felix avait l'air assez petit, de même que la pièce même où il se trouvait, mais c'était sans doute dû à l'énorme quantité de machines qui bipaient tout autour de lui, couvertes de voyants de toutes sortes. Il était relié à un goutte-à-goutte et il avait un petit masque à oxygène sur le visage.

— Nous le lui retirons de temps en temps, dit l'infirmière, pour voir, mais il semblerait qu'il en ait toujours besoin.

— Comment va-t-il?

— C'est difficile à dire pour l'instant, madame.

Elle avait une voix douce et compréhensive.

— Son rythme n'est pas encore très régulier, dit-elle en jetant un coup d'œil vers un des moniteurs. (Marianne n'eut pas le courage de le regarder elle-même.) Mais il tient bon, ajouta-t-elle avec un sourire encourageant. Nous lui donnons des médicaments antiarythmiques, pour le stabiliser, et aussi des bêtabloquants, pour éviter d'autres atteintes au muscle cardiaque. Le docteur ne va pas tarder à revenir l'examiner, nous en saurons un peu plus alors.

— Je peux rester ?

— Bien sûr... Vous pouvez lui parler doucement, si vous voulez. Son niveau de conscience est bon et ça sera plutôt bénéfique. À condition d'éviter tout ce qui pourrait le perturber, bien sûr.

— Bien sûr...

Elle s'approcha du lit : il avait les yeux fermés, un teint affreux. Elle lui prit la main, la serra doucement, murmura « Felix... ». Au bout d'un assez long moment, il tourna la tête, puis ouvrit très lentement les yeux et la regarda. Il lui fallut un certain temps pour la distinguer et se souvenir de qui elle était, mais ensuite elle sentit qu'il pressait sa main et qu'il essayait de lui sourire.

— Je suis là, lui dit-elle, et il hocha faiblement la tête, referma les yeux.

Elle s'assit alors, sur la chaise qui se trouvait au chevet du lit, et lui parla doucement, lentement, comme elle avait entendu dire qu'il fallait le faire. Elle lui dit qu'il reprenait bien le dessus, que les médecins étaient contents de lui ; que tout allait bien au-dehors et qu'on n'avait rien dit à Octavia (Mme Harrington lui avait parlé des recommandations de Felix), que Zoé était à Brands Hatch pour s'occuper de Minty, qu'aux dernières nouvelles la journée là-bas se passait à merveille.

— Quand tu iras mieux, Octavia te la racontera en détail.

Au bout d'un instant, elle se trouva à court de sujets de conversation, aussi recommença-t-elle depuis le début, de la même voix apaisante et calme. Ne pas avertir Octavia la tracassait beaucoup, mais il avait eu l'air si soulagé quand elle le lui avait dit, il avait même esquissé un sourire... Elle pourrait toujours l'appeler une fois que la réunion là-bas serait terminée. Elle pourrait aussi appeler Tom et lui parler d'abord à lui...

Un médecin arriva dans la pièce et la salua d'un simple hochement de tête, sans se présenter, jeta un regard aux différents moniteurs, puis s'approcha du lit et contempla Felix.

— Comment va-t-il ? murmura-t-elle.

— Il tient le choc. C'est trop tôt pour se prononcer.

— Vous comptez... l'opérer, ou quoi ?

— J'espère que non. Pas pour l'instant, en tout cas.

— Qu'est-ce qu'il a eu, au juste ?

Un infarctus. Une crise cardiaque, si vous préférez. Ça veut dire qu'une partie de son muscle cardiaque est morte, donc que son cœur ne fonctionne plus correctement. Mais le traitement que nous lui donnons devrait y remédier, en principe. Je ne peux pas vous en dire plus pour l'instant, sauf que les prochaines heures seront cruciales.

— C'est bien si je reste ?

— Oui, pourvu que vous ne le fatiguiez pas.

— Je vais faire attention, murmura-t-elle.

Minty s'était enfin endormie ; auparavant elle s'était jetée sur le biberon, puis sur le biscuit que lui avait donné Louise. Après les avoir terminés, elle s'était remise à pleurer ; Louise aurait voulu passer un moment à la dorloter, à la réconforter, mais elle n'avait pas osé à cause du temps que ça lui aurait fait perdre ; pour finir, les mouvements de la voiture l'avaient bercée et elle s'était endormie.

Le plan de Louise était de sortir de l'autoroute, où elle était trop facilement repérable, de prendre la route de Reigate et d'aller vers Dorking, puis Guildford, ensuite de rejoindre la M3 et enfin la M4, en passant par Newbury. Cela faisait un détour, mais c'était plus sûr. Elle se sentait calme, l'esprit parfaitement clair, en pleine forme. Et très, très contente d'elle-même. Ils se rendaient sûrement compte, à l'heure qu'il était, de ce qu'elle avait été capable de faire, de ce qu'elle avait fait.

Mais ils n'avaient aucune idée de l'endroit où elle allait. Personne ne pouvait le savoir ; c'était sa carte maîtresse.

51

Felix semblait aller un peu mieux ; il avait repris des couleurs et respirait plus librement. L'infirmière lui avait retiré le masque à oxygène. Il ouvrit les yeux, regarda Marianne.

— Bonjour, dit-il d'une voix faible et pâteuse.
— Bonjour, Felix. Comment vas-tu ?
— Merci, oui, bredouilla-t-il. Merci d'être venue.
— Felix, je suis si contente d'être là...
Un long silence, puis il chuchota :
— Je suis désolé...

Marianne en eut la gorge nouée, hésitant entre l'angoisse et l'émotion : durant toutes ces années ensemble, jamais, jamais elle n'avait entendu Felix dire qu'il était désolé pour quoi que ce fût.

— Désolé pour le jour où tu es venue à la maison, souffla-t-il.

— Felix, ce n'est rien. J'ai compris.

Il fit un signe de tête, referma les yeux pendant quelques instants puis dit :

— Tu m'as manqué. Énormément.

— Oh! Felix, tu m'as manqué aussi, souffla-t-elle, terriblement émue.

Un nouveau silence, puis il dit :

— Ce soir, il faut que tu y ailles.

— J'irai, oui, répondit-elle sans savoir de quoi il voulait parler.

Puis elle se souvint, Musique à l'hôpital, et répéta :

— Oui, Felix, j'irai.

— Je suis si fatigué...

— Tu dois te reposer, maintenant, ne parle plus.

Il resta silencieux, pendant plus d'une heure, et Marianne décida qu'elle ne pouvait plus attendre, qu'elle devait appeler Tom.

Il faisait encore très chaud, du moins dans la voiture : elles roulaient vers l'ouest, face au soleil déclinant, et c'était fort pénible à certains moments. Minty s'était réveillée et s'était remise à pleurer; en outre, il fallait la changer sans tarder, l'odeur le prouvait.

Louise s'arrêta dans une station-service et la sortit de la voiture. Minty était en nage, ses boucles brunes collées sur ses tempes; elle leva les yeux vers Louise et pleura de plus belle.

— Chut, ma chérie, chut... Là, bois un peu...

La petite secoua la tête et repoussa violemment le biberon, qui tomba au sol.

— Bien. Je vais te donner autre chose. Tu veux une glace? Une sucette glacée, hein, qu'est-ce que tu en dis?

Juliet les adorait, surtout quand ses dents sortaient; oui, c'était une bonne idée. Elle emmena Minty dans les toilettes, avec dans un sac une couche propre, du coton et des lingettes imprégnées de lait pour bébé. Comme c'était bon de refaire ces gestes, comme avant... Malgré toute sa peur et son anxiété, elle se sentait heureuse. Sous l'effet de la fatigue, ou peut-être parce qu'elle se sentait propre, Minty s'était calmée et ne pleurait plus.

— Ça va mieux, ma chérie? dit-elle en l'embrassant.

— Qu'elle est jolie..., dit une femme qui passait devant elles. Quel âge?

— Dix mois, répondit Louise, et elle sourit à la femme.

C'était merveilleux; tout rentrait dans l'ordre, tout se passait comme elle l'avait rêvé. Elle avait de nouveau une petite fille.

— Qu'est-ce que vous dites? Minty a été kidnappée? Oh! mon Dieu, Tom, mais comment?... Est-ce que Zoé...? Oui, passez-la-moi, je vous en prie...

Zoé était grave, mais calme.

— C'est ma faute, maman, je le sais. Mais Octavia et Tom ont été si gentils tous les deux... Et Nico lui aussi a été formidable, il va me ramener bientôt à la maison, je pense.

— Je... je peux lui parler?

— Oui, bien sûr.

C'était vraiment un cauchemar; que devait-elle faire, à qui annoncer la nouvelle, l'*autre* terrible nouvelle? Et Octavia, comment la supporterait-elle, maintenant? Quand Zoé prononça le nom de Nico, Marianne s'en saisit aussitôt comme d'une planche de salut.

Nico l'écouta avec le plus grand calme, comme si rien ne s'était jamais produit entre eux; quand elle eut terminé, il lui dit :

— Je vais en parler à Tom, voir ce qu'il en pense. Tu as dit qu'il allait bien en ce moment ?

— Bien, non, mais il n'y a pas de danger immédiat, d'après les médecins. Avec tous les médicaments qu'ils lui ont donnés, son état est stable.

— Je lui en parle et je te rappelle dans cinq minutes.

— Tu ne peux pas, non. Je te rappellerai, moi.

Quand elle rappela, ce fut Tom qui répondit, la voix défaite.

— Nico m'a tout expliqué, Marianne, je suis effondré. Je ne sais pas comment la pauvre Octavia va supporter le choc. Que dit le médecin ?

— Oh ! Vous savez, pas grand-chose, comme d'habitude. Simplement qu'il tient bon, rien de plus.

— Je crois qu'il faut le lui dire, affirma lentement Tom, qu'on ne peut pas faire autrement. Peut-être qu'elle pourrait parler avec l'équipe médicale ? Vous pensez que c'est possible ?

— Oui, sûrement.

— Donnez-moi le nom du service. Je vais lui expliquer et nous les appellerons ensuite. Nous ne pouvons pas rentrer à Londres pour l'instant, ils sont en train d'installer une sorte de cellule de crise ici, pour interroger les témoins éventuels, etc. Et ils ont commencé les recherches dans les bois des alentours, avec des chiens policiers.

— Oh ! Tom, j'imagine ce que vous devez ressentir, ce doit être terrible, mais...

— Oui ?

— Eh bien, je ne pense pas que Louise puisse vouloir du mal à Minty. Je ne veux pas jouer les psychologues de bas étage, mais je suis sûre qu'elle cherchait un bébé pour remplacer le sien, que c'est pour cette raison qu'elle l'a enlevée.

— J'espère que vous avez raison, Marianne. Je l'espère vivement.

La police avait installé sa cellule de crise dans un des salons de réception ; ils avaient interrogé Octavia et Tom, ainsi que Zoé. Un grand nombre de gens avaient répondu à l'appel à témoins qu'ils avaient lancé par les haut-parleurs : certains affirmaient avoir vu Louise avec le bébé, d'autre sans le bébé, partant en voiture, etc. La plupart des témoignages étaient sans intérêt, leur avait dit un des policiers :

— Mais nous devons traiter chaque bribe d'information très sérieusement.

— Oui, bien sûr, avait répondu Octavia, je comprends.

Elle se leva de sa chaise, fit quelques pas dans la pièce, revint s'asseoir ; attendre sans bouger était insupportable.

— Octavia ? dit doucement Tom, tu peux venir un instant ? J'ai quelque chose à te dire.

— Je pense vraiment, dit-elle en lui rendant son téléphone, qu'il a l'air d'aller bien, aussi bien que possible.

Son regard était fixe, son visage dur. Pendant quelques secondes, après que Tom lui eut appris la nouvelle pour Felix, elle avait cru qu'elle ne tiendrait pas le coup, que ses nerfs allaient lâcher ; puis son esprit avait paru se réfugier dans une région souterraine d'elle-même, froide et résolue, qu'elle ne connaissait pas encore. Dans une sorte de lucidité implacable, son esprit avait décidé de hiérarchiser les choses, seul moyen pour ne pas sombrer, de repousser le problème de son père à plus tard, pour concentrer toute son attention sur celui de Minty.

— C'était l'infirmière en chef, elle avait l'air optimiste. Elle a dit que son état s'était stabilisé, qu'il réagissait bien au traitement, qu'il était solide. Je lui ai dit que nous avions un très grave problème avec un de nos enfants, que nous ne pouvions pas rentrer tout de suite, et elle a compris. Je ne peux pas rentrer maintenant, Tom, c'est impossible. C'est peut-être absurde, mais j'aurais l'impression d'abandonner Minty.

— Si par hasard Louise essaie de nous contacter à la maison ? On ne sait jamais...

— Caroline nous préviendra, elle devrait être bientôt de retour. Mon Dieu, il est déjà six heures... dit-elle en regardant sa montre.

— Et pour les autres enfants, qu'est-ce qu'on fait ? Ils sont tellement bouleversés...

Ils se regardèrent quelques instants, puis elle se résolut à dire, parce qu'il le fallait bien :

— Je crois que tu devrais les ramener à la maison. Moi, je reste ici avec la police.

Il hocha la tête, serra la main d'Octavia dans la sienne, sourit pour tenter de la réconforter un peu.

— Je ne te propose pas d'aller voir ton père à ta place, je ne suis pas sûr que ça accélérerait sa guérison.

— Je n'en suis pas sûre non plus, dit-elle en lui rendant son sourire.

Tout le monde était parti : Tom avec les jumeaux et Dickon (il avait rendez-vous avec Sandy dans une station-service, pour lui rendre son fils), Nico avec Zoé, qu'il raccompagnait chez elle. Octavia était seule avec la Police et Melanie, restée pour lui tenir compagnie.

— Elle doit être tellement effrayée, lui disait-elle, effrayée et fatiguée. Et elle aura besoin de manger, qu'on la change, et sa dent qui va la faire souffrir, il lui faudra un calmant... Tu crois que Louise va savoir s'occuper d'elle ?

— Bien sûr qu'elle saura, dit Melanie. Elle est mère elle aussi, elle saura.

— Oh ! Melanie, où a-t-elle bien pu l'emmener ?

— Je ne sais pas, Octavia, vraiment pas.

— Elle ne peut pas descendre dans un hôtel. La police a dit qu'ils allaient faire des annonces à la radio, à la télévision, elle serait repérée très vite... Pas chez un ami non plus, elle ne peut expliquer la présence de Minty à personne...

— Est-ce qu'ils n'ont pas une maison de vacances quelque part?

— En Espagne, oui, tu penses que?... Mais elle se doute bien qu'on fera des recherches là-bas, et en plus comment voyageraient-elles? Par le tunnel sous la Manche, par le train? La police m'a dit qu'ils mettaient en place un contrôle aux frontières, dans toutes les gares, les ports, les aéroports...

— Ils ont le numéro de la voiture, une description de Louise et de Minty... Ils vont forcément les retrouver, Octavia.

— Elle peut se déguiser...

— Oui, mais pas Minty, ni la voiture.

— Elle peut en prendre une autre, elle peut cacher Minty dans le coffre... Oh! mon Dieu, elle risque d'étouffer dans le coffre, elle n'aura pas d'air, et si jamais elles avaient un accident, imagine! Oh Mells, je...

— Essaie de te calmer, Octavia, dit Melanie de sa voix ferme et nette. Ça ne sert à rien de ressasser tout cela. Il faut que tu essaies d'être efficace et pragmatique, même si c'est affreusement dur il *doit* y avoir une réponse à toutes ces questions, pourquoi l'a-t-elle fait, où est-elle allée, et tu connais peut-être cette réponse. Essaie, pour Minty.

— Tu as raison, dit Octavia en faisant un grand effort sur elle-même. Je sais au moins pourquoi elle a fait ça. Elle l'a enlevée parce qu'elle voulait un bébé, parce qu'elle en a perdu deux.

— Deux?

— Oui, Juliet et... un autre qu'elle attendait il y a quelques semaines. En plus, elle était furieuse contre moi à cause de...

— À cause de quoi?

— J'ai avorté un an avant Minty, souffla-t-elle.

Elle raconta brièvement l'histoire à Melanie, qui ne fit pas de commentaire, se contenta de hocher la tête d'un air compréhensif.

— Alors, conclut Octavia, je suppose que dans sa logique elle a un droit sur Minty.

Pauvre petit bébé, elle s'était enfin endormie... Louise avait mis de la bouillie dans un biberon, puis avait été au comptoir d'un snack demander qu'on la lui chauffe. C'était un risque qu'elle prenait, mais elle ne voulait pas la donner froide à Minty. Ensuite elle s'était appliquée à la lui faire avaler, dans la voiture ; Minty s'était longtemps débattue en criant, mais pour finir la faim avait été la plus forte et elle avait tout bu, et même mangé deux biscuits au chocolat en plus. Ce n'était pas un repas des plus sains, mais Louise lui en préparerait de meilleurs le lendemain, quand elles seraient arrivées. Elle avait des légumes frais dans une glacière, et des fruits.

Le trajet se passait bien : elle était maintenant sur la M4, presque à Bristol, ce qui signifiait (elle fit un rapide calcul)... mon Dieu, encore trois heures au moins. Et la dernière partie serait longue, elle ne l'avait pas faite depuis si longtemps. Sans compter qu'une fois là-bas il faudrait tout mettre en ordre (ce serait sans doute très sale), et dans le noir... Elle avait apporté beaucoup de lampes de poche et d'affaires de ménage, mais ce serait tout de même difficile. Mais le jour se levait tôt, elle pourrait tout faire demain matin. Elle donnerait à Minty un autre biberon, sûrement froid celui-là, puis elles s'étendraient sur un des lits, en se pelotonnant ensemble dans un sac de couchage. Minty était si fatiguée, elle s'endormirait sûrement.

— Du café ? demanda Melanie.

— Oui, merci.

Octavia prit la tasse et but, en contemplant le crépuscule qui montait à travers la fenêtre, puis décida de rappeler l'hôpital.

— Toujours pareil, dit-elle quelques instants plus tard en raccrochant, rien de nouveau. Quand je pense qu'il est seul là-bas, que je n'y suis même pas allée... Non, pas seul, se reprit-elle, c'est vrai que Marianne est avec lui, chère Marianne...

Cette idée parut la rasséréner quelque peu.

— Tu crois qu'il faut que j'aille le voir, Mells? De toute façon, je ne sers à rien ici, et peut-être que...

Melanie secoua la tête,

— Je crois que tu dois rester ici, de toute façon tu ne serviras à rien là-bas non plus. Et tu dois surtout cesser de te torturer comme tu le fais, parce que sinon tu ne pourras rien ni pour l'un ni pour l'autre, Parle-moi un peu de Marianne et de ses rapports avec ton père, dit-elle pour faire diversion. Je ne la connais pas très bien, mais le peu que je l'ai vue, elle me paraît très sympathique.

Octavia s'exécuta docilement et parla pendant une dizaine de minutes à Melanie de la longue liaison de son père avec Marianne, de leur caractère à chacun, des derniers événements en date. Quand elle se fut tue, elles contemplèrent quelques instants le paysage en silence, à travers la fenêtre du bâtiment, et Melanie dit en riant :

— Oh! Regarde cette vieille caravane, tout là-bas, dans le champ!

Nous en avions une exactement comme ça quand nous étions enfants, et pendant les vacances notre père nous emmenait en balade à travers toute l'Angleterre. J'en ai des souvenirs formidables. Pour en revenir à ton père et Marianne, tu vois leur avenir comment? Leur avenir ensemble?

Octavia commença à lui dire ce qu'elle en pensait, mais elle s'interrompit au bout d'un moment et lui demanda :

— Qu'est-ce que tu viens de dire, il y a un instant ?

— Moi ? J'ai parlé de Marianne, de ton père, de...

Octavia secoua la tête.

— Non, ce n'est pas ça, autre chose.

— Je ne vois pas, non..., dit Melanie d'un air perplexe. J'ai dit que mes parents avaient une caravane autrefois, mais à part ça...

Un des policiers entra à cet instant et dit :

— Nous n'avons encore rien de positif, malheureusement, et nous allons devoir abandonner les recherches à cause de la nuit. Mais nous les reprendrons demain matin, bien sûr, s'empressa-t-il d'ajouter en voyant le visage d'Octavia. À la première heure. Nous ferons du porte-à-porte dans le secteur. Et nous interrogerons le mari, bien sûr.

— Sandy ! Pourquoi ? Il est à des dizaines de kilomètres d'ici et il n'a rien à voir avec tout ça...

— C'est son mari, et il pourrait connaître une information que nous ignorons.

— Écoutez, c'est l'homme le plus franc et le plus honnête qui soit. Je l'ai eu au téléphone, il me l'aurait sûrement dit s'il avait su quelque chose...

— Madame Fleming, personne ne prétend qu'il sait où est votre bébé, mais il a pu entendre sa femme dire quelque chose, parler à quelqu'un... Vous seriez surprise d'apprendre combien les détails les plus insignifiants peuvent compter, parfois.

— Vous avez sûrement raison, murmura Octavia en hochant la tête.

— Vous devriez essayer de vous reposer un peu, madame Fleming. Pourquoi ne prendriez-vous pas une chambre ici, à l'hôtel Thistle ? Il est confortable, et ainsi vous resteriez sur place...

— Bonne idée. Oui, je vais le faire, dit-elle.

Elle adressa un sourire reconnaissant au policier ; il avait compris qu'elle voulait rester ici, où Minty avait été vue pour la dernière fois.

Melanie lui proposa de rester avec elle pour la nuit, mais elle refusa.

— Merci, Melanie. Tu es une amie formidable, mais ça va aller, je te le promets. Sinon j'appellerai Tom, il ne mettra pas longtemps pour revenir jusqu'ici la nuit, avec les routes dégagées. En plus, il faut qu'il y ait quelqu'un au bureau demain, ajouta-t-elle en souriant, pour assurer le suivi de cette inoubliable journée...

— Tu parles comme ça compte, lui dit Melanie, de son air amical et bourru.

Après le départ de Melanie, et quoi qu'elle ait pu lui dire, Octavia se sentit très seule, l'esprit à la torture. Des images de Minty ne cessaient de se présenter à elle – Minty qui pleurait, Minty en danger, Minty qui avait peur...

Elle réserva une chambre à l'hôtel Thistle et, une fois à l'intérieur, passa quelque temps devant la fenêtre à contempler le paysage et se demander ce qu'elle allait pouvoir faire. Elle n'avait pas faim ni sommeil, elle n'avait rien à lire... L'espace d'un instant, elle regretta même de ne pas avoir accepté l'offre de Melanie de rester. Melanie... Elle était l'amie idéale, loyale, stimulante, mais ferme aussi quand c'était nécessaire, pas le genre à vous laisser vous apitoyer sur vous-même. Tandis qu'elle pensait à Melanie, quelque chose se réveilla en elle, quelque chose qui l'avait déjà intriguée tout à l'heure et qui revenait maintenant, tapi au fond de sa conscience. Qu'est-ce que c'était déjà ? Oui, quelque chose dont Melanie avait parlé au cours de la conversation. Elle avait parlé de Marianne, et de Felix, et de quoi d'autre encore ? Octavia s'assit sur le lit pour réfléchir, avec l'impression confuse et terrible que c'était un détail capital – comme le bout d'un fil qu'on tient dans la main et qu'il ne faut surtout pas laisser échapper, sous peine de ne jamais le rattraper.

Au bout d'un moment, n'ayant toujours pas trouvé, elle alluma la télévision. Elle vit la fin d'un film insipide, ensuite ce furent les informations : de nouveau d'interminables séquences sur les funérailles, le défilé à Althorp, puis l'annonce du décès de Mère Teresa, avec un récit de sa vie en images et de nombreuses photos d'elle en compagnie de Diana, quand cette dernière avait visité sa clinique de Calcutta. Après les réactions venues de tous les coins du monde vinrent les informations locales.

— Une petite fille a disparu aujourd'hui, sur le circuit de Brands Hatch, et n'a toujours pas été retrouvée à l'heure où nous vous parlons.

Minty Fleming est âgée de neuf mois et elle était avec ses parents quand elle a disparu, semble-t-il en compagnie d'une amie de la famille.

La photo de Minty apparut à l'écran, la plus récente qu'Octavia possédât sur elle, et qu'elle avait confiée à la police ; elle riait, assise dans sa chaise de bébé.

— La police a effectué des recherches sur le circuit et aux alentours, continuait le speaker, sans succès jusqu'à présent.

Octavia savait que cela devait arriver, pourtant elle reçut un choc terrible ; elle dut se lever et faire les cent pas dans la chambre, jusqu'à ce que son cœur cesse de battre la chamade dans sa poitrine. Quand elle se sentit un peu mieux, elle s'assit sur une chaise près de la fenêtre et regarda au-dehors.

— Minty chérie, dit-elle tout haut, comme elle le faisait chaque soir en la bordant dans son lit, Minty mon amour, que Dieu te bénisse, te garde en sécurité.

Elle fut sur le point de sangloter, tâcha désespérément de se ressaisir, comprit qu'elle devait fixer son esprit sur quelque chose si elle ne voulait pas sombrer : oui, essayer de se rappeler ce qu'avait dit Melanie, rester calme, lucide... L'aiguillon revint au fond de son esprit, le détail qui cherchait à se frayer un chemin jusqu'à la surface de sa conscience. De quoi Melanie avait-elle parlé et qui était si important? se demanda-t-elle une énième fois. Marianne, Felix, et aussi les voyages que faisait Melanie quand elle était petite. Dans une caravane. C'était ça? Une caravane? Oui, l'aiguillon la piquait plus fort soudain. C'était bien ça.

— Pourquoi? dit-elle à voix haute, et elle se leva. Pourquoi, bon sang?

Elle se leva et se remit à arpenter la chambre. Une caravane... Une fraction de seconde, un souvenir lui traversa l'esprit, puis disparut; il n'en restait plus qu'une image vague, indéchiffrable. C'était comme cet examen psychotechnique qu'on faisait passer au cours des entretiens d'embauche, l'équivalent du test des taches d'encre : on mettait une image pendant quelques secondes sous les yeux des candidats et si elle les faisait penser à leur mère ou à un thème similaire, aussi peu combatif, on ne les embauchait pas. Ou était-ce le contraire? Elle n'arrivait pas à s'en souvenir. Aucun intérêt de toute façon.

« Concentre-toi, Octavia, concentre-toi. »

Voyager à travers le pays, dans une caravane. Encore une autre image, mais floue...

Puis ça arriva enfin, ça se diffusa dans son esprit comme un éclair de lumière, lucide, précis, presque joyeux : Anna, la dernière fois qu'elle l'avait vue avant sa mort, Anna inquiète et qui disait à Louise :

— Il ne faut pas que ton père le sache, hein! Il serait si fâché...

Quand Octavia avait ensuite demandé à Louise ce qui risquait de mettre Charles en colère, elle lui avait répondu que les parents d'Anna avaient une vieille caravane... Et ensuite, Octavia s'en souvenait bien maintenant, elle avait précisé « dans un champ, chez un fermier. Quand ses parents sont morts, papa lui a dit qu'elle devrait la vendre, mais elle n'a pas pu s'y résoudre... ».

— Oh! mon Dieu, murmura Octavia, et elle scruta désespérément l'obscurité, comme si elle allait pouvoir la transpercer. Oh! mon Dieu.

C'était là-bas que Louise avait dû aller! Qui pourrait deviner qu'elle y était, dans une caravane abandonnée dans un champ depuis des années? Elle devait être là-bas, avec Minty, convaincue qu'on ne l'y trouverait pas! Une vieille caravane dans un champ, si anonyme, si discrète, alors qu'on la rechercherait dans les hôtels, les aéroports, les maisons de ses parents et connaissances... Octavia serra les poings : c'était là-bas qu'elle-même devait aller immédiatement. Là-bas... mais où? Où était-ce?

Charles saurait. Ce serait terrible de devoir lui demander, mais il le fallait. Elle décrocha le téléphone, prit une grande inspiration et composa le numéro. Il y eut plusieurs sonneries, enfin Janet répondit.

— Bonsoir, Octavia, dit-elle de sa voix grave et chaleureuse. Il faut que je vous dise, je suis tellement bouleversée par ce qui arrive, tellement bouleversée...

— Merci, Janet. M. Madison est là?

— Oui, il est là. Je vais le chercher.

— Je veux bien, merci. Oh! attendez...

Janet savait peut-être; elle travaillait dans la famille depuis la naissance de Louise.

— Janet, je peux vous demander quelque chose? En confidence? Je veux dire, j'aimerais mieux ne pas inquiéter M. Madison avec ça si je n'y suis pas obligée.

— Bien sûr que vous le pouvez, Octavia. J'essaie de lui

épargner tous les soucis que je peux en ce moment, le pauvre homme.

— Vous vous souvenez d'une vieille caravane, qui appartenait aux parents de Mme Madison ?

— Oui, tout à fait, je m'en souviens très bien. Mais... est-ce qu'elle ne devait pas être vendue ?

— Peut-être, mais... Dites-moi, Janet, vous savez où elle était installée ?

— Oui, bien sûr. J'y suis allée une ou deux fois, avec Mme Madison et Louise. Quand elle était toute petite, avant la naissance des garçons. C'était un endroit très joli, en Cornouailles.

— En Cornouailles ?

Si loin ! Impossible que Louise soit allée jusque là-bas ! Mais non, ce n'était pas impossible, rien n'était impossible...

— Oui, près d'un endroit appelé la baie de Constantine. Dans une autre petite baie, un peu plus loin, qui s'appelait Tresilith. Il y avait là une ferme, le long d'un chemin qui menait vers la mer. Attendez voir, comment s'appelait-elle déjà ? Oui, la ferme de l'Abondance, c'est ça, et le chemin s'appelait chemin de l'Abondance lui aussi. Il fallait traverser deux ou trois champs en face de la ferme pour arriver à la caravane, elle était complètement isolée, loin de tous les regards. C'était un endroit charmant, d'où on voyait la mer. Ça a dû être transformé en parking aujourd'hui...

— Oui, sans doute...

Il y eut un silence, puis Janet ajouta :

— Octavia, vous pensez que Louise aurait pu aller là-bas ?

— Je ne sais pas. C'est une possibilité. Mais je compte sur vous pour ne rien dire à personne, Janet, c'est très important.

— Je ne dirai rien, Octavia, promis. Vous me tiendrez au courant, n'est-ce pas ?

— Oui, Janet, bien sûr. Merci, et bonne nuit.

Elle descendit à la réception, demanda s'ils avaient un atlas routier ; trouva les Cornouailles, la baie de Constantine, et... oui, il y avait bien Tresilith. Mon Dieu, quel trajet interminable... Elle songea à la pauvre petite Minty, traînée à travers l'Angleterre, dans une voiture étrangère, où il faisait trop chaud...

Mais maintenant au moins, Octavia savait où la retrouver, elle en était sûre. Et à cette heure de la nuit, elle pouvait y être en quatre ou cinq heures de temps, presque rien.

Elle sortit de l'hôtel, la carte sous le bras, puis elle monta dans la Range Rover, fit le plein et prit la direction de la M20.

Elle n'était plus très loin. En tout cas, elle était dans le bon comté. En Cornouailles, enfin. Tandis qu'elle traversait la lande de Bodmin, Louise se sentait accablée de fatigue. Déjà elle avait dû s'arrêter deux fois, sortir de la voiture et respirer l'air frais à pleins poumons pour rester éveillée. Elle avait emporté une vaste réserve de bonbons dans laquelle elle avait puisé sans interruption : ça aidait toujours. Elle aurait voulu pouvoir mettre la radio à fond, autre bonne méthode, mais n'avait pas osé à cause de Minty. La petite s'était rendormie, après une longue période de pleurs et une autre séance de change – dans la voiture, ce qui n'avait pas été commode. Demain, quand elle aurait rempli la réserve d'eau de la caravane, elle pourrait la laver, prendre bien soin d'elle.

Elle atteignit Bodmin, tourna en direction de Pastow : tous ces noms réveillaient en elle des souvenirs d'enfance, ils signifiaient la fin du voyage pour bientôt, quand elle allait là-bas avec ses parents. Elle traversa Wadebridge endormi (et bien plus grand que dans son souvenir), St. Issey Little Petherick, puis il y eut enfin un panneau indiquant la baie de Constantine et Tresilith. Elle avait réussi : elle était seule dans la nuit, personne ne l'avait suivie, personne ne savait où elle était...

Elle s'arrêta, leva les yeux vers les étoiles ; derrière elle, Minty s'éveilla et fit mine de se remettre à pleurer, puis elle vit Louise et, pour la première fois, lui adressa un sourire ensommeillé.

Ce devait être un bon présage.

Felix s'éveilla en sursaut. Il souffrait visiblement. Marianne, qui s'était à moitié endormie elle-même, regarda les moniteurs avec inquiétude, mais ils ne signifiaient rien pour elle. Ils devaient signifier quelque chose pour l'équipe médicale en revanche, car ils avaient déclenché une alarme quelque part : l'infirmière de garde arriva en courant dans la pièce, observa Felix, examina les machines, vérifia la perfusion ; le médecin la suivait de près.

— Je suis désolé, dit-il à Marianne, mais son état s'est aggravé, je dois vous prier de sortir un moment.

Elle sortit et s'assit dans le couloir, bizarrement calme ; au moins elle était là, au moins il savait qu'elle était là.

— Madame Miller ?

Marianne sursauta ; elle s'était à moitié endormie sur sa chaise.

— Oui ?

— Il vient d'avoir une autre crise cardiaque, hélas ! Pas aussi forte, mais comme elle vient par-dessus la précédente... Vous pouvez aller le voir.

Quand elle rentra dans la pièce, les yeux de Felix étaient fermés : elle lui reprit la main et il les rouvrit. C'était comme un jeu macabre, parfaitement au point.

Il commença à tirer sur le masque à oxygène avec son autre main et elle le regarda avec inquiétude, mais heureusement l'infirmière revint à ce moment-là dans la pièce.

— On dirait qu'il veut l'enlever...

— Peut-être qu'il veut parler.

— Oui. Je peux, juste un instant?

— Je vais le faire.

Elle retira le masque et Felix passa sa langue sur ses lèvres sèches, très lentement, puis ouvrit la bouche.

— Felix, tu veux dire quelque chose?

— Oui. Oui...

Il approcha la main de Marianne de sa bouche et l'embrassa; elle baissa les yeux vers cette grande tête penchée sur sa main, caressa ces épais cheveux blancs, qui avaient toujours été des symboles de force et de vitalité...

— Octavia, prononça-t-il avec d'énormes difficultés, et une immense déception envahit Marianne, qu'elle lui dissimula soigneusement.

— Quoi, à propos d'Octavia? Tu veux qu'elle vienne?

— Non, pas aujourd'hui, mais dis-lui...

Un long silence; il referma les yeux et attendit, épuisé.

— Oui, Felix, que je lui dise quoi?

— Que Tom... que Tom l'aime.

— Tom?

Elle était si stupéfaite qu'elle en resta bouche bée, incapable de rien trouver à dire, à lui répondre.

— Qu'il l'aime... vraiment... répéta-t-il.

Il fut parcouru d'un grand frisson, puis exhala un soupir, plus doux, plus atténué; après quoi le zigzag régulier cessa sur le moniteur cardiaque, pour laisser place à une ligne désespérément plate, et le bip se tut, remplacé par un bourdonnement aigu. Avant que Marianne ait eu le temps de lui dire combien elle l'aimait, Felix lui avait été volé par Octavia dans la mort, comme il l'avait déjà été dans la vie.

52

Octavia regarda la pendule du tableau de bord : onze heures et demie. Elle roulait bien, elle était déjà presque à l'embranchement avec la M5. Elle s'arrêterait à la prochaine station, pour refaire le plein et prendre un café. Elle se sentait très calme, très confiante.

Elle avait éteint son portable ; personne n'avait besoin de savoir où elle allait, pas même Tom. Quoi qu'elle dise et quoi qu'il lui promette, il risquait de le répéter à la police et cela, il ne le fallait pas. C'était une histoire entre Louise et elle, qu'elles devaient régler ensemble, sans personne d'autre. Le seul moyen qu'il n'arrive rien à sa fille était qu'elle puisse parler calmement à Louise, qu'elle puisse l'écouter aussi, et ce ne serait pas possible avec une foule de policiers autour de la caravane.

Elle n'avait pas été convaincue par tous ceux qui lui affirmaient que Louise ne ferait pas de mal à Minty : Louise était folle, elle était capable de tout. Mais elle avait aussi été, autrefois, sa meilleure amie, et ça pouvait peser dans la balance.

— Nous devons le lui dire, affirma Tom, il faut qu'elle le sache. Je devrais peut-être aller là-bas, le lui dire de vive voix plutôt qu'au téléphone. Qu'est-ce que vous en pensez ?

— Oui, peut-être, murmura Marianne.

Elle était toujours en état de choc.

— Écoutez, Marianne, vous devriez rentrer chez vous, vous ne pouvez plus rien faire pour lui maintenant...

Quelle chose absurde à dire, songea-t-il, et combien de clichés la mort ne vous fait-elle pas employer...

— Oui, sûrement.

— Vous êtes venue avec votre voiture ?

— Non, en taxi. Je vais en appeler un. Ou peut-être téléphoner à Zoé de venir me chercher, j'ai les jambes un peu flageolantes.

— Je vais le faire pour vous. Je sais combien c'est difficile dans ce genre d'endroits, il faut toujours une foule de pièces... Au revoir, Marianne, vous avez été formidable. Merci pour tout...

Quinze minutes plus tard, elle vit Nico Cadogan pénétrer dans le hall de l'hôpital. Curieusement, elle n'en fut pas surprise : elle avait eu besoin de lui, plus que de personne d'autre, et il était là. Dans l'état où elle se trouvait, elle ne se posait pas davantage de questions.

— Ne dis rien, dit-il en s'asseyant près d'elle et en l'entourant de son bras. Je suis venu te ramener à la maison, c'est tout.

Tom composa le numéro du portable d'Octavia, mais il était éteint. Pourquoi avait-elle fait ça ? Elle n'était sûrement pas allée se coucher... Il pouvait toujours téléphoner à l'hôtel et leur demander d'appeler dans sa chambre.

— La chambre ne répond pas, monsieur Fleming.

— Vous êtes sûr ? Essayez encore.

Un moment d'attente, puis :

— Désolé, non, elle ne répond pas.

— Écoutez, est-ce que quelqu'un ne pourrait pas monter voir ? Je suis son mari et je suis assez inquiet... Elle a le sommeil très léger, ça ne lui ressemble pas de ne pas entendre le téléphone. Elle est très perturbée en ce moment, peut-être qu'elle a eu un malaise...

Pendant le temps que dura cette nouvelle attente, mille pensées se bousculaient dans l'esprit de Tom : elle n'aurait quand même pas, non... Elle était si angoissée, et avec toutes ces pilules pour dormir qu'elle transportait toujours avec elle... Non, non, elle n'aurait pas fait ça, ce n'était vraiment pas dans sa nature.

— La chambre est vide, monsieur, il n'y a personne.

— Oh! mon Dieu... Mais la clé, elle l'a toujours avec elle?

— Elle ne l'a pas déposée à la réception, monsieur.

— Et dans la salle à manger, ou ailleurs, vous ne pouvez pas la faire appeler?

— La salle à manger est fermée à cette heure, monsieur.

— Je vois. Et sa voiture, bredouilla Tom en désespoir de cause, sa voiture est toujours là?

— Je ne peux pas vous le dire, monsieur...

— Pourquoi pas, bon sang? Vous devez bien avoir un parking, non? Alors allez-y et vérifiez, pour l'amour du ciel, c'est très important! Une Range Rover, immatriculée N459 AGR...

— Très bien, monsieur. Si vous voulez bien patienter pendant que j'envoie quelqu'un là-bas...

Encore une interminable attente, puis :

— Non, la voiture est partie, je suis désolé.

Seigneur! Que lui était-il arrivé, où était-elle allée?

— Merci pour tout, dit-il au réceptionniste de l'hôtel.

Il lui donna son numéro de téléphone.

— Je vous en prie, prévenez-moi si elle revient.

— Entendu, monsieur.

Même si sa mère lui avait assuré qu'elle était toujours là et en bon état (M. Briggs le lui avait confirmé quelques mois plus tôt encore, la dernière fois qu'elle l'avait appelé), Louise avait senti croître une sourde angoisse à mesure qu'elle s'approchait de Tresilith. M. Briggs aurait fort bien pu mentir pour conserver son chèque de location annuel. Un assez généreux chèque, avait découvert Louise, en échange d'un simple petit bout de terrain où personne de la famille ne venait plus jamais. Mais non, tout semblait parfait, grâce à Dieu : la caravane était garée dans un coin du champ, sous un pommier, et elle paraissait avoir pris racine dans le sol. Un peu affaissée sur l'arrière, assez rouillée sans aucun doute, mais toujours là, et elle avait encore un toit. Elles seraient au sec, c'était déjà ça. Si seulement il y avait eu un peu plus de lune... Heureusement, sa torche était très puissante et elle retrouvait facilement son chemin. Il n'y avait pas de vache dans le champ, juste quelques moutons : tant mieux, ils n'ameuteraient personne.

C'était incroyable, la précision avec laquelle tout lui était revenu en mémoire, la configuration des lieux, jusqu'au chemin détourné qui menait au champ en évitant la ferme, ainsi l'on ne faisait pas aboyer les chiens... C'était un chemin défoncé et parfois la voiture s'embourbait, quand il avait plu – mais il n'y avait pas de boue ce jour-là, la terre était parfaitement sèche. Elle avait laissé la voiture à la barrière du premier champ. Minty dormait et elle avait hésité quelques instants à la laisser, le temps d'aller faire une rapide reconnaissance jusque là-bas, puis s'y était finalement résolue : c'était plus sûr, elle ne savait pas ce qu'elle y trouverait au juste.

Elle avait verrouillé toutes les portières, franchi la barrière et pris la direction de l'endroit où se trouvait la caravane. Derrière le champ s'étendait un petit bois, et derrière le petit bois, elle s'en souvenait, la mer. C'était un lieu plein de charme ; elle n'y était pas venue souvent en vacances, mais s'en souvenait comme de moments privilégiés, très excitants, un peu comme dans un roman d'Enid Blyton – aller chercher le lait et les œufs à la ferme, l'eau à un robinet au bout du champ qui alimentait l'abreuvoir des moutons, sans doute existait-il toujours ; elle se rappelait les pique-niques sans fin, l'exploration des plages et des grottes, l'escalade des sentiers de la falaise... La caravane n'était même pas si rouillée que ça, elle paraissait encore remarquablement solide. Elle sortit la clé, la mit dans la serrure; s'il vous plaît, faites que ça marche, que la serrure ne soit pas grippée... Il y eut un peu de résistance, mais elle s'ouvrit. Louise balaya l'intérieur avec sa torche : crasseux et plein de toiles d'araignée, mais sec. Une pile bien nette de sacs de couchage (sans aucun doute infestés d'araignées) sur l'une des couchettes, des casseroles encore posées sur le réchaud, de vieilles cartes postales glissées dans l'encadrement des fenêtres, un pot à eau sur la table, ainsi qu'un porte-toasts en forme de lutin des Cornouailles, Même les vieux rideaux pendaient toujours aux fenêtres; dans un coin, il y avait un lit pliant d'enfant, quelque peu délabré. C'était providentiel : Minty était en fait bien trop grande pour dormir dans le couffin que Louise avait apporté dans le coffre de la voiture. Sur une éta-gère, elle vit encore une photo d'eux quatre dans un cadre, sa mère, elle et ses deux frères; ils étaient assis sur la barrière à l'entrée de la ferme et souriaient de toutes leurs dents.

— Oh! Maman, dit-elle à voix haute, je voudrais tant que tu reviennes...

Mais Anna ne reviendrait pas. Elle était partie pour tou-jours, Louise devait se débrouiller sans elle désormais et veiller sur Minty.

Elle tourna la tête vers la voiture; il valait sans doute mieux apporter les affaires d'abord, amener Minty ensuite. Elle pré-parerait le lit pliant avec les draps et les couvertures, puis la coucherait dedans pendant qu'elle lui préparerait un autre biberon, une couche, etc.

Une vague de bonheur la traversa : c'était exactement comme elle l'avait imaginé, peut-être mieux encore.

Le meilleur itinéraire était de prendre la A30 à partir d'Exeter : c'était une bonne route, rapide, et à cette heure de la nuit il n'y avait pas de circulation. Quand Octavia s'y enga-gea, elle se sentait presque heureuse d'agir plutôt que d'attendre, impuissante; en plus, elle avait toujours aimé conduire de nuit. Dieu sait comment elle allait bien pouvoir trouver la caravane, ou même la ferme, mais elle trouverait. Elle était capable de tout à présent – et surtout de retrouver Minty.

Sandy devait être assis tout près du téléphone; quand Tom appela, il décrocha presque aussitôt. Non, il n'avait pas eu de nouvelles de Louise, ni d'Octavia.

— Mais je vous rappellerai immédiatement si j'en ai.

— Merci, répondit Tom.

Ensuite, il téléphona à Rookston Manor. La voix courtoise de Charles Madison, mais aussi chargée d'inquiétude, lui parvint au bout de quelques sonneries.

— Charles? C'est Tom, Tom Fleming.

— Tom! Est-ce qu'il y a des nouvelles?

Ce n'était pas bon signe.

— Non. En fait, je me demandais si par hasard vous n'aviez pas eu des nouvelles d'Octavia.

— Octavia? Non... Pourquoi?

— Elle a disparu et nous n'avons aucune idée de l'endroit où elle est. Il faut que je la joigne d'urgence, son père vient de mourir.

— Son père? Non! Oh! mon Dieu, c'est affreux... Que s'est-il passé?

— Une crise cardiaque.

— C'est terrible, en plus de... en plus de tout le reste, la pauvre...

Il avait l'air anéanti et commença à le dire à Tom, comme s'il voulait reconnaître sa part de responsabilité dans ce qui se passait, mais Tom lui répondit :

— Personne n'y pouvait rien, Charles, vous pas plus qu'un autre.

Personne, sauf moi, songea-t-il. Si je n'avais pas mis en danger un esprit déjà tourmenté, déjà fragile... Mais il ne le dit pas à Charles.

— Merci, Tom, répondit celui-ci. Je vous rappellerai si j'ai des nouvelles, et j'en parlerai à Janet aussi. Au cas où Octavia téléphonerait et que ce soit elle qui réponde.

— À bientôt, Charles.

— Avez-vous signalé la disparition d'Octavia à la police?

— Non, pas encore.

Il savait qu'il devait le faire, mais continuait à en retarder le moment. Ça deviendrait trop officiel.

Au début, les choses se passèrent plutôt bien; Minty accepta que Louise la change, elle but un biberon (froid, mais heureusement la nuit était douce), elle la laissa même lui essuyer le visage et les mains avec une lingette. Louise ne pouvait pas se mettre à chercher à tâtons, dans la nuit, l'abreuvoir des moutons et le robinet d'eau. C'est quand elle tenta de lui ôter sa robe – comme si ç'avait été son dernier lien sécurisant avec les gens et les lieux – que la petite se mit à hurler, de toutes ses forces.

Au bout d'un moment, la panique gagna Louise; dans le silence de la campagne, qui sait si quelqu'un ne risquait pas de l'entendre? De s'approcher pour voir ce qui se passait? La voiture aussi pouvait intriguer, arrêtée le long du chemin; demain matin il faudrait qu'elle la déplace, qu'elle la gare peut-être dans le village, à un endroit où elle n'attirerait pas l'attention.

Elle tenta de calmer Minty en la berçant, en la tenant serrée contre elle, mais la petite luttait, gigotait autant qu'elle pouvait, lui donnait des coups de pied; de temps en temps, elle s'étouffait et ses cris se transformaient en hoquets, puis reprenaient de plus belle.

— Demain il fera beau, on ira à la plage, tu te baigneras, lui murmurait désespérément Louise à l'oreille.

Et ce n'était plus Minty qu'elle tenait dans ses bras, mais Juliet, Juliet qui avait hurlé aussi (mais de joie) et qui lui avait donné des coups de pied, de ses petits pieds dodus et potelés, le jour où Louise l'avait emmenée à la plage et lui avait trempé ses orteils dans l'eau. Juliet... Mais quand Juliet pleurait et que Louise la serrait contre elle, elle se calmait, tandis que Minty se battait contre elle vigoureusement. Et Louise était si fatiguée, elle avait tant envie de dormir...

Elle coucha Minty dans le lit pliant, mais la petite se releva aussitôt et le secoua dans tous les sens en hurlant. Peut-être le noir la calmerait-il ? Louise éteignit toutes les lampes torches, mais l'enfant cria de plus belle ; alors elle fouilla fébrilement dans sa valise à la recherche des veilleuses, les posa dans des soucoupes et les alluma. La lumière en était douce, elle projetait des ombres légères et dansantes dans la caravane : l'effet fut magique. Minty resta debout à regarder les ombres, fascinée, et ses cris s'arrêtèrent d'un seul coup ; elle suça son pouce, se laissa aller contre le flanc du lit et dodelina quelques instants de la tête, puis se recoucha et s'endormit. Enfin.

Merci, pensa Louise, merci.

Janet elle aussi peinait à s'endormir : elle avait un terrible mal de tête, elle était très inquiète et il y avait autre chose encore, pas véritablement de la culpabilité, mais un sentiment de responsabilité qui la torturait. Plus elle pensait à Octavia, traversant le pays en pleine nuit pour aller retrouver Louise, plus elle sentait combien c'était dangereux.

Elle se leva, regarda la pendule : deux heures et demie. Encore longtemps avant que le jour se lève, et Octavia avait appelé depuis un bon moment déjà. Elle tourna la tête et contempla la maison principale par la fenêtre, à l'autre bout de la cour : tout semblait endormi, et elle se dit avec soulagement que M. Madison avait dû trouver le sommeil – pauvre homme, que de drames s'étaient abattus sur lui coup sur coup ; mais elle vit à cet instant la lumière de la cuisine s'allumer et Charles y pénétrer (il ne s'était même pas déshabillé pour la nuit), s'approcher de l'évier, remplir la bouilloire...

Alors elle se décida, enfila sa vieille robe de chambre et traversa la cour jusqu'à la maison.

Trois heures. Octavia se rendit compte qu'elle n'avait pas dormi depuis près de vingt-quatre heures, puisqu'elle s'était levée à cinq heures la veille. Mais elle se sentait en forme, énergique, prête à tout.

Elle devait être presque arrivée, puisqu'elle venait de voir un panneau indiquant la baie de Constantine. Elle s'était attendue à trouver un joli petit village, en fait ce n'était qu'une succession hétéroclite de villas et de bungalows. Là-bas, un panneau la dirigea vers Tresilith. Plus que huit kilomètres. Et ensuite, qu'allait-elle faire, comment trouverait-elle la ferme de l'Abondance ? Dans l'obscurité ? Heureusement, les phares de la Range Rover étaient puissants, mais cela ne suffirait jamais...

Elle devait se trouver du côté du front de mer – Janet avait dit que la caravane était près de la mer. Il suffisait donc d'explorer toutes les routes menant dans cette direction, songea-t-elle avec optimisme. En fait, elle s'en rendit bientôt compte, il n'y en avait que trois. La première et la deuxième étaient sans issue, ou plutôt se rejoignaient au bout d'un moment ; la troisième serpenta d'abord de manière encourageante, mais pour finir la ramena vers l'intérieur des terres. Elle commençait à perdre confiance quand elle l'aperçut enfin, au moment où elle faisait demi-tour : ce n'était guère plus qu'un sentier, flanqué d'un panneau qui indiquait : chemin de l'Abondance.

Octavia s'y engagea, et son cœur battait à tout rompre.

Cinq cents mètres plus loin environ, elle aperçut des bâtiments de ferme juste devant elle, et d'autres plus bas sur la gauche. Un chien se mit à aboyer furieusement ; elle recula de quelques dizaines de mètres, s'arrêta et attendit longtemps, très longtemps, jusqu'à ce qu'il se calme. Alors elle sortit, prit sa torche électrique dans la boîte à gants et contempla les alentours, perplexe. Il y avait tant de champs, comment trouverait-elle le bon ? Est-ce qu'il lui faudrait les explorer tous, en pleine nuit ?

Ceux sur sa droite avaient l'air pleins de vaches, et elle espérait que la caravane ne serait pas dans un de ceux-là. (Elle n'avait jamais aimé les vaches, trop grosses, trop massives – elle se souvenait même que Louise se moquait jadis de sa peur des vaches, la traitant de poule mouillée.) Heureusement elle ne semblait pas s'y trouver, d'après le peu que lui laissaient voir la faible lueur de sa torche et la clarté des étoiles. Elle franchit la barrière du champ d'en face, qui avait l'air de s'enfoncer bien plus loin du chemin que les premiers, et fit quelques pas dans une terre molle, avant de glisser dans la boue ; elle se retint juste à temps à une haie. L'espace d'un instant, elle songea que ses mocassins de daim rose pâle JP Tod, tout neufs et qui lui avaient coûté une fortune, étaient fichus – puis elle songea que pour retrouver Minty, elle aurait sacrifié sans regret une boutique entière de mocassins tout neufs. Mais quelques secondes plus tard elle glissa encore, puis encore un peu plus loin, les inégalités du sol aggravées par le fait qu'elle marchait à l'aveuglette, ne sachant pas vers où se diriger ; une seule solution : retourner jusqu'à sa voiture et attendre le petit jour.

Quelque chose à l'extérieur de la caravane l'avait réveillée, un bruit, peut-être une lueur : qu'est-ce que ça pouvait bien être ? Louise s'assit sur sa couchette, la respiration oppressée, puis se détendit en songeant que c'étaient sûrement les moutons, rien que les moutons. Dans peu de temps il ferait jour et leur première vraie journée, leur première belle journée commencerait.

Enfin, Octavia distinguait la caravane, à travers la brume grise et matinale : exactement comme l'avait décrite Janet, dans le coin le plus reculé d'un champ. On apercevait la mer par-derrière, grise elle aussi; les mouettes y tournoyaient en poussant des cris, qui résonnaient de façon sinistre dans le silence de l'aube. Aucun signe d'une voiture nulle part, en revanche, et c'était inquiétant. Et si elle s'était trompée, si Louise n'était pas là? Mais la caravane était dans un deuxième champ, situé derrière le premier, et il y en avait encore un troisième contigu : ils possédaient peut-être un autre chemin d'accès. En tout cas, l'important, c'était qu'elle l'avait vue. Elle prit une profonde inspiration avant d'escalader pour la seconde fois la barrière.

Quand Louise se réveilla de nouveau, elle avait froid : ça voulait dire que Minty devait avoir froid elle aussi. Elle se leva pour aller voir; Minty était tranquillement endormie sur le dos, un bras passé au-dessus de sa tête. Comme elle avait l'air paisible, après cette journée effrayante, interminable... Peut-être allait-elle s'adapter rapidement... Elle lui avait toujours paru d'un caractère plutôt facile. Juliet était facile elle aussi, accommodante, toujours souriante, comme Dickon. Pauvre petit Dickon... Elle espérait qu'il ne serait pas trop bouleversé par tout ce qui était arrivé. Peut-être qu'il pourrait les rejoindre, elle et Minty, quand tout serait arrangé? Elle n'avait pas encore vraiment réfléchi à la manière dont elle allait tout arranger, mais elle s'en était plutôt bien sortie jusque-là, nul doute que ça allait continuer.

C'était curieux à dire, mais elle n'avait plus ressenti la même chose pour Dickon après la mort de Juliet, elle ne l'avait plus aimé autant. Comme si elle lui reprochait d'être toujours vivant alors que Juliet était morte. Elle l'avait nié quand le Dr Brandon le lui avait suggéré, parce qu'elle ne supportait pas l'idée qu'il eût toujours raison, mais pourtant c'était vrai, il fallait bien le reconnaître.

Minty aurait faim quand elle se réveillerait tout à l'heure, et cette fois un biberon ne ferait pas l'affaire. Juliet mangeait des céréales, des yaourts... Elle avait acheté des céréales et des yaourts, mais n'était pas sûre de les avoir rapportés de la voiture, tant elle était fatiguée et désorientée quelques heures plus tôt. Elle se leva avec précaution, commença à fouiller dans les boîtes. Dehors les moutons paissaient, elle entendait un murmure, un bruit d'herbe foulée ; ils aimaient visiblement la caravane et devaient la considérer un peu comme leur bien propre – l'un d'eux ne montait-t-il pas sur les marches, même ? Oh ! mon Dieu, non, ce n'était pas un mouton, c'était quelqu'un. Peut-être le fermier, ou bien un villageois des alentours, qui aurait remarqué la voiture ? On frappa doucement à la porte, puis quelques secondes plus tard elle s'ouvrit très lentement, et le sang de Louise se glaça dans ses veines : ce n'était peut-être ni le fermier ni un villageois, mais un rôdeur, un vagabond ?

— Bonjour Louise, dit Octavia en passant la tête par l'ouverture de la porte, avec un sourire. Je suis venue récupérer Minty.

Elle semblait normale. Fatiguée, certes, mais pas folle. Elle était assise sur le lit, portant un caleçon et un T-shirt chiffonné ; ses cheveux étaient ébouriffés, mais son visage détendu, et ses magnifiques yeux bleus paraissaient calmes. Elle n'avait même pas l'air surprise de voir Octavia.

— Bonjour, lui dit-elle. Tu as dû conduire toute la nuit.

— La plus grande partie, oui.

— Comment tu as su que j'étais là ?

— Oh ! j'ai juste fait travailler un peu mes méninges...

Louise hocha la tête sans répondre.

— Je suis désolée si je t'ai fait peur en arrivant comme ça. (Et dire que Louise lui avait donné la plus grande frayeur de toute son existence...) Comment va Minty ?

— Elle va parfaitement bien. Elle dort, regarde.

— Oui, elle a l'air bien. Sa robe est un peu sale, non ?

— Si, mais elle ne m'a pas laissée la lui retirer.

— Je sais, elle n'aime pas qu'on la déshabille, dit Octavia sur le ton de la conversation ; elle s'étonnait elle-même de pouvoir rester si calme, si détachée. À quelle heure es-tu arrivée ?

— Vers minuit.

— Et elle dort depuis ?

— Au début ç'a été difficile, mais elle était très fatiguée.

— Oui, j'imagine... Tu dois l'être toi aussi, non ?

— Je vais bien, merci.

— Je ne peux pas avoir une tasse de thé, par hasard ?

— Non, désolée, il n'y a pas encore de gaz pour le réchaud. De l'eau, du jus d'orange ?

— De l'eau, ça ira, merci. Alors à la tienne, Louise, lui dit-elle quand elle eut son verre en main. C'est bon de te voir.

Quelle idiote... Avec son petit pantalon et sa petite veste si bien coupés, si élégants – au moins, ses mocassins étaient fichus... –, croire qu'elle allait arriver et faire la loi ici, qu'elle allait pouvoir l'amadouer et se jouer d'elle, comme ils avaient déjà cru le faire aux Cloîtres ! S'imaginer qu'elle était folle, qu'on pouvait la tromper pour qu'elle rende Minty ! Non, jamais. Elle n'avait pas enduré tout cela pour la perdre maintenant.

— Elle a été bien pendant le voyage ?

— Très bien. Elle a à peine pleuré.

— Tu as eu de la chance. Elle est parfois malade en voiture.

— Non, elle allait bien.

— Louise...

— Oui ?

Elle avait sur le visage cette expression que Louise avait toujours détestée depuis l'école, cette expression légèrement suffisante, du genre je-suis-plus-intelligente-que-toi-même-si-tu-as-d'autres-avantages. À l'époque, les autres avantages c'était d'être mince, mignonne et d'avoir des amis ; aujourd'hui, c'était Minty.

— J'aimerais bien emmener Minty maintenant. Je trouve que ce serait une bonne idée si tu me la donnais.

— Pourquoi ?

— Parce qu'elle est à moi, que c'est mon bébé, pas le tien.

— Tu as les jumeaux.

— Oui, c'est vrai que je les ai.

Quel ton calme et patient... Elle essayait encore de l'amadouer, de se jouer d'elle...

— Mais Minty aussi est à moi, et je voudrais que tu me la rendes.

C'est ça, elle employait cette méthode pleine d'arrogance qu'elle avait apprise dans une espèce de cours, elle l'avait raconté un jour à Louise et elle lui avait dit que ça marchait : pas d'agressivité, pas un mot plus haut que les autres, on déclarait simplement ce qu'on voulait, inlassablement, et on finissait par l'obtenir.

— Je suis vraiment désolée, mais je ne peux pas te la rendre. C'est moi qui la veux maintenant. Tu l'as eue assez longtemps, aussi longtemps que j'ai eu Juliet, en fait.

— Louise, je sais tout cela, mais toi tu dois comprendre que tu ne peux pas la garder.

— Pourquoi ?

— Parce que je te l'ai dit, elle est à moi, c'est mon bébé.

— Non, Octavia. Plus maintenant.

La situation se dégradait, devenait plus délicate, mais c'était prévisible, bien sûr.

— Loulou...

— Ne m'appelle pas comme ça! dit Louise, le visage soudain dur et tendu. Ne fais pas semblant d'être mon amie! Tu ne peux pas l'avoir, parce que tu ne la mérites pas, c'est tout! Tu t'es débarrassée d'un de tes enfants et tu t'en es consolée, alors tu te consoleras de celle-là aussi!

— Louise, voyons, ça n'a aucun sens!

— Rien n'a de sens, Octavia! Que j'aie une liaison avec Tom n'avait aucun sens, que je sois enceinte de lui n'en avait pas, que je prenne trop de somnifères n'en avait pas non plus! Que les choses aient un sens ou non m'est parfaitement égal! J'ai Minty maintenant, un point c'est tout, et peu importe que ça ait un sens ou non!

— Oui. Oui, je vois.

De toutes ses forces, Octavia essayait de réfléchir. Minty continuait miraculeusement à dormir. Elle avait poussé un petit soupir, puis s'était retournée, le pouce dans la bouche, le derrière pointant en l'air. Elle paraissait normale, détendue et c'était au moins un point positif, très positif, même.

Elle pourrait s'emparer d'elle et partir en courant, mais ce serait difficile dans le champ plein d'ornières; et Louise, qui ne serait pas encombrée par un bébé dans les mains, la rattraperait sans peine. Elle pouvait aussi continuer à discuter, à tenter de la raisonner, mais il semblait évident que ça ne donnerait rien. Elle pouvait encore faire mine de partir, aller téléphoner pour demander de l'aide, ou en chercher à la ferme – mais comment se résoudre à laisser Minty, alors qu'elle venait à peine de la retrouver? Pourtant, c'était peut-être sa seule chance.

— Bien, dit-elle. Tu peux la garder. Je vais te laisser, pour l'instant.

— Oh! non, tu ne vas pas partir, je ne suis pas idiote à ce point. Pour aller dire à tout le monde que je suis ici et qu'ils viennent me la prendre? Non, tu restes ici, et moi je vais partir.

— Ne sois pas stupide, voyons. Où irais-tu? C'est le meilleur endroit, pour quelques jours en tout cas. À part moi, personne ne sait où tu es. Même ton père n'en sait rien, il croit que ta mère a vendu la caravane.

— Je parie que tu l'as dit à quelqu'un.

— Non, à personne. Tu crois que Tom m'aurait laissée venir seule, si je le lui avais dit? Tu ne crois pas que la police serait déjà ici, s'ils étaient au courant?

Louise hésita puis dit :

— Non, je ne te crois pas.

— Tiens, dit Octavia après quelques instants de réflexion. Voici mon portable. Appelle Sandy et demande-lui s'il sait où tu es. Tu seras bien obligée de me croire ensuite.

Louise la regarda, baissa les yeux vers le téléphone, contempla quelques instants les numéros; quelques instants seulement, mais ce fut suffisant pour qu'Octavia se jette en avant et saisisse Minty, qui se réveilla en sursaut et se mit aussitôt à hurler.

Elle avait pensé qu'elle y arriverait, mais Louise fut plus rapide; en une fraction de seconde, elle s'interposa entre Octavia et la porte et tendit la main, non pas vers Minty mais vers une bougie posée sur la table, près d'une veilleuse qui brûlait encore, puis l'alluma à la petite flamme. Ensuite, de son autre main, elle verrouilla la porte dans son dos.

— Donne-la-moi! cria-t-elle. Tout de suite!

— Louise, réfléchis un peu! Comment pourrais-tu la garder? La police sait que tu l'as, les gens du coin s'en rendront bientôt compte... Et si tu te sauves avec elle, on te rattrapera.

Je suis vraiment désolée pour toi, tu sais, de tout ce qui t'es arrivé, mais c'est une voie sans issue, crois-moi.

Elle avait été sincère en disant qu'elle était désolée (car, en dépit de tout, elle la plaignait), et elle put croire l'espace d'un instant que Louise en était ébranlée; mais le regard de cette dernière se durcit de nouveau l'instant d'après, et elle répéta à Octavia :

— Donne-la-moi tout de suite, ou bien je mets le feu à la caravane! Avec nous trois à l'intérieur! Je préfère ça plutôt que de la perdre maintenant, figure-toi!

Et elle approcha la bougie d'un des vieux rideaux.

Octavia se sentit tout à coup parfaitement maîtresse d'elle-même, capable d'analyser la situation calmement, lucidement; elle sut que Louise était capable de faire ce qu'elle avait dit. Les rideaux s'enflammeraient en un clin d'œil, comme de véritables torches, et les sacs de couchage, entassés sur une couchette sous une des fenêtres, brûleraient eux aussi. Sans compter tout le bois qui se trouvait dans l'habitacle, la table, deux tabourets... La caravane pouvait se transformer en très peu de temps en un piège mortel. Il n'y avait qu'une solution possible.

— Très bien, Louise, dit-elle en lui tendant Minty. Prends-la.

La petite se cramponna à sa mère et se mit à hurler, mais Octavia lui dit doucement, d'un ton rassurant – et elle s'étonnait elle-même de son propre calme :

— Va avec Louise, ma chérie... Prends-la, Louise.

Louise lui prit Minty des mains et la tint serrée contre elle; elle avait soufflé la bougie.

— Maintenant, sors, Octavia.

— Je m'en vais.

— Sors et ne reviens pas, et ne ramène personne, sinon je

mettrai le feu à la caravane avec Minty et moi dedans. Je suis sérieuse.

— Je sais que tu l'es, dit Octavia. Je ne le ferai pas, je ne ramènerai personne.

— Laisse-moi ton téléphone.

— D'accord.

— Et ne va pas à la ferme.

— Non, je n'irai pas, dit Octavia, et elle sortit.

Minty n'avait pas cessé un instant de hurler depuis que Louise l'avait prise à sa mère; dans l'habitacle réduit de la caravane, le vacarme était assourdissant. Inlassablement, Louise tentait de la calmer, de la réconforter, mais rien n'y faisait. C'était comme la nuit précédente, même pire encore; le bruit lui vrillait les tempes, lui perforait le crâne. Depuis dix minutes que cela durait, Louise sentait que ses nerfs allaient lâcher. Que devait-elle faire? Peut-être la sortir un peu, pour une petite promenade dans le champ? Mais elle n'osait pas, pas encore. Octavia était bel et bien partie, elle avait retraversé le champ et disparu, Louise l'avait suivie des yeux à travers la fenêtre – mais si elle revenait, peut-être accompagnée, et que Louise elle-même n'était pas dans la caravane avec Minty, elle ne pourrait pas recourir à sa menace.

— Chut, Minty, s'il te plaît... S'il te plaît! Minty, s'il te plaît, arrête!

Le visage de la petite était écarlate, ses boucles collées par la sueur sur ses tempes; elle était si chaude que la panique commença à gagner Louise. Elle tenta de lui faire boire un peu d'eau dans un gobelet, en inclinant celui-ci vers la bouche hurlante, mais Minty la recracha aussitôt. Elle en devenait raide de frayeur et de chagrin, une rigidité effrayante, juste deux petits bras et deux petites jambes qui s'agitaient mécaniquement. Si elle continuait à refuser de boire, vu la température qu'elle avait dû atteindre, elle allait se déshydrater, sans compter les convulsions... Oui, elle serait malade, songea Louise avec terreur, et que ferait-elle alors ? L'emmener chez le médecin, mais comment ? Impulsivement, elle faisait les cent pas dans la caravane, avec dans ses bras le petit corps qui s'arquait désespérément en arrière. Elle s'arrêta quelques instants pour contempler le paysage par la fenêtre, le matin toujours gris, la brume tourbillonnante, et deux corneilles qui semblaient la regarder, perchées sur l'abreuvoir, puis baissa de nouveau les yeux vers Minty : son visage était presque bleu, ses veines horriblement gonflées sur son front. Dans un élan de panique absolu, elle courut vers le lit d'enfant – la coucher, oui, peut-être qu'en la recouchant elle se calmerait, ou alors que faire, mon Dieu ? Mais elle arriva trop vite et laissa tomber Minty à l'intérieur plutôt qu'elle ne l'y coucha : le choc la fit taire d'un seul coup, silencieuse, affreusement silencieuse.

— Non, hurla-t-elle, non ! Minty, non !

Minty paraissait la regarder sans la voir, immobile, ses yeux bleus grands ouverts et vides ; Louise éclata en sanglots, qui lui secouaient violemment tout le corps.

Octavia arpentait le chemin à grands pas, échafaudant un plan d'action pour la vingtième fois, avant de le rejeter, quand elle entendit les cris ; elle se retourna et vit Louise qui avançait dans le champ en titubant, sans Minty – livide, les yeux agrandis par la terreur, et qui appelait désespérément au secours. Quand elle aperçut Octavia, elle courut vers elle et lui attrapa le bras par-dessus la barrière :

— Je t'en supplie, Octavia, je t'en supplie... je crois que j'ai fait quelque chose de terrible à Minty, je crois qu'elle est morte !

53

— C'est par là, dit Charles. Je n'y suis pas venu depuis très longtemps. De toute façon, j'ai toujours détesté le camping, c'est si inconfortable... Ah! voilà, la ferme de l'Abondance. Maintenant, je me rappelle, oui... Tournez à gauche par ici, c'est au bout du chemin. La caravane est tout au fond de ce champ, dans le coin.

Tom ne voyait rien : la brume était épaisse, et le bout du champ était dissimulé par la déclivité du terrain.

— Mais où est la voiture d'Octavia? demanda-t-il, la gorge nouée d'inquiétude. Nous aurions dû la voir...

— Sans doute dans le chemin principal, celui qui passe devant la ferme... Là, tenez, la voiture d'Anna! s'exclama-t-il, un mélange d'horreur et de déception dans la voix.

On sentait qu'il avait encore espéré, contre toute vraisemblance, que tout cela soit faux, ne soit qu'un terrible malentendu. Dès qu'ils furent arrivés à la hauteur de la Renault 5, il se précipita hors de la voiture pour aller en scruter l'intérieur, puis revint, les traits tirés, les yeux défaits; il semblait avoir vieilli de dix ans.

— Oui, il y a un siège de bébé à l'intérieur, murmura-t-il. Oh! mon Dieu, tout cela est si terrible...

Tom en avait le cœur serré pour lui, mais il était également trop inquiet pour prendre le temps de le réconforter. Il enjamba la barrière et se mit à courir à travers le champ, les jambes engourdies. Il voyait à présent la caravane, entourée de moutons et de pommiers : elle était vieille et délabrée, légèrement affaissée sur l'une de ses roues, mais encore solide, apparemment. Tout en courant dans l'herbe, il songea que c'était un joli site (et fut même surpris d'avoir conservé suffisamment de sang-froid pour se faire une réflexion pareille) : à mi-chemin, le champ descendait vers un vallon, au fond duquel se nichait un petit bois ; à travers la cime des arbres, il apercevait la mer, miroitant sous le soleil matinal qui transperçait la brume. Les bruits de la campagne environnante lui parvenaient aux oreilles, chiens qui aboyaient à la ferme, moutons qui bêlaient à mesure qu'il s'approchait d'eux, vaches qui meuglaient dans le champ d'à côté, cris stridents des mouettes, vagues qui se brisaient au loin sur le rivage... Il entendait même Charles qui haletait derrière lui – mais en provenance de la caravane, rien. C'était inquiétant, sinistre : est-ce qu'elles n'étaient pas là ? Mais où, alors ? Il grimpa les marches et frappa très doucement à la porte, sans obtenir de réponse, alors il ouvrit.

Louise était assise sur une couchette, pâle, les yeux fixés au sol. Octavia avait passé un bras autour de ses épaules, et de l'autre bras entourait une Minty aux traits tirés, mais souriante : elle était installée sur les genoux de sa mère, et plongeait la main dans un paquet de biscuits.

— Papa ! balbutia-t-elle joyeusement en le voyant.

Puis elle retira sa main du paquet, pour tendre vers lui un poing barbouillé de chocolat.

— C'était Tom, dit Marianne en raccrochant le téléphone, et elle avait de la peine à cacher son émotion. Ils vont tous bien.

— Et Minty ?

— Minty va parfaitement bien.

— Dieu soit loué, dit Zoé, et elle fondit en larmes.

— Et maintenant, la pauvre Octavia va apprendre pour son père, dit tristement Romilly.

Au début, elle ne ressentit presque rien ; elle était trop épuisée, trop contente surtout d'avoir retrouvé Minty. Elle écouta Tom lui faire le récit des événements, acquiesçant quand il lui expliqua combien Felix avait insisté pour qu'on ne la prévînt pas ; elle dit son soulagement que Marianne au moins ait été près de lui, accepta docilement l'idée que c'était pour lui la meilleure façon de partir, qu'il aurait été affreux qu'il finisse ses jours diminué, handicapé. Puis, après l'arrestation d'une Louise silencieuse et prostrée et l'épreuve d'une brève conférence de presse, elle dormit tout le temps du retour à Londres, recroquevillée sur le siège arrière à côté de Minty, sans lâcher un seul instant sa petite main.

Quand ils arrivèrent à la maison, il leur fallut d'abord se frayer un passage au milieu d'une poignée de journalistes présents à la porte ; les flashes crépitèrent durant quelques instants, pendant que Tom leur déclarait qu'ils avaient déjà tout dit le matin même en Cornouailles, et qu'ils n'avaient rien à ajouter. Plus tard, dans la cuisine, Minty fut installée devant une montagne de poisson pané, avec des frites et du maïs doux, et dut se soumettre aux interminables embrassades de son frère et de sa sœur, immensément soulagés tous les deux. Une fois les retrouvailles terminées, Octavia tâcha de répondre de son mieux à leurs questions sur Louise – la gravité de ce qu'elle avait fait, mais aussi la mort de Juliet et son état psychologique qui expliquaient en partie son acte, voire l'excusaient. Ils lui reprochèrent d'être trop indulgente, avec toute leur intransigeance d'enfants, et elle ne voulut pas entamer une discussion avec eux, car elle avait une autre nouvelle à leur annoncer, une nouvelle tragique.

— J'ai quelque chose de très triste à vous dire à propos de grand-père, commença-t-elle, en leur passant à tous les deux le bras autour des épaules.

Dans l'après-midi, Tom la conduisit à Hampstead, où elle avait demandé que le corps de son père fût ramené.

— Tu veux que je vienne avec toi ? lui demanda-t-il en bas des escaliers.

— Non merci. Je préférerais être seule.

Longuement, elle contempla cet homme qui avait compté pour elle plus qu'aucun autre pendant une bonne moitié de sa vie, qui avait fait d'elle une grande part de ce qu'elle était aujourd'hui, pour le meilleur et pour le pire ; et le chagrin la submergea soudain, violent, brutal, implacable. Elle ne songeait plus qu'à une chose : à tout ce qu'elle ne lui avait pas rendu de son amour dévorant, aux innombrables occasions où elle aurait pu faire davantage, mieux, pour étancher cette soif avide qu'il avait de la voir, de l'entendre, de l'aimer. Et tous les gens qu'elle avait connus, Tom en premier, n'étaient plus à cet instant que des ennemis qui s'étaient interposés entre elle et son père – son père, riche, puissant et qui ne rêvait au fond que d'une chose : avoir sa fille rien que pour lui.

Elle se souvint de la dernière conversation qu'ils avaient eue, l'avant-veille au soir ; il l'avait appelée pour lui souhaiter bonne chance et lui dire qu'il aurait voulu être à son côté, mais que les courses de voiture le rebutaient. En réalité, elle le savait bien, ce n'était pas la vraie raison : la vraie raison était qu'il y aurait là-bas trop de gens qu'il ne voulait pas voir, Tom, Nico Cadogan, Marianne. Et ce jour-là elle les détesta tous, aveuglément, pour avoir éloigné d'elle son père au moment où il aurait eu le plus besoin de sa présence ; et elle détesta particulièrement Marianne, pour avoir été à son chevet à sa place à elle, pour l'avoir apaisé, lui avoir tenu la main, l'avoir accompagné dans ses derniers instants.

Elle se rappelait les derniers mots qu'elle lui avait dits au téléphone : « Au revoir papa, à très bientôt » ; elle avait été vague exprès, évitant de fixer un jour précis de la semaine suivante (alors qu'il aurait eu envie, ô combien, qu'elle le fasse !) ; et il avait répondu : « Au revoir, ma chérie, j'espère que tout ira bien. Couche-toi de bonne heure, ça va être une longue journée demain. » Et elle avait dit encore, en riant : « Ne t'inquiète pas, papa », puis elle avait raccroché. Alors, devant son lit, elle lui dit à voix haute les derniers mots qu'elle aurait prononcés si elle avait *su*, les seuls qui comptaient pour cet être qui l'aimait comme personne ne l'avait jamais aimée, ni ne l'aimerait jamais :

— Je t'aime tant, papa...

Puis encore, en se baissant pour embrasser son front glacé :

— Au revoir...

Et elle sortit en toute hâte, si pleine de tristesse qu'elle ne trouvait plus son chemin dans la vieille maison familière.

Après avoir couché Minty et lu une histoire aux jumeaux, elle passa la soirée à prendre des dispositions pour l'enterrement et à répondre au téléphone ; beaucoup de gens avaient entendu les informations et voulaient prendre des nouvelles, l'assurer de leur sympathie. Elle se sentait fébrile, pleine d'énergie.

Peu après minuit, Tom entra et lui dit :

— Tu ne viens pas te coucher ?

— Ça ne servirait à rien, je ne pourrais pas m'endormir de toute façon.

— Je pensais que peut-être nous pourrions parler un peu... de ton père ?

— Tom, je suis désolée, mais je n'ai pas envie d'en parler avec toi.

Elle avait essayé de ne pas paraître trop sèche, mais elle sentait qu'elle n'y était pas parvenue.

Elle se rendit au bureau le lendemain, comprenant qu'elle devait reprendre contact au plus vite avec la vie active. Plus tard elle verrait le prêtre, les gens des pompes funèbres, le notaire, tout le pénible rituel qui suit un décès ; mais pour ce matin au moins, il fallait faire comme si les choses reprenaient leur cours normal. Melanie, qui l'avait compris, couvrit son bureau de notes, de rapports et de comptes rendus à étudier; quant à Sarah Jane, elle fut d'une redoutable efficacité pour repousser les journalistes, en leur mentant et en les embrouillant.

— Ils en auront bientôt assez, dit-elle à Octavia à la fin de la matinée.

Sandy téléphona, gêné, confus, pathétique; Octavia le réconforta et lui demanda des nouvelles de Dickon.

— Plutôt bouleversé, le pauvre. Mais Charles est ici et ça l'aide.

— Et Louise?

— On l'a emprisonnée à Holloway, dans l'aile médicale. Mais elle pourra sans doute retourner aux Cloîtres sous caution.

— Pauvre Louise, dit Octavia.

Et elle le pensait.

Gabriel téléphona lui aussi; il lui fit ses condoléances pour son père, demanda des nouvelles de Minty. Elle le remercia sur un ton plutôt impersonnel, puis ne trouva plus rien à lui dire, et le silence menaça de s'établir entre eux avant qu'ils ne raccrochent. Soudain, tout cela lui paraissait irréel – qu'elle ait pu avoir une liaison avec lui, coucher avec lui, partir en vacances avec lui. S'imaginer, même brièvement, avoir été amoureuse de lui. Les derniers événements renvoyaient tout cela dans un autre monde, dans une autre vie.

Marianne téléphona, plusieurs fois, mais Octavia refusa de lui parler. C'était injuste, elle le savait, irrationnel, mais elle lui en voulait terriblement de s'être trouvée là où elle-même aurait dû être, au chevet de son père, et elle était incapable de surmonter cette impression. En plus, sans se l'avouer vraiment, et malgré tout ce qu'elle avait pu penser pour Nico et elle, elle lui en voulait secrètement de sa rupture avec son père, de l'avoir fait souffrir – maintenant qu'on ne pouvait plus le consoler d'aucune de ses souffrances.

À Tom non plus, quand il l'appela sur sa ligne directe, alors qu'elle s'apprêtait à quitter le bureau pour retourner à Hampstead, elle ne pouvait pas parler.

— Je t'en prie, laisse-moi seule, lui dit-elle. Je... je n'oublie rien de ce qui est arrivé avec Minty, crois-moi (ça lui coûtait un grand effort de l'avouer), et ça a sûrement changé bien des choses en profondeur, ça les a sûrement remises à leur place, c'est vrai. Mais par ailleurs, j'ai toujours le souvenir de papa en tête, de ce qu'il pensait pour toi et moi, et qu'il a eu raison de penser, à un moment en tout cas. C'est... c'est peut-être plus difficile encore maintenant qu'il est parti et qu'il ne pourra plus jamais changer d'avis, sur toi, sur nous. Tu comprends ? Alors il me faut du temps, Tom.

Il y eut un silence au bout du fil, puis il répondit d'une voix contrainte :

— Je comprends, oui.

Nico appela vers sept heures et demie, pendant que les jumeaux prenaient leur dîner ; avant qu'Octavia ait pu l'arrêter, Poppy lui dit qu'elle était là, aussi fut-elle bien forcée de répondre.

— Octavia ? C'est Nico Cadogan. Je voulais vous dire que je suis désolé, pour votre père.

— Merci.

— Vous devez être bouleversée, j'imagine.

— Oui, Nico, je le suis.

Sans aucun doute, il devait sentir la gêne dans sa voix, l'embarras, et il n'avait pas un grand effort à faire pour la comprendre en un moment pareil : Marianne, puis l'OPA manquée, il n'avait pas fait partie des amis les plus proches du défunt ces derniers temps.

— Écoutez, je ne vais pas vous retenir, mais je sais que Marianne veut vous parler et je sais aussi que vous l'évitez.

— Je ne dirais pas que je l'évite, Nico, je n'ai tout simplement pas envie de lui parler.

— Ça tombe bien, répondit-il sans se laisser nullement démonter, parce que vous n'avez pas besoin de lui parler, seulement de l'écouter. Elle a quelque chose de très important à vous dire. Je n'ai aucune idée de ce dont il s'agit, mais tout ce que je sais, c'est que ça a un rapport avec votre père.

Pour la première fois depuis le début de la journée, Octavia faillit perdre patience.

— Écoutez, Nico, il se trouve que Marianne et vous êtes les deux personnes au monde – et Tom aussi, peut-être – avec qui je n'ai *aucune* envie de parler de mon père. Pensez-en ce que vous voulez, c'est comme ça. Je crois que je vais raccrocher maintenant, pour que nous ne nous souvenions, vous et moi, que de votre aimable coup de téléphone de condoléances.

— Très bien, Octavia, je n'insiste pas. Mais rappelez-vous ce que je vous ai dit.

— Au revoir, Nico.

— Il faut absolument que je réussisse à lui parler, Nico. C'est terriblement important.

— Peut-être que tu pourrais lui écrire?

— Lui écrire? Oui, c'est une bonne idée. Pourquoi n'y ai-je pensé? Le problème, c'est qu'elle peut très bien déchirer la lettre sans la lire.

— Oui, mais elle peut aussi la lire, et ça vaut le coup d'essayer.

— Tu as raison, je vais essayer. Qu'est-ce que je ferais sans toi ? lui dit-elle sur le ton de la plaisanterie, et il lui répondit sur le même mode :

— Rien, bien sûr...

Mais la vérité, c'est qu'elle aurait eu bien du mal à surmonter les dernières vingt-quatre heures sans lui, elle le savait.

Octavia venait de redescendre, après avoir regardé le début d'*Aladin* avec les jumeaux, quand on sonna à la porte. Encore la presse ? Pourtant, Tom avait fermement expliqué aux derniers journalistes, ce matin, qu'ils n'avaient plus rien à glaner, plus aucune confidence à recueillir. Sans doute l'un de ces malheureux qui essaierait de lui vendre un assortiment de torchons de cuisine à un prix exorbitant. Elle alla ouvrir, un sourire désolé déjà sur les lèvres, « Écoutez, vraiment, nous n'avons besoin de rien... » ; mais ce n'était pas un colporteur, c'était Zoé.

— Pardon de vous déranger à cette heure, Octavia, commença-t-elle, gênée, puis, comme un cri du cœur : Oh ! si vous saviez comme je suis heureuse pour Minty, comme j'ai eu peur ! S'il lui était arrivé quelque chose, je suis sûre que j'en serais morte...

— C'est très touchant d'être venue jusqu'ici pour me le dire, Zoé, mais il ne fallait pas, vous savez.

— À vrai dire, ce n'est pas seulement pour ça que je suis venue, commença la jeune fille, et elle jeta un coup d'œil inquiet vers Octavia.

— Zoé, dit celle-ci en fronçant les sourcils, ce n'est pas votre mère qui...

— Non, ce n'est pas elle qui m'envoie, elle ne sait même pas que je suis ici.

— Je vous écoute.

— Je sens combien vous devez vous sentir mal à cause d'elle.

— Moi?

— Oui, elle... elle était là-bas avec votre père alors que c'est vous qui auriez dû y être, dit Zoé d'une traite, et elle semblait surprise d'être parvenue à le dire. À votre place, je serais très mal.

— Si vous entriez un moment dans le salon? proposa Octavia après l'avoir dévisagée quelques instants.

Elle avait le sentiment, depuis que son père était mort, de voyager dans un pays étranger où personne ne la comprenait, et tout à coup Zoé avait l'air de pouvoir faire l'interprète.

Marianne venait de commencer le troisième brouillon de sa lettre à Octavia quand Zoé apparut à la porte.

— Bonsoir, maman.

— Oh! bonsoir, ma chérie. Je croyais que tu étais sortie...

— Oui, mais je suis rentrée. Je voulais te dire que...

— Zoé, pas maintenant, s'il te plaît. J'essaie de faire quelque chose de très difficile.

— Écoute, maman...

— Ce n'est pas Zoé qui vient vous déranger, Marianne, c'est moi, dit la voix d'Octavia à la porte du bureau.

— J'étais justement en train de vous écrire une lettre, ou plutôt d'essayer, lui expliqua Marianne.

Elles étaient assises dans le petit salon, devant deux tasses de café.

— Vraiment?

— Oui.

— Au sujet de mon père, j'imagine?

— Oui. Comme vous ne vouliez pas me parler...

— Je suis désolée si j'ai été grossière... commença Octavia, mais Marianne l'interrompit aussitôt.

— Ça n'a pas d'importance, Octavia, je vous assure. Vous aviez sûrement vos raisons, et les histoires de culpabilité et de remords ne mènent à rien. Pour aucune d'entre nous. Non, ce qui compte, c'est ce que votre père m'a dit. Juste avant de... disparaître.

L'image de Marianne, présente à ce moment-là au chevet de Felix, raviva cruellement la douleur d'Octavia, mais elle n'en laissa rien voir.

— Et que vous a-t-il dit? demanda-t-elle d'une voix blanche.

— Il m'a demandé de vous dire que Tom vous aimait. Qu'il vous aimait *vraiment*.

— Pardon?

— Oui, que Tom vous aimait vraiment. Voilà ce qu'ont été ses tout derniers mots, et je pense qu'il n'a pas voulu partir avant de les avoir dits. C'est pour cela que je tenais tellement à vous les répéter.

Avant même d'avoir pu réfléchir à tout ce que cette phrase signifiait, à toutes les implications qu'elle avait, Octavia fut prise d'un frisson et se sentit presque défaillir; comme si elle s'était heurtée à un mur depuis des mois, depuis des années, à un mur qui ces derniers temps avait grandi jusqu'à paraître infranchissable – et voilà que soudain ce mur disparaissait, et ça lui donnait presque le vertige.

— Oh! il vous a dit ça, murmura-t-elle après un long silence.

Épilogue

Pattie David donnait une fête, pour célébrer la déroute finale des promoteurs et la sauvegarde de Bartles House – et donc aussi celle du bois. Elle l'avait intitulée « Fête échevelée » et elle était assez satisfaite de son jeu de mots.

Elle avait prévu un déjeuner dans le jardin – une idée plutôt audacieuse, dans la mesure où l'été indien pouvait leur faire faux bond. Megan, Meg Browning, Mme Johnston et elle-même n'avaient pas seulement travaillé d'arrache-pied à préparer des sandwichs, des vol-au-vent, des quiches, du poulet mariné et des allumettes au fromage, chacune avait aussi fait des prières (à l'insu des autres) pour que le ciel soit clément. Apparemment, elles avaient été entendues.

— Il me tarde de voir Dickon ! dit Megan, en relevant les yeux de la pile de croûtons qu'elle était en train de découper, et en repoussant ses beaux cheveux de devant ses yeux. Je parie que toi aussi, tu es impatiente de voir Sandy, non ?

— Bien sûr, dit Pattie d'une voix dégagée.

Elle expliqua aux deux femmes avec qui elle mettait la dernière main à la pâte :

— Nous sommes devenus bons amis, lui et moi...

Et elle espéra qu'elle n'avait pas trop rougi...

Elle avait eu du mal à se décider à appeler Sandy, après toute cette affreuse histoire avec sa femme et le bébé. Elle avait même demandé l'avis d'Octavia sur ce sujet ; celle-ci lui avait répondu sans ambages que Sandy serait sûrement ravi de venir et que, la dernière fois qu'elle avait vu Dickon, il avait parlé de Megan presque sans interruption.

— Ils ont besoin tous les deux d'un peu de distraction. En plus, la maison aurait déjà été passée au bulldozer si Sandy n'avait pas eu la bonne réaction à propos des chauves-souris. Ce devrait être lui, l'invité d'honneur de votre fête échevelée, avait-elle ajouté en souriant.

Sandy avait paru fort heureux de cette proposition, il avait même offert de venir plus tôt pour aider aux derniers préparatifs, installer les chaises de jardin, allumer le barbecue, si barbecue il y avait. À quoi Pattie avait répondu qu'elle serait ravie qu'il vienne plus tôt même s'il n'aidait pas – puis elle s'était hâtivement reprise, en expliquant que Megan était très impatiente de voir Dickon.

Sandy avait dit qu'il serait là à onze heures au plus tard.

Lucilla Sanderson s'était levée tôt ; il lui fallait beaucoup de temps pour se préparer et elle voulait paraître à son avantage. Elle avait prévu de mettre sa robe de cocktail, de soie blanche gansée de bleu, qu'elle avait portée lors de sa dernière sortie – une garden-party à Buckingham Palace. Elle compléterait sa tenue avec le chapeau qu'elle portait aussi ce jour-là, en paille marine à larges bords, et sa nouvelle veste Jaeger, au cas où la température fraîchirait.

Les Ford quittaient Bartles House dans deux semaines ; mais la nouvelle directrice et son mari, M. et Mme Duncan (un charmant couple qui avait dirigé un établissement du même genre en Écosse), étaient venus passer la journée à la maison de retraite le dimanche précédent, et ils avaient proposé de faire un saut après le déjeuner si l'on voulait bien d'eux. Lucilla leur avait répondu qu'on les recevrait avec grand plaisir, et qu'ils pourraient même rencontrer le député local.

— Il est très séduisant, et on voit qu'il est allé dans une

bonne école. Je vous assure, vous ne croiriez jamais qu'il est socialiste.

Gabriel avait appelé Capital C, pour s'enquérir de la façon dont Octavia prendrait sa présence ; elle lui avait répondu qu'elle adorerait le voir et qu'il devait absolument venir.

— Sans compter que Gideon rêve de te revoir.

— Et... M. Fleming ?

— M. Fleming ne sera pas là, parce que... eh bien, parce que Sandy sera là, le mari de Louise, donc situation un peu compliquée et il vaut mieux que Tom n'y soit pas. En plus, Bartles Wood reste un sujet délicat entre nous, professionnellement parlant.

Plus tard dans la journée, il eut envie de la rappeler, pour plaisanter avec elle sur la tenue qu'il devait porter : mais elle était sortie et ce fut Melanie qu'on lui passa.

— L'archange Gabriel, quelle bonne surprise... Comment allez-vous ? Que puis-je faire pour vous ?

— Pas grand-chose, à vrai dire. Je voulais juste demander à Octavia ce que je devrais porter pour sa fête.

— Ce que vous devriez porter ?

— C'est un vieux sujet de plaisanterie entre nous.

— Moi, j'aurais dit simplement votre robe blanche et votre paire d'ailes.

— Bonne idée. Vous y serez vous-même ?

— Je pensais peut-être y aller, oui. Je n'ai pas vraiment droit à une invitation, malgré le fait que toute cette histoire, m'a valu beaucoup de problèmes, mais...

— Oh ! venez, s'il vous plaît...

L'idée de la présence de Melanie, avec son style flamboyant et son sens de l'humour plutôt direct dans ce qui risquait d'être une réunion un peu compassée, plaisait beaucoup à Gabriel.

— D'accord, je viendrai.

Charles avait été invité à la fête, mais il avait d'abord refusé.

— Je n'ai aucune raison d'y aller, je n'ai rien fait pour les aider et je ne connaîtrai personne...

— Tu nous connaîtras, nous, avait répondu Dickon, et tu peux aussi rencontrer Megan et Pattie. Elles sont très gentilles.

— Vous devriez venir, avait simplement dit Sandy.

Il les avait regardés tous les deux, Dickon plus joyeux et bavard qu'il ne l'avait été depuis longtemps, Sandy qui semblait beaucoup tenir à sa présence – entre ces deux hommes aussi réservés l'un que l'autre, les mots les plus simples pesaient lourd ; il avait envisagé un nouveau samedi solitaire, à ressasser ses souvenirs d'Anna et ses remords concernant Louise, et il avait accepté.

Normalement, Marianne ne serait pas allée à cette fête, n'ayant aucune relation avec Bartles House ; mais le hasard voulut qu'elle et Nico aillent justement visiter une maison près de Bath – en fait, ce n'était pas tout à fait un hasard, comme elle le dit à Octavia, car ils passaient alors tous leurs week-ends dans l'Ouest à voir des maisons. Quand Octavia l'apprit, elle suggéra qu'ils fassent un saut à la fête, au moins pour prendre une tasse de thé.

— Melanie me disait justement, l'autre jour, qu'elle aimerait beaucoup vous revoir. En plus, Gabriel – vous savez, mon ami le député socialiste – sera là, et j'adorerais voir Nico se faire les dents sur lui.

Marianne dit qu'ils passeraient peut-être, du moins si la journée se déroulait bien et que la maison était jolie ; car sinon, affirma-t-elle, Nico serait d'une telle humeur qu'elle ne voudrait pas le voir se faire les dents sur qui que ce soit. À quoi Octavia répondit qu'elle ne parvenait pas à imaginer Nico de mauvaise humeur.

Marianne était surprise, agréablement surprise, de la facilité avec laquelle elle avait repris sa relation avec Nico – ou plutôt avec laquelle elle s'était engagée dans une nouvelle relation avec lui, plus facile qu'avant, sans culpabilité ni remords cette fois-ci. Ses sentiments pour Nico ne pouvaient se comparer avec ceux qu'elle avait éprouvés pour Felix, mais ils n'en avaient pas moins de valeur dans leur genre. Il lui semblait parfois douloureux, et même choquant, qu'il ait fallu la mort de Felix pour qu'elle puisse aimer Nico – mais voilà, le destin en avait décidé ainsi, et elle s'en accommodait. D'autant mieux que Nico s'en accommodait lui-même, ne paraissant nullement se considérer comme un remplaçant ou un pis-aller.

— J'ai un grand esprit d'adaptation, lui avait-il expliqué. Je me suis rendu compte depuis longtemps que la vie était fort ennuyeuse quand on s'indignait, qu'on ressassait, etc.

Octavia était en retard ; elle conduisait trop vite, comme d'habitude. C'était mal de sa part d'être en retard, puisque Pattie comptait sur elle pour faire un petit discours, mais au moins elle savait pourquoi elle l'était. Parce que tout à l'heure, pendant qu'elle se regardait dans le miroir de la salle de bains en pensant qu'elle avait besoin de se faire couper les cheveux, Tom était apparu derrière elle et lui avait souri dans la glace, de ce sourire légèrement de travers qu'elle connaissait bien et qui signifiait qu'elle pourrait, qu'elle devrait retourner un moment au lit. Quelques mois plus tôt, elle ne l'aurait pas fait, elle s'en serait obstinément tenue à son programme de la journée ; mais ces jours-ci, elle avait le sentiment confus, encore fragile, d'être retransportée non pas quelques mois, mais quelques années plus tôt, au début de son histoire d'amour avec Tom. Alors elle l'avait fait, elle était retournée au lit avec lui. Et maintenant elle était en retard, ce qui lui ressemblait fort peu ; mais pour une fois, elle toujours si maîtresse d'elle-même et de son emploi du temps, pour une fois, elle était heureuse de ne pas se ressembler.

La fête semblait plutôt bien se passer, songeait Pattie en contemplant son jardin. Il était soigné, pimpant (Sandy était arrivé suffisamment tôt pour couper l'herbe autour des parterres de fleurs, chose qu'elle négligeait de faire d'ordinaire), et ça lui réussissait d'être rempli de monde. Elle décida qu'elle recevrait davantage dans l'avenir, qu'elle n'avait aucune raison de s'en priver, maintenant que Megan était plus âgée. Simplement, c'était difficile de tout organiser toute seule, de s'occuper de placer les gens, de servir le vin, quand il fallait en même temps mettre la dernière main aux plats et les apporter jusqu'aux tables. C'est pourquoi la présence de Sandy était si précieuse : il s'affairait partout, remplissait les verres – même un peu trop vite, songeait-elle, il ne resterait bientôt plus de vin à ce rythme-là ; il est vrai qu'elle n'était plus habituée à calculer. Et on aurait dit que les gens buvaient davantage qu'autrefois...

— Je vous en ressers un peu ? lui dit justement Sandy, tout sourires, en brandissant la bouteille qu'il avait en main.

— Oh ! non, merci... Est-ce que Dickon va bien ? On ne l'entend pas.

— Oui, il va bien... N'est-ce pas, mon grand ? dit-il en baissant les yeux vers son fils qui restait pendu à son bras. Un peu fatigué, je suppose. Et il a eu mal au cœur dans la voiture en venant.

— J'espère que ça va s'arranger... Sandy, j'ai peur que nous ne manquions de vin. Vous croyez que vous pourriez faire un saut jusque chez le marchand ? Si ça ne vous ennuie pas trop ?

— Et si je faisais un saut jusque dans votre abri de jardin ? Qu'est-ce que vous pensez de ça ? J'ai apporté une caisse de blanc et une caisse de rouge, que j'ai mises là-bas, puis j'ai oublié de vous en parler, dans l'agitation des derniers préparatifs. Le blanc est au frais, il ne devrait pas être trop mal.

— Vous n'auriez pas dû faire ça, je suis très gênée... En tout cas, il faudra me dire combien je...

— Je ne vous dirai rien du tout, Pattie. C'est mon business, vous l'avez oublié? Comme je prends des marges scandaleusement élevées, ces vingt-quatre bouteilles me coûtent moins que ce que je gagne en vendant deux bières.

Pattie doutait que ce fût tout à fait vrai, mais elle jugea que ça ne se faisait pas de discuter.

— Merci beaucoup, Sandy, vous êtes si gentil, dit-elle dans un élan.

Puis (sans doute le vin lui avait-il un peu tourné la tête), avant d'avoir pu réfléchir à ce qu'elle faisait, elle se leva sur la pointe des pieds et l'embrassa sur la joue. Il rougit jusqu'aux oreilles et se recula instinctivement, non sans un sourire maladroit, mais c'était trop tard; qu'est-ce que j'ai fait? songea-t-elle, horrifiée; il va croire que je lui cours après, comme toutes ces pauvres bonnes femmes esseulées, alors qu'il est marié...

— Excusez-moi! marmonna-t-elle rapidement.

Puis elle s'éloigna précipitamment pour aller rejoindre une amie qui se trouvait aux alentours.

— Salut, archange Gabriel!

C'était Melanie; elle était somptueuse dans sa longue robe flottante, sa demi-tonne d'argent autour du cou et des poignets, sa flamboyante chevelure que ceignait un bandana écarlate.

— Comment allez-vous?

— Mieux quand je vous vois, dit-elle dans un grand sourire. Puis elle ajouta à voix basse :

— Vous avez déjà vu autant de gens effroyables en une seule fois?

Gabriel répondit que oui, ça lui était souvent arrivé, et qu'elle-même devait mener une vie très protégée.

— Mais si nous nous dirigeons par là, vers cet abri de jardin, j'y ai repéré une réserve secrète de vin. Nous pourrions nous y installer tranquillement et lui faire un sort. Je vais prendre quelques-unes de ces saucisses au passage. Le buffet n'est pas mal, non?

— J'ai vaguement l'impression de m'être fait avoir, archange Gabriel.

— Pourquoi cela? C'est ma vie quotidienne, vous croyez peut-être que je passe mes journées au Ritz? À ma prochaine campagne électorale, je vous emmènerai faire la tournée des vins d'honneur, vous verrez.

— Non merci, répondit Melanie avec un frisson.

— Alors, dit Nico, qu'en penses-tu?

— C'est divin, reconnut Marianne.

Ça l'était en effet: un petit bijou XVIIIᵉ, style Queen Anne, situé au cœur d'un parc paysager exquis; il y avait même un étang.

— Je suis content que ça te plaise. Juste un peu grand, peut-être?

— Eh bien...

— Six chambres, pour un homme seul?

— C'est vrai.

— N'est-ce pas? Ce qui va m'amener au sujet dont je voulais te parler.

Marianne sentit l'inquiétude la gagner, tandis que Nico allait chercher dans sa voiture le panier de pique-nique qu'il avait apporté, et le déposait sur l'herbe devant la maison.

Octavia s'acquitta fort bien de son discours, célébrant ce qu'elle appelait « la libération d'un petit bout d'Angleterre » et rendant un hommage plein d'humour à Megan et Pattie – sans oublier Sandy, « dont le sens stratégique n'a d'égal que la science ès chauves-souris ».

Tout le monde l'applaudit chaleureusement, Gabriel le premier.

— Si vous décidez un jour de vous lancer dans la politique, madame Fleming, je serais ravi de vous y guider.

— Je vais y penser, monsieur Bingham.

— Bonjour, Dickon, dit Poppy.

— Bonjour, répondit Dickon.

Il avait l'air plutôt hésitant et ne lui rendit pas son sourire.

— C'est sympa de te voir.

Comme il ne répondait pas, elle lui demanda :

— Tu vas bien ?

— Oui, très bien.

— Tu veux jouer au cricket ?

— Pas maintenant, non.

Il lui tourna le dos et s'éloigna ; comme elle faisait mine de le suivre, il courut vers son grand-père, qui se trouvait dans les parages, et s'agrippa à ses jambes en refusant de tourner la tête vers Poppy.

— Comment va Louise ? demanda Octavia à Charles.

— Oh ! comme ça. Elle a eu ce qu'ils appellent une sévère dépression, mais je pense qu'elle est dans un endroit beaucoup mieux, cette fois-ci. Ce type des Cloîtres était un parfait idiot, en réalité. Quand je pense que j'avais insisté pour qu'elle aille là-bas, je me sens très mal. Mais il n'y a pas que pour cela que je me sens très mal.

— Charles, dit doucement Octavia, il faut cesser de vous

culpabiliser. Il faut que nous cessions tous, en fait. Louise a toujours été... (elle hésita)... terriblement tendue, et avec ce qu'elle a dû supporter ces derniers temps, les nerfs ont lâché. Quand je regarde en arrière, je me dis que nous n'avons pas su voir certains signes avant-coureurs.

— Vous êtes très indulgente et très généreuse, Octavia, dit Charles avec émotion. Trop généreuse, diraient certains, mais c'est pour moi d'un grand réconfort. Merci beaucoup.

Charles passait un bon moment ; il avait eu une fort agréable et fort intéressante conversation avec une charmante vieille dame nommée Lucilla, qui avait passé une grande partie de sa jeunesse en Inde ; et elle lui avait présenté Iris Duncan, la nouvelle directrice de Bartles House. Après un ou deux verres supplémentaires de cet excellent vin, et une conversation au sujet de Foothold avec Pattie David, Charles s'entendit lui offrir ses services comme collecteur de fonds professionnel.

— Ce serait merveilleux, dit prudemment Pattie, mais... j'imagine que vous faites payer cher vos services, non ? J'ai fait quelques mauvaises expériences avec certains collecteurs de fonds professionnels, et même si je suis sûre que vous n'êtes pas comme cela, je...

— Non, je ne le suis pas. Je le ferai pour rien.

— Pour rien ? Vraiment ? Mais pour quelle raison ?

— Eh bien, dit-il lentement, un œil sur Octavia qui bavardait avec Sandy à quelques mètres de là, disons par... affection. Par gratitude. Pour ce genre de raison.

— C'est merveilleux, dit Pattie, qui eut le tact de ne pas lui en demander davantage.

Caché derrière un buisson, Dickon mangeait un friand à la saucisse, en se demandant pourquoi diable il était venu ce jour-là, quand il entendit quelqu'un l'appeler. Deux personnes même, Poppy et Megan – deux personnes auxquelles il n'avait aucune envie de parler.

Il se baissa rapidement, afin qu'elles ne puissent plus le voir, et tâcha de se faufiler vers la maison, mais se trouva bientôt retenu par le petit bras solide de Poppy.

— Laisse-moi seul, lui dit-il avec mauvaise humeur.

— Non, pas avant que tu nous aies dit ce que tu as.

— Je n'ai rien.

— Alors, viens jouer avec nous.

— Non, je n'ai pas envie.

— Dickon, dit gentiment Megan, s'il te plaît...

Il les regarda l'une, puis l'autre, et il éclata en sanglots.

— Qu'est-ce qu'il y a? demanda Poppy, alarmée.

Il déglutit avec peine, se passa la main sur les yeux.

— Tu n'es pas fâchée contre moi? lui demanda-t-il.

— Pourquoi est-ce que je serais fâchée contre toi?

— Parce que... parce que maman a volé Minty. C'est mal qu'elle ait fait ça.

Ses grands yeux sombres s'étaient remplis de larmes; Poppy hésita, puis l'entoura de son bras et le serra contre elle.

— Ma maman dit que ce n'était pas mal. Et qu'elle ne l'a pas volée, pas exactement.

— Papa dit la même chose, pourtant elle l'a fait, je sais qu'elle l'a fait.

— Elle l'a prise, oui, mais c'est parce qu'elle était trop triste. Elle avait une espèce de maladie.

— Ne dis pas ça, ne dis pas qu'elle est malade

— Mais si Dickon, elle l'est! C'est pour ça qu'elle l'a fait!

— Elle n'est pas malade, ce n'est pas vrai! Elle va très bien, elle est juste partie un peu en voyage!

D'un geste, il se libéra du bras de Poppy et disparut en courant.

— As-tu bien déjeuné? demanda Nico.

— Ce pique-nique était délicieux.

— Fortnum's. Ils ne déçoivent jamais. Maintenant, si nous parlions un peu de l'avenir

— Nico...

— Laisse-moi finir, s'il te plaît.

— Nico, je ne peux pas.

— Tu ne peux pas quoi?

— T'épouser.

— Je ne voulais pas te demander de m'épouser.

— Non?

— Bien sûr que non. C'est trop tôt et je le comprends.

— Merci, Nico. Tu as vraiment... beaucoup de tact, et c'est une qualité si précieuse.

— Tu es déçue?

— Qu'est-ce que tu dis?

— Je te demande si tu es déçue.

— Nico, dit-elle en ouvrant de grands yeux, voyons, comment peux-tu penser une chose pareille?

— Parce que tu as l'air de l'être, c'est tout.

— Moi? Ça alors, tu...

Puis, avec un sourire :

— De toute façon, ça changerait quoi, que je le sois?

— C'est parce que tu ne m'as pas laissé aller jusqu'au bout. Marianne, dit-il en la regardant d'un air sérieux, veux-tu être ma promise?

— Ah! dit-elle en penchant la tête, comme si elle voulait mieux capter le mot, le laisser s'infiltrer dans son oreille, ta promise...

— C'est un beau mot, n'est-ce pas? Si désuet, et pourtant tellement plus concret que fiancée... Je ne dis pas que d'ici à cinq ou dix ans nous n'en envisagerons pas d'autres, mais dans l'immédiat j'ai une bague de promise toute prête dans ma voiture, et j'irai la chercher au moindre signe d'approbation de ta part.

Marianne le regarda quelques secondes, impassible, esquissa un sourire, puis n'y tint plus et se mit à rire d'un rire joyeux, vibrant, sonore.

— J'accepte. J'accepte d'être ta promise, Nico Cadogan, et de le rester pour les cinq ou dix ans à venir.

— S'il vous plaît !

Gabriel Bingham était au milieu de la pelouse et frappait dans ses mains.

— Qui vote pour le cricket ?

Il y eut un rugissement de plaisir chez les enfants, un autre plus étouffé chez les adultes, et même quelques discrets grognements.

— Navré, dit Gabriel, mais c'est obligatoire. Deux équipes, une dont je serai capitaine, et Gideon sera capitaine de l'autre. Nous allons choisir à tour de rôle. Gideon, à toi de commencer...

— Dickon, dit Poppy, viens ! On te veut dans notre équipe !

Il était encore à demi caché derrière un buisson, et on voyait qu'il avait pleuré ; elle lui passa le bras autour des épaules.

— Dickon, non, ne pleure pas ! Pattie ! venez voir...

— Qu'est-ce qu'il y a ? dit Pattie en s'approchant. Dickon, qu'est-ce qu'il t'arrive ?

— Il est un peu triste, dit Poppy, et peut-être que vous pourriez...

Elle fit un signe dans la direction du garçon et Pattie hocha la tête.

— Va jouer, Poppy, moi je vais rester un moment avec Dickon.

Dickon, mon chéri, dit-elle en s'asseyant dans l'herbe et en le prenant sur ses genoux, raconte-moi un peu ce qu'il t'arrive...

Quelques minutes plus tard, Dickon se précipita vers Gideon.

— Je peux jouer dans ton équipe ?

Marianne, Nico, comme c'est gentil d'être venus ! dit Octavia en les embrassant. Venez prendre un verre !

— Nous avons déjà beaucoup trop bu tous les deux, dit Marianne. Mais une tasse de thé, peut-être...

— Parle pour toi, intervint Nico. En ce qui me concerne, ce vin blanc frais m'a l'air délicieux...

— Alors, cette maison ?

— Magnifique, dit Marianne. Absolument magnifique.

— Vous allez l'acheter, Nico ?

— Oui. Vous l'adorerez, j'en suis sûr. J'y donnerai de nombreuses fêtes et vous serez toujours l'invitée d'honneur.

Quand Marianne prit la tasse de thé qu'elle lui tendait, Octavia remarqua la très jolie bague, ornée de saphirs et de diamants, qui ornait l'annulaire de sa main gauche.

— Marianne, hasarda-t-elle après un instant d'hésitation, est-ce que par hasard...

— Elle veut dire, est-ce que tu vas m'épouser ? dit Nico. Non, elle ne va pas le faire, ajouta-t-il avec un sourire.

— Oh ! je suis navrée, je n'aurais pas dû...

— Mais nous nous sommes officiellement promis l'un à l'autre, poursuivit-il. C'est notre nouveau statut commun.

— Bravo, dit Octavia, et elle les embrassa tous les deux. Je ne saisis pas toutes les nuances, mais j'espère en tout cas que vous serez très heureux.

— J'ai confiance, dit Nico.

— Je ne sais pas comment je vais rentrer chez moi; dit Melanie. Je suis soûle comme... une lady.

— Je vais vous ramener à la maison, dit Gabriel. Je suis sobre comme un juge.

— C'est impossible, j'habite Londres.

— Je voulais dire à *ma* maison. Vous récupérerez votre voiture demain matin.

— Archange Gabriel, est-ce que vous essayez de me compromettre?

— Non, bien sûr. J'ai une chambre d'amis très agréable. Mais je dois avouer qu'une femme capable de lancer au cricket comme vous le faites se taille une place de choix dans mon cœur.

— Entendu, dit Melanie.

Elle traversa la pelouse d'une démarche incertaine, pendue à son bras, pour aller dire au revoir à tout le monde.

— Salut, Fleming, dit-elle à Octavia en l'embrassant. L'archange Gabriel m'emmène chez lui. Du moins dans sa résidence terrestre, je l'espère.

Octavia les regarda partir avec amusement, en songeant qu'ils feraient un couple fort convenable.

Elle appela les jumeaux et alla chercher Minty, qui dormait dans l'ancien parc de Megan, dans un coin du jardin.

— Au revoir, Pattie. Ç'a été une magnifique journée, et quelle chance, pour le temps... Nous sommes restés les derniers, je suis désolée.

— Ne le soyez pas, moi je suis désolée que ce soit fini, au contraire.

Elle alla jusqu'à la porte leur faire des signes d'adieu; Dickon courut derrière leur voiture en criant: « À bientôt! », puis se précipita de nouveau vers Megan pour l'aider à ramasser les restes.

— Il a complètement changé, dit Sandy à Pattie en le regardant. Je vous ai vue lui parler, que lui avez-vous dit?

— Oh! je l'ai simplement dorloté, et aussi écouté. Il est très angoissé par la mort, n'est-ce pas? Il pense que si les gens sont malades, ils vont mourir.

— Oui. Il l'a observé trop souvent autour de lui, ces derniers temps. Mais que lui dire d'autre, pour Louise? C'est mieux que de la prendre pour une criminelle...

— Bien sûr. Je lui ai dit... qu'il y avait plusieurs sortes de maladies, que sa maman était malade dans sa tête et que de cette maladie-là, on ne meurt pas. J'espère que c'est vrai... En tout cas, ça semblait avoir un sens pour lui.

— Merci, dit Sandy après un temps de réflexion. Je n'avais jamais songé à lui expliquer les choses aussi simplement, en fait. Je craignais sans doute que ce ne soient des notions trop difficiles, pour un enfant de cinq ans.

— C'est vrai. Mais j'ai toujours parlé à Megan comme si elle était beaucoup plus vieille qu'elle ne l'est, et elle a eu l'air capable de le supporter.

— Merci encore, Pattie, murmura-t-il.

Et elle répondit rapidement, soudain gênée :

— Je vous en prie.

Un silence quelque peu contraint s'établit entre eux, puis Sandy dit :

— Je vais aller récupérer ce qui reste de vin. Pas grand-chose, apparemment : je crois que Gabriel Bingham et l'associée d'Octavia y ont fait honneur. Sans parler de mon beau-père. J'espère qu'il est bien rentré.

— Il est retourné à Bartles House, dit Pattie. Lucilla l'a invité à venir voir ses albums sur l'Inde.

— J'en suis ravi pour lui, dit Sandy en s'éloignant.

Pattie se sentit d'humeur morne : la charmante journée était finie, passant d'un seul coup de l'été indien à la froide atmosphère de l'automne. Le ciel tout à l'heure clair se chargeait de nuages, un flamboyant coucher de soleil annonçait une nuit d'orage. La fête était finie et la maison allait retrouver son calme, son vide habituels ; plus de campagne à mener, plus de Bartles House – ça allait lui manquer...

Sandy revint à cet instant et lui demanda :

— Qu'est-ce qu'il y a ?

— Rien.

— Si, il y a quelque chose. Dites-le-moi, Pattie. Je n'abandonnerai pas tant que vous ne me l'aurez pas dit.

— Je suis... je suis désolée de vous avoir mis dans l'embarras tout à l'heure, dit-elle d'une seule traite, en évitant de le regarder.

— De m'avoir mis dans l'embarras ? Que voulez-vous dire ?

— Quand je... c'est-à-dire, quand je...

— Quand vous m'avez embrassé, vous voulez dire ? souffla-t-il.

— Oui, répondit-elle avec raideur. C'était idiot de ma part. C'est parce que j'avais bu trop de vin.

— Dans ce cas, dit doucement Sandy, j'aimerais que vous en buviez davantage. Je n'étais pas du tout embarrassé, Pattie, j'étais très troublé. J'avais terriblement envie de... de vous dire combien j'aimerais vous voir plus souvent, et cela fait des semaines que ça dure. Mais, avec les circonstances... Oh, zut ! voilà les enfants qui reviennent, maintenant.

Dickon et Megan s'approchèrent, et le petit garçon marcha droit sur Pattie, se blottit contre ses jambes.

— Après ma maman, tu es la dame la plus gentille du monde, dit-il. Hein que c'est vrai, papa ?

— C'est vrai, répondit Sandy d'un ton ferme.

Son regard croisa celui de Pattie et s'y attarda longtemps, très longtemps.

Octavia roulait lentement, prudemment, vers le cottage. Ç'avait été une belle journée – elles ne l'étaient pas toutes ; elle se sentait encore comme une convalescente, relevant d'une longue maladie, et qui refusait parfois de croire que tout pût rentrer dans l'ordre.

Tom n'avait pas voulu lui révéler ce qu'il avait fait, ou dit, pour modifier de façon si spectaculaire l'état d'esprit de son père.

— Ça ne servirait à rien, et ça risquerait de le faire changer encore une fois d'opinion, avait-il dit en souriant. Tel que je le connais, il serait capable de revenir tel un ange exterminateur, et tout serait à refaire.

— Si je comprends bien, je pourrai me poser éternellement la question.

— Exactement. Mais ce qui est sûr, c'est qu'il avait raison quand il disait que...

— Chut ! lui avait-elle répondu doucement, en lui mettant un doigt sur les lèvres. Pas maintenant.

Elle n'était pas encore prête à l'entendre lui dire qu'il l'aimait. Sans doute avait-elle peur de ne pas y croire. Pourtant, les choses commençaient à s'arranger.

Comment le message de son père, comment ces quelques mots de confiance et de pardon avaient-ils pu produire un tel effet ? C'était peut-être difficile à croire, mais c'était ainsi. Si son père lui avait dit que Tom l'aimait, et le lui avait dit en un tel moment, alors Tom devait l'aimer, quoi qu'il ait pu lui faire subir par ailleurs. Elle pouvait lui redonner sa confiance, lui parler, lui sourire, rire avec lui comme avant. Pendant l'enterrement de son père, elle lui avait tenu la main et elle avait tiré sa force de lui, comme avant. Elle pouvait refaire des projets avec lui, discuter de travail, des enfants, de la maison. À Noël, ils iraient faire du ski tous ensemble à Aspen. Elle pouvait admirer de nouveau son sens des affaires et ses compétences professionnelles, reconnaître quel bon père il était. Surtout, elle comprenait maintenant que Louise avait été véritablement folle, que Tom s'était fait prendre au piège de sa folie; et même s'il faudrait beaucoup de temps avant qu'elle lui pardonne tout à fait, sa trahison n'avait pas été aussi terrible qu'elle avait paru l'être au début.

Mais elle ne pouvait pas l'entendre lui dire qu'il l'aimait, pas encore. Pas plus qu'elle ne pouvait le lui dire non plus.

La pluie s'était mise à tomber, une lourde pluie d'orage, torrentielle; Octavia roulait tous phares allumés, les essuie-glaces à la vitesse maximale. L'été était fini et bien fini. Sur le siège arrière, les jumeaux se disputaient au sujet du match de cricket.

— Pff... on avait toutes les filles dans l'équipe, disait Gideon d'un ton renfrogné.

— Et alors, et Melanie? Elle était pas extra?

— Elle savait même pas manier la batte...

— Si, en tout cas elle savait lancer.

— Lancer et manier la batte, c'est pas la même chose.

— J'ai jamais dit que ça l'était!

— Si, tu l'as dit!

— Non!

— Arrêtez! s'exclama Octavia au bout d'un moment. C'est déjà assez difficile de conduire dans ces conditions, sans vous avoir en plus dans mon dos!

Ils se turent, mais recommencèrent quelques secondes plus tard, tandis que la pluie redoublait de violence; le temps qu'ils arrivent au cottage, Octavia était épuisée et sur les nerfs. Elle resta assise à klaxonner, jusqu'à ce que Tom apparaisse enfin, en fronçant les sourcils.

— Qu'est-ce qui se passe?

— Je pensais que tu remarquerais peut-être qu'il pleuvait, et que tu viendrais nous accueillir...

— Désolé, je lisais. Rentrez vite, je m'occupe de Minty,

Une fois dans la maison, elle lui demanda :

— Qu'est-ce qu'il y a pour le dîner?

— Pour le dîner? Je n'en sais rien, je...

— Ne me dis pas que tu n'as rien préparé! Tu m'avais dit que tu t'en occuperais, et tu as vu l'heure!

— J'ai oublié, complètement oublié.

— Pff... Ce n'était pas grand-chose quand même.

— J'ai travaillé, figure-toi, travaillé toute la journée pendant que vous vous amusiez!

— Que nous nous amusions! À l'aller j'ai dû foncer parce que j'étais en retard, là-bas Pattie était dans tous ses états, j'ai été obligée de prononcer un discours, nous avons fait une interminable partie de cricket, et au retour il est tombé des trombes! Pendant que tu étais bien à l'abri, à relire un ou deux dossiers en bâillant!

— Oh! arrête de me faire la morale, pour une fois! commença-t-il.

Puis il s'interrompit net et la regarda fixement :

— Octavia!

— Quoi?

— Tu te rends compte?

— Je me rends compte de quoi?

— Nous sommes en train de nous disputer! Une dispute normale, comme avant, une dispute de gens mariés, normaux!

— Et alors?

— Tu ne trouves pas que c'est formidable?

— Non, dit-elle d'un air maussade. Je ne vois pas ce qu'il y a de formidable à se disputer.

— Octavia...

Il s'approcha d'elle, lui prit doucement le visage dans les mains, repoussa ses cheveux en arrière.

— Je suis désolé de ne pas être sorti vous aider sous la pluie, désolé de ne pas avoir préparé le dîner. Et je suis aussi très content d'avoir été un mauvais mari, un mauvais mari ordinaire, normal. Comme avant.

Cette fois, elle ne put s'empêcher de sourire.

— Et moi, je suis désolée d'avoir été moralisatrice et coléreuse, comme avant, dit-elle, puis elle se souleva sur la pointe des pieds et l'embrassa ; elle se sentait très heureuse, tout à coup.

— Octavia ? Est-ce que... je peux te le dire, maintenant ?

— Oui, répondit-elle enfin, après un long silence. Oui, Tom, tu peux me le dire, maintenant.

Il l'approcha d'elle, lui mit doucement le visage dans les mains, repoussa ses cheveux en arrière.

— Je suis désolé, je ne parais pas... vous avez pris la pluie, décida-t-il, ne pas... je préparerai le dîner. Et je suis bien content d'avoir été un mauvais mari, un mauvais... ordinaire normal. Comme avant.

Cette fois, elle sourit, mais seulement à demi.

— Tu m'as... pas résolu... avoir demandé... arrêter et son... non comme avant. Oui... puis elle se sentit sur le point de céder à l'embrassade et de se sentir... heureuse... tout le corps.

— Cela ira. Est-ce que... je peux te le dire maintenant ?

— Oui, répondit-elle... enfin, après un long silence. Oui. Tom, tu peux le dire maintenant.

REMERCIEMENTS

La rédaction d'*Un bonheur trop fragile* a été pour moi un long apprentissage, plus encore que d'habitude, aussi suis-je encore plus redevable à mes professeurs, dont j'ai mis la patience à rude épreuve. Je voudrais remercier toutes celles et ceux qui m'ont prodigué leurs connaissances sans compter leur temps, et dont les noms suivent (dans le désordre) : Lorraine Lindsay-Gale, Frances Sparkes, Diana de Grunwald, Roger Freeman, Pete Frost, Chris Phillipsborn, Penny Rossi, Julia Kaufmann, Virginia Fisher, Martin Le Jeune, Jane Reed, Alison Clark, Fraser Kemp et Carol Reay. Merci à Nicola Foulston de m'avoir donné libre accès à Brands Hatch et à ses environs, ainsi qu'à Tim Jones, de Brands Hatch, pour sa gentillesse ; à Henry Talbot pour sa merveilleuse visite de la Chambre des communes ; à Sue Stapely (une fois de plus) pour sa contribution spécialement importante et son vaste réseau de relations, ainsi qu'à Georgina et Christopher Bailey pour leur hospitalité et leur générosité à la Barbade.

Je dois remercier, comme toujours, les éditions Orion pour la qualité de leur travail éditorial, plus particulièrement Rosie de Courcy, qui allie le tact et la patience à la perspicacité. Toujours chez Orion, merci à Dallas Manderson qui sait vendre les livres avec compétence et détermination, Lucie Stericker qui a donné belle allure à *Un bonheur trop fragile*, Susan Lamb pour ses conseils fort avisés et Camilla Stoddart qui sait veiller aux moindres détails. Sans oublier Kati Nicholl, qui a réussi le tour de force de couper des milliers de mots de ce livre sans même que je m'en rende compte, Emma Draude, de chez Midas PR, qui a veillé à ce que le monde entier soit informé de sa parution, et Trevor Leighton qui a réalisé, de nouveau, une éblouissante photo de couverture. Et bien sûr mon agent, Desmond Elliott, qui non seulement s'occupe de tout ce dont un agent s'occupe, mais qui en plus me fait rire et me raconte des histoires incroyables, que je peux ensuite inclure dans mes livres. Côté domestique, je tiens à remercier ma chère Carol Osborne, qui s'attache à ce que ledit côté domestique reste propre et accueillant, qui réussit les meilleurs puddings du monde et qui va même jusqu'à promener les chiens quand mon travail ne m'en laisse pas le temps.

Un grand et chaleureux merci à mes quatre filles, Polly, Sophie, Emily et Claudia, auprès de qui mes craintes (que le livre ne soit jamais-fini-jamais-publié-jamais-lu-par-personne) trouvent une oreille toujours attentive et compatissante; et surtout merci à mon mari, Paul, qui continue à calmer mon angoisse et ma nervosité à trois heures du matin, qui me sert d'intarissables verres de chardonnay quand tous les autres remèdes ont échoué, et, par-dessus tout, qui n'émet jamais de conseils ni d'opinions à moins que je ne les lui arrache – ils sont d'ailleurs toujours judicieux. Et bien sûr ces moments-là ont été rétrospectivement les plus amusants...

682

Photocomposition *CMB* Graphic
44800 Saint-Herblain

Achevé d'imprimer par N.I.I.A.G.
en Janvier 2002
pour le compte de France Loisirs, Paris

N° éditeur : 36311
Dépôt légal : Février 2002
Imprimé en Italie